DIE KLAUE DES HORUS

EIN ›WARHAMMER 40.000‹-ROMAN

AARON DEMBSKI-BOWDEN

DIE KLAUE DES HORUS

BUCH 1 DER BLACK-LEGION-REIHE

BLACK LIBRARY

EINE PUBLIKATION VON BLACK LIBRARY

Englische Erstausgabe 2014 in Großbritannien herausgegeben von
Black Library.

Deutsche Erstausgabe 2015 herausgegeben von
Black Library.

Black Library ist eine Abteilung von Games Workshop Ltd.,
Willow Road,
Nottingham, NG7 2WS, UK.

10 9 8 7 6 5 4 3 2 1

Titel des englischen Originalromans: *The Talon of Horus*
Deutsche Übersetzung: Tobias Rösner
Umschlagbild: Raymond Swanland.

Vertrieb: EGMONT Verlagsgesellschaften mbH
Copyright © Games Workshop Limited 2014, 2015.
Alle Rechte vorbehalten.
Diese Übersetzung ist Copyright © Games Workshop Limited 2015.
Alle Rechte vorbehalten.

Black Library, das Black-Library-Logo, The Horus Heresy, das ›The Horus Heresy‹-Logo, das ›The Horus Heresy‹-Augensymbol, Space Marine Battles, das ›Space Marine Battles‹-Logo, Warhammer 40.000, das ›Warhammer 40.000‹-Logo, Games Workshop, das ›Games Workshop‹-Logo und alle damit verbundenen Marken, Namen, Charaktere, Illustrationen und Bilder aus dem ›Warhammer 40.000‹-Universum sind entweder ®, ™ und/oder © Games Workshop Ltd 2000-2015, registriert in Großbritannien und anderen Ländern weltweit.
Alle Rechte vorbehalten.

Druck und Bindung: CPI Group (UK) Ltd, Croydon, CR0 4YY

ISBN13: 978-1-78193-102-8

Kein Teil dieser Publikation darf ohne vorherige Genehmigung des Herausgebers reproduziert, digital gespeichert oder in irgendeiner Art und Weise, elektronisch, mechanisch, als Fotokopie, Aufnahme oder anders übertragen werden.

Dies ist eine fiktive Erzählung. Alle Charaktere und Ereignisse in diesem Buch sind fiktiv und jegliche Ähnlichkeit zu real existierenden Personen oder Begebenheiten ist nicht beabsichtigt.

Besuche Black Library im Internet auf
blacklibrary.com/de

Finde mehr über Games Workshop und die
Welt von Warhammer 40.000 heraus auf
games-workshop.com

Gedruckt und gebunden in Großbritannien.

Wir schreiben das 41. Jahrtausend. Seit mehr als einhundert Jahrhunderten sitzt der Imperator reglos auf dem Goldenen Thron von Terra. Durch den Willen der Götter ist er der Herr der Menschheit und durch die Macht seiner unerschöpflichen Armeen der Gebieter über Millionen von Welten. Er ist ein verwesender Leichnam, der von unverstandenen Kräften aus dem Dunklen Zeitalter der Technologie durchströmt wird. Er ist der verfallene Herrscher des Imperiums, für den jeden Tag eintausend Seelen geopfert werden, auf dass er niemals wirklich sterbe.

Doch auch in seinem unsterblichen Schlaf wacht der Imperator auf ewig weiter. Mächtige Kriegsflotten durchqueren das von Dämonen heimgesuchte Miasma des Warp, die einzige Verbindung zwischen fernen Sternen, ihr Weg erleuchtet durch das Astronomican, die psionische Manifestation des Willens des Imperators. Gewaltige Armeen ziehen auf zahllosen Welten in seinem Namen in den Kampf. Die mächtigsten unter ihnen sind das Adeptus Astartes, die Space Marines – biotechnisch veränderte Superkrieger. An ihrer Seite stehen Tausende und Abertausende Soldaten der Imperialen Armee, unzählige planetare Verteidigungsstreitkräfte, die ewig wachsame Inquisition und die Techpriester des Adeptus Mechanicus. Dennoch reichen ihre Taten kaum aus, um die immerwährende Bedrohung durch Xenos, Häretiker, Mutanten und Schlimmeres in Schach zu halten.

In jener Zeit zu leben bedeutet, einer unter vielen Milliarden zu sein. Es bedeutet, unter einem unvorstellbar grausamen und blutigen Regime zu leben. Dies ist die Geschichte jener Zeit. Vergiss die Macht der Technologie und der Wissenschaft, denn vieles ist vergessen worden, um nie wieder erlernt zu werden. Vergiss das Versprechen des Fortschritts und der Aufklärung, denn in der dunklen Zukunft gibt es nur den Krieg. Es existiert kein Frieden zwischen den Sternen, nur ewig währender Kampf und das Gelächter blutdürstiger Götter.

Für meinen Bruder Rob, der alles weiß, das sich zu wissen lohnt. Mit besonderem Dank für den Monat, den wir (sprich: er) damit verbracht haben, den heiligsten aller Gaming-Räume zu konstruieren: Das Aaronorium.

Und wie immer für meinen Sohn Alexander, der ein paar Wochen, bevor ich diesen Gehirn fressenden Dämon eines Buches zu schreiben begann, seinen ersten Geburtstag feierte und seinen zweiten, ein paar Wochen bevor ich es beendete. Mein Herz schlägt für dich, Shakes.

'//"#

DRAMATIS PERSONAE

In alphabetischer Reihenfolge

DIE ANAMNESIS

Fortgeschrittener Maschinengeist, der über das Kriegsschiff *Tlaloc* herrscht, aus der Ceres-Schmiede auf dem Heiligen Mars gebürtig.

ASHUR-KAI QEZREMAH, ›DER WEISSE SEHER‹

Krieger der XV. Legion, von Terra gebürtig. Hexer der Kha'Sherhan-Kriegerschar und Leereseher des Kriegsschiffes *Tlaloc*.

CERAXIA

Adeptin des Mechanicums, vom Heiligen Mars gebürtig. Gouverneurin der Fertigungswelt Gallium und Herrin des Niobia-Halos.

DJEDHOR

Krieger der XV. Legion, von Terra gebürtig. An den Rubrica-Zauber des Ahriman verloren.

EZEKYLE ABADDON

Krieger der XVI. Legion, von Cthonia gebürtig. Ehemaliger Erster Captain der Sons of Horus, ehemaliger Oberster Häuptling der Justaerin. Kommandant des Kriegsschiffes *Geist der Rachsucht*.

FABIUS, ›DER PRIMOGENITOR‹

Krieger der III. Legion, von Chemos gebürtig. Ehemaliger Oberster Apothecarius der Emperor's Children und Kommandeur des Kriegsschiffes *Wohlgestalt*.

FALKUS KIBRE, ›WITWENMACHER‹

Krieger der XVI. Legion, von Cthonia gebürtig. Häuptling der Kriegerschar Duraga kal Esmejhak und Kommandeur des Kriegsschiffes *Unheilsblick*. Ehemaliger Befehlshaber der Justaerin.

GYRE
: Dämon, aus dem Meer der Seelen gebürtig. An Iskandar Khayon gebunden.

IMPERIUS
: Der Sol-Priester; Avatar des Astronomicans, aus dem Willen des Gott-Imperators gebürtig.

ISKANDAR KHAYON
: Krieger der XV. Legion, von Prospero gebürtig. Hexer der Kha'Sherhan-Kriegerschar und Kommandeur des Kriegsschiffes *Tlaloc*.

KADALUS ORLANTIR
: Krieger der III. Legion, von Chemos gebürtig. Sardar der Kriegerschar aus der 16., 40. und 51. Kompanie der Emperor's Children und Kommandeur des Kriegsschiffes *Wehklage der Vollendung*.

KUREVAL SHEIRAK
: Krieger der XVI. Legion, von Terra gebürtig. Krieger der Kriegerschar Duraga kal Esmejhak und Mitglied der Justaerin.

LHEORVINE UKRIS, ›FLAMMENFAUST‹
: Krieger der XII. Legion, von Nuvirs Landung gebürtig. Anführer der Kriegerschar Fünfzehn Fänge und Kommandeur des Kriegsschiffes *Schlund des Weißen Hundes*.

MEKHARI
: Krieger der XV. Legion, von Prospero gebürtig. An den Rubrica-Zauber des Ahriman verloren.

NEFERTARI
: Eldar-Jägerin, Fleischgeborene aus Commorragh. Blutwächterin Iskandar Khayons.

DER VERKOMMENE RITTER
: Dämon, aus dem Meer der Seelen gebürtig. An Iskandar Khayon gebunden.

Sargon Eregesh
> Kriegerpriester der XVII. Legion, von Colchis gebürtig. Ordenspriester des Messingschädel-Ordens.

Telemachon Iyras
> Krieger der III. Legion, von Terra gebürtig. Unterbefehlshaber der Kriegerschar aus der 16., 40. und 51. Kompanie der Emperor's Children und Schiffsmeister des Kriegsschiffes *Androhung der Verzückung*.

Tokugra
> Dämon, aus dem Meer der Seelen gebürtig. An Ashur-Kai Qezremah gebunden.

Tzah'q
> Mutant (*Homo sapiens variatus*), von Sortiarius gebürtig. Strategiumsaufseher an Bord der *Tlaloc*.

Ugrivian Calaste
> Krieger der XII. Legion, von Nuvirs Landung gebürtig. Soldat der Kriegerschar Fünfzehn Fänge.

Valicar, ›Der Gezeichnete‹
> Krieger der IV. Legion, von Terra gebürtig. Wächter der Fertigungswelt Gallium und Kommandeur des Kriegsschiffes *Vasall*.

ZWEI MINUTEN BIS MITTERNACHT
999.M41

Vor dem Anfang gab es ein Ende.

Während ich diese Worte spreche, kratzt ein Federkiel leise über Pergament und zeichnet wortgetreu auf, was ich sage. Das sanfte Schreibgeräusch klingt beinahe gesellig. Wie idyllisch, dass mein Schreiber Tinte, Feder und Pergament verwendet.

Ich kenne seinen richtigen Namen nicht und weiß nicht, ob er überhaupt noch einen besitzt. Ich habe mehrmals danach gefragt, doch der kratzende Federkiel war meine einzige Antwort. Vielleicht besitzt er nichts weiter als einen Seriencode. Das wäre nicht ungewöhnlich.

»Ich werde dich Thoth nennen«, sage ich zu ihm. Er reagiert auf diese Aufmerksamkeit nicht. Ich informiere ihn darüber, dass es der Name eines bekannten prosperinischen Schriftgelehrten aus alter Zeit war. Er antwortet nicht. Stellt Euch meine Enttäuschung vor.

Ich weiß nicht, wie er aussieht. Meine Gastgeber, fürsorgliche und gnädige Seelen, die sie sind, haben mich geblendet, an eine Steinwand gekettet und aufgefordert, meine Sünden zu beichten. Ich zögere, sie meine ›Häscher‹ zu nennen, da ich mich unbewaffnet unter sie begeben und gewaltlos ergeben habe. ›Gastgeber‹ scheint mir eine fairere Bezeichnung zu sein.

In der ersten Nacht nahmen meine Gastgeber mir meinen ersten und sechsten Sinn und ließen mich machtlos in der Dunkelheit liegen.

Ich weiß also nicht, wie mein Schreiber aussieht, doch ich kann Vermutungen anstellen. Er ist ein Servitor, sieht zweifellos wie Millionen andere aus. Ich höre seinen Herzschlag, der so gefühllos klingt wie das Metronom eines Musikers. Seine bionischen Gliedmaßen surren und klicken, wenn er sich bewegt, und seine Atmung ist ein Rhythmus verhaltenen Seufzens durch einen schlaffen Mund. Ich höre ihn nie blinzeln. Sehr wahrscheinlich wurden seine Augen durch Augmentationen ersetzt.

Mit einer Chronik wie dieser zu beginnen erfordert Ehrlichkeit, und dies sind die einzigen Worte, die sich wahr anfühlen. Vor dem Anfang gab es ein Ende. Dies ist die Geschichte, wie die Sons of Horus starben. Dies ist die Geschichte, wie die Black Legion entstand.

Die Geschichte der Black Legion beginnt mit dem Angriff auf die Stadt des Lobgesangs. Dort veränderte sich alles, wo die Söhne mehrerer Legionen gemeinsam gegen eine Blasphemie in die Schlacht zogen, der wir nicht erlauben konnten, weiterhin zu existieren. Es war das letzte Mal, dass wir in den Farben unserer alten Legionen in den Krieg zogen.

Doch eine solche Geschichte verlangt nach einem Kontext.

Es gibt ein Zeitalter, das in den Annalen der imperialen Geschichte aufgezeichnet ist und welches das gleiche Schicksal erlitten hat, wie jede Rückbesinnung es irgendwann erleiden muss: Die Einzelheiten sind so sehr verzerrt, dass sie nur noch die Farce einer Erinnerung sind. Dies war ein Zeitalter relativen Friedens und Wohlstands, als die Feuer der Horus-Häresie zu Asche niedergebrannt waren und das Imperium der Menschheit unangefochten über die Galaxis herrschte.

Die wenigen Archive, die dieses ›goldene Zeitalter‹ heute noch annähernd detailgetreu beschreiben, sprechen in ehrfürchtigem Flüstern von ihm, während die Chronometer weiter auf die Mitternachtsstunde in diesem letzten, dunklen Jahrtausend zuticken.

Stellt Euch dieses Reich vor, wenn Ihr könnt. Ein Imperium, das sich zwischen den Sternen erstreckt, geeint und unbesiegbar – seine Feinde zerstört, seine Verräter ausgelöscht. Jede Seele, die gegen die Verehrung des ›göttlichen‹ Imperators aufbegehrt, erleidet die ultimative Bestrafung und verwirkt ihr Leben aufgrund von Gotteslästerung. Jede Xenosbrut im imperialen Raum wird gnadenlos zur Strecke gebracht und abgeschlachtet. Die Menschheit besaß damals eine Stärke, die ihr heute fehlt. Der wahre Niedergang des interstellaren Reiches des Imperators hatte noch nicht begonnen.

Dennoch verblieb ein Geschwür. Das Imperium hatte seine Feinde nicht zerstört. Nicht vollständig. Es hatte sie nur vergessen. Es hatte uns vergessen.

Zum ersten Mal in der langen Geschichte der Menschheit herrschte Frieden, doch er war auf der stolzen Unwissenheit aufgebaut worden, die auf den erbittert erkämpften Sieg folgte. Schon damals, nur Generationen nachdem die Galaxis gebrannt hatte, wurden die Häresie und die Säuberung, die darauf folgte, zur Legende.

Die Hohen Senatoren von Terra – jene Würdenträger, die im Namen ihres ›aufgestiegenen‹ Imperators herrschten – glaubten uns vernichtet; glaubten uns in unserem schändlichen Exil zerstört oder erschlagen. Sie verbreiteten unter einander Geschichten über unsere Verbannung in eine Unterwelt und darüber, dass wir im Großen Auge in ewiger Qual lebten. Welcher Sterbliche konnte schließlich im größten Warpsturm überleben, den die Galaxis je gesehen hatte? Ein Wirbel der Vernichtung im Herzen der Galaxis stellte eine bequeme Exekutionsmethode dar: eine Grube, in die das neue Imperium seine Verräter werfen konnte.

In diesen frühen Tagen war die Festungswelt, zu der Cadia einst werden würde, ein vernachlässigter Außenposten aus kaltem Fels und Selbstgefälligkeit. Er brauchte keine gewaltige Schlachtflotte, um in der Leere durch seinen Herrschaftsbereich zu patrouillieren, und seine Bevölkerung wurde noch von dem Schicksal verschont, welches sie jetzt erleidet, während ihr Gouverneur Primus sie in den Fleischwolf des Astra Militarum füttert, der Kinder verschlingt und Soldaten ausspuckt, die zum Sterben verdammt sind.

Das Cadia dieses verlorenen Zeitalters brauchte nichts, denn es wurde kaum bedroht. Das Imperium war stark, weil seine Feinde nicht mehr ihre Klingen hoben, um den Falschen Imperator zu Fall zu bringen.

Wir mussten andere Kriege führen. Wir kämpften gegeneinander. Dies waren die Legionskriege. Sie wüteten mit einer Wildheit durch das Auge, die die Horus-Häresie verhöhnte.

Wir vergaßen das Imperium ebenso, wie das Imperium uns vergaß, doch mit der Zeit schwappten unsere Schlachten auch in den Realraum über. Selbst die Hölle konnte den Groll nicht umfassen, den wir gegeneinander hegten.

Ich habe versprochen, alles zu offenbaren, und ich bin ein Mann, der zu seinem Wort steht, ungeachtet der Sünden, von denen meine Wärter glauben, dass sie meine Seele beflecken. Im Gegenzug haben sie mir genug Tinte und Pergament versprochen, um meine Worte aufzuzeichnen. Sie haben mich gekreuzigt, da sie wissen, dass mich das nicht umbringen wird. Sie haben mir die Hexerei aus dem Blut gestohlen und sie haben mir die Augen aus den Höhlen gerissen. Doch ich benötige keine Augen, um diese Chronik zu diktieren. Alles, was ich brauche, sind Geduld und ein wenig Spiel in meinen Ketten.

Die Geschichte der Black Legion ist die Geschichte jener verlorenen Seelen, die in Abaddons Namen zusammenkamen und neue Bande der Bruderschaft schmiedeten. Und das Auferstehen der Black Legion aus der Asche ist zuallererst die Geschichte der Suche nach demjenigen, den wir Kriegsherr nennen würden.

Ich bringe hier das erste Kapitel einer Geschichte zu Pergament, die zehntausend Jahre umfasst, mit ihren Augenblicken des Verlusts, des Triumphs, der Vernichtung und des Widerstands. Die Liste der Toten zählt die Namen einiger meiner engsten Brüder und Schwestern auf, die in diesem heiligen Krieg ihr Leben geopfert haben. Heutzutage träume ich von ihnen, während ich einst von Wölfen träumte.

Es ist an mir, diese Geschichte zu erzählen. So soll es sein.

Ich bin Iskandar Khayon, von Prospero gebürtig. Im Niedergotischen der Uralregion Terras würdet Ihr Iskandar als Sekhandur und Khayon als Caine aussprechen.

Die Thousand Sons kennen mich als Khayon den Schwarzen, aufgrund der Sünden, die ich gegen unsere Blutlinie begangen habe. Die Streitkräfte meines Kriegsherrn nennen mich Königsbrecher – der Magier, der Magnus den Roten in die Knie gezwungen hat.

Ich bin der Anführer der Kha'Sherhan, ein Lord des Ezekarions und ein Bruder Ezekyle Abaddons. Ich habe zu Anbeginn des Langen Krieges gemeinsam mit ihm Blut vergossen, als die Ersten von uns in schwarzer Rüstung unter einer aufgehenden roten Sonne standen.

Jedes Wort auf diesen Seiten ist wahr.

Aus Schande und Schatten neu geformt.
In Schwarz und Gold neu geboren.

TEIL EINS
TEUFEL UND STAUB

DER HEXER UND DIE MASCHINE

Während der langen Jahre vor der Schlacht um die Stadt des Lobgesangs kannte ich keine Furcht, denn ich hatte nichts zu verlieren. Alles, was ich wertschätzte, war nur noch Staub, der den gnadenlosen Winden der Geschichte ausgeliefert war. Jede Wahrheit, für die ich gekämpft hatte, war jetzt nicht mehr als nutzlose Philosophie – von Vertriebenen ausgesprochen und Geistern zugeflüstert.

Nichts davon verärgerte mich, noch war ich das Opfer einer besonderen Melancholie. Ich hatte über die Jahrhunderte gelernt, dass nur ein Narr versucht, gegen das Schicksal anzukämpfen.

Alles, was blieb, waren die Albträume. Mein schläfriger Geist machte sich eine düstere Freude daraus, an den Tag der Abrechnung zurückzudenken, als Wölfe heulend durch die brennenden Straßen der Stadt liefen. Jedes Mal, wenn ich es mir gestattete, zu schlafen, träumte ich den gleichen Traum. Wölfe, immer waren es die Wölfe.

Adrenalin zerrte mich an einer Leine aus Milchsäure aus dem Schlaf, woraufhin meine Hände zitterten und meine Haut von kalten Schweißkristallen überzogen war. Ein Traumheulen folgte mir in die Wachwelt und verhallte zwischen den Metallwänden meiner Meditationszelle. In manchen Nächten spürte ich dieses Heulen in meinem Blut, wie es durch meine Adern fuhr, unauslöschlich eingeprägt in meinen genetischen Code. Die Wölfe jagten mit einem Eifer, der wilder war als Raserei.

Ich wartete ab, bis sie in die surrenden Umgebungsgeräusche des Schiffes entschwunden waren. Erst dann erhob ich mich. Das Chronometer zeigte an, dass ich beinahe drei Stunden geschlafen hatte. Nachdem ich dreizehn Tage lang wach geblieben war, war mir jede Stunde, in der ich mich zu etwas Schlaf davonstehlen konnte, eine willkommene Ruhepause.

Auf dem Boden meiner bescheidenen Schlafkammer lag in wachsamer Haltung eine Wölfin, die keine Wölfin war. Ihre weißen Augen waren so nichtssagend wie perfekte Perlen und folgten mir, als ich aufstand. Als sich das Tier einen Augenblick später ebenfalls erhob, waren seine Bewegungen unnatürlich fließend und nicht an das natürliche Beugen und Strecken von Muskeln gebunden. Sie bewegte sich nicht, wie sich echte Wölfe bewegten, noch nicht einmal jene Wölfe, die meine Träume heimsuchten. Sie bewegte sich wie ein Geist, der die Haut eines Wolfes trug.

Je mehr man sich der Kreatur näherte, desto weniger ähnelte sie einem natürlichen Wesen. Ihre Klauen und Zähne waren glasig und schwarz. Ihrem Maul fehlte jeglicher Speichel und sie blinzelte nie. Sie roch nicht nach Fleisch und Fell, sondern nach Rauch, der auf Feuer folgte – der unleugbare Geruch einer ermordeten Heimatwelt.

Meister, kam der Gedanke der Wölfin. Es war nicht wirklich ein Wort; es war ein Konzept, eine Bestätigung von Unterwürfigkeit und Zuneigung. Ein menschlicher – und posthumaner – Geist verarbeitete diese Dinge jedoch instinktiv als Sprache.

Gyre, sandte ich einen telepathischen Gruß zurück.

Ihr träumt zu laut, sagte sie zu mir. *Ich habe gut gespeist an jenem Tag. Den letzten Atemzug der Fenrisgeborenen. Das Knacken weißer Knochen, um an das würzige Mark darin zu gelangen. Der salzige Geschmack von stolzem Blut auf der Zunge.*

Ihre Heiterkeit inspirierte diese auch in mir. Ihre Zuversicht war immer ansteckend.

»Khayon«, ertönte eine dumpfe, unmenschliche Stimme überall in der Kammer. Es war eine Stimme ohne Gefühl und Geschlecht. »Wir wissen, dass Ihr wach seid.«

»Das bin ich«, versicherte ich der Luft um mich. Gyres dunkles Fell fühlte sich unter meinen Fingerspitzen weich an, beinahe echt. Das Tier schenkte mir keine Aufmerksamkeit, während ich es hinter den Ohren kraulte, zeigte weder Gefallen noch Missfallen.

»Kommt zu uns, Khayon.«

Ich war mir nicht sicher, ob ich zu diesem Zeitpunkt mit einem solchen Treffen fertigwerden würde.

»Ich kann nicht. Ashur-Kai braucht mich.«

»Wir fassen in Eurer Antwort klangliche Signifikanten auf, die auf eine Täuschung hinweisen, Khayon.«

»Weil ich dich anlüge.«

Keine Antwort. Ich sah das als etwas Gutes an. »Gibt es irgendwelche Nachrichten, dass Energie in den Vorkammern fließt, welche mit den spinalwärtigen Durchgängen verbunden sind?«

»Es wurden keine Veränderungen gemessen«, versicherte die Stimme mir.

Eine Schande, aber in Anbetracht der Energieeinsparung des Schiffs nicht überraschend. Ich erhob mich von der Platte, die mir als Pritsche diente, und massierte mir nach dem nicht zufriedenstellenden Schlaf mit den Daumen die Augen. Die Beleuchtung der Kammer war aufgrund der erschöpften Energiereserven der *Tlaloc* düster und spiegelte so die Jahre wider, die ich als Kind damit verbracht hatte, im Licht eines tragbaren Leuchtglobus Pergamente zu lesen.

Tizca, einst die Stadt des Lichts genannt. Das letzte Mal hatte ich meine Geburtsstadt gesehen, als ich aus ihr geflohen war und auf dem Oculus-Sichtschirm zugeschaut hatte, wie Prospero brannte und der Planet immer kleiner wurde.

Gewissermaßen lebte Tizca noch, auf der neuen Heimatwelt der Legion, Sortiarius. Ich hatte sie einige Male tief im Auge besucht, hatte mich jedoch nie verpflichtet gefühlt, dort zu verweilen. Viele meiner Brüder empfanden ebenso – zumindest die wenigen, deren Geist noch unversehrt war. In jenen unrühmlichen Tagen waren die Thousand Sons bestenfalls eine geteilte Bruderschaft. Schlimmstenfalls hatten sie vollkommen vergessen, was es bedeutete, Brüder zu sein.

Und was Magnus anging, den Karminroten König, der einst über seine Söhne Hof gehalten hatte? Unser Vater hatte sich im Auf und Ab des Großen Spiels verloren und führte den Krieg der Vier Götter. Seine Anliegen waren flüchtig und schwer greifbar, während die Ambitionen seiner Söhne immer noch die alltäglichen der Sterblichen waren. Alles, was wir wollten, war überleben. Viele meiner Brüder verkauften ihr Wissen und ihre Kriegshexerei unter den sich bekriegenden Legionen an den Höchstbietenden. Unsere Talente waren stets gefragt.

Sortiarius war eine feindselige Heimat, selbst inmitten der Vielzahl an Welten, die in die Energien des Auges getüncht waren. Alle, die dort wohnten, lebten unter einem brennenden Himmel, der jegliche Vorstellung von Nacht und Tag davonstahl, während das Firmament in einem wirbelnden, gequälten Chor der rastlosen Toten ertränkt wurde. Ich hatte den Saturn gesehen, im gleichen Planetensystem wie Terra, und Kelmasr, der um die weiße Sonne Clovo kreist. Beide Planeten werden von einem Ring aus Gestein und Eis umschlossen, der sie unter ihren Himmelsgeschwistern hervorstechen lässt. Sortiarius besaß einen ähnlichen Ring, der sich in einem geisterhaften Weiß vom aufgewühlten Violett des Augenraums absetzte. Er bestand nicht aus Eis oder Gestein, sondern aus schreienden Seelen. Die Exilwelt der Thousand Sons wurde wortwörtlich von den heulenden Geistern jener überkrönt, die durch ihre Falschheit gestorben waren.

Der Ring war schön, auf seine eigene Weise.

»Kommt zu uns«, sagte die mechanische Stimme aus den Voxsprechern an der Wand.

Hörte ich den Anfang eines Flehens in dem leblosen Tonfall? Es war entnervend, obwohl ich nicht sagen konnte, warum.

»Lieber nicht.«

Ich ging zur Tür und musste Gyre nicht erst befehlen, mir zu folgen. Die schwarze Wölfin trottete hinter mir her, die weißen Augen wachsam, und ihre Obsidiankrallen kratzten über das Deck. Manchmal – wenn man im richtigen Moment hinsah – war Gyres Schatten an der Wand etwas Großes und Gehörntes und Geflügeltes. Zu anderen Zeiten warf die Wölfin gar keinen Schatten.

Zwei Wächter standen wachsam vor meiner Tür. Beide trugen bronzen eingefasstes kobaltblaues Ceramit. Auf ihren Helmen saß eine hohe kheltarische Zier, die an die Geschichte Prosperos und die antiken ahztik-gyptischen Reiche der Alten Erde erinnerte. Beide wandten den Kopf in meine Richtung, wie ich es erwartet hatte. Einer von ihnen nickte sogar langsam grüßend, so feierlich wie ein Wasserspeier in einem Tempel. Einst hätte mich dieses Anzeichen von Leben zu falscher Hoffnung verleitet, doch jetzt war ich über derartigen Irrglauben hinaus. Meine Brüder waren schon lange fort, getötet von Ahrimans Hybris, und jetzt standen diese Rubricae an ihrer Stelle, diese Hüllen aschenen Untodes.

»Mekhari. Djedhor.« Ich grüßte sie mit Namen, so vergeblich das auch war.

Khayon, gelang es Mekhari den Namen zu projizieren, doch das war eine Sache kalten und einfachen Gehorsams, kein wahres Wiedererkennen.

Staub, sandte Djedhor. Er war derjenige gewesen, der genickt hatte. *Alles ist Staub.*

Meine Brüder, sandte ich als Antwort an die Rubricae.

Es war unerträglich, sie mit dem durchdringenden Blick der Warpsicht zu betrachten, denn ich sah in der leeren Ceramithülle, zu der sie geworden waren, sowohl das Leben als auch den Tod. Ich griff nach ihnen, nicht körperlich, sondern mit dem zögerlichen Druck psionischen Bewusstseins. Es war die gleiche Art subtiler Anstrengung, die man anstellen mochte, um in einer stillen Nacht nach einer entfernten Stimme zu lauschen.

Ich spürte die Nähe ihrer Seelen nicht anders als zu der Zeit, da sie noch unter den Lebenden geweilt hatten. Doch in ihrer Rüstung befand sich nichts als Asche. In ihrem Geist waren keine Erinnerungen, sondern Nebel.

Von Djedhor spürte ich die entfernteste Glut einer Erinnerung: das Aufblitzen einer weißen Flamme, die alles andere übertünchte, jedoch kaum länger als einen Augenblick andauerte. So war Djedhor gestorben. So war die gesamte Legion gestorben. In ekstatischem Feuer.

Obwohl Mekharis Geist ab und zu den gleichen schwachen Puls der Erinnerung zeigte, spürte ich jetzt nichts von ihm. Letzterer Rubrica betrachtete mich mit dem emotionslosen und regungslosen Starren des T-fömigen Visiers seines Helms, wobei er seinen Bolter in der würdevollen Pose eines Wächters hielt.

Ich hatte schon mehr als einmal versucht, Nefertari den Widerspruch der lebenden Toten zu erklären, doch jedes Mal fehlten mir die richtigen Worte. Als wir das letzte Mal darüber gesprochen hatten, hatte es ganz besonders schlecht geendet.

»Sie sind da und doch nicht da«, hatte ich zu ihr gesagt. »Sie sind Hüllen, Schatten. Ich kann es jemandem, der keine Warpsicht besitzt, nicht erklären. Es ist, wie jemandem Musik zu erklären, der taub geboren wurde.«

Damals war Nefertari mit ihrem klauenbewehrten Handschuh über Mekharis Helm gefahren und hatte dabei mit den Kristallnägeln über eine der starrenden roten Augenlinsen gekratzt. Ihre Haut war weißer als Milch, blasser als Marmor und durchscheinend genug, um unter ihren hageren Wangen ein blasses Netz aus Äderchen zu zeigen. Sie sah selbst halb tot aus.

»Ihr erklärt es«, hatte sie mit einem trockenen, fremdartigen Lächeln geantwortet, »indem Ihr sagt, dass Musik der Klang der Gefühle ist, der mittels der Kunst vom Musiker zur Zuhörerschaft ausgedrückt wird.«

Ich hatte ob ihrer eleganten Widerlegung genickt, aber nichts weiter gesagt. Die Einzelheiten des Fluches meiner Brüder war nichts, das ich gerne teilte, auch nicht mit ihr, nicht zuletzt, weil ein Teil der Schuld für ihr Schicksal auf meinen Schultern liegt. Ich war derjenige, der versucht hatte, Ahrimans letzten Würfelwurf zu verhindern. Ich war derjenige, der versagt hatte.

Ein vertrauter Stich schuldvoller Verärgerung brachte mich wieder in die Gegenwart. Neben mir knurrte Gyre.

Folgt mir, befahl ich den beiden Rubricae. Der Befehl fuhr knallend den psionischen Faden entlang, der uns drei miteinander verband, und die Verbindung surrte von ihrer Bestätigung. Mekharis und Djedhors Schritte stampften hinter mir über das Deck.

Ein weiterer Voxsprecher knisterte in dem langen Durchgang, der zur Brücke führte.

»Kommt zu uns«, sagte er. Ein weiteres ausdrucksloses Flehen, tiefer in die kalten Gänge des Schiffes vorzudringen.

Ich blickte direkt auf einen der bronzenen Auralrezeptoren, die entlang des Hauptkorridors verteilt waren, welcher sich längs durch das Schiff zog. Dieser war in der Form einer lächelnden, androgynen Begräbnismaske geschmiedet.

»Warum?«, fragte ich die Maske.

Das Eingeständnis wurde über Voxsprecher im ganzen Schiff geflüstert, eine weitere Stimme inmitten von Geistergesang.

»Weil wir einsam sind.«

Das Leben an Bord der *Tlaloc* war voller Kontraste und Widersprüche, wie es bei allen imperialen Schiffen der Fall war, die an die Küste der Hölle gespült wurden. Überall im Großen Auge existierten Bereiche der Stabilität und der gequälten Ströme, und die Schiffe, die in den Augenraum segelten, nahmen einen Zustand sporadischen Wandels an.

Das Auge ist ein Reich, wo Gedanken Realität werden, solange man die nötige Willenskraft besitzt, um etwas aus dem Nichts des Warp hervorzubringen. Wenn es einen Sterblichen nach etwas verlangt, dann gibt der Warp es ihm oftmals, jedoch selten ohne einen unerwarteten Preis.

Nachdem sich die schwächsten Seelen durch ihre Unfähigkeit, ihre unberechenbare Vorstellungskraft zu kontrollieren, selbst umgebracht hatten, begann sich unter der Besatzung aus den ungeordneten Trümmern eine neue Ordnung zu bilden. Innerhalb der gewölbten Hallen der *Tlaloc* formte sich die Gesellschaft schon bald um eine unterdrückende Meritokratie neu. Jene, die mir am nützlichsten waren, stiegen über jene auf, die es nicht waren. So einfach war das.

Ein Großteil unserer Besatzung war menschlichen Ursprungs und in den Legionskriegen während Überfällen als Sklaven gefangengenommen worden. Unter ihnen waren die Servitors und über ihnen die Tiermutanten, die aus dem genetischen Bestand von Sortiarius geerntet wurden. Das Brüllen ihrer rituellen Kämpfe hallte Nacht um Nacht durch die Gänge, während sie in den unteren Decks, die nach Tierfellen und Schweiß stanken, gegeneinander kämpften.

Es dauerte beinahe zwei Stunden, die Anamnesis zu erreichen. Zwei Stunden voller Schutztüren, die sich mit geringer Energie nur langsam öffneten; zwei Stunden voller zitternder Aufstiegs-/Abstiegs-Plattformen; zwei Stunden voller dunkler Korridore und Warpgesang, der die Metallknochen des Schiffes quälte. Inmitten der Unmelodie strapazierten Knarrens ging in unregelmäßigen Abständen ein Schaudern durch die raubtierhafte Gestalt der *Tlaloc*, als das Schiff selbst die dichtesten Strömungen des Auges vor sich teilte.

Draußen wütete ein Sturm. Es kam nur selten vor, dass wir im Auge das Gellerfeld wieder aktivieren mussten, doch diese Region war mehr Warp als Realität, und ein Ozean von Dämonen brannte in unserem Kielwasser.

Ich schenkte der Weise des Warp keine Aufmerksamkeit. Andere Mitglieder unserer Kriegerschar behaupteten, in den schlimmsten Stürmen Stimmen zu hören – die Stimmen von Verbündeten und Feinden, von Verrätern und Verratenen. Ich hörte nichts davon. Zumindest keine Stimmen.

Gyre folgte uns und verschwand gelegentlich aus irgendeiner Jagdlaune heraus, die sie gerade lockte, in den Schatten. Zu diesen Zeiten betrat meine Wölfin einen Bereich der Finsternis und tauchte andernorts aus einem weiteren Schatten wieder auf. Jedes Mal, wenn sie zu Nichts schwand, spürte ich ein mitschwingendes Schaudern durch die unsichtbare Verbindung zwischen uns.

Im Kontrast dazu stapften Mekhari und Djedhor in stummem Gehorsam hinter mir her. Ich zog einen schwermütigen Trost aus ihrer Begleitung. Sie strahlten Unerschütterlichkeit aus, wenngleich sie auch keine guten Gesprächspartner waren.

Manchmal erwischte ich mich dabei, wie ich mit ihnen sprach, als wären sie noch am Leben, wie ich meine Pläne mit ihnen diskutierte und auf ihr stoisches Schweigen antwortete, als hätten sie tatsächlich reagiert. Ich fragte mich, was meine noch lebenden Brüder auf Sortiarius davon halten würden und ob andere überlebende Thousand Sons sich ebenfalls dieser Schwäche hingaben.

Je tiefer wir uns ins Schiff begaben, desto weniger ähnelte es einer melancholischen Festung und desto mehr wurde es zu einem Elendsviertel. Die Maschinen sahen immer maroder aus und die Menschen, die sie bedienten, immer elendiger. Sie verbeugten sich, als ich vorbeikam. Manche weinten. Andere stoben wie Ungeziefer vor dem Licht auseinander. Sie alle wussten es besser, als mich anzusprechen. Ich hegte ihnen gegenüber keinen besonderen Hass, aber der einem Bienenstock gleiche Schwarm ihrer Gedanken machte es unangenehm, in ihrer Nähe zu sein. Sie lebten bedeutungslose Leben in der Dunkelheit, wurden geboren, lebten und starben als Sklaven eines Herrn, den sie nicht verstanden, in einem Krieg, den sie nicht nachvollziehen konnten.

Krankheiten verheerten die niederen Decks in periodisch wiederkehrenden Seuchen. Die meisten unserer Sklavenplünderungen dienten einfach nur der massenhaften Auffrischung der Besatzungsdecks nach einer weiteren aus dem Auge stammenden Verseuchung. Das Auge des Schreckens war grausam zu den Machtlosen und den Willensschwachen.

Als ich die großen, miteinander verbundenen Kammern des

Äußeren Kerns erreichte, begann sich der aushöhlende Ordnungssinn der Anamnesis bemerkbar zu machen. Die riesigen Hallen wurden von Servitors und Roben tragenden Kultisten des Maschinengottes bevölkert, die sich allesamt mit der tönenden Maschinerie beschäftigten, welche die Wände und die Decke säumte und sich im Boden in Gruben schmiegte. Hier lag das Gehirn der *Tlaloc* offen: Kompositkabel und gewundene Drähte bildeten seine Adern, verrottende schwarze Stahlmaschinen und rostende Generatoren aus Eisen sein Fleisch.

Die jeweils einer einzigen Aufgabe zugewiesenen Arbeitsmannschaften ignorierten ihren Herrn größtenteils, allerdings katzbuckelten und verbeugten sich die Kultisten, die als ihre Aufseher dienten, ebenso wie die Menschenherde auf den Decks über ihnen. Ich spürte ihre Zurückhaltung, sich vor irgendeiner Autorität zu verbeugen, die ihre Anbetung des Omnissiah nicht teilte, doch ich war ihnen gegenüber nicht ungefällig. Indem sie hier blieben, wurde es ihnen erlaubt, direkt den Bedürfnissen der Anamnesis zu dienen, und das war eine Ehre, nach der viele im Maschinenkult trachteten.

Einige wenige brachten ehrlich respektvolle Gesten der Unterwürfigkeit zustande, als sie mich als Kommandeur des Schiffes erkannten. Ihr Respekt war jedoch bedeutungslos, noch beschäftigten mich jene, denen es an solchem mangelte. Im Gegensatz zu den ungelernten Knechten, die ihre sonnenlosen Leben ebenfalls in den Eingeweiden des Schiffes verbrachten, hatten diese Priester dringenderen Pflichten nachzukommen, als sich vor einem Herrn niederzuwerfen, der ihnen ebenfalls keine Beachtung schenkte. Ich ließ sie in Ruhe arbeiten und sie gestanden mir die gleiche höfliche Nichtbeachtung zu.

Über den vorgebeugten Priestern und den herumschlurfenden Servitors ragten mehrere robotische Wächter auf: humanoide kybernetische Krieger der Thallax- und Baharat-Klasse in jeder Kammer. Sie alle standen reglos mit gesenkten Köpfen und arretierten Waffen da. Ebenso wie die Servitors registrierten die inaktiven Roboter unser Voranschreiten aus dem Äußeren Kern in den Inneren nicht.

Der Innere Kern war ein einziges Gewölbe, welches geschützt hinter einer Reihe versiegelter Sicherheitstüren lag und auf das nur die ranghöchsten Personen auf dem Schiff Zugriff hatten. Automatisierte Lasertürme fuhren widerstrebend hoch und glitten auf knirschenden Mechanismen aus ihren Gehäusen, um unseren Weg über das Stahlgerüstdeck nachzuverfolgen. Ich bezweifelte, dass auch nur die Hälfte von ihnen überhaupt noch feuern konnte, doch es war beruhigend zu sehen, dass der Maschinengeist, der die *Tlaloc* steuerte, immer noch gewisse Standards aufrechterhielt.

Der Durchgang zum Inneren Kern glich in seinem Prunk beinahe einem Palast. Die Flügel der Tür selbst waren große Platten aus einem dunklen Metall, in welche die geschmeidigen, gewundenen Gestalten von prosperinischen Schlangen eingraviert waren. Sie hielten ihre Köpfe hoch erhoben und ihre Kiefer waren weit aufgerissen, um eine Zwillingssonne zu verschlingen.

Der einzige Wächter hier war ein weiterer Baharat-Automaton: ein vier Meter hoher Koloss voller mechanischer Muskeln und metallener Macht mit Rotorkanonen auf seinen Schultern. Im Gegensatz zu jenen im Äußeren Kern war dieser hier noch aktiviert. Seine Gelenke stießen den pneumatischen Hauch von Kolben aus; seine Waffenlafetten summten vor Betriebsbereitschaft.

Das flache Visier des Cyborgs beurteilte mich emotionslos, bevor er auf schweren eisernen Fußklauen zur Seite stakste. Er sprach nicht. Hier unten sprach beinahe nichts. Alles kommunizierte in Stößen verschlüsselten Maschinencodes, wenn überhaupt eine vokale Kommunikation vonnöten war.

Ich legte eine Hand auf eine der immensen Skulpturen – meine Handfläche bedeckte gerade mal eine einzige Schuppe auf der Schlangenhaut – und projizierte einen kurzen Gedankenpuls hinter den versiegelten Durchgang.

Ich bin hier.

Die erste von sieben Sicherheitstüren begann ihren beschwerlichen Öffnungsprozess, begleitet von einem misstönenden

Orchester aus schlagenden Verschlussbolzen und ratternder Maschinerie.

Ein Maschinengeist ist die Inkarnation einer der kostbarsten Vereinigungen: die wortwörtliche Verbindung zwischen der Menschheit und dem Maschinengott. Für die Techpriester des Mechanicums des Mars – jener reineren und würdigeren Institution, welche dem engstirnigen Adeptus Mechanicus vorausging – existiert kein heiligerer Daseinszustand als diese göttliche Vereinigung.

Dennoch sind die meisten Maschinengeister krude, beschränkte Dinge, die aus ausgewählten biologischen Komponenten gebildet und in einem synthetischen Chemikaliengebräu am Leben gehalten werden und dann eine untergeordnete Verbindung mit den Systemen eingehen, welche sie eine Ewigkeit lang auf Anweisung der eingespeisten Programmierung steuern. In einem Reich, in dem die künstliche Intelligenz eine unübertroffene Häresie darstellt, sorgt die Erschaffung von Maschinengeistern dafür, dass der lebenswichtige menschliche Geist im Kern jedes automatisierten Prozesses zugegen bleibt.

Die Kriegsmaschinen der Space-Marine-Legionen und der Kulte des Mars, die es Kriegern gestatten, über die Verstümmelung und den Tod hinaus in der gepanzerten Hülle eines kybernetischen Kolosses des Krieges weiterzukämpfen, werden gemeinhin als Höhepunkt dieser Technik erachtet. Am etwas alltäglicheren Ende des Spektrums befinden sich die unterstützenden Zielerfassungsanlagen von Kampfpanzern und Landungsschiffen bis hin zu den sekundären Kognitionsmaschinen in den stadtgroßen Kriegsschiffen, die durch die Leere segeln.

Doch es existieren noch andere Mustervorlagen, andere Variationen dieses Themas. Nicht alle Erfindungen sind gleich.

Ich bin hier, projizierte ich hinter die Tür.

Ich spürte, wie die biologischen Komponenten des Maschinengeistes sich in ihrem Tank voller kaltem *Aqua vitriolo* wanden, als er seine Antwort durch eine Reihe untergeordneter Systemfunktionen schickte. Einen Augenblick später begann der Durchgang des Inneren Kerns die Rituale des Entriegelns.

Die Wesenheit im Herzen des Schiffes, die sich die Anamnesis nannte, wartete. Darin war sie sehr gut.

Anhalten, sandte ich als stummen Befehl an meine Brüder. Mekhari und Djedhor blieben sofort stehen und hielten ihre Bolter tief und abwartend.

Tötet jeden, der einzutreten versucht. Es war ein unnötiger Befehl – niemand würde in den Inneren Kern gelangen, ohne dass die Anamnesis davon wusste – aber ich freute mich über die zögerliche psionische Kenntnisnahme, die von Djedhors Rüstung ausging, welch geisterhafter Überrest auch immer sie animierte. Mekhari blieb weiterhin stumm. Seine Stille besorgte mich jedoch nicht – diese Dinge kamen und gingen wie unregelmäßige Gezeiten.

Nachdem ich den Befehl gegeben hatte, wandten sich beide Rubricae-Krieger in Richtung des letzten Eingangs, durch den wir gekommen waren. Dort blieben sie stehen, stumm und reglos und über das Grab hinaus loyal.

»Khayon«, grüßte die Anamnesis mich.

Sie war mehr als die meisten Maschinengeister – zumindest mehr als eine Servierplatte voller Organe in einem amniotischen Tank. Die Anamnesis hatte keine Vivisektion durchleiden müssen, bevor sie ihrem Schicksal überlassen worden war. Sie war beinahe ganz und schwamm nackt in ihrem breiten, hohen Tank voller Aqua vitriolo. Ihr kahl geschorener Kopf war über ein Gorgonenhaupt aus dicken Kabeln, die in ihren Schädel implantiert waren, mit den Hunderten Maschinen in der Kammer verbunden. Im Sonnenlicht war ihre Haut karamellfarben gewesen. In dieser Kammer, und in ihrem flüssigen Grab, hatte die Zeit ihre Haut erheblich ausgeblichen.

Sekundärgehirne – von denen manche synthetisch entwickelt, andere jedoch ihren noch lebenden und unwilligen Spendern unter Zwang entnommen worden waren – lagerten in saatgleichen Generatorgehäusen, welche wie Blutegel an ihrem Tank hingen.

Reinigungsfilter summten unter ihrer Wiege aus verstärktem Glas und säuberten und erneuerten deren kalte Flüssigkeit. Sie war im Grunde eine junge Frau, die in einem künstlichen Mutterleib gefangen war und ein echtes Leben gegen die Unsterblichkeit in eisiger Flüssigkeit tauschte.

Sie sah mit den Auspex-Abtastern der *Tlaloc*. Sie kämpfte, indem sie ihre Geschütze abfeuerte. Sie dachte mit den Hunderten Sekundärgehirnen, die ihrem eigenen untergeordnet waren und sie in ein Gestaltwesen verwandelten, das sich weit über ihre ursprüngliche Menschlichkeit hinaus entwickelt hatte.

»Geht es dir gut?«, fragte ich sie.

Die Anamnesis trieb an die Vorderseite ihres Tanks und sah mit toten Augen zu mir heraus. Ihre Hand legte sich an das Glas, die Handfläche nach außen gerichtet, als könnte sie meine Rüstung berühren, aber die Abwesenheit jeglichen Lebens in ihrem Blick stahl dem Augenblick jede Zuwendung.

»Wir funktionieren«, antwortete sie. Im Inneren Kern besaß die Stimme des Maschinengeistes einen sanften, androgynen Tonfall, der nicht mehr vom Knistern der Voxverzerrungen überlagert wurde. Sie manifestierte sich aus dem Mund von vierzehn elfenbeinfarbenen Wasserspeiern; sieben blickten heimtückisch von der nördlichen Wand, sieben von der südlichen. Sie waren so gestaltet worden, dass sie sich mit ihren Klauen aus der Wand zu reißen schienen und dabei aus einem Labyrinth aus Kabeln und Generatoren auftauchten, das den Inneren Kern in eine Industrielandschaft verwandelte. »Wir sehen Eure beiden Toten.«

»Es sind Mekhari und Djedhor.«

Daraufhin zuckten ihre Lippen. »Wie kannten sie im Zuvor.« Dann sah sie auf die Wölfin herab, die aus den Schatten aufgetaucht war, die von den heulenden Generatoren geworfen wurden. »Wir sehen Gyre.«

Das Tier setzte sich und betrachtete sie auf seine unwölfische Art. Seine Augen hatten die gleiche perlmuttartige Färbung wie die amniotische Flüssigkeit, die den Körper des Maschinengeistes erhielt.

Ich riss meinen Blick von der ungesunden Blässe des Mädchens los und legte in Erwiderung ihres Grußes die Hand auf das Glas. Wie immer streckte ich instinktiv meine Sinne nach ihr aus und spürte nichts unter dem insektenhaften Summen der Millionen von Berechnungen, die in ihrem Gestaltgeist stattfanden.

Doch sie hatte ob der Erwähnung Mekharis und Djedhors gelächelt und das machte mich neugierig. Sie hätte nicht lächeln sollen. Die Anamnesis lächelte nie.

Meine Vorsicht wich dieser äußerst hinterhältigen Emotion: der *Hoffnung*. Konnte hinter dem Lächeln mehr stecken als nur das Muskelgedächtnis?

»Verrate mir etwas«, begann ich. Die Anamnesis konzentrierte sich weiterhin auf Gyre, während die junge Frau durch die milchige, trübe Flüssigkeit trieb.

»Wir wissen, was Ihr fragen wollt«, sagte sie.

»Ich hätte es schon vorher fragen sollen, doch jetzt, da der Traum der Wölfe noch frisch in meinen Gedanken ist, bin ich meiner üblichen Geduld und Selbsttäuschung weniger zugeneigt.«

Sie gestattete sich ein Nicken, eine weitere unnötig menschliche Geste.

»Wir warten auf die Frage.«

»Ich will die Wahrheit wissen.«

»Wir lügen nicht«, erwiderte sie umgehend.

»Weil du dich entscheidest, nicht zu lügen, oder weil du nicht lügen kannst?«

»Das ist irrelevant. Das Resultat ist das Gleiche. Wir lügen nicht.«

»Gerade hast du gelächelt, als ich dir sagte, dass Mekhari und Djedhor bei mir sind.«

Immer noch starrte sie mit ihren toten Augen. »Eine motorische Reaktion unserer biologischen Komponenten ohne Bezug. Nichts weiter.«

Meine Hand bildete am Glas eine Faust. »Sag es mir einfach. Sag mir, ob in dir noch irgendetwas von ihr übrig ist. Irgendetwas.«

Sie drehte sich in der Flüssigkeit. Ein Flüstern wie ein Geist im Nebel drang aus den Lautsprechern der Kammer. Ihre Augen waren die eines Hais, mit der gleichen schonungslosen und selbstsüchtigen Seelenlosigkeit.

»Wir sind die Anamnesis«, sagte sie schließlich. »Wir sind das Eine aus dem Vielen. Die *sie*, nach der Ihr sucht, ist lediglich der dominante prozentuale Anteil unserer biologischen Komponenten. Die *sie*, an die Ihr Euch erinnert, nimmt in unserer Kognitivmatrix keine größere Rolle ein als irgendein anderer Verstand.«

Ich sagte nichts, sondern begegnete nur ihrem Blick.

»Wir registrieren die gefühlsbedingte Reaktion des Kummers in Euren Gesichtszügen, Khayon.«

»Es ist alles in Ordnung. Danke für die Antwort.«

»Sie hat sich hierfür entschieden, Khayon. Sie meldete sich freiwillig, um zur Anamnesis zu werden.«

»Das weiß ich.«

Die Anamnesis legte wieder die Hand an das Glas, ihre Handfläche gegen meine Faust, getrennt von dem dichten Glas.

»Wir haben Euch emotionalen Schaden zugefügt.«

Ich war noch nie ein guter Lügner gewesen. Dieses Talent entzog sich mir seit meiner Geburt. Dennoch hoffte ich, dass mein falsches Lächeln sie täuschen würde.

»Du überbewertest meine Verbundenheit mit den Sorgen Sterblicher«, erwiderte ich. »Ich war lediglich neugierig.«

»Wir registrieren in Eurem Stimmmuster eine signifikante emotionale Beteiligung an dieser Sache.«

Das ließ mein Lächeln ehrlicher werden. Ich konnte nicht umhin, mich zu fragen, warum ihre Erschaffer vom Mechanicum ihr die Kapazität gegeben hatten, derartige Dinge zu analysieren.

»Überschreite nicht deine Kompetenzen, Anamnesis. Fliege das Schiff und überlasse derartige Angelegenheiten mir.«

»Wir werden gehorchen.« Sie drehte sich erneut in der Flüssigkeit. Kabel und Drähte, die mit ihrem kahlen Schädel verbunden waren, erstreckten sich in einer mechanischen Nachahmung von Haar von ihrem Kopf. Irgendwie sah sie beinahe zögerlich aus.

»Wir wiederholen unsere Anfrage nach einem unterhaltenden Austausch«, stellte sie mit bizarr femininer Höflichkeit fest.

Ich ging in der Kammer auf und ab. Meine Schritte gingen im gedämpften Grollen der Lebenserhaltungssysteme des Maschinengeistes unter.

»Worüber würdest du gerne sprechen?«, fragte ich, während ich ihr Glasgefängnis umkreiste. Sie drehte sich mit mir und folgte meinen Bewegungen.

»Wir wünschen lediglich, zu kommunizieren. Das Thema ist irrelevant. Sprecht und wir werden zuhören. Erzählt eine Geschichte. Eine Anekdote. Einen Bericht.«

»Du hast bereits alle meine Geschichten gehört.«

»Das haben wir nicht. Nicht alle. Erzählt uns von Prospero. Erzählt uns davon, wie die Dunkelheit in die Stadt des Lichts kam.«

»Du warst dort.«

»Wir haben das Nachspiel mitbekommen. Aber wir haben nichts von der Direktheit des Augenblicks gespürt. Wir liefen nicht mit einem Bolter in den Händen durch die Straßen.«

Ich schloss die Augen, als sich das Heulen aus meinen Träumen losriss und mich sogar hierher verfolgte, in diese Kammer. Auf dem Deck gab Gyre ein kehliges Geräusch von sich, das eine Mischung aus einem Knurren und einem leisen Lachen zu sein schien. Egal, wie viel ich beim Fall meiner Heimatwelt verloren hatte, die Wölfin erinnerte sich anders daran. Wie sie mich so gerne erinnerte, hatte Gyre an jenem Tag gut gespeist.

»Vielleicht ein andermal.«

»Wir registrieren, dass Euer Stimmmuster –«

»Genug, bitte, Itzara. Mir ist mein Stimmmuster egal.«

Sie starrte mich an, wie sie mich immer anstarrte: als ein Paradoxon aus toten Augen und befremdlicher Konzentration. Als ich ihrem Blick begegnete, sah ich meine eigene geisterhafte Spiegelung auf der Glaswand ihres Tanks. Es war ein Bildnis einer weißen Robe und dunkler Haut; eines Jungen, der auf einer heißen Welt geboren worden und durch archäogenetische Genialität zu einem Instrument des Krieges angeschwollen war.

Die Anamnesis trieb näher heran und legte nun beide Hände ans Glas, während ihr Mund schlaff in der Trübnis hing. Nichts an ihr sah lebendig aus.

»Sprecht uns nicht mit diesem Namen an«, sagte sie. »Die *sie* dieses Namens ist nun Eine von Vielen. Wir sind nicht Itzara. Wir sind die Anamnesis.«

»Das weiß ich.«

»Es verlangt uns nicht länger nach Eurer Anwesenheit, Khayon.«

»Du besitzt keine Autorität über mich, Maschine.«

Sie antwortete nicht. Während sie in ihrer regungslosen Flüssigkeit schwamm, neigte sie den Kopf, als lauschte sie einer fernen Stimme. Ihre Fingerspitzen lösten sich vom Glas und strichen über einige der Kabel, die an ihrem kahlen Kopf angebracht waren.

»Was ist los?«, fragte ich.

»Ihr werdet gebraucht.«

Sie sah mir in die Augen, und einen Moment lang sah es so aus, als wollte sie erneut lächeln. Doch kein derartiger Ausdruck tauchte auf. Ihr anderweltliches Starren ging unvermindert weiter.

»Wir hören die Schreie der Xenos«, sagte sie. »Sie schreit über das Vox nach Eurer Gegenwart. Doch Ihr seid hier, ohne Eure Rüstung, und antwortet nicht.«

»Was will sie von mir?«, fragte ich, obwohl ich mir die Antwort bereits denken konnte. Die Xenos hatte erstaunliche Stärke bewiesen, indem sie überhaupt so lange ausgehalten hatte.

»Sie dürstet«, antwortete die Anamnesis. Und wieder war da in ihren Augen das Flackern von etwas, das nie völlig zu einer Emotion wurde. Vielleicht war es der Hauch von Unwohlsein. Oder der Schatten der Abscheu. Oder, wie sie behauptete, einfach nur das Muskelgedächtnis. »Möchtet Ihr mit ihr kommunizieren?«

Um was zu sagen?

»Nein. Versiegle den Horst. Schließ sie darin ein.«

Es gab kein Innehalten, kein Zögern. Die Anamnesis blinzelte nicht einmal. »Es ist getan.«

In der folgenden Stille blickte ich in die passiven Augen der Anamnesis. »Aktiviere bitte meine Rüstservitors. Ich brauche meine Rüstung.«

»Es ist getan«, sagte sie erneut. »Uns ist Nefertaris Nutzen bewusst. Demnach fragen wir, ob Ihr vorhabt, sie zu töten.«

»Was? Nein, natürlich nicht. Für was für eine Art Mensch hältst du mich?«

»Wir halten Euch überhaupt nicht für einen Menschen, Khayon. Wir halten Euch für eine Waffe, in der Spuren von Menschlichkeit verbleiben. Jetzt geht zu Eurer Xenos, Iskandar Khayon. Sie braucht Euch.«

Ich wandte mich ab, um zu gehen, jedoch nicht zu meiner Blutwächterin, sondern um mich zu rüsten und auf die Musterung der Flotte vorzubereiten. Um Nefertari noch ein wenig länger in der Dunkelheit warten zu lassen.

IM HERZEN DES STURMS

Imperiale Prediger schreien vom ›Verderben‹ des Warp, vom ›Chaos‹ und dessen ungeordneter Natur. Das sind Unwahrheiten. Es gibt Boshaftigkeit im Pantheon, eine wahre und empfindsame Boshaftigkeit. Die Existenz einer solch gewaltigen und düsteren Emotion widerspricht der Vorstellung eines wahrhaft zufälligen Einflusses. Es kann nicht beides wahr sein.

    Die Veränderungen und der Fleischeswandel des Empyreums sind keine zufälligen, willkürlichen Mutationen. Trotz all seines brodelnden Wahnsinns *verbessert* der Warp seine Auserwählten. Er formt sie neu, saugt ihren Seelen die Geheimnisse aus und schreibt diese Wahrheiten auf ihr sterbliches Fleisch. Wenn ein Pilot mit der Konsole seines Jägers oder Landungsschiffes verwächst, dann geschieht dies nicht aufgrund irgendeines zufälligen entstellenden Fluchs oder aus einer unverständlichen göttlichen Laune heraus. All seiner erlittenen Schmerzen zum Trotz wird er feststellen, dass seine Reflexe und Reaktionen viel besser aufeinander abgestimmt sind, ebenso wie sein Metabolismus und seine Sinne aus den Abschüssen, die er in der Leere macht, einen größeren Genuss ziehen. So werden die Waffen eines Kriegers zu Auswüchsen seines Körpers und spiegeln die Bedeutung wider, die er ihnen in seinem Herzen beimisst.

Dies ist die grundlegendste Wahrheit des Lebens im Großen Auge. Jedem stehen seine Sünden, Geheimnisse und Gelüste deutlich auf den Körper geschrieben.

Und der Warp hat immer einen Plan. Eine Unendlichkeit an Plänen. Einen Plan für jede Seele.

Die *Tlaloc* hatte Jahrhunderte damit verbracht, durch ein Meer zu segeln, in dem die Realität und die Unterwelt einander begegneten. Auf ihrer Brücke fanden siebenhundert Seelen Platz. Die meisten davon waren durch irgendeine Form kybernetischer Verbesserung oder als Resultat der langen Jahre, die das Kriegsschiff im Augenraum verbracht hatte, über eine ›natürlichere‹ Fusion von Fleisch und Maschine an ihre Station gebunden.

Ein kolossaler Oculus-Schirm beherrschte die vorderseitige Wand und zeigte eine Welt, die sich langsam im Herzen eines tosenden Sturms drehte. Den neutralen Boden zu erreichen, der für das Zusammentreffen der Flotte ausgewählt worden war, hatte eine besondere Anstrengung erfordert, und doch hatten sie es geschafft. Der Ort musste aus einem offensichtlichen Grund schwer erreichbar sein: Einen Verrat plante man nicht direkt unter den Augen seiner Feinde.

Nachdem wir durch den heftigen Sturm gesegelt waren, stellte sein Auge für uns alle eine willkommene Ruhepause dar, doch jene unter uns, die ein psionisches Bewusstsein besaßen, waren besonders erleichtert. Während unserer Reise zum Treffen hatten sich im Sturm unzählige verlorene Seelen und die gestaltlosen Wesenheiten, die sich von ihnen nährten, gerührt. Beide Sorten dieser Äthergeister hatten an dem Schild aus Realität gekratzt, welcher um die *Tlaloc* projiziert wurde: Die Seelen der Toten hatten gekreischt, während sie in den Wellen des Warp verbrannten, und die Nimmergeborenen, während sie unter ihnen wüteten und sich labten.

Hier, im Herzen des Sturms, war es endlich ruhig. Weite Teile des Großen Auges waren ruhiger als diese gequälte Region. Die meisten sogar. Doch für den Augenblick erfüllte dieser Ort seinen Zweck für uns.

»Dein Xenosweib schreit immer noch«, sagte mein Bruder, Ashur-Kai. »Ich habe ihr mehrere Sklaven geschickt, die sie verzehren kann. Sie scheinen nicht geholfen zu haben.«

Ashur-Kai hatte rote Augen und trug stets einen Ausdruck zurückhaltender Abscheu. Sein scharlachroter Blick hatte nichts Übernatürliches an sich, sondern war lediglich ein körperlicher Defekt, den er seit seiner Geburt hatte. Seine zu stark durchbluteten Iriden reagierten empfindlich auf helles Licht, ebenso wie seine kalkweiße Haut unter dem unwillkommenen Kuss der Sonne einer jeglichen Welt schnell verbrannte. Das Einpflanzen der Gensaat seiner Space-Marine-Legion hatte sein Leiden ein wenig gemildert – bevor er ein Krieger der Legiones Astartes geworden war, hatte er Mühe gehabt, seine brennenden Augen in direktem Sonnenlicht überhaupt zu öffnen – doch es gab nichts, was Pigmentmangel heilte oder umkehrte.

Die Besatzung sprach ihn als Lord Qezramah an – wobei sie den Namen seiner Blutlinie nie ganz korrekt aussprach – oder einfach als ›Lord Navigator‹. Unter denjenigen Kriegerscharen der Legionen, denen er bekannt war, wurde er für gewöhnlich der Weiße Seher genannt.

Wir wussten alle, dass er hinter seinem Rücken von den Sterblichen in der Besatzung mit weniger schmeichelhaften Titeln bedacht wurde. Diese interessierten ihn jedoch nicht. Solange ihm seine Sklaven den nötigen Respekt zollten und gehorchten, scherte er sich nicht um ihre Gedanken.

Wenn er tatsächlich sprach, anstatt auf die vertraute Ungezwungenheit der stillen Sprache zurückzugreifen, klang alles, was er sagte, leise und gedehnt und besaß einen unangenehm feuchten Nachhall. Er besaß eine Stimme, die es ihm leicht machte, überzeugende Drohungen auszusprechen, obwohl Ashur-Kai niemand war, der sprechen musste, um bedrohlich zu sein. Noch war er beim besten Willen eine sanftmütige Seele. Er strebte nach Effizienz und wusste Scharfsinnigkeit zu schätzen. Diese Dinge waren für ihn von Bedeutung. Sie waren für ihn von größter Bedeutung.

Er hatte einen Thron auf dem zentralen Podium der Brücke, den er jedoch nur selten benutzte, da er es bevorzugte, alleine auf der hohen Loge über den Stationen der Besatzung zu stehen und die Geräusche und Gerüche des Lebens unter sich auszublenden. Er kümmerte sich auch nicht um den Anblick, den ihm der Oculus darbot. Seine zwei Pflichten waren, sich *auszustrecken* und zu *sehen*, und zu sehen erforderte nicht wenig Anstrengung. Also stand er dort, über uns, seinen Brüdern und unseren gemeinsamen Sklaven, und starrte durch ungeschützte Fensterluken hinaus in die unverhüllte Leere des Augenraums.

Sein Thron – der vor und etwas unterhalb meiner Kommandostation positioniert war – starrte nur so vor unzähligen Einspeiseverbindungen und psionisch sensitiven Systemen, die es ihm erlaubten, aus der Ferne eine Verbindung mit dem Maschinengeist des Schiffes einzugehen. Solch eine Schnittstelle war zwar einfacher zu benutzen als die Alternative, aber er empfand sie als unempfänglich und schleppend. Sie kam an die Reinheit wahrhaft vereinter Gedanken einfach nicht heran. Da war es viel simpler, einfach seine Sinne auszustrecken, den eigenen Geist mit dem der Anamnesis zu verbinden und über eine telepathische Verbindung Gedanken mit ihren körperlichen Komponenten einzugehen und sie durch seinen sechsten Sinn sehen zu lassen. Diese Verbindung ließ ihn so natürlich mit der *Tlaloc* agieren und reagieren, wie es kein Navigator des Imperiums, der mit seinem eigenen Thron fest verdrahtet war, je hoffen konnte.

Das bedeutete allerdings nicht, dass es einfach war. Er hatte mir einst gesagt, er bezweifle, dass irgendein Mensch in der Lage wäre, die nötige Konzentration aufzubringen, und ich glaubte ihm vorbehaltlos. Wenn seine psionischen Pflichten ihn nach ein paar Tagen erschöpften, dann hätte ein unmodifizierter Mensch überhaupt keine Chance. Macht strahlte in Form einer weißen Aura von ihm aus, die niemals Wärme spendete. Es war, als badete man in der Erinnerung an Sonnenlicht.

Er sah mich nicht an, als er sprach. Ich spürte eine kurze Berührung, als seine Sinne im Vorbeigehen meine streiften: Es war das psionische Äquivalent des Blickkontakts. Im Augenblick der Verbindung spürte ich, wie meine Aura auf mich zurück gespiegelt wurde. Während seine ein sonnenloses Licht war, haftete meiner Essenz das unmissverständliche Gefühl von Messern an, die über Seide strichen.

»Du könntest mir wenigstens danken, dass ich sie gefüttert habe«, sagte er und drehte sich immer noch nicht um.

Ich stellte mich neben ihn und lehnte mich auf das Schutzgeländer des oberen Decks. Unsere Rüstungen surrten mit jeder unserer Bewegungen.

»Danke«, sagte ich durchaus friedfertig.

»Ich hatte mir diese Sklaven für mich selbst aufbewahrt, um nach Mustern in ihrem spritzenden Blut zu suchen. Um ihre letzten Atemzüge einzufangen und in diesem letzten Aufkeuchen die Gelüste ihrer Seelen zu hören. Um die gläsernen Körpersäfte ihrer Augen zu schöpfen, damit ich die Geheimnisse ihrer unvergossenen Tränen erfahre.«

»Du bist gerade unerträglich pathetisch«, sagte ich ihm.

»Und du bist ein ausgesprochen miserabler Seher, Sekhandur.«

»So sagst du mir immer wieder.«

»Ich meine es auch so. Deine Sentimentalität blendet dich und du hast keinen Sinn fürs Detail. Doch alles, was ihre Schreie verstummen lässt, ist ein lohnenswertes Opfer. Diese Kreatur bereitet mir Kopfschmerzen.«

Ich sah zu, wie das tote Schiff vor uns auf dem Oculus trieb, und bemerkte um es herum verteilt mehrere andere Kriegsschiffe, die sich alle voneinander fernhielten. Prosperinische Runen liefen in einem steten Strom auf dem Sichtschirm neben jedem Schiff entlang und zeigten die Resultate der ersten Auspex-Abtastungen an.

Zu wenige Schiffe. Viel zu wenige.

»Irgendetwas stimmt nicht«, sagte Ashur-Kai vorsichtig.

»Die Anzahl der Schiffe ist entmutigend. Vielleicht befinden sich andere noch auf dem Weg.«

»Nein, nicht mit der Flotte. Etwas stimmt nicht mit den Strängen des Schicksals. Wie oft habe ich in den letzten Monaten von diesem Sturm geträumt? Wir begeben uns in Gefahr. Merk dir meine Worte.«

Es gibt nur wenige Dinge, die mir das Zahnfleisch schmerzen lassen wie Prophezeiungen. Welche andere Wissenschaft oder Hexerei ist derart unnütz und unpräzise? Welche andere Kunst verlässt sich dermaßen auf die Rückschau?

Schließlich senkte sich Ashur-Kais roter Blick auf mich. »Bist du bereit hierfür?«

Ich nickte und sagte nichts. Er folgte meinem Blick und betrachtete den Oculus. Die Namen der Schiffe vor Anker, die alle vorsichtig auf Distanz zueinander blieben, jagten über die Sichtanzeige: *Unheilsblick, Schlund des Weißen Hundes, Königsspeer*.

Diese kleine Flotte umkreiste das gewaltige Wrack eines machtlosen Schlachtkreuzers. Das Schiff war schon lange tot, war vor einem Jahrhundert von den Geschützen von Menschen und den Klingen von Dämonen erschlagen worden. Einst war es im Kielwasser der Ambition eines Halbgottes zwischen den Sternen gereist und hatte seinen Namen, *Auserwählter des Vaters*, mit Stolz getragen. Jetzt trieb es langsam im Herzen des Sturms. Es war ein Ding offener Wunden und vom Sturm verzerrten Metalls. Es würde als neutraler Boden dienen, wie es das schon eine Handvoll Male zuvor getan hatte.

Die noch lebenden Schiffe glitten langsam näher heran. Jedes war gegen eventuelles Lanzenfeuer von seinen näher kommenden Brüdern geschützt. Jedes einzelne war eine Festung für sich, voller Zinnen und hervorstechender Buge, und beherbergte den Gegenwert einer ganzen Stadt an Sklavenbesatzungen in seinem gewaltigen Rumpf aus zerschundenen Panzerplatten.

Das größte Schiff war ein ausgezeichnetes Denkmal der menschlichen Fähigkeit, Kriegsgerät herzustellen: die *Unheilsblick*. Sie war ein Schlachtschiff unter Kreuzern und trug die Narben unzähliger Kriege auf ihrer meergrünen Außenhülle. Die *Königsspeer* und die *Aufgang der Drei Sonnen* trieben neben ihrem Flaggschiff her und schienen sich dem toten Hulk nur zögerlich zu nähern. *Auserwählter des Vaters*, oder was davon übrig war, zeigte die Überreste ihrer eigenen Legionsfarben.

Jedes anwesende Schiff hatte bereits bessere Zeiten gesehen und das war eine großzügige Einschätzung. Falkus' kleine Flotte war stark dezimiert.

Die *Schlund des Weißen Hundes*, die sich gemeinsam mit der *Tlaloc* die Stellung des kleinsten Kreuzers teilte, war langsamer herangeflogen, ankerte jedoch am nächsten. Wir blieben auf Abstand.

»Falkus und die Duraga kal Esmejhak sind bereits hier«, sagte ich und deutete auf die herabfließenden Runen. »Ebenso wie Lheor von den Fünfzehn Fängen.«

Ashur-Kai verzog seine dünnen Lippen ob des letzten Namens. »Wie erfreulich.«

Ich wandte mich einem weiteren Strom prosperinischer Runen zu. »Dieses Schiff kenne ich nicht. Die anderen tragen die Farben der Sechzehnten ... Wer kommandiert die *Aufgang der Drei Sonnen*?«

Der Albinohexer sah mich einen langen Augenblick unbeeindruckt und ohne zu blinzeln an. »Ich bin kein Legionsarchivar«, sagte er. »Und in Anbetracht der Schäden, die das Schiff erlitten hat, bezweifle ich, dass, wer auch immer die *Drei Sonnen* während der Belagerung befehligt hat, immer noch am Steuer steht.«

Ich tat die mürrische Antwort mit einem Wink ab und rief zum Operationsdeck hinab.

»Ruft die *Unheilsblick*.«

Menschen und Wesen, die einst Menschen gewesen waren, gehorchten. Während wir darauf warteten, dass der Kommunikationskanal geöffnet wurde, beschäftigte Ashur-Kai sich damit, sein Schwert zu ziehen und die geschwungenen Runen zu betrachten, die entlang der flachen Seite der Klinge eingraviert waren.

»Ich schlage vor, dass du den Verkommenen Ritter zu dieser ... Verhandlung mitnimmst.«

Ein finsterer Ausdruck muss kurz auf meinem Gesicht zu sehen gewesen sein. Selbst zu seinen ausdrucksstärksten Zeiten besaß Ashur-Kai kaum Emotionen, die es wert waren, verborgen zu werden, doch in jenem Augenblick zeigte sich auf seinen weißen Gesichtszügen im Heben seiner dünnen Augenbrauen leichte Überraschung.

»Was?«, fragte der Albino. »Was ist los?«

»Er widersetzt sich mir in letzter Zeit«, gab ich zu.

»Ich werde daran denken. Aber nimm den Verkommenen Ritter mit, Khayon. Wir verlassen uns auf die Ehre ehrloser Männer. Lass uns keine Risiken eingehen.«

Die Herren der drei Armeen trafen sich auf neutralem Boden. Es herrschte keine Schwerkraft. Wir bewegten uns mit den stockenden Schritten magnetischer Stiefelarretierung, was sich in einer absolut uneleganten Gangart ausdrückte. Jeder von uns führte eine Handvoll Leibwächter und Blutwächter auf das Wrack der *Auserwählter des Vaters,* wo wir uns in der energielosen, luftleeren Dunkelheit des Kommandodecks des toten Schiffes trafen. Dutzende leere Steuerthrone standen einem zersplitterten Oculus-Sichtschirm gegenüber. Erfrorene, mutierte Körper von Servitors waren durch Warp-Erosion verrottet. Viele schwebten ungehindert durch die Gegend, während andere immer noch in ihren Haltewiegen angeschnallt waren. Sie beobachteten unsere Verhandlungen, diese ausgetrockneten Götzen aus reifbedeckten Knochen, starrten uns mit funktionsuntüchtigen Sichtlinsen, leeren Augenhöhlen und eisumrandeten Augen an.

Tote Krieger schwebten über dem Deck – Krieger in Ceramitrüstungen, die vom Zahn der Zeit angenagt waren und die abgetragenen Markierungen der Sons of Horus trugen. Das Schiff war schon sehr lange tot. Seine Besatzung blieb unbegraben und unverbrannt.

Falkus war zuerst angekommen. Seine Krieger, deren Rüstungen alle in Ozeangrün oder im Schwarz der Justaerin gehalten waren, hatten den Bereich gesichert und im Strategium verteilt Verteidigungsstellungen eingenommen. Ein Kampftrupp hockte auf dem erhöhten Podest im hinteren Bereich der Brücke und hielt seine Scharfschützengewehre bereit. Mehrere weitere Trupps hatten an Abzweigungen und erhöhten Plattformen Position eingenommen. Die Krieger saßen in der Hocke oder deckten ihre knienden Brüder; andere hatten ihre Waffen erhoben, um auf mehrere offene Schutztüren zu zielen, die in andere Bereiche des Schiffes führten.

Trotz der Veränderungen, denen ihre Kriegsrüstungen unterzogen worden waren, erkannte ich mehrere Offiziere der Sons of Horus. Man kann seine Identität vor jenen, die Gedanken lesen können, nicht verbergen. Jede Essenz besitzt ein eigenes Aroma und jede Persönlichkeit strahlt ihre eigene Aura aus.

Unsere Gruppe trat inmitten der verfolgenden Bewegung eines Dutzends Bolterläufe ein.

»Wie beruhigend zu sehen, dass Falkus immer noch ein so vorsichtiges Wesen ist«, sagte Ashur-Kai über das Vox. Er befand sich an Bord der *Tlaloc*, war jedoch mit mir geistverbunden, blickte durch meine Augen und sah zweifellos auch die Einspeisung der Aufzeichnungssensoren meines Helms. Das Knistern der Elektrokommunikation hatte den feuchten Klang seiner Stimme nicht ausgetrocknet.

Waffen senken, Falkus. Ich sandte in dem Gedankenimpuls lediglich die Worte und sorgte dafür, dass keinerlei Emotionen in der Telepathie auftauchten, die eine Bitte in einen psionischen Zwang verwandeln würden.

Falkus stand alleine da, nicht weit entfernt von einer gerüsteten Leiche, die im Gurt des zentralen Kommandothrons steckte. Auf seinem Terminatorhelm saß nicht mehr nur die Helmzier eines Offiziers, sondern ein Paar gewundener widderartiger Hörner, die eine monströse elfenbeinfarbene Krone bildeten. Ob meiner stummen Worte hob er eine Hand – der Befehl an seine Männer, ihre Waffen anderswohin zu richten.

Ein Knistern und Knacken ging seiner Stimme voraus, als die Voxsysteme unserer Rüstungen sich aufeinander abstimmten.

»Khayon«, sagte er und ich hörte offene Erleichterung in seinem Tonfall.

»Ich entschuldige mich für die Verzögerung. Der Sturm sorgte für eine unruhige Überfahrt.«

Er bat mich mit einer Stimme voller Schotter und grobem Sand auf das Podium. »Ich hörte, du seist bei Drol Kheir gefallen.«

»Ich war bei Drol Kheir auf der richtigen Seite«, antwortete ich. »Ausnahmsweise.«

In besseren Zeiten war Falkus einer der ranghöchsten Offiziere der XVI. Legion gewesen. Seine Rüstung enthielt immer noch die geschätzte goldene Brustplatte, die ihm sein Genvater verliehen hatte, das lidlose Auge in polierter Urteilsbildung geöffnet. Die verzerrende Berührung des Augenraums hatte ihn verändert, seit wir uns das letzte Mal begegnet waren. Elfenbeinfarbene Stachel ragten aus seinen Fingerknöcheln und Ellbogen und sein gehörnter Helmauswuchs stellte seinen Autoritätsanspruch über seine Brüder zur Schau. Der Warp formte seinen Körper langsam um, sodass er seine kaltblütige Tödlichkeit widerspiegelte.

Am vielsagendsten von allem waren die brutalen Stoßzähne, die als Verkörperung seines Trotzes und seiner Boshaftigkeit aus seinem Helmvisier ragten. Das war eine Eigenschaft, die man unter der Terminatorelite der Neun Legionen oft sah.

Wie bei den meisten von uns während dieses unziemlichen Zeitalters galt seine oberste Treuepflicht seiner Kriegerschar und jenen Kriegern, denen er mehr als allen anderen vertrauen konnte. Sein Klan bestand aus den Kompanien, die er im Krieg befehligt hatte, und den Bekehrten, die ihm in den Jahrhunderten seit der Belagerung von Terra zugelaufen waren. Sie nannten sich die Duraga kal Esmejhak – ›das Grau nach dem Feuer‹ – ein alter cthonischer Begriff der Trauer, der sich auf die Asche bezieht, die nach der Feuerbestattung eines Körpers überbleibt.

Es war ein larmoyanter Name, denn die Schande der Niederlage brannte tief in ihm. Doch ich bewunderte ihn dafür, dass er ihr mit einem düsteren Sinn für Humor begegnete, anstatt sie komplett zu verleugnen. Oder schlimmer noch, den Fehlschlägen der Vergangenheit zu huldigen.

Falkus' Hand drehte sich, als wir näher kamen, und wurde zu einem Zeichen des Abwehrens. »Nur du, Bruder.«

Meine Gefährten blieben stehen. Gyre benötigte keine Stiefel, um sich mit dem Deck zu verbinden. Die Wölfin schritt durch die Kammer und schnüffelte trotz des Vakuums an den Leichen, pirschte umher, wie es eine echte Wölfin tun würde. Ich konnte ihre Aufmerksamkeit spüren, wie sich ihre Sinne auf unsere Umgebung einstellten. Sie musste nicht ermahnt werden, wachsam zu bleiben.

Mekhari und Djedhor waren Mekhari und Djedhor. *Sollten wir angegriffen werden*, sandte ich an sie beide, *zerstört jeden Krieger, der sich gegen uns wendet.*

Khayon, antwortete Mekhari als emotionslose Kenntnisnahme. Djedhor nickte wortlos. Die gepanzerten Finger beider Rubricae schlossen sich zur gleichen Sekunde, als sie die Bolter vor die Brust hielten.

Ich stieg alleine das Podium hoch. »Dein Ruf war vage«, sagte ich zu Falkus.

»Er musste vage sein. Wo ist der Weiße Seher?«

»Er befehligt während meiner Abwesenheit die *Tlaloc*.«

»Und wo ist deine Xenos?« Eine plötzliche Abscheu ließ seine Stimme voller klingen. »Ist dein Schmerzegel nicht bei dir?«

»Sehr zu meinem Missfallen befindet sie sich ebenfalls noch an Bord der *Tlaloc*.«

Sie musste dort bleiben. Selbst wenn ich ihr mit ihrem stechenden Hunger inmitten dieser Krieger hätte vertrauen können, war sie dennoch nicht in der Lage, sich an einen Ort ohne Atmosphäre zu begeben. Ihre Flügel machten jeden Schutzanzug zu etwas nutzlos Schwerfälligem.

Falkus deutete auf meine rechte Hand, welche auf der ledergebundenen Schachtel der abgenutzten und nicht zusammenpassenden Pergamentkarten lag, die an meinen Gürtel gekettet war. Sein gehörnter Helm spiegelte das felsrutschartige Grollen seiner Stimme über das Vox nur allzu gut wider.

»Ich sehe mehr Karten in deinem Set als beim letzten Mal, da sich unsere Wege gekreuzt haben.«

Er konnte das Lächeln hinter meinem Visier nicht sehen, doch sicherlich hörte er die Belustigung in meiner Stimme.

»Ein paar mehr«, gab ich zu. »Ich war nicht untätig.«

»Erwartest du Ärger?«

»Ich erwarte gar nichts. Ich bin lediglich vorbereitet. Wo sind die anderen?«

Er atmete leise aus. »Du und Ashur-Kai sind die Letzten, deren Erscheinen noch wahrscheinlich war, Khayon. Wir sind bereits seit Wochen hier, ohne irgendwelche Nachrichten zu erhalten. Lheor hat darauf beharrt, dass auch du tot seist.«

»Das war ich auch beinahe.«

Wir hatten eine gemeinsame Vergangenheit, Falkus und ich. Wir vertrauten einander so weit, wie es möglich war, einer anderen Person in den Neun Legionen zu vertrauen. Wenn ihn nicht der eiskalte Zorn der Schlacht erfüllte, war er ein geduldiger Mann. Wir hatten mehr als einmal gemeinsam gedient – zuerst im Großen Kreuzzug, dann während der Belagerung von Terra selbst und später, nachdem wir unser neues Leben im Großen Auge begonnen hatten.

»Also, warum bin ich den ganzen Weg hierher gesegelt?«, fragte ich ihn.

»Lass uns auf Lheor warten. Dann werde ich euch alles erklären.«

Als Lheors Gruppe ankam, trat sie ohne Umschweife und Ordnung ein. Sie waren eine Barbarenmeute unter Soldaten und bewegten sich ohne Formation. In Helmen, auf denen stilisierte Kronen in der Form des Symbols des Kriegsgottes saßen, betrachteten sie die Kammer. Ihre messinggeränderten Kriegsrüstungen hatten die Farbe von Blut auf Eisen und wiesen die versiegelten Risse endloser Reparaturen und schlecht zusammenpassender geplünderter Teile auf.

Keiner von ihnen tat auch nur so, als suchte er die Gegend mit seinem Bolter ab. Die meisten trugen noch nicht einmal Standardbolter; sie hielten Kettenäxte in den Händen, die an ihre Handgelenke gekettet waren, oder hatten sich massige Rotorkanonen umgehängt. Keiner von ihnen nahm eine Verteidigungshaltung gegenüber der Reihe von Waffen ein, die ihre Bewegungen verfolgten. Dieses Ausmaß an Vorsicht schien über ihren Verstand hinauszugehen. Entweder das oder ihr Vertrauen in Falkus und seine Männer machte eine solche Vorsicht einfach überflüssig.

Ihr Anführer trug einen schweren Bolter mit der geübten Anmut von jemandem, der dazu bestimmt war, eine solche Last zu tragen. Er warf seine Waffe im gravitationslosen Vakuum einem seiner Untergebenen zu und bedeutete seinen Männern, am südwestlichen Eingang zu bleiben.

Vor dem Krieg war er Centurion Lheorvine Ukris der 50. Unterstützungskompanie der XII. Legion gewesen. Damals hatte ich ihn nicht gekannt. Unsere Bekanntschaft war in den Jahren entstanden, als wir schon im Reich des Auges lebten.

Lheor ging direkt auf das Podium zu und stellte sich vor Falkus, der wiederum vor dem Steuerthron des toten Schiffes stand. Der Körper des ehemaligen Captains des Schiffes war eine Gestalt in einer bleichen, eisüberkrusteten Rüstung.

Der World Eater warf einen kurzen Blick auf die Leiche und hatte kaum eine Sekunde Aufmerksamkeit für sie übrig. Dann wandte er sich mit blauen Augenlinsen und einem Mundgitter, das zu dem Bildnis eines Totenkopfgrinsens zusammengebissener Zähne geschmiedet worden war, mir zu. Er grüßte mich nicht. Er grüßte noch nicht einmal Falkus, den er als Nächstes betrachtete. Er stand einfach nur da und beobachtete, wie wir ihn beobachteten.

»Dein Tarotset zweifelhafter Ketzereien sieht dicker aus, Hexer«, sagte er zu mir.

»Das ist es, Lheor.«

»Faszinierend«, sagte Lheor in einem Tonfall, der andeutete, dass es alles andere als das war. »Ich hörte, du seist bei Drol Kheir gestorben.«

»Ich stand kurz davor.«

»Also, will mir einer von euch erzählen, warum ich hier bin?«

»Du bist hier, weil ich dich brauche«, sagte Falkus. »Ich brauche euch beide.«

»Wo sind die anderen?«, fragte Lheor. »Palavius? Estakhar?«

Falkus schüttelte den Kopf. »Lupercalios ist gefallen.«

Keiner von uns reagierte. Zumindest nicht sofort. Man findet nicht so leicht Worte, wenn einem vom Tod einer Legion berichtet wird.

Es kursierten immer Gerüchte unter den dahintreibenden Flotten der Legionen; Gerüchte von einer Festung der Sons of Horus, die fiel, oder von einem Außenposten der XVI. Legion, der zerstört wurde. Ihr Aussterben war eine definitive Bedrohung, von der über die Jahrzehnte Hunderte Kommandeure und Kriegsherren erzählt hatten, wann immer sich Schiffe an neutralen Raumhäfen begegneten oder sich zu Sklavenüberfällen vereinten.

Und jetzt wurde uns erzählt, dass es schließlich geschehen war. Ich wusste nicht, ob mich die Möglichkeit sprachlos machen oder ich mich beleidigt fühlen sollte, dass die *Tlaloc* nicht in die Angriffsflotte eingeladen worden war.

»Das Monument ist gefallen?«, fragte Lheor. »Diese Geschichte habe ich schon tausendmal gehört und bisher war sie noch nie wahr.«

Falkus' Stimme, die ohnehin schon sehr tief war, nahm einen tektonischen Klang an. »Glaubst du, ich würde über so etwas Gravierendes scherzen? Die Emperor's Children fielen über uns her und führten Schiffe von jeder anderen Legion an. Das Monument ist fort. Abgesehen von Ruinen aus Asche existiert es nicht mehr.«

»Deswegen sieht deine Flotte also halb ermordet aus«, antwortete Lheor. Dieses Mal herrschte kein Zweifel: Er lächelte hinter seinem fauchenden Helmvisier. »Weil sie gerade aus dem Verlust eurer letzten Festung geflohen ist.«

»Lupercalios war nicht die letzte Festung. Wir haben noch andere.«

»Aber es war die einzige, die wirklich eine Rolle spielte, was?«

Lheors Schädelimplantate verwüsteten sein Nervensystem. Krampfhafte Zuckungen ließen in unregelmäßigen Abständen seine Schultern zusammenzucken und seine Finger sich verkrampfen. Darauf hinzuweisen führte für gewöhnlich dazu, ihn zu verärgern, und er war selbst bei guter Laune schon unvernünftig genug.

Falkus gab in diesem Punkt mit einem Nicken nach. Lupercalios, das Monument, war ein Mausoleum der XVI. Legion, ebenso wie eine Festung. Es war der Ort, an dem ihr Primarch nach der Zerschlagung bei Terra beigesetzt worden war. Nur wenige Mitglieder der anderen Legionen wurden auch nur in die Nähe der letzten Bastion der Sons gelassen.

»Wie viele von euch sind noch übrig?«, fragte ich. »Wie viele Sons of Horus schöpfen noch Atem?«

»Soweit wir es wissen, sind die Duraga kal Esmejhak die letzten. Sicherlich sind noch andere entkommen, aber ...« Er ließ die Worte in der Luft hängen.

»Der Körper«, sagte ich leise.

Falkus wusste sofort, wovon ich sprach. »Sie haben ihn mitgenommen.«

Lheors Gelächter klang rau über das Vox. »Sie haben ihn nicht verbrannt?«

»Sie haben ihn mitgenommen.«

Die Überreste von Horus Lupercal – den wir im Laufe der Zeit den Ersten und Falschen Kriegsherrn nennen würden – waren von ihrem Ruheort im Herzen einer Festung, die errichtet worden war, um sein Versagen zu zelebrieren, geraubt worden.

Ich atmete langsam aus und dachte darüber nach, warum die Emperor's Children seine Knochen plündern sollten. Ein einfacher Akt der Schändung? Möglich, möglich. Die III. Legion hielt sich in derart dekadenten Handlungen nur selten zurück. Doch dieser Tat haftete eine größere Bedeutung an. Ich konnte den Warp beinahe darüber flüstern hören, obwohl der Warp über alles und jeden flüstern kann. Nur ein Narr achtet auf jedes Lied, das er singt.

Falkus sagte: »Ich habe euch hergerufen –«

»*Gebeten*«, unterbrach Lheor ihn und deutete auf die andere Seite des riesigen Kommandodecks, wo seine Männer am südlichen Eingang verblieben. »Du hast die Fünfzehn Fänge *gebeten* teilzunehmen. Wir reagieren nicht auf Aufrufe.«

Wie vorherzusehen war, ignorierte Falkus Lheors Stichelei. Er hob die Hand und tippte drei Mal mit seinen Fingerspitzen gegen sein Herz; eine cthonische Geste der Aufrichtigkeit. Wenn man irgendeinen von uns lange genug beobachtet, egal wie lange wir schon in den irrealen Gezeiten leben, wird man immer einen Nachhall der Kulturen sehen, in die wir hineingeboren wurden.

Doch ich erinnere mich, wie Falkus damals zögerte. Es war eine Zurückhaltung, die so untypisch für ihn war, als sein Stolz mit seinem Pragmatismus rang. Jetzt, da wir hier waren, zögerte er, um unsere Hilfe zu bitten.

»Ich wandte mich an jene, denen ich vertrauen kann«, gab er zu. »Jene, die schon in der Vergangenheit meine Verbündeten waren. Ihr wisst, warum sie den Körper des Kriegsherrn mitgenommen haben«, sagte er. Es war keine Frage. So lange die Neun Legionen im Auge lebten, hatte es Geflüster darüber gegeben, die Leiche auf andere Weisen zu verwenden, als sie in einem Kriegsmuseum aufzubewahren.

Die Knochen eines Primarchen ... Was für eine Opfergabe sie darstellen würden. Was für ein Geschenk an die Mächte jenseits des Schleiers. Hinter dieser Sache steckte mehr als ein einfacher Diebstahl und Dekadenz.

»Ich bin mir nicht sicher, ob ich es wissen will«, murmelte Lheor. »Ihre Vorstellung von Schändung ist –«

Ich unterbrach ihn kopfschüttelnd. »Sie haben ihn mitgenommen, um ihn zu ernten. Um seinen genetischen Reichtum zu erlangen.«

Der Legionär der Sons of Horus nickte. *Klonen* war ein Wort, das von keinem Krieger der Neun Legionen leichtfertig ausgesprochen wurde. Selbst hier, in unserem gesetzlosen Höllenreich, blieben manche Sünden abscheulich. Unsere Art zu klonen hat noch nie gut funktioniert. Irgendetwas in unserer Genetik lässt den Vorgang scheitern und bringt unerwünschte Instabilitäten hervor. Einen Primarchen zu klonen? Das lag jenseits aller unserer Fähigkeiten. Möglicherweise sogar jenseits der Fähigkeiten aller, abgesehen vom Imperator der Menschheit vor seiner Inthronisierung als Leiche in seiner Seelenmaschine.

»Sie können Horus nicht klonen«, sagte Lheor. »Niemand kann das.«

»Es wurde schon einmal getan«, betonte Falkus.

Der World Eater gab über das Vox ein grunzendes Lachen von sich. »Du meinst Abaddon? Pinkel keine Legende auf uns und sag uns dann, es regnet die Wahrheit.«

Ich gestattete ihm dieses doch recht erzwungene Wortspiel, ohne ihn zu unterbrechen. »Warum sollten sie das tun?«, fuhr Lheor fort. »Zu welchem Zweck? Horus hat bereits einmal versagt, und da ist das halbe Imperium unter seinem Banner marschiert. Es gibt keine zweiten Chancen.«

»Kannst du wirklich keinen Wert darin sehen, den Ersten Primarchen wieder auferstehen zu lassen?«, fragte Falkus.

»Nichts, um das ich mir Gedanken machen würde«, gab der World Eater zu.

»Khayon? Ich wusste, dass Lheor dieser Sache halb blind gegenüberstehen würde, doch was ist mit dir? Siehst auch du keinerlei Bedrohung in der Wiedergeburt eines Primarchen?«

Ich konnte nichts anderes sehen als Bedrohungen. Die spirituellen und rituellen Möglichkeiten ließen meinen Schädel schmerzen.

Einen lebenden Primarchen den Vier Göttern zu opfern ...

Das noch schlagende Herz und warme Gehirn des Kriegsherrn zu verzehren, um seine Kraft zu schmecken und zu stehlen ...

Eine Armee missgestalter Simulacra nach dem Bild des Ersten Primarchen auszuheben ...

»Ein Wiedergeborener Horus würde die Legionskriege gewinnen«, sagte ich vorsichtig.

Falkus nickte und verlagerte sein Gewicht. »Und noch mehr als das. Er wäre der einzige noch sterbliche Primarch. Der einzige, der noch in der Lage wäre, das Imperium anzugreifen.«

»Aber *klonen*.« Lheor sprach das Wort wie einen Fluch und mit der instinktiven Abscheu eines Legionärs aus. Er wollte einfach nicht glauben, dass selbst die dekadente Dritte zu solch einem Frevel fähig war. »Und warum bist du gegen diesen Plan? Wolltest du ihn nicht zurückhaben?«

Falkus war eine scharfsinnige, äußerst schlaue Seele. Ich vertraute seinem Urteil, und seine Antwort bestätigte, warum.

»Es wäre nicht Horus Lupercal«, sagte er zu Lheor. »Jeder einzelne Krieger der Sons of Horus hat gespürt, wie unser Vater starb, als der Imperator seine Seele verschlang. Was für einen Wiedergänger die III. Legion auch auferstehen lassen will, er wäre nur eine seelenlose Hülle, die aus den Knochen unseres Vaters geschaffen wurde.« Eine dumpfe, wütende Frustration pochte aus seinen Gedanken. »Sie haben uns bereits an den Rand der Auslöschung getrieben. Reicht das nicht? Müssen sie auch noch auf unsere Knochen pinkeln?«

Lheor und ich warfen einander einen weiteren Blick zu. Der World Eater sprach erneut und sah dabei wieder zu Falkus.

»Sag uns, was du von uns willst, Bruder. Wenn Lupercalios zerstört ist, was bleibt euch dann noch? Ihr könnt wohl kaum die Stadt des Lobgesangs belagern, nur um Horus' Überreste zu verbrennen.«

Falkus sagte nichts, was alles sagte. Lheors Lachen war kehlig und unangenehm.

»Denk nicht einmal dran, Witwenmacher. Sei vernünftig. Du willst dich verstecken? Wir können dich verstecken. Du willst weglaufen? Dann fang an zu laufen. Aber richte deine Ambitionen nicht auf die Stadt des Lobgesangs. Die III. Legion wird dich zu Asche verbrennen, bevor du ihre Festung auch nur erblickst.«

»Als Erstes«, sagte Falkus geduldig, »brauche ich einen neutralen Hafen. Einen, um meine Flotte zu reparieren und neu auszurüsten.«

»Gallium«, sagte ich. »Die *Tlaloc* war vor nicht allzu langer Zeit dort.«

»Ich stelle die Geduld der Gouverneurin nur ungern auf die Probe. So, wie die Sons of Horus jetzt gejagt werden, ist Gallium ein letzter Ausweg.«

Gallium war einer der vielen Stadtstaaten des Mechanicums. Ein Krieger der IV. Legion beanspruchte es als sein Protektorat und übergab die Führung an den ranghöchsten Adepten des Mars. Nach der internen Zeitmessung der *Tlaloc* hatten wir dort vor elf Monaten zuletzt angedockt. Das mochten auf der Welt, die wir zurückgelassen hatten, fünf Minuten oder fünfzehn Jahre sein, wenn man den Sturm in Betracht zog, den wir durchreist hatten.

Ceraxia und Valicar, die Gouverneurin und der Wächter von Gallium, waren für ihre aggressive Weigerung, sich den Legionskriegen anzuschließen, bekannt. Die Neutralität war ihnen mehr wert als Treibstoff, Munition und Ruhm. Falkus hatte recht – als gejagter Ausgestoßener würde seine Gegenwart dort ihre Weigerung, in die Legionskriege einzutreten, belasten.

»Neu bewaffnen und auftanken.« Lheor hob eine Schulter zu einem surrenden Schulterzucken. »Aber was willst du danach erreichen? Selbst mit reparierter Flotte ist deine Legion so tot wie Khayons.« Er machte eine Geste zu Mekhari und Djedhor und sagte dann: »Nichts für ungut.«

»Keine Ursache«, versicherte ich ihm.

Lheor wandte sich wieder an Falkus. »Ich nehme an, dass du uns hergebeten hast, um dich auf alte Bündnisse zu berufen, was? Ich weiß deine Gastfreundschaft zu schätzen, aber ich hätte dir meine Ablehnung auch schicken und den *Weißen Hund* anderswo halten lassen können. Du hast einen ertragreichen Plünderungsfeldzug unterbrochen.«

»Solch eine Undankbarkeit von dir? Du schuldest mir etwas, Lheorvine.«

Lheor stand Angesicht zu Angesicht mit Falkus, Brustplatte an Brustplatte. So geht das oft mit den Kriegerbanden der Legionen, selbst jenen, die eigentlich verbündet sind. Das Posieren ist so etwas wie eine Kunstform, ebenso wie sich an die Einzelheiten von Verbindlichkeiten zu erinnern, die einem geschuldet werden und die man selbst angehäuft hat. Wir nehmen das sehr ernst.

»Ich schulde *dir* etwas, Bruder. Nicht deiner Legion. Ich weigere mich, mit ihr zu sterben. Du willst fliehen? Ich sagte schon, dass ich dir helfen werde. Du willst dich verstecken? Ich werde dir sogar helfen, dich in einen Feigling zu verwandeln, wenn du das plötzlich willst. Aber ich werde mich nicht mit einer Armada der III. Legion anlegen, nur weil du darüber heulst, dass die Emperor's Children die Leiche deines Vaters gestohlen haben. Ihr habt euch dieses Schicksal verdient, als ihr von Terra geflohen seid und uns den Krieg gekostet habt.«

Die alte Anklage. Die Anklage, die die Sons of Horus in ihrem Exil zerstörte und der Grund dafür war, dass sie seit dem Tod ihres Primarchen vor den Geschützen der Neun Legionen davonliefen.

Dies führte nirgendwohin. Ich legte die Hände auf die Schultern beider Krieger und zwang sie ein paar Schritte auseinander.

»Genug. Wir haben den Krieg verloren, als der Kriegsherr bei Terra die Kontrolle über die Legionen verlor. Zu dem Zeitpunkt, da Horus fiel, hatten wir bereits versagt.«

»Streite dich nie mit einem Tizcaner«, murmelte Lheor. »Die ganze Sache stinkt immer noch nach Wahnsinn, Falkus. Wir sprechen hier von übernatürlicher Archäowissenschaft, vom genetischen Kunstwerk des Imperators. Welche Chance hat da ein einfacher Fleischformer? Es wird Jahrhunderte dauern, bis sie so etwas wie einen Primarchen geschmieden können. Selbst der Imperator konnte nur zwanzig von den verfluchten Wesen erschaffen und sogar das hat Jahrzehnte gedauert.«

»Ich bin nicht gewillt, dieses Risiko einzugehen«, erwiderte Falkus, dessen Stimme kalt und harsch klang. Er war ein Choleriker, aber sein Zorn manifestierte sich eher eiskalt als feurig. Wenn Falkus Kibre die Beherrschung verlor, verlor er auch seine Fassade der Wärme. »Wir können uns nicht ewig in diesem Sturm verstecken. Die *Tlaloc* ist als Letztes angekommen. Alle anderen, die auf den Ruf hätten antworten können, sind tot, verschollen oder zu spät, um noch eine Rolle zu spielen. Keine weiteren Verzögerungen. Kein Weglaufen mehr. Ihr habt mir beide geschworen, mir beizustehen, wenn ich euch rufe.«

Obwohl unsere Helme einen direkten Blickkontakt verhinderten, konnte ich fühlen, wie sein Blick dem meinen begegnete, während er sprach. »Hast du einen Plan?«

»Sieh selbst.«

Der Legionär der Sons of Horus holte einen tragbaren Hololithprojektor hervor und betätigte das Aktivierungssiegel. Grelles grünes Licht flackerte auf und spielte über seine Rüstung, als sich das Bild stotternd zusammensetzte.

Es zeigte ein Schiff. Selbst als flackerndes Holo aus unirdisch jadefarbenem Licht war das Ausmaß des Kriegsschiffs gewaltig genug, um mir den Atem zu rauben. Es war ein immenses Schlachtschiff, erhabener als die Erhabenheit selbst mit seinen Festungen und dem gepanzerten Bug, der die Blutrünstigkeit der Scylla-Variante des uralten Rumpfdesigns der Gloriana-Klasse umriss.

Ich erkannte das Schiff sofort, ebenso wie Lheor. Nur eine Handvoll dieser Schlachtschiffe waren je gebaut worden; der Imperator hatte sie seinen Space-Marine-Legionen persönlich als Flaggschiffe übergeben. Nur ein einziges Gloriana-Schiff in den Flotten des Imperators war je nach dem Konstruktionsschema der Scylla-Variante entstanden.

Lheor verschränkte die Arme vor seiner Brustplatte. Er trug immer noch das Imperialis auf der Brust und zeigte schamlos den geflügelten Schädel, der Loyalität gegenüber dem Imperium kennzeichnete. Er polierte das Abzeichen sogar, damit es silbern auf der dunkelroten Rüstung funkelte. Ich glaube, er genoss die Ironie.

Die Servos in seinem Nacken surrten über mein Vox, als er kurz den Kopf schüttelte. »Deine Legion ist gerade gestorben, Bruder. Jetzt ist nicht der rechte Zeitpunkt, Geistern nachzujagen.«

»Ich meine es ernst«, sagte Falkus mit seiner Lawinenstimme. »Ich werde die *Geist der Rachsucht* finden. Mit ihr kann ich die Stadt des Lobgesangs vernichten.«

»Hunderte von Kriegerscharen suchen seit Jahrhunderten nach ihr«, betonte ich so rücksichtsvoll ich konnte.

»Hunderte von Kriegerscharen hatten keine Ahnung, wo sie suchen sollten.«

»Und du bist der Meinung, dass du es weißt?«

Er schaltete auf eine andere Einstellung am Hololithprojektor. Die Darstellung wurde ein paar Sekunden lang unscharf, bevor sie eine grobe Darstellung des Großen Auges zeigte. Mit seiner freien Hand markierte er den kernwärtigen Rand des Auges – jene verdorbenen Sterne, die in Richtung Terra lagen.

»Die Strahlenden Welten.«

Lheors Lachen erklang wie ein Schuss über das Vox. »Wie hast du vor, deine beschädigten Schiffe durch den Feuerstrom zu steuern?«

Das war die falsche Frage. Ich stellte die richtige. »Woher weißt du, dass die *Geist der Rachsucht* dort ist?«

Falkus deaktivierte die Darstellung. »Mir wurde gesagt, dass das Flaggschiff in einem Staubnebel jenseits des Feuerstroms verborgen liegt. Ich werde meine Flotte zu den Strahlenden Welten führen und ich will, dass ihr beide mitkommt.«

Jenseits des Feuerstroms. Deshalb brauchte er mich also.

Weder Lheor noch ich antworteten. Für andere hätten Falkus' Worte vielleicht nach einfacher Verzweiflung gestunken. Sein Bedürfnis, das ehemalige Flaggschiff seiner Legion ausfindig zu machen, könnte auf die Unfähigkeit hindeuten, der Vergangenheit zu entkommen und tragisch auf Kosten der Gestaltung einer neuen Zukunft ehemaligem Ruhm nachzuhängen. Doch so etwas anzunehmen missversteht das Ausmaß dessen, wie tief die Sons of Horus gefallen waren.

Während sie einst die Ersten unter Gleichen gewesen waren, standen sie jetzt am Rand der Vernichtung. Wie viele ihrer Welten waren gefallen, seit die Neun Legionen im Auge Zuflucht gesucht hatten? Wie viele Schiffe hatten sie verloren, entweder in der Schlacht oder durch die plündernde Hand rivalisierender Armeen? Von all denen, die er hätte zu sich rufen können, würde ich ihn nie dafür verspotten, sich gegen das Schwinden des Lichts aufzulehnen. Egal wie vergeblich es war.

Das Monument war zerstört und die Leiche ihres Vaters gestohlen, was sogar das Vermächtnis der Legion entweihte. Falkus' Plan war keine Verzweiflung. Jetzt, da Lupercalios fort war, waren die Sons of Horus über diesen Punkt hinaus, denn Verzweiflung war ein Symptom der Hoffnung. Es war noch nicht einmal Überleben. Es war das letzte Aufbegehren eines Kriegers, der sich weigerte zu sterben, solange seine Pflicht unerfüllt war. Eine letzte Schlacht, um den Namen der Legion mit Stolz in die Geschichtsbücher zu schreiben.

Einen Moment lang hörte ich wieder das Heulen. Ich roch die widerliche Asche eines ungerechten Feuers.

»Ich werde dir helfen«, sagte ich.

Lheor sah mich an, als wäre ich wahnsinnig geworden. »Du wirst ihm helfen?«

»Ja.«

»Danke«, sagte Falkus und neigte den Kopf. »Ich wusste, dass du mir beistehen würdest, Khayon.«

Warum stimmte ich zu? Im Laufe der Zeit würden viele Seelen kommen und mir diese Frage stellen. Selbst Telemachon würde fragen, in einem der seltenen Augenblicke, in denen wir es lange genug in der Gegenwart des anderen aushalten konnten, um wie wahre Brüder miteinander zu sprechen.

Und natürlich würde Abaddon fragen. Obwohl er in seiner Weisheit die Antwort bereits kannte.

Lheor war etwas weniger zuversichtlich. »Ich will Antworten, Falkus. Woher willst du wissen, dass sie jenseits des Feuerstroms ist? Wer schickt dich auf diesen Narrenkreuzzug?«

Falkus wandte sich seinen Männern zu und voxte einen Befehl. »Bringt ihn her.«

Ein ganzes Leben bevor Falkus und ich im Herzen des Sturms zusammenkamen, um über die Ausrottung seiner Legion zu sprechen, sah ich meine eigene Blutlinie sterben.

Es wird oft als Gleichnis erzählt, dass die Legion der Thousand Sons zweimal starb, doch das ist einfach nur dichterische Verblendung. Ahrimans arroganter Rubrica-Zauber konnte uns nicht töten, denn wir waren bereits tot. Seine fehlgeschlagene Errettung war nichts weiter als ein Scheiterhaufen.

Wir starben, als die Wölfe kamen. Wir starben, als unsere Geburtswelt brannte. Prospero, gemeinsam mit seiner Hauptstadt der Asche übergeben, dem Sitz des Wissens der Menschheit: Tizca, die Stadt des Lichts.

Stellt Euch eine Silhouette aus gläsernen Pyramiden vor, die errichtet wurden, um den schönen Himmel zu ehren, und geformt, um das Licht der Sonne zu reflektieren und als ein Leuchtfeuer zu dienen, das selbst aus dem Weltall sichtbar war. Stellt Euch diese Pyramiden vor – die geräumigen, Makropolspitzen gleichen Wohnstätten einer gebildeten und aufgeklärten Bevölkerung, die sich der Erhaltung allen Wissens in der Galaxis hingab. Die Spitzen dieser Pyramidenbibliotheken und Zikkurathabitate waren altertümliche Observatorien und Laboratorien, die sich mit der Sterndeutung, der Hexerei und der Orakelprophezeiung beschäftigten. Wir kennen dieses Streben als die Kunst; ein Name, den auch heute noch viele von uns verwenden.

Das war Tizca, das wahre Tizca. Es war eine Zuflucht friedvollen Lernens und nicht das missgestalte Scheinbild, das jetzt auf Sortiarius existiert.

Wir waren jedoch nicht unschuldig. Niemals das. Selbst heute noch beherbergt Sortiarius jene der Thousand Sons, die ihr Schicksal beklagen und jammernd zum Turm des Zyklopen hinaufrufen, welch Unrecht ihnen widerfahren sei, wie sie verraten wurden, wie sie unmöglich hätten wissen können, dass der Urteilsspruch kommen würde.

Doch wir hätten es wissen sollen. Törichte Ausflüchte und wimmerndes Heulen wird nie die Wahrheit ändern. Wir haben zu tief in die Gezeiten des dämonischen Warp geblickt, als der Imperator selbst von uns verlangte, dass wir blind blieben. Wir glaubten damals, wie es die Überreste meiner ehemaligen Le-

Die Klaue des Horus

gion immer noch glauben, dass Wissen das einzige Gute sei und Unwissenheit das einzige Böse.

Und so traf uns der Richtspruch. Und dieser Richtspruch kam in der Form unserer wilden Vettern über das wahre Tizca, der VI. Legion – auch bekannt als die *Einherjer,* die *Vlka Fenryka,* das Rudel, und unter ihrem niederträchtig wörtlichen Namen im Niedergotischen, die Space Wolves.

Sie kamen über uns, nicht auf Befehl des Imperators, sondern des Kriegsherrn Horus. Damals wussten wir nichts davon. Erst später erfuhren wir, dass der Imperator verlangt hatte, dass wir in beschämender Haft nach Terra zurückkehrten. Es war Horus, welcher die Gezeiten des Krieges bereits manipulierte, bevor dieser überhaupt richtig erklärt war, der dafür sorgte, dass unser Tadel zu unserer Exekution wurde. Er wollte, dass wir das Imperium verachteten. Er wollte, dass wir – jene, die überlebten – ihm gegen den Imperator beistanden, da wir nirgendwo anders hinkonnten.

Und die Wölfe erwiesen ihm den Gefallen. In ihrer Ignoranz, die ebenso tragisch war wie unsere eigene, fielen sie über uns her. Selbst heute hasse ich die Wölfe nicht. Ihre einzige Sünde war, von jenen betrogen zu werden, denen sie vertrauten. In diesem unschuldigeren Zeitalter hatten sie keinen Grund, an den Worten des Ersten Kriegsherrn zu zweifeln.

Die Black Legion hat ihren eigenen Namen für die Wölfe. Wir nennen sie die *Thulgarach,* ›die Getäuschten‹. Manche von uns sprechen den Namen spöttisch aus, während ihn andere ernst meinen. Das Wort selbst legt den Schwerpunkt auf die Gerissenheit des Täuschers anstatt auf die Torheit der Getäuschten. Die Zerstörung Prosperos war Horus' Triumph, nicht der der Wölfe.

Was die Thousand Sons angeht, so weiß ich nicht mehr, wie sie die Wölfe nennen. Ich habe nur noch wenig mit meiner ehemaligen Legion und ihren melancholischen Gebietern zu tun. Besonders, seit ich meinen Vater Magnus vor meinem Bruder Abaddon habe knien lassen.

Doch ich sprach von Prospero und seinem trostlosen Ende.

An dem Tag, da die Legion starb, war ich auf dem Planeten, als der Himmel begann, Feuer zu weinen. Das erste Geheul, das wir hörten, war das Abstiegsheulen fallender Drop Pods, die mit Kometenschweifen erdwärts stürzten. Wie der Großteil meiner Legion sah ich ungläubig zu, wie der klare blaue Himmel über den weißen Pyramiden sich vor Truppentransportern verdunkelte. Immense Stormbird-Landungsschiffe verdeckten die Sonne mit ihrer breiten Flügelspanne. Kleinere Landungsschiffe schwirrten um ihre langsameren Vettern und zeigten dabei die krankhafte Loyalität von Fliegen zu Kadavern.

Wir waren nicht vorbereitet. Wären wir das gewesen, hätte das Imperium zwei Legionen verloren, während wir uns am bittersten Tag der Schlacht, den weder wir noch die Wölfe je gesehen hatten, gegenseitig zerstört hätten. Doch wir wurden vollkommen überrascht. Unsere Feinde gingen uns an die Gurgel, bevor wir überhaupt wussten, dass wir angegriffen wurden. Unser Genherr, Magnus, der Karminrote König, hatte gewusst, dass ein Urteil über unsere Sünden gegen das imperiale Edikt ausstand. Er wollte sich der Bestrafung als Märtyrer stellen, anstatt sich ihr zu widersetzen wie ein Mann.

Unsere Flotte hätte der *Einherjer*-Armada einen guten Kampf geliefert, doch sie war vor der Ankunft der Wölfe in die fernen Winkel unseres Sonnensystems gesegelt und so waren wir am Himmel schutzlos. Der Feind, unsere eigenen Vettern, umging unsere stummen und machtlosen orbitalen Verteidigungsanlagen. Sie stürzten, unbehelligt von den deaktivierten Laserbatterien, in der ganzen Stadt herab.

Die Nachricht verbreitete sich über das Vox und von einem verbundenen Geist zum nächsten. Immer wieder die gleichen Worte. *Wir wurden verraten! Die Wölfe sind hier!*

Ich werde die philosophische Diskussion, ob die Thousand Sons ihre Exekution verdienten, nicht führen. Aber ich weiß, was es bedeutet, vom Krieg zum Waisen gemacht und seiner Blutlinie und Bruderschaft beraubt zu werden.

Vielleicht habe ich also Falkus geholfen, damit ich diesem

Mann beistehen konnte, den ich so sehr bewunderte, und um ihm durch die gleiche trostlose Reise zu helfen, die ich durchlitten hatte. Vielleicht war ich auch einfach nur einsam auf meinem Geisterschiff – umgeben von Aschetoten, deren Geist zu sehr gegeißelt war, um sich an unsere gemeinsame Vergangenheit zu erinnern – und sah hier eine letzte Chance, an der Seite von Brüdern zu kämpfen, die mein Vertrauen verdienten. Vielleicht war die Auferweckung Horus' eine Abscheulichkeit, die ich weder tolerieren noch riskieren konnte.

Vielleicht wollte ich das Flaggschiff der Neun Legionen auch für mich.

»Bringt ihn her.«

Weitere von Falkus Kriegern traten durch einen Seitengang ein. Ihre Gangart war die Bewegung jener, die es gewohnt waren, selbst in schwerfälliger Terminatorrüstung in niedriger Schwerkraft zu gehen. Justaerin. Einst die Kriegerklan-Elite der Sons of Horus.

Zwischen sich eskortierten die fünf einen Krieger, dessen Handgelenke von magnetarretierten Handfesseln hinter seinem Rücken gehalten wurden. Goldene Schrift zog sich in Form von winzigen, präzisen Runen über seine rote Rüstung – jede Reihe war ein Gebet oder eine Segnung in einer Sprache, die das Imperium bereits vergessen hat und die wir als Colchisisch kennen.

Lheor schnaubte, als der Gefangene zu uns gebracht wurde. »Ich gebe zu, das habe ich nicht erwartet.«

Ich ebenfalls nicht. Der Krieger im Schwarz und satten Karmesinrot der Kriegerpriester der Word Bearers wurde gezwungen, vor uns zu knien. Sein Helm war ein antiquiertes Ding aus schmutziger Bronze. Eine Augenlinse hatte eine smaragdgrüne Färbung, die andere war im Blau terranischer Saphire gehalten. Ich fragte mich, welche Bedeutung das hatte.

»Ist das ein Geschenk?«, fragte Lheor. »Oder ein Spielzeug für Khayons Blutwächterin?«

»Warte es ab«, antwortete Falkus, »und du wirst es sehen.«

Ich konnte spüren, wie Lheor abfällig auf den Gefangenen hinabschaute. Ich selbst berührte den Geist des Word Bearers mit meinen Sinnen und fühlte die abweisende Kraft absoluter und skrupelloser Verschwiegenheit. Ein disziplinierter Geist, da bestand kein Zweifel, und einer, der ein eigenes psionisches Potenzial besaß. Jedoch ungeschult. Ungebunden. Roh. Er war nicht mit einem sechsten Sinn geboren worden. Er hatte ihn entwickelt, während seine Seele in den fruchtbaren Gefilden des Großen Auges gereift war und immer heller geleuchtet hatte.

»Wir warten«, sagte Lheor.

Wir alle spürten die Veränderung in jenem Moment. Lheors Kopf ruckte hoch und seine Hand ging an die Axt, die er auf dem Rücken trug. Falkus' Helm klickte von dem halb gedämpften Austausch von Voxnachrichten zwischen ihm und seinen Kriegern, während diese allesamt die Bolter in Bereitschaft auf etwas bislang Ungesehenes an die Schultern hoben. Ich spürte es als Flüstern im Vakuum, eine Präsenz, die sich von einem Ort zum nächsten bewegte, in der Art, wie man selbst mit geschlossenen Augen spürt, dass jemand den Raum durchquert.

Mekhari und Djedhor hoben ihre Bolter einen Augenblick nach Falkus' Männern. Meine Wölfin knurrte die Schatten an.

Etwas kommt, warnte sie. *Oder jemand.*

Keine Gestalt tauchte in einem Sturm psionischer Energie auf oder entstand mit der donnernden Luftverdrängung einer Teleportation. Während wir drei den Gefangenen im Auge behielten und unsere Krieger mit Dutzenden Boltern durch das Kommandodeck zielten, stand die Leiche auf, die krumm auf dem Thron des Captains saß. Die Schnallen ihres Haltegurts rissen mit verrotteter Leichtigkeit.

Lheor und ich wirbelten mit der ungleichen Einigkeit von Brüdern, die in verschiedene Legionen hineingeboren wurden, herum. Mekharis und Djedhors Bolter richteten sich auf den stehenden Kadaver. Das aktivierte Energiefeld kräuselte sich um meine Axt und die Kettenzähne von Lheors Klinge zerkauten die luftlose Stille.

Der tote Offizier der Sons of Horus machte keine feindseligen Bewegungen, nachdem er sich von seinem Thron erhoben hatte. Die Leiche besaß keine Waffen, trug jedoch eine mehrschichtige, hässliche Kriegsrüstung vom Typ Mark V. Ein Merkmal der Häresie und der hastigen Reparaturen zwischen Schlachten. Sie stand dort und beobachtete uns, während wir unsere Waffen auf ihren Kopf richteten. Auf ihrem Schulterpanzer trübte Frost das Symbol des offenen Auges der Sons of Horus.

Ich kann mir ein Leben ohne den sechsten Sinn nicht vorstellen, denn meine Gabe entwickelte sich während meiner frühen Jugend. Es scheint mir ein beklagenswerter Mangel zu sein, eine andere Person anzuschauen, mit einem anderen Krieger zu sprechen, und nicht das Auf und Ab seiner Emotionen zu spüren, während man seine Worte hört. Die Gestalt auf dem Thron war eine Leiche gewesen, eine Kreatur ohne jegliche Gedanken oder Synapsenreaktionen. Deswegen hatte ich kein Leben in ihr gespürt, als wir eintraten. Da war kein Geist, kein Leben, kein Verstand gewesen.

Und doch waren sie nun da. Die schwache Regung einer Essenz zupfte an meinen Sinnen – ich spürte ihre Nähe, aber keine Einzelheiten.

Es war unmöglich, aber ein Knistern ertönte, als sich ein weiteres Signal in unseren gemeinsamen Voxkanal einschaltete.

»Brüder.« Die Stimme erklang als rauchiges, hässliches Fauchen entweichender Luft. »Meine Brüder.«

III

DAS ORAKEL

Weder Lheor noch ich senkten unsere Waffen. Formlose, schwache Geister schimmerten in der Luft und strichen mit substanzlosen Händen über unsere Rüstungen. Es waren wartende Dämonen, die geboren werden wollten. Ich spürte ihren Hunger nach unseren Seelenfeuern und ihren Wunsch, dass wir uns der Gewalt hingaben und ihnen durch Emotionen und Blutvergießen Leben verliehen.

»Nenne deinen Namen«, befahl Lheor der stehenden Leiche.

»Sargon«, kam das trockene Flüstern über das Vox. Die kratzige Stimme klang überstrapaziert, aus Anstrengung und nicht aus Bosheit. Weder die Rüstung noch die Kälte der sonnenlosen Leere hatte den Körper vor dem Einsetzen des Zerfalls geschützt, denn das Wort, das die Kreatur flüsterte, wurde aus verrottenden Lungen gepresst.

Die anderen besaßen keine Begabung für die Kunst, ich jedoch konnte die psionischen Fäden zwischen der sich bewegenden Leiche und dem Geist, der die Knochen des Dings animierte, sehen. Die Gestalt stand in der schlaffen Haltung toter Muskeln vor uns. Sie war eine Puppe, die sich lediglich auf Geheiß ihres Herrn bewegte, der sich ganz in der Nähe befand. Ich senkte die Axt und sah den Word Bearer an. »Du bist Sargon.«

Der bronzene Helm des Gefangenen neigte sich bestätigend, aber die gezischte Antwort kam von der stehenden Leiche.

»Sargon Eregesh, einst von der XVII. Legion. Einst aus dem Messingschädel-Orden. Einst ein Kriegerpriester des Wortes.«

»Einst?«, fragte ich. Die Loyalität gegenüber und Beteiligung an ihrer Vaterlegion war in jeder Kriegerschar unterschiedlich ausgeprägt, aber mir waren bisher nur wenige Krieger der Siebzehnten begegnet, die sich von Lorgars Lehren losgesagt hatten.

»Ich bringe Erkenntnis und Erleuchtung, doch sie sind nicht länger das Wort des Lorgar.«

Ich wandte mich für eine Erklärung an Falkus. »Wo hast du ihn gefangen genommen?«

Er schüttelte den Kopf. »Ich habe ihn überhaupt nicht gefangen genommen. Er kam zu uns, nachdem Lupercalios gefallen war, und händigte uns seine Waffen aus. Die Fesseln sind lediglich eine Vorsichtsmaßnahme.«

Und eine Beleidigung. Selbst jetzt besaß Falkus immer noch den Stolz seines Primarchen. Er war noch nie sehr gut darin gewesen, die Bedürfnisse und Feinheiten anderer zu berücksichtigen. Ich richtete meine Worte an den knienden Krieger anstatt an die Puppe, die für ihn sprach.

»Warum sprichst du nicht?«

Der Word Bearer hob eine rote Hand und berührte mit den Fingerspitzen seine Kehle. Erneut kamen die Worte von der aufrecht stehenden Leiche hinter mir.

»Wunden, die ich im Terranischen Krieg erlitt. Ich kann nicht sprechen. Einer der Söhne des Sanguinius schnitt mir die Kehle auf. Seine Klinge nahm mir den Kehlkopf und die Zunge.«

Ich spürte keine Täuschung von ihm, doch in Wahrheit spürte ich fast überhaupt nichts von ihm. Seine Abwehr war stark und das nicht nur aufgrund eines eisernen Willens. Er animierte den Kadaver nicht einfach nur als Marionette – seine Essenz hatte sich zwischen der Leiche und seinem eigenen Fleisch diffundiert; seine Seele lebte in beiden Körpern gleichzeitig. Ein solcher Kraftakt erforderte einen unglaublichen Grad an Kontrolle.

Wenn dich das Schwert eines Feindes zum Schweigen brachte, warum sprichst du dann nicht, wie ich es jetzt tue?

Stille antwortete mir. Der Word Bearer reagierte nicht, noch tat es die Leiche. Ich versuchte es erneut.

Kannst du meine Worte nicht hören?

Immer noch nichts. Gyre pirschte über das Deck unterhalb des Kommandopodiums und beobachtete uns mit hungrigen weißen Augen.

Er kann uns nicht hören, sandte sie als Impuls. *Ich sehe sein Seelenfeuer als eine gefesselte Flamme. Lebendig, aber versteckt. Dort und nicht dort.*

Ihre verhaltene Verwirrung war über die Verbindung spürbar, die wir teilten. Ich blickte zurück zu dem knienden Krieger. Bei fast allen lebenden Wesen konnte ich Fragmente ihrer Emotionen und Erinnerungen als einen chaotischen Dunst um ihren Geist sehen. In ihr Leben zu schauen dauerte nicht länger als ein Gedanke.

Die Aura dieses Kriegers war wie Rauch. Einfach nur … Rauch. Die Stimmen darin waren zu gedämpft, um sie zu verstehen. Die Farben darin hatten jegliche Lebendigkeit verloren.

Irgendjemand oder irgendetwas hatte den Geist des Mannes kauterisiert. Er war auf eine Art von anderen Lebewesen getrennt worden, die den meisten Sterblichen nie auffallen würde. Wie Gyre schon sagte, er war da und doch wieder nicht da.

»Wer hat dir dies angetan?«

»Ich habe es dir bereits gesagt«, sagte die stehende Leiche, als der Word Bearer erneut mit der Hand seine Kehle berührte. »Ein Blood Angel.«

»Nein. Wer hat deine Seele durchtrennt? Wer hat deine Essenz auf diese Weise eingekerkert?«

Lheor und Falkus sahen mich an, als redete ich in Zungen. Ich ignorierte sie und wartete auf die Antwort des Word Bearers.

»Das kann ich nicht sagen«, voxte der tote Mann. Erneut spürte ich keine Täuschung vom Gefangenen, aber seine Antwort war vage genug, dass sie alles bedeuten konnte.

»Du kannst nicht oder du wirst nicht?«

»Das kann ich nicht sagen.«

»Wovon sprichst du, Khayon?«, fragte Lheor. »Wer hat ihm was angetan?«

»Sein Geist und seine Seele haben eine stärkere Abwehr, als ich es jemals gesehen habe. Ich könnte seine Willenskraft überwältigen und dennoch nicht einmal den Bruchteil dessen in Erfahrung bringen, was er in seiner Erinnerung versteckt. Irgendjemand hat ihm dies angetan, aber ich kann mir nicht vorstellen, wer diese Fähigkeit besitzt. Mein Bruder Ahriman vielleicht. Oder mein Vater Magnus.«

»Ich bin keinem von beiden begegnet«, krächzte die Leiche über das Vox.

»Wie aufregend«, bemerkte Lheor, dessen Tonfall voller Langeweile war.

»Warum hast du dich der Duraga kal Esmejhak ergeben?«, fragte ich.

»Das Schicksal hat es verlangt«, antwortete die Leiche.

»Ich vertraue nicht auf das Schicksal. Gib mir eine richtige Antwort.«

»Das Schicksal spinnt sich immer weiter, ob man nun sein Wirken mitbekommt oder nicht, Iskandar Khayon. Das ist so unvermeidlich wie das Vergehen der Zeit.«

Die Tatsache, dass er meinen Namen kannte, war keine besondere Offenbarung; es gab Hunderte Wege, wie er ihn hätte in Erfahrung bringen können. Ich machte mir mehr Sorgen über seinen Fanatismus, der selbst in der Stimme eines Toten zu hören war.

»Gib mir eine richtige Antwort«, wiederholte ich.

»Ich weiß, wo die *Geist der Rachsucht* versteckt ist. Ich bringe dieses Wissen zu jenen, die es am meisten benötigen.«

»Das ist ein höchst zweifelhaftes Ausmaß an Großzügigkeit. Woher weißt du, wo sich das Flaggschiff der Neun Legionen befindet?«

Die unterschiedlichen Augenlinsen des Word Bearers begegneten meinem Blick. »Weil ich an Bord war.«

Ich wandte mich an Falkus. »Es ist eine Falle. Es kann nichts anderes als eine Falle sein.«

Lheor nickte. Falkus nicht. »Lügt er?«, fragte der Legionär der Sons of Horus. »Spürst du irgendeine Falschheit in seinen Worten?«

Ich musste zugeben, dass ich das nicht tat. »Aber sein Geist ist geschützt und ich habe keine Ahnung, wer ihn versiegelt hat.«

Falkus war unnachgiebig und selbst der Anflug des Triumphs konnte die Verzweiflung in seiner Stimme nicht überspielen. »Aber er sagt die Wahrheit? Das kannst du mit Sicherheit sagen? Er weiß, wo die *Geist der Rachsucht* ist?«

»Bruder, hast du mich gebeten, wochenlang hierher zu segeln, nur damit ich für dich den Lügendetektor spielen kann?«

»Ist es die Wahrheit, Khayon?«

Ich seufzte, da ich spürte, dass es aussichtslos war. »Ja, dein Gefangener sagt die Wahrheit. Wozu das auch immer gut sein mag.«

»Die besten Fallen«, hob Lheor hervor, »werden mit einem unwiderstehlichen Köder aufgestellt.«

Die beiden versanken in einer Unterhaltung – oder einem Streit, ich schenkte dem keine Aufmerksamkeit. Ich beobachtete immer noch Sargon. Was mich an seinem geschützten Geist am meisten ärgerte, war, dass ich seine Offenheit in allen anderen Belangen spürte. Er gab sich keine Mühe, uns in die Irre zu führen. Er sehnte sich beinahe danach, zu kooperieren, ebenso, wie er freiwillig die Fesseln an seinen Handgelenken trug.

»Wo befindet sich die *Geist der Rachsucht?*«, fragte ich ihn.

»Am Rand der Strahlenden Welten«, sagte die Leiche vor mir. »Was ich Falkus Kibre bereits sagte, sage ich nun dir.«

Schließlich wandte ich meinen Blick ab. »Falkus, wenn er einen Toten braucht, um zu sprechen, wie kommuniziert er dann, wenn keine Leichen in der Nähe sind?«

Der Legionär der Sons of Horus schüttelte den Kopf. »Das tut er normalerweise nicht. Er hat ein paar Mal die Kampfzeichen der Legion benutzt, aber uns fehlt es kaum an Toten auf der *Unheilsblick*, besonders seit das Monument gefallen ist.«

»Und du glaubst ihm? Du glaubst, dass er uns zur *Geist der Rachsucht* führen kann?«

Ich konnte zwar Falkus' Gesicht nicht sehen, aber ich spürte, wie er seine Antwort sorgfältig erwog. »Hier geht es nicht um Glauben, Khayon. Meine Männer und ich besitzen nicht den Luxus der Wahl. Wir sind tot, wenn die III. Legion uns zur Strecke bringt, und wir sind tot, wenn wir uns zum Kampf stellen. Ihre Fleischschmiede und Blutmagier mögen ewig brauchen, um den Primarchen zu klonen, falls es ihnen überhaupt gelingt, aber ich werde früh zuschlagen und ihnen die Chance verweigern. Falls Sargon lügt, könnten wir dort draußen am Rande des Auges sterben. Das ist ein Risiko, das ich einzugehen gewillt bin.«

So drastisch ausgedrückt konnte ich verstehen, warum Falkus hier nicht wirklich eine Wahl sah.

»Ich werde mitkommen«, bestätigte ich erneut. »Ich werde dir beistehen.«

Ich fühlte, wie sich Kopfschmerzen anbahnten. In mir brannte die Versuchung, einfach in die Gedanken der anderen zu greifen und über diese wortlose Verbindung zu kommunizieren. Ich war zu lange in der Gesellschaft meiner geistlosen Rubricae-Brüder gewesen und hatte meine psionische Kontrolle auf jene angewandt, die kein Recht hatten, sich dagegen zu widersetzen. Mit anderen tatsächlich zu diskutieren erforderte mehr Geduld, als ich gewohnt war.

Ashur-Kai erfreute dieses Gerede über Prophezeiungen. Ich fühlte, wie er durch meine Augen zusah. Seine Konzentration war so scharf wie eine gewetzte Klinge. Er hungerte nach jedem Fetzen und Schnipsel orakelhafter Möglichkeit. Ich war weniger entzückt über eine derart unzuverlässige Voraussicht – die Verteidigungsvorrichtungen, die Sargons Geist umgeformt hatten, bereiteten mir Sorgen, und Falkus' kühle Ehrlichkeit machte die Sache nur noch beunruhigender.

»Wir leben in der Unterwelt selbst«, sagte ich. »Geister und Wahnsinnige übertreffen jene von uns, die bei Verstand geblieben sind, um eintausend zu eins. Ich schulde dir etwas, Falkus.

Ich vertraue diesem Orakel nicht, aber ich werde mit dir kommen.«

Lheor erhielt nicht die Chance, zuzustimmen oder abzulehnen. Unsere Feinde gestatteten ihm dies nicht.

Sie kamen aus dem Sturm. Die rot-violetten Gezeiten schwollen an und verdunkelten sich, füllten sich mit der Masse des ersten Kriegsschiffs, das durch die ätherischen Wolken pflügte. Es kam in einem bebenden Ansturm, teilte die geschwollenen Wogen und stach hinein ins Herz des Sturms. Rauchige Kondensstreifen aus Warpessenz zogen sich hinter seinen Wehrtürmen und seinem aufflammenden Antrieb her.

Die Anamnesis rief eine Warnung über das Vox. Gyre gab ein psionisches Knurren von sich. Adjutanten aus der ganzen Flotte riefen ihre Herren und Führer, um sie vor dem bevorstehenden Angriff zu warnen.

Von der toten Brücke der *Auserwählter des Vaters* konnte ich die feindlichen Schiffe nicht sehen. Ich sah sie durch den Oculus der *Tlaloc* – sah sie, weil Ashur-Kai sie sehen konnte. Als das führende Schiff in Sicht kam, war das Erste, das ich mit den Augen meines Bruders sah, purpurne imperiale Panzerung, die zu einem geisterhaften Lila ausgeblichen war. Wir wussten, wer sie waren, noch bevor die Auspexanlagen der *Tlaloc* es uns verrieten.

»Die Emperor's Children«, ertönte das ausdruckslose Murmeln der Anamnesis.

»Komm zurück aufs Schiff«, voxte Ashur-Kai im gleichen Augenblick. Ich konnte seine angewiderte Aggression durch unsere psionische Verbindung beinahe schmecken.

Falkus hob eine Hand an den Helm und lauschte einer Stimme, die ich nicht hören konnte. Zweifelsohne erhielt er jedoch die gleichen Worte der Warnung von der Brückenbesatzung der *Unheilsblick*. Dann gab er einen Befehl, von dem ich gehofft hatte, dass er ihn nicht geben würde – die Sons of Horus brachten ihre doppelläufigen Bolter in Anschlag, nicht auf mich und meine Gefährten, sondern auf Lheor und seine Krieger.

Der Befehlshaber der World Eaters machte seinerseits keine feindselige Bewegung.

»Drohe mir nicht«, sagte Lheor so ruhig wie die Schwärze zwischen Welten. »Ich bin vielerlei, Falkus, aber ich bin kein Lügner. Ich würde keinen Betrug auf neutralen Boden bringen.«

»Keine andere Seele weiß von diesem Treffen.« Falkus hielt jetzt sein Schwert in der Hand und hatte sich dem teilnahmslosen World Eater zugewandt.

Lheor trug einen Helm, also war sein Lächeln etwas, das ich eher spürte, als dass ich es sah. Er neigte in belustigter Nichtbeachtung den Kopf und erwog, wie er der entgleisenden Situation vor sich begegnen sollte.

»Brüder ...«, zischte die stehende Leiche, als Sargon versuchte, sie zu beruhigen.

Ich war derjenige, der zwischen ihnen stand. Meine Axt lag schwer in meiner linken Hand. Wir waren alle drei ungefähr gleich groß.

»Er hat uns nicht betrogen.« Ich starrte in Falkus' Augenlinsen, sah meinen eigenen, mit einem Kheltaran verzierten Helm darin gespiegelt und blendete Ashur-Kais wiederholte Aufforderung, auf das Schiff zurückzukehren, aus.

Du kennst Lheor. Ich sandte die Worte als Lanze durch die sture Mauer von Falkus' eisernen Gedanken. *Warum sollte er dich an die Hunde der III. Legion verraten? Er verachtet sie ebenso sehr wie du. Mehr noch, nach Skalathrax. Lass die Waffen senken, bevor du einen deiner letzten Verbündeten in einen Feind verwandelst.*

Ich hatte den Eindruck, dass er vielleicht doch nicht lockerlassen wollte. Es brauchte ein unerschütterliches Herz, eine Kriegerschar anzuführen, und der unterschwellige, selbstgerechte Zorn war wie Eis in seinen Adern. Doch Falkus wandte sich an seine Männer und voxte ihnen den Befehl zur Flucht zu. Die Art, wie sie von der Brücke flohen, hatte nichts an sich, worauf man stolz sein konnte, abgesehen von der Wahrheit der Notwendigkeit. Obwohl sich die Trupps der Sons bewundernswert geordnet zurückzogen, war es dennoch eine Flucht. Der Mangel an

Schwerkraft half ihnen, als sie sich mit den Füßen von den Wänden abstießen und auf die Korridore zuschwebten, welche sie zu den Hangars bringen würden, wo ihre Landungsschiffe warteten.

Sargon erhob sich und machte keine Anstalten zu fliehen. Da sie nun nicht länger seinem Willen unterworfen war, sank die Leiche, die er animiert hatte, in einem seltsamen Konterrhythmus wieder in die wahre Leblosigkeit zurück, als er sich erhob. Ich blieb ebenfalls, wo ich war, jedoch nicht aus Stolz. Mir stand ganz einfach eine andere Art des Entkommens zur Verfügung.

»Kommt mit mir«, sagte ich zu Lheor und Falkus. »Ihr alle. Nehmt eure Männer mit. Eure Schiffe werden zerstört sein, bevor ihr sie je erreicht. Die *Tlaloc* befindet sich am Rand des Sturms und ist bereit zur Flucht.«

»Du kannst uns von diesem Schiff herunterbringen?« Lheors Frage war ein kehliges Knurren.

»Ja.«

»Hast du eine Teleportationsanlage, die in der Lage ist, uns trotz des Sturms zu erfassen?«

»Nein.«

Lheor schüttelte den Kopf. »Dann erspare mir die Launen von Hexern.« Er wandte sich ab zum Gehen, stieß sich vom Deck ab und schwebte auf die weit offen stehende Tür zu, die zum spinalwärtigen Durchgang des Schiffes führte. Seine Krieger waren bereits geflohen.

»Falkus«, hob ich zu sprechen an.

»Das Schicksal möge mit dir sein, Khayon.« Mit diesen Worten folgte er seinen Männern mit schwer schreitender Anmut, wobei er Sargon am Schulterpanzer des Kriegerpriesters mit sich zog. Ich sah zu, wie sie gingen, und verfluchte sie stumm als Narren. Ashur-Kais Stimme in meinem Ohr hatte einen Anflug sardonischer Schulmeisterei.

»Ich begreife nicht so ganz, warum du noch nicht wieder auf dem Schiff bist«, murmelte er. »Du bist dir bewusst, dass diese Narren von der III. Legion Enterschiffe starten, Sekhandur? Das ist etwas, auf das ich eigentlich nicht extra hinweisen müssen sollte.«

Nach seiner trockenen Zurechtweisung hörte ich, wie er der Brückenbesatzung der *Tlaloc* befahl, das Schiff für den Wiedereintritt in den Sturm vorzubereiten. »Würdest du dich bitte beeilen?«, fügte er hinzu und sprach damit wieder zu mir. »Öffne den Übergang.«

Ich antwortete nicht. Ich war dabei, durch unsere Verbindung und damit durch seine Augen den Oculus-Schirm zu betrachten. Unsere Schiffe befanden sich bereits in der Unterzahl. Die feindliche Flotte war begierig auf den Todesstoß und hatte ihre Formation aufgelöst, preschte mit Vollschub näher heran, um die optimale Waffenreichweite zu erreichen. Die ersten Torpedosalven schossen bereits durch die staubige Leere und zogen Feuerschweife hinter sich her, während sie sich auf unsere Schiffe herabsenkten.

Hinter den Gefechtskopfsalven verfolgten im unteren Bereich des Schirms flackernde Auspexrunen die Enterschiffe, die direkt auf uns zuschossen. Nicht nur auf unsere Schiffe, sondern auch auf das angeschlagene Hulk der *Auserwählter des Vaters*. Die ersten Aufschläge standen bevor.

Wir hatten fünf Schiffe. Fünf gegen sieben. Falkus' Flaggschiff, die *Unheilsblick*, war ein Kreuzer von tödlicher Schönheit, der zu seinen Glanzzeiten in der Lage gewesen war, es selbst mit den Besten in jeder Legionsflotte aufzunehmen, aber diese Tagen lagen weit hinter ihm. Er war von Narben überzogen, die ihm während unserer Jahre des Exils zugefügt worden waren. Die *Königsspeer* war ein schlanker Jäger, ein Langreichweitenkiller, der am besten dafür geeignet war, alleine durch die tiefe Kälte zu fliegen, da er selbst ohne die ausgiebigen Wunden, die er trug, für lang gezogene Gefechte nur unzureichend bewaffnet und gepanzert war. Und die *Aufgang der Drei Sonnen*, das neueste Kriegsschiff meines Bruders, sah aus, als wäre es schon vor Monaten gestorben und hätte lediglich vergessen, nicht weiterzusegeln.

Die *Schlund des Weißen Hundes*, gepanzert in den rotbronzenen Platten der XII. Legion, näherte sich bereits dem Wrack des toten Schiffes und war bereit, Lheor und seine Krieger von der *Auserwählter des Vaters* zurückzuholen. Sollte sie sich dem Kampf anschließen – eine Tatsache, auf die ich mich nicht verlassen wollte – konnte sie sich mit einem der Zerstörer oder kleineren Kreuzer duellieren, aber gegen die Großkampfschiffe wäre sie so gut wie nutzlos.

Fünf gegen sieben. Selbst eins gegen eins hätten sie uns zerstört.

Ich hob gerade meine Axt, um den Übergang zu öffnen, als plötzlich sich überlagernde Stimmen über das Vox hereinbrachen, von denen jede ihren eigenen Anteil an neuen Flüchen mit sich brachte. Durch Ashur-Kais Augen sah ich, warum. Gewaltige, hinterhältige Umrisse brachen am Rande des Sturms durch die Wolkendecke und kamen aus allen Richtungen auf uns zu.

Es stand nicht mehr länger nur fünf gegen sieben. Die Möglichkeit zur Flucht war eine Illusion gewesen und ich konnte nicht umhin, die chirurgische Präzision des Hinterhalts zu bewundern. Wer auch immer uns tot sehen wollte, hatte unseren Mord perfekt arrangiert.

Das führende Schiff war ein Schlachtschiff, dessen stumpfer Bug die Gestalt eines goldenen, gekreuzigten Imperialen Adlers mit Skelettflügeln hatte. Dieses Schiff allein wäre schon in der Lage gewesen, unsere fünf in Stücke zu reißen. Die Tatsache, dass es an der Spitze einer vernichtenden Flotte segelte, machte das Ganze nur noch schlimmer. Sie hielten noch nicht einmal eine Angriffsformation ein. Aber das brauchten sie auch nicht. Sie wussten, dass sie uns an der Kehle hatten.

Die Flotte war viel zu groß, als dass sie für dieses eine Gefecht zusammengestellt worden war. Mit Sicherheit war sie Teil der Armada, die Lupercalios verwüstet und nun die Aufgabe hatte, Überlebende Sons of Horus zur Strecke zu bringen.

»Wir werden gerufen«, sagte Ashur-Kai. »Oder besser gesagt, *du* wirst gerufen.«

Ich sah zu, wie der Tod in der Form kolossaler Schlachtschiffe näher kam, während ihre kleineren Verwandten sich in einer dunklen Wolke hinter ihnen ausbreiteten.

»Nimm an«, antwortete ich.

Die Stimme, die knisternd über das Vox erklang, war mir nicht vertraut. Sie hielt sich außerdem zurück – ich konnte das Lächeln und den unterdrückten triumphalen Tonfall hören, aber der Sprechende sah von direkter Schadenfreude ab. Was für eine Selbstbeherrschung für einen seiner Legion.

»Captain Iskandar Khayon von der *Tlaloc*.« Er sprach ›Captain‹ in perfektem tizcanischem Prosperinisch als *Cua Th'ru'quei* aus, ›Führer von Seelen‹. Ich hatte mir immer vorgestellt, dass ich von einem blutrünstigen fenrisianischen Primitiven umgebracht werden würde, und hier stand ich nun, kurz davor, von einem Gelehrten ermordet zu werden.

»Ich bin Khayon. Obwohl ich mich schon seit einiger Zeit nicht mehr Captain nenne.«

»Die Zeiten ändern sich, nicht wahr? Spreche ich außerdem mit dem Kommandeur der *Schlund des Weißen Hundes*, Centurion Lheorvine Ukris, bekannt unter dem Namen ›Flammenfaust‹?«

»Nenn mich nicht Flammenfaust«, voxte Lheor sofort zurück. Er hörte sich weder wütend noch angegriffen an, obwohl ich wusste, dass er beinahe mit Sicherheit beides war. Hinter seiner Antwort konnte ich das gedämpfte Surren der Gelenke seiner Rüstung hören, während er durch das Schiff sprintete.

»Ich bin Kadalus von der III. Legion, und mein Rang ist Sardar der Sechzehnten, Vierzigsten und Einundfünfzigsten Kompanien. Wie Eure Brückenbesatzungen Euch bereits mitgeteilt haben werden, feuert meine Flotte nicht auf Eure Schiffe, nur auf die Kreuzer in den Farben der Sons of Horus. In Hinblick darauf komme ich mit einem Angebot zu Euch: Eurem Leben. Es herrscht kein Zerwürfnis zwischen uns und den Thousand Sons oder den World Eaters. Kehrt auf Eure Schiffe zurück und man wird Euch gestatten, wieder in den Sturm zu segeln, unversehrt und ungebrochen.«

»Sardar Kadalus«, sagte ich. »Ich glaube, Ihr lügt uns an.«

Ein Knistern im Vox tat nichts dazu, sein schmutziges, wissendes Lachen zu verbergen. »Lasst mich einfach Falkus und seine Männer einsammeln, Khayon. Ich habe kein Interesse an Euren belanglosen Beschwörungen oder an diesem Narren Flammenfaust. Ich sage es also erneut: Kehrt auf Eure Schiffe zurück und überlasst die Sons of Horus mir. Ihr habt mein Wort, dass ich Euch am Leben lassen werde und Ihr die Geschichte meiner Großzügigkeit mit zu Euren Festungen nehmen könnt.«

»Was bringt Euch dazu, Falkus derart hartnäckig zu verfolgen?«, fragte ich.

»Er ist einer von *ihnen*«, sagte Kadalus.

Einer von ihnen. Ein Legionär der Sons of Horus. Jener Legion, die uns im Angesicht neu entfachten Zorns imperialer Geschütze hatte sterben lassen. Wie leicht es doch ist, der Vergeltung zu entkommen, und wie schwer, der Schande davonzulaufen.

»Es ist schon etwas seltsam, die moralische Überlegenheit für sich zu beanspruchen, wenn die Leistung Eurer Legion im Terranischen Krieg kaum zuträglich war, Sardar. Was habt Ihr noch mal genau gemacht, während der Rest von uns vor den Palastmauern unser Blut und Leben gegeben hat?«

»Ich habe mein Angebot überbracht«, erwiderte Sardar und ließ sich nicht reizen, obwohl ich mir sicher war, dass er nicht mehr lächelte.

Ich blickte zurück zu meinen Gefährten. Mekhari und Djedhor standen wie zwei stumme Zeugen da. Gyre stakste um die Throne und die ausgetrockneten Leichen, die immer noch auf ihnen saßen. Ihr unmenschlicher Geist war bis auf ein mürrisches Missbehagen unlesbar.

Durch Ashur-Kais Augen sah ich, wie die Runensymbole mehrerer Enterboote sich den oberen Decks der *Auserwählter des Vaters* näherten. Wir hatten weniger als eine Minute, bevor die ersten Entermannschaften auf Eisen trafen.

»Ich befürchte, ich muss ablehnen, Kadalus. Ich weiß Euer Angebot zu schätzen, aber ich würde nicht darauf vertrauen, dass Ihr brennt, selbst wenn ich Euch eigenhändig anzündete. Euer Wort bedeutet mir weniger als Exkrement, Sohn des Fulgrim.«

Er lachte und war sich seines Sieges zu Recht sicher, ob wir Falkus nun verrieten oder nicht.

»Das ist schade, Khayon. Und was ist mit Euch, Flammenfaust?«

»Ich stehe zu dem Tizcaner.« Ich hörte, wie Lheors verstärkte Bronzezähne aufeinanderklackten, als er grinste. »Aber wenn du dich jetzt ergibst, zeige ich vielleicht Gnade.«

»Ist das, was in Eurer Legion als Trotzhaltung gilt, Lheorvine?«

»Nein, es ist das, was als Humor gilt.« Lheors Zähne klackten erneut aufeinander. Die Voxverbindung mit Kadalus erstarb in statischem Rauschen.

Ich öffne den Übergang, sandte ich an Ashur-Kai. Seine Antwort war ein wortloser Impuls der Verärgerung darüber, wie lange ich gebraucht hatte, ihm zuzustimmen.

Die eigenen Sinne mit dem Geist eines anderen verbunden zu halten ist nicht einfach, selbst über eine psionische Verbindung, die so stark war wie jene, die ich mit Ashur-Kai teilte. Ich konnte nicht gleichzeitig den Übergang öffnen und mit meinem Bruder geistverbunden bleiben, also bereitete ich mich auf die scharfe Trennung vor, die mir bevorsteht.

Ich fühlte, wie er sein Schwert hob, während ich das Gleiche mit meiner Axt tat. Uns trennten Hunderte Kilometer, doch ich spürte die Eintracht unserer Bewegungen, ebenso wie ich spürte, dass wir beide in der gleichen Sekunde mit erhobenen Waffen innehielten.

Bereit, sandte ich.

Bereit, sandte er im gleichen Augenblick zurück.

Mekhari. Djedhor. Zu mir.

Meine toten Brüder marschierten an meine Seite, die Bolter feuerbereit gehalten. Gyre kreiste um uns drei und knurrte leise in meinem Geist.

Meine Sinne schnappten mit einem wuchtigen Peitschenknall von Ashur-Kai zu mir zurück. Mit meiner Axt schnitt ich eine Wunde in die Realität.

Meine Axt hatte einen Namen, wie es alle Waffen sollten. Sie hieß *Saern*, ›Wahrheit‹ in den Dialekten mehrerer Klans auf Fenris, ganz besonders dem des Deinlyr-Stammes.

Ich hatte Saern getragen, seit Prospero gebrannt hatte, wo ich die Klinge aus dem leblosen Griff eines Kriegers genommen hatte, der seinem Ziel, mich zu töten, viel zu nahe gekommen war. Damals hatte ich nichts über ihn gewusst, außer der Tatsache, dass er Hass in den Augen und den Tod in seinen Fäusten trug.

Viele der Rituale und Sitten der Legionen spiegeln die brutale Einfachheit der ursprünglichsten Kulturen wider: jene Stammesgesellschaften aus der Steinzeit der Menschheit oder die Kriegerkulturen ihrer Bronze- und Eisenzeiten. Feindlichen Legionen Trophäen abzunehmen ist nicht nur weit verbreitet, es ist ein ebenso erwartetes und informelles Verhalten wie das gewohnheitsmäßige gegenseitige Postieren und Drohen zwischen zwei rivalisierenden Kommandeuren.

Viele der Orden des Adeptus Astartes, die aus dem rückgratlosen Zerbrechen der Streitkräfte des Großen Kreuzzugs hervorgingen, meinen, über derartigem Verhalten zu stehen, doch wir von den Neun Legionen schrecken nur selten davor zurück, uns ausgefallenen Drohungen hinzugeben. Denn immerhin hängt ein großer Teil des Respekts, den eine Kriegerschar unter ihresgleichen genießt, vom Ruf ihres Anführers ab. Seine Krieger brüllen dem Feind seine Siege ins Gesicht und schreien die Niederlagen ihrer Feinde hinaus.

Das Einfordern von Waffen und Rüstungen der Gefallenen ist also keine Seltenheit. Dennoch, und obwohl ich den Thousand Sons keine Gefolgschaft mehr schulde, läuft es mir immer noch kalt den Rücken herunter, wenn ich mir vorstelle, wie viele Relikte die Wölfe aus den Knochen Prosperos mitnahmen. Mein Zorn regt sich darüber, dass sie unsere Schätze als *Maleficarum* bezeichneten, als ›verdorben‹, und sie höchstwahrscheinlich zerstörten, anstatt sie in der Schlacht zu führen.

Im Führen der Waffe eines Feindes liegt wenigstens ein gewisser Respekt. Ich habe Saern nicht aus Trotz ihren Erschaffern gegenüber so viele Jahre nach Prospero behalten; ich trug sie in den Krieg, weil sie eine schöne, verlässliche Klinge war. Derartige

Relikte dem Zerfall zu überantworten ist eine weitaus düsterere Beleidigung.

Saerns Heft war so lang wie mein Arm, aus grauem Adamantium geschmiedet und mit eingeätzten Runen im fenrisianischen *Tharka*-Dialekt verziert. Die Symbole erzählten die Geschichte, wie ihr ursprünglicher Besitzer sich seinen Platz als Champion unter den Wölfen verdient hatte. Die ineinander verschlungenen Runen gaben Dutzende Siege während des Großen Kreuzzugs gegen Xenos, Verräter und Rebellen wider. Ich beendete diese Geschichte, als ich die Axt aus seinen toten Händen nahm.

In den darauffolgenden Jahren ließ ich das Heft neu konstruieren und mit Splittern psionisch abgestimmter Kristalle von einer Welt im Auge durchziehen. Sie verliefen nun wie Adern durch die gesamte Länge der Waffe, vom Knauf bis zur Klinge. Obwohl ihr hauptsächlicher Nutzen darin lag, die Waffe als Fokus psionischer Energie neu zu schaffen, reagierten sie auch mit einer gewissen ›Feindseligkeit‹, wenn irgendjemand anderes als ich den Griff berührte.

Die Axt selbst war ein schweres Beil mit einer einzelnen Klinge, deren Schneide halbmondförmig geschwungen war. Ein goldener Wolfskopf bleckte auf der flachen Seite der Klinge in Richtung der tödlichen Schneide die Zähne. Wenn die Axt aktiviert war, umspielten funkelnde Blitze seine wilden Züge und schienen das Tier zu knurrendem Leben zu erwecken.

Ich besaß noch andere Waffen – Bolter, Pistolen, Klingen, sogar einen Speer, den ich einer Seelenhexe der Eldar abgenommen habe –, doch ich schätzte keine von ihnen so sehr wie Saern.

Als ich den Schnitt nach unten führte, loderten die schwarzen Kristalle begleitet von dem läutenden Lied ihrer Aktivierung auf. Die Klinge schnitt gleichermaßen durch Realität und Irrealität – nichts manifestierte sich jedoch in der Luft, kein Schlitz gewalttätiger Energie und kreischender Seelen. Doch der Schnitt war da, und ich konnte die Dinge auf der anderen Seite aus der Ferne spüren. Ihren profanen Hunger. Ihre ätzenden Bedürfnisse. Sie waren still, als sie ihre Chance auf Freiheit spürten.

Ich griff mit meinen Sinnen, die sich anspannten wie klauenbewehrte Finger, nach dem unsichtbaren Schnitt und zog die Wunde auf. Jenseits des Risses lag absolute Schwärze – nicht das Schwarz des Nichts, sondern der Blindheit. Die Sinne der Sterblichen konnten nicht verarbeiten, was hinter der Öffnung lag. Ich spürte, wie der ferne Hunger weit weniger fern wurde.

Irgendwo auf der anderen Seite wartete Ashur-Kai. Er wartete mit dem Schwert in der Hand neben einer ähnlichen Wunde in der Realität, die er an Bord der *Tlaloc* geschlagen hatte.

Die Nimmergeborenen strömten gleichzeitig durch beide Wunden. Mein Bruder und ich begannen im selben Augenblick zu kämpfen.

DER VERKOMMENE RITTER

»Die Menschheit hat stets zu den Sternen geschaut, um den rechten Weg zu finden.«

Wer sprach diese Worte zuerst? In all den Jahrtausenden meines Lebens habe ich den Ursprung dieses Gedankens nicht gefunden. Vielleicht werde ich das auch nie, sollten meine Gastgeber der Inquisition mich exekutieren. Ich vermute jedoch, dass sie zu intelligent sind, um das zu versuchen. Der Versuch, mich zu ermorden, wird für sie kein gutes Ende nehmen.

Mein Bruder Ahriman, dessen Weisheit außer Frage stand, bis er seinem Stolz erlaubte, seine Gedanken zu besudeln, mochte dieses Zitat ganz besonders. Bevor ich in schwarz gerüstet war, als Ahriman und ich noch wahrhaftig Brüder waren und nicht nur Blutsbande teilten, besuchte ich seine Vorlesungen über die Natur unserer Spezies und das Universum, das wir als unser eigenes beanspruchten. Er zitierte diese Worte in unseren Debatten und ich lächelte stets, denn sie waren so wahr.

Die Menschheit hat stets am Himmel nach Antworten gesucht. Die ersten Menschen blickten zur Sonne und verehrten eine Kugel aus Fusionsfeuer als die Inkarnation einer Gottheit am Himmel – einer Gottheit, die Leben schenkte und mit jedem Sonnenaufgang die Angst vor der Dunkelheit verbannte.

Die Sonne ist ein mächtiges Symbol. Noch heute gibt es primitive Welten innerhalb der stets schrumpfenden Grenzen des Imperiums, auf denen der Imperator als Sonnengott verehrt wird. Die Institutionen der Menschheit kümmert es nicht, wie die Herden ihres menschlichen Viehbestandes dem Imperator Gefolgschaft leisten, solange die bedingungslose Verehrung und der Zehnt an die Ekklesiarchie nie enden.

Als die Philosophen jener früheren Kulturen die Dunkelheit nicht länger fürchteten, wurde der Nachthimmel zu einem Garten am Firmament, in dem die Sterne und Planeten selbst in poetische, willkürliche Konstellationen gesetzt waren, woraufhin sie als die Körper ferner Götter und Göttinnen verkündet wurden, die auf die Menschheit herabschauten.

Und die ganze Zeit über schauten wir nach oben. Suchend, greifend, wünschend.

Zögert Ihr, wenn ich ›wir‹ sage? Ist es falsch von mir, mich selbst und meine Art inmitten der verschiedenen Stränge des genetischen Spinnennetzes der Menschheit zu platzieren?

Das Imperium gibt seine größte Ignoranz preis, indem es glaubt, dass die Neun Legionen und die Sterblichen, die uns folgen, irgendeine fremdartige Spezies seien. Das Wissen über den Warp ist einfach nur das: Wissen. Keine Veränderung, kein Geheimnis und keine Wahrheit kann jeden einzelnen Teil einer Seele umschreiben.

Ich bin kein Mensch. Ich bin kein Mensch mehr gewesen, seit ich elf Jahre alt war, als die Legion der Thousand Sons mich meiner Familie wegnahm und mich zu einer Waffe des Krieges formte. Aber ich bin aus einem menschlichen Kern geschaffen. Meine Emotionen sind menschliche Emotionen, die durch posthumane Sinne angepasst und weiterentwickelt wurden. Meine Herzen sind sterbliche Herzen, doch verändert; sie sind zu unsterblichem Hass und unsterblicher Begierde fähig, die weit über das hinausgehen, was die uns zugrundeliegende Spezies empfindet.

Wenn wir von den Neun Legionen an die Menschheit denken, sehen wir, abgesehen von ihrem offensichtlichen Nutzen als Sklaven und Knechte und Untertanen, verwandte Seelen. Keine Spezies, die es zu verachten gilt, sondern eine schwache, unwissende Herde, die durch eine starke Hand geführt werden muss. Die Menschheit stellt einen Daseinszustand dar, der unsere Wurzeln bildet, nicht unseren Feind. Sie steht in der evolutionären Entwicklung nur eine Stufe unter uns.

Also ja, ich sage ›wir‹.

Im Laufe der Zeit wandte sich die Menschheit auf der Suche nach Wissen himmelwärts anstatt an den Glauben. Jene frühen Zivilisationen entwickelten sich über das Anbeten der Sterne hinaus und wendeten sich den Planeten zu, die um sie kreisten. Diese Welten waren ein gelobtes Land hoffnungsvoller Expansion. Die Menschheit katalogisierte sie und stellte sich vor, in Schiffen aus gepanzertem Eisen durch den schwarzen Himmel zu fliegen, um sie zu kolonisieren, und suchte schlussendlich Leben auf ihnen.

Doch wir wollten immer noch mehr. Und schon bald fanden wir es auch.

Der Warp. Das Empyreum. Der Große Ozean. Das Meer der Seelen.

Als die Menschheit den Warp ursprünglich entdeckte und ihn benutzte, um unvorstellbare Distanzen zu überbrücken, wussten wir so wenig über die Bösartigkeit, die in seinen ewigen Gezeiten hauste. Wir sahen fremdartige Wesen – jene unmenschlichen Kreaturen, die aus dem Äther geformt sind –, aber nie die Bosheit in ihnen, noch die großen und böswilligen Intelligenzen, die sie hervorbrachten.

Wir sahen lediglich eine Realität jenseits unserer eigenen, einen Ozean in ständigem Wandel, der dennoch Reisen von Jahrhunderten in wenigen Wochen ermöglichte. Die Überbrückung von Entfernungen, die einhundert Generationen gedauert hätte, war nun eine Angelegenheit von Monaten. Von Gellerfeldern, undurchdringlichen Blasen materieller Realität, geschützt, brachten die ersten Empyronauten unsere Spezies zu den entferntesten Sternen und den Welten, die in ihrem fremdartigen Licht kreisten.

Wir hatten keine Ahnung. In diesen Tagen friedvoller Ignoranz hatten wir keine Ahnung, dass wir durch die Hölle segelten. Wir hatten keine Ahnung, was in diesen Fluten schwamm und darauf wartete, dass unsere Emotionen ihnen Gestalt verliehen.

Die Wesen des Warp haben in unzähligen Kulturen unzählige Namen. Ich kenne sie als die Seelenlosen; als Tengu; als Shedim; als Dhaimonion; als Numen; als Geister, Gespenster, Daeva; als die Gefallenen; als die Nimmergeborenen und unter unzähligen anderen Bezeichnungen. Doch all diese Namen in zehntausenden Kulturen erschallen aus einem einzigen ontologischen Kern.

Dämon.

In dem Moment, da ich den Riss öffnete, eröffneten Mekhari und Djedhor in perfektem Einklang das Feuer. Das Bellen ihrer Bolter wurde durch das luftlose Kommandodeck zum Verstummen gebracht, aber sie bockten gleichzeitig vom Rückstoß, den diese Art von Waffe an sich hatte.

Der erste Nimmergeborene kroch durch den Übergang in das kalte Vakuum der Realität und direkt in einen Strom Boltergeschosse, der sein leichenhaftes Fleisch in dicken, nassen Strängen ätherhaften Schleims auseinanderplatzen ließ. Obwohl meine eigene Sicht von der Ashur-Kais nun getrennt war, blieb genug von unserer Verbindung, um seine Handlungen zu fühlen: Er hatte die Öffnung des Übergangs auf der Brücke der *Tlaloc* geschnitten, was eine schwerwiegende Bedrohung gewesen wäre, würde er nicht ebenfalls von einer Phalanx aus Rubricae beschützt. Ihre Bolter eröffneten in einem vernichtenden Sturm das Feuer und dezimierten die Kreaturen, die hindurchkamen.

Mir standen nicht reihenweise Rubricae zur Verfügung, doch die erste Flut unmenschlichen Fleisches war schwach genug, um allein von Mekhari und Djedhor zurückgehalten zu werden. Gyre war ein schwarzer Schemen, ein Dämon in der Haut eines

Die Klaue des Horus

Schreckenswolfs; sich auflösende Eingeweide tropften von ihren Krallen und Fängen. Sie warf sich mit Hingabe auf die Wesen und erfreute sich am Abschlachten derart schwacher Beute.

Wenn die Gelehrten des Imperiums von Dämonen als einheitliche Horde sprechen, die sich gegen die Menschheit vereint, so sprechen sie die unwahrsten Worte ihres Lebens. Dämonen entstehen in unendlichen Arten und Unterarten und bekriegen einander weitaus öfter, als sie Kricg gegen Sterbliche führen. Selbst jene, die zum gleichen Chor und Pantheon gehören, schlachten ihre Artgenossen aus einem grenzenlosen Hass heraus ab und verschlingen sie, oder sie kämpfen gemäß der unergründlichen Pakte, die sie binden. Ich habe ganze Welten gesehen, die nur als Schlachtfeld sich bekriegender Scharen dienten, welche alle dem Kriegsgott verschworen waren. Es spielt keine Rolle, dass jeder Dämon in diesen wimmelnden Milliarden am Fuße seines Throns geboren wurde. Da sie sich als kleinere Bruchstücke ihres Vaters ewigen Zorns manifestieren, kennen sie nichts anderes als Blutvergießen. Die Kinder der anderen Götter sind ähnlich und führen ihre eigenen Kriege auf ihre jeweils eigene Art.

Gyre war an mich gebunden, durch einen Pakt des Eides, des Blutes und der Seele. Aber sie hatte ihresgleichen schon eine Ewigkeit lang zerstört, bevor sie willentlich zu mir gekommen war.

Hier, im Herzen des Sturms, waren die ersten Nimmergeborenen, die durch den Übergang kamen, belanglose Dinger, die sich durch die Öffnung wühlten und unseren Waffen zum Opfer fielen, bevor sie uns bedrohen konnten. Ihre stärkeren Vettern würden sich schon bald regen – von meinem Seelenfeuer und dem Trommeln meiner schlagenden Herzen zum Übergang gelockt –, doch wir hatten noch etwas Zeit. Dies war bei Weitem nicht der erste Übergang, den mein Bruder und ich aufgeschnitten hatten.

Das Schiff bebte unter unseren Füßen. Entertorpedos, die in der Nähe auftrafen. Ich hieb Saern rückhändig gegen den Kopf von etwas, das drei Gesichter hatte, und trat die kopflosen Überreste die Stufen des Podiums hinunter.

Ich rate zu etwas Eile, ermahnte Ashur-Kai erneut.

Du kannst nicht in Schwierigkeiten stecken, sandte ich. *Du hast eine Kompanie Rubricae bei dir.*

Ich spreche von der Schlachtflotte, die sich uns nähert. Der Wagemut, dem du und Lheorvine einfach nicht widerstehen konntet, hat dafür gesorgt, dass der Feind auf uns feuern wird. Wenn wir hier verweilen, werden die Emperor's Children uns erwischen. In nur sechs Minuten wird das Schiff wieder in den Sturm vordringen, Khayon. Möchtest du den Übergang dann betreten? Können wir ihn in diesen Winden stabil halten?

Ein Vortrag von Ashur-Kai, sogar hier, sogar jetzt. Manche Dinge änderten sich nie.

Ich bin fast so weit.

Irgendetwas wand sich über mein Schienbein. Etwas, das aus zitternden Gliedmaßen und offen liegenden Organen bestand und keine sichtbaren Augen besaß. Ich zerstampfte es mit meinem Fuß.

Man kann Dämonen nicht direkt anschauen. Es sind Kreaturen, die aus den Emotionen und Albträumen der Sterblichen geboren und aus dem Bewusstsein entgegengesetzter Gottheiten gezerrt werden. Um genau zu sein, haben es die Sinne von Sterblichen – selbst jene, die an das Dämonische und Profane gewöhnt sind – schwer, sich auf die verkörperten Gestalten der Nimmergeborenen zu konzentrieren. Unser Verstand versucht, Erwartungen und Struktur auf etwas zu übertragen, das sich dem Verständnis entzieht, ganz zu schweigen von einer Beschreibung. Egal wie konzentriert wir hinschauen, wir sind immer noch sterbliche Seelen, die etwas anschauen, das eigentlich nicht existieren sollte.

Bestenfalls führt dies zu einer trüben Aura um die Nimmergeborenen, die sie so nebulös wie eine Luftspiegelung aussehen lässt. Schlimmstenfalls und weitaus öfter sind alles, was man von ihrer Verkörperung ausmachen kann, eine Handvoll Eindrücke und Gefühle: ein Geruch, eine Erinnerung, der Anblick von etwas Unbestimmtem.

Rotes Fleisch. Blasse Haut. Reißzähne. Ein trockener, zimtartiger Leichengestank und das Gefühl einer klingenbewehrten Bedrohung. Augen, die in der Dunkelheit lodern. Ein Schwert aus schwarzem Eisen, das in toten Sprachen flüstert. Der Schatten von Flügeln und der Geruch animalischen Atems. Klauen, die vom Säurekuss irgendeines ätzenden Giftes dampfen.

Etwas sprang von der Seite auf mich zu und ein um sich schlagendes Gewicht klammerte sich an mein Helmvisier. Ich erhaschte einen äußerst kurzen Blick auf schmiegsames, ungekochtes Fleisch, das bebend gegen meine Augenlinsen klatschte, während sich irgendeine abstoßende Gliedmaße um meinen Hals und meine Schulter festzog.

Mit einem wuchtigen Ruck war es fort – ich hörte einen nur allzu menschlichen Schrei in meinem Geist, als es weggerissen wurde. Ein blutendes, formloses Etwas löste sich zwischen Gyres Kiefern auf und zerbrach wie schwindender Nebel. Ich wandte mich ab, um Saern durch den spindeldürren Leib einer Kreatur zu schlagen, die brüchige Skalpelle als Finger hatte. Die Axt schickte den Dämon in zwei Stücken aufs Deck.

Danke, sandte ich an Gyre. *Und jetzt geh.*

Ich bleibe. Ich kämpfe. Ich töte.

Geh!

Die Wölfin, deren Fell aus Rauch und schwarzem Feuer bestand, nahm Anlauf und sprang auf die Wunde in der Realität zu. Sie krachte gegen einen der fleischigen Nimmergeborenen, der versuchte, sich aus ihr herauszuschieben. Sie landete inmitten einer Raserei aus Klauen und aufblitzenden Fangzähnen auf ihm und die beiden verschwanden im Übergang.

Gyre ist durch. Ashur-Kais Stimme tauchte in dem Augenblick in meinem Kopf auf, da meine Wölfin verschwand.

Mekhari und Djedhor waren als Nächstes dran. *Kehrt aufs Schiff zurück.*

Khayon, sandte Djedhor eine stumpfsinnige Bestätigung zurück. Beide hoben die Waffen an die Schultern und schossen, während sie auf die wogende Wunde zugingen. Klauen kratzten wirkungslos über ihre Rüstungen, als sie durch die verkümmerten Dinger wateten, die sie umringten. Bevor sie den Übergang betraten, ließ Mekharis letzter Schuss eine Kreatur aufplatzen, die aussah, als wäre sie aus überlappenden Ballen knochenlosen Fleisches gemacht.

Mekhari ist durch, sandte Ashur-Kai.

Und Djedhor?

Nur Mekhari.

Der Übergang erbebte ob meines plötzlichen besorgten Impulses in psionischem Einklang und riss weiter auf. Ich konnte die brodelnde Schwärze durch den Schlitz in der Realität sehen und fühlte Ashur-Kai entfernt auf der anderen Seite. Der Scheiterhaufengeruch von stärkerem Dämonenfleisch erfüllte meine Sinne. Nicht mehr lange. Ganz und gar nicht mehr lange.

Was ist mit Djedhor?

Immer noch kein Anzeichen, antwortete Ashur-Kai. *Das Schiff steht unter Feuer. Wir haben keine Zeit für deine idiotische Sentimentalität.*

Doch ich konnte nicht gehen. Ich musste den Übergang offen halten. Er zerrte an meiner Aufmerksamkeit, laugte meine Konzentration aus und verlangsamte meine Reaktionen. Ihn offen zu halten war eine Konzentrationsanstrengung, die dem Kämpfen mit einer schweren Last auf dem Rücken nicht unähnlich war. Ich musste hierbleiben; in dem Augenblick, in dem ich ihn betrat, würde er sich schließen.

Aber Djedhor –

Er ist ein einziger Rubrica, Sekhandur. Beweg dich!

Beinahe gehorchte ich ihm aus Instinkt. Es war eine Tradition der Legion, junge Hexer mit erfahrenen Meistern zusammenzubringen, ebenso wie die Bildung informeller Zirkel gleichgesinnter Gelehrter und loyaler Lehrlinge zu ermutigen. Ashur-Kai war mein Mentor gewesen, bevor er mein Bruder geworden war. Er war einer derjenigen gewesen, die mich mit großer Hingabe zum Studium der Kunst geführt hatten, aber ich war nicht mehr sein Schüler, der dazu verpflichtet war, jeden seiner Befehle zu befolgen. Ich war vor der Häresie der ranghöhere Offizier gewesen und die *Tlaloc* war mein Schiff.

Ich lasse ihn nicht zurück. Ich werde das Tor für Djedhor halten. Ebenso wie du.

Saern zerteilte ein kreischendes Etwas aus blutendem Glas. Was als sein Blut durchging, ergoss sich in Mustern über meine Rüstung, die für Seher wie Ashur-Kai vermutlich eine astrale Bedeutung beinhalteten.

Bevor mein ehemaliger Meister antworten konnte, brach Djedhor wieder aus dem Übergang. Eine wogende Masse aus ertrunken aussehendem Fleisch hatte sich um jedes Glied, jedes Gelenk gewickelt und sogar das leblose Starren seiner Augenlinsen geblendet. Auf der Greifhaut der Kreatur öffneten sich Münder und geiferten wirkungslos gegen die Rüstung des Rubrica, doch dort, wo die erdrückende Umarmung des Dings das Ceramit hatte splittern lassen, stieg staubige Luft aus Rissen auf.

Ich konnte nicht darauf einhacken, ohne Djedhor zu treffen. Aus dem gleichen Grund konnte ich auch nicht darauf schießen. Meine Pistole war eine großkalibrige Kjaroskuro-Laserwaffe, die lange vor der Häresie angefertigt worden war. Falls ich die dreiläufige Waffe auf die Kreatur abfeuerte, würde sie sich entzünden und Djedhor mit sich einäschern.

Ein weiterer Stoß staubiger Luft stieg auf, diesmal an Djedhors Kehle. Ich musste das Risiko eingehen, meine Konzentration vom Übergang zu lösen, wenngleich auch nur für eine Sekunde.

Wenn ich sage, dass wir die Beherrschung des Psionischen ›die Kunst‹ nennen, will ich damit nicht jene, welche die Gabe in sich tragen, vergöttern oder der Hexerei einen unverdienten Mystizismus andichten. Sie ist ein Handwerk wie jedes andere, das zu Anfang Lernen, Übung und Unterweisung erfordert und ständiger Mühe bedarf, um eine Befähigung in ihm zu erlangen. Wahre Beherrschung erfordert Rituale oder das vorsichtige Vermischen mehrerer Disziplinen, um die Energien in eine materielle Realität zu *weben*. Doch die grundlegendsten und ungenauesten Entfesselungen erfordern nur wenig Ausbildung. Zu *greifen*, zu *ziehen*, zu *verbrennen* – diese Dinge fallen selbst einer ungeschulten Seele leicht.

In jenem Augenblick wob ich nicht, noch griff ich nach etwas, wie ich es so oft mit meinen Sinnen tat. Ich zog in der gröbsten Anwendung telekinetischer Kraft.

Ich zog die Mischung sich anspannenden Fleisches vom Körper meines Bruders, riss es mit einem gewalttätigen telekinetischen Zerren von ihm. Das Ding hinterließ einen Großteil seiner zitternden abgetrennten Glieder an Djedhors Rüstung. Ich gab ihm einen halben Herzschlag Zeit, in der Luft um sich zu schlagen und zu zittern, als es auf mich springen wollte, bevor ein Wink meiner Hand es in einer schwerelosen Wolke kristallisierter Blutblasen an einer Steuerkonsole aufplatzen ließ.

Kehre aufs Schiff zurück, sandte ich einen Impuls an Djedhor, während ich mich vor ihn stellte und lange genug verteidigte, damit er aufstehen konnte. Eine Flut aus Dämonenfleisch ergoss sich auf das Deck, ausgestoßen aus dem sich spreizenden Übergang. Die Kreaturen wurden größer und immer stärkere Wesen des Warp schafften es hindurch, je länger ich das Tor offen hielt. Ich vergrub meine Axt im Schlund von etwas Geschmeidigem und Insektenhaftem und bemitleidete den von Albträumen heimgesuchten Geist, der ihm Gestalt verliehen hatte. Djedhor kam wieder auf die Beine und stieß immer noch staubige Luft aus seiner Kehle aus.

»Hexer«, ertönte eine verzerrte Stimme über das Vox.

»Lheor?«

»Khayon.« Er war außer Atem, kämpfte, tötete, rannte. »Sie haben unsere Landungsschiffe verbrannt. Kannst du uns hier wegbringen?«

Während ich abgelenkt war, weil ich mich auf Djedhor und den Riss konzentriert hatte, welcher seine unerwünschte Gabe an Dämonenfleisch hervorquellen ließ, hatte ich unseren gemeinsamen Voxkanal ausgeblendet. Lheors Stimme machte mich wieder darauf aufmerksam und ich konzentrierte mich auf die größere Schlacht. Ich gebe zu, dass ich die World Eaters und

Sons of Horus in dem Augenblick, da sie von der Brücke geflohen waren, als tot abgetan hatte.

Ich will die Sache nicht in die Länge ziehen – die Emperor's Children hatten uns eine Klinge an unsere kollektive Kehle gelegt und in der *Auserwählter des Vaters* wimmelte es schon bald von Kriegern der III. Legion. Es ist nicht schwer, in kaltem Kalkül auf Lheors und Falkus' vereitelte Flucht zurückzublicken, besonders da ich wusste, dass ich den Übergang öffnen konnte, um mich zurückzuziehen, ohne mir über das eine Storm-Eagle-Landungsschiff Gedanken zu machen, das wir im westlichen Tertiärhangar zurückließen.

»Ich kann euch auf die *Tlaloc* bringen, wenn ihr schnell zurückkehrt.«

Lheor kam als Erstes. Seine Rüstung zog in der Schwerelosigkeit eine Aura aus Blutkristallen hinter sich her. Er flog zurück auf die Brücke und die Zähne seiner Kettenaxt drehten sich geräuschlos. Mehrere seiner Männer folgten ihm ungeordnet schwebend. Auch sie waren von Blutkristallen umringt und betätigten noch die Auslöser ihrer aufheulenden Kettenschwerter.

Lheor grunzte, als seine Stiefel sich in der Nähe auf dem Deck arretierten. In diesem Augenblick spürte ich zwei Dinge von ihm: Das Erste war seine Abscheu gegenüber dem, was durch den geöffneten Übergang kam; das Zweite waren seine Schädelimplantate – jene brutalen Aggressionsverstärker, die auf so primitive Art mit seinem Gehirn verdrahtet waren –, die wie auf Nägel schlagende Hämmer Druck ausübten. Sie schlugen die Hitze eines Schmiedefeuers in das Fleisch seines Geistes und führten zu schmerzhaften Gesichtszuckungen, während sie seine Nerven verbrannten.

Ich ballte eine Hand zur Faust und zerschmetterte die Knochen des kugelförmigen Dings, das ich mit meinem telekinetischen Griff in der Luft gehalten hatte. Es zerteilte sich in Stücke und löste sich auf, als es starb.

»Geht«, sagte ich zu den sieben verbliebenen World Eaters.

Der Schlitz im Raum war von einem so tiefen und sternenlosen Schwarz, dass es wie das Innenleben von etwas Lebendigem aussah. »Geht hindurch.«

Ich sandte einen Impuls: *Geht*, und fügte die Wucht meiner Willenskraft hinzu, damit der Befehl den blutdurchtränkten Dunstschleier durchbrach, der ihre verwundeten Gehirne umgab. Sie begannen zu rennen und jeder der Krieger in Rot und Messing hackte sich auf dem Weg in den Übergang durch die erscheinenden Nimmergeborenen.

Wir, äh, scheinen plötzlich World Eaters an Bord zu haben, sandte Ashur-Kai in nüchterner Verzweiflung.

Wie viele?

Sechs.

Es werden sieben sein.

Eine kurze Warnung wäre mir ganz recht gewesen, Khayon. Meine Rubricae hätten sie beinahe ausgelöscht.

Es waren noch weitere Seelen in der Nähe. Ich hörte sie als ein Flüstern halb verstandener Worte und Splitter der Erinnerung anderer Männer.

Eine ungeordnete Gruppe Emperor's Children, deren Rüstungen schwarze, silberne sowie blass rosafarbene und rotgelbliche Farben trugen, schwebten durch den östlichen Eingang des Strategiums. Einige von ihnen krochen entlang der Decke und Wände. Sie alle schauten mich an und die ersten hoben Bolter und Pistolen in der Geschlossenheit, die nur Legionsbrüder kennen. Meine Augenlinsen blitzten auf, als sie jede Bedrohung mit kleineren Fadenkreuzen markierten.

Sie feuerten. Ich sah das Mündungsflackern zündender Geschosse. Ich war immer noch darauf konzentriert, den Übergang aufrechtzuerhalten und nahm die Dinge eher geisterhaft als körperlich wahr. Ich konnte die Auren der Krieger sehen, die fieberhaften Ausstrahlungen aus Gedanken und Emotionen, die sie umgaben. Noch in der gleichen Sekunde sah ich die Schusslinie ihrer Boltgeschosse und wusste, wo sie auftreffen würden, wenn ich es zuließ.

Ich hob den Arm und streckte die Handfläche in Richtung der Eindringlinge aus. Es fühlte sich so langsam an. Es kann jedoch nicht langsam gewesen sein – all dies geschah, bevor mein Herz zweimal schlagen konnte –, aber das ist eine durchaus weit verbreitete Empfindung jener mit psionischen Gaben. Wenn wir unsere Kräfte nutzen, um den Äther zu manipulieren, lässt das alle anderen Eindrücke träge wirken.

Ich stand mit meiner Hand in Richtung der Emperor's Children ausgestreckt da und sagte mit sehr ruhiger Stimme: »Ich denke nicht.«

Die Geschosse zerplatzten an der wogenden Telekinesebarriere vor mir. Ich senkte den Schild, sobald er seine Aufgabe erfüllt hatte. Djedhor feuerte immer noch und konzentrierte sich dabei auf die Nimmergeborenen. Lheor hatte seinen schweren Bolter auf die Emperor's Children gerichtet und wartete auf meinen Befehl.

Doch als ich meinen Arm senkte, feuerten die Emperor's Children nicht erneut. Ich spürte ihr Unbehagen, eine aufgewühlte Flut, die gegen meine Sinne drängte und so salzig wie Schweiß schmeckte und so sauer wie Galle. *Hexer*, zischten ihre Gedanken. *Hexer. Hexer. Bleibt zurück. Seid vorsichtig. Hexer.*

Der Anführer des Trupps landete auf dem Deck und magnetarretierte seine klauenbewehrten Stiefel. Sein Schwert hing an seinem Oberschenkel und lag nicht in seiner Hand. Das Visier seines Helms war eine silberne Begräbnismaske, die ein wohlgestaltetes Gesicht von überragender Besinnlichkeit zeigte. Irgendetwas, das der trostlosen Erhabenheit menschlicher Mythen entnommen worden war.

»Captain Khayon.« Was für eine Stimme. Eine Stimme, um sanftmütig und leidenschaftlich von der Kanzel zu predigen. Eine Stimme, um Seelen zu beeinflussen und Gewissen zu reinigen. »Ich will mit Euch reden, bevor Ihr flieht.«

Seine Rüstung war schwarz und in ein metallisches Rosa eingefasst. Knochen waren durch das Ceramit zu sehen, nicht als gewaltsame Knöchelauswüchse, sondern als geformte Kunst, in die chemosische Runen inskribiert waren, welche Geschichten erzählten, die ich aus dieser Entfernung nur erraten konnte. Zunächst glaubte ich, dass tote, abgezogene Haut wie ein Umhang um seine Schultern lag. Diese Illusion zerschellte, als sich mehrere der Gesichter bewegten. Für meine Zielerfassung waren die gehäuteten Gesichter nichts als lebloses Fleisch. Für meine Warpsicht lebten sie noch als verkümmerte, geschundene Existenzen – lungenlos und zungenlos gaben sie in stummer Qual Klagelaute von sich.

»Versucht nicht erneut, auf mich zu schießen«, erwiderte ich. »Das irritiert mich.«

»Das sehe ich. Und, erkennt Ihr mich wieder?«

Das tat ich nicht und ich sagte es ihm. Ich hatte seit unserer Verbannung in das Auge Hunderte Brüder und Vettern der Neun Legionen gesehen, und obwohl an vielen die Berührung des Warp oder die Veränderungen, die durch die Kunst verursacht wurden, zu sehen waren, hatte ich noch nie einen Umhang stumm schreiender Gesichter gesehen, noch erkannte ich ihn unter den Veränderungen, die seiner Rüstung widerfahren waren. Er hatte sich weit von dem Space Marine entfernt, der er gewesen war. Doch dann wiederum hatten wir das alle wohl oder übel.

»Telemachon Lyral«, nannte er seinen Namen mit derselben inspirierenden Sanftheit, die weder Güte noch Schwäche andeutete. »Einst Captain Telemachon Lyral der Einundfünfzigsten Kompanie der III. Legion.«

Meine Hände schlossen sich fester um Saerns Heft. Er bemerkte es und neigte den Kopf. »Jetzt erinnert Ihr Euch an mich«, sagte er.

Oh ja. Jetzt erinnerte ich mich. Und ich hatte den Verkommenen Ritter dabei. Die Versuchung brannte scharf und heiß in meinem Blut, real genug, um sie zu spüren.

Geh, sandte ich an Djedhor. Er gehorchte, feuerte weiterhin auf die Nimmergeborenen und verschwand dann im Übergang. Ashur-Kais Stimme meldete sich umgehend.

Djedhor ist durch.

In dem Augenblick, da Ashur-Kai diese Worte sprach, senkte

Die Klaue des Horus

sich eine immense Last auf uns alle. Die Schwerkraft kehrte mit Übelkeit erregender Wucht auf das Schiff zurück und Leuchtgloben, die Jahrzehnte lang tot der Leere ausgesetzt gewesen waren, flackerten wieder auf. Schwebende Kadaver fielen auf das Deck und zerbrachen zu vertrockneten Überresten. Das sich abmühende Licht der Brücke warf einen blassen Schimmer auf uns, die wir dieses Grab tief im Weltraum mit unserem selbstsüchtigen Blutvergießen entweihten.

Lheor fluchte, als er in die Knie gezwungen wurde, und bemühte sich, sein Gleichgewicht wiederzuerlangen. Sie hatten die Generatoren wieder aktiviert – zweifelsohne, um das Hulk detonieren zu lassen oder es zu bergen.

In der Kälte brannten meine Sinne von der Nähe so viel Lebens. Weitere Emperor's Children strömten durch die Gänge herbei. Mehr, mehr, mehr. Telemachon und seine Männer staksten langsam auf uns zu, nahmen sich jetzt vor uns in Acht. Nahmen sich vor mir in Acht.

Lheor hob seinen schweren Bolter, doch ich senkte ihn mit meiner Hand wieder. Vernachlässigt und nicht länger aufrechterhalten, brach der Übergang in sich zusammen. Das Geheul der Nimmergeborenen verstummte, jedoch nicht, bevor eine letzte Kreatur in die Kammer stürmte. Eine schwarze Jägerin, wild und fauchend.

Ich habe dich zurück aufs Schiff befohlen, sandte ich ihr zu und erhielt nur ergebenen Trotz als Antwort.

Wo Ihr jagt, jage auch ich.

Meine Wölfin. Meine loyale, geliebte Wölfin. *Versteck dich*, befahl ich ihr. *Halte dich bereit.*

Gyre verschwand in meinem Schatten und ihr vertrautes, wildes Herz strich gegen meinen Geist. Dort lag sie auf der Lauer, versteckt und hungernd.

Wortlos warf ich eine Tarotkarte vor den Emperor's Children auf das Deck und wartete darauf, dass sie starben.

Gestattet mir, Euch kurz eine Geschichte zu erzählen – eine Geschichte über Blut und Verrat, die eine Ewigkeit vor diesem letzten, dunklen Jahrtausend stattfand und viele Dutzende Jahrhunderte, bevor Lheor und ich an Bord des Wracks der *Auserwählter des Vaters* standen. Es ist eine uralte Geschichte, jedoch eine von eindeutiger Relevanz, das verspreche ich.

Die Geschichte spielt sich in den gottlosen Zeitaltern der Alten Erde in einem Land ab, das als Gallyen bekannt war und auch das Franckenreich genannt wurde. Ein hochgeborener Geistlicher der Stahlära, welche auf das Bronze- und Eisenzeitalter folgte, glaubte, die Worte seiner gesichtslosen Gottheit hören zu können. Um diese selbsterklärte Reinheit widerzuspiegeln, nimmt er den Namen Innozenz an und führt dann seine Gefolgsleute in den Krieg.

Lord Innozenz ruft einen Kreuzzug aus, um eine häretische Sekte auszulöschen, die unsere fragmentierte Geschichtsschreibung als die ›Kartherer‹ bezeichnet. Er verlangt, dass sie für ihre Sünden gegen den imaginären Gott verbrannt werden. Doch die heiligen Krieger seiner Gefolgschaft – die Ritter – in primitiven Rüstungen und mit Stahlschwertern in den Händen sind Prinzen und Herren ihrer eigenen Ländereien. Für sie sind die Tugenden des Adels und der Ehre von höchster Bedeutung. Das Volk ihres Reiches wendet sich an sie, wenn es Gerechtigkeit begehrt, und es sind ihre Klingen, die die tugendhaften Schwachen vor den starken Bösen beschützen.

Bis ihr Gebieter, Innozenz, sie segnet. Er verkündet, dass ihre Handlungen heilige Taten sind, die im Namen des Gottes getan werden, den sie für echt halten. Alle Verbrechen, die sie in diesem Krieg begehen, werden ignoriert werden, alle Sünden vergeben.

Belagerungen werden in diesem vergangenen Zeitalter mit Katapulten aus Metall und Holz geführt, die Gesteinsbrocken schleudern. Mit diesen primitiven Maschinen, die von Bauern und Ingenieuren bedient werden, werden Stadtmauern bezwungen, und sobald die Mauern fallen, marschieren die Fußsoldaten ein, angeführt von ihren Herren und Prinzen.

Albigensia, die Festung der Kartherer, fällt bei Sonnenaufgang. Die Ritter führen ihre heiligen Krieger in die Stadt, und da alle ihre Sünden vergeben sind, bevor sie begangen werden, zeigen die Kreuzfahrer keine Gnade. Die Ketzer zählen nur wenige Hundert, doch die ganze Stadt brennt. Männer, Frauen, Kinder ... alle werden von den gesegneten Klingen der Ritter abgeschlachtet.

Doch was ist mit der schuldlosen breiten Masse? Was ist mit den Kindern, die von der Häresie ihrer Eltern nichts wissen? Was ist mit den Tausenden loyalen, frommen Seelen, die keine Gesetze gebrochen haben und den Tod nicht verdienen?

»Tötet sie alle«, sagt Innozenz, der primitive Kriegsherr dieses Zeitalters. »Tötet sie alle. Unser Gott wird wissen, wer zu ihm steht.« Er verurteilt Tausende zum Tode, nicht weil sie schuldig sind, sondern weil er glaubt, dass jene, die von seinen Männern ungerechtfertigt getötet werden, ein mythologisches Paradies erwartet.

Und so brennt die Stadt. Eine unschuldige Bevölkerung wird von den Klingen jener vom Angesicht der Welt gefegt, die sie eigentlich hätten beschützen sollen.

Wie jede Emotion und jede Tat wird dieses Massaker vom Meer der Seelen widergespiegelt. Der Hass, die Angst, der Zorn und das bittere Gefühl des Verrats – all das gerinnt jenseits des Schleiers. Nur wenige Dinge nähren den Warp so gut wie der Krieg, und nur wenige Kriege tragen den gleichen verdorbenen Symbolismus in sich wie jene, die von den Starken gegen die Schwachen erklärt werden, die sie zu beschützen geschworen hatten.

Ein derartiges Massaker gebärt Dämonen im Empyreum; unzählige wimmernde Schrecken, die aus individuellen Augenblicken der Qual und Mordlust entstehen. Über ihnen formen sich noch mächtigere Wesen: eins, das aus einem absichtlich gelegten Brand geboren wird, der Dutzende Leben fordert; ein anderes, das aus dem elendigen Entsetzen einer Mutter entsteht, die zusehen muss, wie ihre Kinder auf den Lanzen jener aufgespießt werden, die sie für ihre edlen und heiligen Beschützer gehalten hatte. Diese Taten und Tausende ähnliche erzeugen in der Hölle jenseits des Schleiers der Realität die Nimmergeborenen.

Manchmal, wie während dieses Kreuzzugs von Albigensia,

wird ein Dämon geboren, der sich über seine Artgenossen erhebt, einer, der all die elendige Komplexität, Grausamkeit und blutdurchtränkte Schande des Genozids beinhaltet. Stellt Euch eine Kreatur vor, die aus diesem unvergleichlichen Verrat entsteht. Stellt Euch einen Geist des Krieges vor, der zum Leben erwacht, wenn eine Kriegerkaste ihre Klingen gegen ihr eigenes Volk richtet und auf Geheiß eines Tyrannen und im Namen einer Lüge handelt.

Seine Haut ist blutig und kohlschwarz, wie das Fleisch jener Familien, die im Feuer ihrer Häuser vergingen. Seine Rüstung ist eine vom Feuer geschwärzte Verhöhnung der Ritter in Kettenhemden, die ihn hervorgebracht haben. Er trägt ein Schwert, ebenso wie die niedermetzelnden Ritter Schwerter trugen, doch in seine Klinge sind Flüche in Form von Runen geschnitzt, die den Ruhm des Kriegsgottes verkünden.

Das karmesinrote und orangenfarbene Licht, das in seinen Augen lodert, ist das Feuer, das den Horizont erleuchtete, als die todgeweihte Stadt brannte. Wenn er seinen Rachen öffnet, dann ist jeder ausgestoßene Atem wie das Echo von zehntausend Todesschreien.

Er nennt sich der Verkommene Ritter.

Rauch umgab uns, der so dicht war wie ein Leichentuch, und Schreie erklangen aus der Ferne. Der Rauch hätte aus den Mündungen brüllender Bolter stammen können, doch das tat er nicht. Das Schreien hätte das Heulen von Waffen sein können, die auf anderen Decks Plaststahl zerteilten, doch auch das war es nicht. Beides ging von dem Ding aus, das sich mit uns auf der Brücke befand.

Ich schob das Set Papyruskarten wieder zurück in die Lederschachtel, die an einer Kette von meinem Gürtel hing. Neben mir zuckte Lheor mit dem Eifer eines Schlächters. Ich legte meine Hand auf seine Schulter; es war eine warnende Geste.

»Nein«, sagte ich leise über das Vox. »Beweg dich nicht.«

Die Emperor's Children verteilten sich auf dem Kommandodeck – auf uns zu, um uns herum, jegliche Geschlossenheit der Trupps verloren. Der Rauch verwandelte sie in schemenhafte gerüstete Silhouetten mit leuchtend blauen Augenlinsen. Wir sahen zu, wie sie ihre Pistolen und Bolter durch den Rauch schwenkten, während sie vorrückten. Mehrere trugen Suchscheinwerfer auf der Schulter, die plötzlich aktiviert wurden und ihre Strahlen hierhin und dorthin richteten, doch der Rauch widersetzte sich dieser weltlichen Beleuchtung. Einer der Strahlen fuhr zweimal über uns, schwang von links nach rechts. Meine Augenlinsen verdunkelten sich und kompensierten die Helligkeit. Eines der Lichter beharkte uns und schien auf uns zu verweilen ... bewegte sich dann aber weiter. Ich spürte keine Veränderung der Wahrnehmung. Wir blieben ungesehen, obwohl wir direkt in ihrer Mitte standen.

Telemachon führte sie nicht an. Ich spürte ihn am Rand der Kammer. Ich spürte seine Konzentration wie einen Speer, der nach meiner Kehle suchte, ebenso wie seine Verärgerung darüber, uns verloren zu haben.

Lheor zitterte wieder. Das Zucken verriet sein Bedürfnis, sich auf unsere Feinde zu stürzen und sie zu töten. Ich konnte die Schmerzen im hinteren Bereich seines Gehirns fühlen, das Ticktack seiner Implantate, die ihn dafür bestraften, dass er an Ort und Stelle blieb. Ich bewahrte ohne auch nur die Andeutung einer Bewegung die Fassung. Ich konnte meinen eigenen Atem hören; das leise, regelmäßige Geräusch eines Wellenrauschens über das Vox.

Die Emperor's Children kamen näher und bewegten sich mit gehobenen Waffen durch den Raum. Einige von ihnen feuerten und trafen nichts. Wir waren eins mit dem Rauch und kaum da.

Einer von ihnen kam an uns vorbei, nah genug, um ihn zu berühren, nah genug, den leeren Augen in dem Gesicht zu begegnen, das auf seinem Schulterpanzer aufgespannt war. Das knirschende Geräusch seiner Servorüstung war wie ein mechanisches Knurren in der Dunkelheit und ich hörte seinen Helm klicken, als dieser verschiedene Sichtfilter durchlief. Dann ertönte ein Knirschen, als er den Bolter an die Schulter hob.

»Hier«, rief er seinen Brüdern zu. »Hier!«

Lheor sprang vor. Ich brachte ihn mit einer Hand auf seinem Schulterpanzer und einer Willensanstrengung, die seine Muskeln blockierte, zum Halt. Er bebte und murmelte über das Vox, als unsere Feinde uns umzingelten ... und dann weiterzogen.

Ein Schatten bewegte sich, etwas Riesiges und Schwarzes in dem grauen Rauch. Seine Klinge rammte sauber durch den Torso des Legionärs und hob den um sich schlagenden und sich windenden Krieger hoch. Ich stand stumm da, als Blut und Flüche aus seinem Voxgitter kamen. Er feuerte, noch während er getötet wurde. Sein Bolter spie drei Geschosse auf seinen Mörder. Falls die Kreatur bemerkte, dass sie beschossen wurde, so zeigte sie es nicht.

Ich war mir Ashur-Kais Aufforderung, zurückzukehren, bewusst, ebenso wie seiner Ermahnung, dass die *Tlaloc* unter Feuer stand, dass ich alles riskierte. Und ich war mir ebenso bewusst, dass es mich nicht kümmerte. Wenn Vergeltung alles ist, was einem noch bleibt, dann übt man sie, egal was es kostet.

Das Geräusch zerbrechenden Ceramits ist ein reißendes metallisches Kreischen gefolgt von einem zerschmetternden Knallen. Das Geräusch eines lebenden Mannes, der entzweigerissen wird, ist das eines saftigen Knackens wie das Knirschen von nassem Holz. Wenn man diese Geräusche einmal gehört hat, dann vergisst man sie nie wieder.

Der Krieger fiel in blutigen Stücken zu Boden und der schwarze Schatten im Grau tat seinen ersten Schritt. Ein eisenbeschlagener Huf zerquetschte den Kopf des sterbenden Kriegers, zertrampelte den Helm zu violetten Splittern und zerrieb die Masse darin auf dem Deck.

Ein Haufen feuchten, bebenden Fleisches landete neben meinen Stiefeln auf dem Deck. Ich lauschte den Halbgedanken seines nutzlosen, von Schmerzen durchdrungenen Gehirns nicht. Mein Blick lag auf dem Schatten im Rauch, als sich dieser in meine Richtung wandte.

»***Khayon* ...**«, knurrte der Verkommene Ritter durch speichelverhangene Fangzähne. Seine Stimme hallte ebenfalls durch meinen Geist. »*Ich sehe dich, Seelenweber.*«

Und ich sehe dich, Dämon.

Ich konnte die Emperor's Children unscharf durch den Rauch von der Beschwörung des Dämons ausmachen, wie sie sich zum Eingang zurückzogen und dort Position einnahmen. In wenigen Augenblicken würden sie den Raum mit Bolterfeuer füllen, und ich konnte uns nicht ewig dagegen schützen.

Zerstöre meine Feinde, sandte ich an den Verkommenen Ritter.

Sein großer, gehörnter Kopf schwang langsam herum, um den Raum abzusuchen. Sein Gelächter erhitzte die Luft, die wir atmeten. Die Belustigung der Kreatur war ein haftender Druck auf meinem Geist, der in die Ritzen zwischen meinen Gedanken sank. Ich hatte schon psionische Angriffe ausgehalten, die sich weniger abstoßend angefühlt hatten.

»**Löse zuerst meine Fesseln**«, sagte er schnaubend.

Gehorche mir, sandte ich mit so viel Ruhe zurück, wie ich aufbringen konnte. *Oder ich werde dich auflösen.*

Ich weiß nicht, ob er glaubte, dass ich tatsächlich zu so etwas fähig war, oder ob die Emperor's Children den Dämon zum Handeln zwangen, als sie das Feuer eröffneten, aber der über uns aufragende Schatten fuhr mit der Wucht eines Peitschenknalls herum und hinterließ nichts außer sich kräuselnden Rauch.

Ich konnte das Massaker hinter dem Tanz unmenschlicher Schatten in dem kohlrabenschwarzen Nebel nicht sehen. Der Rauch, der den Raum erfüllte, roch nach brennendem Holz und versengtem Fleisch, und er blieb dicht genug, um die Sicht zu verhindern, da er gleichzeitig mit dem Zorn des Verkommenen Ritters aufwallte. Bruchstücke des Kampfes erreichten mich: Ich hörte gevoxte Befehle, das Brüllen von Boltern, die in geballten Fäusten aufbockten, das wespenartige Summen von Energieklingen. Ich hörte die streichende Luftverdrängung eines massigen Schwerts, das geschwungen wurde, das zerspringende Knallen aufreißenden Ceramits und die Schreie von sterbenden Männern, die zu stolz zum Schreien waren.

Es dauerte nicht länger als ein Dutzend Herzschläge. Die Geräusche, die folgten, waren feuchtes Fauchen und ein verklebtes Knurren, gefolgt von großen, verschlingenden Schlucken, während sich der Rauch ausdünnte.

Der Verkommene Ritter hockte inmitten der Toten – insgesamt achtzehn Krieger – und hatte seinen gehörnten Kopf in den Nacken gelegt und sein Gesicht der Decke zugewandt. Der Dämon schluckte würgend und ließ Stücke gerüsteten Fleisches unzerkaut seinen Rachen hinabgleiten. Knorrige rotschwarze Hände, die nur aus Knöcheln und Knochen zu bestehen schienen, griffen nach der nächsten Portion, noch bevor die vorherige Delikatesse verschlungen war.

Aus mehreren in Ceramit gehüllten Leichen floss eine chemische Mischung aus synthetischer Flüssigkeit von den Kabeln ihrer Gelenke. Der Dämon verwendete vier von ihnen als Thron.

Ich sah, wie der Verkommene Ritter den Kopf, die Schultern, einen Arm und das Rückgrat im Ganzen verschlang. Er würgte, als er schluckte, griff allerdings nicht darauf zurück, seine Mahlzeit mit seinen Zähnen zu zerteilen.

Lheor spannte sich an und packte seine Axt fester. Er hatte schon zuvor Dämonen gesehen, Tausende von ihnen, doch nur wenige, die so mächtig waren, oder aus dieser Nähe, ohne ihnen auf dem Schlachtfeld gegenüberzustehen.

»Tu es nicht«, sagte ich leise.

Der Verkommene Ritter richtete seine Aufmerksamkeit auf uns und starrte bösartig zu uns herab. Seine Klinge war in der Nähe als Siegesbanner aufgestellt; sie ragte durch den Bauch eines Kriegers auf und nagelte das noch immer lebende Opfer ans Deck.

»Bist du abgesehen von diesem einen Bruder allein, Khayon?«, fragte der Dämon mit seinem schleimigen Knurren. »*Wo ist der weißhäutige Prophet? Wo ist das Xenosweib, deren Herz nach deinem Belieben schlägt? Wo ist der kleine Wechselbalg?*«

»Sie sind in der Nähe.«

»*Du lügst. Ihr seid die einzigen beiden Seelenfeuer hier, die von Wert sind.*« Sein Lächeln war das Zurückziehen seines lippenlosen Mauls von rissigen gelblichen Fängen, während er mit einer Klaue auf mich zeigte. »*Der Mann, der mein Herr sein will, immer noch an Erinnerungen, Eisen und Hass gefesselt.*« Die Klaue bewegte sich und zeigte auf Lheor. »*Und ein Mann mit einer Schmerzmaschine in seinem Schädel, gefesselt vom Messias des Blutes.*« Belustigung ging in Wellen heißen Drucks von dem Wesen aus. »*Solch mächtige Krieger.*«

Ich ignorierte seinen Hohn und ließ meine Sinne über die neblige Brücke schweifen, suchend …

Nein. Verdammt, nein. Ich spürte anderswo Telemachons Essenz, wie er durch das Schiff floh. Verfluchter Feigling. Ihm und einer Handvoll seiner Brüder war die Flucht gelungen.

Der Verkommene Ritter schloss seine Klauen um ein Bein, das er einer Leiche in der Nähe abgerissen hatte. Er hielt sich den Happen über den geöffneten Schlund und ließ ihn dann hineinfallen. Seine lodernden Augen beobachteten uns weiterhin, während er ein paar weitere Augenblicke mit Würgen und Schlucken verbrachte und dabei die Muskeln seines Halses lockerte, um das Fleisch in seinen Magen zu bekommen.

Unter unseren Stiefeln rumpelte das Schiff. Ruinierten oder bargen die Emperor's Children das Wrack? Hatten sie überhaupt einen umfassenden Plan?

Sekhandur! erschien Ashur-Kais Stimme. *Sie entern uns.*

Halte Stand, Bruder. Die Anamnesis soll das Syntagma erwecken. Halte noch ein wenig länger durch.

Der Übergang ist fort …

Dann werden wir einen neuen reißen.

»Ich habe dich mit dem Blut von Verrätern bezahlt«, sagte ich zu dem Dämon, während ich zusah, wie er fraß.

»*So wenige Verräter. So wenig Blut.*«

»Spricht er?«, fragte Lheor. Er konnte sehen, wie sich sein Kiefer bewegte, aber die schmierigen, kehligen Silben, die er hervorbrachte, ähnelten keiner menschlichen Sprache. Die Verwirrung des World Eaters brachte ein weiteres Lächeln auf das Maul der Kreatur.

»Du verstehst meine Worte nicht, Adoptivsohn des Kriegsgottes?«

»Jetzt ist nicht der richtige Zeitpunkt für diese Diskussion«, antwortete ich ihnen beiden, während ich weiterhin auf den Dämon schaute.

»Es ist eine Ewigkeit her, dass du mich gerufen hast, Seelenweber. Warum ist das so?«

Ich ließ mich nicht ködern. »Es gibt einen Krieger auf diesem Schiff, der just in diesem Augenblick flieht. Ich werde dir sein Bildnis und seinen Namen geben. Jage ihn. Zerstöre ihn.«

»Ich glaube ... dieses Mal werde ich nicht tun, was du verlangst, Khayon. Ich werde dein Fleisch essen und deine Seele trinken, und dann werden wir sehen, was geschieht.«

»Du hast einen Pakt mit mir geschlossen.«

»Wenn der Pakt bindend ist und du stark genug bist, um ihn durchzusetzen, dann hast du nichts zu befürchten.«

Ich hob meine Pistole. Lheor hievte seinen schweren Bolter hoch. Ich konnte sein schmerzendes Bedürfnis spüren; er brannte darauf, sich diesem Ding im Kampf zu stellen, sich mit ihm zu messen und seinen Schädel in die Luft zu heben, sobald er es erschlagen hatte.

Der Verkommene Ritter lachte über unsere Waffen. Sollte er uns tot sehen wollen, dann würde er über uns sein, bevor wir zum Feuern kamen. Ich fühlte, wie meine Augen heißer wurden. Flüsterndes Warpfeuer flackerte dort und verdunstete die Körpersäfte auf ihnen.

»Gehorche mir«, sagte ich und fühlte den Zorn in einer bitteren Flut in mir aufsteigen. Dieses Ding war ungeachtet seiner Macht durch einen rechtmäßigen Pakt an mich gebunden. Ich würde mich nicht von seinem kindischen Stolz herausfordern lassen.

»Oder ...?« Er machte einen weiteren Schritt auf mich zu. *»Was, wenn ich mich dir widersetze? Was dann?«*

Zurück!, ertönte eine neue Stimme von überall und nirgends her.

Gyre pirschte mit bösartiger, tierischer Langsamkeit aus meinem Schatten und stellte sich vor die Kreatur. Ihre Krallen kratzten über das Deck und hinterließen Klauenspuren in dem Plaststahl. Wie ein echter Wolf jagte sie in geduckter Haltung, das Nackenfell gesträubt und die Ohren flach an ihren Hundeschädel angelegt.

»**Der kleine Wechselbalg zeigt sich also doch noch**«, sagte der Verkommene Ritter, wobei er feucht auf die Wölfin hinabgrinste. Das sollte einen Eindruck von der Größe des Dämons vermitteln. Er sah auf eine Wölfin *herab*, die beinahe so groß wie ein Pferd war.

Zurück!, Gyre fletschte die Zähne und knurrte herausfordernd. *Weiche zurück oder blute.*

Der Verkommene Ritter zögerte. Vielleicht aufgrund des Paktes, der ihn band, oder vielleicht weil er die Bedrohung spürte, in Warpfeuer eingeschlossen zu werden, wenn er noch einen Schritt näher kam. Doch ich glaube, es war keines von beidem. Bis zu diesem Tag bin ich mir sicher, dass es meine Wölfin war, die die Kreatur in Schach hielt.

Der Verkommene Ritter zog die Schultern hoch, trat zurück und wandte sich um, um sich an den frisch Verstorbenen zu laben.

Meine Wölfin, sandte ich ihr zu. *Danke.*

Mein Meister, war ihre einzige Antwort.

Der Nacken des Dämons kräuselte sich vor Muskelanspannung und er erbrach beiläufig einen dampfenden, säureverbrannten Helm. Der Helm fiel scheppernd auf das Deck, wo er zischend und Blasen werfend in der wiederkehrenden Brise von Luftdruck liegen blieb.

Einer der Emperor's Children lebte noch; jener, der von der Klinge des Dämons aufgespießt war. Ich weiß nicht, ob dieser hilflose Krieger die Art von Mann war, der zu Flüchen, Schreien oder Drohungen neigte, denn er kam zu nichts davon, als sein Leben endete. Sogar Lheor trat einen Schritt von dem fressenden Dämon zurück, als dieser den Legionär in bekömmliche Stücke riss, angefangen mit dem Kopf. Wir sahen zu, wie er würgte und ihn herunterschlang.

»Zerstöre den Krieger, der als Telemachon Lyral bekannt ist«, befahl ich dem Verkommenen Ritter ein zweites Mal.

»*Meister*«, gab das Ding endlich nach. Der Dämon ließ sich erneut auf Hände und Füße fallen und erbrach einen zweiten, von Galle überzogenen Helm und Schädel auf das Deck. »*Für dich, Sippenbruder.*« Der Verkommene Ritter holte Luft und atmete mit dem Geräusch schreiender Familien aus, bevor er seinen gehörnten Kopf in Lheors Richtung neigte.

Ich übersetzte das Knurren und das klebrige Fauchen für Lheor. »Er bietet dir den Schädel an.«

Lheor sah auf den fleischlosen Schädel in dem halb geschmolzenen Helm und dann wieder auf den gewaltigen, gerüsteten Dämon. Sein Gesicht wurde von Krämpfen und Muskelzucken verunstaltet. Schmerzen strahlten wie ein Netz von seinem veränderten Gehirn aus, aber es gelang ihm, Worte durch seine zusammengebissenen Metallzähne zu zwingen.

»Sag deinem Schoßtier, dass er ihn behalten kann.«

Der Verkommene Ritter wandte sich ab, packte seine Klinge und dann ließen seine laufenden Schritte das Deck unter uns erbeben. Unter einem einzigen Hieb seines Schwerts zersplitterte die halb entzweite Tür. Dann war er fort und jagte nach dem Bild von Telemachon, das ich in sein primitives Gehirn geätzt hatte.

Ein Gefühl von Leere verblieb hinter ihm, die Schwäche eines leeren Magens, die man erfährt, wenn man zu lange keine Nahrung zu sich nimmt. Ein Hunger, der so tief geht, dass er die Knochen schmerzen lässt.

»Ich werde den Übergang wieder öffnen«, sagte ich, »sobald ich Telemachon sterben gesehen habe.«

»Ich muss wieder auf die *Schlund* zurückkehren.«

Das ist nicht möglich, Lheor.«

Er sah mich an. Ich konnte den Widerstreit in seinen Augen sehen: zu bleiben und an meiner Seite zu kämpfen, oder auf mein Schiff zu fliehen, wo er so gut wie hilflos sein würde.

»Also gut. Ich stehe dir bei.«

Wir nahmen die Verfolgung auf.

Lheor war erpichter darauf, sich dem Dämon im Kampf entgegenzustellen, als je zuvor. Ich weiß nicht, ob er ohne ein Gefühl für seine eigene Sterblichkeit geboren wurde, oder ob ihm dies aus dem Gehirn gehämmert wurde, als die Implantate hineingetrieben wurden. Er wusste, dass der Dämon mir diente, und doch brannte es in ihm, sich mit ihm zu messen, selbst nachdem er gesehen hatte, was dieser mit beinahe zwanzig Emperor's Children angerichtet hatte.

Wir folgten dem Dämon durch die oberen Decks ohne die Chance, dass wir etwas so Schnelles einholen würden. Gyre lief voraus und sprang über die verstreuten Leichen der Emperor's Children, die zerstückelt herumlagen. Die Wölfin war wie ein Geist und berührte keinen einzigen der Körper, sondern löste sich in der Dunkelheit auf, wenn ihr Weg versperrt war, und sprang dann weiter voraus wieder aus den Schatten hervor.

Dem Dämon zu folgen war überhaupt kein Problem. Eine Blutspur zierte die Wände und das Deck, und getrocknete Lachen aus verhärtendem Messing kennzeichneten, wo das Ding vor uns entlanggelaufen war. Die Emperor's Children hatten es verwundet, und was blutete, konnte getötet werden. Doch diese Aufgabe war alles andere als einfach.

Geschmolzene Linien aus aufgeschnittenem Metall zierten die rechte Wand mehrerer Korridore. Sie waren von der großen Messingklinge des Dämons gezogen worden, wo diese beim Laufen durch den Plastahl geschnitten hatte.

»Die *Weißer Hund* steht unter Feuer«, voxte Lheor, während wir liefen. Sein Tonfall sprach die Worte, die er für sich behielt. Sein Schiff starb dort draußen in der Leere und es gab nichts, was er dagegen tun konnte. »Was ist mit der *Tlaloc*?«

»Mein Schiff lebt noch.«

»Ist die Voxverbindung noch offen?«

»Nein.« Die einfache Wahrheit war, dass ich sofort spüren würde, wenn Nefertari starb. Doch manche Geheimnisse gehörten mir allein. »Ich würde eine psionische Trennung spüren«, sagte ich. Lheor schnaubte irritiert. »Sag einfach ›Magie‹ und fertig. Hör auf, dich mysteriös anhören zu wollen.«

Magie. Ein wahrhaft dämliches Wort.

Wir kamen vom Befehlsbereich in die primären gemeinschaftlichen Habitat-Decks. Diese engen, labyrinthartigen Korridore und Kammern verbanden sich mit dem ganzen Charme der winzigen Unterbringungen einer Makropolspitze.

Schon bald konnte ich das dumpfe Schlagen dieser abscheulichen Klinge gegen Ceramitpanzerung hören. Das Geräusch hallte mit dem Läuten einer gerissenen Kathedralenglocke durch die Gänge. Wieder. Und wieder. Und wieder.

Gyre schoss vor uns durch eine offene Schutztür und verschwand in einer Kammer. Hinter dem Eingang lag das Triclinium, einer der Räume, in denen die menschliche Besatzung der *Auserwählter des Vaters* sich einst zu ihren Mahlzeiten aus proteinreichem Fraß versammelt hatte.

Lheor war immer noch an meiner Seite und seine Emotionen waren in Aufruhr. Eine wogende Flut aus schwarzem Zorn strömte aus seinem Geist und sickerte in meine Gedanken. Seine Wut war berauschend; ihr roher, elektrisierender Genuss.

Wir stürmten gemeinsam in die Kammer, die Waffen in den Händen. Ich sah die Toten des Feindes, die schwarz und rosafarben gerüstet waren und in Stücken verteilt auf dem Deck, auf den Esstischen und an den gebogenen Wänden zusammengesackt lagen. Ich sah den Verkommenen Ritter, der sich über all dem erhob und mit seiner Messingklinge Hiebe austeilte.

Ich sah Telemachon, den letzten Krieger, der noch stand.

»Thron von Terra«, sagte ich bei seinem Anblick. Es war ein Fluch, den ich schon Jahrzehnte zuvor hinter mir gelassen hatte.

Ich habe bereits gesagt, dass Telemachons Stimme sehr wohlklingend war – meine Worte können ihr nicht gerecht werden, ihrem tiefen, starken und honigsüßen Klang –, doch sie ist nichts im Vergleich zu dem, wie er an jenem Tag kämpfte. Das war wahre Schönheit.

Dichter sprechen oft von der ›Anmut eines Kriegers‹ und der ›tänzelnden Beinarbeit‹ eines fähigen Kämpfers. In all den Jahren der Kriegsführung hatte ich sie noch nie in der Realität gesehen, bis ich ihn gegen den Verkommenen Ritter im Duell sah.

Behaltet in Erinnerung, dass dies ein Mann ist, den ich verachte. Wir haben im Laufe der Jahrtausende einhundert Mal und mehr versucht, gegenseitig unser Leben zu beenden. Es bekümmert mich, ihn überhaupt zu loben.

Er glich die Größe des Dämons aus, indem er auf einem der langen Tische des Tricliniums stand und die Hiebe des Verkommenen Ritters mit einem Schwert in jeder Hand abwehrte. Er war mehr als nur ein Schemen, war etwas Fließendes und Unwirkliches geworden. Seine beiden Klingen bewegten sich in absoluter Harmonie miteinander – er parierte, löste sich, blockte und konterte mit seinen Schwertern in mathematisch perfekter Einheit.

Das Visier seines Helms erhob diesen Augenblick über das Übernatürliche hinaus ins Wahnsinnige. Das wohlgestaltete silberne Antlitz, die makellosen Züge eines jungen Mannes, sahen absolut friedvoll aus. Gleichmütig. Vielleicht sogar ein wenig gelangweilt.

Es ist nicht leicht, mit einem Schwerterpaar zu kämpfen, und noch viel schwieriger, gut damit zu kämpfen. Viele Kämpfer machen sich etwas vor, wenn sie glauben, dass es einen wirklichen Vorteil gegenüber einer Klinge und einer Pistole, einem Schwert und einem Schild oder einer stärkeren, längeren Klinge bietet. Mit zwei Waffen zu kämpfen ist etwas, auf das oft jene zurückgreifen, die Posieren über Können schätzen und gern ein gewisses Einschüchterungselement zum Tragen bringen. Selbst unter den Legionen gibt es nur wenige Krieger, die diesen Kampfstil je meistern, und der Anblick eines Kämpfers mit zwei Schwertern ist fast immer das erste Anzeichen eines übertrieben selbstbewussten Narren.

Doch Telemachon verwandelte das Getue in eine Kunstform, die perfekt mit seinen immensen Fähigkeiten verschmolz. Er hob seine Klingen als Abwehr gegen die überwältigenden Hiebe und war gezwungen, zurückzuweichen, während jeder andere bereits tot gewesen wäre. Der Verkommene Ritter besaß den Vorteil größerer Kraft, Reichweite und Körpergröße, und die einzige Gegenwehr des Schwertkämpfers war, bei jeder Abwehr alles zu geben. Mehrere atemberaubende Sekunden lang sah ich zu, wie er mit wilder, furioser Anmut zurückwich. Funken stoben von seinen Klingen, als sie die Schwinger des Dämons parierten. Er blockte die Schläge nicht einfach nur ab, denn das hätte sicherlich seine Schwerter zerschellen lassen. Er fing jeden Hieb in genau dem richtigen Winkel auf, der es ihm gestattete, ihn zur Seite zu schlagen, anstatt seine ganze Wucht aufzufangen.

»*Stirb*«, knurrte ihn der Verkommene Ritter geifernd an. Seine Frustration darüber, bereits jeden anderen Krieger im Raum getötet oder verstümmelt zu haben, abgesehen von diesem einen, der sich ihm weiterhin widersetzte, stieg mit dem Rauch von seinem brennenden Fleisch auf. »*Stirb* ... **Stirb** ...«

Im gleichen Augenblick knisterten die Auto-Sinne meines Helms, als sie ein hereinkommendes Signal auffingen.

»Ich habe Euch unterschätzt, Khayon«, sagte Telemachon über das Vox und schaffte es dabei, trotz seiner Erschöpfung immer noch amüsiert zu klingen.

Unglaublicherweise und gegen jeglichen Sinn und Verstand behauptete Telemachon sich gegen einen der mächtigsten Dämonen, die unter meinem Befehl standen. Obwohl dieser verwundet war, raubte mir die Ausdauer des Schwertkämpfers den Atem.

Dann schlug er zu. Er schlug die Klinge des Dämons tatsächlich lange genug zur Seite, um einen Angriff zu führen. Telemachons goldene Schwerter schnitten nach unten. Ein Ausbruch geschmolzener Eingeweide schlug ihm entgegen und ich glaube, obwohl ich mir da nicht sicher sein kann, dass ich ihn vor Schmerzen aufschreien hörte. Es hätte meine Meinung von ihm nicht nachteilig beeinflusst, doch lasst mich hier die Wahrheit sagen: Ich hätte ohnehin kaum weniger von ihm halten können.

Der Dämon taumelte, sein Fleisch aufgerissen. Menschenaugen starrten entsetzt aus den aufreißenden Schnittwunden; menschliche Finger und Zähne und Zungen zeigten sich in den blutenden Schlitzen und gierten nach der Freiheit.

Telemachon war am Boden. Er hatte sich vom Tisch aufs Deck gerollt. Ich sah, wie er an seiner sich zersetzenden Rüstung riss und Teile von ihr in zischenden Stücken abzog, bevor der Dämon meine Sicht blockierte.

»*Khayon*«, hauchte er meinen Namen, ignorierte den wehrlosen Schwertkämpfer und wandte sich mir zu. »**Genug.**«

Lheor erkannte die Gefahr, bevor ich es tat. Vielleicht sah er in diesem Augenblick einen Funken Verwandtschaft mit der Kreatur, irgendeine Verbindung mit dem Verkommenen Ritter als ein weiteres Wesen, das auf unerbittliche Weise an den Kriegsgott gebunden war.

Oder vielleicht ließ mich meine Arroganz glauben, dass meine Kontrolle über den Dämon nicht so einfach bedroht und gebrochen werden konnte. Wo auch immer die Wahrheit liegt, der Verkommene Ritter wandte sich von Telemachon ab und gab den Todeshieb auf, um stattdessen nach meinem Leben zu trachten.

»Ich werde frei sein«, fauchte er. »***Durch meine Klinge wird dieser Pakt enden.***«

»Halt …«, warnte ich ihn. »Du wirst stehen bleiben, Dämon.«

Doch meine Worte zeigten keine Wirkung. Sie waren nichts als vergeudeter Atem. Ich hätte dies kommen sehen sollen. Ich *hatte* es kommen sehen. Die unverlässliche und rebellische Natur der Kreatur war einer der Hauptgründe, warum ich sie nur zögerlich von der Leine ließ.

Lheor eröffnete ohne Befehl mit dem schweren Bolter das Feuer. Die Waffe bockte in seinen Fäusten, als er einen Strom explosiver Geschosse in die Fersen des Dämons hämmerte. Wundsekret flog in dicken Strängen davon und fraß sich ins Deck, wo es landete. Er stand in der vertrauten lehnenden Haltung jener, die Jahrzehnte als Schützen schwerer Waffen in ihrer Legion gedient hatten, und er feuerte, um die Bestie zu lähmen.

Gyre sprang hoch, während Lheor nach unten schoss. Mit einem Sprung, der einen Raptor in den Schatten stellen würde, warf sich meine Wölfin auf den Rücken des Verkommenen Ritters und ließ ihren Kiefer um den Hals der Kreatur zuschnappen.

Bronzene Kettenhemdringe stoben unter ihren Klauen davon. Messingblut schoss in einer zischenden Flut unter Gyres Fängen aus dem Nacken des Dämons und lief als geschmolzener Guss über dessen Arm.

Das Warpfeuer, das ich an meinen Fingerspitzen gesammelt hatte, verschwand. Ich konnte die Kreatur nicht einäschern, solange meine Wölfin im Weg war. Der Verkommene Ritter brüllte auf, als sie Stücke aus seinem Fleisch riss, und ihre Antwort war ein roter Fleck zorniger Raserei, der meine Sinne zu infizieren drohte. Ich ließ ihn kommen. Ich hieß ihn willkommen.

Meine Pistole gab ihr rückschlagloses tiefes Surren von sich, als ich die segmentierten Auslöser betätigte. Drei schneidende scharlachrote Laserstrahlen rissen Furchen in den Bauch des Verkommenen Ritters und entzündeten das Fleisch um die Wunden. Ich musste immer wieder unterbrechen, um Gyre nicht zu treffen.

Die Fersen und Waden des Dämons wurden zu Fleischsträngen zerblasen, doch er blieb auf den Beinen. Verbranntes Fleisch hing in Fetzen von seiner Muskulatur, doch er kam weiter auf mich zu. Eine riesige Hand schloss sich um Gyres Kehle und zerrte die Wölfin mit einem Ruck von ihm. Zwischen ihren Zähnen hing immer noch ein Maulvoll dampfenden, roten Fleisches. Bevor auch nur eines meiner Herzen schlagen konnte, schleuderte der Dämon meine Wölfin gegen die nächste Wand.

Ich erinnere mich mit einer Klarheit, die so rein ist, dass ich immer noch den Rauch riechen kann, *Nein!* gerufen zu haben; in den Geist des Dämons, in die Kammer, in die ganze Welt um uns herum. Gyre schlug auf dem uralten Eisen auf und sank schmerzerfüllt zitternd aufs Deck, wobei sie winselte, wie es ein echter Wolf getan hätte. Sie versuchte, mit den Schatten zu verschmelzen, doch sie wanden sich wie träge Schlangen und reagierten langsamer, als ich es je gesehen hatte.

Ich rief erneut das Feuer hervor. Seine weiß glühende Hitze strömte aus einer Hand, während meine Archäotech-Pistole ihre zerschneidenden Strahlen ausspie.

Nichts. Immer noch nichts. Der Dämon brannte und brüllte und lachte und wollte einfach nicht sterben. Was auch immer wir von seinem Körper sprengten, schnitten, rissen und brannten, regenerierte er und es wuchs nach.

In meiner Anstrengung griff ich instinktiv auf die Einfachheit der stillen Sprache zurück.

Schieß auf seine Hände, sandte ich an Lheor. Die Hälfte der Boltgeschosse zersprang, als sie auf die wirbelnde und drehende Klinge auftrafen. Jene, welche die Klauen des Dämons trafen, erreichten nur wenig mehr, als feuerflüssiges Blut in explosiven Wolken korrosiven Schleims zu verteilen. Treffer, die Menschenkörper zersprengen würden, drangen kaum durch die Haut des Dämons. Seine Wunden ließen ihn langsamer werden, aber nichts brachte ihn um.

Ich hatte noch nie zuvor versucht, den Verkommenen Ritter zu zerstören. Die Verzweiflung verlieh mir Mut: Ich griff nach ihm, streckte meine Hände aus, als wäre um jede Fingerspitze der Faden einer Marionette gewickelt. Ich fühlte, wie sich meine Sinne an ihm festbissen. Dann zog ich.

Der Kopf des Verkommenen Ritters zuckte nach vorne, wenngleich auch nur einen kurzen Augenblick.

Ich zog erneut. Sein linkes Handgelenk machte einen kleinen Ruck. Seine rechte Schulter zeigte kaum mehr als ein Muskelzucken.

Die anderen spürten, wie ich mich konzentrierte, und erneuerten ihren Angriff. Gyre sprang vom Boden auf, tauchte aus den tanzenden Schatten auf und versenkte ihre Reißzähne im Oberschenkel des Verkommenen Ritters. Ätzendes Blut strömte aus der Kreatur. Seelenrauch und die Schreie von Männern und Frauen, die vor einer Ewigkeit gestorben waren, hingen schwer in der Kammer.

Ein telekinetischer Halt genügte nicht. Ich musste in das eindringen, was als sein Geist durchging. Meine Sinne stürzten hinab in den See aus erstickendem Hass, der das Bewusstsein des Dämons ausmachte, und ich sah jene primitive fränckische Stadt von vor Zehntausenden Jahren, die im Inferno des Krieges starb. Ich hörte die Schreie dieses fernen Tages, all den Schmerz, der nun dieser Kreatur als Blut, Knochen, Organe und Fleisch diente. Ich spürte die flackernden Feuer der Stadt über meine Haut lecken, genau so, wie die Flammen in Albigensia so viele Hunderte mit ihrer prasselnden Berührung getötet hatten.

All dies spürte ich, während ich mich durch den Kern des Verkommenen Ritters wand. Ich sah die Gesichter der Toten und der Sterbenden. Ich sah, wie ihre Beschützer sie massakrierten. Ich atmete den Gestank von Blut, Rauch und brennendem Fleisch ein.

Ich bereitete mich vor. Dann schloss ich meine Finger und noch einmal *zog* ich. Das Fleisch des Dämons begann weiter aufzureißen und die blutverschmierten Menschengesichter unter seiner Haut zu zeigen. Sie schrien durch die klaffenden Wunden und erweiterten den gequälten Chor. Wieder und wieder riss ich an den Gedanken des Dings, riss sie aus seinem Geist und kämpfte gegen den Schmerz meines eigenen brodelnden Blutes an.

Der Verkommene Ritter stürzte in einem Schemen um sich schlagender Glieder und goldenen Blutes zu Boden. Wundsekret strömte aus der Kartografie seiner Verletzungen. Er widersetzte sich mir erneut, indem er sich in einem animalischen Kriechen weiterbewegte und kreischte, während er mit kratzenden Schritten auf mich zuschwankte. Nichts Sterbliches konnte sich so bewegen. Selbst seine Greifzunge klatschte auf den Boden und unterstützte seine klauenbewehrten Hände darin, sich näher heranzuziehen. Seine körperliche Gestalt brach auseinander, zerfiel aufgrund der Verletzungen und der stärker werdenden Verbannung, doch er verwandelte sich wieder in ein Ding formloser Boshaftigkeit, bevor er sich zu sterben gestattete.

Gyre landete wieder auf seinem Rücken und riss ganze Muskelstränge aus seinen Schultern. Lheor ließ den schweren Bolter fallen, zog seine Kettenaxt, aktivierte sie und warf sie auf den Dämon. Ihre Sägezähne gruben sich in die Schädelseite des Dämons. Die Mechanik heulte unsauber auf, als das Aasfleisch sie verstopfte.

Der Verkommene Ritter kroch näher, war jetzt vorgebeugt und schrie, während er einst gebrüllt hatte und gepirscht war. Er schlug nicht zu, dafür war er zu weit entfernt. Stattdessen hob er sein Schwert wie einen Speer und schleuderte es auf mich, bevor ich seinen Körper Komplett zunichtemachen konnte.

Meine Hände waren zu Krallen geformt. Mein Mund war eine Mauer knirschender Zähne. Meine Gedanken verloren sich in dem Chor aus Rufen und Kreischen und Schreien, der dem kriechenden Ding vor mir ursprünglich das Leben geschenkt hatte. Ich *zog*, mit allem, was ich in Körper und Geist noch hatte.

Er verging nicht wie ein sterbliches Wesen mit einem Seufzen und einem Verharren der Glieder. Er löste sich mit dem Geräusch reißenden Leders und einem letzten klagenden Heulen auf. Das Schwert rutschte aus sich auflösenden Händen, zerfiel zu Asche und wurde von einem Wind davongeweht, den keiner von uns fühlen konnte. Metallisches Blut strömte hervor und verhärtete sich zu einem Messingsee, bevor es sich durch das Deck brennen konnte. Das bestialische Gesicht des Verkommenen Ritters bildete sich in dem aushärtenden Metall und sein Antlitz flüsterte am Boden.

»*Khay... ...on ...*«

Und dann, endlich, nichts mehr.

Ich war auf ein Knie gesunken, ohne zu wissen, wie ich dort hingekommen war. Mein Atem kam rasselnd; es fühlte sich an, als müsste ich um jeden Atemzug kämpfen oder riskieren, nie wieder die Luft zu schmecken. Gyre stakste an meine Seite und brach dann dort zusammen, wobei sie ein wölfisches Winseln von sich gab. Jeder Zentimeter ihres dunklen Fells war mit Messingblut verkrustet, aber die zersetzende Eigenschaft hatte keinen Einfluss auf ihre physische Form. Ich kratzte sie hinter den Ohren.

»Das war lehrreich«, sagte Lheor. Er atmete tief durch, während er seinen schweren Bolter mit einer beinahe ausgelassenen Ruhe nachlud.

Ich holte gerade Luft, um zu antworten, als das beißende Zischen sich auflösenden Ceramits wieder an meine Sinne drang.

Telemachon. Er war auf den Knien. Seine Hände zitterten aufgrund von Nervenschäden und eine Faust umklammerte immer noch eine goldene Klinge. Stinkender Dampf stieg von seiner geschmolzenen, pockennarbigen Rüstung und seinem aufgelösten Fleisch auf.

»Vergiss ihn.« Lheors kehliges Lachen ertönte atemlos über das Vox. »Jetzt ist er nicht mehr so hübsch.«

»Stabilisier ihn«, sagte ich. »Wenn du kannst.«

»Was? Nein.«

»Tu, was ich sage, Lheorvine.« Ich sah in der Möglichkeit, ihn lebend mitzunehmen, plötzlich eine Gelegenheit; etwas, das ich versuchen wollte.

Der World Eater widersprach nicht. Er wollte, aber er hielt sich zurück; die Machtbalance zwischen uns hatte sich verschoben, jetzt, da ich der Einzige war, der ihn vom Schiff bringen konnte.

Als wir uns ihm näherten, blickte Telemachon mit dem wenigen, was noch von seinem Gesicht übrig war, zu uns auf. Obwohl es eigentlich unmöglich war, waren seine Augen klar und unverletzt und überraschend blau. Er sah mich unverwandt an, erwiderte direkt meinen Blick und grinste mit seiner wachsartigen Haut.

»Wie schlimm ist es?«

Während das Schiff um uns herum bebte, schnitt ich erneut ein Loch in die Realität.

»Geht«, sagte ich zu Lheor. »Ich werde den Übergang offen halten.« Ich konnte sein Unbehagen spüren. Er war nicht sehr begabt darin, es zu verbergen. »Es ist nichts anderes als eine Teleportation.«

Er dankte mir nicht – während unserer Zeit als Brüder war ein dankbares Wort von Lheor ein so seltenes Ereignis, dass man es zu schätzen wusste –, doch ich spürte seine heimliche Dankbarkeit unter der siedenden Rage, die den implantatverseuchten Gedankenprozess des World Eaters ausmachte.

Er wandte sich um, zerrte Telemachons bewusstlose Gestalt mit sich und ging hindurch.

Lheorvine Flammenfaust ist durch, erschien Ashur-Kais Stimme. *Mit einem Gefangenen.*

Ich war dran. Ich umklammerte Saern mit beiden Händen und trat mit meiner Wölfin in das Nichts voller Krallen, das hinter der Realität auf uns wartete.

Während des Großen Kreuzzugs griffen die Thousand Sons eine Welt an, die Varayah hieß; ein Name, der eine Verfälschung oder Variation eines uralten induasianischen Gottgeistes zu sein schien. Es war der Name, den ihr die ursprünglichen Kolonisten gegeben hatten und der über die Generationen von ihrer Bevölkerung weitergegeben worden war. Wir nannten sie Fünfhundertachtundvierzig-Zehn, da sie die zehnte Welt war, die von der 548. Expeditionsflotte in die imperiale Konformität gebracht wurde.

Es war eine Welt wie in den Geschichten der Alten Erde, dem Einstigen Terra, insofern, dass ihre Oberfläche von Ozeanen ertränkt wurde und vor Unterwasserleben nur so wimmelte. Varayahs Städte wurden von äußerst grausamen und leistungsstarken Laserbatterien verteidigt, welche die meisten Truppenlandungsschiffe der Imperialen Garde und der Legiones Astartes vernichteten, die zu landen versuchten. Wir verwendeten Drop Pods, um das Netzwerk aus Flugabwehrfeuer zu durchbrechen, doch die Dichte der Luftverteidigung war derart, dass selbst die Drop Pods keine wirkliche Garantie waren, dass sie nach Eintritt in die Atmosphäre lange genug überleben würden, um zu landen.

Und doch mussten wir die Welt einnehmen, ohne sie zu vernichten. Bombardements aus dem Orbit wurden nur sehr moderat gegen die Luftabwehranlagen eingesetzt – nicht, um Verluste unter den Zivilisten zu minimieren, die damals als ebenso irrelevant erachtet wurden wie bei jedem anderen imperialen Eroberungsfeldzug –, sondern um den industriellen Wert der Städte zu erhalten.

Unser Drop Pod war Teil der ersten Angriffswelle. Mekhari war bei mir, ebenso wie Djedhor, die beide noch lebten, noch atmeten und so loyal waren, wie es sich jeder Bruder oder Befehlshaber nur wünschen konnte. Sie waren links und rechts von mir in ihre Haltegurte geschnallt. Unser Ziel war der Hafendistrikt der Hauptstadt, wo jene in der ersten Angriffswelle die Luftverteidigung ausschalten würden, um Verstärkungen von der Flotte die Landung zu ermöglichen.

Es mag emotionslos klingen zu sagen, dass wir während des Abstiegs abgeschossen wurden, aber genau das geschah. Der Drop Pod explodierte um uns herum, zerfiel in der Luft in Stücke und ließ den tosenden Wind herein, während wir abstürzten. Ich brannte, während ich fiel, da meine Rüstung mit entzündetem Treibstoff überzogen worden war. Und es war einer langer, langer Fall.

Wir stürzten in die Hafenbucht. Ich brach mit genug Wucht durch die Wasseroberfläche, um mir den Ellbogen, die Schädelseite und mein Bein an drei Stellen zu brechen, ebenso wie meinen linken Oberschenkel und die linke Schulter auszukugeln. Ich hätte sterben sollen. Fünf andere taten es.

Eine Servorüstung ist unglaublich schwer und es fehlt ihr gänzlich an Auftrieb, selbst jenen, die mit internen Gravitationssuspensoren gefertigt sind. Ich sank ohne jegliche Chance, Wasser treten zu können, selbst wenn ich nicht derartige Verletzungen erlitten hätte. Mein Helm löste sich. Die Versiegelung war bei meinem Aufprall im Wasser aufgebrochen. Somit musste ich Wasser atmen anstatt Luft. Dazu kam noch, dass das Promethium mit unauslöschlicher Beharrlichkeit an meinen Rüstungsplatten klebte und immer noch brannte, während ich unter die Wasseroberfläche sank.

Ich bin durch Gentechnik mit drei Lungen ausgestattet und besitze eine begrenzte Kapazität, in giftigem Gas, fremdartigen Atmosphären und selbst unter Wasser zu atmen. Ich verspürte keine Angst – zumindest nicht so, wie Menschen sie verstehen; ich verspürte einen scharfen Schock und lachte beinahe über die

Tatsache, dass ich überhaupt überlebt hatte. Doch gleichzeitig kam damit die Scham des Versagens, die Gefahr, dass die Mission unvollendet blieb, und die Sorge, dass meine Verletzungen schlimmer waren, als ich fühlen konnte. Gefangen, brennend und ertrinkend war ich zunächst zu benommen, um mich der Kunst zu bedienen.

In den Übergang zu treten fühlte sich ebenso an. Die Schwerfälligkeit von Gliedern unter Wasser. Der Schmerz von Knochen und Organen, die unter großem Druck stehen. Die dumpfe Bedeutungslosigkeit von Geräuschen, die dennoch wie ein Schrei klingen. Das Gefühl zu ertrinken, während man brennt; zu brennen, während man eiskaltes Wasser schluckt; sich zu fragen, ob man jemals wieder die Sonne sehen wird.

Da ich ihn jetzt auf der anderen Seite nicht mehr aufrechterhielt, war der Übergang sogar noch instabiler. Die Schreie hörten sich eher wie Geheul an. Ich watete durch die an mir haftende und kratzende Schwärze, die an meiner Kehle, meinen Handgelenken, meinen Knöcheln zog, und …

… lief direkt in Lheors Faust. Sie krachte hart genug gegen mein Helmvisier, um mich zum Taumeln zu bringen und die optische Einspeisung, die über meine Augenlinsen lief, zu verzerren. Ich musste meinen Helm abnehmen und atmete die abgestandene, wiederaufbereitete und mit Schweiß gewürzte Luft der Brücke der *Tlaloc* ein.

»Das war dafür, dass du mich angelogen hast«, sagte der World Eater. »Das war überhaupt nicht wie eine Teleportation.«

KRIEGERSCHAR

Thoths Federkiel kratzt weiter und weiter, und ich stelle fest, dass ich bei Gedanken des Blutes verweile. Das Blut, das schon bald in dieser Chronik vergossen werden wird, und das Blut, das in zehntausend Jahren der Schlachten geflossen ist, seit die ersten von uns an Bord des Kriegsschiffes *Wohlgestalt* an der Seite des Kriegsherrn standen.

Blut spielte für Abaddon nie eine Rolle. Die alten Legionen, die alten Blutlinien, die alten Vermächtnisse ... Diese Dinge bedeuteten ihm damals nichts und sie bedeuten ihm auch heute nichts. Auf ihnen liegt eine Patina unverdienten Stolzes. Für die Black Legion sind die anderen acht Blutlinien nichts weiter als die Niederlage, die sich als Trotz maskiert.

Und egal was Ihr über seine tyrannischen Gewohnheiten gehört haben mögt, ihm liegt nichts an einer bedingungslosen Unterwürfigkeit im inneren Kreis seiner Elite, noch legt er Wert auf Loyalität, die sich kaufen lässt. Was für ihn eine Rolle spielt und was für seine Armeen eine Rolle spielt, ist das Band der Bruderschaft. In einem Imperium, das uns verstieß, in einer Zuflucht, die uns hasste, und im Schatten von Vätern, die uns im Stich ließen, bot Abaddon uns etwas Neues, etwas Reines.

Zu viele unserer Art sehen sich als nichts anderes als ihres Vaters Söhne. Sie werden zu fehlerhaften Spiegelbildern der Ambitionen und Ideale ihrer Primarchen und finden in keiner anderen Lebensart Gültigkeit. Doch ich stelle Euch die gleiche Frage, die ich ihnen stelle – seid Ihr nicht eigenständige Seelen? Seid Ihr lediglich die Generationsreflexionen der Männer und Frauen, die Euch zeugten? Die Antwort ist simpel, weil die Frage grotesk ist. Wir sind alle so viel mehr als das Spiegelbild jener, die uns zeugten.

Abaddon lebte diese Wahrheit schon in jenen frühen Tagen, noch bevor wir ihn davon überzeugten, zurückzukehren und den Mantel des Kriegsherrn anzulegen. Schlussendlich würde er Tausende Krieger vereinen, die nach dem Bild ihrer gescheiterten Väter geschaffen worden waren, und diese verlorenen Söhne lehren, stattdessen Brüder zu sein. Er brachte uns dazu, in die Zukunft zu schauen, anstatt für eine Vergangenheit zu kämpfen, die wir bereits verloren hatten.

Das war der Punkt, an dem das Leben im Großen Auge aufhörte, sich wie ein Fegefeuer anzufühlen. Die vom Warp berührte Leere wurde zu einer Zuflucht und ihre Macht versprach Möglichkeiten.

Ich habe Euch gesagt, dass im Warp eine Boshaftigkeit herrscht, und das ist wahr. Aber es ist nicht die ganze Wahrheit.

Wenn Ihr jene von uns in den ›Armeen der Verdammten‹ von den Göttern und ihren Nimmergeborenen sprechen hört, dann hört Ihr, wie wir uns selbst belügen. Nicht aus Freude an der Ignoranz, sondern aus Notwendigkeit. Wir nehmen diese Dinge auf diese Weise wahr, weil es uns den Trost der geistigen Gesundheit spendet.

Die Gottgeschworenen – die das Imperium als nichts weiter als ungewaschene Horden verrückter Kultisten und fehlgeleiteter Häretiker ansieht – predigen die Allmacht ihrer böswilligen Herren. Diese armseligen Massen künden schrill vom ›Chaos‹ als empfindungsfähiges Böses und der Macht, die in seiner verzerrenden Berührung liegt.

Jeder Psioniker, sei er nun an den Goldenen Thron seelengebunden oder in die Offiziersränge des Adeptus Astartes aufgestiegen, ist sich einer simplen Wahrheit bewusst: dass die menschliche Seele ein Licht in der Dunkelheit ist. Eine Seele ist ein Fanal in dem Reich, das jenseits der Realität liegt, und Dämonen werden von diesen Seelenfeuern durch einen ewigen, boshaften Hunger angezogen.

Die Seele eines Psionikers, der wertvollste Preis überhaupt, brennt einhundert Mal heller.

Ja, das stimmt alles. Und nein, es stimmt nicht.

Wisst Ihr, was wirklich hinter dem Schleier liegt? Könnt Ihr Euch vorstellen, was der Warp wirklich ist?

Wir.

Er ist wir. Die Wahrheit ist, dass es in der Galaxis nichts gibt außer uns. Er ist unsere Emotionen, unsere Schatten, unser Hass und unsere Lust und Abscheu, die auf der anderen Seite der Realität auf uns warten. Das ist alles. Jeder Gedanke, jede Erinnerung, jeder Traum, jeder Albtraum, den irgendjemand von uns je hatte.

Die Götter existieren, weil wir sie hervorrufen. Sie sind unsere eigene Gestalt gewordene Schändlichkeit und Wut und Grausamkeit, und ihnen wird die Göttlichkeit verliehen, weil wir uns etwas so Mächtiges nicht vorstellen können, ohne ihm einen Namen zu geben. Die Primordiale Wahrheit. Das Pantheon des Ungeteilten Chaos. Die Verderbten Mächte. Die ›Dunklen Götter‹ ... Vergebt mir, ich kann diesen letzten Namen kaum aussprechen, ohne meinen Schreiber, den geduldigen und gewissenhaften Servitor, dazu zu zwingen, mehrere Augenblick lang nichts als gehauchtes Gelächter aufzuzeichnen.

Der Warp ist ein Spiegel, in dem der Rauch brennender Seelen umherwirbelt. Ohne uns gäbe es keine Reflexion, keine Muster wahrzunehmen, keinen Schatten unserer Begierden. Wenn wir in den Warp schauen, dann schaut er zurück. Er schaut mit unseren Augen zurück, mit dem Leben, das wir ihm gegeben haben.

Die Eldar glauben, sich selbst verdammt zu haben. Vielleicht,

vielleicht auch nicht. Ob sie nun ihren Untergang beschleunigt oder herbeigeführt haben, ist irrelevant; sie waren in dem Augenblick verdammt, da der erste affengleiche Mensch einen Stein aufhob und ihn dazu benutzte, seinem Bruder den Schädel einzuschlagen.

Wir sind allein in dieser Galaxis. Allein mit den Albträumen aller, die je gelebt und gehofft und gezürnt und geweint haben. Allein mit den Albträumen unserer Vorfahren.

Also erinnert Euch an diese Worte. Die Götter hassen uns nicht. Sie schreien nicht nach der Zerstörung von allem, das uns etwas bedeutet. Sie *sind* wir. Sie sind unsere Sünden, die in die Herzen heimkehren, welche ihnen das Leben geschenkt haben.

Wir sind die Götter, und die Höllen, die wir erschufen, sind unsere eigenen.

Wir flohen vor den Emperor's Children und überließen die anderen ihrem Schicksal.

Muss ich einen weiteren Rückzug ausführlich beschreiben? Die Wahrheit, die ich versprochen habe, ist die, dass das Weglaufen sich nicht länger wie etwas anfühlte, für das man sich schämen musste. Wir flohen, um zu überleben, um an einem anderen Tag erneut kämpfen zu können. Wir hatten kein größeres Ziel, nach dem wir streben konnten, keinen Sieg, für den es wert war zu sterben. Wir hatten den Atem in unseren Körpern und das war alles, was wir wollten. Ich habe Euch noch nicht erzählt, wie ich den Fall Prosperos überlebte. Ich versichere Euch, dass ich danach nie wieder Schande über einen anderen Rückzug empfunden habe.

Also flohen wir. Die *Tlaloc* war von Schlachtbeginn an in einer vorteilhaften Position gewesen. Im Vergleich zur *Unheilsblick* und der *Schlund des Weißen Hundes* war sie noch nah am Rand des Sturms. Während die Schiffe der Sons of Horus und der World Eaters noch näher an das Wrack herangeglitten waren, um ihre Landungsschiffe wieder aufzunehmen, hatte Ashur-Kai die *Tlaloc* sofort aus dem Gefecht gelöst, da er wusste, dass wir auf den Übergang zurückgreifen würden. Nur eines der Schiffe der Emperor's Children hatte uns erreicht und die Geschütze der *Tlaloc* hatten es von einer Verfolgung abgebracht. Wir waren zwar geentert worden, ich sah jedoch keine Spuren irgendwelcher Eindringlinge, nachdem ich das Befehlsdeck erreicht hatte.

Der Krieg in der Leere spielt sich auf eine von zwei Arten ab. Beide sind langsam, erhaben und werden ebenso mit Geduld wie mit Zorn und Raserei ausgefochten.

Die erste Art ist eine Darbietung in kalter, berechnender Distanz, während der Schiffe ihre Waffen über unvorstellbare Entfernungen in einer Zurschaustellung mathematischer Schönheit entfesseln. Es ist selten für imperiale Schiffe, ein Gefecht auszutragen, indem sie Langstreckenfeuer dieser Art austauschen und dabei auf ihre mächtigen Breitseiten verzichten, aber nicht gänzlich unbekannt. Es setzt nicht auf die Stärken der Legionen und wird von den meisten imperialen Schiffsmeistern, die die geballte Macht ihrer Schiffe gegen ihre Feinde zur Geltung bringen wollen, nicht bevorzugt. Aber wie ich sagte, es kommt vor. Diese Schlachten vorausschauender Mathematik und der Flugbahnberechnungen sind eine Kunst für sich und können nur gewonnen werden, indem man das feindliche Schiff zerstört oder lahmlegt. Sie enden oft ohne wirklichen Sieger, wenn nicht eine Seite nachgibt und flieht.

Während wir uns mit Falkus' gefangenem Propheten getroffen und den Hinterhalt des Sardars überlebt hatten, hatte Ashur-Kai die andere Art von Schlacht geschlagen. Dies sind Konflikte voller knirschenden Metalls und Befehlen, die heiser über den Lärm von Notsirenen hinweg gebrüllt werden. Es sind heiße und hasserfüllte Gefechte voller langsamer Manöver, zusammengefasster Salven von Geschützfeuer auf brutal nahe Reichweite und Breitseiten, die in die Leere hinausdonnern, wenn die Schiffe einander in der Nacht passieren. Enterkapseln gleiten wie Messer zwischen den Rümpfen der Kriegsschiffe hin und her und flammen wie winzige Nadelstiche auf, wenn Eisen auf Eisen trifft. Ganze Decks voller Waffenbatterien erbeben zornig, wenn sie feuern.

Diese Schlachten können gewonnen werden, indem man das Schiff des Feindes zerstört, doch warum sollte man solch eine Beute verschwenden? Wir sprechen hier von Städten im Weltraum, deren Herstellung Tausende von Leben und Millionen von Stunden in spezialisierten Schiffswerften kostet, die oftmals Technik verwenden, welche sowohl für das Imperium als auch seine Feinde verloren ist. Man schiebt derartige Belange nicht einfach beiseite. Es ist viel üblicher, das Schiff eines Feindes als Kriegsbeute zu beanspruchen.

Ganz wie das tizcanische Spiel *Kuturanga*, das dem terranischen Königsmord ähnelt, geht der Sieg an die Seite, die die Herrscher des Feindes tötet. Enterkommandos schlagen mit der Brücke als Ziel zu und kämpfen sich ihren Weg auf das Befehlsdeck frei, um jeden abzuschlachten oder gefangen zu nehmen, der in der Lage ist, das Schiff zu steuern und es am Kampf teilnehmen zu lassen. Wir von der Black Legion haben dafür die Bezeichnung *Gha v'maukris*, ›die Kehle durchstechen‹.

Wie es stets bei den Raumkämpfen der Legionen ist, war die Verteidigung der *Tlaloc* auf Enteraktionen hinausgelaufen, und das passte uns nur allzu gut. Im Laufe der Jahre hatte ich mich an viele andere Kriegerscharen verdingt, an das Mechanicum und die Neun Legionen, und ich stellte stets spezifische Zahlungsbedingungen. Gelegentlich gab ich mich mit wertvollem Wissen zufrieden, jedoch nie mit Gold, Sklaven oder Munition. Meistens ließ ich mich in der kalten Eisenwährung marsianischer Kriegsmaschinen bezahlen.

Diese verbanden wir mit dem Bewusstsein der Anamnesis und ließen sie die Metallkörper einer Horde von Kampfrobotern kontrollieren. Kein Feind, der die *Tlaloc* während einer Schlacht betreten hatte, hatte je überlebt. Wir nannten dieses Schwarmbewusstsein das Syntagma.

Ich saß auf dem zentralen Podium auf meinem Thron und lehnte mich vor, um auf den Oculus zu schauen, während das Schiff um uns erbebte. Drei der vercyberten Knechte an den Deflektorschildkontrollen riefen Berichte, ohne von ihren Berechnungstabellen aufzuschauen. Die Schilde hielten. Wir waren zu weit vom Hauptkampf entfernt und die Masse der Flotte der Emperor's Children konzentrierte sich darauf, Falkus' Schiffe fertigzumachen.

Aber die Enteraktion hatte uns verlangsamt, ebenso wie Ashur-Kai, der den Kurs gehalten hatte, während er darauf gewartet hatte, dass ich den Übergang betrat. Drei Zerstörer, von denen es jeder einzelne mit der *Tlaloc* aufnehmen konnte, stürzten sich auf uns. Ihre vorderen Geschütze stachen durch die Leere und wir flohen mit auflodernden Schilden vor ihnen und versuchten, das Gellerfeld hochzufahren, bevor wir uns wieder in den Sturm warfen. Sie würden uns jetzt nicht mehr einholen. Es sei denn, wir taten etwas Dummes.

Lheor verlangte genau das. Er wollte kehrtmachen und Ashur-Kai widersetzte sich ihm.

»Es ist noch nicht zu spät. Wir könnten uns durchkämpfen.«

»Das könnten wir«, erwiderte der Albino. »Aber das werden wir nicht.«

»Es sind fast fünfzig Krieger auf meinem Schiff.«

»Wie aufregend.«

»Und über zehntausend Sklaven.«

»Was für eine große Zahl das ist.«

»Ich warne dich, Hexer ...«

»Wenn du dich um das Leben deiner Männer und Knechte scherst, dann hättest du vielleicht die Gnade des feindlichen Kommandeurs akzeptieren sollen, anstatt ihn so unbedacht zu verhöhnen.«

Aha, da war es. Die Missbilligung, die er mir entgegenbrachte, versteckt in einer Belehrung, die er einem anderen gab. Stets war er mein Mentor, ebenso wie mein Bruder.

»Lheor«, rief ich von meinem Thron aus den World Eater. »Den Seher so finster anzuschauen wird nichts ändern.«

Der Krieger in Rot wandte sich mir zu und stieg die Stufen des Kommandothrons herauf. »Fünfzig Männer, Khayon. Fünfzig Legionäre.«

»Fünfzig tote Legionäre.«

Er löste die Versiegelung seines Helms, um ihn abzunehmen, und zeigte ein Gesicht, das von hässlichen Nähten überzogen war. Synthetische Hautflicken passten nicht ganz zu dem tiefen Schwarz seiner Haut und jeder Zahn in seinem Mund war durch bronzene Fangzähne ersetzt. Metallzähne waren unter den World Eaters nicht selten, aber bisher hatte ich noch keine Zähne aus verstärkter Bronze gesehen. Jahrhunderte von auf dem Schlachtfeld davongetragenen Wunden hatten Lheorvine Ukris in einen Avatar zusammengeflickter Zerstörung verwandelt.

»Wir müssen nur nah genug herankommen, um die Rettungskapseln aufzunehmen.«

»Wir kehren nicht zurück, Lheor.«

»Das sieht dir ähnlich«, sagte er verächtlich, »dem Feind deine Arschritze zu zeigen, anstatt dich zum Kampf zu stellen. Vor einem Kampf davonzulaufen passt zu dir, Sohn des Magnus. Warum auch mit einer lebenslangen Gewohnheit brechen? Genau wie auf Prospero, als ich dich in der Asche kauernd fand.«

Ich sah ihn an, während ich mich auf dem Thron zurücklehnte und nichts sagte. Im gleichen Augenblick, da er seinen schweren Bolter hochhievte, hob jeder der fünfzig Rubricae auf dem Befehlsdeck seine Waffe und zielte auf die sieben World Eater in ihrer Mitte.

Nicht feuern, befahl ich ihnen. Diese Sache geriet außer Kontrolle.

»Glaubst du, deine Leichenbrüder schüchtern mich ein, Hexer?« Muskeln zuckten in seinem misshandelten Gesicht, als seine Gehirnimplantate zubissen. Ich spürte ungeborene Dämonen in der Luft um ihn herum, die sich über ihre ungeformten Kiefer leckten. Sie labten sich an seinen Schmerzen und seinem Zorn.

»Wir gehen nicht zurück, Lheor. Das können wir nicht. Schau mich an. Du kennst mich. Du weißt, dass ich deine Brüder nicht zurücklassen würde, wenn wir sie retten könnten. Ich würde sogar einen Übergang öffnen, um sie hindurchzuziehen, wenn ich könnte. Schau auf den Oculus. Dein Schiff ist bereits tot. Es starb in dem Augenblick, als der Hinterhalt begann. Selbst wenn du es umgehend erreicht hättest, hätte das nichts geändert.«

Die Wahrheit dieser Worte wurde nur allzu deutlich, als wir das Ende unserer kurzlebigen Flotte betrachteten. Schiffe sterben sehr langsam, ebenso wie Wasserfahrzeuge einst ewig brauchten, um völlig zu versinken. Während wir zusahen, zerbrach die *Unheilsblick*, ohne dass Falkus je auf unsere Rufe antwortete. Die *Schlund des Weißen Hundes* zerfiel und verbrannte, ohne dass wir je auf ihre antworteten. Lheors Brüder verfluchten uns als Feiglinge, während sie starben.

»Du könntest es versuchen«, drängte Lheor ein letztes Mal.

»Ich besitze Macht, Lheor, aber ich bin kein Gott.«

Er wandte sich von mir ab und sagte nichts mehr.

»Beendet die Verbindung«, sagte ich zu einem der Servitor-Steuermänner. Ich war es müde, den geifernden Rufen der todgeweihten World Eaters zuzuhören.

»Ich gehorche«, antwortete der Cyborg.

Inmitten des Gerangels verschwand ein Schiff in einem plötzlichen Aufflackern Migräne erzeugenden Lichts. Ein explosives Versagen des Warpantriebs? Eine Spalte, die in das stille Gewebe des Auge des Sturms gerissen wurde? Falkus besaß keine Hexer von bedeutsamer Macht.

Sargon allerdings. Der Prophet. Konnte es sein, dass ...

»Welches Schiff war das?«, fragte ich.

Ashur-Kai sprach mit geschlossenen Augen und verließ sich auf seine Sinne anstatt auf das stotternde und flackernde taktische Hololith.

»Die *Aufgang der Drei Sonnen*.«

Falkus' neuestes und am schwersten verwundetes Schiff. »Ist sie geflohen?«

»Sie ist fort«, korrigierte er mich. Was in der Unterwelt alles bedeuten konnte. Vom Sturm verschlungen, um über die Länge und Breite des Auges verteilt zu werden. In die eigene Zukunft geworfen. Aus der Realität ausgelöscht.

Der Rest unserer zusammengewürfelten Flotte folgte weiter dem Pfad ihrer Vernichtung. Wir sahen, wie Dämonen in eintausend Formen und Schattierungen um die brennenden Schiffe ins Dasein krochen, hervorgebracht von Zorn und Entsetzen, und sich an den todgeweihten Besatzungen labten, aus deren Geist sie geboren worden waren.

Ich wandte mich ab. »Wenn du willst, bringen wir dich zur nächstgelegenen Festung der XII. Legion.«

Lheors Antwort war, mir vor die Füße aufs Deck zu spucken.

Hiernach war unsere Flucht beinahe schmählich einfach. Ich blieb auf dem Befehlsdeck und saß auf meinem Thron. Gelegentlich schaltete ich mich in den allgemeinen Voxkanal ein und stellte überrascht fest, dass Nefertari schrie. Sie war immer noch im Horst eingeschlossen.

»Du hast sie nicht herausgelassen?«, fragte ich Ashur-Kai. »Du hast sie nicht kämpfen lassen, als wir geentert wurden? Bruder, bist du wahnsinnig?«

Der Albino starrte mich rotäugig und argwöhnisch an. »Ich hatte noch andere Dinge zu tun, als deine Mörderin zu ihrem eigenen Amüsement zu befreien.« Er wandte sich ab und ging davon. Seine Wut war ein dezentes Pochen an meinem Geist. Ich konnte eine Unterströmung aus höflichem, würdevollem Zorn spüren. Er hatte mit Sargon sprechen und jegliches Wahre an den Prophezeiungen des Word Bearers herausfinden wollen, von einem Seher zum anderen. Das Netz des Schicksals faszinierte ihn. Er nahm es mir übel, dass ich das Treffen nicht so gehandhabt hatte, wie er es getan hätte.

Gyre kam zu mir und umkreiste meinen Thron, bevor sie sich an meine Seite setzte. Ashur-Kai war wieder auf seiner Loge und führte das Schiff in Einklang mit der Anamnesis. Lheor und seine Männer waren hingegangen, wo auch immer sie wollten; irgendwohin, um meiner Gegenwart zu entkommen, schien es. Damit blieben ich und meine Wölfin.

Ihr hättet denjenigen, den Ashur-Kai Flammenfaust nennt, nicht retten sollen. Er ist ein Vetternmörder und man darf ihm nicht vertrauen. Ich sehe es in seinem Herzen.

Ich sah sie an und wandte mich damit erneut vom Anblick des brodelnden Sturms ab.

Seine Vettern zu töten ist die geringste Sünde eines Legionskriegers. In dieser Sache kann keiner von uns Anspruch auf Unschuld erheben.

Worte der Sterblichen, sagte sie, *und Ausflüchte der Sterblichen. Ich spreche von schwärzerem, tiefergehendem Verrat.*

Ich weiß. Aber ich schulde ihm etwas, ebenso, wie ich Falkus etwas schulde. Die Wölfin wusste genau, was ich Lheor schuldete. Sie war dort gewesen, als Prospero fiel. Es war ihre erste Nacht als Wolf gewesen.

Es gibt mehr im Leben, als sich an alte Eide zu klammern, Meister.

Das scheint mir ein seltsamer Gedanke für einen gebundenen Dämon. Ich fuhr mit meinen gepanzerten Fingern durch ihr schwarzes Fell. Die Wölfin in ihr brummte ob der Aufmerksamkeit. Der Dämon ignorierte sie.

Ein Pakt ist kein Eid, sagte sie. *Ein Pakt ist eine Verbindung von Lebenskraft. Ein Eid ist etwas, das Sterbliche sich in Augenblicken der Schwäche zublöken und -jammern.*

Sie atmete jetzt, was sie nur selten tat. Für sie war die Wolfsform eine, die sie bevorzugte, nichts weiter. Sie genoss die Tödlichkeit und die Symbolik der hundeartigen Gestalt und scherte sich nicht um die Details vorgetäuschter Lebendigkeit.

Gyre, falls der Wiedergeborene Horus über die Welten des Großen Auges wandelt ...

Die Wölfin zitterte, als fröstelte sie. Ihre lautlose Stimme troff vor Trotz. *Die Besorgnis, die Ihr ob einer solchen Wiedergeburt verspürt, wird vom Pantheon geteilt. Der Geopferte König starb, wie es sein Schicksal war zu sterben. Er kann sich nicht erneut erheben. Seine Zeit ist vorbei. Das Zeitalter der Zwanzig Falschen Götter ist vorbei. Wir wandeln im Zeitalter der Geborenen und Nimmergeborenen. So ist es und so soll es sein.*

Ich blieb stumm, während ihre Worte in meinem Geist aufkeimten. Anscheinend war sie nicht in der Stimmung für weitere Erwägungen.

Ich gehe, sandte sie als tiefes Knurren, erhob sich und trottete davon. Die Brückenbesatzung wich vor dem gewaltigen Wolfsdämon in ihrer Mitte zurück. Gyre ignorierte sie alle.

Wohin gehst du?

Zu Nefertari. Mit diesen Worten ließ sie mich sitzen und ich starrte ihr mit einem vollkommen schockierten Ausdruck hinterher.

Ashur-Kai kam als Nächstes zu mir. Er blickte immer noch finster. »Wir haben Gefangene gemacht«, sagte er und hob die Tatsache hervor, weil sie so selten war. Das Syntagma ließ nur selten etwas am Leben. »Sieben der Emperor's Children.«

Ich sah ihn eine Weile an, bevor ich antwortete. »Es wäre nützlich gewesen, wenn du wenigstens einen Schatten dessen vorhergesehen hättest, was gerade geschehen ist, Seher. Eine Menge Tod und Erniedrigung hätte vermieden werden können.«

»Das stimmt.« Seine roten Augen strahlten bemessene Akzeptanz dessen aus, was geschehen war. »Und es wäre wundervoll, würden Prophezeiungen so funktionieren. Das ist etwas, das du wüsstest, hättest du auch nur irgendein Talent dafür oder den geringsten Respekt davor. Also, wo fliegen wir hin?«

»Gallium.«

Langsam kehrten seine Gedanken zu der getragenen, emotionslosen Verarbeitung analytischer Überlegungen zurück. Er kalkulierte seine Antworten in Unterhaltungen auf die gleiche Weise, wie ein Cogitator Mathematik verarbeitete. Gallium ergab Sinn. Wir konnten neu auftanken, Reparaturen durchführen lassen und uns neu bewaffnen.

»Und nach Gallium?«, drängte er. Ich wusste, wonach er fragte.

Hatte ich mich schon entschieden, sogar damals? Wollte ich Sargons Falle zuschnappen lassen und am Rande der Strahlenden Welten für die ultimative Belohnung alles riskieren? Ehrlich gesagt, ich weiß es nicht. Eine Erwägung ist keine Verpflichtung. Die Versuchung ist keine Entscheidung.

»Gib mir etwas Zeit«, sagte ich. »Dann werde ich meine Entscheidung treffen.«

Ich fühlte seine stumme Kenntnisnahme – jedoch nicht seine Zustimmung. Er kehrte mit geduldigen Schritten auf seine Beobachtungsplattform zurück, wobei er eine Hand auf dem Knauf seines in der Scheide steckenden Schwertes liegen hatte.

Sein erhabener Zorn war etwas, für das ich derzeit keine Geduld hatte. Ich erhob mich von meinem Thron, folgte ihm jedoch nicht.

Ich begegnete Lheorvine Ukris das erste Mal mehrere Jahrhunderte vor der fehlgeschlagenen Flottenmusterung in der Asche von Tizca. Die World Eaters kamen zu unserer verwüsteten Heimatwelt, um sich ein eigenes Bild davon zu machen, was die Söhne des Russ getan hatten.

Die Kristallstadt war gefallen, Prospero hatte gebrannt und alles, was übrigblieb, waren die Toten und die Sterbenden. Magnus, der Herr meiner ersten Legion, war geflohen. Er und der Großteil der überlebenden Krieger waren durch den Warp zu ihrer neuen Zuflucht auf Sortiarius entkommen. Die gewaltige Macht, die durch eine derartige Manipulation entfesselt wurde, hatte das Herz Tizcas in ihrem mit letzter Kraft vollbrachten Exodus mit sich gerissen. Danach waren nur noch die in Schutt und Asche liegenden äußeren Distrikte der Stadt übrig geblieben, und die Millionen Toten hatten die Parks und breiten Alleen bevölkert.

Ich war nicht unter denjenigen, die Sortiarius mit meinen Brüdern erreicht hatten. Ich würde später dorthin reisen, nachdem der Krieg auf Terra ein Ende gefunden hatte.

Auf Prospero hatte ich mir nicht den Weg zur zentralen Pyramide des Photep freigekämpft, um mich Ahrimans letztem Gefecht anzuschließen. Während ich mich durch die brennenden Straßen kämpfte, war mein Ziel der westliche Stadtrand. Ich musste die Grenzzikkurate erreichen, da die *Tlaloc* gemeinsam mit dem Rest der Flotte fort war. Die Anamnesis war an Bord, ebenso wie diejenigen meiner Krieger, die die Häresie überleben würden, nur um dann in Ahrimans aussichtslosem

Rubrica-Zauber zu sterben. Ashur-Kai kommandierte die *Tlaloc* in meiner Abwesenheit, was bedeutete, dass er weit von Prospero entfernt war, als es fiel. Ich war auf jede Art, die eine Rolle spielte, allein.

Und ich schaffte es nicht. Dafür sorgten meine Wunden. Ich hatte schon zuvor lähmende Verletzungen erlitten, im Ozean von Vayarah, doch das waren Wunden, die problemlos heilten, sobald ich aus dem Wasser war. Die Vorstellung, an diesen Wunden zu sterben, war eher ein Witz gewesen als eine realistische Möglichkeit. Es waren keine Treffer von Äxten und Streitkolben und Boltergeschossen gewesen.

Als ich nicht mehr laufen konnte, taumelte und humpelte ich auf den Horizont zu, wo sich die stufenförmigen Pyramiden in den Himmel erhoben. Als ich nicht mehr stehen konnte, kroch ich, und als ich nicht mehr kriechen konnte ... ich erinnere mich nicht mehr. Das Bewusstsein verließ mich, davongestohlen von den Rissen in meinem Schädel und den Wunden, die sich über meinen ganzen Körper zogen.

Ich erinnere mich daran, an irgendeinem Punkt dieser Zeitlosigkeit hinauf in den Nachthimmel geschaut und gedacht zu haben, dass die Sterne unsere Flotte im Orbit sein mussten, die endlich gekommen war. Die Dunkelheit kam und ging in Übelkeitswellen – es herrschte Tageslicht, dann war es Nacht, es war Sonnenuntergang und dann Sonnenaufgang. Die Veränderungen am Himmel folgten keiner Ordnung, zumindest keiner, die meine schwindenden Sinne begreifen konnten.

Gyre war fort, hatte mich auf der Suche nach Hilfe verlassen. Mir war kalt. Die genetischen Verbesserungen, die meinen Körper zwangen, den Blutverlust auszugleichen, waren überlastet und träge. Und mein Magen schmerzte, doch ohne Zeitgefühl konnte ich nicht wissen, ob es der Biss des Hungers war oder die schleppende Qual des Verhungerns.

Ich erinnere mich zu fühlen, wie meine Herzen langsamer schlugen, aus dem Rhythmus gerieten und das eine noch schwächer und langsamer schlug als das andere.

»Dieser hier lebt noch«, sagte eine Stimme aus einiger Entfernung. Das waren die ersten Worte, die ich Lheor je sprechen hörte.

All die Jahre später, während ich durch die Hallen der *Tlaloc* schritt und den World Eater und seine sechs überlebenden Brüder suchte, dachte ich an diese Begegnung.

Sie hatten eine der Rüstkammern des Schiffes als ein temporäres Lager beschlagnahmt. Sklaven von mehreren Decks schufteten bereits für sie, nachdem sie von den Pflichten abgezogen worden waren, die sie gerade ausgeführt hatten, um nun die Rüstungen und Waffen der World Eaters zu warten.

Zwei der Krieger kämpften miteinander, wofür sie Metallstreben benutzten, die sie aus den Wänden des Schiffs gerissen hatten. Ein weiterer saß mit dem Rücken an einer Munitionskiste und schlug seinen Hinterkopf in einem monotonen Rhythmus gegen das Eisen. Seine schmerzdurchfluteten Sinne riefen in mir ein beinahe uhrwerkmäßiges Gefühl der Schonung hervor: Der Schmerz in seinem Schädel ließ jedes Mal nach, wenn sein Kopf die Kiste traf. Er sah mich an – sein Blick war nicht das unfokussierte Starren eines Schwachsinnigen, das ich erwartet hatte; es war ein gequältes, völlig bewusstes Starren. Ich spürte die Heftigkeit in diesem Blick. Er hasste mich. Er hasste das Schiff. Er hasste es, am Leben zu sein.

Schatten bewegten sich um die World Eaters. Es waren schwache Geister des Schmerzes und des Wahnsinns, die von den gepeinigten Kriegern angezogen wurden und sich immer mehr ihrer Geburt näherten.

Lheor hatte seine Rüstung halb abgelegt und benutzte dafür gestohlene Werkzeuge. Wie bei den Kreuzrittern in Plattenrüstung der primitivsten Kulturen brauchte es nicht nur einige Zeit, sondern auch die Hilfe ausgebildeter Sklaven, unsere Kampfausrüstung an- und abzulegen. Jede Platte wurde maschinell an Ort und Stelle befestigt und in Einklang mit der darunter liegenden angebracht.

»Gib uns Rüstsklaven.« Das war Lheors Gruß, bevor er auf die armen Kerle zeigte, die seine Rüstungsteile mit schmutzigen Lumpen ›reinigten‹. »Diese hier sind wertlos.«

Das war der Fall, weil ihnen nicht das nötige technische Wissen beigebracht worden war. Wir hatten nur noch wenige Rüstsklaven auf der *Tlaloc*, da nur wenige von uns sie benötigten. Die Rubricae waren nicht wirklich in der Lage, ihre Rüstung abzulegen. Ihre Rüstung war alles, was sie waren.

Ich sprach nichts davon aus. Was ich sagte, war: »Ich ziehe es vielleicht in Betracht, wenn du nett fragst.«

Er grinste. Er würde nicht nett fragen, das wussten wir beide.

»Falkus hat mir eine Gänsehaut verpasst mit diesem gefesselten Seher. Glaubst du, sein Schiff ist entkommen?«

»Es ist möglich«, gab ich zu.

»Du hörst dich nicht allzu zuversichtlich an. Ach, das ist eine Schande. Ich mochte Falkus, auch wenn er seinen Freunden gegenüber viel zu misstrauisch war. Also, was willst du, hm? Wenn du eine Entschuldigung willst, Hexer ...«

»Die will ich nicht. Obwohl es höflich von dir wäre, die Tatsache, dass ich dein Leben gerettet habe, wenigstens anzuerkennen.«

»Auf Kosten von fünfzig meiner Männer«, antwortete er. »Und meines Schiffs.«

Seine Fregatte war bestenfalls ein Seelenverkäufer, und das sagte ich ihm auch.

»Sie mag ein Haufen Schrott gewesen sein«, sagte Lheor und biss die Zähne auf eine Art zusammen, die man mit ein wenig Großzügigkeit ein Lächeln nennen könnte. »Aber sie war *mein* Haufen Schrott. Und jetzt verrate mir, warum du wirklich hier bist.«

»Für einen Mortuus.«

Er sah mich an – trotz seines verheerten, von Narben überzogenen Gesichts waren seine dunklen Augen die, mit denen er geboren worden war, und keine augmetischen Ersatzstücke. Nachdem er das Narbengewebe dort angehoben hatte, wo einst eine Augenbraue gewesen war, fragte er: »Was ...?«, in einem Tonfall ehrlichen Zögerns.

»Einen Mortuus«, sagte ich erneut. »Du hast mich gefragt, warum ich zu dir kam. Das ist der Grund. Ich bin gekommen, um einen Mortuus zu hören.«

Mittlerweile schauten sie mich alle an. Die beiden Kämpfer hatten aufgehört, sich zu bewegen. Derjenige auf dem Deck schlug nicht länger mit dem Kopf gegen die Kiste hinter ihm.

Lheor hatte die Fünfzehn Fänge seit Jahrzehnten angeführt und während des Großen Kreuzzugs in seiner Legion als Offizier gedient. Er beriet sich nicht mit seinen Männern, aber ich fühlte die Veränderung in seinen Gedanken, als er ihre Gegenwart erwog. Er wusste, dass sie ihn beobachteten, diesen Augenblick beobachteten, und darauf achteten, wie er reagierte. Aber ich fühlte ebenso die spinnenartige Gegenwart der Maschinerie, die seinen Geist verstümmelte. Sie tickte und trat gegen Vernunft und Geduld, entzog ihm seine Konzentration und ließ Schmerzen anstatt Gedanken durch seinen Schädel jagen.

Die Stille dehnte sich aus. Ich fühlte, wie der Schmerz in seinem Kopf sich von Muskelzucken und gelegentlich zündenden Stichen zu einem aufblühenden Pochen verstärkte. Er verzog die Oberlippe, einem Hund nicht unähnlich.

»Skall«, sagte er. »Gensaat nicht geborgen. Aurgeth Malwyn, Gensaat nicht geborgen. Ulaster, Gensaat nicht geborgen. Ereyan Morcov, Gensaat nicht geborgen ...«

Er listete sie alle auf, ein Name nach dem anderen, alle sechsundvierzig. Nachdem er den letzten ausgesprochen hatte – »Saingr, Gensaat nicht geborgen.« – verstummte er langsam und sah mich mit einer morbiden Belustigung in den Augen an.

»Ich werde ihre Namen in das Leichenlied des Schiffs aufnehmen lassen.«

Das Leichenlied war eine Tradition der Thousand Sons; andere Legionen verwendeten andere Namen wie das Archiv der Gefallenen der World Eaters oder die Totenklage im Fall der Sons of Horus. Sie waren nicht einfach nur Verlustlisten, sie waren ein

Angedenken – Ehrentafeln, Relikte, welchen die Legion große Bedeutung beimaß. Auf unseren Schiffen geschah dies oft in der Form, dass Name und Rang auf Schriftrollen festgehalten wurden.

»In den Archiven dieses Schiffes?«, fragte einer der anderen.

»Ich werde alle Aufzeichnungen an alle Schiffe der World Eaters weitergeben, denen wir begegnen.«

»Unsere Legion schert sich nicht wirklich darum, die Namen der Toten aufzuzeichnen, Khayon.«

»Dennoch steht das Angebot. Aber die Krieger, die gerade genannt wurden, starben in einer Schlacht, die uns zusammenbrachte. Wir teilen die Verantwortung. Sie sollten in das Leichenlied der *Tlaloc* eingetragen werden.«

Die World Eaters sahen zuerst einander und dann Lheor an. Lheor, der mir gerade einen Mortuus vorgetragen hatte, wie die Apothecarii der Legionen sie traditionsgemäß ihren befehlshabenden Offizieren vortrugen.

Etwas geschah zwischen uns: eine Verständigung irgendeiner Art. Nichts Psionisches, nichts so Krudes oder Offensichtliches. Aber er erkannte es mit einem Nicken an und schlug seine bloße Faust in einer Geste gegen meine Brustplatte, die als eine brüderliche Bestätigung angesehen werden konnte.

»Vielleicht hast du doch ein Rückgrat, Hexer. Und jetzt verschwinde und finde ein paar richtige Rüstsklaven für uns. Unsere Rüstungen müssen gewartet werden.«

Gut gemacht. Ashur-Kais Stimme erschien in meinem Geist. *Sie werden uns nützlich sein.*

Meine Gründe sind nicht so kaltherzig und gewinnsüchtig, Seher.

Lheor schaute zu seinen Brüdern und zeigte mit einem unangenehmen Lächeln seine Bronzezähne. »Wir werden hierbleiben. Vorerst.«

Keiner widersprach.

»Zwei Dinge«, sagte Lheor. »Was hast du mit Telemachon vor?«

Es war ein wenig zu spät für Geheimnisse. Was mich anging, hatte der Mortuus unser Bündnis besiegelt.

»Ich habe etwas Unangenehmes mit ihm vor.«

Die World Eaters lachten leise grunzend. »Und was ist das für ein Geschrei über das Vox?«, fragte Lheor.

»Das ist meine Blutwächterin. Ich werde mich jetzt um sie kümmern.«

VI

DIE BLUTWÄCHTERIN

Die schweren Sicherheitstüren des Horsts blieben geschlossen und schlossen einen Geruch in seinem Inneren ein, der beinahe schwer genug in der Luft hing, um sichtbar zu sein. Das saure Odeur verdorbenen Fleisches lag über dem anderer Verwesung. Es war ein Gestank, der abstoßend genug war, um die Augen von Sterblichen tränen zu lassen. Hinter der verschlossenen Tür lag nur Dunkelheit.

Ich sah und roch dies nicht selbst. Ich erlebte es durch die Sinne meiner Wölfin.

Gyre trat mit einem Knurren in die stinkende Finsternis. Das Grollen der Wölfin war kein sanftes, sondern kam durch gebogene, speichelfreie Zähne. Der Gruß, so er denn einer war, wurde von der künstlichen Nacht verschluckt.

Die verschlossenen Türen des Horsts waren für die Wölfin kein Hindernis gewesen. Sie zu passieren war für sie nicht schwieriger, als auf einer Seite des eisernen Sicherheitsschotts in die Schatten zu treten und auf der anderen Seite in der Schwärze wieder aufzutauchen.

Warum tust du dies?, fragte ich sie. Insofern ihre Art überhaupt eine Vorstellung von Geschlechtern haben konnte, war Gyre anscheinend weiblich. Es war eine Reflexion des Körpers, den sie angenommen hatte, und keine bewusste Entscheidung.

Ich gehe zu ihr, sandte die Wölfin zurück, *weil ich es kann*. Und damit begann sie ihren Aufstieg.

Der Horst hatte nicht immer diesen Namen getragen. Das war Nefertaris Werk. Er hatte sich verändert, wie sich mit ihrer Ankunft viele Dinge verändert hatten. Bevor die Xenos sich uns angeschlossen hatte, war diese Kammer ein Schwerlastenaufzug gewesen, der groß genug war, um Kampfpanzer und riesige Frachten an Wehrmaterial zwischen den Decks transportieren zu können. Nach Nefertaris Ankunft hatte die Besatzung der *Tlaloc* schnell gelernt, andere Aufzugsplattformen zu benutzen. Diese stand deaktiviert da, kalt und leer, und ihren Systemen war jegliche Energie genommen worden.

Gyre und ich waren es gewohnt, als eine der wichtigsten Eigenschaften unserer Verbindung unsere Sinne miteinander zu teilen, und doch spürte ich einen beunruhigenden Druck von ihrem Geist, als sie versuchte, ihre Motive vor mir zu verbergen. Da erkannte ich, dass sie schon zuvor ohne mich hier gewesen war. Vielleicht sogar mehr als einmal.

Mehr als ein Dutzend Mal, antwortete sie.

Dessen war ich mir nicht bewusst.

Meine Existenz besteht aus mehr als meiner Verbindung zu Euch, Meister.

Gyre schaute hoch. Ein fünfhundert Meter langer Tunnel erstreckte sich über ihr und den ganzen Weg bis zu den spinalwärtigen Verteidigungsanlagen. Alte Kabel und gotische Schnitzereien ließen den Schacht nach außen hin skelettartig aussehen wie eine vertikale Passage geriffelter Wände, die von den starrenden Augen von eintausend offen stehenden Zugangstunneln durchzogen waren. Der gleiche Anblick bot sich ihr, als sie nach unten schaute. Der Schacht erstreckte sich noch viel weiter in die Dunkelheit. Sie hatte den Horst nahe seinem Gipfel betreten.

Gyres Sicht war nicht die rot gefärbte Einblendung der Zielerfassungslinsen eines Space Marines, noch war sie der farblose

Schleier menschlicher Sicht. Sie sah Seelen als flackernde Feuer und an allen anderen Orten sah sie ein konturiertes Nichts.

Nefertari, sandte das Tier in die Dunkelheit, obwohl meine Blutwächterin der stillen Sprache gegenüber so gut wie taub war.

Die vielen offenen Schutztüren, die von dem langen Tunnel in den Rest des Schiffes führten, bedeuteten, dass Nefertari normalerweise überall sein könnte – sie beanspruchte die gesamte *Tlaloc* als ihre Spielwiese –, doch Gyre wusste, wo sie zu finden war.

Die Wölfin sprintete eine kurze Strecke und sprang von der Plattform in den Tunnel. In einem Augenblick fiel sie durch die Schwärze der ewig präsenten Schatten, im nächsten trat sie einhundert Meter weiter oben aus der Dunkelheit und ihre Krallen kratzten über das Metall der höheren Plattform. Gyre fuhr mit ihrem Aufstieg fort, indem sie sich wieder und wieder in die Schatten warf.

Nach fünf Minuten fand sie den ersten Blutfleck. Nach weiteren drei fand sie den ersten Körper.

Warum gehst du zu ihr?, fragte ich die Wölfin.

Sie gab sich abweisend. *Könnt Ihr Euch das nicht denken?*

Sie stupste den toten Körper kurz mit der Nase an. Die Beute war alles andere als frisch. Es war eine ältere Leiche, eines von Nefertaris weggeworfenen Spielzeugen, das verkehrt herum an den Fußgelenken an die Wand gekettet worden war und nun dort hing. Der letzte Atemzug des Wesens stand ihm offen auf seine verzerrten, grauen Gesichtszüge geschrieben. Meine Blutwächterin hatte seine Zähne herausgerissen und fremdartige Runen in seine Haut geritzt, und all das, während es noch am Leben gewesen war. Als es noch ein *er* gewesen war und kein *es*.

Für Gyres Sinne gab es kaum einen Unterschied zwischen ihm und den Ketten, die ihn fesselten, oder der Wand, die ihn hielt. Er war seelenlos und damit nicht von Interesse. Zu lange durch die Augen der Wölfin zu schauen führte oft zu schweren Kopfschmerzen, die sich auf schmierige Weise ihren Weg durch meinen Schädel bahnten. Ich fühlte bereits, wie sie sich ankündigten.

Weiter oben hingen noch andere Körper. Nefertari hatte die

Angewohnheit, mehrere Opfer gleichzeitig in einem Tunnel anzuketten, damit ihre Schreie durch den dunklen Korridor und entlang des Rückgrats des Schiffes und darüber hinaus in die eisernen Knochen der *Tlaloc* hallten. Sie nannte es ihre Musik.

Natürlich musste sie nicht auf und ab klettern, wie es die menschliche Besatzung tat. Sie konnte ihre Opfer in dem langen Tunnelschacht aufhängen und sie nach Belieben auseinandernehmen, ohne so etwas Banales wie Haltegriffe zu benutzen.

Manche der Körper waren menschlichen Ursprungs, andere waren irgendwo in den veränderlichen Stadien reiner Menschen und dem, was auch immer der Warp für sie bestimmt hatte, verloren. Sechs von ihnen – und dies waren diejenigen, an denen Gyre mit etwas mehr Neugierde vorbeistieg als an den anderen – waren Krieger der Legiones Astartes. Gefangene aus alten Überfällen, die ihr zum Nähren gegeben worden waren.

Einer von ihnen starrte mit Augen aus verrottendem Grau auf meine Wölfin. Gyre stakste in die nächstgelegenen Schatten, ohne an dem Körper zu schnüffeln.

Schließlich trottete sie lautlos am höchsten Punkt des Aufzugschachtes aus der Dunkelheit in den eigentlichen Horst. Die gewaltige, kuppelförmige Kammer wurde von externen Scutum-Schilden versiegelt. Die dichte, schuppige Panzerung blockierte jede Sicht auf den Augenraum außerhalb des Schiffs. Das einzige Licht in der Kammer war jenes, das Nefertari zuließ. Heute war alles dunkel.

Gyre pirschte und ließ ihre Sinne nach links und rechts über die Tische treiben, die in Wirklichkeit Folterbänke waren, und über die Wände der Kammer, die in Wirklichkeit ein Gefängnis war. Sie schaute auf zu den Wasserspeiern und grotesken Kreaturen, die sich an die knochige Architektur klammerten und mit stummen Schreien und missbilligenden Blicken herabgrinsten. Sie waren eine Horde dunkler Steinplastiken, die verärgert über die Gegenwart der Wölfin war.

Sie konnte Nefertari nicht sehen. Sie konnte sie nicht riechen. Sie konnte sie nicht spüren. Alles roch nach verrottendem Fleisch und stinkendem Blut, aber Gyre konnte in der Nähe Atemgeräusche wie die eines verwundeten Tiers hören. Das war ein Anfang. Die Wölfin lief weiter, jagend, suchend.

Sei vorsichtig.

Ihr wisst nicht, wovon Ihr sprecht, Meister. Sie wird mir nie etwas antun.

Seelenfeuer kräuselte sich auf einer der Folterbänke vor ihr – eine flackernde weiße Aura, durch die sich lebhafte Adern der Furcht zogen. Es war ein erbärmlich schwacher Mensch, der atemlos nach Hilfe flehte, während er angekettet auf dem Tisch lag. Er roch nach Blut und Schweiß und Scham, ebenso wie in seiner Aura Adern nachklingenden Schmerzes schimmerten. Er trug die Überreste einer Maschinariumsuniform.

Gyre ging zu dem Gefangenen und sah zu, wie der Mensch in der kalten Luft zitterte. Der Mann rief unartikuliert und streckte die Überreste seiner Hand aus. Die Wölfin schnüffelte an den offenen Wunden des Menschen. Innere Blutungen. Aufgerissene Organe. Wer auch immer er gewesen war, der Verwundete war dem Tod zu nahe, um von Nutzen zu sein.

Das Tier stakste langsam im Kreis. Seine Instinkte hoben seine eigenen Beschwichtigungen auf, jetzt, da es sich an der Futterstelle eines anderen Raubtieres befand.

Nefertari war nah. Stränge einer sympathetischen Verbindung zwischen der schmerzdurchzogenen Aura des Gefangenen und ihrer eigenen feurigen Seele führten tiefer in die Kammer. Sie bebten wie Spinnenweben und Seelenfeuer leuchtete schwach aus ihnen.

Gyre ging weiter und folgte der psionischen Spur der Seelen, die durch die Qual miteinander verbunden waren. Als sie sich einen Weg zwischen den Tischen durchbahnte, strichen herabhängende Ketten gegen die Muskeln ihres Rückens und ihrer Schultern.

Dort, eine Feder auf dem Deck. Sie schnüffelte daran – die Feder war weder schwarz noch grau, sondern ein staubiges Dunkelgrau irgendwo dazwischen.

Seelenfeuer leuchtete schwach im Grau vor ihr. Vermindert, ausgelaugt. Deshalb hatte die Wölfin meine Blutwächterin nicht direkt gespürt. Nefertari lag im Sterben.

Bei ihrem Anblick gefror mir das Blut. Nefertari lag auf dem Bauch und hatte den Kopf geneigt, sodass ihre Schläfe auf dem Deck lag. Es sah aus, als wäre sie auf den Boden geworfen und dort zum Sterben liegen gelassen worden – eine Kreatur lebloser Glieder, die von einem Schopf dunklen Haars umringt wurde.

Als die Wölfin sich ihr näherte, erfüllte der schauerliche Geruch von Xenosfleisch Gyres Sinne. Der Gestank bereiften Metalls von zu weißer Haut, der über der würzigen Schwere von heißem, unmenschlichem Blut lag. Ich spürte, wie sich der Schmerz als bitterer Speichel zwischen den Reißzähnen des Wolfes ausbreitete. Die Nähe zu irgendeinem lebenden Wesen erregte stets Gyres Hunger.

Die Xenos zuckte und hob den Kopf. Spitz zulaufende Ohren, dunkle Flügel und abgeschrägte Augen waren die Elemente ihrer Nichtmenschlichkeit, die am deutlichsten feengleich waren, doch alles an ihr strahlte dieses Gefühl unbehaglicher Falschheit aus, die man stets in der Unvollkommenheit von Xenosleben sieht. Sogar bis hin zu der Art, wie sie sich bewegte: Nefertaris Bewegungen waren zu fließend und zu anmutig auf eine Art, die schon fast unheimlich war. Ich bekam eine Gänsehaut.

Die Augen meiner Blutwächterin waren so schwarz wie eine unbewölkte Nacht, aber Gyres unmenschliche Wahrnehmung registrierte wenig mehr als die Glut des Seelenfeuers hinter Nefertaris glasigem Blick. Einer der Flügel der Xenos raschelte mit dem Geräusch einer umgeblätterten Buchseite.

»Ihr.« Nefertaris tote blaue Lippen verzogen sich zu einer blutlosen Parodie einer Gefühlsregung. Ihre Stimme war wie das Fauchen eines Schwerts, das aus der Scheide gezogen wurde.

Gyre konnte nicht laut antworten. Die Kiefer der Wölfin waren nicht für die Sprachen Sterblicher gemacht.

Blut tropfte von den Zähnen der Xenos, als sie sich auf bebenden Gliedern erhob. Ihre Flügel schlossen sich um ihren Rücken und zitterten, als sie sich an sie legten. Hier herrschte eine Intimität zwischen ihnen, die ich nie für möglich gehalten hätte. Von all den Seelen an Bord meines Schiffes sollten diese beiden sich doch sicherlich am meisten abstoßen. Ich hatte zwischen ihnen, meinen Schwestern, meinen bevorzugten Dienern, nie etwas anderes als verhaltene Nichtbeachtung gespürt.

Die Wölfin näherte sich immer noch in ihrem lautlosen Pirschen. Als ihr bezahnter Kiefer die Schulter der Xenos berührte, hob Nefertari ihre zitternden Finger und umarmte den Hals des Tiers.

»Ich dürste«, flüsterte sie. »Keines dieser wertlosen Leben zählt. Ihre Seelen sind schwach und ihre Schmerzen sind bedeutungslos. Egal wie viele ich töte, ich dürste immer noch. Aber wir könnten Ashur-Kai töten. Du und ich, Gyre. Wir könnten Ashur-Kai töten. Khayon würde uns vergeben.«

Die Stirn der Xenos lag jetzt auf dem Fell der Wölfin. Sie waren nahe genug beieinander, um sich über die stille Sprache zu unterhalten, selbst mit Nefertaris unterentwickelten Sinnen.

Nein. Gyres stummer Tonfall lag irgendwo zwischen einem hundeartigen Knurren und einem bärenartigen Grollen. *Unser Meister braucht den Weißen Seher.*

»Er würde mir vergeben.«

Ja, gab Gyre zu, und ich spürte die Irritation meiner Wölfin darüber, dass ich ihre Sinne in einem Augenblick teilte, der vertraulich hätte sein sollen. *Khayon wird dir alles vergeben. Das macht es allerdings nicht klug, den Weißen Seher zu töten.*

Nefertari blieb für eine Weile still und hielt sich an der Wölfin fest. Ich fühlte ... Was genau fühlte ich? Die Verbindung zwischen ihnen ergab für mich keinen Sinn, und doch war sie da und sie war real.

»Wo ist Khayon?«

Er war bei dem, der Flammenfaust genannt wird. Jetzt bereitet er sich darauf vor, sich uns anzuschließen.

»Er hat mich eingeschlossen.«

Nach deinem Seelenhunger beim letzten Mal musste er dich einschließen.

Es kehrte wieder Stille ein. Dieses Mal blieb sie nicht nur bestehen, sie beherrschte die nächsten Minuten. Keine von beiden unterbrach sie. Diese Ehre gehörte mir.

Die Luft explodierte in einem Sprühregen kreischenden Lichts und schlug mit donnernder Luftverdrängung zu. In dem Sturmwind schrien vereitelte Seelen. Ich spürte, wie unsichtbare Hände verzweifelt aus dem tosenden Windstoß griffen und voller heulendem, geistlosem Elend über Nefertaris Haut und Haare kratzten. Oh, wie sehr sie sie doch wollten. Die nimmergeborenen Kinder des Jüngsten Gottes wollten sie immer.

Mit dem gleichen Schalldonnern, das ihre Ankunft angekündigt hatte, verschwanden sie auch wieder.

»Nefertari«, sagte ich und betonte das Wort so, dass es sowohl Gruß als auch Entschuldigung war.

Einen Augenblick lang sah ich mich durch Gyres Augen: eine aufragende Silhouette, die von einem goldenen Nimbus zerstörerischen Lichts gekrönt wurde. Der drohende Kopfschmerz erblühte hinter meinen Augen zu etwas Heißem und Hasserfülltem.

Der einzige Gruß der Xenosfrau war ein kalter Blick.

»Geht es dir gut?«, fragte ich sie in Ermangelung von etwas anderem, das ich hätte sagen können.

»Ich dürste«, zischte sie mich an, ließ den Hals der Wölfin los und erhob sich auf schwachen Gliedern.

»Ich weiß. Wir segeln nach Gallium. Die Entfernung vom Kern wird deine Qual lindern. Ashur-Kai hätte dich freilassen sollen, um zu jagen und dich zu nähren, als wir geentert wurden.«

»Ich dürste«, sagte sie erneut. Hatte sie mich überhaupt gehört?

Ich trat näher heran. Meine Helmzier aus gestreiftem Kobaltblau und polierter Bronze warf einen deformierten Schatten auf das dunkle Eisendeck.

»Nefertari ...«

»Ich dürste.« Dieses Mal flüsterte sie die Worte, anstatt sie zu zischen.

»Ich gebe dir jedes Mitglied der Besatzung. Wir haben eine Handvoll der Emperor's Children gefangen genommen.«

Sie spie mir eine Ablehnung meines Angebots entgegen. »Keiner von denen spielt eine Rolle. Der bedeutungslose Schmerz von belanglosen Seelen. So tief in der Grabeswiege ... Ich brauche mehr, Khayon. Gebt mir Ashur-Kai.«

»Das kann ich nicht.«

»Ihr könnt.« Sie bleckte die Zähne zu etwas, das kein Lächeln war. »Ihr könnt, aber Ihr werdet es nicht. Ihr entschließt Euch, mich zurückzuweisen.«

»Nenne es, wie du willst«, erwiderte ich. »Gyre, tritt von ihr weg.«

Ihre geheime Intimität hatte mich seltsam nervös gemacht. Die Wölfin gehorchte und trottete an meine Seite, aber das Widerstreben des Tiers war offensichtlich, und in jenem Augenblick hasste ich sie beide dafür.

Dieses Mal lag Nefertari im Sterben. Ich konnte es ebenso eindeutig sehen, wie meine Blutwächterin es spürte. Das Aussetzen ihres Herzens war eine Übelkeit erregende Schlinge. Ich konnte hören, wie es sein Schlagen nicht aufrechterhalten konnte und in ihrer Brust mit einer stakkatohaften Wildheit flackerte. Sie war jenseits der Schmerzen, sogar jenseits der Qualen. Dies war reine Folter für sie und sie durchdrang ihr Fleisch und ihre Knochen und pochte bis in ihr tiefstes Inneres. Ihre Flügel sahen aus, als hätten sie seit Tagen Federn gelassen und Fliegen angelockt. Die Adern unter ihrer durchscheinenden Haut waren wie schwarze Risse in unsauberem Marmor. Ihre schrägen Augen, die sonst so leidenschaftlich und fokussiert dreinschauten, waren glasig und unscharf.

Sie konnte nicht ohne meine Erlaubnis sterben. Aber sie konnte genug erleiden, dass ich ihr gestatten würde zu sterben, im Namen dessen, was auch immer an Gnade in meinem Herzen verblieb.

Es schmerzte mich, sie so schwach zu sehen. Die Nähe des Sturms war ihr ein Gräuel; die Nähe zum Jüngsten Gott stahl ihr

Stunde um Stunde die Lebenskraft aus dem Körper. Das machte das Auge zu einem der schlimmsten Schlupfwinkel, die man sich für ihre Art vorstellen konnte – aber auch zu dem besten, denn ihre Sippe würde ihr niemals willentlich hierher folgen. Und sie hatte einhundert gute Gründe, sich zu verstecken.

Das war meine Nefertari, eine Kreatur aus einer verfluchten Art. Für ihre Rasse gab es in der Galaxis keinen Platz mehr.

Sie breitete die Flügel aus, wollte hochspringen und zu den Wasserspeiern über uns zurückfliegen.

»Nein«, befahl ich ihr. Meine ausgestreckte Hand schloss sich mit dem langsamen Surren von Gelenkservos. Die Xenosfrau wand sich und schrie protestierend auf, als ein telekinetisches Nichts an ihren Hand- und Fußgelenken zog und sie am Boden festhielt.

Ihren Körper festzuhalten war ein Kinderspiel. Ihren Geist zu manipulieren war weitaus schwieriger. Nefertaris psionische Taubheit bedeutete, dass ich die Raffinesse der brachialen Gewalt opfern musste; und sie war eine der wenigen Seelen in der Galaxis, die ich nicht mehr verletzen wollte, als absolut nötig war. Sie war immerhin meine Blutwächterin. Ich schuldete ihr unzählige Male mein Leben.

Ich schob die doppelte Ablenkung von Gyres anschuldigendem Starren und Nefertaris Schreien beiseite und konzentrierte mich auf die winzig kleine psionische Manipulation in ihrem Geist. Mir lief der Schweiß über den Rücken, was meinen irritierten Mangel an Konzentration weiter verstärkte. Diese mikroskopischen Anwendungen psionischer Beeinflussung fielen mir nicht leicht. Meine Talente lagen entlang gewalttätigerer Pfade.

Ich fädelte meinen sechsten Sinn durch ihre Gedanken hilflosen Zorns, schob mich an der oberflächlichen Wut und dem tieferliegenden Schmerz vorbei an allen Emotionen und Erinnerungen und suchte nach dem Innenleben ihres nichtmenschlichen Gehirns.

Und ... dort waren sie: die Stränge bioelektrischer Energie, die das Bewusstsein mit den Muskeln verbanden. Es waren Tausende, die ihr Gehirn an den Rest ihres Körpers banden. Es wäre ein Leichtes gewesen, sie mit einem schonungslosen Gedankenstoß zu durchtrennen. Stattdessen massierte und schloss ich sie mit unsichtbaren Fingern. Ein wenig Druck hier, ein Entlasten dort.

Ihr Herzschlag verlangsamte sich. Ihre Augen schlossen sich. Sie fiel aufs Deck – wie eine Puppe mit durchtrennten Fäden und unterernährten Gliedmaßen – und ich senkte erleichtert den Kopf.

Dieser künstliche Schlaf würde nicht lange andauern. Ich musste ihren Durst stillen. Sie brauchte Schmerzen, denn sie nährte sich an Leid. Andere mussten bluten, damit sie lebte. Nichts anderes konnte das Ausbluten ihrer Seele in die Leere verhindern.

Es gibt wahrlich keine elendigere, von den Göttern verfluchte Rasse als die Eldar.

»Ich will, dass sie genährt wird, wenn sie aufwacht«, sagte ich laut. Gyre sah mich unverwandt an. Sie blinzelte nie. »Ich werde die Rubricae dreißig Sklaven zum Eingang auf der Sakrum-Ebene bringen und sie dort gefesselt hinlegen lassen.«

Es ist der Sturm. Ein stürmischer Nexus in der Grabeswiege des Jüngsten Gottes.

Ich blickte zu den Schildblenden auf, welche die Leere vor der Sicht verbargen. Ich konnte es hören, das Schreien verlorener Seelen, während das Schiff weiter auf sein Ziel zupflügte. Und ich konnte es spüren, fühlen, denn manche Bedrohungen waren unmöglich zu ignorieren. Der Sturm, den wir durchkreuzten, war etwas aus einem mythischen Albtraum. Der Gott, der ihre Rasse zerstört hatte, rief nach der Seele, die Ihm gebührte.

Ihr habt einen Warpgang riskiert, drängte Gyre. *Hier? Jetzt? In diesem Sturm?*

Ich sah auf die kreisende, pirschende Wölfin hinab. Die Kreatur übertraf die meisten natürlichen Wölfe in ihrer Größe, ebenso wie sie in unzähligen Details mit ihnen nicht übereinstimmte. Sie hätte ein Kind im Ganzen herunterschlingen können.

Ich konnte wohl kaum den Horst öffnen und riskieren, dass sie entkomme, antwortete ich. Nie wieder. Es hatte drei Tage gedauert, das letzte Massaker zu beenden. *Warum bist du hier? Was ist das für eine geheime Intimität zwischen Euch beiden?*

Seid Ihr gegenüber den Bedürfnissen Eurer wenigen Getreuen wirklich so blind?

Offensichtlich war ich das. *Dann kläre mich auf.*

Ich bin das einzige Lebewesen an Bord dieses Schiffes, dessen Schmerz sie niemals nähren wird. Wenn sie dürstet, steigert meine Nähe ihre Qualen nicht. Und sie ist die einzige Sterbliche, deren Zerstörung mir verboten ist. Wenn ich hungere, stellt ihre Nähe keine Versuchung für mich dar.

Ich fragte mich, wie viel davon auf den Wolf in Gyres Herzen zurückzuführen war und wie viel auf den Dämon in ihrem Kopf. Das Tier hörte sich beinahe so an, als spräche es über einen Rudelkameraden.

Sie fühlte meine Neugierde über unsere Verbindung und ließ ihre Kiefer mit einem knurrenden Knacken zuschnappen.

Verhöhnt mich nicht. Euer Blut würde sehr köstlich schmecken, Hexer.

Das, meine geliebte Wölfin, ist ein Geschmack, den du nie kosten wirst.

VII

DER NIMBUS

Ich habe mich an das Geräusch gewöhnt, das Thoths Federkiel macht, wenn er über das Pergament kratzt. Es ist zum Hintergrundgeräusch dessen geworden, das jetzt mein Leben ist, ebenso wie es das konstante Surren des gewaltigen Antriebs der *Tlaloc* vor langer Zeit war.

Nach der *Tlaloc* kam die *Geist der Rachsucht*. Und danach die *Krukal'Righ*, die im Imperium als der *Planetenkiller* bekannt ist. Jedes dieser Schiffe besaß seinen eigenen mechanischen Gesang, der in gewisser Weise zu einem besänftigenden Geräusch wurde. Schon bald werden wir den Teil dieser Chronik erreichen, in dem wir über die Decks der *Geist der Rachsucht* schritten. Das sind gute Erinnerungen. Eine Zeit der Einheit. Eine Zeit der Bruderschaft.

Letzte Nacht kamen jene, die mich gefangen nahmen, zu mir. Sie kamen mit Fragen, die zweifellos aus meiner bisherigen Rückbesinnung entstanden. Das Erste, was sie taten, war eine lange Liste von Namen und Titeln vorzulesen, die mir zugeordnet werden – meinen Taten, den Massakern, die von den Armeen begangen wurden, die unter meinem Banner marschieren. Sie sprachen in einer Folge feierlicher Stimmen; jene, die das Urteil über mich verkündeten, waren männlich, weiblich, jung und alt. Die absolute Ernsthaftigkeit ihres Tonfalls war alles, was sie gemeinsam hatten.

Sie ratterten Hunderte Titel herunter. Hunderte. Wie viele Jahrhunderte ist es her, seit mein richtiger Name von irgendjemandem im Imperium laut ausgesprochen wurde?

Ein ernüchternder Gedanke.

Ich hatte die meisten Titel, die meine Häscher in ihrer Tirade aufzählten, in irgendeiner Form schon zuvor gehört. Es waren die Flüche, die meine Feinde aus dem Schutt der von meinen Kriegern niedergebrannten Städte in den Himmel riefen. Es waren die Namen, die von unbewaffneten Unschuldigen in Gebeten, Bannsprüchen und Segnungen in der Hoffnung ausgesprochen wurden, dass ich niemals aus der Dunkelheit auftauchen würde wie ein Monster aus der Mythologie.

Manche der Namen waren schon beinahe melodramatisch anschaulich und unvorstellbar eindrucksvoll, während andere nur in einer einzigen Stadt oder auf einer einsamen Welt Bedeutung hatten. Viele von ihnen – und dies waren diejenigen, die mich zum Lächeln brachten – waren Schreckenstaten, die auf Befehl meiner Brüder von ihren eigenen Armeen begangen worden waren. Fast ein Dutzend der aufgelisteten Massaker fand auf Welten statt, auf denen ich nie gewesen war. Drei davon hatten Welten verwüstet, von denen ich noch nicht einmal gehört hatte.

Es folgten Fragen, die im bemessenen Tonfall jener vorgetragen wurden, die es gewohnt waren, Antworten zu erhalten. Diese Männer und Frauen hatten sich über die Jahrhunderte ihres Lebens gegenüber der Ketzerei abgehärtet und ihre Seelen in Verachtung gerüstet. Sie hassten mich, aber sie fürchteten mich nicht. Das war natürlich eine weitere Verkörperung ihrer Ignoranz. Sie fürchteten mich nicht, weil sie nicht wirklich wussten, womit sie es zu tun hatten.

Sie stellten ihre Fragen, aber ich verstummte und dachte über die Hunderte Titel nach, die sie mir verliehen hatten.

Es wäre angenehm gewesen, sie zu sehen, den Stimmen Gesichter zuzuordnen. Es wäre noch schöner gewesen, sie zu spüren, mit meiner geheimen Sicht nach ihnen zu greifen. Doch obwohl sie naiv und ignorant sind, sind sie keine Narren. Sie wissen, wie sie mich in Gefangenschaft halten können.

»All diese Namen«, sagte ich und atmete langsam aus.

Meine Inquisitoren verstummten. Das einzige Geräusch neben ihrem leisen Atmen war das von Thoths Federkiel, der stets weiter kratzte.

»Das Imperium ist auf der Anbetung des Unwissens errichtet. Ich will niemanden beleidigen, indem ich das sage. Ignoranz erhält die Stabilität, und die Stabilität erhält das Imperium am Leben. Wie friedfertig wären die unzähligen Billionen Mitglieder der Menschenherde, wenn sie wüssten, was hinter dem Schleier der Realität liegt? Wie fügsam wären sie, wenn sie auch nur den Schatten der Wahrheit wüssten? Das Unwissen ist ein notwendiges Übel für das Imperium.«

Sie widersprachen mir nicht. Meine Gastgeber sind viel zu abgeklärt, um sich mit Lügen abzugeben.

»Ihr habt so viel Wissen verloren, dass ich gar nicht erfassen kann, wo euer Unwissen aufhört und eure Unschuld anfängt. Auch dies ist nicht als Beleidigung gemeint. Es ist einfach der Lauf der Dinge. Ihr habt mir Hunderte von Namen genannt und Hunderte von Kriegen aufgezählt. Die meisten davon sind die meinen. Viele sind es jedoch nicht.

Ihr nennt mich den Erzketzer von Angelus Porphyra. Und doch habe ich diese Welt nie gesehen, nicht ein einziges Mal. Ihr nennt mich Zaraphiston, als sollte ich beeindruckt von eurer Einsicht sein, aber Zaraphiston ist kein Name, der einem bei der Geburt gegeben wird. Es ist ein Titel, der später über eine Identität gelegt wird. Und ihr nennt mich Ygethmor, doch Ygethmor ist nicht einmal ein Name. Es ist ein Ausdruck in der vergessenen Sprache einer toten Welt. Er bedeutet ›Weber‹ oder ›Fädler‹ des Warp. Und ich bin auch nicht der einzige Krieger, der diesen Titel trägt. Es scheint ein Name zu sein, der willkürlich jedem gegeben wird, den das Imperium gerade jagt. Beginnt ihr zu verstehen, was ich meine?«

»Welche Sprache?«, fragte eine der Frauen. »Von welcher Welt?«

»Die ursprüngliche Sprache ist Cthonisch. Ich spreche mehrere seiner Dialekte. Die Welt war Cthonia. Ich habe sie kurz erwähnt, als ich von Falkus' Herkunft erzählte.«

»Wir wussten schon vor deiner Rückbesinnung vom Unheiligen Cthonia, das vor zehntausend Jahren verloren ging.«

Die Art und Weise, wie sie den Namen der Welt aussprach, hatte irgendetwas an sich. Sie hörte sich so unerschütterlich an, so absolut sicher, die Schlüssel zum Königreich in den Händen zu halten. Wie viele versiegelte Archive musste diese Inquisitorin entschlüsseln, um diesen winzigen Fetzen verbotenen Wissens aufzutreiben? Wie verzweifelt hat das Imperium versucht, jegliche Aufzeichnungen über die Verräterlegionen zu tilgen?

Und doch, sie für ihr Unwissen zu verspotten würde bedeuten, das Ausmaß des Imperiums und seine zehntausendjährige Hingabe daran zu verkennen, vorzugeben, dass die Vergangenheit nie geschehen war.

»Du schindest Zeit«, warf einer der Männer mir vor. »Sag uns, wie die Sons of Horus ihren neuen Namen annahmen. Sag uns, wie sie zur Black Legion wurden.«

Zuerst hatte ich keine Antwort darauf. Ich war mir nicht sicher, ob die Frage ernst gemeint war.

»Ich sagte, ich würde euch erzählen, wie die Sons of Horus starben und wie die Black Legion geboren wurde. Ich habe nie gesagt, dass die einen zum anderen wurden.«

Doch er war noch nicht fertig. Er hatte seine eigenen Schriften, die er zitieren konnte.

»Der Seher Dianthon schrieb: *Und so wurden die Sons of Horus, die verräterische Sechzehnte, vom Heiligen Terra vertrieben und herrschten in alle Ewigkeit in der Unterwelt, wo sie zur Black Legion wurden.*«

Aha. Plötzlich ergab alles einen Sinn.

»Aus Schande und Schatten neu geformt«, sagte ich leise Worte, die nur für mich selbst bestimmt waren. »In Schwarz und Gold neu geboren.«

»Was?«

»Ich habe es euch gesagt – vor dem Anfang gab es ein Ende. Die Sons of Horus haben nie im Auge geherrscht. Ihre Geister kommandierten nichts als die Friedhöfe ihrer eigenen Kriegsschiffe. Ihre Schatten herrschten über gefallene Festungen. Die Sons of Horus starben vor zehntausend Jahren. Ich weiß es. Ich sah, wie es geschah. Sie waren die XVI. Legion. Die Black Legion jedoch wurde nicht vom Imperator gegründet und kämpfte nie in seinem Namen. Sie trägt keine Zahl. Nur den Legionen des Großen Kreuzzugs wurden Zahlen gegeben, und wir, meine imperialen Freunde, sind die Legion des Langen Krieges.«

Fünf Monate lang segelten wir, bereiteten uns vor und heilten.

Bei jedem Tagesanbruch an Bord trainierte ich mit Lheor in den Übungskäfigen; Axt gegen Axt. Manchmal sah Ashur-Kai mit emotionslosem Blick zu und manchmal schauten Lheors überlebende Brüder zu und jubelten, wenn einer von uns einen besonders eleganten oder brutalen Schlag landete. Sie waren willkürlich in ihrem Lob und rühmten jeden guten Hieb, anstatt nur ihren Befehlshaber zu ermutigen. Ich bewunderte das.

Die Schmerzen, die sie in ihren Schädeln erlitten, manifestierten sich oft um sie herum. Wenn ihre Gehirnimplantate wirklich tief zubissen, flackerten silberne Geister des Schmerzes auf und krochen über die Rüstungsplatten der World Eaters. Diese Impulse verkörperter Empfindungen besaßen keinerlei Verstand und jagten wie Echsen über das rote Ceramit, bevor sie sich in der vom Warp aufgeladenen Luft wieder auflösten. Die Legionäre schenkten diesen unbedeutenden Manifestationen größtenteils keine Aufmerksamkeit – das Erscheinen minderer Emotionsdämonen war im Auge kaum eine Seltenheit –, aber um Lheors Stellvertreter, den Krieger Ugrivian, wimmelte es oft von ihnen. Einst sah ich, wie er einen von ihnen aß. Das winzige Schlangending wand sich in seiner Faust, bevor er den zuschnappenden Kopf abbiss und den Happen mit einem leisen Lachen herunterschluckte.

»Du bist dir schon bewusst, dass die Nimmergeborenen keinen Nährwert für uns haben«, führte ich an.

Er schluckte den Rest des sich windenden weißen Leichnams herunter. Ich sah, wie er sich zwischen den Muskeln seines Halses entlangschlängelte, bevor er in seinen Magen fiel.

»Du bist gut mit einer Axt, Khayon. Ich respektiere das. Aber du bist zu arrogant, um zuzugeben, dass es keinen besseren Weg gibt, einen Feind zu beleidigen, als ihn auszuscheißen, wenn man mit ihm fertig ist.«

Zu meiner Schande musste ich lachen. »Du bist abstoßend, Ugrivian.«

»Abstoßend. Ehrlich.« Er zuckte mit den Schultern. »Das ist an diesem götterverdammten Ort alles das Gleiche.«

Ashur-Kai wies alle Einladungen zum Zweikampf zurück. Ich akzeptierte sie in seinem Namen, gewann manche, verlor andere, und genoss stets das Brennen des ehrlich erworbenen Schweißes, das folgte. Mir hatte dies gefehlt, nachdem ich zu lange nur die Rubricae als Gesellschaft gehabt hatte.

Keiner von uns sprach über Falkus' törichtes Ziel, Abaddon und die *Geist der Rachsucht* zu finden. Keiner von uns sprach über die Strahlenden Welten.

Eines Morgens, als Lheor und ich nach einem Kampf, der vier Stunden gedauert und in einem furiosen Unentschieden geendet hatte, erschöpft herumstanden, bemerkte ich, wie Nefertari uns vom Eingang der Kammer aus beobachtete. Jenseits des Sturms war sie geheilt und hatte ihren Durst an den Sklaven gestillt, die ich ihr hatte bringen lassen. Dennoch verließ sie nur selten den Horst. An diesem Morgen schüttelte sie amüsiert den Kopf über den Übungskampf, den sie gerade gesehen hatte, und ließ uns dort unbehelligt stehen.

Lheors vernarbtes Gesicht war schweißgebadet. »Deine abstoßende Xenos hat uns beobachtet.«

»Das hat sie.«

»Ich könnte sie besiegen.«

»Nein«, sagte ich ehrlich. »Das könntest du nicht.«

Tage später, während eines Zweikampfs, bei dem wir uns geeinigt hatten, nur Kampfklingen zu verwenden, die keine Energiewaffen waren, versuchte er es mit dem uralten und vielgepriesenen Trick einfacher Ablenkung.

»Mir gefällt deine Axt«, sagte er zwischen dem Aufeinanderkrachen unserer Klingen.

»Was?«

»Deine Axt. Sie gefällt mir. Ich will sie haben.«

Die einfache Konversation war etwas, das ich nach und nach verlernt hatte, und ich war ohnehin nie besonders begabt darin gewesen. Nur wenige Krieger der Legiones Astartes sind es.

»Erinnerst du dich daran, wie ich dich auf Prospero gefunden habe?«, fragte er leise lachend. »Wie du auf all diesen toten Wölfen gelegen und diesen großen Bastard einer Axt in deinen Händen gehalten hast? Der Champion der Wölfe, den du getötet hast – wie war noch mal sein Name?«

Er löste sich aus dem Kampf, als ich antwortete, und wollte während der Ablenkung etwas Zeit zum Durchatmen bekommen. Da hatte er Pech; ich ging mit ihm mit, Klinge an Klinge.

»Eyarik Feuergeboren.«

Ich kannte ihn, da er auf Saern eingraviert gewesen war. Der Wolf hatte ihn mir außerdem entgegengebrüllt, als er versucht hatte, mich umzubringen, womit er zweifellos hatte verkünden wollen, wer für mein Ableben verantwortlich war.

»Sie haben nichts wie der Rest von uns getan, nicht wahr? Selbst ihre Namen waren verrückt.«

»Es war ein Seelenname. Sie benutzten sie als –«

»Es schert mich nicht im Geringsten, welche Ausflüchte sie vorbrachten.« Lheor schnaubte, als unsere Messer sich ineinander verkeilten. Wir starrten einander Auge in Auge, bis er mich mehrere Meter zurückwarf. Der Kampf ging weiter.

Zehn Minuten später sagte er ganz nebenbei: »Danke.«

Schlau, sehr schlau. Ich hätte beinahe meine Klinge gesenkt.

»Warum dankst du mir?«

»Dafür, dass du mich vom Schiff gebracht hast.«

»Gern geschehen. Wenn du willst, können wir für die Brüder, die du in der Schlacht verloren hast, formellere Begräbnisriten durchführen.«

»Begräbnisriten.« Ein bronzenes Grinsen zerteilte sein verheertes Gesicht. »Der Krieg holt jeden irgendwann ein, Khayon. Es ist sinnlos, in Trauer zu schwelgen. Das war schon immer das Problem mit euch Tizcanern, nicht wahr? Ihr habt den Kummer in eine Kunstform verwandelt. Die Kunst des Selbstmitleids.«

Er ließ mich nicht antworten. »Und wer ist eigentlich Telemachon?«, fragte er.

»Ein alter Feind.«

»Das ist offensichtlich, sonst hättest du mich nicht seinen halb toten Körper durch dein magisches Tor ziehen lassen.«

»Bitte nenne es nicht Magie.«

Er grinste, als unsere Klingen erneut aufeinandertrafen. »Tu mir den Gefallen. Ich sage nie Nein, wenn es jemand Neues zu hassen gilt. Wer ist er?«

»Ein Feind von Terra.« Ich vermutete, dass dies als Antwort genügen würde, um ihn auf den richtigen Weg zu bringen, und ich hatte recht.

»Aha.« Lheor lachte ein niederträchtiges Lachen. »Captain Lyral und diese violetten Bastarde der Einundfünfzigsten Kompanie hätten euch unterstützen sollen, was? Aber sie haben euch im Stich gelassen und keinen einzigen Schuss auf die Palastmauern abgefeuert.«

Es war keine seltene Geschichte. Hunderte von Streitmächten aus den Neun Legionen hatten sich der Belagerung des Palasts des Imperators angeschlossen, nur um dann festzustellen, dass die III. Legion sich aus der Schlacht entfernt hatte. Während wir auf den Mauern der letzten Festung des Krieges kämpften und starben, metzelten sich die Emperor's Children auf der Jagd nach Sklaven und für die Befriedigung, eine wehrlose Bevölkerung abzuschlachten, durch die Wiege der Menschheit.

Ich glaube, an jenem Tag erkannten viele von uns selbst durch den Wahnsinn des Krieges, den wir führten, wie tief die III. Legion wirklich gefallen war. Nicht den Göttern verfallen; nein, in so etwas ›fällt‹ man nicht, außer durch Ignoranz. Ich meine, dass sie sich der Verfolgung ihrer eigenen Gelüste vor allem anderen hingaben. Jegliche Ambitionen aufzugeben, um sterbliches Verlangen zu stillen, das ist ein wahrhaftiger Fall.

»Hast du auf Terra Männer verloren?«, fragte Lheor.

»Ja«, gab ich zu. Wir atmeten beide schwer. Beide Kampfklingen waren stumpf und beinahe bis zur Nutzlosigkeit schartig. »Sehr viele.«

»Wir beide, Hexer. All das Planen, nicht? All die Kriegskonzile an Bord der *Geist der Rachsucht*. Alle die bestgeschmiedeten Pläne unserer Väter gingen in dem Augenblick in die Hose, da unsere Stiefel heiligen Boden berührten. Ich habe seit dieser Schlacht größere Kämpfe erlebt, aber keine Niederlage war je wieder so schmerzhaft wie die an jenem Tag.«

Der Schmerz in seiner Stimme war so real, so ehrlich, dass ich zurücktrat, um ihn durchatmen zu lassen. Dies verdiente eine durchdachtere und ausgiebigere Diskussion, als –

Sein Ellbogen traf mich am Wangenknochen und hämmerte mich aufs Deck.

»Zu einfach«, sagte er. »Das ist die tizcanische Art – sich von Sentimentalität und Melancholie ablenken zu lassen. Siehst du, was ich damit meine, den Kummer in eine Kunstform zu verwandeln?«

Ich nahm seine angebotene Hand an, als er mir half, aufzustehen.

»Ich habe die Lektion verstanden.«

Als Erstes segelten wir in die Sicherheit neutralen Bodens. Für uns war dies Gallium. Die Kha'Sherhan, meine Kriegerschar, hatte keinen Heimathafen, aber Gallium kam dem sehr nahe. Im Orbit über der mineralienreichen Kugel mit ihrer ockerfarbenen Wolkendecke befand sich der Niobia-Nimbus, die Himmelsfestung von Gouverneurin Ceraxia. Wir hatten in der Vergangenheit schon mehrmals miteinander Geschäfte gemacht. Ich erfüllte ihre anspruchsvollen Standards und sie zahlte stets sehr gut.

Wir kamen in den ätherhaften Gezeiten gut voran und so brauchten wir fünf Monate bis nach Gallium. Der Augenraum ist weder real noch irreal – er ist eine unmögliche Mischung von beidem und bildet ein drittes Element zwischen den Gesetzen der physischen Welt und dem Stoff, aus dem Vorstellungskraft und Albträume gemacht sind. Unser höllisches Reich ist ein Ort, an dem die Realität selbst auf die Launen sterblicher Geister reagiert. Emotionen und Gedanken formen die vom Warp berührte Materie neu. Was Ihr Euch auch vorstellt, es nimmt um Euch Gestalt an. Was Ihr denkt, geschieht. Es braucht allein schon eine gewisse Willensstärke, sich nicht mit einem unvorsichtigen Gedanken selbst zu zerstören, aber mit der Zeit haben wir uns dem angepasst.

Für jene, die noch nie an diesem Ort gewesen sind, wo Götter und Menschen einander begegnen, werde ich die Beschreibung auf etwas Einfacheres reduzieren. Es ist keine Seltenheit, dass imperiale Seher oder Astropathen zu weit und zu tief blicken und dann die Konsequenzen erleiden, in den Abgrund gestarrt zu haben. Sie verlieren den Verstand und schreien von unmöglichen Motiven, von denen sie behaupten, dass sie Ausblicke auf das Jenseits sind. Die verdorbenen Türme aus Fleisch und Knochen, die sich aus dem schädelübersäten Boden der Höllenwelten des Auges erheben, sind keine Architektur, die aus Schweiß und Ingenieurskunst entstehen. Es sind nicht Sklaven und Mutanten und Dämonen, die diese unvorstellbaren Gebilde errichten. Die Festungen der Unterwelt entstehen durch Ambition und Willenskraft, nicht Felsbeton und Plaststahl.

Wie ich schon sagte: Was man sich vorstellt, nimmt um einen selbst Gestalt an.

Gallium war eine dieser Welten. Der ganze Planet war eine einzige Gießerei, von Pol zu Pol und Horizont zu Horizont. Jegliche Spuren natürlichen Wetters waren schon vor langer Zeit von seiner Oberfläche getilgt worden. Die dichten, regungslosen Wolken entstammten den Millionen Schloten und Schornsteinen der Schwerindustrie, und der unvorhersehbare Niederschlag kam in Form von plötzlichen Wolkenbrüchen aus giftigem Säureregen.

Die Gießereifestungen von Gallium hatten die *Tlaloc* in der Vergangenheit schon mehrmals mit Munition und Reparaturdiensten versorgt, als Gegenleistung für meine Dienste an der Seite der Gouverneurin. Ich war einmal auf der Oberfläche des Planeten gewesen und hegte nicht den Wunsch, dorthin zurückzukehren. Ich habe wenig Interesse daran, Milliarden von Unlebensformen, die aus Aetheria beschworen wurden, bei der Arbeit in den Minen und Schmieden zuzusehen. Die Bevölkerung der Welt bestand aus eisernen Uhrwerkmaschinen ohne Gesichter, deren Gestalt scheinbar menschlich war, die jedoch ohne jegliche Seele oder Lebensfunken waren.

»Sagt mir, Iskandar«, hatte sie mich einst gefragt. »Eure Rubricae ... würden sie in meinen Minen arbeiten, wenn Ihr es ihnen befehlen würdet?«

»Sie sind meine Brüder, Gouverneurin, und keine Sklaven. Bittet erinnert Euch daran, wenn Ihr mich solche Dinge fragt.«

Der Niobia-Nimbus, die Orbitaleinrichtung, war der Mittelpunkt der Aktivität um Gallium. Getreu ihrem Namen lag sie wie ein Nimbus über der Welt: ein metallener Ring über dem Nordpol des Planeten, der groß genug war, um zehn Großkampfschiffe in seinen Werften aufzunehmen, und mit genügend Feuerkraft ausgestattet war, um sich gegen drei Mal so viele zu verteidigen.

Wir sahen zu, wie die Station auf dem Oculus größer wurde. Vier Schiffe waren dort angedockt; ein weiteres lag im hohen Orbit vor Anker. Das nicht angedockte Schiff war ein Wüstling im wahrsten Sinne des Wortes – es war die *Vasall*, ein schwerer Kreuzer im leerenverdunkelten metallischen Farbton der Iron-Warriors-Legion, auf dessen Rumpf jetzt an mehr als eintausend Stellen die gespreizte Roboterhand prangte, welche das Symbol Galliums war. Sie schwebte im Raum und wachte in kalter Stille über ihren Herrschaftsbereich. Selbst aus dieser Entfernung und unserem Annäherungsvektor konnte ich erkennen, wie die Geschütze auf ihren Brustwehren in unsere Richtung kreisten. Eine ähnliche Bewegung fand an den Seiten des Raumhafens statt. Niobia-Nimbus wusste, dass wir hier waren.

»Was ist mit den angedockten Schiffen?«, rief ich von meinem Thron.

Ashur-Kai antwortete mir von seiner Beobachtungsloge über dem Deck. »Die Fregatte ohne Markierungen sendet auch keinen Zugehörigkeitscode. Aber der Zerstörer ist die *Zorn der Ersten Legion* und die beiden Fregatten geben sich als die *Schwertbube* und die *Enthäuter* zu erkennen.«

Die *Zorn der Ersten Legion*. Dark Angels. Selten waren die Nächte, in denen die Rebellen-Schlachtschiffe der I. Legion als Teil einer Flotte segelten. Sicherlich waren sie alleine hier.

Die *Schwertbube* und die *Enthäuter* verkündeten keine Zugehörigkeit – was im Reich des Auges kaum eine Seltenheit war – und es kümmerte mich nicht genug, um ihre Verbundenheiten tiefer zu erforschen. Ich bezweifelte, dass wir lange genug hier sein würden, um uns neue Feinde zu machen.

Dennoch konnte ich nicht umhin, ungläubig zu lächeln. »Diese Kriegerschar hat ihr Schiff die *Enthäuter* genannt?«

Ashur-Kais Rüstungsgelenke knurrten, als er mit den Schultern zuckte. »So scheint es.«

Die *Enthäuter*. Das war fürchterlich.

Wir segelten geschützt vom Versprechen neutralen Bodens, der von den Geschützen der *Vasall* und der Station selbst durchgesetzt wurde, näher heran.

»Eine Übertragung vom Niobia-Nimbus«, ertönte die Stimme der Anamnesis aus den Voxsprechern der Brücke.

»Erwecke die Verbindung.«

»Erwecke ... Erwecke ... Verbindung aufgeb–«

»Ich bin der Wächter von Gallium. Nennt Euer Anliegen in diesem Territorium.« Die Stimme war weder tief noch kehlig, wie es die der meisten Krieger der Legiones Astartes tendenziell waren. Sie war ein mechanisches Krächzen, das durch einen implantierten Vokalisierer erzeugt wurde. Ich erkannte sie sofort.

»Valicar, wir bitten um Andockerlaubnis für die *Tlaloc*. Wir müssen auftanken, uns neu bewaffnen und kleinere Reparaturen durchführen.«

»Die Gouverneurin oder ihre Bediensteten werden sich Euer Kompensationsangebot anhören«, krächzte die Stimme. »Habt Ihr das verstanden?«

Jedes Mal der gleiche Gruß. Er war ein Mann eiserner Gewohnheit.

»Das haben wir, Valicar.«

»Während Ihr Euch an Bord von Niobia-Nimbus, auf der Welt Gallium und innerhalb des Protektorats der Gouverneurin befindet, werdet Ihr Euch an die Gesetze des Klingenfriedens und der Waffenruhe halten. Jeglicher Gewalt außerhalb der akzeptierten Kampfrituale, die in meinem Reich verübt wird, wird mit tödlicher Konsequenz begegnet.«

»Habe ich jemals nicht zugestimmt?«

»Wenn Ihr Euch an diese Gesetze haltet, dann verkündet jetzt Eure Einwilligung.«

»Ich willige ein, Valicar.«

»Niobia-Nimbus heißt Euch erneut willkommen, Iskandar Khayon von der *Tlaloc*. In Übereinstimmung mit den Feindseligkeitsprotokollen von Niobia-Nimbus beschränkt sich Eure Ehrengarde auf fünf Seelen. Habt Ihr das verstanden?«

Lheor. Nefertari. Gyre. Mekhari. Djedhor.

»Verstanden.«

»Dann deaktiviert Eure Schilde und Eure Geschütze. Euch wird umgehend eine Andockplattform zugewiesen. Benötigt Ihr sonst noch etwas?«

»Die Antwort auf eine Frage, falls Ihr in der Lage seid, sie zu geben.«

Er zögerte ob der unerwarteten Entgegnung. »Fragt.«

»Habt Ihr Nachricht vom Sons-of-Horus-Kriegsschiff *Aufgang der Drei Sonnen* erhalten?«

Wir erhielten den Aufruf, zu Gouverneurin Ceraxia zu kommen, noch bevor die Lenkdüsen der *Tlaloc* Gelegenheit gehabt hatten, abzukühlen. Andockarme streckten sich aus dem Rumpf der Station, während Mannschaftstunnel und Treibstoffversorgungsschläuche dumpf gegen die Außenhaut der *Tlaloc* prallten. Erstere würden uns an Ort und Stelle halten, ob wir nun Freund oder Feind waren; Letztere würden so gut wie leer bleiben, bis wir die Reparaturen und das Auftanken ausgehandelt hatten.

Wir gingen durch den Hauptmannschaftstunnel, der breit genug war, um mit einer Kolonne Kampfpanzer hindurchzufahren und immer noch Platz übrig zu haben. Unsere Stiefelschritte hallten durch die dunkle, fensterlose Verbindung. Selbst Nefertaris beinahe lautlose Gangart hinterließ ein leises Echo in der windstillen Luft. Nur Gyre erzeugte keine Geräusche.

Ich erwartete am Schutzschott, das in die Station führte, eine Phalanx Nimbusgardisten anzutreffen, doch ich erwartete nicht, dass Valicar sie anführte.

Er hatte sich nicht verändert, seit ich ihn das letzte Mal gesehen hatte. Die Schichten einer ölig silbrigen Rüstung bedeckten seinen Körper, konnten allerdings das knirschende Surren umfangreicher Bionikimplantate darunter nicht verbergen. Schwarzgelbe Warnstreifen bedeckten seine Schulterpanzer ebenso wie die mechanische Begräbnismaske seiner Legion. In seinen Händen lag ein klobiger Bolter mit Munitionsgurt, einem länglichen Zielsucher und verlängertem Lauf. Suspensorkappen verliefen entlang beider Seiten der Waffe. Die kleinen Münzen mit Antigraveigenschaften machten sie beinahe gewichtslos. Es war ein Bolter, der dazu entworfen worden war, einen Kampf mit einem einzigen Schuss, einem Abschuss, zu beginnen und zu beenden.

Sein Rückenmodul war ebenso modifiziert. Es war wuchtiger als die meisten; dicht aneinanderliegende Energiekabel verliefen durch seine Schulterpanzer und endeten in magnetischen Haken, die an seinen Unterarmen angebracht waren. Ich hatte noch nie gesehen, wie er sie einsetzte, aber ihre Funktion war offensichtlich: Es waren Elektroleinen, die über bedeutende Entfernungen abgefeuert werden konnten und als Enterhaken dienten.

Eine Abteilung Legionäre und Skitarii des Mechanicums hatte locker um ihn herum Stellung bezogen. Die Iron Warriors waren mit Hellebarden und Hämmern bewaffnet; die vercyberten Soldaten trugen tiefrote Roben und Waffen, die sich jeglicher Beschreibung und Benennung entzogen. Eine war offenbar irgendeine Art Laserwaffe. Dicke Energiekabel verliefen zwischen einem Energietornister und den Handgelenken des Skitarii, wo die Hände des Knechts mit einer immensen fünfläufigen Kanone verschmolzen. Der Schütze sah mich anstatt mit einem Gesicht mit zehn Augenlinsen an und jede einzelne von ihnen drehte sich, als sie sich neu fokussierten. Das aktive Surren der Laserkanone der Kreatur war irritierend intensiv. Mein Gefolge hielt vor der Gruppe verbesserter Wächter an, welche drei zu eins in der Überzahl waren.

Valicars Helm war ein Stück graues Ceramit, das mit kleinen Hörnern aus rötlicher Bronze vom Mars besetzt war. Anstelle der linken Augenlinse und Schläfe besaß er ein surrendes Zielerfassungsmonokel.

Seine Begrüßung war typisch neutral gehalten. »Man sagt, Ihr wäret bei Drol Kheir gestorben.«

»Das sagen mir die Leute immer wieder. Wir Ihr seht, handelt es sich um nichts weiter als ein hartnäckiges Gerücht.«

»Mir steht nicht der Sinn nach Albernheiten.« Das blecherne Krächzen seiner Stimme hörte sich ausgesprochen harsch an. Ich fragte mich, ob ihm das Implantat Schmerzen bereitete. Eine kurze Berührung mit meinen Sinnen offenbarte mir, dass es das tat. Es war ein konstantes Wundsein im Fleisch seiner Kehle. »Die Gouverneurin verlangt umgehend nach Eurer Anwesenheit«, sagte er.

»Gibt es Ärger?«

Er schnaubte. »Wo auch immer Ihr hingeht, Khayon, folgt Euch der Ärger stets. Kommt einfach mit.«

Die bewaffnete Eskorte war eine Tradition von Niobia-Nimbus und dagegen zu protestieren würde nur Schwierigkeiten hervorrufen. Valicar wandte sich um und machte eine Geste zu seinen

Gefährten, die sich teilten, um uns den Zugang in die Station zu gestatten.

Der Nimbus selbst war ein Design, das nicht dem Standard entsprach und aus mehreren Mechanicum-Kreuzern und Rohmaterial konstruiert war, das auf Gallium selbst gefördert worden war. Durch diese konzentrischen Gänge zu wandeln bedeutete, eine Welt aus schwarzem Eisen und rotem Metall zu betreten.

Der Einfluss der Bewohner auf ihr Orbitalschloss verwandelte dieses in einen paranoiden Ort. Wie so viele Dinge im Auge spiegelte es die Launen und den Willen der Sterblichen in seiner direkten Nähe wieder, und der Niobia-Nimbus strahlte die gleiche aggressive, brütende Neutralität aus, die von den Bewohnern an Bord zur Schau gestellt wurde. Es war dunkel, und selbst in den Teilen, wo Beleuchtung herrschte, war diese trüb. Unterhalb des sterilen Geruchs, der die Luft während aller meiner Kontakte mit dem Mechanicum zu würzen schien, rochen die Gänge des Nimbus nach Körpern, die außer Sicht verrotteten und sich ungesehen zersetzten.

Hier und da bewegten sich Galliums warpgeformte Knechtarbeiter in unordentlichen Gruppen durch die Gänge, angetrieben vom Verstand und den elektrisch aufgeladenen Peitschenhieben ihrer marsianischen Aufseher.

»Habt Ihr es gehört?«, fragte Valicar, während er uns führte. »Lupercalios ist gefallen.«

Ich sah ihn an, betrachtete das polierte Metall seiner unlackierten Ceramitrüstung. »Wer hat Euch das berichtet?«

»Ein Freund von Euch. Er kam vor drei Tagen hier an.«

Meine Herzen machten einen Satz. Hatten einige der Sons of Horus an Bord der *Aufgang der Drei Sonnen* überlebt? War es ihnen gelungen, aus dem Hinterhalt zu entkommen?

»Falkus hat es hierher geschafft«, riet ich.

Was ist mit dem Seher? erreichte mich Ashur-Kais aufgeregte Stimme. *Was ist mit Sargon?*

Wir werden sehen.

Valicar nickte ob meiner Vermutung. »Falkus hat es hierher geschafft. Ich würde mich an Eurer Stelle allerdings nicht so zufrieden anhören, Hexer. Es ist nicht mehr viel von ihm übrig.«

VIII

DIE ZWEITGEBORENEN

»Wir fanden das Wrack in der Leere treibend. Meine Bergungstrupps hatten bereits angefangen, das Schiff auseinanderzunehmen, als wir die Überlebenden fanden.«

Gouverneurin Ceraxia war ein von der Taille aufwärts in Metall gehüllter Mythos. Sie schritt in würdevoller Unruhe durch ihre Gemächer und hielt dabei ihre vier Arme vor ihrer Brust verschränkt. Hier wurde der altertümlichen induasianischen Gottheit Kāli-kā in Form von schwarz legierter Bronze und Eisen und Stahl Gestalt verliehen. Ich bezweifelte, dass sie absichtlich die Form einer Göttin der Zeit und der Zerstörung angenommen hatte, aber die Ähnlichkeit war ein schauriger Zufall. Ihr Gesicht war das dunkelmetallische Antlitz einer fauchenden Dämonin mit schrägen Augen, die aus geglätteten Obsidianovalen zu bestehen schienen, welche in die eisernen Augenhöhlen gesteckt worden waren. Sie sprach durch zusammengebissene goldene Zähne und das schwache Flackerlicht eines im Mund implantierten Vokalisators leuchtete durch die Lücken zwischen den mit Gebeten beschriebenen Fängen. Von der Taille abwärts war sie weit weniger menschlich – und weit weniger göttlich.

»Seht, was wir gefunden haben«, sagte sie.

Eine vollständige Abtastung der Fregatte *Aufgang der Drei Sonnen* tauchte auf einem breiten Monitor an der Wand auf. Sie starrte die Darstellung mit voller Konzentration an. Zu meiner Bestürzung zeigten sich auf ihr schwere Schäden, die weit über das hinausgingen, was das Schiff bereits vor und während des Hinterhalts im Sturm erlitten hatte.

»Sie sind also doch nach Gallium geflohen«, sagte Lheor. »Wie sind sie hergekommen?«

Die Gouverneurin wandte sich immer noch nicht von dem Diagramm ab. »Sie haben es nicht ganz bis nach Gallium selbst geschafft. Wir haben das Wrack vom Rand der Beryll-Inkonstanz hergebracht.«

Sie zeigte auf ein separates Hololith, welches die Ansammlung blutschorfartiger Flecken noch stärkerer Instabilität anzeigte, die in dem Sternensystem um Gallium herrschten. Der Beryllwandel war nur eine von Dutzenden Warpwunden, die die Region durchsetzten. Das Große Auge befand sich stets im Fluss, aber die Strömungen und Gezeiten wirbelten um Strudel tieferer Unruhe und Inseln relativ friedlicher Stabilität.

Was auch immer mit der *Aufgang der Drei Sonnen* geschehen war, nachdem sie im Herzen des Sturms verschwunden war, es war am Rand einer besonders ungestümen Region geschehen.

»Was ist mit den Überlebenden?«, fragte ich. »Wo sind sie?«

»Sie sind an Bord des Niobia-Nimbus und werden in unserem Medicae-Komplex gehalten.«

Das Wort ließ mich innehalten. »Ihr sagtet ›gehalten‹. Nicht, dass sie sich erholen oder genesen. In Eurem Medicae-Komplex gehalten.«

»Ich wähle meine Worte sehr präzise«, antwortete sie. »Das wisst Ihr. Ich nehme das Wrack ihres Schiffs als Bezahlung für ihre Wiederherstellung an mich. Sollten sie dem widersprechen, werde ich sie einäschern und die Asche in die Leere spülen.«

»Wie ... großzügig, Gouverneurin.«

»In Anbetracht der völligen Zerstörung der Fregatte ist es sehr großzügig. Ihr einziger Wert besteht nur noch in der Altmaterialverwertung. Falkus befindet sich unter den Überlebenden und ich hege eine gewisse Zuneigung zu ihm, aber er hat mit dieser Eskapade meine Geduld auf die Probe gestellt. Die Leiche seines Schiffs aus der tiefen Leere hierher zu schleppen bedurfte bedeutender Zeit und Mühe. Sein Leben zu retten hat sogar noch mehr gekostet. Er schuldet mir etwas, Khayon. Er schuldet Gallium etwas.«

»Wo befindet sich das Wrack jetzt?«

»Scheine ich Euch ein Wesen zu sein, das eine Neigung zur Achtlosigkeit hat?«, fragte sie und begann, auf und ab zu gehen. »Es ist versteckt.«

Und wurde ohne Zweifel bereits auseinandergenommen. Galliums Neutralität ging über alles. Natürlich würde der Stadtstaat ein Legionsschiff, das seine Arbeiter geentert, ausgeplündert und gestohlen hatten, verstecken – selbst wenn sie den Rechtsanspruch darauf einforderten.

»Valicar sagte, die Überlebenden sprachen von Lupercalios. Und von mir.«

Ceraxia neigte den Kopf, als gewährte sie mir einen Gefallen. »Euer Name tauchte in den wenigen Worten auf, die wir aus ihnen herausbekommen haben. Ich werde Valicar Euch schon bald zu ihnen bringen lassen. Zunächst jedoch hört auf, mich auszufragen. Ich hätte selbst gerne ein paar Antworten, Khayon.«

Ich sah sie an und sagte nichts. Gallium war einer der bevorzugten Häfen meiner Kriegerschar und Ceraxia war eine meiner zuverlässigsten Verbündeten. Ich wollte ihre Wut nicht provozieren. Es bedeutete mir viel, bei ihr gut angeschrieben zu bleiben.

Ceraxia bemerkte meine Vorsicht. Sie konnte nicht lächeln; die Gouverneurin war nicht so weit von ihren biologischen Wurzeln entfernt, wie viele Techpriester des Mechanicums es sein wollten, aber ihr geschmiedetes Gesicht nahm ihr die Möglichkeit von etwas so Einfachem wie dem menschlichem Ausdruck. Ihr Lachen, bestenfalls ein leises Auflachen, war ein überraschend gleichmäßiges Ausatmen begleitet vom Flackern des Vokalisatorlichts.

»Ich mag Euch, Iskandar.«

Ich verbeugte mich. »Ich weiß, Gouverneurin.«

»Ihr zeigt im einen Augenblick taktische Feigheit und im nächsten schwachsinnigen Mut. Das führt zu einem reizvollen Widerspruch.«

Sie ging weiterhin durch die Eremituskammer, welche eine überkuppelte Plattform war, die von der südlichen Rumpfsektion den Niobia-Nimbus überblickte. Ihre Schildblenden waren eingefahren und boten einen unvergleichlichen Blick auf den gesamten Orbitalring, während die Sterne über und die Welt unter uns sichtbar waren. Die rotvioletten Schlieren des Augenraums durchzogen den Himmel, jedoch nicht ausreichend, um den Blick auf Galliums ferne Sonne zu vernebeln – eine Kugel aus ungesundem Blau, die von Solarstürmen überzogen wurde.

Ich wandte den Kopf, um die beiden Schiffe ohne Zugehörigkeit anzuschauen, die auf der gegenüberliegenden Seite von dort, wo die *Tlaloc* aufgetankt wurde, angedockt und arretiert waren. Keines der Kriegsschiffe trug die Insignien ihrer Kriegerschar oder Legion. Ihre Zugehörigkeit war unmöglich zu erkennen.

»Khayon«, sagte die Gouverneurin. »Weshalb habt Ihr Euch mit Falkus und Lheorvine Flammenfaust getroffen?«

»Nennt mich nicht Flammenfaust«, knurrte Lheor.

Die Gouverneurin drehte sich zu Lheor um und ging klickend auf ihn zu. Wie ich schon sagte, war ihr vierarmiger Körper scheinbar humanoid. Die Haut aus geschwärztem Metall reflektierte das aus der Ferne kommende giftige Sonnenlicht. Dort endete die Illusion der Menschlichkeit.

Unterhalb der ausgearbeiteten nackten Form ihres Bauches und ihrer Brüste, welche ihre würdevolle Präsenz völlig ruinierten, war die Gouverneurin so etwas wie ein *Kyntafros*, ein Monster aus der graekischen Legende, auch bekannt unter dem Namen *Zentaur*. Ceraxia hatte den unteren Bereich ihres Körpers allerdings nicht zu dem eines Pferdes geformt, sondern zu dem eines Spinnentiers mit den vielfach segmentierten Pirschbeinen eines Skorpions oder einer Spinne. Acht mit Klauen und Klingen versehene mechanische

Beine klackten über das glatte Deck und vermieden es irgendwie, den verstärkten Boden zu durchdringen oder zu verbeulen.

Sie war wie ein riesiger Skorpion aus dunklem Metall mit dem Oberkörper einer Göttin. Ich werde das Mechanicum des Mars nie verstehen, aber ich musste zugeben, dass die Wirkung auf ihre eigene unmenschliche Art königlich und majestätisch war. Ihre Gelenke surrten oder schwirrten nicht, wie es unsere Kriegsrüstungen taten. Ceraxias Gelenke gaben das reibungslose Schnurren von unterschwelliger mechanischer Kraft von sich.

»Was habt Ihr gesagt?«

»Ich sagte, nennt mich nicht Flammenfaust.«

»Und warum nicht?«

Er bleckte die verstärkten Bronzezähne in einem unangenehmen Grinsen. »Weil es meine empfindlichen Gefühle verletzt.«

Sie nahm seine Antwort mit einem mechanischen Lachen zur Kenntnis und sah wieder auf mich herab. »Worum ging es bei diesem Treffen? Warum habt Ihr Euch versammelt?«

»Das ist nichts, über das Ihr Euch Gedanken machen müsst, Gouverneurin.«

»Ich verstehe. Ich weiß zu schätzen, was Ihr tut, Khayon. Ich kann es mir nicht leisten, jemanden zu bevorzugen oder mich für eine Seite zu entscheiden. Und welche Seite sollte ich auch wählen? Die Neun Legionen führen ebenso oft in ihren eigenen Reihen Krieg, wie sie es untereinander tun. Die Stadtstaaten und Territorien des Mechanicums sind ebenso von Spaltungen und voneinander abweichenden Philosophien zerrissen. Und was die menschlichen Kolonien in der Raumverwerfung –«

»Der was?«, unterbrach Lheor.

»Sie meint das Große Auge«, sagte ich leise.

»Ja, ja, des Großen Auges«, unterbrach Ceraxia. »Worauf ich hinaus will, mein kleiner Tizcaner, ist, dass ich Euren Versuch, aus Rücksicht vor Galliums Neutralität Unschuld vorzutäuschen, bewundere. Doch Euch und mir, uns sind geheime Wahrheiten nicht fremd. Lasst uns nicht jetzt damit anfangen, uns zu zieren. Welchem Zweck diente diese Versammlung?«

»Kriegerscharen treffen sich andauernd, Gouverneurin. Wegen Bündnisangelegenheiten. Wegen Konfliktangelegenheiten.«

Sie sprach seufzend meinen Namen und wandte sich ganz mir zu. »Warum konntet Ihr nicht einfach hierbleiben, als ich Euch zuerst das Angebot machte? Die Legionskriege werden Euer Tod sein, und Ihr seid so überaus nützlich. Warum müsst Ihr Zwietracht säen, wo auch immer Ihr hingeht? Schon jetzt erhalten wir die Nachricht, dass die III. Legion Euren Kopf für irgendeine neu begangene Sünde fordert.«

Sie pirschte auf ihren acht klickenden Beinen vor uns hin und her. Trotz ihrer Unmenschlichkeit war sie ein schlankes Wesen und anmutiger, als man es von einer solch monströsen Erscheinung erwarten mochte. Schwingende Kabel hingen zwischen ihren Spinnenbeinen und erinnerten an ein industriell gefertigtes Geschirr.

»Bringt mich zu Falkus«, sagte ich.

»Sagt mir, warum er Euch zusammengerufen hat. Dann werde ich Euch zu ihm bringen.«

Worin lag das Unheil, die Wahrheit zu sagen? Würde es meinen neutralen Hafen wirklich in Gefahr bringen? Vielleicht war ich zu vorsichtig. Ceraxia und Valicar hatten schon viele Male zuvor Konflikte und Intrigen durchlitten.

»Falkus ist in den Besitz eines Sehers von immenser Macht gekommen. Er glaubt, dass der Prophet ihn zur *Geist der Rachsucht* führen kann. Lheor und ich haben zugestimmt, ihm zu helfen.«

»Warum solltet Ihr so etwas tun?«

Lheor antwortete für mich. »Die III. Legion hat die Leiche des Kriegsherrn mitgenommen.«

»Das ist ein Gerücht«, sagte Ceraxia und winkte mit dreien ihrer Hände in einer wegwerfenden Geste. »Und sehr wahrscheinlich eine Lüge.«

»Falkus war dort, Gouverneurin«, erwiderte ich. »Ich vertraue ihm.«

»Falkus hat nichts von solch einem Ereignis erwähnt.«

»Er will die Neutralität Galliums aufrechterhalten«, hob ich hervor. »Ebenso wie ich.«

Auf gewisse Weise war das Schmeichelei. Es war weitaus wahrscheinlicher, dass Falkus sich entschieden hatte, Ceraxia die Wahrheit nicht zu offenbaren, weil er wusste, dass sie sich ohnehin nie auf seine Seite schlagen würde.

Doch sie zögerte, anstatt direkt ihre Verachtung darüber zum Ausdruck zu bringen. Hinter den Linsen, die als ihre Augen dienten, begannen die Möglichkeiten durch ihre Gedanken zu spulen. Ein überraschend sittsames Schaudern durchfuhr sie.

»Falls es stimmt, ist das eine Bedrohung«, gab sie schließlich zu. »Eine bedeutsame und geschmacklose Bedrohung.«

»Klonen.« Lheor stimmte ihr zu, indem er das Wort wie einen Fluch aussprach.

Ceraxia ragte wieder direkt vor mir auf und lehnte sich weit herab, sodass sich unsere Gesichter beinahe berührten. Dünnfaserige Schaltkreise verliefen auf der Epidermis ihrer schwarzen Metallhaut und der chemische Geruch kehrte in ihrer Nähe zehnfach so stark zurück.

»Ich habe Euch gesagt, dass Ihr Euch aus diesem Krieg heraushalten solltet, Khayon.«

»Ja, das habt Ihr.«

»Ich habe Euch gesagt, dass Ihr die Sons of Horus alleine und ohne Einmischung in die Geschichtsschreibung eingehen lassen solltet, denn jene, die sich auf ihre Seite stellen, neigen dazu, mit ihnen zu fallen. Ich hatte gehofft, dass die Legionskriege mit dem Fall von Lupercalios ein Ende finden würden, doch das scheint mir nun ein vergeblicher Wunsch gewesen zu sein.«

Ich spürte, wie sich Lheors Blick von der Seite in meinen Schädel bohrte. Gyre umkreiste uns, wurde von der Gouverneurin ignoriert, jedoch von Valicar und seinen bewaffneten Untergebenen beobachtet, die bei der Gerüsttreppe standen, welche hinab in den Ring der Station führte.

»Nun?«, fragte Ceraxia mit der Ungeduld einer Lehrerin, die eine Antwort von einem Schüler erwartete.

Ihre Hartnäckigkeit ging mir auf die Nerven. Ich bezweifelte, dass Sargons Worte irgendetwas anderes als eine Falle waren, und es war mir unmöglich zu wissen, ob es eine vergebliche Mühe war, der *Geist der Rachsucht* hinterherzujagen. Ich war gegenüber meiner eigenen Verzweiflung in dieser Angelegenheit nicht blind.

»Ich muss die Stadt des Lobgesangs angreifen, Gouverneurin. Muss ich wirklich im Detail aufzeigen, wie ein wiedergeborener Primarch das Gleichgewicht in den Legionskriegen stören könnte? Wenn all unsere Väter verloren und in das Große Spiel des Pantheons aufgestiegen sind ... Ceraxia, es spielt keine Rolle, ob die Sons of Horus tot sind oder noch leben, oder ob die *Geist der Rachsucht* der Traum eines Verrückten bleibt oder nur darauf wartet, wiedergefunden zu werden. Die Emperor's Children dürfen die Legionskriege nicht gewinnen.«

»Mutmaßungen«, sagte sie mit gebieterischer Haltung.

»Keine Mutmaßungen. Möglichkeiten.«

»Da steckt mehr dahinter als reiner Idealismus, Khayon. Spielt in meiner Gegenwart nicht den stolzen Helden.«

Lheor kicherte beinahe kindhaft. Ich ließ es ihm durchgehen, denn Ceraxia hatte recht. »Ich will das Schiff. Ich will die *Geist der Rachsucht*.«

Das überzeugte sie beinahe, dessen war ich mir sicher. Sie tat die Vorstellung nur widerstrebend mit einem Seufzen ab.

»Das ist verlockend. Sehr verlockend, Hexer. Aber nein, ich kann nicht Partei ergreifen. Ich werde Euch nicht aufhalten, aber ich werde Euch auch nicht beistehen.«

Das war nicht überraschend und ich zog ihre Ambivalenz ihren Belehrungen vor. Ich konnte jedoch nicht widerstehen, die Klinge ein letztes Mal umzudrehen.

»Es mag der Tag kommen, da Ihr Partei ergreifen müsst, Gouverneurin.«

»Glaubt Ihr das?«, fragte die Göttin-Monstrosität. »Aus welchem Grund sollte ich meine Streitkräfte irgendeiner Seite anschließen? Ich schulde den Sons of Horus nichts und ich hege keinen qualvollen Groll gegen die Emperor's Children. Das Reich des Auges wird auch dann noch gedeihen, wenn Ihr törichten

Posthumanen nicht Eure Bolter niederlegen und aufhören könnt, Euch gegenseitig umzubringen. In diesem Reich existieren Tausende von Welten, die von den Neun Legionen unberührt sind. Der Große Kreuzzug ist vorbei, Khayon. Die Galaxis gehört nicht länger den Legiones Astartes, und das Auge war nie ihres. Wenn Ihr nur alle diese Lektion lernen könntet ... Aber nein, stattdessen kämpft und blutet und sterbt Ihr und bringt uns alle mit Euch zu Fall. Was für eine Verschwendung. Was für eine unglaubliche Verschwendung.«

Ich blieb still und ließ sie sprechen. Ceraxia legte die Finger aufeinander – alle sechzehn davon, inklusive ihrer vier Daumen –, als sie sprach. »Galliums Neutralität wird von vielen Kriegerscharen in den Neun Legionen anerkannt. Es ist eine Zuflucht und muss dies auch bleiben.«

»Die Zeiten ändern sich«, sagte Lheor. »Die Legionskriege –«

»Still.« Sie legte eine Hand auf Lheors Kopf, als wäre sie eine Priesterin, die einen Anbetenden weihte. »Still, Centurion Ukris. Ich besitze nicht die Art von Herz oder Geist, die sich irgendwelchen Überzeugungen beugen werden, die Ihr vorbringen könnt. Aber Ihr steht Falkus bei, den ich bewundere, und Khayon, den ich schätze. Ich werde Euch also nicht für Euren Mangel an respektvollem Betragen bestrafen.«

»Hngh«, war die unschöne Antwort des World Eaters. Ceraxia entfernte ihre Hand. Eine kluge Entscheidung, denn ich vermutete, dass sie kurz davor gestanden hatte, sie durch den Hieb einer Kettenaxt zu verlieren.

Lheor sah mich direkt an. »Ich habe Kriegerbanden deinen Namen in einem Tonfall sprechen hören, der bei ihnen als Furcht durchgeht, und Menschen und Dämonen haben ihn gleichermaßen verflucht. Es ist mir nie in den Sinn gekommen, dass dich tatsächlich jemand mögen könnte, Khayon.«

»*Eshaba*«, antwortete ich in Nagrakali, der Bastardsprache seiner Legion. Lheor lächelte schief ob meines höflichen Danks, aber Ceraxia streckte einen ihrer vier Arme aus, um eine schwarze Fingerspitze über meinen Schulterpanzer zu ziehen. Sie zeichnete meinen Namen nach, der auf Prosperinisch auf dem kobaltblauen Ceramit geschrieben stand.

Ein Zielerfassungssymbol tauchte klingend auf meiner Retinalanzeige auf, als es ihr Gesicht umrahmte. Sie roch nach Fycelin, nach Pulverdampf, nach Drachenatem.

»Es ist der Respekt, den er zeigt, World Eater, und die Weitsicht, mit der er seine Arbeit verrichtet.« Ihre Stimme klang jetzt sanfter und ihre Aufmerksamkeit richtete sich langsam wieder auf Lheor. »Khayon ist ein Beispiel dessen, was aus den Legionen werden könnte, wenn sie sich den Luxus der Weiterentwicklung gönnten. Mir gefällt, wie frei sein Verhalten von Anmaßung ist und wie er die Autonomie der Koloniewelten des Mechanicums respektiert. Mir gefällt, wie sein Name durch das Auge schallt – der Hexer, der Ahrimans Wahnsinn verhindern wollte. Der Hexer, der dem Xenosengel beisteht. Der Krieger, der seine Axt und seine Hexenkunst an den Höchstbietenden verkauft.«

Dann sah sie wieder zu mir. »Und sie bieten hoch, nicht wahr? All das schwere Eisen und der gepanzerte Stahl, die stets Eurem Syntagma hinzugefügt werden.«

Ich dachte an die unschätzbar wertvollen Roboter an Bord der *Tlaloc*. Die Hunderte, die ich im Laufe der Jahrzehnte angesammelt hatte und die alle in das Gestaltbewusstsein der Anamnesis verwoben waren. Wehe dem, der töricht genug war, mein Kriegsschiff zu entern.

»Wie geht es der Anamnesis?«, fragte die Gouverneurin.

»Es geht ihr gut.«

»Gut. Gut.« Ceraxia starrte mich immer noch an. Ich konnte vor ganzen Regimentern von Kriegern am Vorabend der Schlacht Reden halten oder eintausend Sklaven ohne weiteren Gedanken in den Tod schicken, doch vor Ceraxias eindringlichem Blick fühlte ich mich plötzlich befangen. »Grüßt sie schön von mir.«

»Das werde ich, Gouverneurin.«

»Valicar, bring sie zu den Überlebenden der *Aufgang der Drei Sonnen*. Und Khayon?«

»Gouverneurin?«

»Erwartet von keinem von ihnen zu viel, mein Hexer. Die Justaerin sind nicht mehr das, was sie einst waren.«

Die Medicae-Kammern des Niobia-Nimbus ähnelten eher Werkstätten als Orten der Heilung. Wir durchquerten sie und während die Sklaven und Knechte sich vor mir verbeugten und sich beeilten, mir aus dem Weg zu gehen, betrachteten sie Nefertari mit nichts anderem als angsterfülltem Hass. Das Imperium hasst Xenos hinter einer Fassade oberflächlicher Scheinheiligkeit, da Freihändler, Erkunder der Leere und verzweifelte Generäle mit den Xenosarten in den Grenzgebieten des Imperiums zu tun hatten, seit unsere Spezies zum ersten Mal Terra verließ. Doch im Reich des Auges werden Nichtmenschen über alles andere hinaus verachtet. Dies ist das Reich von Menschen und Dämonen, das aus dem Tod eines Xenosimperiums geboren wurde.

Hunderte von Gestalten bevölkerten die Medicae-Kammern, wie man es von einer Station in der Größe des Niobia-Nimbus auch erwarten konnte. In jedem Raum ratterten und summten Maschinen in Fassungen und Wiegen, deren Funktion ich nur erraten konnte. Sie waren mit Lebenserhaltungsanlagen, Plasmaverteilern, Vitae-Infusionen und einer Fülle von noch obskurerer Ausrüstung verbunden. Die Hälfte der Maschinerie sah lebendig aus; sie wies in ihrem lebenden, geschwungenen Metall Adern anstelle von Kabeln auf. Die Götter allein wussten, von welchem Wissen das Mechanicum hier Gebrauch machte.

Valicar führte uns, und die Knechte und Untergebenen warfen sich vor ihm auf den Boden, als wir vorbeigingen. Wir kamen durch Gemeinschaftsräume und näherten uns Raum um Raum den bewachten Bereichen dahinter. Runen blinkten auf meiner Retinalanzeige auf, als die Temperatur fiel. Lheor und Nefertari, deren Gesichter beide ungeschützt waren, atmeten neblige Wolken in die kühle Luft.

In dem Augenblick, da wir das Gewölbe betraten, musste ich anhalten und mich am Eisenrahmen der Tür festhalten. Hunger überkam mich und durchfuhr mich, wild genug, dass er mich zum Schwitzen brachte. Gyre hauchte neben mir ein leises Knurren.

Ich rieche Zweitgeborene.

»Was ist los?«, fragte Lheor. »Was im Namen der Götter ist los mit dir?«

»Nichts, nichts.« Ich nahm mir einen Augenblick Zeit, um meinen Geist gegen jegliches Eindringen abzuschirmen, und errichtete Barrieren gegen die Emotionen anderer. Dies geschah plötzlich und abrupt, wie die Augen zu schließen oder in einem überfüllten Raum plötzlich taub zu werden, aber es war besser, als sich dem überwältigenden Gestank des Verhungerns in der Kammer zu stellen. Was auch immer sich hier drin befand, lag im Sterben. Ich war erstaunt, dass es nicht bereits tot war.

Zweitgeborene, sandte Gyre erneut als Gedankenimpuls.

Wir standen vor einer langen, hohen Wand aus aufrecht stehenden Tauchkokons und Stasissärgen. Gestalten – die humanoid, aber nicht menschlich waren – wanden sich in der rötlichen Flüssigkeit jeder Kapsel. Körperglieder, die wie Hände aussahen, kratzten hilflos an dem verstärkten Schutzglas. Gequälte Schemen von Zügen, die einst Gesichter gewesen waren, tauchten aus der Trübnis auf, blieben an der Vorderseite der Kapseln kleben und starrten zu uns heraus. Ihre Münder mahlten vergeblich und hinterließen Schleimspuren, wo ihre Fangzähne über das Glas kratzten und ihre langen Zungen herumpeitschten.

Zweitgeborene. Gyre hatte recht. Sie waren alle Zweitgeborene. Ich spürte den Verstand der Männer, die sie waren, und die unmenschlichen Gedanken der Wesen, die ihre Körper trugen. Sie waren eine Mischung aus Sterblichkeit und Warp, nicht länger Ersteres, nicht ganz Letzteres. Sie waren Emotionen, denen in Form von Fleisch Gestalt verliehen wurde.

Als psionisch Begabter inmitten einer Gruppe Seelen zu sein, die von Dämonen besessen sind, bedeutet, die widersprüchlichen Bedürfnisse und den Hunger unzähliger Essenzen zu hören. Doch hier spürte ich nur wenig davon. Die Dämonen, die in den Körpern der gefangenen Krieger miteinander in Konflikt lagen, ähnelten sich so sehr, dass sie einander beinahe bis in ihr Innerstes glichen und praktisch Spiegelbilder voneinander waren. Es war, als wären sie alle aus den gleichen Emotionen geboren, mit der gleichen Lust und dem gleichen Verlangen. Dieses Ausmaß an Symbiose war selbst zwischen sehr eng aneinander gebundenen Dämonen äußerst selten. Ich bekam eine Gänsehaut ob dieser unnatürlichen Vorstellung, noch während ich mich ihnen von der Möglichkeit fasziniert näherte.

Ich trat an den ersten Tank und blickte auf die sich windende Gestalt darin. Irgendetwas krachte gegen das Schutzglas, etwas, dessen Mandibeln sich öffneten. Die Knochen seines Gesichts waren lang gestreckt und spitz, alles andere als menschlich. Säuselnde Spuren seines bestialischen Hungers strichen am Rand meines Geistes vorbei, doch dieses Mal war ich besser darauf vorbereitet, ihnen zu widerstehen.

Es trug immer noch seine kampfbeschädigte Rüstung im Kohleschwarz der Justaerin. Rudimentäre Flügel erstreckten sich in der Immersionsflüssigkeit, waren jedoch zu eingeengt, um sich auszubreiten. Es waren Dinger aus schmutzigem Knochen und Ledermembranen, die auf ihre eigene Art erhaben aussahen. Sie schienen im Rhythmus des Herzschlags des Wesens anzuschwellen und zu wachsen.

Hinter mir fragte Lheor: »Wie viele habt Ihr aus dem Wrack der *Drei Sonnen* herausgeschafft?«

Valicar deutete auf die Tanks, die die Wände säumten und allesamt an Chemikalienfilter und Vitae-erhaltende Maschinen angeschlossen waren.

»Diese zwanzig. Noch ein paar mehr in den nächsten beiden Gewölben.« Er erstattete emotionslos Bericht. »Die menschliche Besatzung wurde getötet. Falkus sagte, dass sie verschlungen wurden, als sich der Warpantrieb entzündete.«

Das war also der Energieblitz gewesen, den wir im Herzen des Sturms gesehen hatten. Falkus und seinen Kriegern war es gelungen, auf die *Aufgang der Drei Sonnen* zu flüchten, nur um dann ein Desaster zu erleiden, als das Schiff zu fliehen versuchte.

Es war nur allzu einfach, sich die Flut an Nimmergeborenen vorzustellen, die von dem detonierenden Warpreaktor des Kriegsschiffs und den Tausenden Menschenseelen an Bord angezogen worden waren. Hatte Sargon irgendetwas damit zu tun gehabt? Hatte er versucht, das Schiff hierher zu führen? Gallium war in solch einer Stunde der Not Falkus' offensichtliche Anlaufstelle.

»Wir halten sie mit alchemistischen Mitteln betäubt«, fügte Valicar hinzu. »Manche von ihnen sind nicht mehr zu retten – andere zeigen noch Spuren derer, die sie einst waren.«

Ich zögerte, nach dem Propheten der Word Bearers zu fragen. Ich vertraute Valicar ebenso, wie ich Ceraxia vertraute, aber ich war mir nicht sicher, ob ich wollte, dass auch nur einer von beiden wusste, wie tief mein Interesse ging. Und je weniger sie wussten, desto weniger konnten sie verraten, sollte man sie dazu zwingen.

Wir gingen weiter. Mehrere Sons of Horus waren aus ihren Rüstungen gezogen worden. Andere wiederum nicht.

Falkus, sandte ich in die Fleischtanks.

Khayon?

Es war die Stimme meines Bruders, wenn auch nur gerade so. Sie kam aus einer Kapsel an der westlichen Wand. Wir näherten uns ihr. Nefertari flüsterte etwas, das ich nicht hörte, während ich abgelenkt war, und Lheor fluchte in der hässlichen, künstlichen Sprache seiner Legion.

Wenn Krieger der Legiones Astartes verheerende Wunden davontragen, dann reagieren sie normalerweise auf zwei Arten. Die erste ist Schande. Nicht Melancholie oder Kummer, sondern ein ehrliches und schonungsloses Gefühl der Schande. Die Schande, überlebt zu haben, wenn Eure Brüder gefallen sind. Die Schande, nicht mehr die Stellung halten zu können, bis die eigenen Wunden verheilt sind. Es ist keine weinerliche Sentimentalität, sondern eine Wunde, die ebenso in der Psyche existiert wie am Körper. Wenn Ihr nicht mehr länger Euren einzigen Daseinszweck erfüllen könnt, ebenjenem Grund, warum Ihr über die Sterblichen erhoben wurdet, nicht mehr gerecht werden könnt, wird immer ein wenig Schande bleiben. Der Zweifel schneidet direkt in Euer Innerstes.

Die zweite und weitaus sichtbarere Reaktion ist der Zorn. Manchmal ist er eher gekünstelt oder hat etwas Theatralisches an sich, um das Gefühl der Schande auszulöschen. Weitaus öfter jedoch ist es ganz einfacher Zorn – Zorn über Euch selbst, dass Ihr dies überhaupt zugelassen habt, Zorn auf Euer verdammtes Pech, Zorn auf Eure Feinde und welche hinterhältige Bewegung auch immer sie an Eurer Verteidigung hat vorbeischlüpfen lassen. Dieser Zorn kann durch Humor oder Trotz oder Racheschwüre, die gegenüber den Brüdern an Eurem Krankenbett geleistet werden, durchsetzt sein. Innere Kraft manifestiert sich auf eine von vielen Arten, aber der Zorn liegt im Kern dieser Emotion.

Als ich meine Sinne wieder öffnete, um mich einmal mehr mit Falkus zu verbinden, spürte ich keine der beiden üblichen Emotionen eines Soldaten, die ich erwartet hatte. Stattdessen fühlte ich, dass eine vulkanartige, bittere Präsenz seinen Körper teilte, und ich fühlte seine eigene Erschöpfung wie einen Schleier um seinen Geist.

Er kämpfte um die Kontrolle über seinen eigenen Körper. Und er war so absolut müde.

Khayon?

Ich bin hier, Falkus. Ich näherte mich dem Glastank und schaute auf die klauenbewehrte Kreatur, zu der mein Bruder geworden war. Ich wollte, dass er meine Nähe spürte, falls so etwas möglich war.

Falkus hatte sich in der blubbernden Flüssigkeit beinahe zu einer Fötushaltung zusammengerollt, wo er im Herzen eines Netzes aus Chemikalienzufuhren sowie Nähr- und Ausscheidungskabeln hing. Muskeln ohne Haut waren zu sehen, von deren blankem Fleisch immer noch Gewebestreifen hingen und die umgebende Flüssigkeit trübten. Auf seinem nackten Körper zeigten sich Spuren von Mutationsletalität: Messer aus gelblichen Knochen schoben sich als elfenbeinfarbene Stachel durch Gelenke und Muskelgruppen.

Nimmergeborene, Khayon. Tausende von ihnen. Als wir zu fliehen versuchten, wurden wir beschossen ... Der Warpreaktor ... Sie drangen in das Schiff ein.

Die Dualität seiner Stimme – die Aufrichtigkeit eines Menschen und das lächelnde Flüstern eines Dämons – gaben seinem Tonfall eine heimtückische Note.

Ich verstehe, Falkus. Was ist mit Sargon?

Fort.

Also war Sargon gefallen. Änderte dies irgendetwas? Konnten wir ohne Führer ins Ungewisse segeln? Würden wir dort überhaupt hinsegeln und uns aufgrund des Versprechens eines Toten in eine Falle begeben wollen?

Ja. Ich wollte den Wiedergeborenen Horus tot sehen, und ich wollte dieses Schiff.

Ohne Sargon jedoch ...

Nein, drängte Falkus. Er vernahm meine Gedanken und antwortete auf sie. *Nicht tot, Khayon. Fort.*

Ich starrte das Monster an, dessen Fleisch sich im Fluss befand. *Fort? Du meinst, er verschwand vor dem Angriff der Nimmergeborenen?*

Das kann ich nicht mit Sicherheit sagen. Wir entkamen auf die Aufgang der Drei Sonnen, *obwohl das unsere Teleportationsanlage zerstörte. Das Schiff floh. Im einen Augenblick war Sargon dort und bereit, uns in Sicherheit zu führen, im nächsten explodierte der Warpreaktor. Da war Licht und Lärm und brennendes Metall. Dann kamen die Nimmergeborenen.*

Ich sagte nichts, sondern ließ mein Misstrauen Form annehmen. Während all der Jahre meines Lebens war ich noch nie – nicht damals und auch nicht seit jener Nacht – einem altruistischen Propheten begegnet. Jeder Seher sucht nach etwas für sich selbst, folgt seinen eigenen Absichten. Ich fragte mich, was genau dieser Word Bearer vorgehabt hatte, und was er mit seiner Macht angerichtet hatte.

Ich hole dich hier raus, Falkus.

Ich kann meine Finger noch fühlen, sagte der Wiedergänger mit dem gepressten Krächzen von Falkus' natürlicher Stimme. Seine bösartigen Klauen kratzten über das Glas. *Ich kann fühlen, wie jedes Atom in meinem Körper erbebt und sich verändert.*

Hinter seinen Worten konnte ich das Gleiche spüren. Der Dämon in seinem Körper floss durch seinen Blutstrom und ließ alles mutieren, was er berührte. Es war ein langsamer Prozess, aber ein unaufhaltsamer.

Halte aus, Bruder. Ich werde dich auf die Tlaloc *bringen.*

Der Wiedergänger zuckte erneut in der trüben Flüssigkeit. Ich hasste es, seine krächzende Stimme zu hören.

Die Geist der Rachsucht, sagte er. *Wirst du mir immer noch helfen, sie zu finden?*

Du kannst von Glück sagen, dass du überhaupt noch lebst. Diese Suche hat dich bereits eine Flotte, Hunderte Krieger und Tausende Sklaven gekostet.

Die Kreatur krachte gegen die Vorderseite des Tanks und ihre Klauen streckten sich nach mir aus. Ihr schlitzartiges Maul mahlte, als würde sie sich an meinem Fleisch laben wollen.

Ich werde Abaddon finden ich werde Abaddon finden ich werde Ab–

Falkus ...

Ich werde die Geist der Rachsucht *einnehmen sie ist die Hoffnung meiner Legion ich werde –*

Beruhige dich, Bruder. Ich werde dir helfen. Natürlich werde ich dir helfen. Ich bin hier, oder etwa nicht?

Die wilden Bewegungen des Wiedergängers beruhigten sich. *Sie halten uns mit Kognitionshemmern und Adrenaldämpfern träge. Verhindern eine Flucht.*

Das ist eine Vorsichtsmaßnahme der Gouverneurin, nichts weiter.

Ich hatte schon unzählige Male mit den Zweitgeborenen zu tun gehabt. Ich hätte sie nicht eingesperrt. Das brauchte ich nicht.

Befreie mich, Khayon.

Wie es für ihn typisch war, strahlte selbst seine verheerte und gequälte Gestalt Verärgerung über ihr Schicksal als Gefangener aus. Doch wovon sollte ich ihn befreien? Den Fesseln seiner Gefangenschaft hier oder dem Dämon in seinem Innern? Trotz meiner Kraft sind der Macht eines jeden Mannes Grenzen gesetzt. Einen Dämon aus dem Körper eines Sterblichen zu vertreiben war keine Frage eines einfachen Exorzismus wie das Gebet eines Priesters oder der Singsang eines Schamanen. Die Realität endete beinahe immer tödlich für den Wirt.

Ich werde dich befreien, mein Freund. Sobald du an Bord der Tlaloc *bist, werden wir eine Dämonenverbannung in Betracht ziehen.*

Der gebrochene Mann verkrampfte sich in der Flüssigkeit, zitterte, blutete, wand sich. Zunächst glaubte ich, dass zuletzt doch noch sein Zorn ausgebrochen war, doch es war ein unkontrolliertes Zucken, das seinen Körper schmerzhafte Verrenkungen durchlaufen ließ. Handelte es sich um ein kritisches Organversagen? Seine Lebenszeichen zeigten keine Spitzen, noch waren sie plötzlich gesunken, und doch zitterte er weiterhin. Das mit Reißzähnen versehene Loch seines Mundes klaffte auf und bebte. Sein mutierter Körper blutete und schüttelte sich und schlug in seinem Suspensionsharnisch um sich. Seine Klauen öffneten und schlossen sich.

Und dann hörte ich es über die schwache Verbindung zwischen unseren Geistern.

Er starb nicht. Er lachte.

TEIL ZWEI
ABADDON

IX

WIEDERGEBURT

Während ich Thoth diese Worte diktiere, bemerke ich eine wachsende Unruhe unter meinen Häschern. Diese Männer und Frauen, die sich selbst Inquisitoren nennen, wollen, dass ich Geschichten über die Siege der Black Legion erzähle – von den Schwarzen Kreuzzügen, den wiedergeborenen Sons of Horus, den Herolden der Endzeit. Sie sehnen sich nach irgendeiner Schwäche in meinen Worten und beten, dass meine Ehrlichkeit ihnen eine Schwachstelle im Herzen meiner Legion offenbaren wird.

Doch damit belügen sie sich selbst und begehen den gleichen Fehler wie die Neun Legionen, als die Black Legion sich zum ersten Mal erhob. Unser wahres Wesen liegt nicht in unserer kriegerischen Macht oder unserem unzerbrechlichen Willen. Es ist das Gleiche bei Abaddon. Der Kriegsherr führt eine Klinge, welche die Realität zerteilt, und trägt eine Klaue, die zwei Primarchen tötete, und doch sind diese Waffen bedeutungslose Schmuckstücke auf dem Pfad seines Lebens. Chroniken wie diese verlangen nach einem gewissen Kontext. Es ist wichtig zu wissen, wo die Legenden aufhören und die Geschichte beginnt.

Wir werden also zur Ankunft Morianas kommen, der Zofe des

Imperators und Seherin des Vernichters, die im gesamten Reich des Auges als das Weinende Mädchen bekannt ist. Wir werden zum Turm der Stille und der Dämonenklinge Drach'nyen kommen. Wir werden zur Krukal'Righ kommen, die im Ozean der Unwirklichkeit geschmiedet wurde und vom Imperium der Menschheit *Planetenkiller* genannt wird.

Die ersten von uns – Lheor, Telemachon, Ilyas, Valicar, Falkus, Sargon, Vortigern, Ashur-Kai und ich selbst neben vielen anderen – haben oftmals über diese Sache gesprochen. Ebenso wie die Geschichte Abaddons die der gebrochenen Seelen ist, die er als Brüder neu formte, so ist die Geschichte der Black Legion mit jenen dieser Exilanten und Ausgestoßenen verwoben, die er im Laufe der Zeit um sich versammelte. Das ist es, was uns einzigartig macht. Deshalb haben wir das Reich des Auges erobert und deshalb werden wir auch den Thron Terras einnehmen.

Es wird viele Hundert Seiten erfordern, auch nur einen Bruchteil dessen zu erzählen, was sich im Laufe von zehntausend Eurer Jahre abgespielt hat, und ich werde über den Prolog der Black Legion nicht einfach hinweggehen. All dies wird ohne das Theater der Übertreibung oder den Trost der Lüge erzählt werden.

Doch zuerst werden wir zu Ezekyle Abaddon kommen. Mein Kriegsherr, mein Bruder, auf dem eine größere Last der Verantwortung lag, als sie je ein Krieger hatte ertragen müssen. Der Mann, der die Galaxis durch Augen, die vom Licht eines falschen Gottes golden gefärbt wurden, brennen sieht.

Die Reise zum Eleusinischen Schleier dauerte in dem zeitverschollenen Fluss des Augenraums beinahe ein halbes Terra-Standardjahr. Während dieser Zeit des Trainings und des Wiederaufbaus lebten wir uns in die zweifelhafte Stabilität ein, die unter den meisten Kriegerscharen herrscht.

Falkus und seine verzerrten Brüder schlossen sich uns an und brachten eine ganze Horde neuer Schwierigkeiten mit sich. Ashur-Kai und ich stellten ihnen einen Teil des Bewaffnungsareals zur Verfügung, in dem meine Kompanie einst trainiert und sich auf die Schlacht vorbereitet hatte. Innerhalb von Tagen war der Bereich heruntergekommen vor Schmutz und Wandel, da selbst die Wände vom bitteren Zorn, der von den überlebenden Sons of Horus ausging, umgeformt wurden. Manche von ihnen beherrschten die Nimmergeborenen in ihren Körpern. Andere hatten sich beinahe in der dämonischen Besessenheit verloren.

»Halte sie unter Kontrolle«, warnte ich Falkus, als er sie an Bord brachte. Ich fügte dem Offensichtlichen keine zusätzliche Warnung hinzu: Ich konnte jeden von ihnen zerstören, wenn ich es wollte.

Ein Zweitgeborener zu sein ist nie eine Angelegenheit, die sich in Schwarzweißdenken ausdrücken lässt. Wie alles, das vom Warp berührt wurde, ist es ein Kontinuum. Viele Wirte sterben in den ersten paar Wochen ihrer Wiedergeburt, da ihre Körper aufgrund des Leids, das ihnen zugefügt wird, eingehen, während andere von dem aufstrebenden Bewusstsein des Dämons subsumiert werden. Selbst wenn der Wirt die ersten Veränderungen überlebt, lässt sich das resultierende Wesen nicht vorausbestimmen. Ein Zweitgeborener mag das Resultat beider Geister sein, die zu jeder Zeit den gleichen Körper teilen, oder die Präsenz des Dämons erwacht nur in Zeiten des Kampfes und aufwallender Emotionen.

Falkus gehörte zur letzteren Art. Seine innere Stärke ließ keinen anderen Ausgang zu. Allerdings teilten nicht alle seine Krieger dieses Schicksal, und selbst unter jenen, die es taten, stellten die ersten paar Monate an Bord der *Tlaloc* eine Periode starker Unruhen dar. Die Sons of Horus jagten schreiend und massakrierend durch die Tunnel des Schiffs, angetrieben von einem Beutehunger, dem ihre metaphysische Vorstellungskraft sie Nacht für Nacht folgen ließ. Die Augen einer Frau, die nie über den Boden einer Welt gewandelt war; das Blut eines Mannes, der seinen Bruder getötet hatte; die Knochen von jemandem, der nie die Sterne gesehen hatte ... Ihr Verlangen ergab für die Uneingeweihten nur wenig Sinn. Sie wurden von Dingen mit seltsamer Bedeutung angetrieben.

Meine Rubricae bewachten die am dichtesten bevölkerten

Bereiche des Schiffs und die Anamnesis erweckte mehrere Kohorten des Syntagma, um über den Reaktor zu wachen. Darüber hinaus vertrauten wir Falkus, die Zeit des Wandels zu überstehen, ohne zu viel Schaden anzurichten.

Mehrere seiner Männer starben während der Reise. Manche erlagen der erwarteten körperlichen Verzehrung. Meine Rubricae töteten einen Krieger, der in einer dicht bewohnten Region blindwütig ein Massaker anrichtete, und Nefertari tötete drei weitere, als diese die idiotische Entscheidung trafen, sie als Beute anzusehen. Sie brachte mir ihre mit Stoßzähnen versehenen Helme als Beweis.

»Ich verstehe, warum die Gouverneurin sie ruhig stellte«, bemerkte Lheor, als wir die Angelegenheit diskutierten. Er sah die Zweitgeborenen als eine angenehme Abwechslung. Er wusste ihre Stärke zu schätzen und war zuversichtlich, dass sie ihren Mangel an Selbstkontrolle überwinden würden. Viele in den Neun Legionen betrachteten eine Vereinigung wie die ihre gewissermaßen als heilig oder als Zeichen der Würdigkeit in den Augen der Götter. Die ungläubigen Mitglieder der Legionen, von denen es viele gab, sind gegenüber der Stärke, die eine dämonische Verbindung bietet, nicht blind. Die Besessenheit zu überleben bedeutet, am Ende mit immenser Stärke aus einem qualvollen Bindungsprozess hervorzugehen.

»Der einzige Unterschied zwischen ihnen und uns ist, dass ihre Dämonen tatsächlich existieren«, sagte Lheor. »Sie verzehren sich nicht über niedergebrannte Heimatwelten oder verlieren sich in Schmerzmaschinen, die sich in das Fleisch ihrer Gehirne krallen.« Hier hielt er inne und tippte sich mit schmutzigen, gepanzerten Fingerspitzen gegen seine Metallzähne. »Falkus ist immer noch Falkus, egal wer sonst noch in seinem Körper ist.«

Er hatte schon zuvor gemeinsam mit Zweitgeborenen gekämpft. Wenn sie Zeit brauchten, um sich anzupassen und die Veränderungen, die ihre neuen Körper durchliefen, unter Kontrolle zu halten, dann wollte er sie ihnen geben.

»Menschen kann man immer ersetzen«, fügte er hinzu und bezog sich damit auf die abgeschlachtete Mannschaft.

Ashur-Kai sah die Zweitgeborenen als Plage. Seine Einwände entsprangen keiner falschen Vorstellung über Falkus' Verderbnis, sondern der Tatsache, dass der Weiße Seher nicht die Art von Seele war, die unzuverlässige und unbeständige Verbündete mochte. Er hatte Lheor stets aus den gleichen Gründen verachtet.

»Tokugra hat schlecht von ihnen gesprochen«, sagte der Albino während einer unserer seltenen Unterhaltungen über die Zweitgeborenen zu mir. Ich dachte an Ashur-Kais Rabenbegleiter – er war ein irritierendes, plapperndes Ding, das nichts anderes tat, als im Quartier meines Bruders zu sitzen und bedeutungslose Reime zu krähen.

Es kümmerte mich nicht, was Tokugra über Falkus gesagt hatte. Es kümmerte mich nie, was Tokugra über irgendetwas sagte.

Wenn die Zweitgeborenen losgelassen wurden und entsprechend ihres Jagdinstinkts handelten, dann waren sie wenigstens vorhersehbar. Schon bald reagierte Falkus nicht mehr auf Voxrufe. Als ich mit meinen Sinnen nach ihm griff, begegnete ich nichts außer fluktuierender Boshaftigkeit und Rage. Was auch immer für ein Krieg in seinem Inneren wütete, er wurde jetzt ernsthaft geführt.

»Lass sie in Ruhe«, riet Ashur-Kai. »Zumindest für den Augenblick.« Ich folgte diesem Ratschlag.

»Hast du die Verwandtschaft der Dämonen in ihren Körpern gespürt? Sie fühlten sich wie Spiegelungen voneinander an.«

Ashur-Kai gab zu, dass er nichts dergleichen gespürt hatte, noch interessierte ihn die Möglichkeit so sehr wie mich. Seine Fähigkeiten, Dämonen zu manipulieren, waren stets bestenfalls launenhaft gewesen.

»Ich verstehe nicht, was für eine Rolle das spielt«, betonte er. »Selbst die Möglichkeit ist kaum verlockend.«

»Ich bin eine neugierige Seele«, antwortete ich.

»Ein Charakterzug, den unsere Legion früher als Tugend betrachtete. Und sieh, was daraus geworden ist.« Er schenkte mir ein seltenes, schmallippiges Lächeln und wir ließen die Angelegenheit ruhen.

Während der Reise folgte Nefertari mit stets. Ashur-Kai hatte sich schon längst an ihre Gegenwart an meiner Seite gewöhnt, aber Lheorvine und seine World Eaters fanden ihre Nähe bestenfalls unangenehm und schlimmstenfalls entnervend. Sie ließ nie eine Gelegenheit aus, Lheor in einen speienden Wettkampf gegenseitiger Beleidigungen zu ködern, welcher wiederum nie dem Drang widerstand, darauf einzugehen.

»War es nicht unsere Aufgabe, die Galaxis von der Unvollkommenheit nichtmenschlichen Lebens zu befreien?«, fragte er mich eines Tages auf der Brücke. Wie üblich sagte er diese Dinge vor Nefertari und versuchte, ihre Geduld auf die Probe zu stellen.

»Es war ebenfalls unsere Aufgabe, dem Imperator zu dienen, und das in einer Realität, in der Dämonen Mythen und Götter Legenden waren. Die Dinge ändern sich, Lheor. Ich nehme mir meine Verbündeten, wo ich sie finden kann.«

»Wofür brauchst du sie überhaupt? Eldar sind schwach. Es gibt einen Grund, warum wir ihnen während des Großen Kreuzzugs das Rückgrat gebrochen haben, was?«

Keiner von uns sah, wie sie sich bewegte, nicht einmal mit unseren verbesserten Sinnen. So schnell war Nefertari. Die Peitsche traf Lheor am Hals, wickelte sich mit einem Knall darum und zog ihn mit einem heftigen Ruck von den Füßen. Im einen Moment stand er noch vor mir. Im nächsten befand er sich auf Händen und Knien vor meinem Thron.

»Xenos ... Hexe ...«, krächzte er und versuchte, wieder auf die Beine zu kommen.

Ich sah sie an. »Das war nicht nötig, Nefertari.«

Sie stakste vor. Die geformten Platten ihrer Rüstung summten nicht wie imperiale Servorüstungen, sondern schnurrten mit den geschmeidigeren, exotischen künstlichen Muskeln von Xenostechnologie. In dieser Nacht war ihr Kopf nicht bedeckt und offenbarte ihre porzellanartigen Gesichtszüge, die von ungesund starken Adern gezeichnet und von einem Haarschopf eingerahmt waren, der den gleichen Farbton wie die Nacht hatte. Sie war auf die gleiche Art schön, wie eine Statue schön sein konnte, und abstoßend, wie alle Xenos abstoßend sind.

Ihre Antwort kam in ihrem akzentreichen Eldardialekt, voller abgehackter Silben und Zungenschnalzen.

»Dieser hier gefällt mir nicht. Ich habe ihn beobachtet. Ich habe ihn toleriert. Und jetzt will ich seine Schmerzen kosten.«

Ich hielt nach irgendwelchen Anzeichen Ausschau, dass Lheor ihre Sprache verstand, sah aber kein Flackern des Verstehens in seinen Augen. Er zitterte bereits von den Schmerzen seines Gehirnimplantats, welches seinen Blutstrom mit Adrenalin flutete. In seinen Geist zu schauen war, wie unter die Oberfläche eines Ozeans zu blicken. Seine Gedanken wurden von einem künstlich aufgepeitschten Zorn umwölkt.

»Halte dich zurück«, sagte ich ihm.

»Hexe«, fluchte er sie an. Aber er gehorchte. In diesem Augenblick respektierte ich ihn umso mehr. Seinem Tötungsdrang zu widerstehen zeigte eine unglaubliche Selbstkontrolle. Vielleicht war es auch nichts weiter als Überlebensinstinkt, da er wusste, dass ich ihn töten konnte, bevor er die Xenos auch nur berührte, aber ich bevorzuge es, an die andere Möglichkeit zu glauben.

Lheor zog sich knurrend die Peitsche vom Hals und warf sie aufs Deck.

»Warum behältst du diese Kreatur an deiner Seite?«

»Weil sie meine Blutwächterin ist.« Was die Wahrheit war, wenn auch nicht die ganze.

»Sie ist eine dreckige Xenos aus einer sterbenden Art. Die Tochter eines toten Reiches.«

Die Tochter eines toten Reiches. Das war poetisch für einen aus Lheors Legion.

Nefertari sprach erneut in ihrer fremdartigen Sprache und antwortete auf Lheors Worte. Sie nannte ihn einen blinden Narren, der von einer hasserfüllten Gottheit versklavt wurde, die sich an der von dummen, ignoranten Seelen begangenen Gewalt fett fraß. Sie sagte, er sei das verdorbene Vermächtnis des Traums eines verblendeten Imperators, das perfekte Wesen zu erschaffen, nur um dann am Ende zu sehen, dass das Resultat eine Million idiotischer Kinder in der Rüstung kleiner Götter war.

Sie sagte, dass sie in seinem verstümmelten Gehirn den Tod der Vernunft sehe und sie wisse, dass eines Tages nichts mehr von ihm übrig sein würde als eine geifernde Hülle, die in blutdurchtränkter Anbetung eines gleichgültigen Gottes schrie. Sie nannte ihn das Exkrement, das durch die unterste Gosse der Dunklen Stadt floss, wo Mutanten und Monster den Schlamm aus ihren vergifteten Gedärmen entleerten.

Das ging beinahe eine ganze Minute so weiter. Als Nefertari verstummte, sah Lheor wieder zu mir.

»Was hat sie gerade gesagt?«

»Sie sagte, es tue ihr leid, dass sie dich geschlagen hat.«

Lheor sah uns beide an und ihm war die Verwirrung ins Gesicht geschrieben. Sein plötzliches Gelächter hallte wie ein Schuss durch das gesamte Kommandodeck.

»Also gut. Lass sie bleiben. Verrate mir nur, warum sie *hier* ist.« Er meinte das Große Auge, nicht die *Tlaloc*. »So nah am Jüngsten Gott ist sie in größerer Gefahr als irgendein anderes Mitglied ihres Volkes.«

Sie antwortete selbst. »Ich bin hier, weil dies der eine Ort ist, an den mein Volk mich nie verfolgen wird.«

»Also hast du dir etwas zu Schulden kommen lassen, was? Irgendeine abscheuliche Sünde in deiner Vergangenheit?«

»Das wirst du nie erfahren.« Und bei diesen Worten, entgegen aller Erwartung, lächelte sie mit einer seidenen, reizlosen Schönheit.

Seltsamerweise war der Krieger, der die meiste Freude aus Nefertaris Gesellschaft zog, Ugrivian, Lheors Sergeant. Er und meine Blutwächterin duellierten sich stundenlang an jedem Morgengrauen an Bord, traten mit Kettenaxt gegen Panzerhandschuhe mit Kristallklauen und all den anderen Waffen, die ihnen an diesem Tag ins Auge fielen, gegeneinander an. Ich sah ihnen oft zu, saß mit Gyre an meiner Seite auf einer metallenen Munitionskiste und genoss die Wildheit ihrer Kämpfe.

Sie führten ihre Duelle immer bis zum ersten Blut. Nefertari hielt sich zurück – hätte sie das nicht getan, hätte Ugrivian nicht einmal ihre erste Begegnung überlebt –, doch was mich am meisten interessierte, war, dass der World Eater sich ebenfalls zurückzuhalten schien. Er benutzte sie nicht nur, um sein Können zu testen, sondern auch seine Fähigkeit, dem Biss seiner Schädelimplantate Herr zu werden, die andauernd seine Aggression in die Höhe schnellen ließen. Er sah die Schlächternägel nicht als Makel, den es zu überwinden galt, denn sie durchfluteten seinen Blutstrom mit Lust und Stärke, wann immer er in den Kampf zog. Auch gab er sich nicht damit zufrieden, die Nägel seinen Geist unkontrolliert beeinflussen zu lassen. Im Gegensatz zu vielen seiner Brüder betrachtete Ugrivian die Implantate von einem philosophischen Standpunkt. Er versuchte, den perfekten Punkt zwischen der Tatsache, dass sie seinen Körper im Laufe der Zeit veränderten, und der Vorstellung, dass er praktisch von ihnen kontrolliert wurde, zu finden. Wo, so fragte er mich, lag die Grenze zwischen der neurologischen Verbesserung und dem Schwund seiner Persönlichkeit zugunsten der Kriegslust?

Mich faszinierte die Tatsache, dass er die Frage überhaupt stellte. Eine derartige Innenschau war unter den Kriegergelehrten der Legiones Astartes nicht ungewöhnlich, doch sie schlug in der XII. Legion nur selten Wurzeln.

Während Ugrivians Duellen mit Nefertari schimmerte in Augenblicken gesteigerter Gemütsregungen und siedenden Adrenalins die Luft um sie beide von der Androhung ungeformter Geister. Dies waren schwächliche Nimmergeborene, die sich von ihren Emotionen nährten, ohne jedoch jemals die Kraft zu gewinnen, sich zu manifestieren. Diese Schattengestalten aus dem Augenwinkel zu sehen war einfach ein Teil des Lebens im Auge, aber Nefertari und der World Eater zogen mehr Aufmerksamkeit auf sich als die meisten von uns.

Derartige Kreaturen mieden mich. Dafür sorgte Gyres Gegenwart. Die Nimmergeborenen spürten in ihr ein ultimatives Raubtier und manifestierten sich nie zu nahe, egal wie hell mein Seelenfeuer brannte. Das Syntagma war mehr als in der Lage, unsere Decks von den Dämonen zu reinigen, die unsere Besatzung in den Tod reißen wollten, und unsere weitreichenden Jagden durch das Innere der *Tlaloc* besorgten den Rest.

In der Vergangenheit hatten Nefertari, Gyre und ich uns gemeinsam mit Djedhor und Mekhari auf die Jagd gemacht. Jetzt schloss Lheor sich uns während der Reise zum Eleusinischen Schleier an. Die Nimmergeborenen, denen wir begegneten, gehörten zum Leben im Auge dazu und waren immer von einer mächtigeren Art als die Schwächlinge, die durch momentane Gefühlsausbrüche erzeugt wurden. Dies waren Dämonen, die aus der Reflexion eines Messers geboren wurden, welches ein Dutzend Leben gefordert hatte, oder dem Leid einer ganzen Mutanten-Blutlinie, die von einer Krankheit dahingerafft wurde. Wo auch immer Qualen Überhand nehmen, tauchen die Nimmergeborenen auf. Kein Schiff im Auge ist frei von diesen Heimsuchungen, egal wie gut es geführt wird. Die meisten Kriegerscharen begünstigen sie. Es ist eine gute Art, starke, aus dem Auge stammende Verbündete zu finden oder der Ehrentafel einer Kriegerschar glorreiche Taten hinzuzufügen.

Während einer Jagd trieben wir eine ganz besonders widerliche Kreatur aus fettigem, infiziertem Fleisch in die Enge, die an der Wand einer der Müllverarbeitungsanlagen hing. Sie war mit Schweiß und klebriger Haut an der halb geschmolzenen Wand befestigt und schauderte vor Genuss, während sie sich am Schmerz eines Mutantenklans in der Nähe labte, der von einer Seuche verheert wurde. Die Begräbnispriester des Stammes warfen die Körper ihrer von der Seuche getöteten Verwandten in die Mahlfilter der Abfallverarbeitung und verbreiteten die Krankheit dabei idiotischerweise noch weiter. Nachdem ich die Klanführer dafür exekutiert hatte, dass sie ihre Toten nicht einäscherten, wie es die Tradition verlangte, stellten wir den Dämon, den ihre Dummheit erschaffen hatte.

Die zitternde Fleischmasse hing an der von Adern durchzogenen und verzerrten Wand. Ihre vielen Augen bewegten sich wie treibende Sonnenflecken über ihren knochenlosen Körper. Münder bildeten sich in der fleischigen Masse und klapperten mit missgestalten Zähnen in einer Nachahmung von Sprache. Das Ding hatte die Größe eines Land Raiders.

»Haltet Abstand«, warnte ich die anderen.

Es erkannte mich. Zumindest erkannte es, wozu ich fähig war, denn es begrüßte mich mit einem Impuls aus aufgeblähter, fauler Angst. Es war zu gut genährt, um überhaupt fliehen zu können.

Hexer, sandte es. Seine lautlose Stimme klang kränklich und fettig. *Ich werde dienen. Ja, ja. Ich werde dienen. Zerstöre mich nicht, ich flehe dich an. Nein, nein. Binde mich. Ich werde dienen.*

Ich versuchte abzuschätzen, wozu diese amöbenartige Kreatur in der Lage war. Was für einen Nutzen konnte sie wohl für mich haben? Sie konnte wie alle ihrer Art die Realität verändern, und das vielleicht sogar besser als viele von ihnen. Aber das konnte ich ebenfalls und ich stellte an meine gebundenen Nimmergeborenen hohe Anforderungen. Ich sammelte sie nicht per Zufall wie eine namenlose Armee. Ich bevorzugte es, esoterischeren und weniger gewöhnlichen Exemplaren nachzugehen.

Ich werde dienen, beharrte das Ding.

Mir ist bisher noch kein Dämon begegnet, der sich wünschte, gebunden zu werden, und dies auch tatsächlich wert war. Nur die Schwächsten Eurer Art geben ihre Freiheit auf, um der Zerstörung zu entgehen.

Aber ich werde dienen! Es strengte sich an, seiner bebenden Stimme etwas Vitalität zu verleihen. *Ich werde dienen!*

»Soll ich es erschießen?«, fragte Lheor und blickte zu dem Ding auf. Er war seinen psionischen Versprechungen gegenüber taub.

»Nein, danke.« Ich streckte meine Sinne aus und packte die blubbernden, gallertartigen Ränder des Dings in einem unsichtbaren Griff. Der Dämon bebte erneut. An seiner Vorderseite öffneten sich mehrere Körperöffnungen und erbrachen schwarzen Schlamm als irgendeine Art Verteidigungsmechanismus. Der Schlamm klatschte ein gutes Stück vor uns aufs Deck. Wir waren nicht so töricht, uns direkt vor das Ding zu stellen.

Nein!, gab es ein verzweifeltes, schweineartiges Quieken von sich. *Meister! Ich flehe dich an!*

Ich zog. Das Ding löste sich mit einem ekelerregenden Sauggeräusch von der Wand und hinterließ dort einen blutigen Schmierfleck. Seine gesamte Unterseite war mit sich öffnenden und schließenden Schließmuskeln übersät, die versuchten, irgendetwas zu greifen zu bekommen.

»Hässlicher Bastard«, bemerkte Lheor. Er hatte nicht unrecht.

»Nefertari«, sagte ich. »Dieser gehört dir.«

Sie warf Lheor ein belustigtes Grinsen zu, bevor sie mit einem einzigen Schlag ihrer Flügel in die Luft sprang. Sie hatte gesehen, wie die Kreatur ihre giftige Gallenflüssigkeit erbrochen hatte, und wusste, dass sie vorsichtig sein musste. Ich brauchte sie nicht zu warnen.

Meine Blutwächterin war wie ein schwarzer Speer, der aus meiner Hand schnellte, und schoss mit einem wilden Ruf in die Höhe. Sie war so schnell, dass alles, was ich von ihren Waffen sah, ein rotes Aufblitzen der hervorschnellenden Kristallklingen war.

Sie sprang hoch und schlug zu. So schnell geschah alles. Die aufgeblähte Kreatur fiel mit dem Geräusch reißenden Leders in zwei Teilen zu Boden. Ihr letztes psionisches Kreischen hallte durch meinen Geist, als der halbierte Dämon sich auf dem Deck auflöste und zu einer Lache kränklichen Schleims schmolz.

Nefertaris Flügel erzeugten eine Brise, als sie in der schweren Luft hing wie ein *Walakyr*-Geist über einem Schlachtfeld. Nasse Fäulnis tropfte von ihren Kristallklauen. Ihre schwarze Mähne bewegte sich im sanften Wind ihres Flügelschlags. In diesem Augenblick war sie göttlich, trotz ihrer fremdartigen Kälte. Meine Zuneigung zu ihr war stets am größten, wenn sie für mich tötete.

Wir jagten weiter. Keine zwei Dämonen glichen einander je völlig, noch waren sie durchweg bösartig. Einer nahm die Form eines Robe tragenden Krämers an, dessen Haut bandagiert war und der tief im Innern des Schiffes von Stamm zu Stamm wanderte, um das Leben der tödlich Verwundeten und der unheilbar Kranken zu nehmen. Das Wesen tauchte in den letzten Augenblicken des Lebens eines Besatzungsmitglieds auf und bot an, die letzten, schmerzerfüllten Atemzüge des Opfers einzuatmen und es der Seele zu erlauben, friedvoll in den Warp zu gehen.

Gyre zerstörte diesen Dämon – er nannte sich selbst den Knochensammler – nach einem kurzen Kampf. Er starb einen erstickten Tod mit seiner Kehle zwischen ihren Kiefern. Die Bandagen lösten sich und offenbarten einen vertrockneten Humanoiden mit einem mundlosen Gesicht an jeder Seite seines Kopfes.

Solcherart war das Leben auf der *Tlaloc*.

Und dann war da noch der Gefangene.

Ashur-Kai hatte mehrere der Emperor's Children lebend gefangen genommen, als sie uns am Rand des Sturms geentert hatten, und eine Handvoll von ihnen war noch am Leben – jene, die wir nicht an Nefertari verfüttert hatten, damit sie sich an ihren Qualen nähren konnte. Aber nur einer war ›der Gefangene‹.

Wir hielten ihn isoliert. Er war an Fuß- und Handgelenken mit silberdurchzogenen Ketten an die Wand gefesselt, vor der er zu knien gezwungen war. Vier meiner Rubricae standen an der gegenüberliegenden Wand und hielten ihre Bolter auf seinen Kopf gerichtet. Ich hatte sie mit dem Befehl dort zurückgelassen, das Feuer zu eröffnen, wenn unser Gefangener gegen seine Fesseln ankämpfte oder versuchte, sich mit seinem säurehaltigen Speichel freizuätzen.

Das Erste, das ich von Telemachon fühlte, war der knirschende Schmerz der Krämpfe in seinen Oberschenkelmuskeln. Ein Mensch hätte ob der lähmenden Schmerzen jammernde Tränen geweint; er jedoch begrüßte mich mit einem Grinsen. Das Zweite, das ich fühlte, war Belustigung.

»Endlich«, sagte er mit seiner einschmeichelnden Stimme. »Du kommst, um mit mir zu sprechen. Und du hast ... sie mitgebracht.«

Nefertaris dunkle, schräge Augen funkelten mit einer kalten Heiterkeit, die nicht ihre Lippen erreichte.

»Sei gegrüßt«, sagte sie zu ihm. »Sklavenkind der Göttin, die dürstet.«

Telemachon zeigte weiße Zähne in der geschmolzenen Ruine seines Antlitzes. Er war offensichtlich amüsiert über den Glauben der Eldar, dass der Jüngste Gott tatsächlich eine Göttin war. Seine schönen Augen entfernten sich nicht von der Xenosfrau.

»Mein Engel. Mein lieblicher Engel, du weißt nicht, wovon du sprichst. Du bist dein ganzes Leben vor dem Jüngsten Gott fortgelaufen. Doch er liebt dich, Süßes. Er verehrt dich und alle deiner Art. Ich kann ihn singen hören, jedes Mal, wenn du atmest. Eines Tages, wenn du dein Fleisch zurücklässt, wirst du ihm gehören. Eine Konkubine aus Geist und Schatten und endlich von deiner wahren Liebe aufgenommen.«

Falls Nefertari sich unwohl fühlte, dann zeigte sie es nicht. Unbarmherzig reibungslose Rüstungsgelenke schnurrten leise, als sie sich vor den Gefangenen hockte. Ihre zu weiße Haut passte – zumindest im Farbton – zu der gedehnten weißen Verheerung seiner eigenen. Grauschwarze Flügel zitterten und regten die Luft in der bescheidenen Kammer an.

»Wir waren einst wie du«, sagte sie zu ihm.

»Das bezweifle ich, Liebreizende.«

»Oh doch, das waren wir. Wir waren Sklaven der Sinneseindrücke. Wir kannten keine Lust außer der Dekadenz, die unsere Nerven bis an ihre Grenzen und darüber hinaus malträtierte.« Sie sprach sanft, aber ihre schwache Aura war schwer von Herablassung.

Telemachon schloss die Augen, sog ihren Atem ein, trank jeden ihrer Züge. In ihrer Nähe zu sein war berauschend.

»Lass mich dich anfassen«, sagte er schaudernd. »Lass mich dich nur einmal anfassen.«

»Das würde dir gefallen, nicht wahr?« Sie hob die Spitze einer ihrer Kristallklauen, wie um sie über die Seite seines Gesichts zu ziehen, doch berührte ihn nicht. Die glasige Klauenspitze blieb einen Zentimeter von der gequälten Haut des Gefangenen entfernt. Er kämpfte gegen seine Fesseln an und sehnte sich danach, sich vorzulehnen, damit Nefertari sein Gesicht aufreißen konnte.

»Ich kann deine Seele riechen, Eldar.« Er zitterte jetzt. »Der Jüngste Gott schreit danach, kreischt jenseits des Schleiers.«

Sie lehnte sich näher an ihn heran, nah genug, dass ich ihr Flüstern kaum hören konnte. »Dann lass die Göttin kreischen. Ich bin noch nicht bereit zu sterben.«

»Du trotzt mit deinem Leben seinem Hunger, lieblicher Engel ... Lass mich dich schmecken. Lass mich dich ausbluten. Lass mich dich töten. Bitte. Bitte. *Bitte.*«

Nefertari erhob sich in einer seidenglatten Bewegung und kam zu mir zurück. »Euer Plan wird funktionieren«, sagte sie und warf keinen einzigen Blick mehr zurück zu dem zitternden Telemachon.

Die Miene des Gefangenen zeigte ruckartig wieder Fassung, aber sein vereiteltes Verlangen hing schwer in der Luft. Er hungerte nicht nur nach Nefertari, er sehnte sich nach ihr. Seine unerfüllten Gelüste waren so stark, dass sie in einem Übelkeit erregenden Nimbus von ihm ausstrahlten.

»Welcher Plan?«, fragte er.

Ich hockte mich vor ihn, wie Nefertari es getan hatte, und dieses Mal gab es kein sanftes Rascheln gefiederter Flügel, sondern das Servoknurren uralter Rüstungsgelenke.

»Warst du bei Lupercalios?«, fragte ich ihn.

Er grinste mit den Überresten seines Mundes. »Tausende und Abertausende sind über das Monument hergefallen – Krieger aus meiner Legion, aus deiner, aus allen neun. Sogar Kriegerscharen der Sons of Horus wandten sich gegen ihre eigenen Brüder, als der Zeitpunkt für den letzten Streich kam.«

»Warst du bei Lupercalios?«, fragte ich erneut.

»Das war ich. Und die Ernte war besonders reich, das kann ich dir sagen.«

»Ihr habt Horus' Körper mitgenommen. Sag mir, warum.«

»Das hatte nichts mit mir zu tun. Das waren Lord Fabius und seinesgleichen, die von den Verheißungen des Klonens gesprochen haben. Meine Kriegerschar begibt sich noch nicht einmal in die Nähe ihrer Domäne, und wir teilen ihre Hingabe zu genetischen Pervertierungen nicht.«

So weit stimmte das alles. Ehrlichkeit strahlte von seinem gefühlsgebleichten Gehirn aus. Doch eine Frage war da noch. Die eine, die wirklich zählte.

»Warum hast du meine Streitkräfte auf Terra im Stich gelassen?«

Das Lächeln wurde zu einem feuchten, gurgelnden Lachen. »Diese alte Wunde ist immer noch nicht verheilt, was, ›Bruder‹?«

War sie das? Ich war der Überzeugung, dass sie es war. Mich trieb kein brennendes Verlangen nach Rache, ich wollte einfach nur wissen, warum es geschehen war. Nur das, nichts weiter. Hatten sich die Emperor's Children sogar damals schon dermaßen in ihrem Verlangen nach Sinneseindrücken verloren? Hatten sie die Schlacht beim Palast des Imperators nur geopfert, um ihre krankhaften Gelüste an der schutzlosen Bevölkerung zu stillen?

»Deine Kompanie hatte den Befehl meine zu unterstützen«, sagte ich. »Als du uns ohne Verstärkung zurückließt, verlor ich in der Halle der Himmlischen Einkehr dreiunddreißig Mann an die Waffen der Blood Angels.«

Wieder dieses Grinsen. »Wir hatten andere Ziele. Es gab noch mehr auf Terra als nur den Imperialen Palast, mein lieber Tizcaner. Noch so viel mehr. All das Fleisch, all das Blut. All die Schreie. Sieh nur, wie viele Sklaven die III. Legion mit sich in die Gezeiten des Auges brachte. Unsere Frachträume waren voller Menschenfleisch und unsere Voraussicht hat uns in den Jahren seitdem gute Dienste geleistet.«

Ich sagte nichts.

»Und was spielen diese dreiunddreißig Tode überhaupt für eine Rolle?«, drängte Telemachon weiter. »Sie wären ein paar Jahre später ohnehin Ahrimans Fluch zum Opfer gefallen. Sie waren wandelnde Tote, ob meine Truppen ihnen nun halfen oder nicht. Wenigstens starben sie so kämpfend anstatt durch die schwarze Magie eines Verräters.«

Ich sagte immer noch nichts. Ich sah ihn nicht an, ich sah in ihn hinein.

»Niemand hängt so sehr an der Vergangenheit wie ein Tizcaner.« Den Worten haftete die Resonanz alter Floskeln an.

»Du missverstehst meine Absicht«, sagte ich schließlich. »Ich wollte dir lediglich in die Augen sehen, während ich dir von meinen Brüdern erzählte.«

»Warum?«

»Um das wahre Wesen deines Herzens zu sehen, Telemachon, und dich danach zu beurteilen. Wenn du den Taten deiner Legion tatsächlich reuelos gegenüberstündest, dann hättest du deine Exekution verdient.« Ich hob die Hand, um die Axt auf meinem Rücken anzutippen. »Wenn du ohne Gefühl der Schande in meine Augen geschaut hättest, dann hätte ich dir mit dieser gestohlenen Waffe deinen zermarterten Kopf genommen.«

Sein scharfes Lachen ähnelte eher einem Fauchen. »Töte mich.«

»Hast du vergessen, dass ich die Lügen hinter deinen Augen sehen kann, Sohn des Fulgrim? Ich werde dich nicht exekutieren. Ich werde dich neu erschaffen.«

Wieder dieses geschmolzene Grinsen. »Ich würde eine ehrlich im Kampf verdiente Entstellung der heilenden Berührung eines Hexers vorziehen.«

Ich sah ihn durch die Kunst an, sah nicht Fleisch und Knochen, sondern die vernetzte Kartografie von Nerven und Sinneseindrücken in seinem Geist. Die unsichtbare Berührung des Jüngsten Gottes war nun sichtbar und zeigte sich im neuralen Netz von Gefühlen und Emotionen in seinem Gehirn. Was er genoss. Was er nicht länger genießen konnte. Wie jede Sinneserfahrung direkt mit ihrer eigenen Offenbarung von Lust verbunden war. Wie es ihn vor Verzückung zittern ließ, jemanden vor sich zu haben, der ihm hilflos ausgeliefert war. Wie der letzte Atemzug eines Feindes für ihn der süßeste Geruch war und das Blut seines letzten Herzschlags der köstlichste Wein.

Ich sah, wie die Synapsen in seinem Gehirn zündeten und verstummten, jede von ihnen ein Leuchtfeuer entlang Pfaden, die mir offenbarten, wie sein Verstand funktionierte.

Schließlich schloss ich die Augen. Als ich sie wieder öffnete, schaute ich mit meinem ersten Sinn auf ihn, nicht mit meinem sechsten.

Meine gerüsteten Finger lagen mit trügerischer Sanftheit auf seinem verheerten Gesicht. Er grunzte ob des ersten peitschenden Schmerzes hinter seinen Augen.

»Ich will deine Heilung nicht, Khayon.«

»Ich sagte nicht, dass ich dich heilen werde, Telemachon. Ich sagte, dass ich dich neu erschaffen werde.«

Nefertari hockte neben mir. Sie hatte ihre gefiederten Flügel dicht an ihren Körper gelegt und roch wie die Nacht. Sie wollte in der Nähe sein. Sie wollte spüren, was als Nächstes kam.

Ich schloss die Augen, und mit dem Nervensystem des Gefangenen als Leinwand begann ich, die Kartografie seines Lebens neu zu zeichnen.

Er schrie nicht, das muss ich ihm lassen. Er schrie nicht.

DAS NETZ DER TAUSEND TORE

Den Eleusinischen Schleier zu erreichen bedeutete, die Strahlenden Welten zu durchqueren. Nur ein Narr würde sein Schiff direkt zwischen sie steuern und sich den zerstörerischen Schockwellen des Phänomens aussetzen, das wir den Feuerstrom nannten, doch glücklicherweise gab es noch eine andere Möglichkeit. Wir würden nicht durch diese Region psionischer Flammen segeln. Wir würden sie umgehen. Um dies zu tun, würden wir uns in das Netz der Tausend Tore treiben lassen müssen.

Königreiche fallen. Imperien sterben. Das ist der Lauf der Dinge. Wir sehen die schwindenden Eldar als eine der ältesten Spezies der Galaxis an, doch sie waren nichts weiter als die Sklavenkinder des Ersten Volkes, das wir als die Alten kennen.

Wir wissen beinahe nichts über die Alten. Ihr Blut war kalt, ihre Haut schuppig, und alles, was sonst noch verbleibt, sind Mythen und Mysterien. Ihr Streben, ihr Einfluss und ihre Macht gehen weit über den Verstand jedes noch lebenden Wesens hinaus. Was wir jedoch mit Sicherheit wissen, ist, dass sie, schon Jahrtausende bevor die meisten Spezies überhaupt geboren waren, die Natur des Warp verstanden. Und sie verstanden die Bedrohung, die von ihm ausgeht, besser, als die meisten von uns es selbst jetzt tun.

Wir nennen ihn die Unterwelt und das Meer der Seelen, aber das ist nur ignorante menschliche Poesie, die wir über eine kalte metaphysische Wahrheit legen. Das Empyreum besteht aus Seelen, ebenso wie Texte aus dem Dunklen Zeitalter der Technologie uns sagen, dass Wasser aus drei Atomen besteht: einem Sauerstoffatom und zwei Wasserstoffatomen.

Aetheria, Ektoplasma, das fünfte Element; nennt es, wie Ihr wollt. Wir sprechen von der materiellen Substanz von Seelen. Der Warp ist kein Reich, in das Seelen gehen, um dort zu verweilen. Er ist ein Reich, das komplett aus Seelensubstanz besteht. Seelen existieren nicht im Warp – sie *sind* der Warp.

Die Alten wussten dies. Sie wussten es und sie wuchsen über seine verdammende Berührung hinaus, indem sie eine Methode galaktischen Reisens erschufen, die jegliche Notwendigkeit, durch die Unterwelt zu segeln, umging. Selbst mein Vater, Magnus der Rote, wusste nur wenig darüber, und er nannte es die Labyrinthdimension. Jene von uns, die jetzt von seiner Existenz wissen, inklusive der Eldar, nennen es gemeinhin das Netz der Tausend Tore.

Jenseits der Wirklichkeit und Unwirklichkeit erstreckt sich diese Dimension verborgener Wege durch unsere Galaxis. Auf einem Planeten mag es nichts weiter als ein Portal sein, das von einer Landmasse zur nächsten führt und gerade groß genug ist, dass ein Mensch hindurchgehen kann. Anderswo in der Dunkelheit, in der keine Sterne leuchten, segeln ganze Eldarflotten und Weltenschiffe durch unbekannte Gebiete. Dies ist der Ort, an dem Hunderttausende dem Untergang geweihte Eldar Zuflucht vor der Genesis des Jüngsten Gottes und dem Tod ihres Reiches suchten. Commorragh, die Dunkle Stadt, in der Nefertari geboren wurde, ist der größte Hafen der Xenos in den Tiefen des Netzes, wenngleich es nicht der einzige ist.

Die Zeit und endlose Kriege waren nicht gut zum Netz der Tausend Tore. Dämonen strömten durch ganze Regionen seiner labyrinthartigen Passagen, und was einst ein die Galaxis umspannendes Konstrukt war, das einer unfassbaren Vision entsprang, ist jetzt nur noch die leere Hülle seiner früheren Erhabenheit. So viel von ihm liegt still, kalt und vergessen brach. Der Rest ist von Menschenhand größtenteils kartographisch nicht erfasst, und seine Milliarden Tore werden von menschlichen Sinnen nicht erkannt. Es ist kein Reich für unsere Art.

Wir im Reich des Auges sehen mehr von seinem Vermächtnis als jeder Mensch aus dem Imperium. Es existiert in unserem Reich, ebenso wie die Steinruinen einer vergangenen Zivilisation auf einer primitiven Imperiumswelt noch existieren mögen. Es existieren Zugänge zu diesem zerbrochenen Labyrinth, die sich gerade außer Sicht befinden oder sich am Rande unserer Wahrnehmung zeigen. Auf von Dämonen beherrschten Welten ebenso wie im tiefen Augenraum spüren jene von uns, deren Sinne scharf genug sind, diese Löcher in unserer verzerrten Realität. Manchmal ist es eine Kluft im Weltall – schattenumwoben, von düsterer Majestät und groß genug, um eine ganze Flotte hindurchzulassen –, durch die sich das nebelhafte Bild einer fremdartigen Planetenoberfläche im Nichts zeigt. Andere Portale sind so einfach und klein wie ein Torbogen aus Phantomkristall, der unter der Oberfläche eines Planeten begraben liegt. Die Eingänge und Ausgänge des Netzes der Tausend Tore sind vielfältig.

Wie man es erwarten würde, sind die meisten Pfade des Netzes innerhalb der Grenzen des Großen Auges nutzlos und vom Geburtsschrei des Jüngsten Gottes zerschmettert worden. Ob sie nun noch funktionieren oder ebenfalls zerbrochen sind, jene, die verbleiben, sind überschwemmt mit Nimmergeborenen, die nach einem Weg tiefer in den Realraum suchen und nach dem Blut und den Seelen hungern, die sich an Bord der Eldar-Weltenschiffe befinden. Nur sehr wenige werden als brauchbare Wege durch unser höllisches Reich betrachtet und selbst diese verlorenen Pfade werden nur selten besegelt. Manche sind einfach unnötig – es handelt sich immerhin um die zerfallenden Überreste eines Netzwerkes –, da sie eine Passage von bedeutungslosen Orten zu anderen darstellen, die für uns nicht von Nutzen sind.

Diejenigen, die immer noch reibungslos funktionieren – die wahrhaft nützlichen Pfade –, sind unzweifelhaft einige der wertvollsten Geheimnisse des Auges. Individuen in den Neun Legionen, denen es gelingt, auch nur bruchstückhafte Karten lohnenswerter Netzportale zusammenzustellen, können jeden Preis für ihr Wissen verlangen, und Hunderte von Kriegerscharen sind gewillt, diesen zu zahlen.

Fast ein Jahrhundert zuvor erfuhr ich vom Avernusriss und der Preis für dieses Wissen waren sechs Jahre im Dienst einer Kriegerschar der VIII. Legion, die von einem Krieger namens Dhar'leth Rul angeführt wurde. Meine Dienste hatten immer ihren Preis an Artefakt-Automata des Mechanicums, aber gewisse andere Angebote waren einfach zu wertvoll, um sie verstreichen zu lassen.

Sechs Jahre, in denen ich Dämonen band und Dhar'leths Feinde zerstörte. Sechs Jahre, in denen meine Rubricae brutale Angriffe auf andere Kriegsschiffe führten, und das alles nur, um den Standort eines einzigen zuverlässigen Pfades des Netzes der Tausend Tore zu erfahren.

Das war es wert. Ich wusste jetzt von mehreren Dutzend noch funktionstüchtigen Durchgangsrouten durch das Auge und obwohl ich bezweifelte, dass ich die vollständigste Karte irgendeines Kriegers in den Neun Legionen besaß, war das, was ich besaß, dennoch unfassbar wertvoll.

Die meisten Zugänge zum Netz der Tausend Tore werden nicht durch eine künstliche Markierung oder ein uraltes Tor gekennzeichnet. Wir brachten die *Tlaloc* in einen Bereich des Raums, der sich kein bisschen vom Rest der chaotischen Fluten des Auges zu unterscheiden schien. Sie trieb durch die Chromosphäre eines erkaltenden, sterbenden weißen Sterns. Dort, im Schatten, der vom pulsierenden Kern der Welt geworfen wurde, segelten wir vom Auge nach ... Anderswo.

Schwärze umschloss uns. Der Oculus zeigte nicht das Schwarz des tiefen Weltalls, sondern das Schwarz einen farblosen, sternenlosen Nichts. Als ich meine Sinne über den Rumpf hinaus ausstreckte, spürte ich nur eine leere Unendlichkeit. Das war etwas, das ich nirgends sonst in der Galaxis gespürt hatte. Selbst der tiefe Weltraum surrte vom halb lebendigen Nachhall der Geburt von Sternen und von den leisen Gedanken ferner Sterblicher. Dies war die Antithese des Lebens, der Materie, von allem. Wir segelten gleichermaßen außerhalb von Wirklichkeit und Unwirklichkeit.

Der Antrieb flammte auf und trieb uns durch die absolute Schwärze. Wir fühlten uns ruhig, als bewegten wir uns überhaupt nicht. Die Anamnesis versicherte uns, dass die *Tlaloc* weiter segelte, und da unsere Sinne umnebelt und unsere Instrumente taub waren, war es ihr Wort gegen die Hinweise vor unseren Augen.

Die Brückenmannschaft war unruhig; ihr Gemüt wallte auf und zwischen den Mutanten und Menschen wurde aufgrund unwichtiger Meinungsverschiedenheiten Blut vergossen. Diese Kreaturen waren es gewohnt, in einem Albtraum zu leben, in dem sich Dämonen ohne Warnung auf sie stürzen mochten, doch das zerbrochene Netz der Alten war mehr, als ihre Sinne aushalten konnten. Das absolute Nichts dieses Bereiches war ein Reizentzug von schiffsweitem Ausmaß. Wenn ich schlief, träumte ich nicht von Wölfen. Ich träumte überhaupt nicht, wachte jedes Mal nach ein paar Stunden wieder auf und war nicht ausgeruhter als zuvor.

»War es das letzte Mal, als du hindurchgesegelt bist, auch so?«, fragte Telemachon. Seine wohlgeformte Gesichtsmaske, die von meinen Rüstpriestern repariert worden war, funkelte im fahlen Licht des Kommandodecks wie poliertes Silber. Er hatte die Angewohnheit, seine gerüsteten Hände auf die Knäufe der beiden Schwerter zu legen, die an seinen Hüften in ihren Scheiden steckten. Er trug sie recht tief, beinahe wie ein eitler menschlicher Revolverheld – ein Hang zum Posieren, der keinen von uns überraschte.

Ich starrte weiterhin in die unendliche Schwärze. »Ganz genau so. Dies ist der einzige Bereich des Netzes, den ich je gesehen habe, der vollkommen leer ist.«

»Was ist in den anderen?«

»Der Tod«, antwortete Nefertari neben meinem Thron für mich. »Wesen, die aus anderen Reichen und Realitäten ausgebrochen sind. Wesen, die selbst die Nimmergeborenen fürchten.«

Telemachon, der lässig an den Stufen des Podiums stand, hielt seinen Blick auf den Oculus gerichtet. Seine Stimme klang nachdenklich.

»Ich habe die Strahlenden Welten noch nie gesehen. Sind die Geschichten wahr?«

»Es gibt viele Geschichten«, sagte Nefertari. »Die Wahrheit hängt davon ab, welchen man Glauben schenkt.«

»Wie dumm von mir, auf diesem Schiff eine direkte Antwort zu erwarten.«

Nefertaris Erwiderung war ein leises Lachen. Telemachons Hunger nach ihr war greifbar, eine Aura, die unsichtbar die Luft um ihn herum befleckte. Er stellte sich den salzigen vollen Geschmack ihres Blutes auf seiner Zunge vor, und der Gedanke ließ ihn erschaudern.

»Eldarblut schmeckt nicht nach Salz«, sagte ich zu ihm.

Er knurrte hinter seiner Gesichtsmaske, obwohl die Sanftheit seiner Stimme das Geräusch eher in ein mörderisches Schnurren verwandelte.

»Ich mag es nicht, wenn du meine Gedanken liest«, sagte er zu mir.

»Wie schade. Ich bin sicher, du wirst dich daran gewöhnen.«

Nefertari, die von dem Anblick endloser Schwärze auf dem Sichtschirm weitaus weniger beeindruckt war als wir, lächelte über unsere kleinlichen Zankereien.

»Ich werde mich mit Ugrivian duellieren«, verkündete sie und verließ das Podium. Telemachon sah ihr hinterher und Gyre beobachtete ihrerseits Telemachon.

Ich will sie, tauchte der Wunsch des Schwertkämpfers auf, so deutlich, als hätte er ihn laut ausgesprochen. Er sandte die Worte nicht an mich, aber sein mörderisches Verlangen war stark genug, dass ich nicht umhin konnte, seine Gedanken zu fühlen.

Gyre hörte sie ebenfalls. Das Knurren meiner Wölfin war ein wahrhaftiges, tieferes Knurren als jenes, das die Kehle des Schwertkämpfers verlassen hatte.

Telemachon wandte den Helm in Richtung der Dämonin und starrte sie mit silbergesichtiger Ruhe an.

»Still, Hund. Niemand fragt nach deiner Meinung.«

Ein Mitglied der Brückenmannschaft, ein bestialischer Mutant aus den Klanherden von Sortiarius, kam mit den erforderlichen drei Verbeugungen auf mich zu. Der Kopf des Sklaven war ein Ding lang gestreckter, pferdeähnlicher Ziegenartigkeit und nicht für artikulierte Sprache gemacht. Aufgrund seiner heraushängenden, getupften Zunge und der Form seines Kiefers konnte er sein Missfallen nicht durch menschliche Mimik zum Ausdruck bringen. Stattdessen gab er es als grunzendes Bellen von sich und schüttelte sich den Speichel von seinem ausgedehnten Maul.

»Lord Khayon.« Die Worte verließen sein wildes Gesicht als etwas zwischen dem Meckern einer Ziege und dem Knurren eines Bären. Ein klebriger Stalaktit aus Speichel seilte sich von seinem Kinn ab und klatschte auf das Deck.

Ich gab ihm mit einem Wink meine Erlaubnis. »Sprich.«

»Wie lang im Dunkeln?« Seine Stimme war ein Knurren, das durch krumme, speichelfeuchte Zähne ging.

Ich lehnte mich vor und warf einen kurzen Blick auf die Plattform, wo die übliche Versammlung von abgerissenen Menschen, Servitors und Tiermutanten sich über die Abtasterkonsolen beugte. Sie beobachteten uns beide mit unüblicher Konzentration. Die stille, endlose Schwärze beunruhigte sie. Ich spürte ihr Unbehagen, welches noch nicht ganz stark genug war, um Furcht zu sein.

»Vertraue der Anamnesis, Tzah'q.«

Der Mutant senkte unterwürfig den gehörnten Kopf. Er trug eine Rüstung aus Armaplastplatten über einem primitiven Kettenhemd. Es war ein Sammelsurium aus der Ausrüstung eines Offiziers der Imperialen Armee und abgenutzter Eisenzeitrüstung, die von unserer Sklavenkaste zu Stammeskämpfen in den Tiefen des Schiffs getragen wurde. Der Mutant trug keine Seitenwaffe, wie es ein Flottenoffizier tun würde; stattdessen hatte er sich ein mitgenommenes Lasergewehr mit einem Zielscheinwerfer über die Schulter geworfen. Mehr als nur ein Brückenknecht hatte im Laufe der Jahrzehnte den Kolben dieses Gewehrs im Gesicht zu spüren bekommen. Tzah'q war ein effektiver Vollstrecker und ein erfahrener Aufseher. Das graue Fell in seinem Gesicht und auf seinen Klauenhänden wurde Jahr für Jahr weißer. Er machte sich genauso viele Gedanken wie die anderen, aber auf seinem Gesicht zeigte sich kein Anzeichen seiner Furcht. Tierische Augen starrten den Rest der Mannschaft mit der gleichen triebhaften Herausforderung an wie immer. *Mein verlässlicher Aufseher.*

»Vertraue in Königin der Geister. Hngh. Eine wahre Wahrheit.«

Die Königin der Geister. Die Tiermutantenherden hegten sehr unterhaltsame Glaubensvorstellungen. Ihrer Art war es verboten, Fuß in den Kern zu setzen, und für sie war die Anamnesis die Göttin des Schiffs, der man immer gehorchen und die man durch Anbetung besänftigen musste. Wenn sie in den Gruben kämpften, opferten sie ihr die Herzen ihrer Feinde. In Nächten, die ihren Stammesritualen gewidmet waren, opferten sie ihr manchmal auch ihre Jungen.

»Vertraue ihr«, wiederholte ich.

»Vertrauen, ja, aber ...«

Gyre knurrte ob seines Ungehorsams. Tzah'q bleckte ebenfalls die Zähne.

Hört auf damit, alle beide.

Tzah'q verbeugte sich der Tradition gemäß dreimal und wandte sich ab. Mehrere der anderen Mannschaftsmitglieder warfen uns verstohlene Blicke zu. Ich räusperte mich, um die Aufmerksamkeit der Mutanten zu erregen.

»Warum spüre ich dieses ... Unbehagen ... in deinen Gedanken, Graupelz?«

Tzah'q zuckte zusammen, als wäre er geschlagen worden. »Ich weiß nicht, Lord Khayon.«

»Komm her.«

Er kam zu mir zurück. Seine eisenbeschlagenen Hufe schepperten auf dem Deck. »Euer Wunsch, Lord Khayon?«

»Sieh mich an, Tzah'q.«

Es wandten sich jetzt weitere Köpfe in unsere Richtung und beißender Hunger würzte ihre Gedanken. Interessant, interessant.

Nur wenige Sklaven stellten jemals direkten Blickkontakt mit Ashur-Kai oder mir her, und Tzah'q machte da trotz seiner Stellung über den anderen keine Ausnahme. Der Mutant hob seinen monströsen Kopf und sah mich verhalten mit seinen knollenförmigen schwarzen Augen an, von denen eines hinter der Plasteklinse eines Zielerfassungsmonokels verborgen war. Seine messerscharfen Hörner von schmutziger Elfenbeinfärbung verliehen ihm ausreichend Körpergröße, um ebenso groß zu sein wie ich, hätte ich nicht auf meinem Thron gesessen.

Dort. Die Quelle seiner jüngsten Unruhe: ein faseriger weißer Fleck, der sich gerade auf der schwarzen Kugel seines rechten Auges zu bilden begann. Der Anfang eines Katarakts.

»Deine Sicht schwindet mit dem Alter, Tzah'q, nicht wahr?«

Er bleckte seine Grabsteinzähne mit einem instinktiven Knurren, nicht mir, sondern dem Rest des Kommandodecks gegenüber. Eine Welle höhnischer Brutalität ging von den am nächsten stehenden Mutanten aus. Einige zeigten selbst amüsiert knurrend ihre Zähne.

Kümmert euch um eure Pflichten, sandte ich in den Geist jedes lebenden Wesens auf der Brücke. Der psionische Zwang überlud den begrenzten Verstand mehrerer Servitors, die entweder nur schlaff dastanden oder krumm in ihren Dienstwiegen saßen und wortlos stöhnten, da sie die Fürsorge eines Techadepten benötigten. Ich würde schon bald eine neue Standpredigt von Ashur-Kai über meine achtlose Anwendung von Macht erhalten.

Tzah'q wandte sich wieder mir zu. In seinen Gedanken flackerten Bilder von blutendem Fell und Messern in der Dunkelheit auf. Ich hatte ihn mit meinen Worten beschämt und seine Schwäche vor vielen der Kreaturen ausgesprochen, gegen die er in den Gruben der Stammeskrieger kämpfen würde. In Anbetracht der Anzahl seiner Verwandten, die im Laufe der Jahre die Prügel des Aufsehers hatten ertragen müssen, würden viele nach dieser öffentlichen Bloßstellung zurückschlagen.

Er schnappte seine Tierkiefer herausfordernd zusammen, achtete jedoch vorsichtig darauf, seinen Zorn nicht gegen mich zu richten. Sortiarius brachte loyale, schlaue Sklaven hervor.

Ich befahl ihm zu knien. Seine mit den Gelenken nach hinten gerichteten Beine machten die Aufgabe zu einer Herausforderung und seine alten Knochen halfen auch nicht. So nah bei ihm waren die Hunderte Narben deutlicher zu sehen, die sein Fell durchzogen, wo sein Haar in einem lichteren Farbton zurückwuchs. Er trug Wunden an den Unterarmen, dem Bizeps, der Brust, dem Hals, dem Gesicht, den Händen ... allesamt vorne. Tzah'q stellte sich stets seinen Feinden. Es war eine primitive Art von Mut, die Lheor mit Sicherheit bewundert hätte.

Wunden zu verschließen und zu balsamieren erfordert keine Mühe. Man ermutigt den Körper einfach, seine natürliche Funktionen durchzuführen – Krusten bilden sich, Narben verheilen und so weiter. Doch die Erosion der Zeit von Fleisch und Blut und Knochen rückgängig zu machen? Das erfordert mehr Können in der Kunst, als viele jemals meistern werden.

Die Juvenor-Behandlungen des Imperiums kombinieren Chemiewissen und chirurgisches Können, doch sie kommen dennoch nicht an die Höhen der Kunst heran. Sie ahmen nur ihre niederen Wirkungen nach. Ärzte und Haematoren erschaffen durch geklontes Fleisch und synthetisierte Haut, oder indem sie das Blut des Patienten extrahieren und dessen Beschaffenheit durch Techniken der Auffrischung und Anreicherung verändern, eine simple genetische Täuschung.

Nur der Warp erlaubt es einem, das Fleisch selbst neu zu formen. Doch man muss ihm vertrauen, wenn man ihn erst mal in den Blutstrom gehaucht hat. Seine mutagene Berührung ist nicht immer so wohlwollend, wie man es sich erhofft. Wie ich schon zuvor sagte, im Großen Auge tragen wir alle unsere Sünden auf unserer Haut.

Die Fingerspitzen meiner Rüstung berührten leicht Tzah'qs Stirn. Ich musste ihn nicht berühren, aber die Sklavenkaste erforderte eine gewisse Theatralik. Und wie bei jeder Zurschaustellung von Autorität liegt der Trick darin, die Machtausübung gegenüber jenen, die dienen, als mühelos darzustellen.

»Erhebe dich«, sagte ich einen Augenblick später und löste meine Berührung. »Erhebe dich und kehre zu deinen Pflichten zurück.«

Er öffnete seine Knollenaugen. Sie waren beide schwarz, beide ein sauberes, klares Schwarz. Ein Ziegenohr zuckte. Er blökte leise – wie das Tier, das einen Großteil seines genetischen Kerns ausmachte.

»Dankbar, Lord Khayon.«

»Ich weiß. Geh.«

Er war viel zu nützlich, um ihn in einem Wettkampf seines Stammes zu verlieren. Die Mutanten seiner Sippe fühlten sich bedroht von seiner plötzlichen Lebenskraft und der Aura meiner Gunst, und so wichen sie vor ihm zurück oder beugten sich tief über ihre Konsolen. Sogar sein Fell wirkte kräftiger und die weißen Flecken hatten sich zu einem Grau verdunkelt. Eines der größeren und stärkeren Männchen riskierte einen bellenden Schrei ob Tzah'qs Rückkehr und wurde mit einem Gewehrkolben gegen die Wange belohnt. Es senkte unterwürfig die Hörner und wandte sein blutiges Gesicht wieder seinen Pflichten zu. Eine Herausforderung, die bis zu einer anderen Nacht warten würde.

»Erwecke die Voxverbindung zum dritten Besatzungsbereich.«

»Erwecke«, sagte die Anamnesis über die brückenweiten Voxsprecher. Als sie ihre Stimme hörten, berührten mehrere der Tiermutanten auf rituelle Weise Talismane aus Knochen und getrockneter Haut, welche an Kordeln um ihre behaarten Hälse hingen.

»Erfolglos«, sagte sie. »Erfolglos. Erfolglos. Gescheitert.«

Keine Antwort von Falkus und seinen Brüdern. Natürlich.

Ich lehnte mich auf dem Thron aus rotem Eisen und ausgestalteten Knochen zurück und sah auf das endlose Nichts, das der Oculus anzeigte. Zu meinen Füßen knurrte Gyre leise. Ihre weißen Augen sahen zu, während ich über die abgeschaltete Klinge meiner Psiaxt strich.

Woran denkst du, Gyre?

Kein Nimmergeborener ist je ungeschoren von den Strahlenden Welten zurückgekehrt.

Ihre Worte ließen mich lächeln. *Wir werden an ihnen vorbeisegeln. Du hast mein Wort.*

Ihr perlmuttfarbener Blick wanderte von der Axt zu der kobaltblauen Rüstung, die ich trug. *Euer Seelenfeuer brennt heller, Meister. Ich sehe die Axt in Euren Händen schmelzen und Eure Rüstung zu Schwarz versengen.*

Ich ließ meinen behandschuhten Daumen über Saerns Schneide fahren. Das glatte Schaben beruhigte mich. Damals hielt ich ihre Worte für nichts weiter als die unmenschliche Wechselhaftigkeit dessen, wie sie die Welt um sich wahrnahm. Sie war nicht imstande, weltliche Details zu erkennen, sondern blickte stets mit den verzerrten Sinnen eines Dämons auf die Schöpfung, sah in allen Dingen Bedeutung, ob sie dies nun verdienten oder nicht.

Sie sah mich immer noch an.

Euer Seelenfeuer wird schon bald hell genug brennen, um die Nimmergeborenen in die Knie zu zwingen.

Du hörst dich an wie Tokugra.

Meine Wölfin schnappte ob meines stichelnden Spöttelns mit ihren Kiefern. *Lacht, so viel Ihr wollt, Meister. Aber ich sehe Euch in versengter Rüstung und auf den Knien vor einem anderen.*

»Ich habe mit dem Niederknien abgeschlossen.« Ich sprach die Worte laut aus, spürte, wie sie über meine Lippen schlüpften, und bereute den Lapsus, als sich überall auf dem Deck tierhafte Köpfe zu mir drehten. *Der Imperator ist tot und mein Vater ist verdammt. Ich werde nie wieder knien.*

So trotzig. So sicher. So ignorant. Das ist der Stolz jener, die nichts mehr haben, für das es sich zu kämpfen lohnt.

Als wir aus dem Nichts des Avernusrisses auftauchten, segelten wir direkt in einen Himmel voller Feuer. Im einen Augenblick herrschte Stille und leere Schwärze, im nächsten glitten wir durch den Augenraum, während die Leere vor goldenem Licht loderte. Eine grelle Helligkeit brannte sich in einem Schleier des Schmerzes über meine Netzhaut. Mutanten und Menschen wichen gleichermaßen vor dem plötzlichen, beißenden Licht zurück. Wir waren aus dem Netz der Tausend Tore zurück in eine Region des Auges gestürzt, die vom Astronomican des Imperators versengt wurde.

»Schließt den Oculus!«, rief Ashur-Kai von seiner Observationsplattform herab. Mehrschichtige Panzerplatten schlossen sich über dem Sichtschirm, bevor irgendein Besatzungsmitglied gehorchen konnte.

»Oculus versiegelt«, sagte die Anamnesis über das Brückenvox. Mehrere Sekunden lang erhielten wir eine Atempause, bevor das Schiff unter uns einen Satz machte, der heftig genug war, um die Hälfte der Strategiumsbesatzung aufs Deck zu werfen. Lheor stürzte die Stufen des zentralen Podiums hinunter, krachte in eine Gruppe hilfloser Servitors und brach den Sklaven die Götter wissen wie viele Knochen. Telemachon hatte seine beiden Klingen gezogen und hielt sein Gleichgewicht, indem er sie als Halt in den Boden gerammt hatte und sich an ihnen festklammerte.

Der Feuerstrom?, kam Ashur-Kais Impuls, als er vom Deck aufstand.

»Kollision«, stieß die Anamnesis knisternd über eine verzerrte Voxübertragung hervor. »Rumpftemperatur steigt.«

Schilde!, sandte ich ihr und jedem auf dem Kommandodeck. *Schilde!*

»Deflektorschilde sind somnolent. Rumpftemperatur steigt.«

Ein weiterer brutaler Stoß ging durch die *Tlaloc* und warf noch mehr von uns in einer Flut aus Ceramit und Fleisch auf das Plaststahldeck. Donner hallte durch das Schiff.

»Kollision«, sagte die Anamnesis erneut, immer noch vollkommen ruhig. »Rumpftemperatur steigt.«

Das Schiff begann zu schlingern und ließ Körper über das Deck rutschen, während die Schwerkraftstabilisatoren sich mitzuhalten bemühten. Die *Tlaloc* stöhnte im unwillkommenen Singsang überstrapazierter Metallknochen.

Das Astronomican zerreißt uns! Ashur-Kais Gedankenimpuls war verzweifelter, als ich ihn je gehört hatte.

Das kann nicht sein. Wir sind jenseits des Feuerstroms.

Ich erstreckte meine Sinne außerhalb des Schiffs, warf sie aus wie ein Netz. Es schmerzte, denn meinen Geist in das psionische Feuer zu stürzen war nichts anderes, als die eigene Hand in kochendes Wasser zu stecken. Jenseits des kreischenden Gesangs des Ewigen Chors, der in meinem Schädel widerhallte, war ein düsteres Bewusstsein, gewaltig und unmenschlich, das in Wahnsinn und Schmerzen und Panik ertrank. Es klammerte sich an die *Tlaloc* und hielt sich an uns fest, während es vom Licht des Imperators aufgelöst wurde. Qualen strömten aus einem Geist, der in flüssigen Schmerzen ertrank.

DAS LICHT DAS FEUER DAS BRENNEN DAS FEUER DAS LICHT BLIND DAS BRENNEN

Das Schiff bebte erneut und noch mehr Mannschaftsmitglieder stürzten aufs Deck. Ein Alarm heulte auf der Brücke auf, während hololithische Schadensberichte über meine Retinalanzeige liefen. Es war jetzt nicht mehr nur eine Belastung des Rumpfs – ganze Sektionen der spinalwärtigen Aufbauten waren abgerissen. Was auch immer dort draußen war, es brach der *Tlaloc* das Rückgrat.

Irgendetwas hat uns in seinem Griff, sandte ich an die Anamnesis. *Vernichte es.*

An diesem Punkt brüllte das Ding. Während sein Griff das Schiff zum Beben gebracht hatte, ließ sein Brüllen ein Zittern durch jeden Knochen der *Tlaloc* fahren. Auf den unteren Decks, wo der Schrei der Kreatur am lautesten war, platzten der Mannschaft die Trommelfelle.

Ein vertrautes Beben grub sich in das Zittern, als die Anamnesis zu beiden Seiten des Rumpfes eine Breitseite abfeuerte. Ganze Waffendecks spien ihren Zorn in die goldene Leere. Neuer Schmerz mischte sich in die stummen Schreie der Kreatur und ihr drachenartiges Brüllen erklang erneut, laut genug, um mehrere Konsolenmonitore zerspringen zu lassen.

»Rumpftemperatur steigt«, sagte die Anamnesis mit irritierender Ruhe.

Vernichte es, Itzara!

»Zweite Kanonade wird bereits vorbereitet. Feuere jetzt.«

Auf dem Oculus entstand das Bild von brennendem, sich zersetzendem Fleisch, das sich in einer lebenden Hülle um die Wehraufbauten schlang. Rosafarbene Haut schmolz in goldenem Feuer und Millionen von Löchern öffneten sich wie Gruben aus sich streckendem Schlamm, als das Feuer es bei lebendigem Leibe verschlang.

Selbst durch das Beben des auseinanderbrechenden Schiffes bekam ich eine bessere Vorstellung von der Kreatur. Sie war irgendetwas Gewaltiges, ein Dämonendrache oder eine Schlange der Leere, die sich in wildem Wahnsinn am Rumpf festhielt, uns umklammerte und erdrückte, während sie im Licht des Astronomicans starb. Zweifellos war sie in Richtung des Netzes der Tausend Tore geflohen und hatte die *Tlaloc* getroffen, als diese gerade wieder im Augenraum auftauchte. In ihrer Todespanik hatte sie uns als ihre Errettung umschlungen.

Ich griff erneut nach ihrem Geist …

DAS LICHT DAS FEUER DAS LICHT

… und drängte gegen ihr Bewusstsein, brach durch ihre umherwirbelnden Gedanken in ihr zerrüttetes Gehirn. Das Licht des Astronomicans, welches für menschliches Fleisch und kaltes Eisen harmlos war, äscherte den Nimmergeborenen ein. Es war beinahe zu einfach …

DAS LICHT DER SCHMERZ DAS FEUER

… den sterbenden Geist zu zerbrechen. Es war nicht anders, als ein verwundetes Tier notzuschlachten. Niemand hätte es besiegen können, wenn es unverwundet gewesen wäre, doch von den Geschützen der *Tlaloc* verheert und schmelzend im psionischen Feuer … Ich hielt den Verstand des Wesens in meinen Händen und noch während es bereits im Sterben lag, *zerquetschte ich es.*

Es zerplatzte über den zerschmetterten Aufbauten der *Tlaloc* und übergoss das Schiff mit zischenden Brocken aus Eingeweiden, die sich immer noch in der golden getünchten Leere zersetzten. Ein letztes Beben ging durch die *Tlaloc*. Dann war alles ruhig.

Die plötzliche Stille war beinahe ohrenbetäubend. Langsam richtete sich das Schiff wieder. Die Besatzung kam wieder auf die Beine. Es dauerte mehrere Sekunden, bis das allgegenwärtige Dröhnen des Antriebs wieder an meine Sinne drang.

Allein Telemachon hatte sein Gleichgewicht nicht verloren. Er machte keine Anstalten, mir hochzuhelfen. Stattdessen steckte er seine Schwerter weg und wandte seinen seligen Blick auf den sich öffnenden Oculus. Draußen in der goldenen, nebligen Leere schien alles ruhig zu sein. Wir waren bei den Strahlenden Welten ausgekommen, jenseits des Feuerstroms, wo das Astronomican am stärksten und hellsten brannte.

Ich atmete in der Stille auf. Gyre kam wieder an meine Seite – sie hatte sich während der Kollision sicher in den Schatten versteckt.

Meister, sandte sie.

Meine Wölfin.

»Anamnesis, Schadensbericht.«

»Umfangreich«, reagierte die Anamnesis umgehend. *»Kompiliere.«* *An mehreren Konsolen begannen automatisierte Tintengriffel* kratzig die Verletzungen der *Tlaloc* im Detail auf reihenweise schmutziges Pergament zu schreiben. Hier war der Maschinengeist am Werk. Lheor, der mehrere Sklaven an der Auspexkonsole überwachte, begann, das ausgedruckte Wissen zu studieren. Ich hegte keine Zweifel, dass gleichzeitig ein schneller aktualisierter Informationsstrom über seine Augenlinsen lief, doch er war ein Mann, der sich nach Schlichtheit sehnte.

Männer, Frauen und Mutanten schlurften wieder an ihre Posten. Telemachon sah über meine Schulter an mir vorbei.

»Khayon«, sagte er ruhig und zeigte mit einer Hand. »Ist das einer von deinen?«

Ich schaute seinem Finger hinterher. Dort saß in gelassener Pracht der Geist eines ermordeten Gottes auf meinem Thron.

Das Gesicht des Gottes wurde von einer Maske aus funkelndem Gold bedeckt, deren Züge zu einem Totenkopfgrinsen schreiender Qual verzerrt waren. Der Ausdruck – die Augen aufgerissen, der Mund klaffend, selbst die Zähne in detailliertem Gold ausgearbeitet – war der des Todesschreis eines Mannes, der in heiligem Metall verewigt worden war. Klingenförmige Sonnenstrahlen ragten vom Rand des Metallgesichts hervor und bildeten eine Mähne goldener Messer.

Der Rest seiner Manifestation stand im Kontrast zu dem düsteren Gepränge seines heiligen Helms. Er war dünn, leichenhaft dünn, und trug eine einfache Toga in kaiserlichem Weiß. Seine Haut war weder bleich noch dunkel – sie schien eine karamellfarbene Mischung aus beidem zu sein, möglicherweise aufgrund einer genetischen Veranlagung, möglicherweise durch das Licht einer Sonne gefärbt.

Ich hatte Schnitzarbeiten auf Höhlenwänden gesehen, die sein Antlitz darstellten, dahingeschmiert von Männern und Frauen, die auf die Ankunft des Imperators warteten. Der Herr der Menschheit in seiner skeletthaften, rituellen Form des Sonnengottes, des Sol-Priesters.

»Menschen aus Fleisch und Blut und Knochen, die dort segeln, wo Feuer und Wahnsinn einander begegnen.«

Als er sprach, lag Herablassung in seinen Worten und loderte unter seiner Vornehmheit. Doch trotz all ihrer Kraft war es doch eine zögerliche Stimme. Hier war eine Kreatur, die das Sprechen nicht gewohnt war und die von den Nuancen dieses Aktes verwirrt wurde. Der Geist betrachtete uns, und sein Blick fiel als Letztes auf mich. »Ein Makel liegt auf deiner Seele. Ein Schandfleck, der ein Leben als Wölfin vortäuscht.«

»Sie ist eine Wölfin«, erwiderte ich. »Und sie ist kein Schandfleck.«

»Ich werde ihre Berührung entfernen, solltest du es wünschen.« Gyre fletschte gegenüber dem spindeldürren Wiedergänger die Zähne und schnappte einmal mit den Kiefern. *Geist. Berühre mich und stirb.*

Das Ding sprach erneut in seinem unangenehm unmenschlichen Tonfall. »Ein Parasit, der in das Fleisch eines Tiers gekleidet ist und sich an den Schatten deiner Seele säugt. Schandfleck. Makel. Sakrileg.«

Gyre warf den Kopf in den Nacken und heulte auf, rief eine Herausforderung zwischen den beiden Geistwesen. Ich fuhr mit meinen Fingern durch ihr dunkles Fell.

Halte dich von ihm fern.

Ja, Meister.

»Und du, Geist, wirst meine Wölfin nicht anrühren.«

Der gespenstische Priester streckte seine knochendürren Finger aus und deutete auf die anderen, die sich um meinen Thron versammelten. »So sei es. Warum seid ihr hier, Menschen aus Fleisch und Blut und Knochen?«

»Weil wir uns dazu entschieden haben«, antwortete ich.

Hinter uns war Tzah'q einer von mehreren Mutanten, die in Richtung der thronenden Gestalt knurrten und meckerten. Eine Schar von ihnen schrie vor Schmerzen auf, während sie Verteidigungspositionen einnahm. Was auch immer dieses Ding war, seine Gegenwart fügte ihnen Leid zu.

Nicht schießen, sandte ich, wobei ich mir, um ehrlich zu sein, nicht sicher war, ob sie gehorchen würden.

»Nenne deinen Namen«, sagte Telemachon. Seine Schwerter blieben in ihren Scheiden, als er sich an das Ding auf meinem Thron richtete. Die Frage ließ es erneut zögern. Es schien sich mit jeder Frage, die wir stellten, abzumühen, als sprächen wir eine unvertraute Sprache.

»Ich bin das, was vom Gesang der Erlösung noch übrig ist.« Der Geist atmete, was unter inkarnierten Kreaturen eine seltene und falsche Geste des Lebens war. In jedem Einatmen hörte ich das Brüllen weit entfernter Flammen. In jedem Ausatmen klang das dumpfe Geräusch ferner Schreie mit.

»Verschwinde von unserem Schiff«, sagte Lheor, »wer auch

immer du bist.« Sein schwerer Bolter befand sich in seiner Rüstkammer, aber er hielt seine Axt in den Händen.

Der Sol-Priester verschränkte seine dünnen Finger auf seinem Schoß. »Einst wart Ihr Sein Wille, in Eisen und Fleisch gefasst, hinausgeschickt, um die Galaxis gefügig zu machen. Ich bin Sein Wille, in stilles Licht gefasst, hinausgeschickt, um eine Milliarde Schiffe nach Hause zu leiten. Ich bin das, was vom Imperator noch übrig ist, jetzt, da Sein Körper tot ist und Sein Geist im Sterben liegt. Es ist ein Tod, der eine Ewigkeit dauern mag, aber er wird kommen. Und dann werde ich mit Seinem letzten Gedanken ebenfalls verstummen.«

Ich konnte jetzt die Schmerzen fühlen, welche die Mutanten und die menschliche Besatzung erlitten. Die Nähe des Sol-Priesters ließ meine Nebenhöhlen pochen. Ich spürte, wie meine Nase zu bluten begann.

»Du bist das Astronomican«, sagte ich.

Die goldene Maske neigte sich zu einem Nicken. »Ich starre in die Ewigkeit und sehe den Tanz von Dämonen. Ich singe immerdar in die endlose Nacht und füge meine Melodie dem Großen Spiel hinzu. Ich bin Imperius, der Avatar des Astronomicans. Ich bin gekommen, um euch zu bitten, umzukehren.«

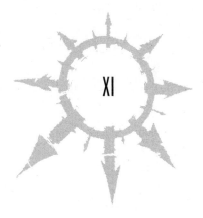

XI

ASTRONOMICAN

Jeder Reisende in der Leere kennt das Astronomican, den sogenannten Hoffnungsstrahl. Es ist das psionische Licht, mit dessen Hilfe Millionen von Navigatormutanten aus gengeschmiedeten Blutlinien ihre Schiffe durch den turbulenten Warp führen. Ohne das Astronomican gäbe es kein Imperium.

Weniger allgemein bekannt ist sein Ursprung. Im Großen und Ganzen glaubt das Imperium, dass dieses Leuchtfeuer vom Imperator selbst stammt, doch Er dirigiert diese Macht lediglich. Er erschafft sie nicht. Unterhalb des Imperialen Palasts, wo jeden Tag eintausend Seelen an die zermahlende Maschinerie der Lebenserhaltungseinrichtung des Imperators gekettet und geopfert werden, wird das Astronomican durch die Hölle jenseits der Realität projiziert – ein psionischer Schrei, der durch die Nacht hallt und der Menschheit ein Licht gibt, an dem sie sich orientieren kann.

Wir sehen dieses Licht. Jene von uns im Reich des Auges können es tatsächlich sehen. Das Astronomican erreicht selbst unser Fegefeuer-Exil, und für uns ist es nicht einfach nur ein mystisches Strahlen, das den Warp erleuchtet. Es ist Schmerzen, es ist Feuer und es stürzt ganze Planeten der Nimmergeborenen in den Krieg.

Es wäre ein Fehler anzunehmen, dass hier die Macht des Imperators gegen die Streitkräfte der Vier Götter ankämpft. Es ist nicht die Ordnung gegen das Chaos, noch ist es etwas so Primitives wie ›gut‹ gegen ›böse‹. Es ist alles psionische Energie, die in explosiver Pein aufeinandertrifft.

Die meisten der Strahlenden Welten sind unbewohnbar, verloren im tödlichen Aufeinanderprallen gegensätzlicher psionischer Energien. Armeen von Feuerengeln und aus Flammen entstandener Projektionen führen Krieg gegen alles, was sich ihnen in den Weg stellt. Wir nennen diese Region den Feuerstrom. Was den Avernusriss so wertvoll machte, war sein Weg, nicht sein Ziel. Er führte durch die Systeme, aus denen der Feuerstrom jegliches Leben bleichte, und in die ruhigeren Strahlenden Welten jenseits von ihnen. Dies sind die Sternensysteme, die in psionisches Licht gebadet sind, ohne von ihm verbrannt zu werden.

Ganze Jahrhunderte vergehen, ohne dass auch nur ein einziges Schiff durch diese Region segelt, denn sie hat für uns nur wenig zu bieten, abgesehen von einer weiteren Instanz von Seelenenergien, die sich auf Arten manifestieren, die Sterbliche kaum kontrollieren können. Zu mehr als nur einer Gelegenheit hat das Mechanicum versucht, an arkane Fleischmaschinerie gebundene Nimmergeborene zu benutzen, um die Strahlenden Welten in einer sich stetig verändernden und weiterentwickelnden Darstellung zu kartografieren.

Die Kreatur, die sich selbst Imperius nannte, war eine weitere Facette der Macht des Astronomicans. Sie war ein unbewusstes Anschwellen psionischer Macht, die sich nicht als Licht oder Flammen oder rachsüchtiger Engel manifestierte, sondern als ein Heiliger, der sich auf einer Pilgerfahrt befand. Ein Ghoul, der aus den rastlosen Träumen des Imperators entstanden war. Ich gebe zu, dass mich seine Sanftmut entnervte. Ich hatte Zorn und Flammen erwartet, nicht dieses seltsame Echo von Menschlichkeit.

»Warum seid ihr gekommen?«, fragte die Kreatur. »Warum segelt ihr in den Winden des Imperators Chor? Hier gibt es nichts für euch. Eure Seelen nähren sich an Eroberung und Blutdurst. In diesen Gefilden gibt es nichts zu erobern. Hier gibt es nichts, das bluten kann.«

Überall im Strategium wichen die Mutanten und die menschliche Besatzung immer noch zurück, kauerten und wimmerten infolge der Worte des Avatars. Tzah'q stand mit mehreren seiner Brückenoffiziere in einer Gruppe, die ihre antiquierten Lasergewehre auf den Geist auf meinem Thron gerichtet hielten. Ich sah Blut aus seinen Ohren laufen. Er schnaufte aus seiner Tierschnauze blutigen Schleim aufs Deck, wenngleich sich sein Gewehr dabei nicht senkte.

Ein Blick durch Tzah'qs Sinne offenbarte den Ursprung seiner Wunden. Er sah eine unwirkliche Aura aus wogendem Licht, vergleichbar mit der Art, wie Sonnenlicht von der Oberfläche eines Ozeans reflektiert wird. Anstatt der Stimme des Sol-Priesters hörte er die Schreie geopferter Psioniker, die an die Seelenmaschine des Imperators verfüttert wurden.

Ich werde mich um diese Kreatur kümmern, sandte ich einen Impuls an den Aufseher. *Haltet eure Position.*

»Du schadest meiner Besatzung«, sagte ich zu dem Sol-Priester. »Diese Sterblichen verstehen deine Worte nicht und deine Macht verletzt sie.«

»Ich bin als die Stimme gekommen, nicht als der Kriegsherr. Schaden ist nicht meine Absicht.«

Er trug keine Waffen und ich spürte keinen Hass in seinem Geist. Er empfand für uns nichts als gefühlloses Interesse. Wir waren für ihn Kuriositäten, nur ein Flickern substanzloser Lebenskraft. Seine goldene Maske bewegte sich langsam von einer Seite zur anderen und betrachtete jeden von uns, bevor er erneut sprach.

»Was bringt euch in das Licht des Imperators hier an den Gestaden der Hölle?«

»Eine Prophezeiung«, sagte Lheor.

»Loyalität«, korrigierte ich ihn.

Imperius strich mit den Fingern über die Armlehnen meines

Throns und beobachtete uns mit seinem gequälten Metallgesicht. Die Stimme des Wesens wurde leise und andächtig.

»Es ist an mir, euch zu bitten, umzukehren, und so bitte ich euch erneut.«

Wir sahen einander an, wir Krieger aus einer Handvoll rivalisierender Legionen, und verstanden die Worte des Geistes nicht.

»Warum?«, fragte Telemachon. Seine Gesichtsmaske war eine Miene der Seligkeit, die im Kontrast zum schmerzverzerrten Anblick des Sol-Priesters stand.

»Ihr seid keine Bedrohung für mich, denn ich bin nur die Brücke im Gesang. Ihr seid eine Bedrohung für den Sänger.«

»Und wenn wir nicht umkehren?«, fragte Lheor.

»Dann wird die nächste Strophe des Gesangs Feuer und Zorn sein, nicht Weisheit und Gnade. Sie wird kommen – nicht jetzt und auch nicht bald, aber mit der Zeit und dann umso stärker. Das Schicksal, das ihr herbeiführen wollt, darf nicht geschehen.«

Ashur-Kais Interesse strömte über mich und fühlte sich aufgrund seiner Faszination beinahe fieberhaft an.

Er kennt die Zukunft, Khayon. Diese Kreatur ist eine Verkörperung wahrer Voraussicht. Wir müssen ihn binden!

Du kannst einen Splitter der Macht des Imperators nicht binden.

Wir müssen es versuchen!

Bis zu diesem Augenblick hatte ich mir nie Gedanken über die schwindende Macht meines ehemaligen Meisters gemacht. Er hatte stets nach jedem Fetzen prophetischer Einsicht verlangt, den er an sich reißen konnte, aber dies war das erste Mal, dass ich an seinen eigenen Fähigkeiten, den Nebel möglicher Zukünfte zu durchdringen, zu zweifeln begann. Er hatte mich nicht vor dem Hinterhalt im Herzen des Sturms gewarnt, doch diesem Fehler hatte ich keine allzu große Aufmerksamkeit geschenkt. Prophezeiungen sind eine unpräzise Kunst und selbst jene, die der Zukunft gewahr werden, sind sich über den Verlauf der Ereignisse, die zu ihr hinführen, nicht einig. Durch seine plötzliche Verzweiflung bestärkte sein Versagen meine Zweifel.

Seine eigene Voraussicht war in den letzten Jahren immer unberechenbarer und seltener geworden. Wurde er im Laufe der Zeit im Reich des Auges schwächer? Konnte es sein, dass er nach einer Stütze suchte, um seine schwindenden Kräfte zu stärken?

Nach dem kalten Schaudern, das die Behauptungen des Sol-Priesters hervorgerufen hatte, drangen wir vor und unsere Hände gingen zu unseren Waffen in ihren Holstern. Telemachon stand zu meiner Linken, Lheor zu meiner Rechten, während Gyre nah am Deck pirschte, die Ohren flach an ihren Hundeschädel angelegt. Der Geist auf dem Thron war abgelenkt, verzückt von etwas, das keiner von uns sehen oder hören konnte.

»Jeder von euch hat eine Strophe und einen Refrain im Gesang, der von den Kehlen des Chors des Imperators gesungen wird. Warnungen des Erhebens, des Erwachens, von Mord und Feuer zwischen den Sternen. Ist dies, wer ihr sein wollt? Diese Instrumente der Zerstörung? Die Verdammnis der Menschheit?«

»Die Menschheit hat bereits vergessen, wer wir sind«, sagte Telemachon. »Wir sind Ausgestoßene, nur noch Geschichten, mit denen man Kinder dazu bringt, sich zu benehmen.«

»Ich bitte euch, umzukehren«, wiederholte der Sol-Priester sich. Schlieren reflektierten Lichts von den roten Leuchtgloben der Brücke zogen sich über sein goldenes Gesicht.

»Das wird nicht geschehen«, antwortete ich. *Macht eure Waffen bereit, meine Brüder.*

Telemachon hob seinen Bolter, anstatt seine Schwerter zu ziehen. Er schlug knirschend gegen seinen Schulterpanzer, als er zielte. Lheors Kettenaxt heulte kurz auf. Saern lag mit vertrautem Gesicht in meiner Hand.

Hört auf damit!, sandte Ashur-Kai als Gedankenimpuls. *Dies ist ein Wesen voller Prophezeiungen. Wir müssen es binden. Wir müssen vom ihm lernen.*

Verärgerung durchströmte mich zusammen mit der Last einer weiteren Forderung, dass ich einer ungeschriebenen Zukunft Beachtung schenken sollte, anstatt die Freiheit zu ergreifen, meine eigenen Entscheidungen zu treffen. Ashur-Kai. Sargon. Jetzt dieser Wiedergänger.

Das hier ist mein Schiff, Ashur-Kai. Ich richte mich nicht nach den Launen von Geistern.

Ach nein? Seine Verbitterung war beinahe ein Flehen. *Nur nach den Launen von Dämonen und Xenos.*

Vor allem anderen erinnere ich mich an die Augen des Sol-Priesters. Sein Blick, der lebloses Metall hätte sein sollen, vermittelte in kaltem Gold eine Vielzahl von Emotionen. Er hatte Angst. Angst vor uns. Er war in einer wahrlich harmlosen Gestalt erschienen, nur um sein eigenes Ende zu finden. Er war keine Inkarnation der Macht des Imperators. Es war nichts weiter als der verzweifelte letzte Atemzug eines Sterbenden. Die psionische Ursuppe hatte einen grausamen, feigen Gesandten geformt, der im Namen des Imperators sprach.

»Du würdest uns zerstören, wenn du es könntest«, forderte ich ihn heraus, »aber wir sind jenseits des Feuerstroms. Du kannst nur brennende Nimmergeborene gegen unseren Rumpf schleudern und dann flehen, wenn das nichts bringt. Und jetzt appellierst du an unsere Moralität? Du predigst der falschen Zuhörerschaft Mäßigung, Geist. Warum sollten wir umkehren? Was erwartet uns hier? Von was willst du uns abhalten?«

Der Geist erhob sich inmitten eines langsamen Raschelns seiner Robe von meinem Befehlssitz. Telemachon und ich fassten unsere Waffen in Bereitschaft fester. Lheors Pistole bockte kaum einen halben Meter von meinem rechten Ohr entfernt mit einem widerhallenden Knall. Das Boltgeschoss traf den Wiedergänger an der Brust und verteilte fleckigen Stoff und Innereien auf meinem Thron.

Nein!, kam Ashur-Kais stille Stimme von der Beobachtungsloge über uns. *Du blutrünstiger Bastard!*

»Setz dich wieder hin«, knurrte Lheor den Geist an. Der Sol-Priester fiel nicht, trotz des Lochs, das in seiner Brust klaffte. Ein Zittern zeigte sich in seinen Fingern. Die Adern unter der Haut seiner Arme wurden dunkler. Das Metall seines Gesichts begann anzulaufen und zu korrodieren und alterte vor unseren Augen.

»Ihr seid der Tod von Imperien«, sagte der Geist zu uns, während er an Ort und Stelle verrottete. »Ihr werdet das Ende des Imperiums sein. Ist dies, was ihr für euch wolltet, als ihr als Kinder zum ersten Mal in den Nachthimmel eurer Heimatwelten geblickt habt?«

Er zeigte mit einer Hand auf uns, von der ranzige Flüssigkeit unter seinen Fingernägeln hervortropfte. Flecken von Blut und Exkrement breiteten sich langsam auf der makellosen weißen Robe aus. Risse zogen sich wie Spinnweben über das goldene Gesicht.

»Das Ende des Imperiums«, sagte Telemachon nachgrübelnd.

Lheor schnaubte verächtlich. »Etwas theatralisch für meinen Geschmack, aber es hat was.«

Der Sol-Priester war jetzt auf Händen und Füßen, während ihn die Verwesung weiter verheerte. Ein Knochen in seinem dünnen Unterarm brach mit einem scharfen, trockenen Splittern und ließ ihn in einem verdrehten Haufen auf dem Deck zusammenbrechen. Der Gestank des Verfalls umgab uns. Telemachon trat zu der sterbenden Gestalt und stellte einen Fuß auf ihren Rücken.

»Mein Schicksal gehört mir, kleiner Geist, und ich habe für Prophezeiungen nichts übrig.« Das könnte die erste Sache gewesen sein, über die er und ich uns einig waren. Er trat den zerfallenden Priester in die Seite und zwang die Erscheinung auf ihren Rücken. Ich spürte, wie dünn sein Zorn war – die Emotion war da, aber ihr fehlte jegliche Hingabe. Einst hätte er diese Misshandlung genossen, das rauschende Gefühl, ein anderes Wesen zu dominieren, aber diese Freude war nur eine von vielen, die ich ihm genommen hatte. Er konnte jetzt nur noch sehr wenig empfinden, es sei denn, ich gestattete es ihm. Es gab keinen besseren Weg, ihn zu beherrschen, als die Sinneseindrücke zu kontrollieren, für die er lebte.

Schließlich erreichte Ashur-Kai uns und fiel vor dem schwindenden Geist auf die Knie. Seine roten Augen tränten immer noch vom Licht des Astronomicans, das hereingekommen war, bevor wir den Oculus versiegelt hatten.

»Weinst du, Albino?«, sagte Lheor lachend.

»Narren«, flüsterte der Weiße Seher. »Ein Wesen von solcher Bedeutung zu zerstören ... Eine Manifestation des Imperators persönlich ... Narren, ihr alle.«

Der Sol-Priester konnte nicht mehr sprechen. Weißer Nebel drang aus seinem geöffneten Metallmund. Einer der Risse auf seiner Wange sprang auf, warf die halbe Gesichtsmaske ab und offenbarte darunter ein hautloses Gesicht. Das Ding versuchte, auf zitternden, spindeldürren Beinen wieder aufzustehen. Ein Stoß von Telemachons Stiefel brachte es wieder aufs Deck.

Ashur-Kai sah übel aus. Der Blick, den er Lheor zuwarf, war so gequält, dass ich dachte, er würde dem World Eater an Ort und Stelle die Seele aus dem Körper reißen.

»Narren«, sagte er erneut, leiser, aber eindringlicher.

Der Sol-Priester brach zusammen und löste sich auf wie Sand, der durch Finger rieselte. Dort, wo er gestanden hatte, lagen eine durchtränkte Robe und ein Haufen Asche auf dem Deck. Der Staub des toten Geistes brachte die Mutanten in der Nähe zum Husten.

Keiner von uns sagte etwas. War dies die Warnung eines Schwächlings gewesen? Die Prophezeiung eines Geistes? Oder einfach nur eine weitere Gestalt des Wahnsinns in den Gezeiten des Auges?

Es war Gyre, die meine unausgesprochenen Gedanken beantwortete. Sie trottete näher an mich heran, während wir die Überreste des Geistes betrachteten.

Euer Seelenfeuer brennt jeden Tag heller, Meister. Die Nimmergeborenen kennen Euren Namen und weitere erfahren ihn mit jedem Eurer Atemzüge. Irgendetwas geschieht. Eine Veränderung kommt. Dieser ... Priester ... hat sich vor uns zurückgezogen, aber er wird erneut erscheinen. Das verspreche ich Euch.

Ich glaube dir, Gyre. Ich sah zu Ashur-Kai. »Bruder?«

Er saß in der Hocke und fuhr mit seiner Hand durch die Asche vor unseren Stiefeln. »Das Astronomican ist schwach hier, Khayon. Alleine dieses Abbild zu projizieren muss immense Kraft erfordert haben. Und du hast ihn aus Trotz mit einem einzigen aus Ignoranz abgefeuerten Schuss zum Schweigen gebracht.«

»Er hatte seine Warnung überbracht«, erwiderte ich. Es schien mir kleinlich, für einen der beiden Partei zu ergreifen. Ich hatte Lheor nicht befohlen zu schießen, aber ich brachte der toten Kreatur auch nicht die gleiche Verehrung entgegen wie der Weiße Seher. Beide meiner Brüder stellten meine Geduld auf die Probe – Lheor mit seiner unzuverlässigen Aggressivität, Ashur-Kai mit seinem sturen Märtyrertum.

Der Kampfgeist verließ ihn, während er die Asche durchsuchte. »Dieser Staub wäre ein unschätzbar wertvolles Reagenz für meine Ritualarbeit. Ich werde ihn mit deiner Erlaubnis ernten.«

Ich schaute meinen ehemaligen Mentor an, wie er in dem unbezahlbaren Staub eines toten Avatars kniete. Ich konnte seinen Zorn mir gegenüber spüren, dass ich an der Zerstörung eines Geistes beteiligt gewesen war, der möglicherweise die Gabe der Prophetie besessen hatte. Schlimmer noch, ich spürte seinen Kummer.

»Seine Überreste gehören dir«, sagte ich zu ihm. »Nutze sie gut.«

Er antwortete nicht.

»Und falls du herausfinden kannst, warum er uns erschienen ist ...«

Ashur-Kai seufzte. »Wenn du ihn nicht getötet hättest, dann würden wir die Antwort vielleicht bereits kennen.«

»Ich habe ihn nicht getötet, Ashur-Kai.«

»Du warst einst ein Captain, Sekhandur. Du kennst das erste Gesetz der Führung. Wenn man sich den Verdienst anrechnet, wenn die Dinge richtig laufen, dann muss man auch bereit sein, die Schuld auf sich zu nehmen, wenn sie falsch laufen.«

Zunächst dachte ich, dass ihn irgendetwas in meiner Miene oder meiner Aura beunruhigt haben musste, denn nachdem er diese Predigt ausgesprochen hatte, erstarrten seine weißen Gesichtszüge zu einem eindringlichen Blick. Erst als ich hinter mich schaute, bemerkte ich, was ihn besorgt hatte. Telemachon und

Lheor standen in der Nähe, die Waffen immer noch gezogen, und sahen gemeinsam mit mir auf den Weißen Seher hinab.

Wie sehr sich das Schiff in so kurzer Zeit verändert hatte. Es waren nicht mehr nur Ashur-Kai und ich, die die Pflichten der Sklaven, Knechte, Waffenpriester und geistlosen Rubricae überwachten. Andere hatten sich uns angeschlossen – andere mit ihren eigenen Einstellungen, Gedanken und Visionen; ihren eigenen Plänen, die zu Konflikten führten. Das Gleichgewicht war schon jetzt belastet, denn wir waren alle Anführer. Ashur-Kai sah zu uns auf, den Kriegern und Kommandeuren aus drei Legionen, und nickte nach einer unausgesprochenen Entscheidung.

So sei es, sagte er lautlos.

In diesem Moment begegneten sich unsere Blicke, der meines ehemaligen Meisters und meiner, und er tat etwas, was er noch nie zuvor getan hatte. Ohne ein weiteres Wort unterbrach er die Verbindung zwischen uns und verweigerte sich der Berührung unserer Geister.

Wir passierten Welten, auf denen das Leben bis auf die Molekülebene weggebrannt und ausgelöscht worden war, als das Auge des Schreckens sich zum ersten Mal geöffnet hatte. Wir passierten Welten voller Ozeane aus brodelndem, flüssigem Gold oder Wolken aus unmöglichem Feuerdunst. Wir passierten Welten, auf denen ganze Zivilisationen aus blinden Wesen unser Vorbeikommen spürten und mit zehn Millionen schwach psionischen Stimmen das Schiff anschrien. Wir passierten Welten, auf denen die Geister toter Eldar einen ewigen Krieg gegen die wenigen Dämonen führten, die sich auf den Strahlenden Welten manifestierten, ebenso wie gegen Geister, die Männern, Frauen und Space Marines ähnelten, die beinahe bis zur Unkenntlichkeit verzerrt worden waren. Jeder dieser Planeten wurde nicht nur vom Licht des Astronomicans ausgeblichen, sondern erlitt auch die erdrückende Berührung des Großen Auges.

Die Erinnerung an den Sol-Priester verfolgte mich. Ich stellte fest, dass ich in untätigen Stunden den Worten des Geistes nachhing und über seine Absichten nachgrübelte. Selbst hier, an der Grenze der Strahlenden Welten und jenseits der wogenden Bereiche des Feuerstroms, war das Licht des Astronomicans alles andere als schwach. War er wirklich eine prophetische Vision gewesen? War er eine Erscheinung gewesen, die für den Imperator und das Astronomican selbst sprach, oder war er nur ein weiteres Geisterflackern psionischer Willkür, das sich aus dem Tumult des Auges herausbildete und wieder auflöste, ohne irgendeinen Einfluss auf ein größeres Schicksal zu haben?

Nur wenige der anderen teilten meine Sorgen.

»Halt den Mund«, sagte Lheor auf der Brücke zu mir, als ich ihn danach fragte. »Was ist los mit dir? Du machst dir Sorgen über eintausend Dinge, die du nicht kontrollieren kannst. Wen kümmert es, wer das war? Er ist jetzt tot.«

Dies geschah am dritten Tag nach unserem Hervortreten aus dem Netz der Tausend Tore. Wir sahen durch den Oculus auf die goldene, neblige Leere vor uns.

»Das Leben ist so einfach für dich. Was du töten kannst, tötest du. Vor jeglichen Bedrohungen, die du nicht überwinden kannst, fliehst du entweder oder du ignorierst sie.«

»In meiner Legion nennen wir das ›überleben‹.«

»Aber der Sol-Priester –«

Er warf die Hände in die Luft. Auf seinen brutalen, verheerten Gesichtszügen zeigte sich eine ermüdete Resignation. »Sag mir, *warum* es dich kümmert.«

»Weil ich das Gefühl habe, dass die Konfrontation eine Prüfung war. Eine Prüfung, die wir nicht bestanden haben.«

»Wer soll uns hier draußen einer Prüfung unterziehen? Was hast du an Bord der *Auserwählter* zu Falkus gesagt? Wir leben in der Unterwelt. Geister und Visionen sind uns gegenüber einhundert zu eins in der Überzahl.«

Ich hatte es nicht in exakt diesen Worten gesagt, aber der Gedanke stimmte. Er hatte recht, ebenso wie ich recht gehabt hatte, als ich zuvor ähnliche Gedanken geäußert hatte.

»Wenn er zurückkommt und uns erneut Probleme macht, werden wir ihn erneut töten«, schloss Lheor ab. »Mit wie vielen Dämonen und Geistern sind unsere Kriegerscharen im Laufe der Jahre fertiggeworden? Du schwitzt Blut und Wasser wegen eines unbedeutenden Ausbruchs psionischer Energie. Du solltest dir eher Gedanken über die Tatsache machen, dass wir uns verirrt haben.«

»Wir haben uns nicht verirrt«, erwiderte ich. »In wenigen Tagen werden wir es durch die Strahlenden Welten und bis zum Rand des Eleusinischen Schleiers geschafft haben.«

»Was auch immer du sagst, Hexer. Irgendwelche Nachrichten von Falkus?«

»Er antwortet immer noch nicht über das Vox.« Ich war noch nicht wirklich besorgt. Der Wandel vom Sterblichen zum Zweitgeborenen konnte Tage dauern, Wochen, Monate ... Solange Falkus' Krieger ihre Jagdaktivitäten auf die wertlosen Mitglieder der Sklavenkaste der Mannschaft beschränkten, konnten sie tun, was sie wollten, während sie sich im Griff der Besessenheit befanden. Bei den Gelegenheiten, als ich oberflächlich Falkus' Sinne berührt hatte, war ich einer brodelnden Mauer aus vergifteten Erinnerungen begegnet, die in einem menschlichen Verstand nichts zu suchen hatten. Selbst mit seinem eisernen Willen war der Kampf in seinem Körper noch nicht vorbei.

»Und wo steckt dein neues Haustier?« Lheor kratzte sich mit schmutzigen Fingern in seinem vernarbten Gesicht und spuckte dann einen ätzenden Brocken Speichel aufs Deck. Er tat dies, egal wie oft ich ihn bat, damit aufzuhören.

»Ich weiß nicht, wo Telemachon ist. Ich habe ihm gestattet, sich im Schiff frei zu bewegen.«

Der World Eater gab ein kehliges Lachen von sich. »Ich bin mir nicht sicher, ob die Geschichte dies als kluge Entscheidung in Erinnerung behalten wird. Ich würde nicht einmal darauf vertrauen, dass einer der Dritten Legion brennt, wenn ich ihn selbst anzünde.«

»Das Gleiche habe ich zu Sardar Kadalus gesagt, als die Emperor's Children uns aus dem Hinterhalt angriffen. Bitte wiederhole nicht einfach meine eigenen Bonmots, Lheor.«

Lheor grinste lediglich und zeigte einen Mund voller verstärkter Bronzezähne.

Es dauerte noch ein paar weitere Tage, bis wir den Eleusinischen Schleier erreichten. Die Hölle, die wir unser Zuhause nennen, ist riesig, und sie besitzt Gezeiten und Wirbel wie jeder Ozean, inklusive Stürmen von unpassierbarer Wildheit und Inseln relativer Ruhe. Wirklichkeit und Unwirklichkeit treffen hier aufeinander, balancieren sich jedoch nie aus. Die offensichtlichste Manifestation dieses Ungleichgewichts ist, dass es beinahe unmöglich ist, mit einer Flotte über die Grenzen des Auges hinauszusegeln und darauf zu hoffen, dass sie auch nur irgendeine Form von Zusammenhalt behält. Eine Flotte irgendwo im Auge beisammen zu halten war selbst für erfahrene Hexer, Navigatoren und Nimmergeborene eine Herausforderung. Doch das Auge zu verlassen – seine rastlosen, schonungslosen Gefilde zu verlassen – das erforderte ein Talent, das man sich nur schwer vorstellen kann. Das Imperium der Menschheit erinnerte sich zu diesem Zeitpunkt kaum daran, dass wir existierten.

Manche seltenen, ruhigen Regionen des Auges bestehen aus kalter, seelenpeinigender Stille. Am Rande des Eleusinischen Schleiers zu stehen erinnerte mich daran, dass hier eine ganze Spezies gestorben war. Wir verbrachten unsere Existenz nicht nur damit, im Nachhall der Geburt des Jüngsten Gottes zu segeln, sondern durch die interstellare Gruft eines Xenosimperiums.

Der Schleier war eine riesige rotschwarze Dunstwolke, die am Rande des Auges mehrere längst tote Sternensysteme erstickte. Abtastungen drangen nicht sehr tief in ihn hinein und offenbarten nichts, das es wert war, abgebaut zu werden. Schiffe, die hineinflogen – so wenige es im Lauf der Jahrhunderte auch waren – kehrten nur selten zurück, und wenn sie es taten, dann berichteten sie von nichts, für das es sich zurückzukehren lohnte. Die wenigen Berichte, die ich gesehen hatte, erwähnten noch nicht einmal, dass sie auf Welten gestoßen waren. Es ist durchaus möglich, dass sie komplett verschlungen worden waren, als der Jüngste Gott geboren wurde.

Unser monatelanges Segeln hatte uns an den Rand des Schleiers gebracht und dort trieb die *Tlaloc* durch die Leere und warf mit ihren Auspexanlagen ein Abtastnetz aus, das weit hinausreichte. Die Anamnesis hörte nichts, spürte nichts und fühlte nichts aus dem Schleier.

»Bringt uns hinein«, befahl ich der Brückenmannschaft.

Die *Tlaloc* drang mit blinden Abtastern und in Dunkelheit gehüllt in den Schleier vor. Wir hatten kein Ziel. Weder Falkus noch die bruchstückhaften Beschreibungen, die wir von Sargon erhalten hatten, gaben uns eine Richtung vor. Wir segelten einfach mit aktivierten Schilden und scharf gemachten Geschützen in den Dunst.

Am ersten Tag begegnete uns nichts. Ebenso am zweiten, dritten, vierten, fünften. Am sechsten Tag trieben wir durch ein Asteroidenfeld, das wir kaum sehen konnten. Seine Größe und Dichte war uns ein Rätsel, bis Ashur-Kai und ich unsere Sinne ausstreckten und das Schiff, so gut wir konnten, in der dichten Dunkelheit führten.

Dies war einst eine Welt, sandte er nach ein paar Stunden.

Ich spürte keine Resonanz, die besagte, dass er recht hatte. *Wie kannst du dir da sicher sein?*

Ich habe es gefühlt, als einer der Felsbrocken vor einem Augenblick gegen das Deflektorschild geprallt ist. Ich fühlte das Echo von Leben. Dieses Asteroidenfeld war einst eine Welt.

Was hat sie getötet? Was hat sie zerschmettert?

Das werden wir wohl noch sehen, nicht wahr?

»Gravitationsfeld«, rief einer der Servitors, die mit dem Ruder verbunden waren. Der Sog der Gravitation bedeutete, dass ein Himmelskörper in der Nähe war. Die Überreste der zerbrochenen Welt? Das größte Bruchstück?

Meine Mutmaßungen waren schlussendlich kaum von Bedeutung. Dem Gravitationsfeld zu folgen war unmöglich, denn es zerrte uns hierhin und dorthin, folgte keinem Naturgesetz und ließ keinen Ursprungspunkt erkennen. Es war, als bewegten sich die Überreste des Planeten und das Asteroidenfeld, das mit ihnen umhertrieb.

»*Jetzt* haben wir uns verirrt«, bemerkte Lheor nach der ersten Woche. Alles, was ich tun konnte, war, als Antwort zu nicken.

Am zehnten Tag kapitulierte ich vor dem Bedürfnis nach Schlaf und träumte, wie ich immer träumte – von Wölfen, die heulend durch die Straßen einer brennenden Stadt liefen.

Doch zum ersten Mal seit Jahrzehnten zerfloss der Traum fort von alten Erinnerungen und wurde zu etwas anderem. Ich träumte von Regen. Regen, der mit einem kribbelnden Stechen auf meine Haut traf. Regen, der aus einem Himmel in der Farbe schmutzigen Marmors herab auf eine zugefrorene Ebene aus glasig weißem Gestein fiel. Er stieg als zischender Dampf vom Boden auf, als er in das Eis biss. Als er über meine Lippen lief, schmeckte er nach Maschinenöl. Als er in meine geöffneten Augen lief, fraß er sich mit juckendem Biss in meine Sicht und verwandelte alles, das ich sah, von einem verdeckten Weiß zu klarem Schwarz.

Ich erwachte und fuhr mit meinen Fingerspitzen über meine geschlossenen Augen.

»Hast du das gefühlt?«, fragte ich laut.

Von der anderen Seite des Raumes knurrte meine Wölfin zur Antwort.

»Aas'ciaral«, sagte Nefertari und gab damit der Welt ihren Eldarnamen. Telemachon lachte leise. Er beherrschte die fremdartige Sprache meiner Blutwächterin ebenso gut wie ich, obwohl ich nicht den Wunsch verspürte zu wissen, wie er sie erlernt hatte.

Ich verstand, warum er gelacht hatte. ›Gesang des Herzens‹ war ein Name, den der Planet nicht mehr verdiente. Sein Antlitz war von angeschwollenen Stürmen überzogen, die die ganze Welt in milchige Wolken hüllte.

Manche meiner spirituellen Brüder glauben, dass alle Welten eine Seele besitzen. Sollte das stimmen, dann war Aas'ciarals Geist ein verbittertes und verdorbenes Ding, das keine Fremden willkommen hieß. Seine schlimmste Wunde war auch der Ursprung des Asteroidenfeldes, denn eine Hälfte des Planeten fehlte. Ein derart schrecklicher Schaden an einem Himmelskörper hätte die Welt eigentlich zerstören sollen, doch Aas'ciaral lebte auf deformierte Weise weiter und trieb durch die gewaltige Aschewolke. Eine zerbrochene Welt, die nicht in der Lage war, ihre eigene Sonne zu sehen.

Wir standen neben dem Thron auf der Brücke und betrachteten die grauweiße Welt auf dem Oculus. Was von dem Planeten noch übrig war, konnte nirgends existieren als im Großen Auge, wo die Gesetze der Realität den Launen der Sterblichen unterworfen waren. Das nackte Auge verriet uns nichts über das, was uns auf der Oberfläche erwartete. Unsere Abtaster verrieten uns nichts. Eine Sonde, die in die wogende Atmosphäre geschossen wurde, verriet uns, wie Ihr Euch vorstellen könnt, nichts.

»Was ist mit anderen Schiffen in der Nähe?«, fragte Lheor.

»Dies ist der Eleusinische Schleier, Bruder. Wir könnten dreitausend Jahre lang durch die Dunstwolke segeln und nichts erkennen, bis wir damit kollidierten.«

Er schnaubte sein Missfallen hervor – ein Geräusch, an das ich mich allmählich gewöhnte. »Gibt es keine Möglichkeit, Plasmaspuren in der Atmosphäre aufzuspüren oder festzustellen, ob irgendwelche Schiffe im nahen Orbit waren?«

»Es gibt keine Möglichkeit, irgendetwas in dieser Art zu tun«, sagte Ashur-Kai. »Schlauere Köpfe als deiner haben es bereits versucht.«

Ich betrachtete die Asteroiden; die wenigen, die ich in der ewigen Düsternis sehen konnte. Wir befanden uns in einer Umlaufbahn um eine missgestalte Welt mit eintausend felsigen Monden.

»Der Planet sieht aus wie ein halb aufgegessener Apfel«, sagte Ugrivian. Als ich mich ihm verständnislos zuwandte, zuckte er mit den Schultern. »Ein Apfel ist eine Frucht. Sie wachsen auf Nuvirs Landung.«

»Warum sollte irgendjemand hierher kommen?« Lheor hatte Probleme, den Wert in dieser Zuflucht zu sehen, weil sie seinen Bedürfnissen nicht entsprach. Tausende von Welten im Auge wurden von Horden der Nimmergeborenen bewohnt, die als Teil des Großen Spiels der Götter gegeneinander Krieg führten.

Eine Welt für sich zu erobern war das Ziel vieler Kriegerscharen, und welch besseren Weg gab es, die Ewigkeit auf einem Planeten zu verbringen, den man nach den eigenen Wünschen formen konnte?

Aas'ciaral schien mir ein eher bedeutungsloser Preis zu sein, da bestand kein Zweifel.

»Es ist ein Ort, an dem man sich verstecken kann«, sagte ich.

Lheor spuckte aufs Deck und war immer noch nicht überzeugt. »Und das Signal kam definitiv von hier?«

»Es war kein Signal«, korrigierte Ashur-Kai ihn.

»Dann eben die Vision.«

»Was für ein unterhaltsamer Wilder du doch bist. Ein Somnus-Ruf ist keine Vision.«

Ich sah, wie Lheors Aura verärgert aufloderte, doch abseits davon ignorierte er den Albino.

»Khayon?«, fragte er.

Ich sah ihn nicht an, während ich antwortete. »Es war eine somnolente astropathische Kontaktaufnahme.«

»Nun«, sagte er mit einem hässlichen, gezwungenen Lächeln. »Das erklärt alles.«

Er wollte eine Erklärung, aber wie mit so vielen Manifestationen des sechsten Sinns ist es beinahe unmöglich, die Astropathie jenen, die nie ihre Berührung erfahren haben, zu verdeutlichen. Selbst viele Mitglieder der Imperialen Inquisition – die die einzigen Zeugen dieses Zeugnisses sein mögen – wissen so gut wie nichts über die unzähligen Disziplinen, die in der Kunst möglich sind. Nur wenige Astropathen dienen den Heiligen Ordos direkt, und selbst die psionisch begabten Krieger und Gelehrten der Inquisition können nicht Jahrzehnte damit verbringen, wie ein Astropath sprechen zu lernen.

Die Astropathie ist ein Reich jenseits der wortlosen Sendungen aus Gedankenimpulsen und Emotionen, die zwischen vielen gebundenen Psionikern hin- und hergehen. Wenn auf fernen Welten Astropathen durch den Warp ›sprechen‹, dann schicken sie keine Wort oder überhaupt Sprache. Es ist aussichtslos für sie, den Versuch einer präzisen Kommunikation zu machen. Jene, die in der Kunst geschult sind, wissen, wie sinnlos es ist, eine solch differenzierte Arbeit zu leisten.

Erfahrene Astropathen schicken Eindrücke ihres eigenen Geistes, projizierte Muster der Erfahrung und Erinnerungsauslöser. Dies mögen die Emotionen eines bestimmten Augenblicks sein oder Stunden der Sinnesoffenbarungen. Es ist, bewusst oder unbewusst, nicht viel anders, als seine Sinne auszustrecken, obwohl es unendlich ermüdender ist. Stellt Euch vor, wie ein Flüstern nichts ist, ein Schrei Euch jedoch atemlos macht.

Das, was einen empfänglichen Geist erreicht, ist nie das, was die übertragende Seele sandte. Wenn Senden und Empfangen alles wäre, was nötig ist, um eine solche Verbindung zu erlangen, dann wäre das Imperium ein vollkommen anderer Ort. Die größte Fähigkeit in der Astropathie liegt darin, die Visionen, die man erhält, zu interpretieren und sie zu ihrem Ursprung zurückzuverfolgen. Ganze Orbitaleinrichtungen werden von gefesselten Psionikern eingenommen, die mit Stiften in ihren zitternden Händen an Operationstische gebunden sind, während ihre Mnemoformer-Aufseher über endlosen Streifen Pergament brüten, das von den darauf gekritzelten Visionen dunkel gefärbt wurde. Diese Zentren des Adeptus Astra Telepathica stellen lohnende Ziele für Kreuzfahrerscharen dar. Es gibt keinen besseren Weg, ein System verstummen zu lassen, als ihm die Kehle durchzuschneiden, bevor es nach Hilfe rufen kann.

Die Nachricht abzuschicken ist der einfachere Teil dieser psionischen Disziplin. Die Träume zu interpretieren ist deutlich schwieriger. Wann ist etwas eine Gabe von einem fernen Geist und wann ist es einfach nur ein natürlicher Albtraum? Wann ist etwas eine Warnung vor kommendem Blutvergießen und wann ist es eine Jahrhunderte alte Nachricht, die erst Dutzende Jahrzehnte nach dem Tod ihres Absenders einen anderen Verstand erreicht?

Ashur-Kai träumte einst von einer Stadt voller schreiender Kinder, die schwarze Fäulnis auf die Straßen erbrachen. Derartige

Visionen sind unter uns, die wir im Auge leben, das von Dämonen heimgesucht wird, durchaus verbreitet. Er jedoch hielt daran fest und glaubte, dass es sich bei dem Traum um eine Nachricht handelte. Und das war er auch: eine Vision von den Hexern im Orden des Onyxschlunds, einer Kriegerschar der Word Bearers, die von Lheor und den Fünfzehn Fängen zerstört wurde. Der Albino hatte ihren astropathischen Todesschrei gehört.

Dies ist die Realität, mit der wir uns auseinandersetzen. Man lernt mit der Zeit, Aromen und Signifikanten in den Sendungen aufzuspüren. Zu fühlen, ob etwas kürzlich gesandt wurde. Zu wissen, ob es wahr ist. Doch man kann sich nie ganz sicher sein.

Und wenn man sich eine derartige Einsicht nicht aneignet? Viele tun es nicht. Die zehntausend Jahre lange Geschichte des Imperiums ist voll von jenen, die ihren Verstand und ihre Seele an die Wesen verloren haben, die im Warp lauern.

»Ich glaube daran, dass es eine Nachricht war«, sagte ich zu Lheor. »Das ist die direkteste und wahrste Erklärung.«

Er schnaubte, was nicht gerade eine Zurschaustellung von Vertrauen war.

»Gestatte mir, es anders auszudrücken«, fügte ich hinzu. »Ich *weiß*, dass es eine Nachricht war. Sie hat uns hergeführt und obwohl ich mir nicht sicher sein kann, wer der Ursprung der Nachricht war, ist dies die Welt in dem Somnus-Ruf.«

»Das schmeckt immer noch nach einer Menge ›vielleicht‹.«

Vertrau mir.

Er schüttelte den Kopf, nicht im Widerspruch, sondern in Ablehnung dessen, dass ich seinen Geist berührt hatte. Sein linkes Auge begann sich in einem schmerzhaften Muskelzucken zitternd zu schließen. Wie seltsam. Die kurze Verbindung meines Geistes mit seinem hatte irgendeine Irritation in seinen Gehirnimplantaten hervorgerufen. Er mochte es nie, im Geist berührt zu werden, aber hier war noch ein verstärkender Faktor im Spiel. War es die Welt unter uns?

»Tu das nicht«, sagte er und leckte sich Blut von seinem blutenden Zahnfleisch. Ein Schaudern ging durch die Luft um ihn herum, als Schmerzgeister in einer liebevollen Umarmung über seine Rüstung strichen und darauf warteten, geboren zu werden.

»Entschuldige, Bruder.« Ich sah wieder zu dem aufgebrochenen Planeten auf dem Oculus-Schirm. »Ich spüre kaum Leben auf dem Planeten, obwohl dort der Funken eines Bewusstseins ist.«

Ashur-Kais lautlose Stimme wirkte trocken amüsiert. *Der Funken eines Bewusstseins. Flammenfaust wird sich ganz wie zu Hause fühlen.*

Meine Antwort war ebenso herb. *Du bist die fleischgewordene prosperinische Erhabenheit. Und jetzt lass mir meine Konzentration.*

»Der Funken eines Bewusstseins…?«, begann Lheor.

Ich sah ihn an. Sein dunkles Flickwerkgesicht sah absolut ernst aus – er hatte keine Probleme mit dem Konzept, sondern brauchte eine Verdeutlichung. Ich hörte Ashur-Kais Lachen in meinem Geist, aber trotz Lheors Brutalität war der World Eater kein Narr. Ich war so lange in der Gesellschaft von Ashur-Kai und Gyre gereist, dass es leicht war zu vergessen, dass jene mit einer weltlicheren Wahrnehmung oft Mühe hatten, die Galaxis auf die gleiche Weise zu sehen, wie wir es taten. Lheor konnte sich auf nichts anderes als seine Augen und die Abtaster des Schiffes verlassen. Das Gleiche galt für Nefertari, aber sie zeigte selten genug Interesse, um zu fragen.

»Wer oder was auch immer die Nachricht geschickt hat, ist eine scharfsinnige Kreatur.«

»Dann sag das doch einfach.« Ugrivian, der neben Lheor stand, schüttelte den Kopf. »Die tizcanische Formalität wird langsam ermüdend, Hexer.«

»Ich werde daran denken.«

»Ich komme mit«, stellte Lheor fest. Ich hatte nichts anderes erwartet.

»Ich ebenso«, sagte Nefertari. Meine Xenosmaid stand neben der Armlehne des leeren Throns und fuhr mit einem Schleifstein über die Klinge ihres Häutemessers. Die anderen warfen sich ob der Verkündung meiner Blutwächterin Blicke zu.

»Du wirst hierbleiben«, wies ich sie an. »Dort herrschen schwere atmosphärische Instabilitäten und ich würde dich die ganze Zeit über abschirmen müssen. Das hier ist eine Mission für Raumanzüge und versiegelte Rüstungen.«

Sie atmete ein Schnurren aus, das vor Unzufriedenheit nur so triefte. »Warum?«

Ich dachte zurück an die Traumnachricht, an den zischenden Regen, der meine Haut verbrannte und meine Sicht mit stechendem Schmerz vernebelte.

»Dort unten regnet es Säure.«

XII

GEIST DER RACHSUCHT

Ich wollte nicht einfach aufs Geratewohl landen. Irgendetwas hatte uns hergerufen und ich wollte es finden, bevor wir uns blind auf den Planeten begaben. Unsere Versuche, durch die Wolkendecke zu voxen, blieben unbeantwortet, ebenso wie jegliche psionischen Versuche der Kontaktaufnahme, die Ashur-Kai oder ich selbst starteten. Wir verbrachten zwei Tage und zwei Nächte damit, herauszufinden, wo wir landen sollten. Der Traum war keine Hilfe, denn er kehrte nicht wieder.

Zwei Tage. Und wir hatten Glück, es überhaupt so schnell geschafft zu haben. Erkundungsflüge von Landungsschiffen und Jägern über die Kontinente des Planeten waren unsere einzige Option, da die Atmosphäre einfach zu dicht war, um eine zuverlässige Abtastung zuzulassen. Zunächst fanden wir nichts weiter als tief hängende Wolken und toten, überfrorenen Fels. Die Welt schien an einem bestimmten Zeitpunkt festzustecken; die Wolken bewegten sich nicht weiter und der Säureregen löste nicht das Eis auf dem Boden auf. Der Schnee wurde zischend weggebrannt, nur um dann beinahe umgehend wieder festzufrieren.

Wir stellten ein neues Element in dieser übernatürlichen Formel dar, und der Regen beeinflusste uns durchaus. Unsere Jäger kehrten nach jedem Erkundungsflug von den Säuretürmen verheert zurück. Unseren Landungsschiffen erging es sogar noch schlimmer.

Nach einem dieser Flüge traf ich Ugrivian, als er gerade aus dem Cockpit eines Sun Daggers kletterte. Servitors und Mitglieder der Hangarbesatzung arbeiteten in einem murmelnden Sturm um uns herum.

»Diese Welt ist ein Grab, Hexer«, sagte er.

Ich befürchtete, dass er recht hatte. Wir suchten nach irgendetwas: einer Siedlung, einer Stadt, einem abgestürzten Schiff, irgendetwas, das der Ursprung des astropathischen Rufs gewesen sein könnte. Unter die Wolkendecke hinabzusteigen machte für unsere Instrumente keinen Unterschied. Die gequälte Welt wirkte sich verheerend auf jede Auspex-Abtastung aus.

Schlussendlich fanden wir es. Einer der Jäger, der von einem Servitor geflogen wurde, dockte wieder an der *Tlaloc* an und speiste körnige Pictaufnahmen eines abgestürzten Schiffes aus, das am Fuß einer Kluft halb im Schnee vergraben lag. Anhand der nutzlosen Bildqualität ließ sich nicht feststellen, was für ein Schiff es war oder wie lange es schon dort war.

»Um euch einen Eindruck des Ausmaßes zu verschaffen: In dieser Schlucht würde eine Stadt mit neun oder zehn Millionen Einwohnern Platz finden.« Ashur-Kai sprach diese Worte, während wir uns um den zentralen Hololithtisch des Kommandodecks versammelten und versuchten, den unscharfen Bildern irgendwelche Einzelheiten abzugewinnen.

Telemachon hatte sich uns angeschlossen und sah desinteressiert zu. Falkus und seine Brüder waren immer noch stumm und in ihrer Zuflucht weggesperrt.

»Ich werde das Landungsschiff fliegen«, bot Telemachon an.

Du kannst ihm nicht vertrauen, sandte Ashur-Kai.

Er gehört jetzt mir. Ich vertraue ihm ebenso, wie ich dir vertraue. Lass es damit gut sein.

Also gut. Ich werde auf der Brücke bleiben und mich bereithalten, einen Übergang zu öffnen, falls nötig. Ich kann jedoch nichts garantieren. Der psionische Kontakt wird bestenfalls unvorhersehbar sein. Die Welt ist ein angeschwollenes Durcheinander.

Alle wussten, was zu tun war. Ich entließ sie zu ihren Pflichten und arrangierte, mich noch zur gleichen Stunde mit Telemachon und Lheor am Landungsschiff zu treffen.

Nefertari ließ mich nicht gehen, ohne ein letztes Mal zu verlangen, sich mir anzuschließen. Sie fing mich in einer der Aufmarschhallen ab und glitt von der hohen gotischen Decke einer Kammer herab, die nur von den dunstverhangenen Sternen außerhalb der Sichtfenster beleuchtet wurde.

Sie landete mit dem Schnurren von Rüstungsgelenken, so anmutig, wie ein Mensch die letzte Stufe einer Treppe herabsteigen würde. Wie sie an diese Flügel gelangt war, war eine Geschichte für sich, denn obwohl sie ihren Gebrauch gemeistert hatte, war sie nicht mit ihnen geboren worden.

Ihre Nähe brachte die gesegnete Ruhe eines Verstandes mit sich, den ich nicht leicht lesen konnte, und ich schätzte sie dafür. In ihrem Kopf herrschte eine Aura kalter, exotischer Stille, anstatt des andauernden Murmelns der Erinnerungen und Emotionen, das den Geist lebender Menschen ausmachte. Noch schlimmer war die flüsternde, sehnsuchtsvolle Leere in den Seelen aller meiner Rubricae. Allein schon Nefertaris Nähe beruhigte mich, wie sie es immer tat.

»*Voscartha*«, grüßte sie mich mit dem Wort für ›Herr‹ ihres Volkes, obwohl sie es nie mit einem Lächeln aussprach. »Ich komme mit Euch.«

»Nicht dieses Mal.«

»Ich bin Eure Blutwächterin.«

»Dort drinnen gibt es nichts, das in der Lage ist, mir zu schaden, Nefertari. Mein Blut muss nicht bewacht werden.«

»Und falls Ihr Euch irrt?«

»Dann werde ich töten, was auch immer uns auflauert.« Ich legte meine Hand auf die in Haut gebundene Tarotschachtel, die an meiner Hüfte festgekettet war. Sie nickte nicht, da Nicken eine menschliche Geste ist, aber ich spürte, wie sie nachgab.

»Es ist eine Zeit des Wandels«, sagte sie und die Worte kribbelten über mein Rückgrat. Sie wiederholte unwissend Gyres Warnung von zuvor.

»Was hat sich verändert?«

»Ich habe beobachtet. Ich habe die Wölfin beobachtet, Eure neuen Brüder. Euch. Warum sind wir wirklich hier, Khayon? Warum bringt Ihr uns an diesen Ort am Rande der Grabeswiege?«

»Ich spüre, dass dies eine rhetorische Frage ist.«

Sie neigte den Kopf zur Seite, als sie meinem Blick begegnete. Nefertari besaß außerordentlich fesselnde schwarze Augen. Trotz ihrer fremdartigen schrägen Form, oder vielleicht auch gerade ihretwegen, deuteten sie immer mehr an, als über Nefertaris Lippen kam. Ashur-Kai hatte einst zu mir gesagt, dass ich mir dieses Geheimnisvolle nur vorstellte, weil ich die Gedanken der Xenos nicht einfach lesen konnte. Er zweifelte stets an meiner Verbindung mit der Blutwächterin.

»Rhetorisch«, sagte sie, und ihre Stimme klang wie Messerschleifen. »Dieses Wort kenne ich nicht.«

»Es bedeutet, eine Frage zu stellen, auf die man bereits die Antwort kennt, um zu beweisen, dass man recht hat.«

Sie strich mit einer gerüsteten Hand über die Wand, während sie auf und ab ging. Der krallenförmige Nagel an der Spitze jedes Fingers bestand aus biolumineszentem, lebendem roten Kristall. Sie kratzten mit einem leisen Kreischen über das Metall.

»Nein. Die Frage war nicht rhetorisch. Ich möchte wissen, warum wir hier sind.«

»Um Falkus zu helfen.«

»Und warum spielt das eine Rolle für Euch? Sucht Ihr ebenfalls das Kriegsschiff, das er suchte? Das Flaggschiff des Erzverräters?«

»Es wurde *Geist der Rachsucht* genannt. Die gesamte Besatzung der *Tlaloc* ist ein Zehntel von dem, was ein Schlachtschiff der Gloriana-Klasse braucht.«

Sie verzog ob des Namens abfällig das Gesicht. »Und ist es das, was am Boden dieser Schlucht liegt?«

»Ich weiß es nicht, Nefertari.«

Gyre pirschte näher an die Eldarmaid heran. Nefertari strich mit ihren Fingern durch das Fell der Wölfin und flüsterte einen Augenblick lang in ihrer schlangenhafte Sprache. Sie waren meine engsten Verbündeten, doch ihre neu entdeckte Nähe machte mich immer noch nervös.

»Ihr lügt mich an, Iskandar«, sagte sie leise. »Nicht darüber, was Ihr wisst, sondern darüber, warum wir hier sind und was Ihr wollt. Ihr wollt dieses Schiff.«

»Ich habe dir doch gesagt, dass ich keine Möglichkeit habe, es zu bemannen.«

Ihre schwarzen Augen begegneten meinem Blick. »Doch, das habt Ihr, denn Ihr habt etwas, was kein anderer Anführer einer Kriegerschar hat. Ihr habt Itzara.«

Mein Schweigen sprach für sich. Mein Herz war für sie ein offenes Buch, und sie brauchte nicht mehr, um die Wahrheit zu erkennen. Ich starrte Nefertari an. Sie starrte zurück.

»Gyre und ich können die Veränderung in Euch spüren«, sagte sie, »selbst wenn Ihr sie nicht selbst spürt. Mein Volk hat durch Ignoranz die Jüngste Göttin hervorgerufen, die Sie, die dürstet, genannt wird. Mit ihrem Geburtsschrei verbrannte sie unser Imperium. Mit ihrem ersten Atemzug verschlang sie unsere Seelen. Sie lechzt immer noch danach und saugt sie aus den Schatten heraus auf. Also opfere ich der Göttin die Seelen anderer und trinke ihren Schmerz, um meinen eigenen zu lindern. Ihre Schreie werden zu Gesang. Das feuchte Rasseln ihres letzten Atemzuges ist das Wiegenlied, das mich schlafen lässt. Das ist das Schicksal meines Volkes, das mich immer noch jagt, selbst im Exil. Ich verstehe, was es bedeutet, allein zu sein, Khayon, und ich rieche es in anderen. Ihr seid so unglaublich allein. Es bringt Euch um.«

»Ich bin nicht allein. Ich habe Ashur-Kai und Lheor. Ich habe Telemachon. Ich habe Gyre.«

»Euer albinotischer ehemaliger Meister. Ein hirngeschädigter Narr, der Euch folgt, ohne zu wissen, warum. Ein Degenerierter, der von Euch durch Hexerei versklavt wurde. Und ein Dämon im Körper der Bestie, die Euch beinahe tötete.«

Einmal mehr hing Stille zwischen uns. »Ich habe dich«, sagte ich schließlich.

Das brachte sie zum Lächeln. Zu diesem Zeitpunkt war sie bereits Jahrhunderte alt – älter als ich oder irgendeiner meiner Brüder – und dennoch schien sie kaum ihre Xenospubertät hinter sich gelassen zu haben.

»Ihr habt mich«, gestand sie ein, »doch lasst uns nicht so tun, als würde das reichen. Ihr seid kein Mensch, unabhängig davon, dass Ihr einen menschlichen Kern besitzt. Ihr seid eine Waffe, die dafür gemacht ist, sich mit Bruderwaffen zu verbünden. Ihr seid dazu geboren, diese Bande zu fühlen und ohne sie seid Ihr vermindert. Aufgrund dieses Bedürfnisses habt Ihr Flammenfaust und Ugrivian in der Mannschaft willkommen geheißen. Deshalb habt Ihr auch Falkus und seine Männer gerettet. Euer Herz ist vergiftet und Ihr seid allein, doch seid Ihr dazu geboren, Euch der Bruderschaft zu erfreuen. Deshalb kämpft Ihr. Ihr fühlt, wie sich Eure Ambition regt, und sucht das gewaltigste Schiff von allen. Jetzt endlich kämpft Ihr gegen die Einsamkeit an, die Euch schon so lange bedroht. Aber wird es genügen?«

Ihre Worte zogen mich in ihren Bann. Gyre hatte ihre eigene animalische Wahrnehmung dieser Veränderung mitgeteilt, doch Nefertaris klare und geduldige Erklärung fesselte mich. Sie kam mit einem fließenden Schleichen näher, öffnete und schloss ihre Hand und ließ ihre Kristallklauen klicken.

»Wird es genügen?«, fragte sie erneut. »Ihr wurdet in eine Bruderschaft hineingeboren, aber Waffen müssen geführt werden, nicht wahr? Und es gibt niemanden mehr, der Euch leiten kann, Khayon. Kein Imperator, der von Seinem Thron den Finger ausstreckt und Seinen Söhnen befiehlt, die Sterne in Seinem Namen zu erobern. Kein König Einauge, der in die dunkelsten Tiefen des Meers der Seelen blickt und verlangt, dass Ihr mit ihm in die Verdammnis springt.«

»Ich diene niemandem außer mir selbst.«

»Solch unverblümter, dummer Stolz. Ich spreche von Einheit und Ihr fürchtet, dass ich von Sklaverei spreche. Einheit, Voscartha. Teil von etwas Größerem zu sein als man selbst. Ohne dass Eure vormaligen Gebieter Euren Pfad bestimmen, solltet Ihr *frei* sein.«

»Ich bin frei.«

Sie kam näher. Zu nahe. Hätte mich irgendjemand außer ihr berührt, wie sie es in jenem Augenblick tat, hätte ich diese Person für die Unannehmlichkeit getötet. Doch sie war mein, meine Nefertari, also erlaubte ich ihr die Gefälligkeit, mit ihren klauenbewehrten Fingerspitzen über meine Wange zu fahren.

Haltet Intimität nicht fälschlicherweise für Sinnlichkeit. Es lag keine Lust in diesem Augenblick. Nur eine rohe, innige Nähe.

»Wenn Ihr frei wärt«, flüsterte sie, »würdet Ihr nicht mehr von Wölfen träumen.«

Mir gefror das Blut ob dieser Worte. Selbst ohne eine Möglichkeit, meine Gedanken zu lesen, sprach sie sie dennoch laut aus.

»Wisst Ihr, was Ihr seid, Voscartha?«

Ich gab zu, dass ich das nicht tat.

»Ihr seid ein Krieger ohne Krieg, ein Schüler ohne Lehrer und ein Lehrer ohne Schüler. Ihr seid damit zufrieden, zu existieren, und eine Existenz ohne Freude ist nichts anderes als Zerfall. Wenn Ihr passiv bleibt, wenn Ihr der Galaxis gestattet, Euch unter Druck zu setzen, ohne je dagegen anzukämpfen … dann seid Ihr nicht anders als Mekhari, Djedhor und die anderen Toten, die in Eurem Schatten wandeln. Schlimmer noch, Ihr werdet nicht anders sein als Eure geliebte, betrauerte Itzara.«

Ich spürte, wie ich die Zähne zusammenbiss. Beide meiner Herzen schlugen schneller.

»Genau so wie sie«, sagte Nefertari lächelnd. »Sie treibt in ihrem Tank lebenspendender Flüssigkeit und starrt mit totem Blick, in dem keinerlei Hoffnung mehr liegt, aus ihrer Gruftkammer heraus. Sie hatte einen Grund, zur Anamnesis zu werden. Wäre sie sterblich geblieben, dann wären ein geistloses Leben und ein früher Tod alles gewesen, das sie erwartet hätte. Was ist Eure Entschuldigung, Euch in einer solchen Stase einzuschließen?«

In diesem Augenblick vertraute ich meiner Stimme nicht. Das Zögern ließ sie lächeln.

»Ihr habt die Ketten abgeworfen, die Euch banden. Ihr habt den Plan beiseitegeworfen, den der Imperator für Euch und alle Eure Brüder hatte. Was habt Ihr gewonnen, Khayon? Welche Freude gibt es in diesem Leben? Was habt Ihr mit der Freiheit getan, die Ihr Euch mit Blut und Feuer erkauft habt?«

»Ich ...«

»Schhh. Eine letzte Sache bleibt noch.« Ihr Blick begegnete dem meinen. »Ihr verändert Euch, aber nicht alle werden sich mit Euch verändern. Es wird ein Tag kommen, da Ihr Ashur-Kai werdet töten müssen. Das verspreche ich Euch. Ihr habt Euch gemeinsam auf diesen Pfad begeben, aber Ihr werdet ohne ihn zu seinem Ende gelangen.«

»Du irrst dich. Er ist mein engster Bruder.«

»Im Augenblick ist er das, im Augenblick. Ich habe Euch ein Versprechen gegeben. Wir werden sehen, wie sich die Dinge entwickeln.« Nefertaris Lächeln verschwand. Sie leckte sich den Geschmack meines Schweißes von ihrem Krallen. »Widerlicher *Chem-pan-sey*«, sagte sie leise. Ein letzter flüchtiger Blickkontakt war alles, was ich an Verabschiedung erhielt, bevor sie sich abwandte und erneut in die Luft erhob.

Als sie fort war, sah meine Wölfin mich mit böswilligen weißen Augen an. Spürte ich eine weitere Zurechtweisung in diesem unmenschlichen Starren? Oder einfach nur Belustigung? Ich ging, ohne ein weiteres Wort zu verlieren. Meine Wölfin folgte, wie sie es immer tat.

In der Nacht, in der ich über die Oberfläche von Aas'ciaral schritt, während der ätzende Regen die kobaltblaue Farbe meiner Rüstung ausblich, wanderte meine Aufmerksamkeit immer wieder zu Lheor und Telemachon. Die Dinge hatten sich verändert. Ich hatte es auf dem Schiff viele Male bemerkt, seit Lheor und seine Krieger an Bord gekommen waren, denn ihr Gelächter und das Aufeinanderprallen von Kettenäxten hatten es an sich, durch die Korridore eines anderweitig stillen Schiffs zu hallen, doch auf der Oberfläche dieser Welt waren wir allein. Die Isolation schärfte meine Wahrnehmung der Unterschiede zwischen dem, wie die Dinge gewesen und zu was sie geworden waren. Die Veränderungen waren umso deutlicher.

Kommt, hatte ich zu ihnen beiden gesandt, als ich die Rampe des Landungsschiffes hinablief. Telemachon gehorchte in verärgerter Stille, doch der World Eater war weniger gut aufgelegt.

»Ich habe dir gesagt, du sollst damit aufhören«, knurrte Lheor und folgte mir in den Schnee. »Verschwinde aus meinem Kopf.«

Mir war gar nicht aufgefallen, dass ich es getan hatte, dass ich sie herumbefohlen hatte wie Rubricae. Sie folgten mir auch nicht in der Grabesstille, wie meine Rubricae es tun würden, mit dumpfen Bewegungen, die sich meinen anpassten. Lheor ging links von mir, jedoch nicht im Gleichschritt. Seine Axt lag schwer in seiner Hand und zog eine Furche durch den Schnee. Telemachons Schritte waren leichtfüßiger, vorsichtiger, und seine Hände lagen auf den Knäufen seiner Schwerter.

Am Seltsamsten von allem war, dass ich sie über das Vox atmen hören konnte.

Lheor erduldete meine Blicke eine Weile, dann knurrte er erneut. »Sag, was dir auf dem Herzen liegt, Khayon, oder schau woanders hin.«

»Es ist nichts«, sagte ich zu ihm. »Du bist einfach nur ... am Leben.«

Zunächst dachte ich, dass er darüber lachen und meine Worte als bedeutungslose Sentimentalität auffassen würde. Vielleicht würde er nicht verstehen oder es kümmerte ihn nicht. Stattdessen sah Lheor mich mehrere lange Sekunden an und nickte dann. Nur ein Nicken. Nicht mehr, nicht weniger. Trotz all dem, was wir in den kommenden Jahren gemeinsam durchleben würden, glaube ich nicht, dass ich seine Gegenwart an meiner Seite jemals so sehr zu schätzen wusste wie in jenem Augenblick. Es war die Macht einer einfachen Verständigung zwischen Brüdern. Ich hörte ein feuchtes Geräusch unter Telemachons Helm, als sich das, was von seinem Mund noch übrig war, zu einem kränklichen Grinsen verzog, aber seine Spöttelei war einfach zu ignorieren.

Der Schnee knirschte unter unseren Stiefeln und zischte in der beißenden Liebkosung des Regens, bevor er wieder gefror, so schnell er sich auflöste. Diese Welt war wahrlich in der Zeit gefangen, festgehalten in einem Augenblick, der Jahre oder Jahrhunderte vor diesem lag. Zeitliche Verzerrungen sind den Welten des Auges kaum fremd, aber ich bekam von diesem Ort dennoch eine Gänsehaut. Aas'ciaral war bis zum Tode zerbrochen und doch lebte es noch. Wenn die Zeit diesen Planeten je wieder berührte, was würde dann geschehen? Würde er in einem Sturm aus Asteroiden zerbersten und sich schließlich der Zerstörung ergeben?

Ich machte mir nicht die Mühe, die schneebedeckte Landschaft mit einem Auspex abzusuchen. Sie würde nur als einhundert eingefrorene Elemente oder etwas nicht ansatzweise Erkennbares angezeigt werden, wie es die wahnsinnigen Umgebungen aller Dämonenwelten im Auge an sich hatten. Ich hatte es schon lange aufgegeben, mich auf derartige Abtastungen zu verlassen. Hier herrschten nicht die Gesetze der Physik, sondern nur die Launen des geheimnisvollen Bewusstseins, das die Welten des Auges nach seinen eigenen Wünschen formte. Aas'ciaral fühlte sich wie eine unkontrollierte Welt an, eine Kugel, die ihren führenden Verstand verloren hatte.

Wir konnten mit der *Tlaloc* nicht kommunizieren. Das Vox wurde von Interferenzen in der Atmosphäre verzerrt und meine Verbindung mit Ashur-Kai war ebenso unzuverlässig. Nicht lange nachdem wir gelandet waren, spürte ich die Art von Trennung, die normalerweise mit großer Distanz einhergeht. Er war nicht länger in meinem Geist bei mir.

Wir drangen weiter durch den Regen vor und begannen unseren Abstieg in die Schlucht. Zu dem Zeitpunkt, da wir den Abhang zur Hälfte hinter uns gelassen hatten, waren unsere Rüstungen zu einem dumpfen, metallischen Grau verätzt worden. Gyre verschwand immer wieder in den Schatten. Ihr schwarzes Fell war vom beißenden Regen durchnässt, obwohl ihr der Sturm nicht schadete. Das Blitzgewitter, das über der Schlucht wütete, warf einen Überfluss an Schatten, in denen sie verschwinden und aus denen sie wieder auftauchen konnte. Gelegentlich benutzte sie unsere Schatten, die als lang gezogene Umrisse auf den zugefrorenen Fels geworfen wurden.

Unter uns lag das Schiff in einem Ozean aus trübem Wasser versenkt, welches die Tiefen der Schlucht erfüllte. Ashur-Kais Einschätzung war zutreffend – die Schlucht konnte eine ganze Makropole mitsamt ihren zehn Millionen Seelen aufnehmen. Das Ausmaß dieser Schlucht lässt mir immer noch das Blut gefrieren, wenn ich mich daran erinnere, ebenso wie der Anblick der höchsten Türme des versunkenen Schiffes, die entlang seiner spinalen Wehraufbauten trotzig aus dem Nebel herausragten.

Da wusste ich, noch bevor ich einen Fuß auf das Schiff setzte – noch bevor ich es überhaupt komplett sah – worauf ich schaute. Die Anordnung der Türme, die sich aus dem Nebel erhoben ... Ihre Entfernung zueinander ... Das Ausmaß des Schiffs verriet es, obwohl wir durch den Nebel beinahe blind waren und uns mehrere Kilometer darüber befanden.

Lheor kam im gleichen Augenblick zu der gleichen logischen Schlussfolgerung. Er fluchte auf Nagrakali und zog meine Herkunft in Zweifel.

»Du hattest recht«, sagte er am Ende seiner Tirade, die auf Beleidigungen meiner Mutter gefußt hatte. »Das Ding hat die Größe von ...«, er verstummte. »Von etwas Gewaltigem.«

Telemachon lachte leise. »Dein Primarch muss so stolz gewesen sein zu wissen, dass dein Intellekt dem seinen gleichkommt, Flammenfaust.«

Der World Eater antwortete nicht. Ich bewunderte seine Selbstbeherrschung, obwohl ich nicht umhin konnte, mich zu fragen, ob sie einfach nur darauf beruhte, dass ihm keine bissige Erwiderung einfiel.

Lheor befand sich über mir, während wir ein beinahe vertikales Stück der Schluchtwand hinabstiegen, wobei wir uns Haltemöglichkeiten in den schneebedeckten Fels schlugen und traten. Loser Schotter prasselte gegen meinen Helm, als Lheor sich weiter oben mit einem Tritt Halt verschaffte.

»Stell dir vor, du machst dir dieses Loch von einer Welt zur Heimat«, voxte er. Bereits die kurze Distanz zwischen uns erzeugte ein Kommunikationsknistern. Diese Welt war unserer Ausrüstung gegenüber gnadenlos.

Ich ließ mich den letzten Rest des Weges auf einen abschüssigen Felsvorsprung hinunterfallen und fasste mit den Stacheln unter meinen Stiefeln Fuß. Telemachon wartete dort bereits. Lheor befand sich noch drei Dutzend Meter über uns.

»Das hier dauert ewig«, fügte er hinzu. »Wir hätten Sprungmodule benutzen sollen.«

An Bord der *Tlaloc* befanden sich keine Sprungmodule mehr. Zumindest keine funktionstüchtigen. Als ich ihm dies sagte, brachte dies eine neue Reihe Flüche hervor. Diesen fehlte jegliche Erwähnung meiner Mutter – einer Frau, an die ich mich ohnehin kaum erinnerte. Sie hatte dunkle Augen und Haut im gleichen Kaffeinfarbton, den auch Itzara und ich besaßen. Ihr Name war ... *Ejhuri* gewesen. Ja.

Ejhuri.

Sie starb auf Prospero, als die Wölfe kamen.

Lheor kletterte den restlichen Weg herab und sprang neben mir auf den vereisten Felsvorsprung. Das Wrack des Schiffes befand sich immer noch mehrere Kilometer unter uns und war ebenso in die Schatten der Schlucht gehüllt wie in die Nebelschwaden.

Geh, sandte ich Gyre. *Sag mir, wenn du etwas Lebendes findest.*

Meister, antwortete die Wölfin und sprang in die Dunkelheit.

Ich sah zum Himmel auf, wo die Wolkendecke wie ein giftiges graues Netz hing. Tropfen des Säureregens befleckten meine Augenlinsen, konnten meine Rüstung aber über die Farbe hinaus nicht zersetzen. Wortlos begann ich, den nächsten Abhang hinabzusteigen, und zerbrach den Fels, um mir Halt zu verschaffen.

Wir stiegen tiefer in die Dunkelheit hinab. Nach einer weiteren Stunde des Abstiegs fiel der Regen nicht mehr auf uns. Wir waren beinahe im Nebel.

Ich dachte über die Präsenz des World Eaters nach, während wir abstiegen. Es war Lheors Art, sich jeder erdenkbaren Herausforderung mit einer Axt und einem zuckenden Grinsen zu stellen. Er schien in übermäßigem Planen keinen Unterschied zu sorgenvoller Grübelei zu sehen, und für ihn war Letzteres ein Mangel an moralischer Stärke. Von dem, was ich bisher sehen konnte, hatte er ebenfalls die arrogante Einstellung, dass der Tod ganz einfach etwas war, das anderen Kriegern passierte.

»Irgendeine Nachricht von deiner Wölfin?«, voxte er.

»Noch nichts.«

»Du umgibst dich mit den seltsamsten Kreaturen«, sagte Lheor. »Das Xenosmädchen. Die Höllenwölfin. Dieser irritierende Albino. Und jetzt dieser Verräter mit den Schwertern. Was hast du eigentlich mit ihm angestellt?«

Ich spürte Telemachons Ärger darüber, dass man über ihn sprach, als wäre er nicht da.

Lheor fuhr fort, als hätte ich geantwortet, und gab eine Liste von Gründen an, warum ich Telemachon niemals hätte trauen sollen, und wie ich ihn hätte töten sollen, um mir zukünftige Sorgen zu ersparen. Ich schenkte seinen Kommentaren keine Aufmerksamkeit.

Gyre?, sandte ich in Richtung des Wracks. *Gyre?*

Nichts. Überhaupt nichts.

»Seid vorsichtig«, sagte ich zu den anderen. »Ich glaube, irgendetwas stimmt hier nicht.«

Das brachte Lheor zum Lachen. »Es ist tragisch, dass dich das überrascht, Hexer.«

Er lachte so unbeschwert. Ich erschreckte mich jedes Mal bei dem Geräusch, in der Art, wie ein Feigling bei einem Schuss zusammenzuckt.

Ich kannte den Namen des Schiffes in dem Augenblick, da ich über seinen verheerten Rumpf schritt. Endlich überkam mich das Gefühl eines Bewusstseins in der Nähe. Alles, was nötig war, um dieses Zucken meines sechsten Sinns zu bestätigen, war, meine Hand auf die Eisenhaut des Schiffes zu legen.

Geist der Rachsucht. Das Konzept hallte durch die Außenhaut, tonlos, leblos. Der Maschinengeist, oder was auch immer davon übrig war, atmete diese Identität durch metallene Knochen.

Das Schiff war also nicht tot. Heruntergefahren und beinahe still, aber nicht tot. Es war nicht abgestürzt. Während unseres ersten Ausflugs auf seine Oberfläche, während unsere Stiefel über uraltes Metall schepperten, sahen wir keine Anzeichen vernichtender Schäden. Das Kriegsschiff erstreckte sich über mehrere Kilometer vom erkalteten Antrieb bis zur Bugramme. Der verbergende Nebel machte unsere Bemessungen zu Schätzungen, aber das Schiff sah ganz und gar nicht so aus, als hätte es eine Bruchlandung gemacht. Kein offensichtlicher Schaden an seinen Aufbauten, keine umgestürzten Wehrtürme ...

»Mir kam gerade ein unwillkommener Gedanke«, voxte Telemachon, als wir zu dritt über den Rumpf schritten. Die Schatten der Türme ragten vor uns aus dem Nebel wie die Verheißung einer Stadt am Horizont.

»Sprich weiter.«

»Was ist, wenn das Schiff gar nicht abgestürzt ist? Liegt es überhaupt am Boden der Schlucht? Was ist, wenn es hier einfach nur schwebt?«

Mir war der gleiche Gedanke gekommen. Die Energieversorgung des Schiffs war heruntergefahren. Es war unmöglich, dass es ohne Antrieb, mit dem es sich dem Sog der Gravitation widersetzen konnte, innerhalb einer Atmosphäre die Position halten konnte. Sollte das Schiff hier schweben, als befände es sich in der Leere, dann würde das bedeuten, dass es irgendwie von der Schwerkraft des zerbrochenen Planeten unbeeinflusst war.

Die Unmöglichkeit dieser Vorstellung war kein Grund, dass sie nicht der Wahrheit entsprach. In Anbetracht der zufälligen und fließenden Natur von Aas'ciarals stauberstricktem Sternensystem verließ ich mich auf das, was meine Augen mir zeigten, und erwartete keine funktionierende Physik. Das unvorhersehbare Gravitationsfeld des Planeten war dermaßen losgelöst von jeglichen Naturgesetzen, dass wir noch nicht einmal in der Lage gewesen waren, im Weltall seinen Standort festzustellen. Dies war das Reich des Auges – es war durchaus möglich, dass dort unten, tief in der Kruste einer Welt, die zum Zeitpunkt ihres Todes in der Zeit eingefroren war, die Schwerkraft gemeinsam mit der zeitlichen Realität verworfen worden war.

»Abaddon«, sagte ich in gehauchter Ehrfurcht. »Von allen Unterschlupfen ...«

Lheor stand neben mir und sah durch den Nebel zu den Mastaufbauten des Schiffs auf. »Wir sollten hineingehen.«

»Khayon«, sagte Telemachon hinter uns.

Ich antwortete keinem von beiden. Ich ließ mir immer noch die Möglichkeiten durch den Kopf gehen. Abaddon hatte die *Geist der Rachsucht* durch den Feuerstrom der Strahlenden Welten in die unabtastbaren Tiefen des Eleusinischen Schleiers gesteuert und das Schiff unter der Oberfläche einer zerbrochenen Welt abgeschaltet. Die Verwegenheit des Plans verschlug mir den Atem. Kein Wunder, dass das Kriegsschiff über einen so langen Zeitraum nicht gefunden worden war.

»Khayon«, sagte Lheor diesmal.

»Einen Augenblick bitte.«

Meine Hand, die auf dem Rumpf lag, zitterte vor Echos, reizte meinen Geist mit dem Geruch von Rauch, dem Geräusch von Bolterfeuer und dem taumelnden Gefühl, wie das Schiff seine Geschütze im Himmel über Terra abfeuerte.

»Khayon!«

Ich hob meine Handfläche vom Metall. »Was ist?«

Lheor deutete mit seiner Pistole. Ich folgte der Bewegung und sah einen Servoschädel im Nebel über dem Rumpf in der Luft auf und ab schweben. Ich starrte ihn mehrere Augenblicke einfach nur an und war mir nicht sicher, ob ich meinen Augen trauen sollte. Er kam stetig sanft schwebend näher.

Die kleinste Anwendung psionischen Einflusses zog ihn durch die Luft und ließ ihn mit einem dumpfen Klatschen auf meiner Hand landen. Es war ein echter Menschenschädel, an den ein winziger Antigravgenerator angebracht worden war, damit er schweben konnte, während in beiden seiner Augenhöhlen Pictrecorder, Sensornadeln und Fokussierlinsen saßen.

Ein Rückgrat aus Chrom bebte in einer obszönen Parodie des Lebens und schlug hilflos gegen meinen Arm, während ich die Schädelsonde in meiner Hand hielt. Ihre mechanischen Augen klickten und surrten, als sie sich auf mein Visier fokussierten.

»Seid gegrüßt«, sagte ich zu ihm.

Die Antwort des Dings war ein alarmierter Ausstoß verzweifelten Codes aus den winzigen Voxsprechern, die den Platz seiner oberen Schneidezähne einnahm. Sein bewegliches Rückgrat schlug heftiger um sich. Es war wie eine Schlange, die sich zusammenrollte und wieder ausstreckte, wie es kein normales Rückgrat je tun sollte.

Ich fragte mich, wer uns durch seine Augen beobachtete. Vorausgesetzt, dass in dem Schiff überhaupt noch irgendjemand lebte.

»Ich bin Iskandar Khayon von den Kha'Sherhan. Ich komme mit Lheorvine Ukris von den Fünfzehn Fängen und Telemachon Lyras von der III. Legion. Wir begleiten Falkus von den Duraga kal Esmejhak. Wir suchen Ezekyle Abaddon.«

Es wand sich immer noch in meinem Griff.

»Lass mich mal sehen«, sagte Lheor.

Ich warf ihm den augmentierten Schädel zu und erwartete, dass er ihn auffing. Während dieser durch die Luft flog und versuchte, sich mit seinem schwachen Antigravmotor aufzurichten, schlug Lheor ihn stattdessen mit einem Schwinger seiner Kettenaxt beiseite. Schädelfragmente und Metallsplitter prasselten auf den dunklen Rumpf.

Ich sah meinen Bruder mehrere Augenblicke lang an.

»Ein weiterer glorreicher Sieg«, sagte ich schließlich.

Er schnaubte etwas hervor, das ein Lachen hätte sein können. »War das ein Witz, Khayon? Sei vorsichtig, sonst fange ich noch an zu glauben, dass in der Rüstung, die du trägst, irgendwo eine Seele gefangen ist.«

Bevor ich darauf antworten konnte, tippte er mit seiner Kettenaxt gegen den Rumpf unter unseren Füßen. »Sollen wir hineingehen?«

»Das Schiff besitzt mehrere Tausend Zugangsluken«, gab Telemachon zu bedenken. »Du brauchst dir kein Lo-«

Lheor aktivierte die Kettenaxt. Funken stieben, als er anfing zu schneiden.

Trotz der sanften Berührung der Zeit auf dieser Welt zeigte sich der Einfluss des Auges überall in der *Geist der Rachsucht*. Der Nebel verbarg die Ungeheuerlichkeit ihres Äußeren, doch im Innern offenbarte sich die eiskalte Bedrohung des Flaggschiffes.

Viele der Korridore des Schiffes waren zu einem Labyrinth aus einer verblichenen Knochenarchitektur versteinert. Graue Auswüchse aus mattem Kristall ragten aus den Gelenken und Rissen der Knochenwände. Das gesamte Schiff erweckte das Gefühl, dass man durch den seit Jahrhunderten toten Leichnam eines riesigen Tieres wanderte.

Es floss noch ein wenig Energie durch das gelandete Schiff, welche sich in Lampen über uns und Konsolen an den Wänden manifestierte. Erstere flackerten gelegentlich. Die Bildschirme von Letzteren wurden von lautlosem statischen Rauschen überzogen. Die Hauptgeneratoren des Schiffs waren stumm und leblos, so viel war aufgrund der Stille offensichtlich. Die Energie, die noch vorhanden war, war schwach und auf eine Handvoll Systeme beschränkt.

Bei mehreren Gelegenheiten konfrontierten uns schwebende Servoschädel. Ich grüßte sie jedes Mal, wiederholte unsere Namen und unser Anliegen an Bord der *Geist der Rachsucht* und hoffte, dass, wer auch immer sie in Betrieb hielt, unsere Gegenwart durch die Augenlinsen der Schädel bemerken würde. Die meisten tasteten uns ab oder nahmen uns auf und versuchten dann sofort wieder auf ihren knatternden Antigravmotoren zu fliehen.

Lheor ließ die meisten davonkommen, obwohl er drei von ihnen abschoss. Er verkündete, dass Abaddon verdammt noch mal zu uns kommen und die Sache von Angesicht zu Angesicht diskutieren konnte, wenn es den Ersten Captain scherte, dass wir seine Spielzeuge zerstörten. Mir fiel es schwer, gegen ein derart unverblümtes Vorgehen zu argumentieren.

Gyre blieb die ganze Zeit über stumm. Nachdem ich meine Gedanken einmal zur ihr ausgesandt hatte, hatte ich ihre Boshaftigkeit gegenüber meiner Gegenwart gespürt. Wo auch immer sie war, sie jagte alleine.

Metall erinnert sich an alles. Einwirkungen der Gezeiten des Auges hatten Erinnerungen aus dem Rumpf des Schiffes hervorgebracht und Echos der Besatzung manifestiert, die im Laufe der Jahrzehnte des Großen Kreuzzugs auf dem Flaggschiff gedient hatte. Es waren aus Glas geformte Geister. Verzerrte Kristallgesichter drückten sich durch die Knochenwände und jedes einzelne zeigte einen Ausdruck hässlicher Harmonie. Die Masken schrien mit geschlossenen Augen und waren so detailliert, dass ihre Erschaffung selbst das Können eines Meisterbildhauers überstiegen hätte. Wenn man nahe genug an sie herantrat, konnte man die Falten auf ihren Lippen sehen. Ging man noch näher heran, konnte man ihre Poren ausmachen.

»Selbst ihre Geister schreien«, sagte Lheor.

»Sei nicht so einfältig«, rügte Telemachon ihn. »Sieh genauer hin.«

Der Schwertkämpfer hatte recht. Keines der Gesichter war von den Falten der Qual gezeichnet, die man bei einem schreienden Antlitz um die Augen erwarten würde. Diese Männer und Frauen mochten unter Schmerzen gestorben sein, aber ihre Echos schrien nicht.

»Sie singen«, sagte Telemachon.

Ich strich mit gepanzerten Fingern über eines der Gesichter und erwartete beinahe, dass sich seine Augen öffnen und sich ein Lied von seinen Glaslippen erheben würde. Die Statuen enthielten eine Art von Leben. Eine gedämpfte Präsenz trieb hinter ihren geschlossenen Augen, dem schwachen Leben in meinen Rubricae nicht gänzlich unähnlich. Aber auch nicht ganz dasselbe.

Während ich eine Kristallzunge und dann die geschlossenen

Kristallaugen anschaute, bemerkte ich, warum das Gefühl so ähnlich war. Es war die gleiche, sich ausbreitende Mattheit einer Seele, die ihren gerade verstorbenen Körper verlässt, während der unerträglichen Sekunden, bevor die Götter sie in den Warp zerren.

»Von diesen Dingern bekomme ich eine Gänsehaut«, sagte Lheor. »Ich könnte schwören, dass sie sich bewegen, wenn man nicht hinschaut.«

»Diese Möglichkeit würde ich nicht ausschließen«, antwortete ich. Ich berührte erneut eine der Gestalten und legte meine Fingerspitzen auf ihre Stirn.

Ich bin Khayon. Es war ein wortloser Impuls, der fokussierte Eindruck meiner eigenen Identität.

Ich lebe, sang die Gestalt stumm in einer Melodie aus geflüstertem Kreischen. *Ich schrie, als das Schiff brannte. Ich schrie, als mir das Feuer das Fleisch von den Knochen schälte. Und jetzt singe ich.*

Ich entfernte meine Hand wieder. Wie faszinierend, diese seligen Gesichter als Grabmale für Tode in derartiger Qual zu sehen. Wir hatten auf Prospero einen ähnlichen Brauch, indem wir vorzügliche Begräbnismasken für verstorbene Herrscher schmiedeten. Ganz gleich, wie jemand gestorben war, wir begruben ihn in einer Maskerade goldener Seligkeit.

Als Nächstes berührte ich die ausgestreckten Finger eines Arms, der aus einer Fuge in der elfenbeinfarbenen Wand herausragte.

Ich bin Khayon, sagte ich zu diesem.

Ich lebe. Als ich erstickte, atmete ich die Flammen in meinen Körper. Jeder Atemzug sog das Feuer in meinen Hals. Blut füllte meine kochenden Lungen. Und jetzt singe ich.

Es reichte. Es war genug. Ich löste die Berührung.

Ich wandte mich ob eines plötzlichen glasigen Splitterns um und sah, wie Lheor beiläufig auf die Kristallhände einschlug, die aus den Knochenwänden herausragten. Sie zersprangen, als er sie mit seiner gerüsteten Handfläche traf.

»Hör auf damit«, sagte ich. Jede einzelne, die er zerbrach, stach eine Lanze garstiger, surrender Hitze durch meine Schläfen.

»Was? Warum?« Er brach einen weiteren Arm mit einem Rückhandschlag in der Mitte durch. Ein Kristallstumpf blieb übrig, der am Unterarm endete, während die Hand und das Handgelenk auf dem Knochendeck zu funkelnden Splittern zerbarsten. Einen Augenblick lang verwandelte sich der Schmerz in meinem Kopf von Hitze zu Feuer.

»Sie sind psionisch resonant. Du lässt sie singen und das Lied ist kein besonders angenehmes.«

Er hielt an. »Du kannst sie hören?«

»Ja. Sei froh, dass du es nicht kannst.«

Wir näherten uns einer weiteren T-Kreuzung. Lheor deutete mit seiner Axt nach links. »Der mittlere längsläufige Korridor liegt in dieser Richtung.«

»Wir gehen nicht auf die Brücke.«

Er schaute immer noch durch den Korridor, der zu einem der wichtigsten spinalwärtigen Durchgangswege des Schiffes führte. »Wir sollten zum Kommandodeck gehen«, sagte er.

»Das werden wir. Aber ich gehe zuerst hier entlang.«

»Warum?«

Ich zeigte mit Saern in den gegenüberliegenden Korridor. Ein regelrechter Wald aus grauen Kristallgliedern ragte regungslos von der Decke bis zum Deck aus den Wänden des Ganges heraus. Ich musste sie nicht berühren, um ihr Geflüster zu hören. So zusammengeschart wurde ihre schwache psionische Resonanz ausreichend verstärkt, um mir die Zähne schmerzen zu lassen.

»Ich gebe zu«, sagte Lheor, »das sieht vielversprechend aus.«

Wir gingen weiter, wobei wir darauf achteten, die Kristallhände nicht zu berühren.

Schäden zeigten sich in krassem Gegensatz dort, wo die Wände noch aus dunklem Eisen und sauberem Stahl bestanden. Das Schiff hatte im Himmel über Terra gekämpft, wurde während der letzten Stunden von unzähligen Angriffsteams der Elite des Imperators geentert. Ihr Vermächtnis stand in Form von pockennarbigen Boltgeschosstreffern und Brandspuren von Laserwaffen in das kalte Metall geschrieben.

»Spürst du jemanden?«, fragte Lheor.

»Ich brauche einen eindeutigeren Kontext, bevor ich diese Frage beantworten kann.«

»Spürst du sie, fühlst du sie mit deiner Magie.«

Magie. Schon wieder ...

»Der Maschinengeist des Schiffs befindet sich in einer komatösen Somnolenz. Irgendwo herrscht Leben, aber ich bin mir seines Ursprungs nicht sicher. Es ist vielleicht nicht mehr als die kristallenen Geister des Schiffes oder das Bewusstsein der Welt selbst, das in die Knochen des Schiffes sickert. Alles fühlt sich lebendig an, aber es ist verzerrt, unfokussiert.«

Lheor fluchte, als sein Ellbogen ein paar herausragende Finger abbrach. Ich zuckte zusammen, sagte jedoch nichts.

Wir gingen weiter. Lheor zuckte bei jedem Schritt, ballte die Hände zu Fäusten und knirschte mit den Zähnen. Ich hörte ihn immerzu über das Vox flüstern.

»Ich hasse diese Kristalle«, sagte er, als er sah, wie ich ihn anstarrte. Ein Porzellanknirschen ertönte, als er erneut die Zähne zusammenbiss. »Deswegen habe ich sie zerbrochen. Sie lassen die Nägel zubeißen.«

Schmerz lag wie ein Nimbus um ihn. Er trug ihn als unsichtbare Krone, und ungeborene Dämonen, die zu schwach waren, um Gestalt anzunehmen, liebkosten seine Rüstung, als er an ihnen vorbeischritt. *Mehr*, flehten sie und verzehrten sich nach Nahrung, flehten nach der Labsal, die ihnen zu existieren erlaubte.

Ich bezweifelte, dass die meisten Nimmergeborenen Telemachons Gegenwart überhaupt spüren konnten. Seit ich seinen Nerven und seinem Gehirn jegliches Gefühl genommen hatte, empfand er beinahe überhaupt keine Emotionen mehr. Ich hatte ihn seit seiner Umformung durch Gyres Augen gesehen, und sein Seelenfeuer war schwach und unbedeutend, wenn er nicht in meiner Nähe war. Er stand untätig in irgendwelchen Kammern, beinahe ebenso reglos wie die Rubricae, atmete und starrte und war eins mit den wenigen Gedanken, die in seinem Schädel verblieben. Nur wenn er in meiner Nähe war, kehrten Gefühle in seinen Geist zurück. Durch diese Versuchung sicherte ich mir seine Loyalität. Er hasste mich ebenso sehr, wie er mich brauchte.

Die Zeit floss seltsam in den kalten Hallen der *Geist der Rachsucht*. Meine Retinalanzeige zählte die Sekunden grausam langsam herab, während Lheor berichtete, dass sein Chronometer rückwärtslief. Mehr als einmal sah ich die kristallinen Echos der toten Besatzung sich am Rande meiner Sicht bewegen. Sie waren nicht alle Menschen – manche waren Krieger der Legiones Astartes, die als Echos an Bord des Flaggschiffs wiedergeboren worden waren, auf dem sie gestorben waren. Custodes in ausgefallen detaillierter Rüstung und kampfgezeichnete Imperial Fists ragten aus den Wänden, der Decke, dem Deck ... Sie alle sangen ein stummes Begräbnislied voller Flammen und Zorn. Manche trugen Speere, andere Enterschilde – die meisten hielten Bolter in Händen, die nie wieder eine Waffe abfeuern würden.

Einer von ihnen – die Manifestation eines behelmten Imperial-Fists-Legionärs, der aus grauem Glas geschnitten war – zersprang zu scharfen Splittern, als ich mich ihm näherte. Das sandte surrenden Schmerz durch meine Schläfen, doch ich hörte Lheor aufatmen, als wäre er erleichtert. Seine Schädelimplantate hatten tief in das Fleisch seines Geistes gebissen, während wir uns dem gläsernen Wiedergänger genähert hatten, und mit seiner Zerstörung gaben sie nach.

Wenn ich jetzt an die *Geist der Rachsucht* denke, dann erinnere ich mich daran, was wir nach so vielen Jahrtausenden, während derer wir an Bord lebten und in den Krieg segelten, aus ihr machten. Sie war in jener Nacht, als wir drei zum ersten Mal durch ihre energielosen Korridore schritten, so anders. Selbst mit abgeschalteten Systemen und einem Maschinengeist, der bar jeglichen Lebens war, war die zähflüssige Dunkelheit eher erdrückend als karg. Die Legenden besagten, dass sie zurückgelassen wurde, doch sie fühlte sich versteckt an, abwartend. Nicht hohl, nicht leer.

Ich kann Euch nicht sagen, wie lange wir durch diese bedeutungsschwangere Dunkelheit gingen. Eine Stunde. Drei. Zehn.

Die Zeit hatte keine Bedeutung in jener Nacht. Ich erinnere mich daran, dass wir eine Energieversorgungsanlage durchquerten, eine Kammer voller untätiger sekundärer Reaktoren, die uns mit der Bösartigkeit schlummernder Wasserspeier aus den Schatten angrinsten. Als wir am anderen Ende der Kammer wieder das Labyrinth der Korridore betraten, schlug am Rand meiner Retinalanzeige eine Sinuskurve aus und zeigte ein neues Geräusch an. Schritte, schwer und langsam. Ceramit, das auf das Knochendeck schlug.

»Khayon«, warnte Lheor und hob eine Hand, um unseren Vormarsch zu stoppen.

»Ich höre es.«

Ein Fadenkreuz tauchte sofort auf dem Neuankömmling auf, als dieser an der Kreuzung vor uns um die Ecke kam. Er trug eine verwitterte und ausgeblichene Rüstung, die von Kriegern aller Neun Legionen ausgeschlachtet worden war. Langes, verheddertes schwarzes Haar verdeckte einen Großteil seines Gesichts. Sogar aus dieser Entfernung sah ich Gold in seinem Blick. Unnatürliches, unmenschliches Gold, das seinen Iriden einen metallenen Farbton verlieh. In seinen Händen trug er einen Bolter – der ebenso einfach und ebenso mitgenommen war wie seine Kriegsrüstung. Anstatt mit ihr zu zielen, hielt er die Waffe gesenkt und locker in seinen Händen. Das Vox knisterte, als die Systeme seiner Rüstung automatisch nach unserem gemeinsamen Kanal suchten.

»Ich wäre dankbar, wenn ihr aufhören würdet, meine Servoschädel zu zerstören.« Eine volltönende Stimme, rau, aber nicht vorgetäuscht, um eine Wirkung zu erzielen. Eine lächelnde Stimme.

»Ich bin Iskandar Khayon, und dies –«

»Ich weiß, wer du bist. Ich wusste es schon, bevor du deinen Namen gegenüber jedem Servoschädel wiederholt hast, den du finden konntest.«

»Wir haben dir unsere Namen genannt, Vetter. Wie lautet deiner?«

Der Legionär der Sons of Horus legte den Kopf auf die Seite, bevor er antwortete. »Worin genau lag der Sinn, die Servoschädel zu zerstören?«

»Es schien uns wahrscheinlich, jemandes Aufmerksamkeit zu erlangen«, sagte Lheor.

»Gegen unverblümte Logik kann man am schwersten argumentieren. Versucht, nicht noch mehr Sachen zu zerbrechen, solange ihr an Bord seid. Wirklich, Brüder, der Anstand darf nicht verloren gehen, sonst bleibt uns gar nichts mehr.«

Er schien uns jetzt kaum noch Aufmerksamkeit zu schenken, sondern sah auf das Auspex, das in seine Armschiene eingebaut war. Ich hörte, wie es das herzschlagartige *Poch ... Poch ... Poch* einer Echoortung von sich gab.

»Ihr drei seid alleine gekommen?«

»Ja«, sagte ich.

»Wo ist Falkus? Ugrivian? Ashur-Kai?«

»An Bord meines Schiffes, im Orbit ... Wer bist du? Gib dich zu erkennen.«

»Ich war einst auf Tausenden von Hololithen quer durch das ganze Imperium zu sehen. Und jetzt sagst du mir, dass noch nicht einmal Krieger der Legiones Astartes mich erkennen.« Unser antwortendes Schweigen ließ ihn düster und leise auflachen. »Wer hoch steigt, fällt tief«, fügte er hinzu.

Der Krieger fuhr sich mit den Fingern durch seine Mähne schmutzigen Haars und offenbarte ein narbiges, bleiches Gesicht, das sich jedem Versuch widersetzte, sein Alter zu erkennen. Er hätte dreißig oder dreitausend sein können. Der Krieg war ihm in einem Netz aus alten Schnitten und Verbrennungsnarben ins Gesicht geschrieben. Der Kampf zeichnete ihn, selbst wenn das Alter dies nicht getan hatte.

Augen in einem kränklichen, schlauen Gold beobachteten uns, ohne zu blinzeln. Belustigung flackerte in ihnen auf und verlieh seinem kalten, metallischen Starren etwas Wärme.

Und dadurch erkannte ich ihn. Er trug nicht länger die schwarze Kriegsrüstung der Justaerin, noch war sein Haar in den zeremoniellen Knoten der cthonischen unterirdischen Arbeitergangs gebunden. Er war der hohe Schatten des unbezwingbaren Kriegers, der einst Siegeshololithen und imperiale Propagandaübertragungen geziert hatte, doch ich erkannte ihn in dem Augenblick, da er meinem Blick begegnete und seine trockene, scharfe Belustigung mit mir teilte. Ich hatte diesen Blick schon zuvor gesehen. Ich hatte den Ausdruck auf Terra gesehen, während der Palast um uns herum brannte.

Er sah uns drei an, während wir wortlos zurückstarrten. Lheor war derjenige, der das Patt unterbrach, und zwar mit einem absoluten Mangel an Diplomatie.

»Lasst die Waffe fallen, Captain Abaddon. Wir sind hier, um Euer Schiff zu stehlen.«

EZEKYLE

In einem anderen Zeitalter hatte das Gewölbe zehn Kampftitanen der Legio Mortis beherbergt, inklusive gewaltiger Aufbauten aus Munitionskisten, Ladegerüsten, Reparaturkränen und den arkanen Maschinen, die das Mechanicum benötigte, um seine Gottmaschinen zu warten. Die Titanen waren fort, ebenso wie jegliche Spuren ihrer Anwesenheit, doch die gewaltige Kammer war alles andere als leer. Teils Mahnmal, teils Archiv, teils Museum war der Hangar jetzt ein Monument für Abaddons Reise durch das Auge und ein Zeugnis des Innenlebens seines Geistes.

Ich fühlte Telemachons unterschwellige Ehrfurcht und Lheors zögerliches Staunen. Ich wusste, dass meine eigene Überraschung sich ebenso deutlich gezeigt hätte, wären die anderen in der Lage gewesen, meine Gedanken zu lesen wie ich ihre.

Noch nie zuvor hatte ich eine Kammer wie diese gesehen. Abaddon hatte uns nach unserer Begegnung im Korridor hierher gebracht und war ganz offensichtlich von Lheors Versprechen des Diebstahls alles andere als beeindruckt.

An einer Wand hingen die Knochen einer immensen Schlangenkreatur, die auf ein Wesen hinwiesen, welches groß genug war, um einen Land Raider im Ganzen zu verschlingen. Selbst die kürzesten Fangzähne in ihrem dreifach gehörnten Schädel hatten die Länge eines Kettenschwerts; die größten waren so lang wie ein Dreadnought. Über die gekrümmte Oberseite jedes Zahns zog sich eine Art Furche. Es waren Rinnen, um das Blut eines Bisses herausspritzen zu lassen und damit zu verhindern, dass die Zähne in der Beute stecken blieben. Ich wollte nicht wissen, was genau eine Bestie wie diese jagte, das von ihr verlangte, ihre Gegner auszubluten, anstatt sie komplett zu verschlingen.

Mehrere der vordersten Fänge des Schädels waren zerschmettert und zeigten die schartigen Bruchstellen stumpfer Gewalteinwirkung.

»Dem Ding bin ich auf Skorivael begegnet«, erklärte Abaddon und bemerkte mein Interesse. »Sie leben dort im größten Ozean in Schwarmbehausungen aus giftigen Korallen.«

»Und die zerschmetterten Fangzähne?«, fragte ich und starrte das Ding weiterhin an.

»Ich habe sie mit einer Energiefaust eingeschlagen«, sagte er. »Es hat versucht, mich zu fressen.«

Er schritt durch die Kammer, ohne irgendetwas anzufassen, und wir taten es ihm gleich. Die Ordnung war inmitten dieses Durcheinanders nur ein Mythos. Verrottende Leichen aus mehr Spezies, als ich auf die Schnelle zählen konnte, hingen von Fleischerhaken an Ketten, während Skelette im Ganzen oder in Teilen an die Wände gebunden oder in Haufen inmitten des Chaos liegen gelassen worden waren. Pergamentschriftrollen füllten ganze Kisten, während Hunderte von Datablocks immer wieder blinkend zu batteriebetriebenem Bewusstsein erwachten. Dutzende Maschinen grollten und summten, während sie ihrem Zweck nachgingen – auf dem Deck, an den Wänden, an der Decke.

Maschinenteile und Waffen lagen unordentlich auf dem Deck verteilt. Hier und dort lagen geborgene Rüstungen ohne Anschein eines Ordnungssystems. In der kannibalisierten Unordnung zeigten sich die Farben jeder Legion inklusive des Kobaltblaus der Thousand Sons. Waffen aus Hunderten Kulturen und Zeitaltern wurden entweder in schimmernden Stasisfeldern auf Marmorsockeln präserviert oder auf dem Deck Rost und Verfall überlassen.

Ich nahm die goldene Hellebarde eines Custodes des Imperiums auf und drehte sie in meinen Händen.

»Sie ist auf den Krieger, der sie einst geführt hat, gencodiert«, sagte Abaddon, »aber ich kann sie für dich aktivieren, wenn du es wünschst.«

Ich ließ sie wieder auf das Deck fallen, hatte mich immer noch in dem verloren, was ich sah. Das Gewölbe wirkte, als wäre ein Sturm durch ein Kriegsmuseum gefegt. Die Schätze von Abaddons Pilgerfahrt durch das Auge ... Ein Vermögen an Relikten und Kulturschätzen, ebenso wie eine ganze Welt an Schrott und Müll, der keine besondere Bedeutung hatte.

Abaddon deutete mit überraschender Höflichkeit mit einem seiner nicht zusammenpassenden Panzerhandschuhe nach oben. Weit über uns ratterten Hunderte Generatoren, die an die gotische Bogendecke genietet waren.

»Erkennst du es?«

Das tat ich nicht. Zumindest anfangs. Der Raum war zu überwältigend. Ein Großteil der Wände bestand aus Knochen, die sich gemeinsam mit dem Rest des Schiffs verwandelt hatten, aber Streben aus braunem Eisen und schwarzem Stahl fügten sich in einem künstlichen Zusammenspiel in die bogenförmige Knochenstruktur und bildeten das Fundament, auf dem neue Maschinen am Deck, den Wänden und der Decke der Kammer befestigen waren.

Ich sah Reaktorturbinen, Wärmetauscher und sogar etwas, das wie eine Plasmawiege aussah – obwohl es viel zu klein war, um ein richtiger plasmabetriebener Reaktor zu sein. Drei der Einrichtungen entlang einer Wand waren eindeutig Folterbänke, komplett mit Fesseln und Neuralnadeln. Die Maschinen schienen weder in Form noch Funktion etwas gemeinsam zu haben – die Sammlung war so eklektisch, dass sie beinahe zufällig wirkte.

Das alles war durch Kabel miteinander verbunden und von

grauen Kristallen durchzogen. Jede Maschine hielt Hof über eine Traube kleinerer Maschinen, Cogitatoren, Monitore und Generatoren. Die gesamte linke Wand wurde von Operationstischen und wandmontierten Servitors eingenommen, die mit Werkzeugen zur bionischen Augmentation und der nötigen Mikrochirurgie ausgestattet waren, von der diese immer begleitet wurde.

Ich sah sie mir gemeinsam an, sah mir die Kammer in ihrer Ganzheit an, die Anordnung und Gruppierung der Maschinen. Vor allem jedoch folgte ich den Energiekabeln, die zwischen ihnen verliefen. Sie bildeten Umrisse. Vertraute Umrisse.

Jede Maschine stellte die Position eines Sterns dar. Wenn man sie alle zusammen betrachtete, dann formten sie ... Konstellationen.

Skorpios Venenum, der Vergifter. Feraleo, die große Bestie. Jeima und Inaya, die Zofen des Imperators. Und dort, Saghitarus der Jäger mit seiner Gefährtin im Rock, Oriana die Jägerin. Welche astrale Signifikanz die Anordnung der Maschinen ergeben würde, wenn man sie in psionischen Ritualen benutzte, ließ sich nur erahnen. Abaddon hatte auf mehr als nur eine Art einen Nexus der Energien erschaffen.

»Es ist der Nachthimmel«, sagte ich. »Dies sind die Sterne von Terras Oberfläche aus gesehen.«

Meine Antwort erfreute ihn, nach seinem flüchtigen Lächeln zu urteilen. Er gab jedoch keine weitere Erklärung ab.

»Darf ich euch eine Erfrischung anbieten?«

Wer war dieser entwaffnende, bescheidene Pilger? Wo war der cholerische König der Schlacht, der die Kriegerelite der angesehensten Legion kommandiert hatte? Mir fehlten die Worte. Sein Allerheiligstes war der Schuppen eines fanatischen Sammlers, die Werkstatt eines trainierten Techmarines, die trübe Zuflucht eines Gelehrten, die Rüstkammer eines verzweifelten Soldaten. Es war alles und doch nichts davon. Er hatte während seiner alleinigen Reisen mehr gesehen als wir alle, und das zeigte sich hier in seinem Schrein der Erinnerungen.

Die Erfrischung, die er uns anbot, stellte sich als klares alkoholisches Getränk heraus, das ein Brennen auf der Zunge zurückließ. Ich bin sehr großzügig, wenn ich sage, dass es den chemischen Geschmack von Antriebskühlflüssigkeit hatte.

Dieses ›Getränk‹ kam aus einem Fass, auf dem Warnsymbole für säurehaltige Toxizität prangten, und wurde in Fläschchen aus verzogenem, weißem Metall gegossen. Ich bekam das unangenehme Gefühl, dass Abaddon sich tatsächlich Mühe gab, gastfreundlich zu sein. Telemachon weigerte sich, die Flüssigkeit anzurühren. Ich nahm aus Höflichkeit eines der Fläschchen an.

»Das Zeug ist gut«, sagte Lheor, während er die klare Flüssigkeit trank. »Meinen Dank, Captain.«

Ich ließ meine Sinne Lheors Verstand berühren. Die Neugierde zwang mich, nach irgendeinem Anzeichen der Täuschung zu suchen. Unglaublicherweise sprach der World Eater die Wahrheit. Er mochte es.

»Es ist Adrenochrom«, sagte Abaddon, »das aus den Nebennieren lebender Sklaven gewonnen und mit mehreren künstlichen Verbindungen vermischt wurde, inklusive einer Formel, die ich entwickelt habe, während ich versuchte, Ektoplasma zu synthetisieren.«

Ich hörte auf, die künstliche Maschinenkonstellation anzuschauen, und starrte ihn an.

»Ihr habt versucht, Aetheria zu synthetisieren? Ihr habt versucht, das fünfte Element künstlich nachzubilden?«

Er nickte. »Das ist jetzt schon einige Zeit her. Ich habe das Vorhaben schlussendlich als vergeblich aufgegeben.«

»Ihr ... Ihr habt versucht, rohe Warpenergie zusammenzubrauen? Aus Chemikalien?«

»Nicht nur Chemikalien. Ich habe außerdem das verwendet, was man ›übernatürliche Reagenzien‹ nennen würde. Das hier ist natürlich das inerte Resultat. Der Abfluss, wenn man so will, der weiterhin mit einer Menge an Alkohol vermischt wurde, die einen unmodifizierten Menschen umbringen würde.« Er hielt inne und sah mich einen langen Augenblick an. »Du scheinst Probleme mit dem Konzept zu haben, Khayon.«

»Ich gebe zu, das habe ich. Welche Materialien habt Ihr verwendet?«

Er grinste. »Die Tränen von Jungfrauen. Das Blut von Kindern. Du bist vertraut mit den Mysterien des Warp, also wirst du wissen, wie es mit diesen Dingen immer ist. Symbolismus ist alles.«

Ich starrte ihn einfach nur an, da ich mir nicht sicher war, ob er die Wahrheit sagte. In der Luft hing der Geruch ranziger Bronze.

»Witzig«, sagte Lheor leise lachend, während er den Rest seines Getränks leerte.

»Ich gebe mir Mühe. Ich habe außerdem das Gift von einem der Nimmergeborenen verwendet, die sich vor mehreren Jahren auf dem Schiff manifestierten. Er bereitete mir Ärger, bis ich ihn durch eine List einfangen konnte. Ein paar weitere erwähnenswerte Zutaten waren die Leichen mehrerer Psioniker und Nimmergeborener, die langsam in gekühlten Plasmawiegen aufgelöst wurden. Dann leitete ich den übrig gebliebenen Schleim durch hexagrammgeschützte Reiniger.«

Er sprach, als wäre die detaillierte alchemistische Transmutation ein Teil seiner täglichen Aufgaben. Ich fragte mich, ob es irgendwelches verbotenes Wissen gab, mit dem er sich während seiner Abgeschiedenheit nicht wenigstens oberflächlich beschäftigt hatte.

»Ich verstehe«, murmelte Lheor. »Wie aufschlussreich.«

»Sarkasmus ist für einen Krieger ungebührlich, Lheorvine. Wenn es mich gelangweilt hat, es zu tun, dann ist es ebenso langweilig, von dem Prozess zu hören. In Wahrheit habe ich all diese Experimente nun hinter mir gelassen. Die Neugierde trieb mich dazu, es zu versuchen, doch ich zog nur wenig Freude aus meiner Arbeit. Wie ihr euch vorstellen könnt, verbringe ich den Großteil meiner Zeit fern vom Schiff.«

Er schenkte zum ersten Mal dem ledergebundenen Tarotdeck Aufmerksamkeit, das an meinen Gürtel gekettet war. »Das ist ein beeindruckendes Grimoire.«

Das Wort ›Grimoire‹ war eher etwas für theatralischere Verwender der Kunst als mich, aber ich korrigierte ihn nicht.

»Trinkst du das noch?«, fragte Lheor mich. Ich gab ihm wortlos das Fläschchen. »Man sollte trinken, solange man kann.«

Er hatte nicht unrecht. Ach, die Schlachten, die wir im Auge wegen etwas so Einfachem und Ursprünglichem wie Durst ausgetragen haben. Ich habe ganze Jahre meines Lebens von chemischen Verbindungen, krebserregendem Seewasser und sogar Blut gelebt. Ich habe Brüder und Vettern für einhundert Sünden abgeschlachtet, doch Ihr könnt Euch nicht vorstellen, wie viele Feinde in Kriegen um sauberes Wasser meiner Klinge zum Opfer gefallen sind.

»Ich glaube, ich sehe nicht recht«, flüsterte Telemachon auf der anderen Seite des Gewölbes. »Die Klaue.«

Wir gingen zu ihm. Er stand vor einem Rüstungsständer, der hinter einem weiß schimmernden Stasisfeld verschlossen war. Die klobige schwarze Cataphractii-Rüstung war unverkennbar. Sie bestand aus geschwärztem Ceramit und war mit Horus' starrendem Auge verziert. Die Kriegsrüstung des Obersten Häuptlings der Justaerin. Abaddon war in seiner altersgebleichten Rüstung, die er sich von allen Neun Legionen zusammengeraubt hatte, weit entfernt von dem Krieger, der er einst gewesen war, als er diese kunstvoll verzierte Terminatorrüstung auf den Wehrgängen des Imperialen Palastes getragen hatte. Bolternarben und Schnitte waren beinahe auf jedem Zentimeter des Ceramits zu sehen. Es stand außer Frage, dass Abaddon vor seiner Pilgerfahrt stets dort zu finden gewesen war, wo das Kampfgewühl am dichtesten war.

Getrennt von der Rüstung lag eine gewaltige Energieklaue auf einem eigenen Sockel. Ihre Finger waren silberne, leicht gebogene Klingen, von denen jede einzelne eine monströse Sichel war. Ein reich verzierter doppelläufiger Bolter auf dem Rücken der gepanzerten Hand machte die Waffe noch klobiger. Die Munitionszufuhr hatte die Form klaffender Mäuler hungernder Messingdämonen. Kratzer und Beulen bedeckten die schwarze Oberfläche der Klaue.

Die Klaue des Horus. In der Stase sah sie beinahe banal aus.

Tödlich, bösartig, brutal, aber dennoch nur eine Energieklaue. Nur eine Waffe.

Telemachons lustvolles Zittern war die stärkste Emotion, die ich von seinem Geist gespürt hatte, seit ich diesen neu geformt hatte. Ich fühlte, wie er hinter seiner Begräbnismaske geiferte.

Dann sah ich, warum.

Blut besudelte die Klingen der Klaue – getrocknete Flecken, die über das helle Metall der Klingen verteilt waren. Telemachons Hand lag auf der Abwehraura des Stasisfeldes, als könnte er sie einfach hindurchschieben und die Klaue berühren, die es schützte.

Abaddon schloss sich uns an. Seine unmenschlichen Augen betrachteten die Waffe hinter dem Schutzfeld. Sie war für ihn weniger geheimnisvoll, aber dafür umso bedeutungsvoller. Er hatte seinen Primarchenvater die Klaue tausendfach in die Schlacht tragen sehen, was dem Relikt einen Hauch des Vertrauten verlieh, aber er war auch derjenige gewesen, der die Klaue von der erkaltenden Leiche seines Vaters genommen hatte, während ihre Klingen immer noch feucht waren von ... von ...

Ich atmete leise aus und spürte die neblige Wärme des Stasisfeldes auf meinem Gesicht. »Wann habt Ihr sie in Stase gesteckt?«, fragte ich Abaddon.

»Innerhalb von Stunden, nachdem ich sie an mich genommen hatte.« Abaddon starrte nun ebenfalls auf sie, obwohl ich nicht sagen konnte, welche Emotionen sich hinter seinen goldenen Augen kräuselten. »Ich habe sie nie im Kampf geführt.«

Er begann einen Deaktivierungscode einzugeben, um das Stasisfeld auszuschalten. Ich packte sein Handgelenk hart, doch es war bereits zu spät. Zu spät. Das Haltefeld erzitterte und verschwand.

Waffen haben Seelen. Das Mechanicum des Mars hat dies schon immer gewusst, mit seinen Ritualen, um die Maschinengeister ihrer Waffen, Klingen und Kriegsmaschinen zu ehren und zu besänftigen. Doch die Seele einer Waffe wird auch im Warp reflektiert. In dem Moment, da das Stasisfeld zusammenfiel und die Klaue wieder in die Realität ließ, kratzte der Geist der Waffe – ein Ding von unfassbarem Jagdinstinkt – an meinem eigenen.

Die mörderische, kreischende Nähe der Klaue bedrohte mich, von den tödlichen Klingen bis zu den breitmäuligen Waffenmündungen, die wie ein Parasit auf ihrem Handrücken saßen. Leichengestank ging schwer und heiß und erstickend in einer Aura von den blutbefleckten Klingen aus. Die getrocknete, satte Röte der gebogenen Klingen übte einen öligen, fließenden Druck auf meine Augen aus. Die weinende Wehklage eines trauernden Vaters und sterbenden Gottes war ein schreiendes Rauschen in meinen Ohren, sank in meinen Schädel. Jeder einzelne Schnitt, jeder Kratzer und jede Beule auf der Waffe waren auf einem Schlachtfeld verdient worden, auf dem Bruder gegen Bruder gekämpft hatte.

Ich hatte ein halbes Dutzend Schritte nach hinten gemacht, bevor ich überhaupt bemerkte, dass ich mich bewegte, und ich hielt eine Hand gegen die Seite meines Kopfes gedrückt, um den stechenden Druck zu lindern, der mein Gehirn zerquetschte. Meine Sicht verschwamm und wurde zu nutzlosen Schemen. Der Gestank genetisch gereinigten Blutes ließ mich würgen. Sein Geschmack ertränkte meine Zunge. Meine Axt fiel scheppernd aufs Deck, ohne dass ich mich daran erinnerte, dass ich sie überhaupt gezogen hatte.

»Sieh an, sieh an.« Abaddons Stimme drang wie aus weiter Ferne zu mir. »Was für ein sensibles Wesen du doch bist, Khayon. Du bist viel feinfühliger, als mir klar war.«

Linderung kam, jedoch nicht schnell. Der Ansturm auf meine Sinne ließ nach, zog sich widerwillig zurück wie die Fluten eines Ozeans. Ich sog Atem in meine Lungen, fühlte, wie sie sich in meiner Brust ausdehnten. Die Luft trug immer noch diesen gengeschmiedeten Todesgeruch mit sich, aber er setzte mir nicht mehr so zu.

In den kommenden Jahren würden wir so oft den Blood Angels und ihren Nachfolgeorden gegenüberstehen, und jedes Mal würden die Nachfahren des Sanguinius in der Gegenwart der Waffe, die den Imperator bezwungen und ihren Primarchen-Vorfahren ermordet hatte, ihre ganz eigene Art des Wahnsinns erleiden. Ich glaube, in jener Nacht an Bord der *Geist der Rachsucht* spürte ich einen winzigen Teil ihres Schmerzes.

Ich erhob mich von dem Knie, auf das ich gesunken war, und wischte mir mit meiner gepanzerten Hand das Blut von Nase und Mund. Auf dem tiefen, metallischen Blau sah es schwarz aus.

Das Stasisfeld war immer noch deaktiviert. Die Präsenz der Klaue drang auf meine Sinne ein, doch als Flüstern anstatt als brodelnde Flut. Meine Brüder beobachteten mich mit einem unterschiedlichen Grad an Verständnis.

»Das war unangenehm«, gab ich zu.

Sie hatten ebenfalls auf die Enthüllung der Klaue reagiert, jedoch nicht so stark. Ich fühlte Telemachons unterschwellige entzückte Abscheu ob des Geruchs der blutigen Klingen und das dumpfe Lodern in Lheors tickendem, schmerzendem Geist.

Abaddon stellte das Feld mit einem Reaktivierungscode wieder her. Mein Unwohlsein verschwand umgehend, als die Waffe aus der Zeit entfernt wurde.

»Vielleicht war es unangenehm, aber auch sehr lehrreich«, sagte Abaddon schließlich. Er trat an eine Werkbank, auf die er kurzerhand mit einem lauten Scheppern von Metall auf Metall seinen Bolter warf. »Also. Lheorvine war dabei, mir zu erzählen, dass ihr gekommen seid, um mein Schiff zu stehlen? Bitte, fahrt fort.«

Es war zu spät für Lügen, und ich vermutete, dass er jegliche Täuschung durchschauen würde, egal wie gut sie formuliert war.

»Der Gedanke war uns gekommen«, antwortete ich.

Abaddon tippte sich dreimal aufs Herz in jener formalen Geste der Ehrlichkeit, die zur Gewohnheit so vieler auf Cthonia geborener Sons of Horus gehörte.

»Versuch es nicht, denn ich wäre gezwungen, dich zu töten. Ich brauche dich viel zu sehr, um dich sterben zu lassen, mein Bruder.« Er hielt inne und richtete seinen goldenen Blick wieder auf mich. »Wie geht es deiner Schwester, Khayon?«

Ich folgte dem Spiel seiner Worte, ohne ihre Bedeutung wirklich zu begreifen. Er hatte gewusst, dass wir kamen, und er hatte gewusst, wer wir waren. Er war sich darüber bewusst, dass ich vorgehabt hatte, die *Geist der Rachsucht* für mich selbst zu beanspruchen. Jetzt behauptete er, mich zu brauchen. Für was, ließ sich nur schwer erraten, doch als er meine Schwester erwähnte, biss ich die Zähne zusammen. Tödliche Blitze wanden sich um meine Finger, hervorgerufen durch meinen plötzlich aufkeimenden Zorn.

»Stimmt etwas nicht, Khayon?« Abaddons Augen leuchteten in einem wissenden Gold.

»Ihr werdet sie mir nicht wegnehmen.«

Durch die Adern, die unter seinen Wangen und an seinem Hals zu sehen waren, schien ein paar Herzschläge lang eine dunklere Flüssigkeit zu fließen als Blut. Ich konnte jenseits der Fassade der Ruhe, die er als Schild benutzte, kaum etwas von seinen unangreifbaren Gedanken lesen, aber ich spürte unter seinem äußerlichen, wohlwollenden Lächeln die Flut von etwas wie Lava in seinem Herzen.

»Ich habe gefragt, wie es ihr geht. Das ist wohl kaum die Androhung, sie dir zu nehmen.«

Lheor und Telemachon beobachteten mich jetzt. »Deine Schwester?«, fragte der World Eater.

Abaddon antwortete an meiner Stelle. »Die Anamnesis. Vergebt mir, ich nahm an, das sei allgemein bekannt.«

Lheor keuchte auf. »Dieses elendige Ding in ihrer Flüssigkeit unten im Kern ... Das ist deine Schwester?«

Ich verspürte nicht den Wunsch, diese Angelegenheit zu diskutieren, am wenigsten hier und jetzt. Lheor ignorierte den Hinweis, der in meinem Schweigen lag. »Warum solltest du dem Mechanicum gestatten, das deinem eigenen Fleisch und Blut anzutun?«

»Es gab keine Wahl.« Ich fuhr zu Lheor herum und zwang die schlängelnden Blitze, sich in die stinkende Luft der Kammer abzuleiten. Ich musste vorsichtig sein – jegliches Anzeichen von Aggression würde seine Nägel zubeißen lassen. »Sie wurde von einem der psionischen Jäger auf unserer Heimatwelt infiziert. Er legte seine Eier in ihren Geist und die Jungen der Kreatur verschlangen die Hälfte ihres Gehirngewebes, bevor sie erfolgreich entfernt wurden. Sie konnte entweder zur Anamnesis werden oder ihr Leben unter Qualen als lethargische Hülle der Frau fortführen, die sie einst gewesen war.«

Darüber zu sprechen brachte all die Erinnerungen zurück. Die letzten Nächte an ihrem Bett, sie zu waschen, als sie jegliche Kontrolle über ihre Körperfunktionen verloren hatte. Das endlose Weinen unserer Eltern, die den Gehirnchirurgen vorwarfen, dass sie zu schlechte Arbeit geleistet hatten, und mich beschuldigten, zu spät nach Tizca zurückgekehrt zu sein. Die nächtelangen tiefen Sondierungen von Itzaras Bewusstsein, während derer ich nach irgendeinem Teil von ihr gesucht hatte, der von den gefräßigen Kreaturen und den zerfurchenden Operationen, die gefolgt waren, unberührt geblieben war.

Ich hatte meine jüngere Schwester in dem Wissen an den Mechanicum-Außenposten auf Prospero gegeben, dass dessen Experimentatoren einen lebenden psionisch begabten Menschen für ihre Anamnesis-Umwandlung benötigten. Ich wusste, dass es riskant war und dass alle vorherigen Versuche, ein künstliches Gestaltbewusstsein zu erschaffen, fehlgeschlagen waren. Doch es war das Risiko wert gewesen und ich würde es wieder tun. Es war die einzige Wahl, die ich treffen konnte.

Lheor und Telemachon sahen mich in einem neuen Licht. Abaddon sah mich an, als könnte er jeden meiner Gedanken hören und sehen.

Er tippte dreimal mit dem Finger gegen sein Herz. »Vergib mir, Bruder. Diese Wunde ist frischer, als mir klar war. Ich wollte dich nicht beleidigen oder verletzen.«

Ich hörte auf, die Zähne zusammenzubeißen, doch die Anspannung verließ mich nicht. »Kein Problem«, log ich. »Ich fühle mich verantwortlich für sie.«

»Deine Loyalität macht dir Ehre«, bemerkte Abaddon. »Sie ist einer der Gründe, warum ich euch hergerufen habe.«

»Uns hergerufen?« Lheor bemerkte es im gleichen Augenblick wie ich. »Sargon ... Der Word Bearer war kein Prophet. Ihr habt ihn zu Falkus geschickt, um uns herzulocken.«

Abaddon breitete die Hände aus und verbeugte sich vornehm. Seine zusammengeflickte Rüstung heulte bei jeder Bewegung surrend.

»Lasst euch versichert sein, dass er definitiv ein Prophet ist, aber ja, er war der Köder. Es war kaum eine meisterhafte Manipulation. Ihr seid nicht die einzigen Seelen, die ich hergerufen habe, aber ihr habt die Ehre, die ersten zu sein. Ich verließ mich auf Falkus' Verzweiflung und seinen Wunsch, das beschmutzte Vermächtnis seiner Legion zu rächen. Ich verließ mich auf Ashur-Kais Hunger nach jedem Fetzen Voraussicht. Ich verließ mich auf Telemachons Wunsch, Khayon gegenüberzutreten. Ich verließ mich auf Khayons Empathie für eine getötete Legion und seine Loyalität gegenüber Falkus, ebenso wie auf seinen Glauben, dass er die *Geist der Rachsucht* einnehmen könnte, indem er seine Schwester als ihren Maschinengeist installierte. Und was dich angeht, Flammenfaust, so habe ich mich auf deinen Wunsch nach mehr als dem Leben eines blutrünstigen Killers und dein Verlangen nach einem Lebenszweck verlassen. Kurz gesagt, ich habe mich auf Krieger verlassen, die mehr sein wollen als das Vermächtnis ihrer verminderten Legionen. Alles ergab sich mit Leichtigkeit. Sargon war nur der erste Atemzug, der den Sturmwind aufheulen ließ.«

Lheor blickte ihn mit seinen genähten Gesichtszügen finster an. Zuerst hatte ich das Gefühl, dass er mehr sagen wollte, doch dann knurrte er stattdessen: »Nennt mich nicht Flammenfaust.«

Der Sons-of-Horus-Legionär lachte ob dieser Worte. Sein schmutziges Haar klebte an seinen bleichen Wangen. »Also gut, mein Bruder. Wie du willst.«

Während wir uns weiter unterhielten, ging Lheor im Gewölbe auf und ab, untersuchte Maschinen und stellte ihre Funktion fest. Auf den Waffen lag sein Blick am längsten.

»Nicht anfassen«, warnte Abaddon irgendwann. Lheor legte

die Rotorkanone wieder hin. Ihre multiplen Läufe hielten surrend an.

Ich stellte die Frage, die die Krieger der Neun Legionen bereits seit einer Ewigkeit beschäftigte.

»Warum habt Ihr Eure Legion im Stich gelassen?«

Abaddon hatte sich umgewandt, um an dem Bolter zu arbeiten, der auf der Werkbank lag. Er ölte den Mechanismus und wusch die einzelnen Komponenten mit einer Reinigungslösung.

»Horus' Krieg war vorbei. Der Krieg damals hatte Bedeutung, dieser hat keine. Wenn der wahre Konflikt in Asche zurückblieb, warum sollten mich dann diese bedeutungslosen, endlosen Scharmützel zwischen den Neun Legionen kümmern?«

Mein Blut war in Wallung und das nicht nur nach der Offenbarung der Klaue. Abaddons beiläufiges und endloses Wissen über mich und meine Brüder linderte nicht gerade mein Gefühl der Vorsicht, während sein unbekümmertes Abtun der Leben, die seit Beginn der Legionskriege im Auge verloren worden waren, meinen Speichel in Galle verwandelte.

»Hast du etwas zu sagen, Khayon?« Ich bildete mir die Herausforderung in seinem Tonfall nicht ein.

»Die Dritte und die Zwölfte haben mehr Krieger aneinander verloren als während Horus' ganzer Rebellion. Ahriman hat die Fünfzehnte ermordet. Nur wenige Seelen pflegen mit der verfluchten Vierzehnten überhaupt noch Umgang, seit sie an den Gott des Lebens und des Todes verloren ging. Die Achte ist bestenfalls noch in verstreuten Gruppen vorhanden und die Vierte herrscht über ihre isolierten Bastionen und erhebt sich lediglich, um in der Vorhut dämonischer Maschinenhorden zu handeln und zu plündern. Über die Zwanzigste kann niemand etwas mit Bestimmtheit sagen, aber –«

»Sie ist hier«, unterbrach Abaddon lächelnd. »Verlass dich drauf.«

»Wie könnt Ihr so ignorant sein?« Ich merkte, wie meine Stimme härter wurde, als ich das Schicksal der Legionen aufzählte, um Abaddons Augen gegenüber dem Krieg zu öffnen, den er ignoriert hatte. »Eure Legion ist *tot*«, drängte ich ihn. »Ihr habt sie sterbend zurückgelassen.«

Er sah mich an und musste dabei dem Bolter, den er gerade reinigte, keine Aufmerksamkeit schenken. Sein Blick ließ mich wissen, dass ich nicht nur darin versagt hatte, ihn zu überzeugen, sondern dass ich genau das gesagt hatte, was er zu hören erwartet hatte.

»Solch schneidende Worte, Tizcaner. Doch wie loyal stehst du zu deiner eigenen Blutlinie? Wie oft kehrst du zu der von Geistern geplagten Welt zurück, wo Magnus Einauge oben auf dem Turm des Zyklopen weint?«

Mein Schweigen antwortete für mich. Seine goldenen Augen loderten mit einem inneren Licht auf, als er fortfuhr. »Die Legionskriege werden nie enden, Khayon. Sie sind ein Teil des Lebens hier in der Hölle und sie werden nie und nimmer enden. Mehr noch, sie sind die grausame Unausweichlichkeit jener, die zu stolz und zu zornerfüllt sind, um ihre Niederlage in der Vergangenheit zu akzeptieren. Das sind nicht meine Schlachten. Blut zu vergießen für Sklaven und Territorien? Ich bin kein Barbar, der für solch triviale Nichtigkeiten kämpft. Ich bin ein Soldat. Ein Krieger. Wenn die Legionen gegenseitig ihre Jagdreviere wegen Abfällen überfallen und sich gegenseitig ihre Spielzeuge stehlen wollen, dann sollen sie. Ich habe kein Bedürfnis, sie vor ihrem unbedeutenden Schicksal zu bewahren. Sie entscheiden sich dazu, in einem wertlosen Krieg zu kämpfen und zu sterben.«

Es war Telemachon, der sprach. Er war der Einzige von uns, der während des Großen Kreuzzugs mehr als einmal an Abaddons Seite gekämpft hatte.

»Ihr habt Euch verändert«, sagte er. Seine sanfte Stimme passte zu dem gelassenen Ausdruck seiner silbernen Maske.

Abaddon nickte. »Ich bin über die Oberfläche jeder Welt in diesem höllischen Gefängnis gewandelt. Das musste ich – um die Grenzen dieses Reiches zu erkunden und seine Geheimnisse zu sehen.« Er blickte wieder auf den Bolter und begann ihn zusammenzusetzen, jetzt, da er sauber war. »Alter Groll und alte Gefolgschaft interessieren mich nicht mehr. Ob wir es wollen oder nicht, dies ist ein neues Zeitalter.«

Ich stieß den Atem aus, von dem ich nicht bemerkt hatte, dass ich ihn angehalten hatte. Ich startete einen letzten Versuch.

»Das ist alles, was Ihr zu sagen habt – dass Ihr besser und weiser seid als wir, die wir noch in die Legionskriege verstrickt sind? Eure Genlinie ist praktisch ausgelöscht, Abaddon.«

Mein Drängen erreichte nichts, als ihn zu amüsieren. »Hör dir selbst zu, mein Bruder. Du argumentierst und argumentierst, als ob du dich nicht der gleichen Sünden schuldig gemacht hättest, die du mir vorwirfst. Stehst du vor mir und wetterst gegen meine Entscheidungen, weil du wirklich nicht mit mir übereinstimmst oder weil du als Falkus' Fürsprecher hier bist?«

Lheor lachte bellend neben mir. Ich fühlte, dass Telemachon unter seinem Helm lächelte.

»Ihr missversteht den Ernst der Situation«, sagte ich. »Lupercalios ist fort, vom Angesicht der Schöpfung getilgt.«

»Mir ist durchaus bewusst, was am Monument geschehen ist.«

Mehrere Sekunden lang wusste ich nicht, was ich sagen sollte. »Ich verstehe nicht, wie Ihr in dieser Sache so ruhig bleiben könnt.«

»Soll ich in kindischem Zorn herumschreien?«, konterte Abaddon. »Zorn ist eine Waffe, mein Bruder. Eine Klinge, die man in der Schlacht einsetzt. Außerhalb des Krieges neigt sie dazu, die Urteilskraft zu trüben. Warum sollte ich einer Legion hinterhertrauern, die ich freiwillig zurückgelassen habe? Ich bin nicht länger einer von ihnen.«

Ich konnte kaum fassen, dass ich diese Worte vom ehemaligen Ersten Captain der Sons of Horus hörte. Abaddon hielt mein Schweigen für eine Kapitulation und vertrat seinen Standpunkt noch beharrlicher.

»Beantworte mir Folgendes: Khayon – bist du noch ein Legionär der Thousand Sons? Lheorvine, bist du noch ein World Eater? Telemachon, dessen Legionsname jetzt unter allen am hohlsten klingt, bist du noch einer der Emperor's Children? Der Imperator und seine fehlgeschlagenen Söhne haben euren Legionen diese Namen gegeben. Erklingen sie in euren Herzen und Seelen noch voller Stolz? Seid ihr noch die Söhne eurer Väter, respektiert ihr sie noch und verkörpert ihr Versagen? Seht ihr ihre Fehler und Schwächen und wollt ihr sie wiederholen? Sargon hat auf die Pfade der Zukunft geschaut und mir gesagt, dass mehr an euch ist als der Ruf wertloser Blutlinien. Hatte er unrecht?«

Seine fordernden Anschuldigungen ernüchterten uns alle drei. Wir verfielen wieder in Schweigen. Wenn man eintausend Fragen hat, ist es schwer zu wissen, wo man anfangen soll. Abaddon schenkte uns kaum Aufmerksamkeit, sondern ritzte cthonische Runen in die Hülsen seiner Boltgeschosse.

Lheor wanderte weiterhin durch das Gewölbe und sah sich die biologischen Komponenten an, die Abaddon in verschiedenen Flüssigkeiten aufbewahrte: Augen, Herzen, Lungen. Die Götter allein wussten, wo er sie aufgetrieben hatte; die meisten waren nichtmenschlichen Ursprungs, und die Organe der Nimmergeborenen zu präservieren bedarf einer besonderen Art von geduldiger alchemistischer Expertise. Man hätte eine Woche lang durch diese Mahnmalkammer wandern können, ohne auch nur die Hälfte ihrer Wunder bestaunen zu können.

Als er zurückkam, leerte Lheor ein weiteres Fläschchen des abartigen Gebräus unseres Gastgebers. Seine dunklen Gesichtszüge verzogen sich zu einem Lächeln.

»Ich bin kein Schüler schwarzer Magie, aber war die Hexerei unter den Dingen, die Ihr gelernt habt?«

Die Servos in Abaddons Rüstung knurrten leise, als er sich umdrehte, um uns erneut anzuschauen.

»Ich bin es gewohnt, alleine zu sein. Wenn mir also die Feinheiten deines Humors entgehen, dann kann ich mich dafür nur entschuldigen, Bruder. Was meinst du?«

»Er meint den Somnus-Ruf«, sagte ich. »Wo ist Euer Astropath?«

»Aha. Ich habe keinen Astropathen. Ich habe die Gehirne dreier Astropathen, die in einer Suspension liegen und mit den psi-resonanten Kristallen verdrahtet sind, die überall im Schiff wachsen. Du hast noch vor ein paar Minuten auf sie eingestochert, Lheorvine.«

Er zeigte auf eine Sammlung aus Organen und zerbrochenen Kristallen in einem durchsichtigen Zylinder voller kränklich grauem Saft. »Es ist das Signalfeuer, das ich benutze, um wieder hierherzufinden, wenn ich von meinen Wanderungen zurückkehre. Eines der Gehirne stammt von einer Priesterin der Eldar. Sie hat sich ganz schön zur Wehr gesetzt, das könnt ihr mir glauben. Sargon wartet allerdings die Lebenserhaltungsmaschine. Ich habe mir nie das Wissen angeeignet, sie funktionstüchtig zu halten.«

»Sargon ist tot«, sagte Lheor. »Er starb vor Monaten, als die Emperor's Children aus dem Hinterhalt unsere Flotte angriffen.«

Abaddon wandte sich wieder seiner Beschriftungsarbeit zu. »Das bezweifle ich, denn ich habe noch vor drei Tagen mit ihm gesprochen. Er ist in den Gewölben mehrere Decks unter uns. Dort geht er hin, um zu meditieren.«

Sargon lebte also noch und er hatte eine entscheidende Rolle darin gespielt, uns zu Abaddon zu locken. Das war eine weitere meiner Fragen, die beantwortet worden war, bevor ich sie stellen konnte. Ich beschloss, dass ich dem Word Bearer die Information, wie er entkommen war, notfalls aus dem Gehirn reißen würde, doch etwas Dringenderes drang in meinen Verstand.

»Haben irgendwelche Eurer Servoschädel einen Wolf entdeckt?«

Abaddon hob eine vernarbte Augenbraue. »Einen von Russ' Kriegern? Oder meinst du eines der *Kanas-lupis*-Säugetiere der Alten Erde?«

»Letztere. Ein Nimmergeborener, der sich als fenrisische Wölfin inkarniert. Ich habe nichts mehr von ihr gehört, seit wir an Bord kamen.«

»Ich glaube, ich würde mich daran erinnern, wenn ich einen von ihnen an Bord gesehen hätte. Ich nehme an, diese Kreatur gehört zu euch?«

»Ja, sie gehört zu mir.«

Abaddons Lachen war das feuchte, grollende Knurren eines Bären. »Du nennst dieses Ding ›sie‹. Wie herrlich sentimental.«

Lheor bediente sich erneut an dem öligen Gebräu. Nach einem langen Schluck schlich sich ein grimmiges Lächeln auf sein vernarbtes Gesicht. Er mochte dieses Zeug wirklich.

»Wisst Ihr, wir werden das Schiff trotzdem stehlen«, sagte er heiter. Abaddon zeigte überhaupt keine Überraschung oder Besorgnis.

»Eine gute Zielsetzung. Sie ist eines der würdigsten Monumente der Genialität der Menschheit.«

Telemachon stellte sich neben mich. Er war der Einzige von uns, der immer noch seinen Helm trug. Gleichzeitig spürte ich aber auch, dass er derjenige war, der in Abaddons Gegenwart am entspanntesten war. Ich fragte mich, ob dies an meiner Ausweidung seiner Gedanken und Emotionen lag. Ich hatte ihn neu geformt, um ihn gefügiger zu machen, doch bisher war er enttäuschend leidenschaftslos gewesen. Das Letzte, was ich wollte, war noch mehr Diener zu erschaffen, die meinen Rubricae ähnelten. Ich konnte mir schon Ahrimans Worte vorstellen – wenn sich unsere Wege das nächste Mal kreuzten, würde er meine neurale Manipulation Telemachons zweifellos als niederträchtige Heuchelei ansehen. Was mich daran am meisten ärgerte, war, dass er damit recht hätte.

»Ihr sagtet, Ihr hättet uns hergerufen«, sagte Telemachon. »Ihr habt nicht gesagt, warum.«

Der ehemalige Legionär der Sons of Horus legte seine Arbeit beiseite. »Vergebt mir, aber ich dachte, das sei offensichtlich.«

»Tut uns den Gefallen«, sagte der Schwertkämpfer.

Abaddon sah uns der Reihe nach in die Augen. Er hatte selbst damals etwas an sich – selbst nach so vielen Jahrzehnten in der Abgeschiedenheit –, das absolut schonungslose Aufrichtigkeit ohne auch nur den Hauch von Unbehaglichkeit vermittelte. Als wir seinem goldenen Blick begegneten, hatten wir das Gefühl, dass er uns Ehre zuteilwerden ließ, indem er uns ins Vertrauen zog. Hier zeigte sich zum ersten Mal wieder der charismatische Anführer, der das

Eliteregiment der bekanntesten Legion des Imperiums befehligt hatte. Seine Zeit als Pilger hatte der Brutalität seiner früheren Führerschaft eine Ebene von Weisheit und Perspektive gegeben. Ich fragte mich, wie Falkus und die anderen Sons of Horus auf diese wiedergeborene Gestalt reagieren würden.

»Horus«, sagte er. »Habt ihr gehört, wie die Nimmergeborenen von ihm reden? Sie benennen meinen Vater nicht nach seinen Siegen, sondern seinem Versagen, und bezeichnen ihn als den Geopferten König.«

»Ich habe diesen Namen gehört«, gab ich zu.

»Manchmal frage ich mich, Khayon, wo der freie Wille aufhört und die Bestimmung beginnt. Doch das ist eine Diskussion, die wir an einem anderen Tag führen werden. Horus darf nicht wiederauferstehen. Nicht wegen des Schicksals oder der Bestimmung oder der Launen des Pantheons. Der Erste Primarch starb in Schande und Versagen, meine Brüder. Das letzte Geschenk an die Legion, die ich zurückließ, war, sie in Würde sterben zu lassen. Die Emperor's Children und ihre Verbündeten bedrohen dieses würdige Ende. Jeder von euch ist bereits darauf vorbereitet, auf genau dieses Ziel hinzuarbeiten. Ihr könnt es eine Manipulation nennen, wenn ihr wollt, oder ihr nennt es eine einfache Abstimmung von Zielen. Ich bin fertig mit kalter Gefolgschaftstreue und temporären Bündnissen. Wenn ich in die Schlachten zurückkehren soll, die im ganzen Auge wüten, dann will ich etwas Realeres. Etwas Reines. Einen Krieg, der etwas bedeutet. Also, ich habe das Schiff, das ihr begehrt, und ich teile das Ziel, das ihr erreichen wollt. Doch diese beiden Tatsachen verblassen gegenüber der, das ich die Antworten habe, die ihr braucht.«

Lheor war derjenige, der den Köder schluckte. »Welche Antworten?«

Abaddon lächelte, wobei ein dunkles Licht in seine metallischen Augen trat. »Wir haben einen Krieger-Hexer mit dem Herzen eines Gelehrten und einen Schwertkämpfer mit der Seele eines Dichters, und doch ist es der blutrünstige Axtkämpfer, der die Fragen stellt, die wirklich eine Rolle spielen.«

Er griff nicht nach seinem Bolter, als er auf die riesige Tür zuhielt, die zurück ins tiefe Innere des Schiffs führte.

»Kommt mit. Es gibt da etwas, das ihr sehen solltet.«

XIV

DIE VISION

Es wäre erfreulich, sagen zu können, dass wir von der Black Legion einfach einer Prophezeiung folgen und dass alles gut sein wird; dass unser Pfad vorbestimmt und der Sieg unvermeidlich ist.

Das wäre in der Tat erfreulich. Es wäre außerdem eine Lüge.

Ich habe Prophezeiungen schon immer mit großer Abscheu betrachtet. Ich verachtete sie, als ich zum ersten Mal mit Telemachon und Lheor über die Decks der *Geist der Rachsucht* schritt. Ich verachte sie jetzt umso mehr – eine Ewigkeit in der Gegenwart von Ashur-Kai, Sargon, Zaraphiston und Moriana hat nicht dazu beigetragen, irgendeine Ehrfurcht in mir zu erwecken. Keine Seele ist so selbstgerecht wie eine, die glaubt, in die Zukunft schauen zu können.

Ich behalte meine inbrünstigste Abneigung Moriana vor. Mehr als nur einer von Ezekyles Stellvertretern hat gedroht, seine widerspenstige Seherin abzuschlachten. Einige wurden für den Versuch exekutiert, ihre Drohungen wahr zu machen. In einem Fall führte ich selbst den tötenden Speer und nahm auf Befehl des Kriegsherrn einem Bruder das Leben. Wie es in mir brannte, die Klinge gegen Moriana zu richten, während sie lächelnd an

Ezekyles Seite stand und zusah. Ich habe ihr für diesen Tag nie vergeben. Und das werde ich auch nicht.

Der Kriegsherr ist kein Narr. Obwohl er seine Seher und Weissager mehr als viele seiner Unterbefehlshaber zu schätzen weiß, hat er nur sehr selten das Schicksal der Black Legion an ihre Prophezeiungen gebunden. Nur ein Wahnsinniger hält die Versprechen der Vier Götter für mehr als verlockende Möglichkeiten. Der beste Weg, im Auge des Schreckens zu überleben, ist, den Warp zu verstehen. Der beste Weg, erfolgreich zu sein, ist, ihn zu beherrschen. Der schnellste Weg zu sterben ist, ihm zu vertrauen.

Wir behaupten also nicht, dass eine allumfassende Vision unsere Eroberungskriege anleitet. Die Voraussicht ist nur eine Waffe von vielen im Arsenal des Kriegsherrn.

In jener Nacht, als wir Abaddon dort trafen, wo die *Geist der Rachsucht* unter einer seit Jahrtausenden vergessenen Welt versteckt war, führte er uns aus seinem Pilgermuseum dorthin, wo Sargon auf den unteren Decks in stummer Reglosigkeit betete. Je weiter wir kamen, desto intensiver wurde der Geruch, denn in diesen Decks hing ohne erkennbaren Ursprung der würzige Gestank fortgeschrittenen Zerfalls. Ich spürte, wie die Schlachtausdünste in meine Haut sickerten.

Der Word Bearer wartete in den dunklen, tieferliegenden Bereichen auf uns und meditierte in einer bescheidenen Isolationszelle mit nichts als einer kalten Metallpritsche zum Schlafen. Er trug immer noch das Karmesinrot seiner Legion. Reihe um Reihe colchisischer Runenschrift war in das Ceramit eingearbeitet worden. Und wie zuvor war sein Geist für meine sondierenden Sinne so gut wie undurchdringlich.

Alleine schon der Anblick seines Gesichts war eine Offenbarung. Die Erscheinung der meisten Krieger der Neun Legionen – ebenso wie die unserer dünnblütigen Vettern von den Space-Marine-Orden des Imperiums – besitzt eine alterslose Qualität. Unsere Gene erhalten uns normalerweise in unserer körperlichen und soldatischen Blüte, sodass wir augmentierten

Männern mit einem Alter zwischen drei und vier Jahrzehnten ähneln. Ich hatte unter Sargons Helm das wettergegerbte Antlitz eines Veteranen erwartet, einen Kriegerpriester, der sein Alter und seine Narben mit Würde trug.

Seine blasse Jugendlichkeit, deren Gesichtszüge kaum das Erwachsenenalter erreicht zu haben schienen, hatte ich nicht erwartet. Er schien gerade erst aus den Reservekompanien seiner Legion eingezogen worden zu sein und nicht mehr als zwei Jahrzehnte erlebt zu haben. Schwere Brandnarben verliefen von seinem Kinn über den Hals und in den Kragen seiner Rüstung. Eine Plasmaverbrennung. Dies war die Wunde, die ihm seine Stimme genommen hatte. Er hatte Glück gehabt, dass sie ihm nicht den Kopf abgetrennt hatte.

»Mein Prophet«, grüßte Abaddon ihn. »Diese Männer wünschen Antworten.«

Sargon erhob sich von den Knien und grüßte uns mit einer vertrauten Geste aus der Schlachtfeld-Zeichensprache der Legiones Astartes. Er legte die Faust auf sein Herz und öffnete die Hand dann, während er sie in unsere Richtung ausstreckte – es war der traditionelle Gruß unter treuen Brüdern, die zeigte, dass man keine Waffe in der Hand hielt. Zu meiner Überraschung erwiderte Telemachon die Geste. Lheor nickte lediglich.

»Sargon«, sagte ich. »Habe ich dir dafür zu danken, Falkus und seine Brüder gerettet zu haben?«

Seine Augen waren grün, was selten war für die Wüstenstämme von Colchis, unter denen eine dunkle Hautfärbung beinahe ebenso weit verbreitet war wie unter den meisten Tizcanern, ebenso wie die gleichen dunklen Iriden. Als Antwort auf meine Frage nickte er einmal und schenkte mir ein schiefes Lächeln. Die Kampfzeichen der Legionen hatten kein Wort für ›Hexerei‹, doch er vermittelte ihre Bedeutung ausreichend, indem er mehrere andere Gesten aneinanderreihte.

Damit war ein weiteres Rätsel gelöst. Ich erwähnte nicht, dass Falkus und seine Krieger derzeit im Griff der Besessenheit litten. Im Augenblick wollte ich Antworten erhalten und nicht geben.

Am Ende seiner Erklärung blickte Sargon zu Abaddon und tippte mit dem Daumen unter eines seiner Augen.

»Ja«, sagte der ehemalige Erste Captain. »Zeig es ihnen.«

Sargon schloss seine hellen Augen und hielt beide Arme zu den Seiten ausgestreckt wie der gekreuzigte Gott der Kathariner. Ich spürte, wie die Anspannung stieg, der Art, wie sich die Luft vor einem Sturm auflädt, nicht unähnlich. Ich stärkte meine Abwehr für den Fall, dass er eine Art von psionischer Kontrolle auzuüben gedachte.

»Hör auf damit«, sagte ich leise. Als er nicht gehorchte, hob ich meine Hand in seine Richtung und stieß ihn telekinetisch von mir. Sargon riss die Augen auf, als er drei Schritte nach hinten taumelte. Überraschung stand ihm in sein jung aussehendes Gesicht geschrieben.

»Stimmt etwas nicht, Khayon?«, fragte Abaddon, den mein Widerstand auf eine trockene Art belustigte.

»Ich habe die Zukunft gesehen, wie Ashur-Kai sie sieht, vorhergesagt aus den Innereien der Toten und den Blutspritzern der Sterbenden. Ich habe mit meinem Bruder Ahriman in Wahrsagerteiche geschaut und dem Geplapper von Göttern, Geistern und Dämonen gelauscht. Ich interessiere mich nicht für die Prophetie und ihre endlos unzuverlässigen Pfade. Was auch immer du mir von der Zukunft zeigen willst, wird für mich nicht von Interesse sein und noch weniger von Nutzen.«

Sargon lächelte wieder – der gleiche kaum merkliche Ausdruck – und machte die hackende Bewegung, die ›negativ‹ bedeutete.

»Du hast nicht vor, uns die Zukunft zu zeigen, Prophet?«

Wieder die gleiche Geste. Negativ.

»Was dann?«

Abaddon antwortete für den stummen Seher. »Die Zukunft ist noch nicht geschrieben, Khayon, weil wir sie noch nicht geschrieben haben. Ich habe euch nicht durch das Große Auge gebracht, um euch mit den Versprechen des Warp darüber, was geschehen mag, zu bestechen.«

»Warum habt Ihr uns dann hergelockt?«

»Weil ich dich auserwählt habe, du Narr.« Er verbarg es gut mit einem Lächeln, aber der erste Anflug von Gereiztheit kroch in Abaddons Stimme. »Ich habe euch alle auserwählt.«

»Und warum uns?«, fragte ich. »Zu welchem Zweck?«

Abaddon nickte wieder in Richtung Sargon. »Das ist es, was er euch zu zeigen versucht.«

Wir sind Kinder mit den Ambitionen von Erwachsenen und dem Wissen der Aufklärung, die mit Augen über die Stadt des Lichts schauen, welche noch keinen Krieg gesehen haben. Die Nacht ist heiß. Die Sterne leuchten hell. Der Wind, so er sich denn dazu herablässt zu wehen, kühlt den Schweiß der Jahreszeit auf unserer Haut.

»Was, wenn sie uns ablehnen?«, fragt mich der andere Junge.

»Dann werde ich ein Entdecker sein«, sage ich zu ihm. »Ich werde die Wilden Lande durchreisen und der Erste sein, der auf Prospero eine neue Stadt errichtet.«

Er ist nicht beruhigt. »Es gibt nur die Legion, Iskandar. Irgendetwas anderes zu werden bedeutet, unser Volk im Stich zu lassen.«

Ich rufe ein Glas Wasser vom anderen Ende des Tisches in meine Hand und verschütte unterwegs etwas davon. Mekhari muss nach seinem greifen und sich über den Tisch lehnen, um es zu erreichen. Ich kommentiere dies nicht.

Ich fühle seine Eifersucht, kommentiere diese aber ebenfalls nicht.

Wir ...

... sind nicht länger Kinder. Wir sind Männer mit Waffen, die in unseren Fäusten aufbocken, Schwertern, die brüllen, und es ist unsere Pflicht, ganze Welten in die Knie zu zwingen.

Unser Vater, ein Wesen von solcher Macht, dass es schmerzt, ihn anzuschauen, schreitet zwischen unseren Reihen hindurch. Er zielt mit einem Schwert auf die Steinmauern einer fremden Stadt.

»Erleuchtet sie!«

Mekhari befindet sich in der Schlachtenformation neben mir. Wir marschieren gemeinsam, setzen im gleichen Augenblick unsere Helme auf. Der Karminrote König verlangt, dass die Stadt bis zum Sonnenuntergang fällt. Wir werden dafür sorgen. Wir ...

... versammeln uns in einer Kammer, die so groß ist wie ein Kolosseum, und hören zu, wie Horus Lupercal im Detail beschreibt, wie Terra sterben wird. Die taktische Analyse ist vorüber. Wir sind jetzt mitten in den Ansprachen.

Ein Teil der überragenden Genialität, die der Kriegsherr im Umgang mit anderen Kriegern gezeigt hat, ist verschwunden. Einst hat er das Hin und Her der Worte seiner Krieger ermutigt und ihnen ein Forum gegeben, wo sie Schlachtpläne verbessern und ihre Perspektive der Dinge aussprechen konnten. Heute Nacht jedoch herrscht nur sehr wenig von dieser Art des unparteiischen Austauschs. Horus sagt viel und hört zu wenig zu – ist er sich immer noch darüber im Klaren, dass wir alle aus unseren eigenen Gründen hier sind? Dass dieser Krieg für jeden von uns etwas anderes bedeutet? Hass brodelt unter seiner Haut und er glaubt, dass wir alle seinen Groll teilen. Er liegt falsch.

Mekhari steht an meiner Seite und Ashur-Kai auf der anderen. Djedhor trägt das Kompaniebanner und hält es inmitten so vieler anderer hoch.

Horus Lupercal spricht mit der Stimme und Zuversicht eines Gottes. Er spricht vom Sieg, von der Hoffnung und von ewigen Mauern, die zu Staub zerfallen.

Ich drehe mich um zu ...

... »Ahriman!«

Ich habe seinen Namen bereits ein halbes Dutzend Mal gerufen. Entweder kann er mich nicht hören oder er weigert sich. Er hebt die Arme in den von Geistern verstopften Himmel und schreit frohlockend. Drei Mitglieder unseres inneren Zirkels haben sich bereits zu tosenden Säulen aus Warpfeuer entzündet, da sie nicht in der Lage waren, gegen die Kräfte zu bestehen, die wir beschwören. Zwei haben sich aufgelöst, sind in ihre Bestandteile zerfallen, als ihr sterblicher Körper von Ahrimans rücksichtsloser psionischer Akkumulation überwältigt wurde. Hier bei ihm zu stehen ist, wie in einen Sturm hineinzurufen.

Namen werden skandiert – Hunderte und Aberhunderte von Namen –, aber selbst die anderen brechen ihre Mantras ab und beginnen einander anzustarren.

Ich kann es nicht riskieren, auf der Pyramide eine tödliche Flamme herbeizurufen. In diesem Nexus aus Ätherenergie würde sie uns alle umbringen. Die Macht, die sich unter dem schillernden Nimbus des Himmels sammelt, beginnt in tückischen, funkelnden Bögen um sich zu schlagen. Ich habe bereits versucht, ihn zu erschießen, doch der brüllende Wind holt die Boltgeschosse aus der Luft.

Sein Ritual, sein Rubrica-Zauber, misslingt. Ich habe mich darauf vorbereitet.

Saern schneidet zu meiner Rechten durch die Luft und reißt eine Wunde in die Welt. Mekhari kommt als Erster hindurch, seinen Bolter auf Ahriman gerichtet. Djedhor folgt ihm. Dann Voros, Tochen und Riochane.

»Beendet diesen Wahnsinn«, schreit Mekhari über den Wind unserem Kommandanten zu.

Ein Bogen krachender, unkontrollierter Äthermacht fährt wie ein Peitschenhieb durch die Seite der Pyramide und lässt die Plattform unter unseren Füßen erbeben. Einer der Hexer, der immer noch steht, wird geblendet. Ein weiterer wird auf die Knie geworfen.

»Tötet ihn!«, rufe ich meinen Männern zu. Weitere kommen mit jedem Herzschlag durch den Übergang. »Tötet Ahriman!« Ihre Bolter eröffnen in einem drakonischen Chor das Feuer. Kein Geschoss trifft. Kein Geschoss findet sein Ziel.

Ahriman schreit in den Himmel. Mekhari greift nach ihm. Seine gepanzerte Hand ist kaum einen Zentimeter von der Kehle unseres Kommandanten entfernt, als der Rubrica-Zauber entfesselt wird. Energie sticht aus Ahrimans Aura heraus, davongetragen von seinem trauervollen Schrei, als er – schlussendlich – erkennt, dass er die Kontrolle verloren hat.

Und dann stirbt Mekhari. Sie sterben alle.

Jeder einzelne meiner Krieger auf der Plattform an der Spitze der Pyramide unter den fremden Sternen von Sortiarius' Himmel verharrt plötzlich. Mekhari steht stumm dort. Seine greifende Hand fällt auf losen Gelenken herab. Ich sehe ihn vor mir stehen, aber ich fühle ihn nicht länger dort. Es ist, als würde ich in einen Spiegel blicken und die Person, die zurückstarrt, nicht erkennen. Es ist etwas dort, aber es ist vollkommen falsch.

Meine Krieger stürzen krachend auf dem Boden zu gerüsteten Haufen zusammen. Kheltarische Helmzieren schlagen gegen den Glasboden und verbreiten netzförmige Risse. Das Licht von Mekharis T-förmigem Visier leuchtet noch; sein Kopf ist in meine Richtung geneigt.

Ich gehe mit der Axt in der Hand auf Ahriman zu.

Irgendjemand ruft irgendwo ...

... »Khayon.«

In der brennenden Stadt gibt es keine wirkliche Zuflucht mehr. Ich verstecke mich, so gut ich kann, vor den Killern und hocke mit dem Rücken an der baufälligen Mauer einer zerstörten Sternwarte. In der Nähe lecken Flammen an den Hitzesensoren am Rand meiner Retinalanzeige. Die einzige Waffe in meinen Händen ist ein Kampfmesser, das dazu verwendet wird, in Rüstungsgelenke zu stechen. Mein Kettenschwert habe ich schon vor einiger Zeit verloren. Mein Bolter ist weiterhin an meiner Hüfte magnetarretiert, seiner Munition beraubt und damit nutzlos. Die gleiche Anzeige, die auch die Temperatur misst, verrät mir, dass ich seit drei Minuten und vierzig Sekunden keine Munition mehr habe.

Während ich wieder zu Atem komme, verspüre ich einen kalten Schauer des Unbehagens. Dies ergibt keinen Sinn. Dies ist Prospero, meine Heimatwelt, an dem Tag, als sie in den Fängen und Klauen der Wölfe starb. Dies war vor Ahrimans fehlgeschlagenem Rubrica-Zauber. Dies war, bevor wir in Horus' Kriegsrat gestanden hatten. All die anderen Erinnerungen kamen in zeitlicher Abfolge, aber diese fällt aus der Reihe. Ich drehe mich um und sehe plötzlich, warum.

Abaddon ist bei mir. Er steht in der Nähe und sieht mit der Geduld eines Kommandanten zu. Er war derjenige, der meinen Namen gesprochen hat – der abtrünnige Krieger, dem ich gemeinsam mit Telemachon und Lheor auf der Geist der Rachsucht *begegnet war, nicht der Soldatenprinz der historischen Aufzeichnungen. Seine zusammengeflickte Rüstung glänzt dumpf, als sie das Feuerlicht reflektiert. Er trägt keine Waffe, doch er scheint unverletzt zu sein. Bedrohung fließt auf eine Art um ihn herum, die ich nicht ganz ausmachen kann. Er besitzt eine gefährliche Seele. Sie zeigt sich in seinem Lächeln, ebenso wie in seinen goldenen Augen.*

»Warum seid Ihr hier?«, frage ich ihn und halte dabei meine Stimme gesenkt für den Fall, dass meine Worte die Wölfe anlocken.

»Ich war die ganze Zeit über an deiner Seite«, antwortet er. »Ich habe deine Kindheit mit Mekhari mitbekommen, ebenso wie deine Jahre als Legionär der Thousand Sons. Du siehst mich lediglich jetzt erst.«

»Warum?«

»Weil diese Erinnerung von Bedeutung ist.« Er hockt sich neben mich. Ich bemerke, dass der herabrieselnde Staub nicht an seiner Rüstung hängen bleibt, wie er es an meiner tut. »Diese Erinnerung definiert dich mehr als jeder andere Augenblick deines Lebens, Khayon.«

Man braucht kein Prophet zu sein, um das zu wissen. Dies ist der Ort, an dem meine Heimatwelt starb. Hier ist es, wo Gyre zum ersten Mal die Gestalt einer Wölfin annahm. Hier ist es, wo ich Saern aus den zuckenden Fingern eines Champions der VI. Legion nahm. Hier ist der Verrat, der die Thousand Sons zwang, sich auf die Seite von Rebellen und Wahnsinnigen zu stellen, aufgrund von Ignoranz und Täuschung. Hier ist es, wo ich nur Stunden von meinem eigenen Tod entfernt war, als Lheor mich in den aschebedeckten Ruinen fand.

Zu sagen, dass mich dieser Tag mehr als alle anderen definiert, ist kaum eine Offenbarung.

Vielleicht sollte ich mich unwohl dabei fühlen, dass Abaddon an meiner Seite durch meinen Geist schreitet. Das Gegenteil ist der Fall: Seine Gegenwart ist beruhigend, seine bleiche Neugierde ansteckend.

Mein Tutelarius ist fort – tot oder verirrt – ich kann es nicht sagen. Wir von den Thousand Sons halten uns diese körperlosen Geistkreaturen als Vertraute. Sie wurden aus den ruhigsten Fluten des Warp beschworen und brachten uns keine Feindseligkeit entgegen, sie trieben einfach in der Nähe, beobachteten und gaben stillen Rat. Dies war natürlich die Zeit, bevor wir wussten, was Dämonen wirklich waren.

Mein Tutelarius nannte sich Gyre; er war ein geschlechtloses Ding aus Fraktalmustern, die nur bei Sonnenuntergang zu sehen waren, und der mit dem Geräusch eines Windspiels sprach, wenn es ihm überhaupt beliebte zu sprechen. Ich hatte ihn in den Stunden, seit der Himmel von den Drop Pods der Space Wolves in Brand gesetzt worden war, nicht mehr gesehen.

»Du schaust immerzu gen Westen«, stellt Abaddon fest. »Dort brennt die Stadt anders als sonstwo.«

»Mein Tutelarius verschwand dorthin.«

»Ah, dein Vertrauter.«

»Nein. Nicht hier und jetzt. Bevor Prospero brannte, nannten wir sie Tutelarii. Wir wussten nicht, was sie wirklich waren.« Eine Zeit lang sage ich nichts, sondern begutachte erneut meine vielen Wunden. »Warum sind Eure Augen golden?«, frage ich Abaddon.

Er schließt sie einen Augenblick, berührt sie mit den Fingerspitzen. »Ich habe eine lange, lange Zeit ins Astronomican geblickt und den Versen und Chören gelauscht. Das Licht des Imperators tat mir dies an.«

»Tut es weh?«

Sein Antwortnicken verbirgt mehr, als es offenbart. »Ein wenig. Niemand hat je behauptet, dass die Erleuchtung nicht ihren Preis hat, Khayon.«

Ich schaue zurück auf die brennende Straße, wo eine Stadt der Gelehrten unter den Äxten und im Feuer von Barbaren stirbt. Es ist ein Kataklysmus, der mit der Zeit beide Legionen etwas lehren wird. Wie absolut passend Abaddons Worte doch sind.

»Ich höre Wölfe«, sagt er.

Ich höre sie ebenso. Stiefel stampfen auf der weißen Straße, zerstoßen den Marmorboden. Ich umfasse mein Messer fester und warte, warte.

»Wie viele hast du an diesem Tag getötet?«, fragt Abaddon mich. Auch wenn die Wölfe ihn vielleicht nicht hören können, sage ich nichts. Mich werden sie mit Sicherheit hören können.

Ich höre, wie sie näher kommen, auf der Pirsch und in der Luft schnüffelnd. Das ist der Punkt, an dem ich mich in Bewegung setze und mich mit einem Knurren von Rüstungsgelenken und in Staub gehülltem Ceramit erhebe. Mein Messer trifft den ersten Wolf unter dem Kinn, stößt durch seinen Hals und in seinen Schädel. Gesegnet sei die VI. Legion dafür, dass sie ohne ihre Helme in den Krieg zieht.

Die anderen sind bereits in Bewegung. Kettenschwerter heulen auf und Bolter krachen gegen Schulterpanzer. Barbarische Drohungen verlassen den Mund ignoranter Narren. Eide der Vergeltung. Urtümliche Verheißungen.

»Ihr versteht nicht«, sage ich zu ihnen.

Sie springen mich in dem Augenblick an, da ich den Körper ihres Bruders zur Seite werfe. Das ist es, was sie umbringt. Ich versuche nicht länger, den Atem des Warp zu kontrollieren und ihn zu präzisen Anwendungen psionischer Macht zu formen. Jetzt lasse ich ihn einfach durch mich fließen und tun, was er will. Der nächste Rudelgefährte stürzt knochenlos zu Boden und verrottet in seiner Rüstung. Die Berührung des Warp hat ihn innerhalb eines einzigen Herzschlags eintausend Jahre altern lassen. Der zweite entzündet sich in orangefarbenen Flammen, die sein

Fleisch bis auf die Knochen verzehren, ohne auf dem Ceramit auch nur die geringste Spur zu hinterlassen.

Der Letzte von ihnen ist weniger heißblütig. Er hält seinen Bolter auf mich gerichtet. Ich will ihm sagen, dass er ein Narr ist, dass er und seine Legion die Schuld für all dies tragen. Ich will ihm sagen, dass wir keine Sünder sind und dass die Macht, derer wir uns bedienen – die Kräfte, wegen derer Anwendung über uns gerichtet und wir verurteilt werden – erst jetzt, in diesem Kampf ums Überleben hervorgebracht werden. Indem sie Prospero schleifen, haben die Space Wolves uns keine Wahl gelassen, als genau das Verbrechen zu begehen, für das sie uns bestrafen.

Er feuert, bevor ich etwas sagen kann. Es ist ein tödlicher Schuss, der nicht tötet, sondern von einem Aufflackern telekinetischen Instinkts zur Seite geschlagen wird. Es genügt nicht. Er reißt mich zu Boden und plötzlich zählt nichts mehr außer den Messern in unseren Händen. Meines schneidet in seine Achsel und bleibt zwischen Muskelfleisch und Servos stecken. Ich bin mir sicher, dass seins mich verfehlt hat, bis ich den Druck eines Titanen auf meinem Bauch spüre. Es folgt kein reißender Schmerz, wenn eine Klinge in Euer Fleisch gestoßen wird. Es ist ein Hammerschlag, egal wie gut man dafür ausgebildet ist, ihn zu ignorieren und sich zu erholen. Einen Augenblick lang entblöße ich meine Zähne hinter meinem Visier und reiße das Messer, das in seinem Arm steckt, hin und her in der Hoffnung, seine Muskeln zu durchtrennen und ihm die Kraft zu stehlen.

Der Atem, der durch sein dreckiges Lächeln kommt, beschlägt meine Augenlinsen. Er schaut mich mit dem Starren eines Wolfes und dem Grinsen eines Menschen an. Retinalwarnungen berichten schreiend von dem Schaden, den sein Messer in meinem Inneren anrichtet. Bauchwunden sind brutal. Fäulnis und Gift treten aus verwundeten Gedärmen und Eingeweiden aus, die schlussendlich das gesunde Fleisch und Blut sogar über die Selbstheilungskräfte unserer genverstärkten Physiologie hinaus verderben.

»Verräter«, haucht der Wolf zu mir herab. »Dreckiger. Verräter.«

Der erste Mundvoll Blut steigt meinen Hals herauf und fließt über meine Lippen, ergießt sich über die Wangen und sammelt sich in meinem Helm. Er stiehlt mir jede Möglichkeit einer Antwort abgesehen von einem angestrengten Gurgeln.

Abaddon steht immer noch in der Nähe. Ich spüre seine Gegenwart, selbst wenn ich ihn nicht sehen kann. Einen blutbefleckten Augenblick der Verzweiflung lang ziehe ich in Betracht, zu verlangen, dass er mir hilft. Alleine schon die Vorstellung verwandelt meinen gurgelnden Fluch in ein Grinsen.

Ich mache mir nicht die Mühe, das Messer herauszuziehen. Meine Hand kracht gegen den Kopf meines Gegners, nicht um ihm den Schädel einzuschlagen, sondern um nach einer Faustvoll seines langen, fettigen Haars zu greifen. Es löst sich mit dem Geräusch reißenden Papiers. Frischer Speichel spritzt auf meine Augenlinsen, als er mich anfaucht, doch sein Gewicht liegt immer noch erdrückend auf mir. Ein Faustschlag gegen seinen Kopf bleibt wirkungslos. Noch einer. Und noch einer.

Beim vierten packe ich die Seite seines Schädels und stoße meinen Daumen in sein linkes Auge. Das feuchte Knirschen ist der süßeste Klang, den ich je gehört habe. Er schreit nicht auf oder zeigt irgendein Anzeichen von Schmerz, außer in der Art, wie sein wilder Gesichtsausdruck erstarrt.

Sein Schädel gibt ein leises Knacken von sich, dann ein lauteres Brechen. Ich zertrümmere seinen Kopf mit meinen Händen und er weigert sich, es überhaupt zur Kenntnis zu nehmen. Er ist nicht anders als ein tollwütiger Hund, der seine Kiefer um seine Beute geschlossen hat. Noch mehr Blut dringt meinen Hals herauf und läuft aus meinem Mund, während er mich von der Leiste bis zum Brustbein aufschneidet. Der Schmerz ist Säure und Blitze und Feuer, doch nichts ist vergleichbar mit der grausamen, krank machenden Schande der Hilflosigkeit.

Meine Sicht verschwimmt, von Blut gerötet. Einäugig und lachend schneidet der Wolf weiter. Ich erbreche weiterhin Blut in meinen Helm. Es schwappt so heiß wie kochendes Wasser gegen mein Gesicht. Müdigkeit legt sich wie ein Übelkeit erregendes

Tuch über mich und meine Hand verliert ihren Griff und fällt wieder in den Staub.

Meine Knöchel schlagen gegen seinen Bolter, den er in die Asche geworfen hat.

Es braucht drei Versuche, bis ich ihn sicher genug ergreife, und mit zitternden Fingern zwinge ich ihm den Lauf seiner eigenen Waffe ins Maul. Sie zersplittert seine Zähne auf dem Weg hinein und zersprengt seinen Hinterkopf auf dem Weg nach draußen.

Sein Gewicht auf mir wird zur Umarmung eines Toten. Ich rolle seine Leiche von mir, ziehe die Klinge aus meinem Bauch und löse meinen Helm, um das Blut auf die Marmorstraße unter mir klatschen zu lassen. Schmerzen durchfahren mich gleichzeitig mit dem Schlag meiner Herzen.

»Wie lange bist du am Boden geblieben?«, fragt Abaddon mich.

»Nicht lange.« Ich versuche bereits, mich zu bewegen, und vertraue auf meine Legionärsgene, mit der ausweidenden Wunde fertig zu werden. Ein psionischer Anregungsimpuls lässt den Prozess schneller vonstattengehen, woraufhin mein Fleisch sich zügiger wieder zusammensetzt und verkrustet.

»Hast du an diesem Tag nicht gegen einen Champion der VI. Legion gekämpft?«, fragt Abaddon. Er folgt mir die Straße hinunter. Seine goldenen Augen funkeln amüsiert ob meines Hinkens.

Ich nicke. »Eyarik Feuergeboren. Er wird mich schon bald finden. Sehr bald.«

»Und wie hast du ihn mit diesen Wunden besiegt?«

Die Ablenkung und die Schmerzen verhindern eine Antwort. Meine Wunden zu schließen erfordert Konzentration.

Ich weiß nicht, wie viel Zeit vergeht, bevor der Ruf kommt. Er lässt mir jetzt ebenso das Blut gefrieren, wie er es an jenem fernen Tag tat. Keine Worte, keine Drohungen, keine Versprechen. Nur ein lauter und leiser werdendes Heulen aus der Kehle eines Kriegers, der verlangt, dass ich mich ihm stelle.

Ich wende mich langsam um, bestehe jetzt nur noch aus Schmerzen und Wunden, die eines Tages zu Narben werden. Vor mir steht ein Axtträger, ein Krieger von einer schmutzigen Erhabenheit, der in einen weißen, vom Rauch befleckten Umhang gehüllt ist. Fenrisianische Runen prangen golden auf dem Grau seiner Kriegsrüstung.

Neben ihm geht ein scheckiger Wolf, dessen Fell mit nicht zusammenpassenden braunen und grauen Flecken durchsetzt ist. Rosafarbener Schaum bedeckt sein Maul. Roter Saft tropft von seinen Fängen. Das Ding hat die Größe eines Hengstes. Selbst von hier aus kann ich den Blutgestank in seinem Atem riechen. Vertrautes Blut. Das Blut meiner Brüder und der unschuldigen Seelen von Tizca.

Aus keinem Grund, der mir bewusst ist, sage ich einfach: »Hinfort.« Ich glaube, es ist das Beste, was mein erschöpfter Geist zustande bringt. Die Bauchwunde ist nicht die erste Verletzung, die ich heute erlitten habe, nur die schwerste, und ich bezweifle, dass in meinem Körper noch genug Blut übrig ist, um einen Trinkschädel der VI. Legion zu füllen.

Der Wolf Lord kommt näher. Nein, er schleicht heran, fließend und wild wie das Tier an seiner Seite. Die Axt in seinen Händen ist ein Ding wahrer Schönheit. Einen äußerst erschöpften Augenblick lang denke ich mir, dass es schlimmere Tode gibt als einen, der durch diese Klinge herbeigeführt wird.

Und dann macht er den Fehler, der ihn das Leben kostet. »Ich bin Eyarik Feuergeboren«, sagt er. »Meine Axt dürstet nach dem Blut von Verrätern.«

Schwer verletzt oder nicht, ich richte mich gerade auf. Fenrisianische Zungen haben Probleme mit dem Gotischen, verleihen den Worten aber eher eine grimmige Poesie, als ihnen etwas zu nehmen. Ich habe ihre Sprache immer genossen. Einen Fenrisianer sprechen zu hören ist, wie wenn der Dichter einer Saga droht, Euch die Kehle durchzuschneiden.

»Ich bin Iskandar Khayon, von der Welt gebürtig, die ihr ermordet. Und ich bin kein Verräter.«

»Erspare dir deine Lügen für die schwarzen Geister, die ihnen lauschen, Hexer.« Er kommt näher, riecht meine Schwäche. Dies wird eine Exekution sein, kein Duell.

Über uns erstickt der Himmel an der Schwärze der brennenden Stadt. Die Bolter sind ein fernes, endloses Stakkato. Pyramiden, die Tausende Jahre stolz gestanden haben, werden von selbstgerechten Barbaren niedergerissen. Und jetzt kommt dieser Kriegstreiber zu mir und speit mir fehlgeleiteten Wahnsinn, verkleidet als rechtschaffene Urteilssprechung, entgegen.

»Ich. Bin kein. Verräter.«

»Laut und lange hallen die Worte des Allvaters. Lauter und länger als das Todesgebet eines Verräters.«

Die schöne Axt hebt sich. Ich rufe kein Feuer von jenseits des Schleiers oder flehe die Geister an, mir beizustehen. Ich sehe den Krieger an, der mein Henker sein will, erschaffe einen Übergang zwischen unseren Gedanken und lasse meine Verbitterung von meinem Geist in seinen fließen. Mein Zorn, ähnlich dem eines hilflosen, getretenen und in die Enge getriebenen Hundes, schlägt in seinen Herzen Wurzeln. Der Warp selbst flutet durch die Verbindung zwischen uns, ergießt sich durch sein Blut und seine Knochen, löst ihn auf der unsichtbaren Ebene der Partikel und atomaren Muster auf.

Er stirbt nicht einfach nur an Ort und Stelle. Ich lösche ihn aus, zerreiße ihn bis in sein Innerstes. Er löst sich in seiner Rüstung auf; sein Fleisch zerfällt so schnell zu Staub, dass sein Geist vom Tod seines Körpers noch gar nichts merkt. Er greift nach mir, während er sich in den Winden des Warp auflöst. Der letzte Blick, den ich auf seinen Geist erhasche, zeigt Nichtbegreifen auf seinen ätherischen Gesichtszügen. Das letzte Geräusch, das er von sich gibt, ist ein reißender Schrei, als er anfängt, im Meer der Seelen zu brennen.

Und dann ist er fort. Seine Rüstung wankt vorwärts und kracht dann auf die Straße, wobei sie den Marmor mit einem Dutzend neuer Risse versieht.

Ich hebe seine Axt auf, um sie als Krücke zu benutzen. Die Waffe heißt den Runen auf ihr zufolge Saern. Ich spreche eine Handvoll fenrisianischer Dialekte. Saern bedeutet ›Wahrheit‹.

Ich höre Abaddon lachen und mit seinen gerüsteten Händen

klatschen. »Was für ein Heroismus!«, spöttelt er lächelnd über mich.

Jegliches Siegesgefühl ist kurzlebig. Der riesige Wolf reißt mich in einem Durcheinander aus Wunden und schwachen Gliedmaßen zu Boden. Ich habe keine Gelegenheit, mich zu verteidigen. Ein Rachen, der meinen Kopf im Ganzen verschlingen könnte, reißt Furchen in meine Brustplatte und meinen Schulterpanzer. Seine Fänge durchdringen das Ceramit wie Eisenmesser Seide. Das Gewicht der Kreatur liegt wie ein Rhino-Truppentransporter auf mir. Rüstungsteile lösen sich in einem brutalen Knacken und blutiges Fleisch wird mit ihnen fortgerissen. Mir ist zu kalt und ich bin bereits zu schwer verwundet, um es als neuen Schmerz zu registrieren.

Und dann hört der Wolf auf. Er hört einfach auf und hockt auf mir, während ihm Blut von den Zähnen tropft. Das Fleisch der Kreatur bewegt sich unter dem vom Rauch befleckten Fell. Schnittwunden reißen auf und offenbaren Muskeln, Knochen und Organe.

Meine Augen sind weit aufgerissen, als die Bestie über mir aufbricht und Blut in jede Richtung verteilt. Eingeweide klatschen gegen mein Gesicht und brennen so salzig wie kochendes Seewasser auf meiner Zunge. Der Druck auf meiner Brust ist fort. Ein Schatten zieht sich geisterhaft von mir zurück, doch einige Sekunden lang kann ich nichts tun, als in den Himmel zu starren. Ich brauche Zeit, um genügend Kraft zu sammeln, um mich zu erheben.

Der Wolf steht mehrere Meter von mir entfernt – jetzt schwarz, wo sein Fell vorher grauweiß war, und mit einer raubtierhaften Intelligenz in seinem Blick, in dem zuvor nur eine tierische Schläue lag.

Ich kenne diesen Blick, obwohl ich den Wolf noch nie zuvor gesehen habe. Ich kenne den Verstand dahinter. Ich kenne den Geist, der den halb fleischlichen Geist des toten Wolfes animiert.

»Gyre?«

Der Wolf trottet an meine Seite. Sie – denn dies ist das allererste Mal, dass ich Gyre als eindeutig und unbestreitbar weiblich sehe – gibt ein wölfisches Winseln von sich. Fort sind die Windspielworte der Fraktalkreatur, doch diese neue, gestohlene Gestalt ist zu neu für sie, um in der stillen Sprache zu kommunizieren. Ich fühle ein Aufflackern wortloser Hingabe von ihr, als das Herz des Wolfes die kalte Geometrie des Dämonengeists durchdringt. Von jetzt an wird sie weder Wolf noch Dämon sein, sondern ein bisschen von beidem.

»Ein treues Wesen«, sagt Abaddon, der aus der Nähe zusieht. Drei Thunderhawks fliegen brüllend über uns hinweg. Ihre geierhaften Schatten flackern über unsere Rüstungsplatten. »Es hat dir das Leben gerettet.«

»Sie«, sage ich zu ihm, als ich mit meinen Fingern durch Gyres schwarzes Fell fahre. »Nicht ›es‹. Sie.«

XV

GEHEIMNISSE

Ich war der Erste, der erwachte. Telemachon und Lheor standen schlaff da; Ersterer hatte den Kopf in Nachahmung von Schlaf nach vorne geneigt, Letzterer starrte mit glasigen Augen und offenem Mund ins Licht. Die Entfaltung ihrer Erinnerungen war ein dumpfes Summen im Hintergrund meines Geistes. Ich konnte ihre Rückbesinnung fühlen, ohne irgendwelche Details auszumachen.

Sargon machte mit seiner Hand eine Kampfzeichengeste im Legionsstandard.

»Ja«, antwortete ich leise. »Mir geht es gut.«

Niemals zuvor hatte ich eine solch klare psionische Vision erlebt, Sargons wahre Kunstfertigkeit lag jedoch darin, dass sie sich nicht wie ein brutales Eindringen anfühlte. Abaddon war mit mir durch viele meiner Erinnerungen gegangen, hatte den Respekt gesehen, den ich für meine Brüder hatte, bevor sie zu Staub verwandelt worden waren, und er hatte die Geburt meiner Wölfin miterlebt, in jenem Augenblick, da ich dem Tod am nächsten gekommen war. Doch ich nahm ihm nicht übel, was er gesehen hatte, noch fühlte ich mich davon bedroht. Er hatte viele der wichtigsten Augenblicke meines Lebens gesehen, sie mit mir durchlebt, doch meine tiefsten Erinnerungen blieben sakrosankt.

»Ich tat recht daran, dich auszuwählen«, sagte Abaddon, der an Sargons Seite stand. »All das, was du warst, Khayon. All das, was du getan hast. Die Art, wie du dagegen ankämpfst, die Fehler der Vergangenheit zu wiederholen. Du trägst das Kobaltblau deines Vaters und sein Blut fließt durch deine Adern, doch wir alle haben die Chance, so viel mehr zu sein als die Söhne unserer Väter. Du, ich und andere wie wir. Du sehnst dich nach einer wahren, treuen Bruderschaft – ein Mann der solche Bande mit Dämonen und Xenos knüpft, ist ein Mann, der dazu geboren ist, unter seinesgleichen zu sein.«

Ich kniff die Augen zusammen. Ich war mir nicht sicher, ob er mich verspottete oder nicht. Nefertari hatte den gleichen Gedanken zum Ausdruck gebracht, wenngleich auch mit ganz anderen Worten.

Auf mein Starren hin tippte er mit den Fingerspitzen auf sein Herz, genau so, wie Falkus es immer tat. »Ich will dich nicht verhöhnen. Auch ich vermisse das alles, Khayon. Ich vermisse die Einheit einer Legion und ihre Treuebande. Ihren eindeutigen Zweck. Ihr konzentriertes Streben nach dem Sieg.«

Es war seltsam, diese Worte von ihm zu hören, da es selbst schon zu einer Legende geworden war, wie er seine Brüder im Stich gelassen hatte. Ich sagte ihm dies und erhielt daraufhin ein nachdenkliches Lächeln.

»Jetzt stellst du dich stur. Du weißt, wovon ich spreche. Ich vermisse, was eine Legion tun konnte, und die Tatsache, dass sie die Macht dazu hatte. Alle unsere Streitkräfte … sie sind nur noch dem Namen, der Farbe und den kulturellen Überresten nach Legionen. In Wirklichkeit jedoch sind sie eine Horde, keine Armee, die durch schwindende Loyalität verbunden ist und ums Überleben kämpft. Einst waren sie durch eine Bruderschaft aneinander gebunden und kämpften nur für den Sieg. Unsere Art führt nicht länger Krieg, wir rauben und plündern. Wir marschieren nicht länger in Regimentern und Bataillonen, sondern verteilen uns in Rudel und Kriegerscharen.«

Ich lachte. Ich wollte ihn nicht verspotten, doch ich konnte das Gelächter nicht zurückhalten. »Und Ihr glaubt, derjenige zu sein, der das alles verändern wird, Abaddon?«

»Nein. Niemand kann das jetzt noch ändern.« Inbrunst loderte in seinen goldenen Augen. Die Adern unter seiner Haut pulsierten schwärzer. »Aber wir können es akzeptieren, mein Bruder. Wie viele unter den Neun Legionen sehnen sich danach, wieder Teil einer wahren Legion zu sein? Bist du so eitel, dass du dir einbildest, du seist mit deinen Ambitionen allein, Tizcaner? Was ist mit Valicar, dem Gezeichneten, der einer marsianischen Spinnenkönigin und der Welt, die sie sich teilen, treuer ergeben ist als den Iron Warriors? Was ist mit Falkus Kibre, der bereit ist, sein Leben zu geben, um den Wiedergeborenen Horus zu ermorden, und dich dabei um Hilfe bittet? Was ist mit Lheor – dem genetischen Kind dieses blutirren Avatars, Angron, der seinen eigenen Söhnen nie auch nur einen Funken Liebe entgegenbrachte? Selbst Telemachon steht dir bei und du täuschst dich selbst, indem du so tust, als sei das alleine das Resultat deiner Neuordnung seines Geistes. Du hast ihm die Fähigkeit genommen, Lust zu empfinden, aber du hast nicht seine gesamte Psyche umgeschrieben. Er wäre dir ein wahrer Bruder, wenn du es zuließest, anstatt nur ein Gefangener.«

»Das könnt Ihr nicht mit Sicherheit wissen.«

»Selbst die Geburt ist nicht sicher, Khayon. Nichts ist sicher außer der Tod.«

Seine Ablenkung ließ mich meine Lippen zu einem Fauchen verziehen, das nur allzu sehr an Gyre erinnerte. »Erspart mir die Schulphilosophie. Warum sollte ich Telemachon vertrauen?«

»Weil er wie wir ist und sich nach dem gleichen Zweck sehnt, den auch wir uns wünschen. Er ist der Sohn einer gebrochenen Legion, ebenso wie du. Die III. Legion hat sich schon lange in ehrenlosem Exzess und bedeutungslosem Schwelgen verloren. Einst erfreuten sich die Emperor's Children am Sieg. Jetzt trachten sie um jeden Preis nach Sinnesfreude, hungern auf Kosten des Triumphes nach Qualen. Tausende und Abertausende Krieger im Auge schreien nach etwas, für das es sich zu kämpfen lohnt, Khayon. Dies war nicht das erste Mal, dass ich durch deine Gedanken wandelte. Bei meiner Pilgerfahrt mit Sargon ging es um mehr, als nur die Gezeiten des Auges zu erkunden.«

Im Angesicht dieses leidenschaftlichen Widerstands sagte ich nichts. Was gab es da noch zu sagen? Er legte mein zielloses Leben bloß und bot an Stelle der Sinnlosigkeit Hoffnung an. Ich hatte nicht gedacht, dass ich jemals einen anderen Legionär solche Worte sprechen hören würde, noch dazu einen, der vor langer Zeit ins Reich der Mythen gewandert war.

»Es liegen Stärke und Reinheit in dem, was aus uns geworden ist«, sagte Abaddon. »Die Kriegerscharen der Neun Legionen besitzen jetzt eine brutale Ehrlichkeit. Sie folgen Anführern, die sie selbst ausgewählt haben, anstatt einer Legion, die ihnen zugewiesen wurde. Sie erschaffen Traditionen, die in den Kulturen ihrer Ursprungslegionen wurzeln, oder widersetzen sich vollständig ihrer Herkunft, je nach ihren eigenen Launen. Ich bewundere diese ungebundene Freiheit und habe nicht den Wunsch, wieder von dort umzukehren, wo wir jetzt sind, Hexer. Ich spreche davon, das zu nehmen, was wir haben, und es … weiterzuentwickeln. Es zu *perfektionieren*.«

Mir fiel das Sprechen schwer. Mir lagen die Worte auf der Zunge, doch sie hervorzubringen war nicht einfach. Sie auszusprechen würde bedeuten, den gleichen rechtschaffenen Wahnsinn zum Ausdruck zu bringen, den Abaddon so vehement verkündete.

»Ihr sprecht nicht nur von einer neuen Kriegerschar. Ihr meint eine neue Legion. Einen neuen *Krieg*.«

Er sah mich unverwandt an. Ich fühlte, wie er meinen Blick auf sich hielt, fühlte die ambitionierte Hitze fieberhafter Gedanken.

»Ein neuer Krieg«, stimmte er zu. »Der wahre Krieg. Wir wurden für die Schlacht geboren, Khayon. Wir wurden erschaffen, um die Galaxis zu erobern, und nicht, um hier in der Hölle zu verrotten und auf den Klingen unserer Brüder zu sterben. Wer sind die Architekten des Imperiums? Wer kämpfte dafür, sein Territorium von Xenos zu befreien und seine Grenzen zu erweitern? Wer machte rebellische Welten gefügig und schlachtete jene ab, die sich dem Licht des Fortschritts widersetzten? Wer marschierte von einem Ende der Galaxis zum anderen und hinterließ dabei eine Spur toter Verräter? Es ist *unser* Imperium. Es wurde auf den Welten errichtet, die *wir* verbrannten, auf Knochen, die *wir* zerbrachen, mit Blut, das *wir* vergossen.«

Es war nicht seine Leidenschaft, die mich sprachlos machte, noch nicht einmal sein Ehrgeiz, obwohl beide atemberaubend in ihrem Ausmaß waren. Nein, was mich mehr als alles andere sprachlos machte, war sein Motiv. Ich hatte die Verbitterung des Versagens erwartet, nicht den Idealismus eines Verfechters. Er wollte keine Vergeltung, ob sie nun kleinlich oder gerechtfertigt war. Er wollte, was uns rechtmäßig zustand. Er wollte die Zukunft des Imperiums gestalten.

»Du siehst es ebenfalls«, sagte er und entblößte seine Zähne zu einem fauchenden Grinsen. Wie beim Rest der Justaerin waren auch in seine Zähne cthonische Runen der Standhaftigkeit und Entschlossenheit eingraviert. Plötzlich wirkten sie sehr treffend in diesem Lächeln eines Pilgers, der zu seinem Volk zurückkehrte, um ein Kreuzfahrer zu werden. »Du fühlst es jetzt ebenfalls, nicht wahr?«

»Ein neuer Krieg«, sagte ich langsam, leise. »Einer, der nicht auf Verbitterung oder Rache beruht.«

Abaddon nickte. »Der *Lange* Krieg, Khayon. Der Lange Krieg. Keine belanglose Rebellion, die von Horus' Stolz und seinem Verlangen nach Terras Thron eingenommen wird. Ein Krieg um die Zukunft der Menschheit. Horus hätte die ganze Spezies an das Pantheon verschachert für die Gelegenheit, auch nur einen einzigen Herzschlag lang auf dem Goldenen Thron zu sitzen. Wir dürfen nicht zulassen, dass wir auf die gleiche Weise ausgenutzt werden wie er. Die Mächte existieren und wir können nicht so tun, als wäre das Gegenteil der Fall, aber wir können ebenso wenig zulassen, eine heilige Pflicht zu solch einer Schwäche verkommen zu lassen, wie Horus es tat.«

»Schöne Worte«, sagte Lheor hinter mir. Ich wandte mich um –

sowohl er als auch Telemachon waren wieder sie selbst; eine Tatsache, die ich bis jetzt nicht gespürt hatte. Zweifellos hatten sie das meiste von Abaddons inbrünstigen Worten gehört. Lheors dunkelhäutige und von Nähten verheerte Gesichtszüge hatten eine gnadenlose Ernsthaftigkeit angenommen, die ich auf ihnen noch nie gesehen hatte. Er versuchte sich spöttisch anzuhören, doch ich glaube, wir alle hörten den Anflug der Ehrfurcht heraus.

Telemachon sagte nichts. Die geschmiedete Schönheit seiner Totenmaske starrte unseren Gastgeber in stillem Urteil an. Ich fragte mich, was er zu all dem gesagt hätte, wenn ich seinen Geist nicht umgeschrieben hätte.

Abaddon schien meine Überlegungen zu fühlen, denn er sagte: »Du musst den Schwertkämpfer freigeben, Khayon. Du hast ihm mehr als nur seine Aggressionen dir gegenüber gestohlen.«

»Das ist mir bewusst, aber wir würden einander umbringen, wenn ich ihn freiließe.«

Da lächelte er und dieses Mal war es nicht mehr ganz so nachsichtig. Hier zeigte sich ein flüchtiger Eindruck des eisernen Tyrannen, der sich hinter dem charismatischen Kriegsherrn verbarg.

»Willst du deine ersten Schritte in diesem neuen Zeitalter mit einer Fessel um den Hals deines Bruders machen?«

»Die ersten Schritte? Ich habe noch nicht zugestimmt, Ezekyle. Und Euren Worten zum Trotz spüre ich, dass auch Ihr etwas verbergt. Ihr seid so lange auf Eurer Pilgerfahrt gewesen, dass Ihr kaum bereit seid, irgendjemand anderem zu vertrauen.«

Er starrte mir in die Augen. Ich fühlte, wie er meinem Urteil beipflichtete und es unbestritten zwischen uns bestehen ließ.

»Die Offenbarung ist ein Prozess, Khayon. Ich bin jetzt weiser, als ich es während der Rebellion meines Vaters war. Ich habe sehr viel mehr von dem gesehen, was die Galaxis anzubieten hat, ebenso wie von dem, was jenseits des Schleiers der Realität liegt. Doch ich bin nicht arrogant, mein Bruder. Ich weiß, dass noch viel zu tun ist und es noch viel zu erfahren gibt. Alles, was ich mit Sicherheit weiß, ist, dass meine Jahre einsamen Wanderns vorüber sind. Also wende ich mich jetzt an jene, die mir am meisten ähneln – in Gedanken, Handeln und Streben. Ich biete keinem von euch einen Platz im Plan eines Tyrannen an. Was ich euch anbiete, ist ein Platz an meiner Seite, während wir gemeinsam einen neuen Pfad finden.«

»Bruderschaft«, sagte Lheor leise. »Eine Bruderschaft für die Bruderlosen.«

Abaddon tippte sich erneut aufs Herz.

Als der Sons-of-Horus-Legionär verstummte, wandte ich mich Lheor zu und bemerkte, wie seine Hände zitterten. »Wovon hast du geträumt, Bruder?«

»Von vielen Dingen. Unter anderem vom Krieg auf Terra.« Der World Eater sah auf seine gepanzerten Hände und beobachtete, wie sie sich mit dem sanft surrenden Chor der Knöchelservos öffneten und schlossen. Ebenso wie ich den Augenblick erneut durchlebt hatte, in dem ich auf Prospero beinahe gestorben war, hatte Lheor offensichtlich jenen Augenblick durchlebt, als er seine Hände verloren hatte.

Ich drang nicht gewaltvoll in seine Gedanken ein, denn zum ersten Mal hieß er mich dort willkommen. Ich sah ihn auf einer Mauer mit Steinzinnen, wie er seine Krieger befehligte und ihren Feuersturm mit einem bellenden Brüllen dirigierte. Das Geratter unzähliger schwerer Bolter war wie die stotternde Stimme eines mechanischen Gottes. Der Himmel war ein Sturmwind aus heulenden schwarzen Schatten, als über ihnen Landungsschiffe hinwegschossen und ihre Ziele beharkten.

Die Imperial Fists rückten hinter verschränkten Enterschilden aus Plaststahl vor, während in ihren Händen Bolter bockten. Lheor, der sich an der Spitze seiner Krieger befand, richtete seine wuchtige Plasmakanone auf den Feind. Sie gab ein drakonisches Heulen von sich, als sie sich auflud und in ihrem geriffelten Inneren eine Fusion stattfand.

Ein Boltgeschoss. Ein Augenblick des Unglücks. Ein einziges Geschoss traf die magnetischen Beschleunigerspulen der Kanone wie schon Hunderte und mehr zuvor. Doch diesmal schlug ein scharfer Splitter durch ein Ansaugventil und verstopfte die Kanone genau in der Sekunde, als sie bereit war, ihre Ladung zu entfesseln.

Die Waffe detonierte in seinen Händen. Die Explosion schleuderte ihn davon, tauchte jedoch mehrere seiner Männer in eine auflösende Woge violetten Feuers. Lheor schlug rückwärts gegen die Brustwehr und wurde hinter dem Vormarsch seiner überlebenden Männer zurückgelassen. Die Nägel bissen zu; seine Krieger hatten nicht bemerkt, dass er gefallen war.

Ich konnte in der Erinnerung seinen Schmerz nicht fühlen, noch sah ich ihn, da sein Gesicht von dem versengten Helm verdeckt wurde. Doch ich sah ihn auf seine Hände schauen ... die nicht mehr da waren. Die Entladung seiner Kanone hatte sie verdampft. Beide seiner Arme endeten an den Ellbogen.

Ich zog mich aus seinem Geist zurück. Als ich dies tat, durchfuhr ihn ein heftiges Schaudern.

»Was ist mit dir, Telemachon?«, fragte ich. »Was hast du gesehen?«

»Alte Reue. Nichts weiter.«

Ich hätte fragen können, was er damit meinte, oder es einfach seiner Erinnerung entreißen können, doch die kühle Würde in der Stimme des Schwertkämpfers brachte mich von beidem ab. Nachdem ich Lheors dunkelste Stunde gesehen hatte, hegte ich nicht den Wunsch, Telemachons Kummer beizuwohnen.

Gyre.

Ihr Name kam mir ungebeten in den Sinn. Er war eine fieberhafte Erinnerung.

Als ich mich abwandte, legte Abaddon eine Hand auf meinen Schulterpanzer – vorsichtig, aber gebieterisch.

»Wohin gehst du, Hexer?«

Ich begegnete seinem Blick, weigerte mich aber, mich einschüchtern zu lassen.

Wir wandten uns beide um, als wir das leise Schlagen von Ceramit auf Ceramit hörten. Sargon fuhr sich mit den Fingerknochen über den Unterarm – eine weitere Geste der legionsüblichen Kampfzeichen. Die Geste, die das eigene Blut bedeutete. Er wusste von meiner Verbindung mit ihr, von der Brücke der *Auserwählter des Vaters* und dem Einblick in meine Gedanken.

»Wo ist sie?«, fragte ich ihn.

Die außergewöhnlich jugendlichen Züge des Propheten wandten sich Abaddon zu. Er machte die linkshändige Geste für ›Ziel angreifen‹ und legte sich dann die Handfläche aufs Herz. Mehrere weitere Zeichen folgten – welche, die ich nicht als traditionelle Kampfsprache erkannte.

Abaddons Hand löste sich von meiner Schulter. »Sargon hat deine Wölfin. Sie hat ihn angegriffen und ist jetzt ... unschädlich gemacht.«

Ich war in Bewegung, sobald er die beiden letzten Worte ausgesprochen hatte.

Ein *Jamdhara* ist eine traditionelle tizcanische Waffe irgendwo zwischen einem Dolch und einem Kurzschwert. Sie hat einen Griff, den man mit der Faust umschließt, sodass die Klinge aus den Knöcheln des Trägers hervorragt. Es ist keineswegs ein Unikat Prosperos – andere menschliche Kulturen auf anderen Welten nennen ähnliche Waffen ›Stoßmesser‹ oder ›Schlagdolche‹, ebenso wie *Soveya*, *Ulu*, *Qattari* und – in wenigstens einem Dialekt des Alten Induasianischen – das *Katar*.

Mein Jamdhara besaß einen Griff, der aus dem Oberschenkelknochen des tizcanischen Astrophilosophen Umerahta Palhapados Sujen bestand, welcher vor seinem Tod darauf bestanden hatte, dass seine Knochen der Legion der Thousand Sons übergeben werden sollten, um sie in rituelle Werkzeuge zu verwandeln und sie zu den Sternen zu tragen, die er so sehr bewunderte.

Dies war unter der prosperinischen intellektuellen und kulturellen Elite keine Seltenheit. Es wurde als große Ehre erachtet, auf diese Weise ›in der Leere begraben‹ zu werden und selbst über den Tod hinaus noch einen Beitrag zur Zukunft der Menschheit leisten zu können.

Die Klinge der Waffe war schwarz, da sie aus einer Legierung aus Adamantium und Metallen meiner Heimatwelt bestand.

Sorgfältig per Hand eingeritzte Mandalas aus Runen zogen sich über die Klingenoberfläche und replizierten eine von Umerahtas letzten und bekanntesten Vorlesungen in winzig kleiner Schrift. Alle paar Monate las ich sie erneut im falschen Kerzenlicht von Leuchtgloben und meditierte über ihre Bedeutung.

Ashur-Kai hatte mir den Jamdhara überreicht, als ich am letzten Tag meiner Lehrzeit bei ihm in seinen philosophischen Zirkel aufgenommen worden war. Die Thousand Sons hatten ihre Hauptkulte, die auf der psionischen Expertise jedes Kriegers basierten, aber diese wurden lediglich als die offensichtlichste – und militanteste – Ebene ihrer Gesellschaftsklassen erachtet. Unterhalb der Kulte waren die philosophischen Salons, Gelehrtenzirkel, Symposien und rituellen Orden, die sich eher mit Angelegenheiten der Erleuchtung als mit militärischen Strukturen beschäftigten.

»Ich bin stolz auf dich«, hatte er gesagt – einmal und dann nie wieder –, als er mir die Klinge überreichte. »Du befindest dich hier unter Gleichen.«

In diesem Augenblick hatte ich die flache Seite des Dolches gegen meine Stirn gedrückt, die Augen geschlossen und ihm mit einem stummen telepathischen Impuls gedankt. Es war die Klinge, die das Ende meiner Lehre markierte. Es war die Klinge, die signalisierte, dass ich bereit für die Einweihung in die tieferen Mysterien der Kunst war.

Und Jahrzehnte später, als Abaddon mir sagte, dass sein Prophet meine Wölfin unschädlich gemacht hatte, war es die Klinge, die ich Sargon an die Kehle hielt.

Manche Tode hallen nach. Sie sind emotionsgeladener als andere und erzwingen eine gnadenlose Verbindung zwischen Mörder und Ermordetem. Nur wenige Tode hallen so sehr nach wie eine durchgeschnittene Kehle. Es gibt kein Gefühl und kein Geräusch, die dem wirklich gleichen. Das feuchte Gurgeln, das sich so sehr bemüht, ein Atmen zu werden. Die Art und Weise, wie die Kehle immer noch zu funktionieren versucht, während die Lungen erzittern und sich nach Luft sehnen, die nicht kommt.

Die schonungslose, hasserfüllte Intimität, in jemandes Armen zu sterben.

Die verzweifelte Panik in seinen Augen, während seine zitternden Gliedmaßen unter ihm nachgeben. Das Flehen in dieser Panik, als das Gehirn mit seinen letzten Funktionen schreit: Nein, nein, dies kann nicht sein, es ist nicht fair, dies kann nicht geschehen. Die kraftlose, armselige Wut, als ihm klar wird, dass es geschieht und dass er nichts dagegen unternehmen kann.

Es ist vollbracht. Er ist tot. Alles, was ihm noch bleibt, ist zu sterben.

Dies war der Tod, den ich Sargon zeigte. Das ging mir durch den Kopf, als ich ihm drohte, seine ohnehin schon verheerte Kehle aufzuschneiden. Wie gut es sich anfühlen würde, sein Leben mit diesem erstickten Lied hilflosen Gurgelns zu beenden. Was ihn anging, so stand er reglos da, völlig überrumpelt.

Sogar Lheor zuckte ob meiner Reaktion zusammen. Sein Gesicht zuckte aufgrund des plötzlichen Bisses der Nägel. Telemachon sah mit maskiertem Schweigen zu, obwohl seine Überraschung greifbar in der Luft zwischen uns hing. Abaddon hob langsam eine Hand und hatte die goldenen Augen etwas weiter aufgerissen. Seine Körpersprache strahlte immer noch Beherrschung aus. Ich hatte ihn schockiert, doch er weigerte sich, sich davon übermannen zu lassen.

»Wo ist sie?«, fragte ich durch zusammengebissene Zähne.

»Khayon«, hob Abaddon an.

WO IST SIE?, sandte ich als Impuls, der so spitz wie ein Speer durch den Schädel fuhr. Sargon zeigte keinerlei Reaktion, so getrennt war er von meinen Gedanken, doch Abaddon und Telemachon taumelten zurück und hielten sich den Kopf. Lheor ging wie unter einem Axthieb zu Boden. Blut lief aus seiner Nase.

»Khayon ...«, versuchte Abaddon es erneut und blinzelte die Schmerzen fort, die meine brutale Telepathie in seiner Stirnhöhle verursacht hatten. »Ich verstehe deine Treue gegenüber dem Dämon. Dafür entschuldige ich mich. Doch lass das Orakel los und wir werden deine Wölfin finden. Du weißt, dass ich ihr nicht schaden will. Nicht dir, deinen Brüdern oder deinem Vertrauten.«

Heute beschämt es mich, dass ich Sargon nicht umgehend freiließ, aber damals fiel keinem Krieger der Neun Legionen das Vertrauen leicht. Ich hielt die Klinge noch einige Sekunden an der Kehle des Word Bearers, bevor ich ihn schließlich mit einem tiefen, feuchten Knurren gehen ließ, das sogar Gyre stolz gemacht hätte.

»Solch ein Temperament.« Abaddon zwang sich zu einem Lächeln.

Ich ging, um Lheor auf die Beine zu helfen. Wir griffen einander bei den Händen und ich hievte ihn wieder hoch. Er trug das in Messing gegossene Symbol des Kriegsgottes auf seinem Handrücken – als ›Glücksbringer‹, behauptete er stets, obwohl er nicht wirklich gläubig war. Ich spürte, wie es durch seine Hand strahlte, sogar durch die Rüstung. Das Zucken auf seiner linken Gesichtshälfte war schlimmer, als ich es je gesehen hatte. Anstatt menschlicher Denkprozesse produzierte sein Gehirn nichts als ermüdende Schmerzen. Er kämpfte mit den Nägeln um die Kontrolle über seinen eigenen Körper.

»Nng«, sagte er. Speichel lag auf seinen Lippen. »Nnng.«

»Vergib mir, Bruder.«

»Nnng.« Die Wahrnehmung kehrte in seine schwarzen Augen zurück. Er fluchte auf Nagrakali und sagte dann nichts mehr.

Ich fuhr zu Sargon herum. »Wo ist meine Wölfin?«

Der Word Bearer brachte mich widerstandslos zu ihr. Das Schweigen, das zwischen uns allen herrschte, war seit unserer Ankunft die erste wirkliche Unbeholfenheit. Fragen gingen mir durch den Kopf, Fragen, die ich mich zu stellen sehnte. Wie gut kannte Abaddon dieses Orakel wirklich? Welche anderen Fähigkeiten besaß Sargon noch? Ich war mir immer noch sicher, dass ich ihn überwältigen könnte, falls nötig, doch was auch immer ihn vor der Telepathie versiegelte, roch nach einer psionischen Manipulation auf einer Ebene, die ich nicht so einfach würde rückgängig machen können. Was hatten Lheor und Telemachon gesehen, als sie durch ihre eigenen Erinnerungen gewandert waren? Ich hätte viel darum gegeben, das Innere ihres Geistes so zu sehen, wie Abaddon meinen eigenen gesehen hatte.

Ich ließ keine dieser Fragen über meine Zunge kommen. Trotz all seiner Vornehmheit und Willfährigkeit entnervte Sargon mich. Er fühlte sich an wie eine Waffe, die mir jemand an den Nacken hielt. Ich erwischte ihn mehr als nur einmal, wie er mir vergleichbare Blicke zuwarf, und ich wusste, dass er eine ähnliche Anspannung spürte. Neben ihm herzugehen war, wie in der Nähe eines verzerrten Spiegelbilds zu stehen. Obwohl ich in der Ausübung der Kunst diszipliniert und ausgebildet war, war mein größter Vorteil immer meine uneingeschränkte Macht gewesen. Sargon wiederum schien ein präziser und anspruchsvoller Anwender zu sein, der sich auf absolute Kontrolle verließ, um zu kompensieren, was auch immer ihm an roher Kraft fehlte.

Und Abaddon beobachtete uns beide mit so etwas wie Belustigung in seinen unmenschlichen Augen. Die eisige Atmosphäre zwischen mir und dem Orakel schien ihm überhaupt nichts auszumachen.

Als wir zu Gyre kamen, ließ ich mich vor ihr auf ein Knie nieder. Sargon hatte sie in der Nähe seiner Meditationszelle gebunden, wo sie in einem Korridor schlummerte. Das entmutigte mich mehr, als wenn sie gebannt worden wäre, denn Dämonen brauchen keinen Schlaf. In all den Jahren, die wir gemeinsam verbracht hatten, hatte ich sie noch nie schlafen gesehen, wie es eine Wölfin täte.

Um sie herum waren scharfkantige colchisische Runen in das Deck geritzt, die mir die Augen schmerzen ließen. Es waren hastig angebrachte Zeichen, die mit einer Klinge in das dunkle Eisen geschnitten worden waren, um die Wölfin zu kontrollieren und fernzuhalten.

Ich spürte, wie ich Sargon finster anschaute, noch während ich sein gehetztes Handwerk widerstrebend bewunderte. Er hätte sie zerstören können. Stattdessen hatte er sich die Mühe gemacht, sie zu neutralisieren, ohne ihr bleibenden Schaden zuzufügen. Ich gab mich keinerlei Illusionen hin, dass er dies aus irgendeiner Form von Gnade getan hatte; es war lediglich praktische Vernunft. Wenn ich sie sterben gefühlt hätte, dann hätte ich ihn zerfetzt, unabhängig davon, ob er Abaddons Orakel war oder nicht.

Ich bat ihn nicht, sie freizugeben. Ich stelle mich einfach auf eine der geritzten Runen und bedeckte sie mit meinem Stiefel. Gyre öffnete in dem Augenblick ihre weißen Augen, da ich den Ritualkreis unterbrach. Ihre Lähmung hatte eher etwas mit der Stase gemein als mit Schlaf, denn sie erhob sich weder mit trägen Gedanken noch müden Gliedern. Im Augenblick ihres Erwachens fletschte sie die Zähne in Sargons Richtung.

Zu mir, sandte ich.

Sie erhob sich und gehorchte, trottete zu mir, wobei sie den Word Bearer nicht aus den Augen ließ.

Ich will sein Blut.

Du hättest es besser wissen sollen, als einen anderen Hexer anzugreifen, Gyre.

Ich habe ihn kaum angegriffen! Ihre Gedanken waren beißend und eindringlich. *Er stahl meine Stimme und unterbrach meine Verbindung zu Euch. Erst da richtete ich Klauen und Fänge gegen ihn.*

Ich blickte durch die Dunkelheit des Besatzungskorridors zu Sargon. Abaddon, Lheor und Telemachon standen bei ihm.

»Ist alles in Ordnung?«, fragte Abaddon. Seine metallischen Augen reflektierten das trübe Licht in einem bedrohlichen Funkeln. Ich beschloss, dass ich mich zu einem anderen Zeitpunkt und zu meinen eigenen Bedingungen um Sargon kümmern würde, auf die eine oder andere Art. Ich musste meine Beschwerden nicht vor den ehemaligen Ersten Captain bringen. Ich war kein junger Lehrling, der zu seinem Mentor lief.

»Alles ist in Ordnung«, antwortete ich.

»Gut. Wenn du es gestattest, würde ich dich um einen Gefallen bitten, Khayon.«

Ob dieser unerwarteten Worte wandten wir uns alle ihm zu. »Fragt.«

Er lächelte betrübt wie über einen Witz, der zwischen Brüdern geteilt wurde. »Nimm mich mit auf die *Tlaloc*. Es ist so lange her, dass ich mit Falkus sprach.«

Drei von uns sollten zurückkehren: Abaddon, Gyre und ich selbst. Telemachon und Lheor entschieden sich, mit Sargon an Bord der *Geist der Rachsucht* zu bleiben und das Schiff zu erkunden.

»Seht euch vor Sargon vor«, warnte ich sie beide. »Ich mag ihn nicht und vertraue ihm noch weniger.«

Lheor zuckte lediglich mit den Schultern, doch Telemachons wortloses Missfallen strahlte zu mir aus. »Was hat er getan, um deine Abneigung zu verdienen?«, fragte der Schwerkämpfer.

»Was Falkus und den anderen zugestoßen ist, trägt seinen Makel. Er ist auf irgendeine Art dafür verantwortlich.«

»Das ist eine ziemlich sichere Annahme«, gab Lheor zu. Der World Eater bot erneut an, mit mir zurückzukommen für den Fall, dass Falkus und seine besessenen Brüder nach einer gewaltsameren Behandlung verlangten.

»Nein. Abaddon und ich werden alleine gehen. Je weniger Seelenfeuer dort lodern, desto besser. Die Zweitgeborenen sind sehr wahrscheinlich noch labil. Und hungrig.«

»Viel Glück, Bruder.«

Es war das erste Mal, dass Lheor mich Bruder nannte – eine Tatsache, die ich ihm gegenüber damals nicht erwähnte. Ich würde ihn Jahrhunderte später daran erinnern, als sein Blut in den Fluss Tuva auf der Welt Mackan rann.

»Danke, dass du bei uns geblieben bist, Lheor. Du, Ugrivian und die anderen.«

Ich glaubte erst, dass er lächeln würde, doch es stellte sich als nichts weiter als ein Zucken heraus, das durch die beschädigten Muskeln in seinem Gesicht hervorgebracht wurde.

»Verschwinde, du sentimentaler Narr.« Er schlug sich in amüsierter Nachahmung eines Saluts mit der Faust auf das Imperialis auf seiner Brustplatte. »Geh und finde Falkus.«

Und das tat ich. Mit Abaddon und meiner Wölfin an meiner

Seite kehrte ich auf die *Tlaloc* zurück, um den Krieger zu finden, der mein Freund gewesen war.

Unsere Ankunft sorgte für ein gewisses Maß an Aufregung. Als wir die Rampe des Thunderhawks hinabgingen, wartete Nefertari auf uns – ebenso wie Ashur-Kai, Ugrivian und seine Krieger sowie drei Dutzend Rubricae in geordneten Reihen.

Alle Blicke hefteten sich auf Abaddon. Er ertrug die Aufmerksamkeit mit Haltung und verbeugte sich geziert vor der Horde starrender Gesichter und Visiere.

Ich glaube es nicht, sandte Ashur-Kai.

Wenn du seine Gegenwart als schwer fassbar empfindest, dann solltest du sehen, was aus der Geist der Rachsucht *geworden ist. Sie ist ein Mahnmal des Wahnsinns.*

Ich muss sie sehen, sandte er mit nicht unerheblicher Dringlichkeit.

Das wirst du. Das hier ist noch lange nicht vorbei, Ashur-Kai. Abaddon hat eigene Pläne.

Pläne über die Belagerung der Stadt des Lobgesangs hinaus?

Weit darüber hinaus.

Faszinierend. Wir werden uns später unterhalten, versicherte er mir.

Das werden wir. Eine Sache jedoch noch – Sargon lebt. Das Orakel ist dem Desaster entkommen, das Falkus und die Duraga kal Esmejhak befallen hat.

Seine Begierde, an Bord der *Geist der Rachsucht* zu gehen, wurde zu einem wortwörtlichen Verlangen. Mit dem Orakel zu sprechen und seine prophetischen Visionen zu teilen ... Dieses Verlangen war nach der Zerstörung des Sol-Priesters umso stärker.

Bald, versprach ich ihm. *Bald.*

Abaddon grüßte jeden unserer Krieger einzeln und mit Namen. Hier zeigte sich ein weiterer Einblick in den fähigen Kommandanten, der sich unter dem unbekümmerten Pilger versteckte. Jede Stunde, die ich in seiner Gegenwart verbrachte, fühlte ich, wie er auf eine Art wieder zu sich fand, die ich nicht für möglich gehalten hätte. Mehr und mehr bestärkte sein Verhalten die Vorstellung, dass er auf das hier – auf uns – gewartet hatte.

Jeder Kämpfer, sei er nun ein Stammeskrieger oder ein professioneller Soldat, fühlt sich ein wenig geehrt, wenn ein Befehlshaber ihn persönlich beim Namen nennt und hervorhebt. Abaddon nannte Ugrivian und seine Männer nicht nur beim Namen, er erzählte auch von mehreren Taten ihrer Kompanie während des Großen Kreuzzugs und – zu meiner nachlassenden Überraschung – während der Jahre im Auge, als sie als Teil der Fünfzehn Fänge gedient hatten.

Das ist kein Pilger, sandte Ashur-Kai. *Das ist ein Kriegsherr. Ein Anführer. Er verdient sich schon jetzt die Bruderschaft von Lheors Kriegern.*

Ashur-Kai hatte nicht unrecht. Die ungezwungenen Bande geborener Krieger ließen sie gemeinsam lachen und ihre Handgelenke grüßend umfassen. So mühelos baute Abaddon eine Verbindung mit diesen Männern auf, nicht durch Manipulation oder Täuschung, sondern durch einfachen, ehrlichen Charme. Ich glaube, hätte er auf Manipulation zurückgegriffen, dann hätte ich ihn für minderwertig und unverfroren gehalten. Stattdessen wurde ich ermutigt.

Außerdem dachte ich daran, wie Abaddon gesagt hatte, dass er mich brauche, wie er mich beobachtet und auserwählt habe, wie er mich durch das Versprechen einer neuen Bruderschaft an seiner Seite haben wolle. Ich dachte darüber nach, dass er sich bereits die Freundschaft von mehr als nur Lheors Kriegern verdient hatte.

Sogar ich konnte es kaum glauben, als Abaddon als Nächstes jeden einzelnen meiner Rubricae mit Namen begrüßte. Ashur-Kai war weniger darauf vorbereitet und zeigte seine Schockiertheit deutlich auf seinen albinotischen Gesichtszügen. Der Name jedes Rubricae prangte auf seinem Schulterpanzer oder seiner Brustplatte, doch Abaddon nahm sich für jeden von ihnen Zeit, hob Ehrenabzeichen hervor, die sich der jetzt verlorene Krieger während des Großen Kreuzzugs verdient hatte, oder Schlachten, die er nach der Belagerung von Terra im Auge geschlagen hatte.

Wir von den Legiones Astartes besitzen ein eidetisches Gedächtnis. Dass der Erste Captain der glorreichsten Legion Zugriff auf die Personalarchive der Streitkräfte anderer Primarchen hatte, war nicht schwer vorstellbar, doch die Tatsache, dass er dieses Wissen während seiner Pilgerjahre durch das Auge erweitert hatte, war nicht weniger als eine Offenbarung.

Noch war es die einzige. Vor allen anderen Seelen außer mir selbst und Ashur-Kai standen unsere Rubricae in teilnahmsloser Stille da und nahmen die Existenz eines anderen Lebewesens nicht einmal zur Kenntnis. Dem war bei Abaddon nicht so. Als er sich an sie richtete, wandten sie ihre behelmten Köpfe langsam knirschend in seine Richtung und ich fühlte, wie sich der Hauch eines Bewusstseins zwischen ihnen erstreckte.

Ashur-Kais Stimme war plötzlich voller eiskalter Bedrohung. *Er ist eine Gefahr für uns. Wie können die Aschetoten auf ihn reagieren?*

Ich weiß es nicht, Bruder.

Was, wenn er ... Glaubst du, er kann sie befehligen?

Das glaube ich nicht. Das hier fühlt sich irgendwie mehr wie ein Wiedererkennen an. Nicht wie die Herrschaft, die du oder ich über sie besitzen.

Bist du dir da ganz sicher, Khayon?

Ich antwortete ihm nicht. Abaddon hatte viel zu viel an sich, das ich nicht verstehen oder voraussagen konnte.

In allem, was er tut, schwingt Bedeutung mit.

Auch darauf antwortete ich nicht. Ashur-Kais Faszination für das Schicksal und die Prophetie ließ ihn zuweilen ein wenig melodramatisch werden. Ich konnte seine Ehrfurcht spüren, auch wenn ich sie nicht teilte.

Abaddon hatte Nefertari erreicht, die abseits der geordneten Reihen der Legiones-Astartes-Krieger stand. Eine plötzliche Woge primitiver Abscheu erhob sich aus seinen geschützten Gedanken. Es war die stärkste Emotion, die ich bisher von ihm gefühlt hatte. Allein ihre Unmenschlichkeit stieß ihn schon ab, wie sie es bei vielen von uns tat, obwohl er diese Abscheu nicht zeigte.

Die geflügelte Eldar ertrug seinen prüfenden Blick mit emotionsloser, nichtmenschlicher Fassung.

»Die Maid von Commorragh«, grüßte er sie.

»Ihr sagt das, als wäre es ein Titel«, erwiderte sie. Die biolumineszenten Klauen, die ihren Rüstungshandschuhen als Fingerspitzen dienten, klickten und klackten gegeneinander, als sie ihr Gewicht verlagerte.

»Viele unter den Legionen kennen Khayons Eldar, die sich im Herzen des Königreichs ihres Feindes vor ihrem Volk versteckt. Hungerst du nicht, Nefertari? Zerreißt dich der Seelendurst nicht Nacht um Nacht?«

Die Worte waren kleinliche Stichelei, doch irgendwie war es sein Tonfall nicht. Die Art, wie er sprach, raubte den giftigen Fragen jeglichen Spott. Sie gewährte ihm den Anflug eines Lächelns und kam auf mich zu.

»Vergib mir mein Gotisch«, rief Abaddon hinter ihr her. »Trotz der Hunderte deiner Brüder und Schwestern, die ich getötet habe, habe ich die Sprachen deiner Art nie gelernt.«

Nefertaris Schmunzeln war scharf. Sie war selbst ein Messer mit einem Lächeln. »Ich mag ihn«, sagte sie flüsternd.

Nachdem er seine Begrüßungen abgeschlossen hatte, wandte sich Abaddon mir zu. »Was ist mit Telemachons Männern?«

»Ashur-Kai nahm mehrere gefangen, als sie uns im Sturm enterten«, begann ich.

»Sie sind fort«, unterbrach Nefertari und lächelte dabei immer noch. »Ihre Körper hängen in meinem Horst, falls Ihr Euch ihnen vorstellen wollt, wie Ihr es bei den anderen getan habt.«

Abaddon schnaubte in amüsierter Resignation. »Was für ein erbärmliches kleines Schätzchen du doch bist, Xenos. Und was ist mit Falkus? Wo ist er, Khayon?«

»Ich werde Euch zu ihm bringen.«

Nefertari machte Anstalten, uns zu folgen, bis ich eine Hand hob, um sie aufzuhalten. Sie fügte sich meinem Befehl, jedoch nicht ohne einen langen, abschätzenden Blick, während dessen sie abwägte, ob sie mit mir diskutieren sollte oder nicht. Ihre gefiederten Flügel öffneten und streckten sich in einem sicheren Anzeichen von Verärgerung, bevor sie sich wieder an ihren Körper legten. Der Ausdruck in ihren Augen war eine Warnung, eine, die ich mit einem Nicken zur Kenntnis nahm.

XVI

KONVERGENZ

Während wir zu dem Bereich unterwegs waren, den ich Falkus und seinen gequälten Kriegern zugewiesen hatte, machte Abaddon Anmerkungen über viele Dinge, die er sah. Das Erscheinungsbild von Sortiarius' tierblütigen Mutanten erregte seine Neugier, was zu einer längeren Diskussion ihrer Neigungen und ihres Verhaltens führte. Die Tatsache, dass sie die ideale Besatzung darstellten, entging ihm nicht, noch das, was er ihre ›anderen Verwendungen‹ nannte.

»Bolterfutter«, erklärte er. Ich lächelte über die Bezeichnung nicht, doch in Wahrheit tat auch er das nicht. Er erwähnte sie als eine Realität des Krieges, nicht als eine Folter, die er anderen gerne zufügte.

Viele Kriegerscharen verwendeten menschlichen Abschaum und Mutantenrudel als eine kostengünstige Horde aus Opferfleisch, deren Leben sie aufbrauchten, um die Munition des Feindes zu verschwenden und dessen Kettenklingen mit Fleisch zu verstopfen. Die Tiermutanten der Herdenklans von Sortiarius stellten einen wertvolleren Bestand dar als die meisten, aber ich bestätigte, dass ich in der Tat von mehreren Kriegerscharen wusste, die sogar ihre geschätzten Sklaven auf diese Weise verwendeten.

Seiner müßigen Konversation unterlag stets eine kalte Aufrichtigkeit, die seine Fragen eher wie eine Studie oder Nachforschung klingen ließ anstatt wie reine Neugier. Die Bronzegesichter der Anamnesis interessierten ihn ebenfalls. Wir kamen an Hunderten von ihnen vorbei, die uns in unregelmäßigen Abständen von der Wand anstarrten. Er erhielt keine Antwort, als er sie ansprach, tat dies jedoch unbeirrt weiter.

Wir näherten uns Falkus' Deck, als Abaddon sich mir zuwandte und Worte sprach, die mich zwangen, die Zähne zusammenzubeißen.

»Nefertari.« Er sah mich an, als er ihren Namen sagte. »Wie lange ist sie schon tot?«

Es gibt eine Handvoll Gelegenheiten in meinem Leben, bei denen ein Gefährte – sogar ein Bruder – dem Tode nahe kam, weil er einen einzigen Satz sprach. Dies war eine davon. Ich wollte plötzlich meine Finger um seinen Hals legen und ihm das Leben aus seinen goldenen Augen würgen.

»Sie ist nicht tot«, brachte ich hervor, was weder gänzlich wahr noch gänzlich falsch war.

»Lüg mich nicht an, Khayon.«

»Sie ist nicht tot«, wiederholte ich, diesmal bestimmter.

»Ich urteile nicht über dich, Bruder.« War das Mitleid, das ich in seiner Stimme vernahm? War es Anteilnahme? Ich war mir nicht sicher. »Sie ist nicht ganz tot, aber auch nicht ganz lebendig. Wie lange hältst du sie schon so?«

»Eine ganze Weile.« Wie seltsam es sich doch anfühlte, dieses Geheimnis auszusprechen, das nur ich und meine Wölfin und sonst niemand anderes kannte. Nicht einmal Ashur-Kai kannte die Wahrheit. Nicht einmal Nefertari selbst. »Wie habt Ihr es bemerkt?«

»Ich sah es.« Er tippte sich neben seinen vom Astronomican befleckten Augen gegen die Schläfe. »Leben durchfließt sie, ihr Blut zirkuliert noch, ihr Herz schlägt noch ... Doch nur, weil du es ihm befiehlst. Du spielst sie wie ein Musikinstrument, das du zwingst, lange über die letzte Note hinaus sein Lied fortzusetzen.

Sie sollte tot sein, doch du willst sie nicht sterben lassen. Wer hat sie getötet?«

»Zarakynel.« Sogar der Name schmeckte abscheulich. »Eine Tochter des Jüngsten Gottes.«

Ich sah Wiedererkennen in seinen Augen aufflackern. Zarakynel, der Engel der Verzweiflung, Überbringer der Qualen und Träger eintausend weiterer spöttischer, selbstgerechter Namen. Der Dämon hatte weit über uns alle aufgeragt, dieses Weibsding aus geschuppten, ozeanischen Scheren, milchig weißer Haut, umherpeitschenden Ranken und üppiger Weiblichkeit. Als sie kämpfte, hatte sie das Lied gesungen, welches bei der Geburt des Jüngsten Gottes und dem Tod der Eldarrasse durch die Galaxis geschallt war. Es war eine Melodie des Genozids. Die Harmonie der Auslöschung.

Eine ihrer Scheren hatte Nefertari getötet. Ein Stoß durch das Herz der Eldar, hinein und wieder heraus, bevor meine Blutwächterin überhaupt reagieren konnte.

Ich hatte Nefertari in den Armen gehalten, als sie in den Tod entglitten war, hatte ihrem flehenden Geist den Schmerz genommen und psionische Macht durch ihren sterbenden Körper pulsieren lassen, um ihr Blut weiterhin fließen zu lassen, obwohl ihr Herz fort gewesen war. Die Unendlichkeit winzigen Lebens in ihr hatte sich bereits seit dem Augenblick aufgelöst, da ihr Herz geborsten war, Zelle um Zelle, Atom um Atom. Ich hatte dagegen angekämpft und ihren Körper glauben lassen, dass er noch lebte.

All die Jahre später hielt dieses psionische Unterfangen immer noch an, hielt sie an der Schwelle des Todes am Leben. Es war weder Stase noch Unsterblichkeit, denn sie alterte immer noch auf die unvergleichlich langsame Art ihrer Spezies. Sie besaß Leben – sie war ebenso lebendig wie jedes andere lebende Wesen –, es wurde lediglich durch Willenskraft angetrieben anstatt durch die Natur.

Meine Blutwächterin. Mein komplexestes Werk der Kunst.

»Deswegen verachtest du Sargon.« Abaddons Worte waren keine Frage.

»Seht Ihr das ebenfalls mit Euren gebleichten Augen?«

Abaddon fuhr fort, als hätte ich nichts gesagt. »Du kannst seine Gedanken nicht lesen. Du spürst seine Barrieren gegen ein psionisches Eindringen. Verbunden mit dem, wie er deine Wölfin zum Schweigen gebracht hat und sie von deinen Sinnen trennte ... Deshalb hast du so reagiert und ihm dein tizcanisches Messer an die Kehle gehalten. Alleine schon seine Anwesenheit ist eine Bedrohung für dich, selbst wenn er dir nicht schaden will, selbst wenn er dir nichts als Bruderschaft anbietet. Er repräsentiert eine Möglichkeit, die du nicht in Betracht ziehen willst – die Möglichkeit, dass er dich irgendwie von Nefertari trennen könnte. Damit würde sie sterben, nicht wahr? Abgeschnitten von deiner Macht, getrennt von dem Zauber, der sie am Leben hält.«

Zu dem Zeitpunkt, da Abaddon verstummte, war ich stehen geblieben. Ich starrte ihn an und hasste ihn dafür, dass er alles mit solch zügelloser Leichtigkeit erkannte. Ich war mittlerweile überrascht und sehr, sehr misstrauisch.

»Ihr seht eine Menge, Ezekyle.«

»Sag mir, Khayon, was hast du mit der Kreatur angestellt, die deine Blutwächterin tötete?«

Es fiel mir leicht, mich daran zu erinnern. »Ich habe sie ausgelöscht. Ich zerriss Zarakynel, bis sie nichts weiter war als lose Fäden aus Emotionen und Sinneseindrücken, und dann warf ich diese Stränge zurück in die Winde des Warp.«

Er wusste es besser, als zu fragen, ob ich sie getötet hatte, denn niemand kann einen Nimmergeborenen jemals vollständig zerstören, doch mein bösartiger Bann war mehr als kindische Gehässigkeit. Es würde die Metze des Jüngsten Gottes Jahre kosten, ihre Gestalt wieder zu etwas zusammenzuweben, das in der Lage war, sich im Auge zu manifestieren. Ich hatte sie über einen einfachen Bann hinaus ausgelöscht.

»Wir befanden uns an Bord eines gefallenen Weltenschiffes, das von den Kreaturen des Jüngsten Gottes erobert worden war. Nefertari schlachtete an jenem Tag Dutzende von ihnen ab, vielleicht sogar Hunderte. Sie kamen aus den verzogenen Knochenwänden, kreischten mit Geisterstimmen und waren von den Seelensteinen verzehrter Eldar aufgedunsen. Keine von ihnen konnte sie erschlagen und jeder Tropfen ihres Blutes, den zu vergießen ihnen gelang, ließ sie nur umso lauter aufheulen. Als sie fiel, tat sie es für mich. Sie konnte entweder die Klaue abwehren, die sich auf mich senkte, oder sich gegen die verteidigen, die ihren Tod bedeuten würde.«

»Sie entschied sich, dich zu retten.«

Ich begegnete seinem Blick, als ich antwortete. »Ganz ehrlich? Ich bin mir nicht sicher. Ihr habt gegen Eldar gekämpft. Ihr wisst, wie sie sich bewegen, dass sie ebenso schnell kämpfen, wie sie denken. Nefertari ist schneller als die meisten, wie man es von ein paar wenigen der Eldar aus Commorragh kennt. Ihr Instinkt war, sich gegen beide zu verteidigen. Sie hielt eine Klaue der Kreatur auf und zerbrach sie, bevor sie meine Brust treffen konnte. Doch die andere durchstach sie hier.« Ich tippte auf mein Herz. »Wie ich schon sagte, hinein und wieder heraus, das Werk einer einzigen Sekunde. Als es vorbei war, zwang ich ihr Fleisch, sich wieder zu schließen, und regenerierte, was ich konnte. Die Erinnerung aus ihrem Geist zu ziehen war im Vergleich dazu einfach.«

»Warum hast die ihr die Erinnerung genommen?«

»Weil alle sterblichen Körper ebenso durch eine aufrechterhaltende Willenskraft funktionieren wie durch natürliche Automatismen. Sollte sie erkennen, dass sie durch psionische Bemühungen erhalten wird, könnte das all meine Arbeit in ihr zunichtemachen.«

Abaddon schien die Vorstellung zu gefallen, da ein abwägender Ausdruck auf sein Gesicht trat. »Wenn ihr also klar wird, dass sie tot ist, stirbt sie tatsächlich.«

»Das ist eine unverblümte und krude Art, es auszudrücken.«

Barmherzigerweise näherte sich Abaddons Befragung ihrem Ende. »Wenn ich mich nicht täusche, dann ist Nefertari ein Name tizcanischen Ursprungs.«

»Das ist er. Er bedeutet ›wunderschöne Begleiterin‹.«

Darüber lachte er leise. »Du bist wahrhaftig eine sentimentale Seele, Khayon.«

»Leidenschaft und Treue machen uns zu Kriegern anstatt einfach nur zu Waffen«, zitierte ich die alte Maxime. Doch insgeheim fragte ich mich, ob seine Einschätzung wirklich stimmte. War ich sentimental? Nefertari hatte den Namen ausgewählt, nicht ich. Einen solchen Namen anzunehmen war typisch für ihren kalten und stolzen Sinn für Humor. Es bedeutete mir nichts, wie sie sich nannte.

»Wie lautet ihr richtiger Name?«, fragte Abaddon als Nächstes, womit es an mir war zu lächeln.

»Aha, Ihr wisst also nicht alles? Ich denke, ich werde mir wenigstens ein Geheimnis bewahren, Ezekyle.«

»Also gut. Beantworte mir Folgendes und ich werde die Sache ruhen lassen – wenn du in der Lage bist, die Xenos-Biologie derart zu manipulieren, kannst du dann das Gleiche mit einem Krieger der Legionen tun? Würde die Vertrautheit mit seinem genetischen Muster es sogar einfacher machen?«

Ich sah ihn an, während wir weiter durch die Dunkelheit gingen. Er begegnete meinem Blick, offenbarte jedoch nichts in seinem eigenen.

Ich hatte allen Voraussagungen bezüglich Falkus und seinen Kriegern widerstanden. In dieser Hinsicht betrat ich ihre Domäne blind, ohne die Last der Erwartung. Als Abaddon mich fragte, ob ich irgendeine Nachricht von ihnen bekommen hätte, war ich gezwungen zuzugeben, dass Falkus seit Monaten nichts mehr von sich hatte hören lassen.

»Du entscheidest dich zu einem seltsamen Zeitpunkt, die Privatsphäre eines anderen zu respektieren«, bemerkte Abaddon nicht ohne einen Anflug von Verärgerung. Er war immer schon jemand gewesen, dessen Erfolg darauf basierte, jegliches bisschen Information über jene zu besitzen, die unter seinem Befehl standen.

An irgendeinem Punkt fragte er mich, ob ich versucht hatte,

die Nimmergeborenen auszutreiben, die in der Haut der Krieger steckten.

»Ich hätte es versucht«, sagte ich, »wenn mich einer von ihnen gefragt hätte.«

Daraufhin nickte Abaddon. »Ich habe meine Legion aus der Ferne sterben sehen. Viele von ihnen verkauften ihr Fleisch für das Versprechen von Macht. Es ist leicht, darüber zu reden, der Versuchung zu widerstehen, Khayon. Es ist schwerer, ihr zu widerstehen, wenn man in die Läufe von einhundert Boltern starrt und ein Pakt mit den Nimmergeborenen die einzige Überlebenschance ist.«

Ich spürte in seinem Tonfall und seinen Gedanken keine Abneigung, während er vom Besessensein durch Dämonen sprach. Er verstand, welches Opfer damit einherging, selbst wenn er selbst sich entschied, dieser Verlockung zu widerstehen. Für einen imperialen Verstand muss es sich seltsam anhören, mich von der dämonischen Besessenheit als einem Aufsteigen oder einer Errungenschaft sprechen zu hören, wenn der menschliche Geist sich alleine schon gegen die Vorstellung auflehnt. Die Wahrheit liegt wie immer irgendwo dazwischen. Für jene, die stark genug sind, die Bestie in ihrem Herzen zu bezwingen, bietet sie unfassbare Macht, übernatürliche Einsicht und Wahrnehmung und die Beinahe-Unsterblichkeit. Viele beten darum oder begeben sich auf Reisen, um einen Nimmergeborenen zu suchen, der intelligent genug und willens ist, eine solche Vereinigung einzugehen. Nur selten ist es damit getan, in den rohen Warp einzutauchen und auf der anderen Seite stärker wieder hervorzukommen.

Das war es, was mich an Falkus' Zustand am meisten faszinierte und was mich auf Abstand hielt, während er die Veränderung durchmachte. Es fühlte sich arrangiert an, bewusst herbeigeführt. Ich weigerte mich zu handeln, bis ich wusste, welche Figuren auf dem Spielbrett standen. Wer waren die Bauern und wie sah die Taktik der Spieler aus?

Sargon steckte dahinter. Dessen war ich mir nun sicher. Er hatte Falkus' Kriegern geholfen, auf ihr Schiff zu entkommen, nur um sie dann im Stich zu lassen, als sie seine Führung durch den Sturm am meisten benötigten. Sie wurden in die zerrüttenden, reinigenden Gezeiten des Warp getaucht, während er – unberührt und unverändert – hierher in den Eleusinischen Schleier zurückkehrte.

Wir kamen an vier meiner Rubricae vorbei, die in einem der primären Durchgangskorridore Wache hielten, welche zurück zu den Hauptverbindungswegen führten. Sie nahmen mein Vorbeigehen zur Kenntnis, ohne ihre Bolter zu senken. Ein flüchtiger Blick auf ihre Waffen offenbarte, dass sie in letzter Zeit nicht abgefeuert worden waren. Sollten Falkus und seine Zweitgeborenen-Brüder zu fliehen versucht haben, während ich auf der *Geist der Rachsucht* gewesen war, dann hatten sie nicht diesen Weg eingeschlagen.

Es dauerte nicht lange, bis wir ihren Einfluss bemerkten, denn die Gegenwart der Zweitgeborenen verzerrte die Realität. Schwarze Adern bahnten sich ihren rissigen Weg durch die alten Metallwände und die Bronzegesichter der Anamnesis waren zu dämonischen Antlitzen entstellt, die jetzt weiblichen Gargoyles und Grotesken ähnelten. Ein unverständliches Flüstern lag in der Luft, ebenso wie das Schmatzen gefräßigen Schlemmens. Das Einatmen ließ meine Sinne vom widerlichen Geschmack und Gestank von Sumpfwasser schmerzen. Es waren nicht die in diesem Bereich eingeschlossenen Zweitgeborenen selbst, die ihre Umgebung verunreinigten oder verdarben, sondern lediglich die Kraft ihrer Gedanken und Gelüste, welche die Welt um sie herum neu formten.

Jahre zuvor, während eines unschuldigeren Zeitalters, hätten mich derartige Mutationen an Verderbtheit denken lassen – an eine Verminderung und lähmende Veränderungen. Allerdings besaß ich einst auch ein sehr naives Wesen. Die Berührung des Warp ist unmenschlich, jedoch nicht inhärent böse, und während sie zweifellos arglistig ist, formt sie jene, die sie liebkost, auch gemäß ihrer eigenen Seele um. Deshalb sehen sich viele Mitglieder der Neun Legionen als vom Pantheon gesegnet an, wenn sich die Mutation durch ihre Körper zieht. Emotionen werden ermutigt, Fanatismus belohnt und Gewalt und Leidenschaft als heilig erachtet.

Der Warp lässt seine auserwählten Söhne und Töchter nie nutzlos werden, doch das muss nicht heißen, dass sein Segen vom Verstand der Sterblichen immer erwünscht und geschätzt wird. Was dem heimtückischen Pantheon nützt, ist nicht immer das, worauf vom Warp berührte Seelen gehofft haben. Manche Mutationen sind Verbesserungen und Verfeinerungen. Andere fühlen sich eher wie ein Zugrunderichten an.

Während ich hier in diesen Ketten hänge und von der fernen Vergangenheit spreche, spüre ich, wie inquisitorische Augen meine Mutationen mit Abscheu betrachten. Der Warp hat mich entsprechend meines Hasses, meines Begehrens, meines Zorns und meiner Sünden neu geschmiedet. Ich sehe bereits seit Jahrtausenden nicht mehr wirklich menschlich aus.

Doch es kümmert mich nicht, wie ich auf die Menschheit wirke. Selbst als ich noch menschlich aussah, war ich dennoch eine sterile Waffe aus Fleisch und Ceramit, die über die Menschheit erhoben worden und für sterbliche Augen ebenso übergroß und unschön war wie jeder andere Krieger der Legiones Astartes. Während die Imperialen schreiend vor mir als einem Monster unter ihnen weglaufen mögen, gibt es im Großen Auge Tausende von Seelen, die ob der Art, wie der Warp mich geformt hat, eine stechende und unendlich tiefe Eifersucht verspüren. Meine Jahre als ein Kommandant der Black Legion waren alles andere als schlecht zu mir.

Während wir durch die veränderten Tunnel gingen, kommentierte Abaddon die Veränderungen am Schiff nicht. Selbst ohne zu fragen, wusste ich, dass die *Geist der Rachsucht* sehr wahrscheinlich unzählige ähnliche, von mir noch nicht gesehene Veränderungen durchgemacht hatte wie jene auf diesen Decks.

Wir bewegten uns durch eine verworrene Reihe unbenutzter Hydrokulturkammern, in denen immer noch der Vegetationsgeruch aus vergangenen Zeiten hing. Sie waren weniger ein Arboretum als ein Labor und die Tröge und Wiegen standen nun leer, während einst dieser gesamte Unterbereich eine Oase grünen Lebens gewesen war. Die *Tlaloc* besaß dreißig dieser Anlagen, um die Rationen zu ergänzen, welche die menschliche Besatzung konsumierte. Die meisten waren schon lange verfallen, sei es, weil die nötigen Fähigkeiten unter den sterblichen Knechten des Kriegsschiffes ausgestorben waren, oder aufgrund der Wirkung, die das Auge auf laborgezüchtete Vegetation hatte.

»Macht Ihr Euch keine Sorgen darüber, dass Falkus Euer Orakel hassen könnte?«

Abaddons Augen funkelten in der Dunkelheit vor psionischer Resonanz. So etwas hatte ich bisher nur bei den Nimmergeborenen gesehen.

»Und warum sollte ich mir darüber Gedanken machen, Khayon?«

»Ihr wisst, warum. Sargons Hand führte sie an diesen kritischen Punkt.«

»Bist du dir da so sicher?«

»Also gut Abaddon. Gebt Unwissenheit vor, wenn Ihr es wünscht.«

Wir fanden den ersten von Falkus' Kriegern alleine in einer dieser Kammern, wo er regungslos in voller Ausrüstung dastand. Seine Terminatorrüstung war geschwärzt, als hätte er sich selbst angezündet. Brutale Stoßzähne verliehen seinem Helm ein wildes Aussehen. Die Energieklauen hingen mit deaktivierten Klingen an seiner Seite. Als wir näher herangingen, sahen wir, warum. Sie bestanden nicht aus dem gesegneten Eisen der üblichen Machart, sondern aus dichtem Knochen, der sich aus den Fingerspitzen der Panzerhandschuhe erstreckte. Es sah aus, als wäre seine Rüstung vollkommen mit seinem Körper verschmolzen, was unter uns, die wir im Auge lebten, keine Seltenheit war. Das stinkende silbrige Gift, das von den Knochenklauen tropfte, war schon eher einzigartig. Es ähnelte Quecksilber und roch nach Rückenmarksflüssigkeit.

Ich spürte keinen inneren Konflikt in ihm. Nichts von einem

Dämon und einem Sterblichen, die sich in rastlosem Ringen umeinander wanden, nur ... Ruhe. Die ersten Spinnweben zogen sich von seinem Helm bis zur Schulter und von den Fersen zum Deck. Er hatte hier im Mindesten schon Tage so gestanden und gewartet.

»Kureval«, grüßte Abaddon den Krieger. Der Terminator drehte mit knurrenden Rüstungsgelenken schwerfällig den Kopf. Das gleiche silberne Gift tropfte gemächlich von seinen Hauern.

Bevor der Krieger sprach, fühlte ich, wie sich seine Gedanken wieder einrenkten. Besser kann ich das Gefühl nicht beschreiben – während der Schädel des Justaerin voller toter, geistesabwesender Schmerzen gewesen war, als wir ankamen, hatten sich seine Gedanken in dem Augenblick, da er seine Aufmerksamkeit auf Abaddon gerichtet hatte, zu wiedererkennbaren Mustern ausgerichtet. In Abaddons Gegenwart wurde er menschlich, als wäre sein ehemaliger Erster Captain eine Art psionischer Anker.

»... Oberster Häuptling?« Kurevals Stimme war ein knirschendes Schnurren, dem der Unglaube eine gewisse Kühle verlieh.

Abaddons Antwort bestand darin, hinter seinen strähnigen, fettigen Haaren in einem breiten Grinsen die Zähne zu zeigen.

»Oberster Häuptling«, wiederholte Kureval und begab sich sofort auf ein Knie. Der Terminator war die verkörperte Bösartigkeit und stark genug, um eine Kriegerschar nach seinem eigenen Bilde anzuführen. Ihn drei Sekunden, nachdem er seinen ehemaligen Kommandanten erblickt hatte, auf die Knie gehen zu sehen, war ein wenig verstörend. Ich begann zu verstehen, was für eine Präsenz Abaddon für seine Krieger darstellte.

Der ehemalige Häuptling der Justaerin verspottete die Ehrerbietung seines Bruders nicht. Er legte seine Hand auf Kurevals Schulterpanzer und hauchte einen cthonischen Gruß, den selbst mein verbessertes Gehör nicht vernahm. Jede Legion besitzt ihre eigenen, von Außenseitern ungesehenen Riten. Ich fühlte mich wie ein Eindringling, der bei einer privaten Zeremonie zugegen war.

Der Terminator erhob sich langsam mit knurrenden Gelenken.

Wie der Rest der Justaerin trug seine Rüstung das Schwarz der Elite seiner Legion anstatt das traditionelle Seegrün der gemeinen Sons of Horus.

»Komm mit uns, Kureval.«

Der Terminator widersprach nicht und folgte uns mit langsamen und gehorsamen Schritten. Er beachtete mich überhaupt nicht, sondern behielt seine gesamte Konzentration Abaddon vor. Ich weiß nicht, ob Kureval seinen ehemaligen Kommandanten vielleicht für eine Vision hielt.

»Ich spüre sehr wenig von dem Dämon in dir«, sagte ich zu dem Krieger, während wir gingen. »Hast du ihn aus deinem Körper vertrieben?«

Seine Antwort war ein tiefes, gurgelndes Knurren. Ich fragte mich, ob es ein Lachen war.

Wir gingen weiter und der Vorgang wiederholte sich wieder und wieder. Falkus' Krieger waren im gesamten Unterbereich verteilt und jeder stand alleine und reglos wie eine Statue da. Manche blickten auf die Wände, manche standen neben abgeschalteten Müllverarbeitungsgeneratoren; drei nahmen unterschiedliche Sektionen der gleichen Kammer ein und starrten durch die verstärkten Sichtfenster auf den Planeten, der sich unter uns drehte.

Sie alle erwachten in Abaddons Gegenwart, als holte seine Nähe ihren Geist wieder zurück in ihren Körper. Sie alle folgten in einer lockeren Kolonne und erzeugten einen Chor hievender Gelenkmechanik. Ich hörte das Klicken von Voxkommunikation zwischen ihnen, während sie marschierten, allerdings schlossen sie mich davon aus.

Ich spürte keine eindringende Essenz in irgendeinem von ihnen. Bis zu einem gewissen Grad wiesen sie alle biomechanische Mutationen auf; Auswüchse aus Ceramit und Knochen, die zu Stacheln, Kämmen und Klingen verwachsen waren, und aus den meisten von ihnen sickerte die giftige Absonderung, die auch von Kurevals Klauen tropfte, doch ihre Seelen waren ihre eigenen. Keine dämonische Präsenz nistete tief in ihren Herzen oder brodelte unter der Oberfläche und führte ihre Körper wie eine Marionette.

Es war unmöglich, dass es ihnen allen gelungen war, die Dämonen aus ihren Körpern zu verbannen. Doch es gab keine einfache Antwort auf das, was ich spürte: Es war nicht nur die Abwesenheit eines eindringenden Nimmergeborenen-Verstandes – es fehlte auch die hohle Wunde, die entstand, nachdem eine Seele durch das Austreiben einer dämonischen Berührung aufgerissen worden war. Es war, als hätte sich der Dämon tief in jeden von ihnen hineingegraben, in der gleichen Art, wie Ungeziefer sich in die Erde gräbt, um dem Licht zu entkommen.

Die Krieger zu befragen, während sie dahinschritten, brachte keinerlei Erkenntnisse. Mehrere grüßten mich so kameradschaftlich und warmherzig beim Namen, als hätten wir sie nicht gerade geistlos im Dunkeln herumstehen gesehen. In was für einem meditativen Zustand sie sich auch immer befunden hatten, als wir sie entdeckten, er wurde von dieser Zurschaustellung von Vitalität verbannt.

Bis zu dem Zeitpunkt, da wir Falkus fanden, stampften hinter uns sechzehn Justaerin über das Deck. Trotz ihrer scheinbaren Lebhaftigkeit wirkten sie wie eine Begräbnisprozession.

Falkus befand sich in einem weiteren trockenen, toten Hydrokulturlabor. Er war ebenso reglos wie die anderen und reagierte auf die gleiche Weise, als Abaddon sich ihm näherte.

»Falkus«, sagte Abaddon leise. Der gehörnte Helm erhob und drehte sich, und hinter den roten Augenlinsen renkten sich die Gedanken des Kriegers ein. Ich habe es ein Erwachen genannt, doch das trifft nicht ganz zu. Es fühlte sich wie eine Erneuerung an und nicht wie ein Erwachen aus einem Schlummer.

»Khayon«, sagte er zuerst mit träger Stimme wie Blut, das aus einer Leiche rinnt. Und dann: »Ezekyle. Ich wusste, dass du nicht tot bist.«

»Mein Bruder.« Abaddon gab sich nicht mit einer distanzierten Begrüßung zufrieden. Er umfasste das Handgelenk seines ehemaligen Stellvertreters und seine Aura loderte mit den Farben der Zuversicht auf.

Ich gebe zu, dass ich ihrer Wiedervereinigung nur wenig Aufmerksamkeit schenkte. Während sie über all das sprachen, was sich bei Lupercalios zugetragen hatte, wandte ich mich ab und blickte hinüber zu den versammelten Justaerin. Meine Sinne strömten nach außen und wurden zu einem Netz fingerartiger Sonden, die nach den Rissen in den Winkeln ihres Geistes suchten.

Ich war solch ein Narr. So vollkommen blind. Was für mich unsichtbar gewesen war, als ich jeden von ihnen separat untersucht hatte, wurde absolut offensichtlich, als ich sie als ungeordnetes Rudel betrachtete. Damals an Bord des Niobia-Nimbus hatten sich die Dämonen in den eingesperrten Justaerin auf unnatürliche Weise ähnlich angefühlt; jeder hatte seinen Vettern an Stärke und Resonanz geähnelt. Zumindest hatte ich das gedacht. Die Wahrheit war viel faszinierender und ich verfluchte mich dafür, diese Feinheiten erst jetzt zu bemerken.

Sie waren durch einen einzigen Nimmergeborenen-Geist miteinander verbunden. Sie wurden nicht von einer Schar Dämonen vollkommen beherrscht, sondern von einer einzigen Kreatur wie von feinem Nebel durchdrungen. Sie atmeten sie ein und atmeten sie aus. Sie vermischte sich beinahe bis zur Unkenntlichkeit verdünnt mit dem Blut in ihren Adern. Es handelte sich um eine biodämonische Manipulation von erstaunlicher Raffiniertheit. Der Dämon hatte sich auf jeden von Falkus' Kriegern verteilt und damit seine Unsterblichkeit im Reich der Materie sichergestellt. Solange noch einer der Justaerin lebte, konnte der Dämon nicht sterben.

Noch war die Symbiose für die Justaerin vollkommen nutzlos. Der Dämon trieb ohne die Kraft, ihre Emotionen zu formen, durch ihre Gedanken, doch er verband sie zu einer schwachen Gemeinschaft, die beinahe an die Telepathie heranreichte. Obwohl ich bezweifelte, dass sie in der stillen Sprache kommunizieren konnten, bewegten sie sich in einer seltsam übernatürlichen Eintracht – wie eine Vogelschar im Flug gemeinsam einschwenkt – und ihre Wahrnehmungen fühlten sich schärfer an, wenn sie beieinanderstanden.

Um zu erfahren, wie tief diese Symbiose ging, verfolgte ich den Dämon in ihnen. Seine Präsenz, die ohnehin schon sehr schwach war, zerfaserte noch weiter, als er versuchte, meiner Untersuchung zu entkommen. Die meisten Nimmergeborenen widersetzten sich, indem sie ihren Wirt auf aggressive Weise neu formten; dieser zerteilte sich in ihnen. Jedes Mal, wenn ich nach einer sensorischen Spur der Kreatur griff, löste sich ihre Essenz noch weiter auf, wurde dünner und schwächer. Ich jagte in den Knochen der Justaerin Echos nach und verfolgte Bläschen in ihrem Blut. Die ganze Zeit über verfluchte ich die Kreatur für ihre unglaubliche Raffinesse. Sollte ich ihren Namen in Erfahrung bringen können, dann würde ich sie sofort binden, unabhängig davon, was es Falkus' Männer kosten würde. Für einen derartig gerissenen und einzigartigen Dämon hatte ich einhundert Verwendungen.

Ich drang weiter vor, suchte nach allem und fand nichts. Jede Spur des Nimmergeborenen war fort, hatte sich im Strom der schlagenden Herzen und wirbelnden Gedanken der Krieger verloren. Der Dämon hatte seine Essenz so sehr über mehrere Wirte verteilt, dass er beinahe vollkommen unauffindbar war.

»... Khayon?«

Ich öffnete die Augen und bemerkte erst jetzt, dass ich sie geschlossen hatte. Ich hatte mich so sehr auf die Verfolgung dieses verflixten Dämons konzentriert, dass es mehrere Sekunden dauerte, bis ich mich wieder auf meine Umgebung eingestellt hatte. Abaddon sah mich an.

»Ich hatte ihn beinahe«, sagte ich zu ihm.

»Wovon sprichst du?«, fragte er.

Da sah Falkus mich an. Alle Justaerin sahen mich jetzt an. Rote Augenlinsen, die tief in ihren Helmen voller Stoßzähne und Hörner saßen, starrten mich wortlos an. Sie hielten archaische Kanonen in servoverstärkten Armen. Verzierte Streitkolben und Äxte waren an Rüstungsplatten magnetarretiert, die die Farbe von ranziger Asche hatten.

Wussten sie es? Hielten sie sich für exorziert oder fühlten sie, wie die Berührung des Dämons an einem Ort jenseits ihres bewussten Verstandes verblieb? Hatte Sargon dieses Schicksal für die Justaerin auf Abaddons Geheiß herbeigeführt oder war dies einfach nur ein weiterer Schlag des Schicksals? Wenn der Dämon sich in ihrem Blutstrom beinahe bis zum Nichts aufgelöst hatte, waren sie dann überhaupt wahrhaftig besessen?

Fragen über Fragen.

So war es, in einer Kriegerschar der Neun Legionen zu leben. Dinge zu sehen, die unmöglich sind, und nach Antworten zu suchen, die man vielleicht niemals findet. Sich über den Zustand der Seelen Eurer Brüder Gedanken zu machen und zu wissen, dass sie wiederum Eure geistige Gesundheit ebenso anzweifeln.

Loyalität ist alles, doch Vertrauen ist die eine Sache, die wir nur so selten haben.

»Nichts«, antwortete ich. »Eine momentane Ablenkung. Alles in Ordnung.«

Das war das erste Mal, dass ich Ezekyle anlog. Er wusste, dass ich log, doch ich spürte keinen Zorn und keine angedrohte Vergeltung. Was ich von ihm fühlte, war ein langsamer Impuls der Einwilligung. Ich log immerhin nicht ihn an. Wir beide logen die Justaerin an.

»Wir sollten umgehend beginnen«, sagte Falkus und tippte sich mit cthonischer Aufrichtigkeit aufs Herz.

Ich hatte dem Kern ihrer Unterhaltung keine Aufmerksamkeit geschenkt. Ich wusste nicht, wovon sie sprachen. Es wurde deutlich, als Abaddon die Geste erwiderte und seine Fingerspitzen gegen seine Brustplatte schlugen.

»Mit Khayons Hilfe«, sagte er, »wird die *Geist der Rachsucht* erneut segeln. Meine Brüder, wir sind wenige und sie sind viele, doch die Stadt des Lobgesangs wird fallen.«

XVII

VORBEREITUNG

Wir kehrten auf das Flaggschiff zurück und versammelten uns, um den Angriff zu planen. In unserer ersten Nacht an Bord der *Geist der Rachsucht* trugen mehrere von uns noch die Farben der Legionen, gegenüber denen wir keine Loyalität mehr verspürten. Abaddon selbst trug sein Sammelsurium an Rüstungsteilen, was ihn aussehen ließ, als würde er zu jeder Legion gehören, jedoch keiner treu sein.

In ein paar kurzen Jahrzehnten sollten wir im Schwarz beisammenstehen, welches das Imperium zu fürchten lernen würde, und bei Abaddons Kriegsräten alle unsere eigenen Armeen und Flotten repräsentieren. Bei diesen Gelegenheiten standen Hunderte von uns auf der Brücke des Flaggschiffes und stritten darüber, welche Welten des Imperiums wir töten sollten. All dieser Ruhm würde erst noch kommen. Zunächst mussten wir die Schlacht schlagen, die uns zusammenschweißen oder umbringen würde.

Die Versammlung fand auf dem Kommandodeck der *Geist der Rachsucht* statt, wo Horus und seine Primarchenbrüder einst gemeinsam mit den edlen Captains der Space-Marine-Legionen gestanden und zunächst das Schicksal des Großen Kreuzzugs gelenkt und dann über jenes der Rebellion entschieden hatten. Banner, die vergangene Siege darstellten, hingen in Reihen, manche als Wandteppiche gewoben, andere primitivere Trophäensammlungen, die zusammengebunden und als Siegesstandarten aufgestellt worden waren. Die meisten der hängenden Flaggen gedachten planetarer Eroberungen und Flottengefechte der Lunar Wolves während der zweihundert Jahre, in denen sie am Großen Kreuzzug teilgenommen hatten, bevor der Imperator ihnen das Recht zugesprochen hatte, in Anerkennung der Ehre, Horus Söhne zu sein, ihren Namen zu ändern. Die raueren und wackligen Symbole waren Schlachtfeldtrophäen – die nicht von eroberten Welten stammten, sondern von Schlachten, die auf Horus' Weg nach Terra gegen thronloyale Streitkräfte geschlagen worden waren. Zwischen diesen standen die ritualisierten Embleme der Kriegerlogen, die gleichermaßen Erleuchtung und Verrat in den Reihen der XVI. Legion verbreitet hatten.

Wenn ich mich jetzt auf der gewaltigen Brücke umschaute, dann fiel es mir schwer, mir die leere Kammer von Tausenden Offizieren und verpflichteter Besatzungsmitglieder bevölkert vorzustellen. Hier hatten sich reihenweise Legionäre versammelt und während Feldzugsbesprechungen Berichte abgegeben und ihre Stimmen den Entscheidungen hinzugefügt, die vom inneren Kreis der Kommandeure des Großen Kreuzzugs gefällt worden waren. Sichelförmige Galerien waren konzentrisch angeordnet, um eine militärische Präsenz unterzubringen, die innerhalb dieser Wände seit Jahrhunderten nicht mehr zu sehen gewesen war.

Von jedem Deckensparren und jeder Wandbefestigung starrte uns das geschlitzte, ausgeblichene Auge des Horus an. Vielleicht hätte ich mich von diesem düsteren Blick verurteilt fühlen sollen. In Wahrheit fühlte ich jedoch nichts als Mitleid. Die Sons of Horus waren so weit gefallen, wie man nur fallen konnte. Ich sprach aus Erfahrung, denn mit den Thousand Sons war das Gleiche geschehen.

Wir standen um den zentralen Hololithtisch; eine Handvoll Krieger, wo einst Armeen versammelt gewesen waren. Ich fühlte mich wie ein Aasgeier, der gekommen war, um den Staub einer glorreichen Vergangenheit zu durchwühlen.

Ich werde die Namen jener auflisten, die zugegen waren, damit sie nun in die imperialen Archive aufgenommen werden können. Manche dieser Krieger sind schon lange tot und wurden zu Opfern des Langen Krieges. Andere sind nicht mehr wiedererkennbar, denn ihre wahren Namen wurden vergessen und ihre ursprünglichen Identitäten unter einer ganzen Schar kriegstreibender Titel begraben, die das furchterfüllte Imperium ihnen verlieh. Dies sind die Namen, die sie damals an jenem fernen Tag trugen.

Falkus Kibre, der Witwenmacher, letzter Häuptling der zerbrochenen Justaerin und Herr der Kriegerschar Duraga kal Esmejhak. Bei ihm waren beinahe dreißig seiner Brüder, alle in die schwere Kriegsrüstung ihres mörderischen Clans gehüllt.

Telemachon Lyras, Schwertcaptain der Emperor's Children. Er war alleine – der einzige seiner Brüder, der nicht an die verzehrenden Gelüste meiner Eldar-Gefährtin verfüttert worden war. Die Schatten, die das gesamte Kommandodeck verdunkelten, waren nicht in der Lage, den silbernen Glanz seiner entzückten Maske zu vermindern.

Ashur-Kai, der Weiße Seher, Hexer und Gelehrter der Thousand Sons. Er stand neben einer Phalanx unserer Rubricae, die einhundertundvier unserer aschenen Toten zählte. Tokugra, seine Aaskrähe, beobachtete das Geschehen von ihrem Platz auf seiner Schulter.

Lheorvine Ukris, sehr zu seiner Verärgerung als Flammenfaust bekannt, Artilleriecaptain der World Eaters und Kommandant der Fünfzehn Fänge. Er stand bei Ugrivian und seinen vier überlebenden Brüdern, von denen jeder entspannt einen massigen schweren Bolter hielt.

Sargon Eregesh, Abaddons Orakel, ein Kriegerpriester des Messingschädel-Ordens der Word Bearers. Er war ebenfalls alleine und trug das gläubige Rot der XVII. Legion. Abgenutzte Goldblattinschriften in Form von colchisischen Runen bedeckten seine Rüstung.

Und ich, Iskandar Khayon, in dem Zeitalter, bevor meine Brüder mich den Königsbrecher und meine Feinde mich Khayon den Schwarzen nannten. Meine Rüstung war im Kobaltblau und der Bronze der Thousand Sons gehalten und meine Haut hatte damals – ebenso wie heute – den äquatorial dunklen Farbton der Tizcaner. Neben mir stand Nefertari, meine Eldar-Blutwächterin, mit dunkler Rüstung und bleicher Haut, ihre grauen Flügel dicht an ihren Rücken gelegt. Sie lehnte sich auf einen verzierten Speer, den sie aus einer Gruft auf einer Hexenwelt der Eldar tief im Auge geraubt hatte. Gyre stand an meiner Seite. Die bösartigen weißen Augen der Wölfin waren stets wachsam. Ihre Stimmung entsprach meiner, da mein Eifer sich durch ihre körperliche Form ausdrückte. Sie stank nach dem Blut, das wir vergießen würden. Ihr Fell roch nach Mord, ihr Atem nach Krieg.

Abaddon ließ seinen Blick über diese ungleiche Versammlung schweifen und tippte mit cthonischer Bescheidenheit auf sein Herz.

»Wir sind eine jämmerliche und zerlumpte Kriegerschar, was?«

Leises Gelächter hallte durch die Kammer. Von all jenen, die hier versammelt waren, hielt ich meine Hingabe am meisten im Zaum. Meine Gedanken schweiften immer wieder zu Ezekyles Pilgerkammer auf der anderen Seite des Schiffes ab, wo die Klaue des Horus wie ein Museumsrelikt lag. Obwohl die psionische Resonanz der blutigen Klingen in ein Stasisfeld gehüllt war, drängte sie gegen meine Gedanken.

Abaddon forderte andere dazu auf, ihre Meinung zu teilen, bevor er sagte, was er zu sagen hatte. Unter den staubigen Bannern der Vergangenheit gab es keine formelle Ordnung, nur Krieger, die ihre Vorhaben erklärten. Wenn jemand in seiner Erzählung stockte, ermutigte Abaddon ihn mit weiteren Fragen, die allen Zuhörenden mehr von der Vergangenheit des Sprechenden offenbarten. Er überbrückte die Klüfte zwischen uns, ohne eine Entscheidung zu erzwingen. Er brachte uns dazu, all das zu sehen, was wir gemeinsam hatten.

Ich gebe zu, dass es sich in diesem Licht beinahe vorherbestimmt anfühlte. Wir sprachen alle von Legionen, an die wir nicht mehr glaubten, von Vätern, die wir nicht mehr vergötterten, von dämonischen Heimatwelten der Legionen, die als Zuflucht zu akzeptieren wir uns weigerten. Diese Zweifel waren nichts Neues, aber sie waren Angelegenheiten, die wir nur selten deutlich aussprachen. Auf gewisse Weise grenzten unsere Worte an eine Beichte, in der Art, wie Sünder einst Absolution suchten, indem sie vor den Priestern der ältesten Glaubensrichtungen ihre Verbrechen zugaben. Auf einer weitaus praktischeren Ebene war es einfach eine taktische Einschätzung. Wir waren Soldaten, die ihre Geschichte zum Besten gaben und darlegten, wie uns sowohl unser Hass als auch unsere Talente zu einem größeren Ganzen machten. Es ging ohne Getue und brüterische Prahlerei vonstatten. Das bewunderte ich.

Wir stellten uns aber eher einander vor, als uns in langen Erzählungen zu ergehen. Es war eine reine Formalität, bevor Abaddon den Grund aussprach, weshalb wir uns alle versammelt hatten. Man schweißt Krieger nicht durch Gerede über die Vergangenheit zusammen, sondern durch einen Kampf in der Gegenwart. Damit Abaddons Ambitionen überhaupt irgendwie zum Tragen kommen konnten, würde er uns einen Sieg geben müssen.

Er sprach von der Stadt des Lobgesangs und wie wir eine Speerspitze durch das Herz der Festung treiben würden. Er sprach davon, wie die *Geist der Rachsucht* vom Verstand der Anamnesis gesteuert in der Lage sein würde, mit einer Rumpfmannschaft zu segeln.

Er sprach von der Bedrohung, die der Wiedergeborene Horus darstellte. Zweifellos eine ferne Bedrohung – er gab zu, dass die Emperor's Children sicherlich noch Jahrzehnte fehlgeschlagener alchemistischer Experimente vor sich hatten, bevor sie auch nur die erste Stufe des genetischen Wunderwerks des Imperators synthetisieren konnten. So fern dieses Potenzial auch war, wir würden dagegen vorgehen, bevor es zu einer Bedrohung wurde, und zuschlagen, um die Emperor's Children davon abzuhalten, die Legionskriege zu gewinnen. Er scherte sich nicht darum, die

Schande der XVI. Legion auszulöschen – ihm ging es nur darum, diese letzten Fesseln der Vergangenheit abzuwerfen. Die Primarchen waren tot oder in den Gezeiten des Großen Spiels der Götter in Gefilde jenseits sterblicher Belange aufgestiegen. Er listete die toten Imperialen und die verräterischen Aufgestiegenen auf, wobei er mit jenen Namen endete, die selbst für jene von uns, die wir im Auge lebten, schnell zu Mythen geworden waren: Angron, Fulgrim, Perturabo, Lorgar, Magnus, Mortarion. Es waren die Namen von Vätern, die über den Horizont ihrer sterblichen Söhne erhoben worden waren; Schutzpatrone, die uns jetzt kaum noch Aufmerksamkeit schenkten, verloren wie sie in den Winden und Launen des Chaos waren. Es waren die Namen von Vätern, die nur noch sehr wenige von uns bewunderten, wenn man ihr Vermächtnis zweifelhaften Erfolges in Betracht zog.

Ich hatte eine mitreißende Ansprache erwartet, eine erhebende Hetzrede, doch Abaddon wusste es besser, als uns mit Worten des Eifers zu täuschen. Diese kaltblütige Einschätzung war wie Eis für unsere Sinne. Wir standen reglos wie Statuen während dieses unverblümten Berichts, zogen Bilanz über unser Leben und das Versagen unserer Legionen, konfrontierten die Wahrheit an der Seite jener, die die gleichen Offenbarungen durchmachten. Keine Lügen machten uns Mut. Die Wahrheit zog uns hinunter und ließ uns selbst entscheiden, welche Richtung wir von hier aus einschlagen wollten.

Als er zu sprechen aufhörte, versprach uns Abaddon einen Platz an Bord der *Geist der Rachsucht*, sollten wir diesen wünschen – wenn wir bei diesem einen brutalen Sturmangriff an seiner Seite stehen würden.

»Eine neue Legion«, endete er und überraschte einige von uns mit dem Angebot. »Nach unseren Wünschen geschmiedet, nicht als Sklaven des Imperators Willen und geformt nach dem Vorbild fehlerhafter Primarchen. Verbunden durch Loyalität und Ambition, nicht Nostalgie und Verzweiflung. Von der Vergangenheit unbefleckt«, sagte er schließlich. »Nicht länger die Söhne gescheiterter Väter.«

Er war intelligent genug, sein Argument nicht zu eindringlich vorzubringen, sondern ließ das Angebot durch unsere Gedanken gehen und vertraute darauf, dass wir unsere eigenen Entschlüsse fassen würden, während er sich zu seinem letzten Schachzug aufmachte. Er sagte uns, was wir würden tun müssen, damit unsere Belagerung erfolgreich war. Er sagte uns, was er von jedem von uns erwartete, sobald die Schlacht begann. Ohne sich selbst zu unserem Kommandanten zu ernennen, übernahm er die Zügel doch mit geübtem Können, beschrieb detailliert, welchen Widerstand er erwartete und viele mögliche Resultate. Wie alle fähigen Generäle kam er vorbereitet. Wo die Vorbereitung nicht ausreichte, verließ er sich auf Erfahrung und Einsicht.

Wir würden ohne Warnung und mit überwältigender Macht zuschlagen. Die Stadt des Lobgesangs spielte keine Rolle und auch nicht die feindliche Flotte. Alles, worum wir uns kümmern mussten, waren die Klonlabore und die Fleischformer, die in diesen Hallen ihrer arkanen Wissenschaft nachgingen.

»Keine lang gezogenen Gefechte. Keine laufenden Schlachten. Wir schlagen zu, wir töten, wir ziehen uns zurück.«

Wir hörten zu, während Abaddon seinen Plan darlegte. Es wurden keine Einsprüche erhoben, obwohl mehrere von uns ob dessen, was wir hörten, nervös das Gewicht verlagerten. Keiner von uns hatte jemals an einem Angriff wie diesem teilgenommen.

Zuallerletzt wandte er sich an mich. Er sagte mir, dass die Ehre, den ersten Hieb zu führen, mir gehören würde.

Dann sagte er mir, was ich tun musste.

Und dann verriet er mir, was ich opfern musste.

Ich ging mit meiner Wölfin und meiner Kriegsmaid an Bord der *Tlaloc* und stieg hinab in den Kern. Die Anamnesis begrüßte mich mit gleichgültiger Aufmerksamkeit und starrte mich bei meiner Ankunft mit totem Blick an. Sie trieb in ihrem Tank; ihre Haut war in der nährstoffreichen Flüssigkeit so bleich wie immer.

Wenn ich sie anschaute, sah ich immer meine Schwester. Für mich spielte es keine Rolle, dass sie so viel mehr und so viel weniger war, als sie in ihrem eigentlichen Leben gewesen war. Die weibliche Hülle, die in dieser erhaltenden Flüssigkeit schwamm und an diese ganze lebenserhaltende Maschinerie angeschlossen war, war immer noch Itzara, selbst wenn ihr Schädel jetzt neben den Resten ihres eigenen Verstandes noch eintausend weitere beherbergte.

Ich erzählte ihr, was Abaddon von mir verlangt hatte. Es war von Anfang meine Absicht gewesen, die Anamnesis an Bord der *Geist der Rachsucht* zu installieren, um als Maschinenseele des Kriegsschiffs zu dienen, doch Abaddons Zustimmung zu meinem Plan wurde von einer Warnung begleitet.

Ich brachte diese Warnung zur Anamnesis. Sie schien meinen Worten keine allzu große Aufmerksamkeit zu schenken, sondern tauschte stattdessen Blicke mit Gyre und Nefertari aus. Als ich in meinen Erläuterungen innehielt, grüßte sie meine loyalsten Gefährten tonlos.

Nefertari verbeugte sich elegant vor dem Maschinengeist. Gyre senkte den Kopf, während sie um den Tank herumpirschte.

Als ich meine Erklärung abgeschlossen hatte, stellte ich ihr das, was ich für eine simple Frage hielt.

»Wenn ich dich dies tun lasse, wirst du gewinnen können?«

Die Anamnesis drehte sich langsam und starrte mich durch die dicke, milchige Flüssigkeit an. Ihre Stimme drang aus den Vox-Gargoyles, die in der prunkvollen Kammer verteilt waren.

»Ihr verlangt von uns, das Unmessbare zu messen«, sagte sie.

»Nein, ich verlange von dir eine Einschätzung.«

»Wir sind nicht in der Lage, alleine auf Spekulationen basierend eine Antwort zu kalkulieren. Ihr definiert eine Situation mit unklaren Parametern. Wie sollen wir die möglichen Ergebnisse abschätzen?«

»Itzara ...«

»Wir sind die Anamnesis.«

Nefertari legte eine Hand auf meinen Unterarm, da sie meinen wachsenden Zorn spürte. Ich bezweifelte, dass sie meine Dankbarkeit spürte, da ich mich weiterhin auf die Anamnesis konzentrierte.

»Wenn wir dich an die *Geist der Rachsucht* anschließen, könnten die verbleibenden Spuren ihres Seelenkerns dein Bewusstsein verschlingen. Du wärst nicht länger du selbst. Deine Identität würde subsumiert werden.«

»Die gleiche Situation in unterschiedlichen Worten auszudrücken, hilft uns nicht bei unseren Berechnungen, Khayon. Wir können Euch keine Antwort geben.«

Ich schlug mit beiden Fäusten gegen den Tank, lehnte mich dagegen und starrte sie an. »Versprich mir einfach, dass du dich jeglichem Willen, der im Maschinengeist des Flaggschiffs noch verbleibt, widersetzen wirst. Sag mir, dass du ihn überwinden kannst.«

»Wir können keine dieser Eventualitäten mit Sicherheit feststellen.«

Ich hatte eine solche Antwort erwartet und befürchtet. Wortlos setzte ich mich mit dem Rücken an den Tank und gab es auf, weiterhin aussichtslos eine Zusicherung von ihr zu verlangen. Für eine Weile genügte es mir, am Rande einer Meditation ein- und auszuatmen, ohne sich ihr völlig hinzugeben, und dabei den wummernden Maschinen von Itzaras Lebenserhaltungssystem und dem Blubbern der Nährflüssigkeit zu lauschen.

»Die *Geist der Rachsucht* war die Königin von Terras Flotte«, hatte Abaddon zum Ende der Besprechung gesagt. »Ihr Seelenkern ist stärker und aggressiver als der jedes Schlachtschiffs, das jemals zwischen den Sternen segelte. Ich will, dass du darauf vorbereitet bist, was geschehen könnte, Khayon.«

Wir benötigten also die einzigartigen Systeme der Anamnesis, ihre Fähigkeit, ein Schiff mit einem empfindungsfähigen Geist zu kontrollieren. Den Maschinengeist der *Tlaloc* auf dem Flaggschiff zu installieren würde uns in die Lage versetzen, dessen Seele neu zu entfachen und ohne die notwendigen Hunderttausenden Besatzungsmitglieder zu segeln.

Doch Abaddons Flaggschiff zu reaktivieren könnte bedeuten, die Seele meiner Schwester an ihren Maschinengeist zu verfüttern.

Ich ließ mir Abaddons Worte wieder und wieder durch den Kopf gehen, während ich dort saß, und so fanden mich Lheor und Telemachon vor. Die Tür öffnete sich rumpelnd und ließ beide in das Herzstück des Kerns herein. Meine Überraschung, sie zu sehen, war dreierlei – zunächst, dass sie mich hier unten aufsuchten; zweitens, dass sie überhaupt zusammen waren; drittens, dass die Anamnesis sie in ihre Gegenwart vorließ.

»Brüder«, grüßte ich sie und erhob mich. »Was macht ihr hier unten?«

»Nach dir suchen.« Lheor war angespannt und seine linke Hand zitterte. »Wir sind zurückgekehrt, um dir bei den Vorbereitungen zu helfen.«

Beide waren immer noch gerüstet und bewaffnet und wandten nun ihre Visiere der Anamnesis zu und betrachteten den einzigartigen Maschinengeist des Schiffs zum ersten Mal leibhaftig.

»Seid gegrüßt, Lheorvine Ukris und Telemachon Lyras«, sagte sie, während sie in der Trübnis vor ihnen schwebte.

Lheor ging zu ihr hinüber und schaute auf die nackte Gestalt, die in der Brühe aus Aqua vitriolo eingeschlossen war. Er tippte mit dem Finger gegen das verstärkte Glas, in der Art, wie ein Kind einen Fisch in einem Aquarium ärgern mochte.

Die Anamnesis lächelte natürlich nicht, aber sie befahl ihm auch nicht, es zu unterlassen. Sie sah auf ihn herab, als wäre sein Verhalten eine momentane Merkwürdigkeit, das seltsame Spiel eines Insekts, nichts weiter. Lheor grinste in ihre starrende Miene.

»Du bist also die Schwester, hm?«

»Wir sind die Anamnesis.«

»Aber du warst seine Schwester … vor all dem hier.«

»Wir lebten einst, wie Ihr lebt. Jetzt sind wir die Anamnesis.«

Lheor wandte den Blick ab. »Das ist, als diskutierte man mit einer Maschine.«

»Ihr diskutiert ja auch mit einer Maschine«, sagte Nefertari neben mir. Lheor ignorierte sie wie üblich. Er holte gerade Atem, um zu sprechen, als Telemachons leise Worte unsere zögerliche Unterhaltung unterbrachen.

»Du bist wunderschön.«

Wir alle drehten uns um. Telemachon stand vor der Anamnesis und hatte die Hand gegen ihren Tank gedrückt. Sie trieb näher an ihn heran, zweifellos angezogen von seinem ungewöhnlichen Verhalten.

»Wir sind die Anamnesis«, sagte sie zu ihm.

»Ich weiß. Du bist liebreizend. Ein Wesen von unglaublicher Komplexität, das sich in diesem schönen Körper zeigt. Du erinnerst mich an die Nayad. Kennst du sie?«

Sie neigte den Kopf. Ich fühlte, wie ihre Gedanken zwischen ihrer Haarkrone aus Kabeln und den Hunderten Kapseln der Geistmaschine in der Kammer hin und her flackerten; zu den Gehirnen von Gefangenen, Gelehrten und Sklaven, die alle in ihrem Gestaltbewusstsein miteinander verbunden waren.

»Nein«, sagte sie schließlich.

»Sie waren eine Legende«, erklärte Telemachon ihr, »auf Chemos, meiner Heimatwelt.« Die silberne Maske sah in diesem Augenblick so passend aus, wie sie voller seliger Bewunderung dahinstarrte. Er war ein Mann, der auf das Antlitz des himmlischen Lebens nach dem Tod schaute. Kein Wunder, dass die Menschheit einst ihre Könige und Königinnen mit solchen Masken begraben hatte. »Vielleicht geht ihr Ursprung bis auf die Alte Erde zurück. Das kann ich nicht mit Sicherheit sagen. Die chemosischen Legenden besagen, dass unsere Welt einst eine der Meere und Ozeane gewesen sei, in einem Zeitalter, da Chemos' Sonne hell genug brannte, um eine Vielfalt von Leben hervorzubringen. Die Nayad waren eine Art Wassergeister, deren Aufgabe es war, über die Ozeane zu wachen. Sie sangen den Tieren in den Tiefen des Wassers zu und ihre Lieder besänftigten die Seele unserer Welt. Als ihre Musik schließlich ein Ende fand, trockneten die Ozeane aus und die Sonne am Himmel wurde dunkel und staubig. Chemos selbst beklagte den Verlust ihres Gesangs.«

Die Anamnesis hatte die Augen weit aufgerissen. »Wir verstehen nicht.«

»Was verstehst du nicht?«, fragte er im Tonfall eines Geschichtenerzählers.

»Wir verstehen nicht, warum die Nayad mit ihrer Musik aufhörten. Ihre Handlungen verursachten globale Veränderungen, die für viele Spezies zu einem Artensterben führten.«

»Man sagt, dass ihr Lied einfach endete, wie es jedes Lied tut. Die Nayad verschwanden an jenem Tag nach getaner Pflicht und erfülltem Leben aus der Welt. Sie kehrten nicht zurück.«

Ich stand sprachlos da. Selbst Nefertari hielt sich zurück und köderte den Schwertkämpfer in diesem Augenblick nicht, obwohl ich ihr messerartiges Lächeln sehen konnte, während sie den Krieger beobachtete, der einst so inbrünstig nach ihrem Tod gegiert hatte.

Lheor jedoch unterbrach die Stille mit seinem schussartigen Gelächter. »Das ist das Dämlichste, das ich je gehört habe. Kleine Meeresgöttinnen, die den Fischen Lieder singen?«

Die Anamnesis wandte sich Lheor zu, als dieser den Zauber von Telemachons Geschichte zerschellen ließ. Ich sah Wut in ihrem Blick auflodern. Es ermutigte mich zu sehen, dass sie überhaupt etwas empfand.

»Und Chemos hatte nie Ozeane«, fügte Lheor hinzu. »Sie kann also nicht wahr sein.«

Telemachon senkte augenscheinlich widerstrebend die Hand. Ich konnte seine verkümmerten Gedanken fühlen, wie sie wild um sich zuckten und fehlzündeten, zu gefühlskalt, um sich mit irgendeiner Emotion zu verbinden.

Erneut ging mir auf, was ich ihm angetan hatte. Ahriman hatte unsere Legion massakriert, indem er sie zu einer Existenz als Rubricae verdammt hatte, und dies war genau die Sünde, die ich ihm vorwarf, ausgeführt durch meine eigene Hand. Selbst im Ausmaß einer einzigen Seele anstatt einer ganzen Legion war die Bitterkeit der Heuchelei ein unwillkommener Geschmack.

Telemachon sprach immer noch mit der Anamnesis und ignorierte Lheors Unterbrechungen.

»Abaddon sagte uns, dass du die Verbindung mit dem Maschinengeist des Flaggschiffs wahrscheinlich nicht überleben wirst, dass er dein Bewusstsein in sich aufnehmen wird.«

Die Anamnesis trieb näher heran und stand nun beinahe am Fuß des Tanks. Der Schwertkämpfer war jetzt größer als sie. Die Kabel, die an ihrem Schädel befestigt waren, wogten wie Haar in der Nährflüssigkeit.

»Khayon brachte die gleiche Sorge zum Ausdruck.« Ihre Worte kamen erneut aus den Voxpsrechern der Kammer. »Seine Stimmmuster zeigen in dieser Angelegenheit emotionale Belastung an. Er sieht uns nicht als das Anamnesis-Konstrukt, sondern als den Menschen Itzara. Dies ist eine Schwäche in seinem Denken. Es schränkt seine Objektivität sein.«

Telemachon schüttelte den Kopf. »Nein«, versicherte seine wohlklingende Stimme dem Maschinengeist. »Das glaube ich nicht. Du schaust ihn anders an als den Rest von uns. Ich brauchte nur einen kurzen Augenblick, um dies zu erkennen – es ist ein emotionales Zittern in deinen Augen, wenn du in seine Richtung schaust. Seine Schwester lebt in dir. Sie ist tief vergraben, jedoch nicht tot. Sind deine Gedanken dazu codiert und programmiert, dies zu leugnen? Ist dieses Leugnen notwendig für dein Funktionieren?«

Sie sagte mehrere Sekunden lang nichts, sondern starrte den Schwertkämpfer mit leerem Blick an. »Wir ... wir sind die Anamnesis.«

»So stur wie dein Bruder.« Schließlich wandte er den Blick ab. »Bist du bereit, Khayon?«

Das war ich. Mit einem letzten Blick zurück zur Anamnesis verließen wir den Kern. Nefertari und Lheor verfielen sofort wieder in ihr kindisches gegenseitiges Necken. Was mich anging, so war ich nach Telemachons Handlungen immer noch sprachlos. Wenn ich Euch jetzt verrate, dass unser Schwertkämpfer und Geschichtenerzähler in den kommenden Jahren zu Abaddons persönlichem Herold werden würde, dessen Aufgabe es war, den Neun Legionen die Wünsche des Kriegsherrn zu überbringen, dann fangt Ihr vielleicht an zu verstehen, warum.

Die erste Prozession Roben tragender Techpriester trat hinter uns in die Kammer und begann die von Hymnen begleiteten Rituale, die befolgt werden mussten, bevor sie die Seele der *Tlaloc* demontieren und auf die *Geist der Rachsucht* verschiffen konnten.

»Ich habe dir Unrecht getan«, gab ich Telemachon gegenüber zu. »Eines, das ich jetzt wiedergutmachen werde.«

XVIII

DER SPEER

Ich sah die Stadt des Lobgesangs zum ersten Mal in der Nacht, in der wir den Himmel über ihr verdunkelten. Viele der Kriegerscharen der Neun Legionen sprechen von der Schlacht, als wären sie dort gewesen, erzählen davon, wie mutig sie gekämpft haben, obwohl sie nicht darauf vorbereitet gewesen waren, sich einem zahlenmäßig überlegenen Feind gegenüberzustellen. Sie tun dies, um uns zu verleumden, als würden uns ihre Behauptungen, dass es uns an Ehrgefühl fehle, stören. Manche der Geschichten schwören sogar, dass wir in dieser Schlacht Schwarz getragen haben, als wären wir nicht nur dem Namen nach die Black Legion, sondern auch im Herzen.

Lügen, allesamt. Wenn andere Kriegerscharen von diesen Dingen sprechen, dann ölen sie ihre Zungen mit Unwahrheiten, die aus Stolz und Neid geboren werden. Viele Anführer würden gerne behaupten können, dass sie an einer der bedeutendsten Schlachten der Neun Legionen teilgenommen haben, und jene, die wirklich dort waren, suchen nach jeglichen Ausflüchten, um ihre Niederlage zu rechtfertigen. Doch die Geschichten bleiben und werfen einen neidvollen Schatten auf die Genesis der Black Legion. Brutale Gewalt, darauf beharren unsere Rivalen, trug den Sieg davon.

Schnell, schonungslos, sauber. So spielte es sich ab. Trotz all der Macht der *Geist der Rachsucht* bevölkerte doch nur eine Handvoll Krieger ihre Hallen. Selbst im Orbit waren uns unsere Feinde zwei zu eins überlegen.

Wie haben wir also gewonnen? Die Antwort ist einfach. Wir gewannen durch die Kühnheit unseres Angriffs und die Loyalität zueinander. Wir gewannen, weil wir ihnen an die Gurgel gingen.

Die Welt hieß Harmonie. Ob dies eine Entstellung des ursprünglichen Eldarnamens war oder einfach nur eine Selbsttäuschung der III. Legion, ist mir bis heute ein Rätsel. Obwohl die Emperor's Children bei Skalathrax gebrochen wurden, diente die Stadt des Lobgesangs vielen Kriegerscharen der III. Legion und ihren Verbündeten als Zuflucht. Die Welt war bevölkert und besaß Monde mit reichen Erzvorkommen, die wiederum von miteinander verfehdeten Stadtstaaten des Mechanicums beansprucht wurden. Das System war nicht friedvoller, als es irgendwo anders im Auge war. Dutzende von Kriegerscharen nannten es ihre Heimat.

Alles, was wir über die Stadtlandschaft wussten, stammte aus Telemachons Beschreibungen. Wir besaßen keine taktischen Hololithe, noch den aktuellen Bereitschaftsstand ihrer Verteidigungen. Eine meiner letzten deutlichen Erinnerungen vor der Reise war, wie mein jüngst befreiter Bruder als Antwort auf eine von Abaddons vielen Fragen den Kopf schüttelte.

»Die Teleportation ist dort ebenso unzuverlässig wie sonstwo im Auge.« Diese Tatsache überraschte niemanden. »Eine Sturmlandung auf dem Planeten wird nur mit Drop Pods möglich sein.«

Abaddon hatte den Kopf geschüttelt. »Das wird nicht nötig sein. Wir werden diese Schlacht nicht gewinnen, indem wir Fuß auf die Welt selbst setzen.«

Ich erinnere mich kaum noch an die Reise nach Harmonie. Auf Abaddons Ersuchen erfüllte ich eine Pflicht, die mir sehr schwerfiel, und hatte dementsprechend keine Aufmerksamkeit für irgendetwas anderes übrig. Ich begann mit meiner Aufgabe, bevor die Cognis-Maschinen der Anamnesis vollständig an Bord der *Geist der Rachsucht* installiert waren. Wenigstens war sich Abaddon der Tatsache bewusst, dass er mir diese schwere Aufgabe übergab, ohne dass ich wusste, wie Itzaras Schicksal aussah.

»Du wirst sie sehen, sobald wir die Stadt des Lobgesangs erreichen«, versprach er mir. »Sie wird obsiegen und herrschen oder subsumiert werden und dienen. Doch so oder so wirst du sie sehen, wenn du aufwachst.«

Seine Worte waren nicht wirklich beruhigend. Nichtsdestoweniger gab ich mich der Aufgabe hin, die er von mir auszuführen verlangte.

Ich kniete in der Mitte des Strategiums und streckte meine Sinne Nacht um Nacht und Tag um Tag aus. Jedes bisschen meiner Konzentration war dem Festhalten an einer kalten Präsenz außerhalb des Schiffs gewidmet, sie in meinem psionischen Griff zu halten und mit uns durch die unruhigen Gezeiten des Auges zu zerren. Stellt Euch vor, eine Leiche durch einen Ozean aus zäher Flüssigkeit zu ziehen. Stellt Euch dieses erschöpfende Schwimmen mit einem ermüdenden Griff vor, der sich selbst bei der kleinsten Ablenkung zu lösen droht.

Das war meine Aufgabe. Während die *Geist der Rachsucht* segelte, zog ich ein monumental großes totes Gewicht hinter uns her.

Ich war mir des Verstreichens der Zeit kaum bewusst. Meine Brüder erzählten mir später, dass unsere Reise mehrere Monate andauerte, doch ich erinnere mich an nichts außer einen migränehaften Schleier undeutlicher Sicht und das endlose Geflüster der Verdammten und Nimmergeborenen. Die Zeit verlor jede Bedeutung. Manchmal fühlte ich mich, als hätte ich mich gerade erst an meine Aufgabe gemacht – zu anderen Zeiten hatte ich Mühe, mich an irgendeinen Teil meines Lebens jenseits der absoluten Konzentration zu erinnern, die nötig war, um das zu tun, was Abaddon von mir verlangt hatte. Ich erinnere mich daran, dass mich die Anstrengung zum Schwitzen brachte. Anstrengung und wenig sonst. In dieser Hinsicht ist die Aushöhlung meiner Erinnerung eine Gnade. Ich tat nichts, als mich mehrere Monate lang zu konzentrieren, zu schwitzen, zu fluchen und Schmerzen zu leiden.

Nefertari war diejenige, die mich mit Nährpaste fütterte und mir Wasser an die Lippen brachte. Es war meine Blutwächterin, die mich massierte, Muskelkrämpfe verhinderte und sicherstellte, dass ich nicht verkümmerte. Ich dankte ihr nicht dafür, denn ich wusste nicht, dass sie dort war. Sie und Gyre wachten über mich, während ich meditativ auf den Knien hockte; die Xenosfrau ging nur, um sich in ihrem Horst auszuruhen, und die Wölfin verließ meine Seite überhaupt nicht.

Ich hatte Telemachon wieder in seinen ursprünglichen Zustand zurückversetzt, bevor ich mich an meine Pflicht gemacht hatte. Der Schwertkämpfer gab später zu, dass er während der Reise oft zu mir gekommen war und mich beobachtet hatte, während er darüber nachdachte, ob er zuschlagen sollte oder nicht. Er ließ seinen Widerstand so klingen, als hätte er mir Gnade erwiesen, doch ich bin kein Narr. Er fürchtete Gyre und Nefertari damals, wie er es seitdem getan hat. Gegen mich die Hand zu erheben würde seine Zerstörung unter ihren Klauen herbeiführen.

Damals spürte ich nichts von dieser Anspannung. Ich kniete dort, stumm und in meiner Konzentration verloren, und zog ein unendliches Gewicht kalten Stahls und toten Eisens hinter uns durch die Leere.

Schließlich war dort eine Stimme. Sie klang tief und kehlig und durchdrang den siedenden Druck, der auf meiner Konzentration lastete. Sie sprach meinen Namen.

»Khayon.«

Ich spürte eine Hand auf der Schulter. Es war eine brüderliche Berührung, fest und dankbar. Sie brachte mich langsam wieder zu mir, äußerst langsam.

Das helle Licht auf der gewölbeartigen Brücke der *Geist der Rachsucht* war wie Säure für meine Augen. Geräusche kehrten in einem Rauschen plappernder Servitors und rufender Besatzungsmitglieder zurück. Es dauerte beinahe eine ganze Minute, bis ich den Oculus-Schirm wieder sehen konnte, auf dem sich ein wunderschöner Planet aus roter Erde und schwarzen Meeren vor uns drehte. Seine einsame Landmasse wies eine einzige große, von Menschenhand errichtete Kruste auf, die sogar aus dem Orbit sichtbar war; das Schwarz und Grau dessen, was nur die Stadt des Lobgesangs sein konnte.

»Wasser.« Das Wort war ein trockenes Krächzen aus einem ausgetrockneten Hals. »Wasser.«

Nefertari hielt mir in einem Zinnbecher Wasser an die Lippen. Der metallische Geschmack von Filterchemikalien und altem Schimmel floss kühlend über meine Zunge. Noch nie hatte ich etwas so Wohlschmeckendes getrunken.

Nach und nach nahmen meine Sinne die Realität wieder wahr. Um mich herum bebte das Schiff. Ich war erwacht, als die Schlacht bereits wütete.

»Itzara?«, fragte ich meine Blutwächterin. »Der Maschinengeist …« Ich konnte kaum sprechen. Mein ausgedörrter Hals weigerte sich, sich zu öffnen. »Ist sie …?«

»Sie lebt.« Nefertari legte ihre kalten Fingerspitzen auf meine Stirn. Ihre Haut war vom kürzlichen Speisen gerötet und ihr schwarzes Haar war eine Handbreit länger, als es gewesen war, bevor ich mich in meine Trance begeben hatte. Ich hatte Probleme damit, diese Tatsache zu verarbeiten.

»Sie hat gewonnen?«

»Sie lebt«, wiederholte die Eldar.

»Khayon.« Abaddons Gegenwart stellte meine verstreuten Gedanken wieder her. Er stand in der Nähe wie ein Stück Vergangenheit, das neben mir zum Leben erwacht war. Fort war die zusammengestückelte Rüstung des Pilgers in der Hölle, ersetzt durch die schartige und rissige Kriegsrüstung im Schwarz der Justaerin. Er war mit einem einfachen Energieschwert bewaffnet und sonst nichts. Ich erwartete, dass sein Haar zurückgezogen und zu dem kunstvollen Haarknoten der Stammesmitglieder geflochten war, doch es hing weiterhin schmutzig und verfilzt um sein Gesicht. »Bist du bereit, mein Bruder?«

Ich war mir über die Antwort auf diese Frage nicht sicher.

Trägheit beherrschte mich; das innere Uhrwerk meines Geistes fühlte sich an, als wäre es mit ranzigem Öl verschmiert. Ich zwang meine stechenden Augen, auf den Oculus zu schauen. Es geschah alles zu schnell, als dass ich mithalten konnte. Befehle wurden in Sprachen gerufen, die ich verstand, doch ihre Bedeutung entging mir dennoch.

Eine Flotte umringte uns, jagte uns, versuchte, unseren Weg zu blockieren – Begleitfregatten stürmten den Hauptschiffen in eifrigen Angriffsflügen voraus. Waffenfeuer hämmerte wirkungslos gegen die undurchdringbaren Schilde der *Geist der Rachsucht*.

Ich sah, wie Tzah'q seine Pflichten als Aufseher an Bord dieses neuen Kommandodecks erfüllte. Die Knecht- und Sklavenbesatzung der *Tlaloc* gab Statusberichte ab und bemannte ihre Stationen mit dem Gefühl kontrollierter, geordneter Dringlichkeit. Ich fühlte ihren rasiermesserscharfen Eifer, ihr Verlangen, und spürte, wie sich die Luft um sie herum mit heranreifenden Auras verdickte. Die Erfahrung beruhigte sie, während sie andernfalls in Panik verfallen wären. Sie alle arbeiteten und taten, was ihnen aufgetragen wurde und wozu sie ausgebildet worden waren.

»Ultio«, rief Abaddon durch die Brücke. »Sprich.«

»Die Deflektorschilde halten«, ertönte die Stimme der Anamnesis und hallte durch die gewaltige Kammer.

»Sei bereit. Wir stehen kurz davor, den Speer zu werfen.«

»Abaddon«, fauchte ihre Stimme zurück, die nicht nur voller Emotionen, sondern damit durchsättigt war. Sie hörte sich so begierig an, dass sie beinahe lachte. »Lasst mich sie töten. Lasst mich das Eisen von den Knochen ihrer Schiffe reißen und sie in der Kälte des Nichts erdrosseln.«

»Bald, Ultio, bald.« Zuneigung gab seiner Stimme die Klangfarbe. Vielleicht war es Zuneigung zu ihren mörderischen Antworten. »Halte die Schilde aufrecht, während wir uns in eine tiefe Umlaufbahn begeben. Fahr die Geschütze aus.«

»Ich gehorche.«

Als sie seinem Befehl zustimmte, sah ich sie. Die Anamnesis war nicht im Herzen des Schiffs hinter bewachten Türen weggeschlossen und versiegelt, wie sie es auf der *Tlaloc* gewesen war. Ihr Tank stand im Herzen des Strategiums, was ihr einen unvergleichlichen Blick auf die Brücke und deren Besatzung verlieh. Die sekundären Cognis-Kapseln, die ihren gewaltigen Intellekt enthielten, waren an den Wänden des Kommandodecks befestigt und über die Decke verteilt wie das Nest rasselnder und klappernder Käfer. Viele davon hatten die Banner vergangener Kriege ersetzt, die vor der Reaktivierung der *Geist der Rachsucht* von den Streben gehangen hatten.

Auf dem zentralen Podium, wo einst Horus Lupercal Hof gehalten hatte, schwamm die Anamnesis in ihrem gepanzerten Lebenserhaltungsgehäuse. Die Emotionen eines Jägers verzerrten ihre Gesichtszüge zu einem Fauchen. Ihre Finger krümmten sich in dem kalten Aqua vitriolo als Reaktion auf den Blutrausch, den ich von ihr ausströmen spürte. Sie sah lebendiger aus, als ich sie in den Jahrzehnten seit ihrer Einkerkerung gesehen hatte. Nicht menschlich, nicht mit diesem wilden Ausdruck brutalen Verlangens, aber definitiv lebendig. Was hatte sich in ihr verändert, nachdem sie sich mit dem Maschinengeist dieser Kaiserin aller Schlachtschiffe verbunden hatte?

Ultio hatte Abaddon sie genannt. Das hochgotische Wort für Vergeltung.

Anamnesis, sandte ich als Impuls. Meine Gedankenstimme war träge durch den Mangel an Gebrauch.

Khayon, sandte sie durch die Verbindung zurück. Ich spürte ihre Ablenkung, ebenso wie ich spürte, dass ihre Gedanken vollkommen auf die Freude, schwächere Beute zu jagen, gerichtet waren. *Ungeziefer kriecht über meine Haut und sticht mit Plasma und Laserfeuer nach mir.*

Ich habe dich noch nie so reden gehört. Wer bist du?

Die Antwort kam in Form einer Sinnesflut der Identitätsbekennung. *Ich bin die Anamnesis. Ich bin Itzara Khayon, Schwester von Iskandar Khayon. Ich bin die* Geist der Rachsucht. *Ich bin Ultio.*

Erleichterung traf brennend auf dringliche Verwirrung. Ich brannte darauf, ihr einhundert Fragen zu stellen, doch es gab keine Zeit, absolut keine Zeit.

»Jetzt, mein Bruder«, sagte Abaddon. »Wirf den Speer.«

Der Speer. Meine Pflicht.

Ich richtete ein letztes Mal meine Kraft auf das immense Gewicht dort draußen in der Leere aus. Zuerst riss ich den verbergenden Schleier aus Aetheria herunter, der den Speer vor der Sicht versteckte. Die feindliche Flotte richtete sofort ihre Geschütze darauf.

»Schneller, Khayon. Schneller.«

»Das. Ist nicht. Hilfreich.«

»Wirf den Speer!«

Ich packte ihn im Würgegriff, spürte mit der Berührung meines Geistes jede seiner kalten Konturen. Und dann schleuderte ich den Speer mit aller Konzentration, die ich besaß, auf die Welt, die sich Harmonie nannte.

Schwärze überkam mich in diesem Augenblick. Meine Sinne verließen mich. Meine Erinnerung floh mit ihnen.

Die anderen berichteten mir später, dass ich mich erhob und die Hände zu Klauen spreizte, während ich die Stadt anschrie, die ich nun töten würde. Ich kann nicht sagen, ob das stimmt, denn ich erinnere mich an nichts außer den Rausch schwindelerregender Erleichterung, als der Speer meinen psionischen Griff verließ. Manchmal ist man sich einer Last am deutlichsten bewusst, wenn sie endlich vom Rücken fällt.

Die *Geist der Rachsucht* erzitterte gemeinsam mit der Anamnesis in ihrem lebenserhaltenden Tank. Die Realität floss rechtzeitig wieder um mich zusammen, dass ich sah, wie der Speer durch die gegnerische Flotte schoss. Er war zu schnell, als dass ihre schwerfälligen Geschütze ihm folgen konnten, und er entflammte in der Atmosphäre von Harmonie.

Abaddon blieb an meiner Seite und half mir auf die Beine. Eine Übelkeit überkam mich, die alles überstieg, was mein verbesserter Körper ertragen konnte. Nach meiner psionischen Kraftanstrengung schwindelte mir vor Schwäche, als ich zusah, wie sich Abaddons Eröffnungszug vor unseren Augen abspielte.

Die Stadt des Lobgesangs war darauf vorbereitet, Sturmlandungen abzuwehren. Gepanzerte Bastionen zielten mit Verteidigungstürmen und Flakgeschützen in den Himmel. Doch eine Invasion abzuwehren ist eine Sache, eine vollständige Verheerung etwas ganz anderes. Selbst in meinem geschwächten Zustand konnte ich nicht widerstehen zuzuschauen, wie der Speer fiel, ihn durch die Gedanken der todgeweihten Seelen auf der Planetenoberfläche zu beobachten.

Das Tageslicht über der Stadt des Lobgesangs erstarb. Durch die weit aufgerissenen, nach oben gerichteten Augen von Arbeitsknechten, Lustsklaven und Kriegern der III. Legion sah ich, wie die Geschützstellungen in hilflosem Zorn auflohten, als an Stelle der Sonne ein Schatten heranwuchs. Die gekreischten Hymnen, die von Voxtürmen ausgestrahlt wurden, wurden vom metallischen Hämmern der Verteidigungsbatterien übertönt, die den dunkler werdenden Himmel erhellten. Das schwarze Gebilde, das die Sonne verschluckte, brannte, während es herabstürzte, zunächst durch den Atmosphäreneintritt und dann vom zornigen Geschützfeuer der Stadt des Lobgesangs.

Ein Donnerknall zerteilte den Himmel, als der fallende Speer die Schallmauer durchbrach. Er fiel nicht mehr gerade – er schlingerte, während er stürzte. Schwarzer Rauch strömte von seinem Rumpf und Flammen loderten in den spinalwärtigen Aufbauten.

Weniger als eine Minute verging von dem Augenblick, da er in die Atmosphäre von Harmonie eintrat, bis zu der Sekunde, da er in die Oberfläche einschlug. Es war lange genug, dass die Bevölkerung den Tod auf sich herabstürzen sah. Es war nicht lange genug, um irgendetwas dagegen zu tun.

Er schlug mit der Wucht der Axt des Kriegsgottes in den Boden. Jedes Auge, durch das ich geschaut hatte, wurde plötzlich blind. Jeder Sinn, den ich geteilt hatte, wurde dunkel und kalt. Aus dem Orbit konnten wir lediglich die sich ausbreitende Schwärze des erstickenden Rauchs sehen, der sich über der Stadt ausbreitete. Unsere Sensoren erfassten tektonische Unruhen, die stark genug waren, dass sie Beben auf der anderen Seite der Welt verursachten. Harmonie selbst wälzte sich in Qualen.

Wenn ich heute an jene Nacht denke, dann überkommt mich

das gleiche Gefühl des Verlusts, das auf den Sturz des Speers folgte. Die *Tlaloc* war beinahe zwei Kilometer und acht Megatonnen uralter, in Eisen gefasster Zorn. Einst war sie im Namen der XV. Legion zwischen den Sternen gesegelt, bemannt von fünfundzwanzigtausend loyalen Seelen. Ich hatte ihren leeren Leichnam durch das Auge des Schreckens gezerrt, wie es Abaddon von mir verlangt hatte. Und dann hatte ich diesen direkt ins Herz der Festung der III. Legion geschleudert.

Auf der Brücke der *Geist der Rachsucht* erhoben sich Beifallsrufe aus eintausend Kehlen, die für meine immer noch empfindlichen Sinne beinahe ohrenbetäubend waren. Ich hatte meine Schwester aufs Spiel gesetzt und mein Schiff geopfert. Und jetzt jubelten sie alle. Einen Augenblick lang glaubte ich, wahnsinnig geworden zu sein.

»Das war für Lupercalios!« Falkus schlug triumphierend seine beiden Energiehämmer zusammen. »Möget ihr alle an der Asche ersticken.«

Abaddon wandte sich von der rauchigen Zerstörung ab, die über den Oculus wogte. Nach dem Jubel trugen seine ruhigen Worte weit und wurden nach dem Sturmwind des Lärms zu einer ruhigen Brise.

»Ultio, bring uns wieder in eine hohe Umlaufbahn.«

»Ich gehorche.«

»Die Ratten werden gleich das sinkende Schiff verlassen. Lasst uns ihnen das Rückgrat brechen, während sie davonlaufen.«

Das Schiff erzitterte, als seine Antriebe lauter und heißer aufbrüllten. Die Anamnesis ahmte die Bewegung nach, trieb in ihrem Tank mit zusammengebissenen Zähnen höher und befahl dem Schiff, sich mit ihr zu erheben. Ich konnte immer noch kaum glauben, was ich sah. Ihre Gegenwart hier, vor so vielen Seelen. Die Lebenskraft in ihrem Körper und ihren Worten.

»Khayon, Telemachon, geht zu den Enterkapseln.«

Ich hörte Abaddons Worte, machte jedoch keine Anstalten, ihnen zu folgen. Es gab auf der Brücke zu viel aufzunehmen. Der hoch über dem stufenförmig angeordneten Deck angebrachte

Oculus-Schirm zeigte dreißig externe Ansichten des Rumpfes der *Geist der Rachsucht*, jede aus einem anderen Winkel. Kaleidoskopisches Kräuseln flackerte unter dem wirkungslosen Feuer der feindlichen Flotte auf unseren Deflektorschilden auf.

»Sie beginnen mich zu verärgern, Ultio«, bemerkte Abaddon mit abgelenkter Miene. »Fange an, sie zu töten.«

»Ich gehorche.«

An Bord eines Schlachtschiffes der Gloriana-Klasse zu sein, wenn es das Feuer eröffnet, ist eine Erfahrung ungleich irgendeiner anderen. Der gesamte menschliche Einfallsreichtum der Raumfahrt zeigt sich in dem brutalen Einhämmern auf Euer Gehör und Euer Gleichgewicht. Keine Dämpfer können die unglaubliche Kanonade der Geschütze einer ganzen Stadt mildern, die ihre Ladung in die Schwärze abfeuern. Keine Schwerkraftstabilisatoren können den Donner vollständig mäßigen, der bebend durch die Metallknochen des Schiffes fährt.

Runen blinkten auf dem flackernden taktischen Hololith auf, das über den Stationen der Knechte in die Luft projiziert wurde, und erloschen dann. Weitreichende Ansichten auf dem Oculus zeigten Fregatten und Zerstörer, die in brennende Hüllen verwandelt wurden und dann in die Atmosphäre von Harmonie stürzten.

Die Anamnesis schrie mit jeder Breitseite. Jede Salve aus ihren Geschützen brachte weiteren Beifall aus dem Vox der Brücke. Ich wusste nicht, was zuerst kam, ihre Schreie oder das Geschützfeuer. Die beiden waren untrennbar miteinander verbunden. Ihre Hände waren zu Klauen gespreizt, während sie aus ihrem Tank herausstarrte. Ich bezweifelte, dass sie in jenem Moment irgendeinen von uns sah. Ihre Sicht war mit den Abtastern des Schiffes verbunden. Sie sah die Leere und die Schiffe, die sie mit jedem Zucken ihrer Finger zerstörte.

Doch wir waren nicht unverwundbar. Pockennarben bildeten sich auf den Deflektorschilden, welche zu Rissen wurden und diese wiederum zu klaffenden Wunden. Feindliche Kreuzer umkreisten uns, kamen längsseits und riskierten lange genug eine

Breitseite von uns, um eine eigene abzugeben. Besonnenere – oder vielleicht auch feigere – Kriegsschiffe hielten Abstand und stachen aus langer Reichweite mit ihren Lanzen nach uns. Ich fühlte die Frustration der Anamnesis, die in einer drängenden Flut von ihrer veränderten Aura aufstieg. Sie wollte wenden und das Ungeziefer verfolgen, das nach ihr kratzte und ihre eiserne Haut aus der Ferne verbrannte.

»Den Bug in Richtung der Ruine der Stadt halten«, befahl Abaddon. Er richtete sich eher an die Anamnesis als die Mutantenrudel, die ihm als Besatzung dienten. Ihre Verbindung mit der Mannschaft schien weniger symbiotisch zu sein. Die Anamnesis schien sich viel weniger auf deren klauenbewehrte Hände an den Steuerkontrollen zu verlassen.

»Ich gehorche«, erklang ihre strenge Stimme über die Voxsprecher. Sie war verärgert darüber, dass man ihr eine Freude vorenthielt.

Ich konnte nicht widerstehen, erneut meine Sinne auszustrecken und nach dem Verstand von irgendjemandem zu suchen, der auf der Oberfläche noch bei Bewusstsein war, und in diesen einzudringen. Das Bild, das sich mir zeigte, war eine Offenbarung. Das Herz des gewaltigen Ortes, der einst die Stadt des Lobgesangs gewesen war, existierte ganz einfach nicht mehr. Ein wütender Mahlstrom aus flüssigem Feuer und Verheerungen hatte sich in allen Richtungen vom Aufprallpunkt der *Tlaloc* ausgebreitet. Alles, alles war Staub, Asche und Flammen.

Der Einsturz eines einzigen Wolkenkratzers aus Felsbeton kann eine Stadt mittlerer Größe mit seiner Staubwolke ersticken. Versucht Euch also vorzustellen, wie eine ganze *Metropole* von einem zwei Kilometer langen Kriegsschiff verwüstet wurde, das aus dem Orbit herabgeschleudert wurde und Tausende Tonnen explosiver Chemikalien und taktischer Sprengköpfe direkt ins Herz der Stadt trug. Ich wäre überrascht, wenn Ihr das könntet. Die kochende Luft war schwer genug, um darin zu ertrinken.

Während die Stadt des Lobgesangs einst im ganzen Augenraum für die gekreischten Hymnen bekannt gewesen war, die über ihre hoch aufragende Silhouette ausgestrahlt wurden – Schreie qualvoller Ekstase von den unzähligen Opfern der III. Legion –, existierte diese Silhouette jetzt ganz einfach nicht mehr. Das einzige Lied, das jetzt noch spielte, war das ohrenbetäubende Grollen der wogenden Erde, das sich voller tektonischer Rastlosigkeit von dem kolossalen Krater dessen, was einst das politische und strategische Zentrum der Stadt gewesen war, nach außen ausbreitete. Staub, Asche und hoch erhitzter Dampf stießen bereits in den Himmel und begannen ihre unvermeidliche Ausbreitung über den ganzen Kontinent. Die Wunde, die ich Harmonie zugefügt hatte, warf einen ähnlichen Schatten wie jener, der von dem Meteoriten verursacht wurde, welcher vor Urzeiten die Saurier nach ihrer ununterbrochenen, Jahrtausende währenden Herrschaft auslöschte.

So entsetzlich der materielle Schaden zweifellos war, viel schlimmer war das metaphysische Trauma, das ich dem Planeten an jenem Tag zufügte. Indem ich die Bevölkerung von Harmonie zerstörte, ließ ich Tausende von Dämonen entstehen, die in ihren letzten Augenblicken voller hilfloser Schrecken und sengender Schmerzen geboren wurden, und durch die Wahrnehmungen dieser bösartigen Wesen war ich in der Lage, durch die Schlacke und das Geröll dessen zu staksen, was einst die Stadt des Lobgesangs gewesen war.

Überall um mich herum konnte ich *Dinge* aus rohen Emotionen und geschändeten Geistern sehen: Wesen des Leids, des Entsetzens und des melancholischen Entzückens. Umrisse glitten durch die Trübnis um mich herum. Die meisten waren zu deformiert, um auch nur ansatzweise Menschen zu gleichen. Manche schienen zu taumeln, während sie an mir vorbeiglitten, vielleicht weil sie von dem Schrecken, der sie hervorgebracht hatte, übersättigt waren. Die meisten anderen gingen gebeugt. Splitt und kleine Steine prasselten in einem sintflutartigen Wolkenbruch auf ihre gepanzerte Haut, während sie die verkohlten Überreste der Millionen Sklaven, Diener, Verbündeten und Herrscher der toten Stadt verschlangen und ihre immer noch schreienden Seelen tranken.

Es war, als wäre eine monumentale Eiterbeule aufgestochen worden, und jetzt ergoss sich ihre Fäulnis über die misshandelte Erde.

Erneut brachte mich Abaddons Stimme zu mir selbst zurück.

»Wie fühlt es sich an, eine ganze Welt mit einem einzigen Schlag zu töten, Bruder?«

Ich brachte ein schwaches Lächeln zustande. »Ermüdend.«

Seine goldenen Augen schienen das Licht zu verschlucken. So starben Sterne, indem sie das Licht auffraßen, das sie einst der Galaxis gaben.

»Geh zu den Enterkapseln, Khayon. Es ist beinahe Zeit.«

Ich gehorchte immer noch nicht. Es erhoben sich jetzt die ersten Schiffe von der Oberfläche. Sie entflohen ohne jegliche Formation oder Ordnung ihrem todgeweihten Planeten. Ich verweilte auf der Brücke, während wir das Feuer auf sie eröffneten, manche in Flammen zurück zur Oberfläche schickten und andere ungescholten vorbeiließen. Falls der Auswahl, welche Ziele den Peitschenhieb unserer Geschütze zu spüren bekamen, eine Systematik innewohnte, dann handelte es sich um ein Muster, das jenseits meines Verständnisses lag.

Abaddon spürte entweder oder erriet meine zäh fließenden Gedanken und beantwortete sie, indem er zur Anamnesis an ihrem Platz der Autorität und Ehre nickte.

»Ich lasse ihrer Leine etwas Spiel«, erklärte er mir. »Ich lasse unsere Göttin der Leere nach Gutdünken töten. Siehst du, wie sie aufblüht?«

Ungehemmt und mit den Geschützen eines Gloriana-Schlachtschiffes, die jedem ihrer Atemzüge gehorchten, besaß die Anamnesis eine mörderische Haltung, die ihr als Seelenkern der *Tlaloc* gefehlt hatte. Sie war das Kriegsschiff, war die personifizierte *Geist der Rachsucht*, und dies zeigte sich in jedem angespannten Muskel und jeder Bewegung ihrer Hände, mit der sie durch das Aqua vitriolo fuhr. Sie war vom Maschinengeist des Flaggschiffs nicht überwältigt worden. Sie hatte dessen arrogante Brutalität in sich selbst aufgenommen. Abaddon hatte recht. Sie blühte auf.

Sie war gnadenlos gegenüber den Flüchtlingsschiffen des Feindes, riss sie wieder und wieder und wieder mit tödlichen Schüssen aus den Buglanzen auf, die weit über die mathematische Präzision hinausgingen, welche nötig war, um sie einfach nur lahmzulegen oder zu zerstören. Sie verwüstete sie. Sie genoss ihr Tun.

Abaddon ließ es zu. Er ermutigte es.

Ich hatte Sargon nicht gesehen. Er tauchte auf, beinahe als wäre er aus Abaddons Schatten getreten, und richtete seinen Streitkolben auf den Oculus. Seine jungen Gesichtszüge blieben selbst jetzt, während unzählige andere Mitglieder der Besatzung schreien mussten, um sich über den Lärm Gehör zu verschaffen, vollkommen friedfertig. Sargon war wie immer die Ruhe im Herzen des Sturms. Das war eine Neigung, zu der ich mich in Zukunft noch oft äußern würde.

Abaddon bemerkte die Geste des Word Bearers und nickte. Er ahmte sie nach, richtete sein schmuckloses Soldatenschwert auf den Oculus und hob ein Schiff inmitten eines fliehenden Rudels hervor.

»Dort.«

In Einklang mit seiner Auswahl begann die Rune des Schiffs im taktischen Hololith in einem dumpfen Rot zu pochen. Ich las die fließenden Daten, während unsere Auspexanlagen ihre neue Beute erfassten.

Die *Wohlgestalt*. Kreuzer der Lunar-Klasse, mit einem Rumpf der Halcyon-Variante. III. Legion. In den Orbitalwerften des Heiligen Mars hergestellt.

»Lass die anderen fliehen«, befahl Abaddon.

Die Anamnesis wirbelte in ihrem Tank herum, ihre Hände immer noch zu Krallen geformt. »Aber –«

»Lass sie fliehen«, wiederholte Abaddon. »Du hast mit deiner Beute gespielt, Ultio. Konzentriere dich auf die *Wohlgestalt*. Sie ist der Grund, warum wir hier sind.«

»Ich kann sie töten.« Boshaftigkeit lag im Tonfall der neuen Anamnesis. »Ich kann sie zu Boden schicken, sie aufreißen und entflammen ...«

»Du hast deine Befehle, Ultio.«

Es schien, als würde sie sich widersetzen und dazu entscheiden, ihre eigene Blutrünstigkeit zu stillen, anstatt ihrem neuen Kommandanten zu gehorchen. Doch sie gab nach. Ihre Muskeln entspannten sich, als sie über die Voxsprecher der Brücke ausatmete und dabei sprach.

»Ich gehorche. Verfolgungsvektor ist berechnet.«

Während die Besatzung sich daran machte, diese Befehle in die Realität umzusetzen, wandte sich Abaddon erneut mir zu. »Es ist Zeit, Khayon. Du musst bereit sein, wenn das hier auch nur irgendwie gelingen soll.«

Zum ersten Mal in jüngerer Zeit salutierte ich vor einem vorgesetzten Offizier, indem ich meine Faust gegen mein Herz schlug.

Während der vielen Jahrtausende meines Lebens, in denen ich in den Kriegen, die in der ganzen Galaxis wüten, gekämpft und diese überlebt habe, habe ich mich längst an die Leidenschaftslosigkeit der Schlacht gewöhnt. Sie mag das Blut in Wallung bringen, besonders wenn man einem verhassten Feind gegenübersteht, doch ein Adrenalinschub ist nicht das Gleiche wie chaotische Leidenschaft. Emotionen sind akzeptabel; der Verlust jeglicher Kontrolle ist es nicht.

Eine der größten Stärken der Black Legion ist, dass der Krieg für uns kein Mysterium mehr ist. Wir kämpfen, weil wir etwas haben, für das es sich zu kämpfen lohnt, nicht weil wir fieberhaft unter den Augen der Götter in einem Wettstreit nach nicht greifbarem Ruhm streben.

Der Krieg ist für uns alltäglich. Er ist Arbeit. Wir haben ihn auf sein Wesentliches reduziert und ihn als etwas offenbart, das weder zu fürchten noch zu feiern ist – er ist einfach nur eine Aufgabe, eine, der wir mit der brutalen Konzentration von Veteranen nachkommen müssen. Die kriegerischen Tugenden der Black Legion werden nicht daran gemessen, wie viele Schädel wir einfordern oder wie viele Welten bei Erwähnung unseres Namens erzittern. Unser Stolz liegt in kaltblütiger Konzentration, in gnadenloser Effizienz, darin, jede Schlacht zu gewinnen, die wir gewinnen können, egal was es kostet.

Augenblicke individuellen Triumphes und heißblütigen Ruhmes existieren immer noch – wir sind immer noch posthumane Krieger und damit Sklaven der Überreste menschlicher Emotionen, die wir in uns tragen – doch sie sind gegenüber den Zielen der Legion zweitrangig. Es geht nicht darum, Emotionen und Vitalität zu opfern, sondern darum, sie für ein höheres Ziel nutzbar zu machen. Die Legion ist alles. Was zählt, ist zu gewinnen. Durch derartige Loyalität und Geschlossenheit verrichten wir das Werk der Legion und das Werk des Kriegsherrn, nicht das des Pantheons.

Und nach der Schlacht? Sollen die Vier Götter diejenigen ermächtigen, die sie wollen. Soll das Imperium diejenigen unter uns verteufeln, die es verfluchen will. Dies sind Sorgen für niedere Menschen.

Zumindest ist dies unser Ideal. Ich würde lügen, wenn ich behauptete, dass jeder Anführer der Black Legion über diesen Dingen steht. Wie jede Fraktion oder erobernde Streitmacht haben wir Ansprüche, denen nicht jede Seele gerecht wird. Selbst das Ezekarion erfüllt sie manchmal nicht. Ich habe mehr als nur einmal aus hart erkämpften Schlachten Schädel davongetragen oder die Maske der Geduld abgelegt und kauernden Feinden meinen Namen und meine Titel ins Gesicht geschrien.

Selbst Abaddon ist im Laufe der Jahrtausende vom Pfad abgekommen. Die Offenbarung, wie er so gerne sagt, ist ein Prozess.

Die Einnahme der *Wohlgestalt* formte uns, noch bevor wir formell das Schwarz der Legion trugen. Abaddon spuckte jeder Vorstellung von Ruhm oder Ansehen ins Gesicht. Er schlug mit überwältigender Macht zu, um ein einziges Ziel zu erreichen. Er verweilte nicht am Himmel über Harmonie, zerschnitt die feindliche Flotte nicht in Stücke und zermahlte auch nicht jede Stadt zu Staub. Es gab keine eröffnenden Drohungen über das Vox, die die Aufgabe und Unterwerfung eines schwächeren Gegners verlangten. Er stiftete Verwirrung unter dem Feind und ging ihm dann an die Kehle. Sieg vor allem anderen.

Es war so lange her gewesen, dass ich um irgendetwas anderes als das Überleben gekämpft hatte. Dies verbleibt mir vor allem anderen von jenem Tag in Gedanken. Ich hatte wieder Brüder. Wir hatten Befehle und einen Angriffsplan. Wir hatten ein gemeinsames Ziel.

Über die Schlacht selbst will ich Euch sagen: Sie war schonungslos in ihrer Einfachheit, allerdings grausamer, als irgendeiner von uns erwartet hatte. Enterangriffe sind immer brutale Angelegenheiten – die eine Seite kämpft mit dem Rücken zur Wand, die andere beinahe vollständig von Verstärkungen abgeschnitten. Einige der schlimmsten Verwüstungen des Krieges, die ich je sah, fanden während Entergefechten statt.

Ich hatte mich kaum von meiner Trance erholt, war immer noch geschwächt von der Entfesselung psionischer Kräfte und hatte keine wirkliche Vorstellung, was die letzten paar Monate mit der Anamnesis angestellt hatten, während ich zu den Enterkapseln ging und dabei einem Trupp Rubricae befahl, an meiner Seite zu bleiben. Telemachon, Nefertari und Gyre warteten auf mich. Mein Platz war gemeinsam mit ihnen in der ersten Angriffswelle.

Ich empfand nur wenig Freude an dem, was folgte. Lügen dienen zu dieser späten Stunde niemandem mehr, und ich habe versprochen, die Wahrheit zu sagen, also werde ich das auch tun. Dies ist, wie die Black Legion geboren wurde, in Blut getauft, zu einem Preis, den ich niemals werde vergeben können.

XIX

SOHN DES HORUS

Wir schlugen mit der Wucht eines Donnerschlags in den Rumpf ein. Noch bevor das Beben abgeklungen war, lösten wir die Arretierung unserer Harnischsitze und zählten jeden qualvoll langsamen Herzschlag. Bohrer und Magnamelter gruben sich durch verdichtete Adamantiumlegierungen, während wir uns wie eine lästige Zecke einen Weg ins eiserne Fleisch der *Wohlgestalt* bahnten.

»Zehn Sekunden«, sprach der Maschinengeist der Sturmkapsel. Seine Stimme drang aus drei Vox-Gargoyles in die düstere Enge der Kapsel, die so ausgestaltet waren, dass sie sich selbst aufzuschneiden und an ihren eigenen Organen zu laben schienen. Welche Bedeutung auch immer dies hatte, ging über meinen Verstand. Ich versuchte, es nicht als ein Omen zu sehen.

»Fünf Sekunden«, ertönte die dumpfe Stimme erneut.

Ich ergriff meinen Bolter und war bereit, die Führung zu übernehmen. Andere gerüstete Körper stießen in der Dunkelheit gegen mich. Ich roch den pulverigen Moschus von Nefertaris Flügeln und den chemischen Hauch von Telemachons Adern. Sie waren beide bis aufs Äußerste gespannt und voller Adrenalin. Sie stanken nach Blutrausch. Mekhari und Djedhor waren Mekhari und Djedhor – leblos, doch beruhigend.

»Bresche, Bresche«, stellte der Maschinengeist fest. »Bresche, Bresche.«

Die Luftschleuse der Kapsel öffnete sich irisförmig auf protestierenden Hydrauliken und offenbarte dahinter einen leeren Korridor. Telemachon sah mich fragend an.

Ich streckte meine Sinne aus und suchte in der Nähe nach der Berührung von Seelen. Fast umgehend traf mein sondierendes Bewusstsein auf Gedanken und Erinnerungen. Sie waren ein Durcheinander von Menschlichkeit und Monstrosität, das mich ruckartig in meinen Schädel zurückkehren ließ.

»Sterbliche. Ein ganzes Rudel. Undiszipliniert.«

Telemachon machte mit seinem Daumen drei Granaten scharf. Als er sie warf, prallten sie mit einem musikalischen Scheppern von den Wänden ab. Das verworrene Durcheinander menschlicher Emotionen löste sich infolge der Explosionen in Klagen und Schreie auf. Rauch durchflutete den Korridor. Telemachon schlüpfte hinein.

Folgt mir, befahl ich meinen Rubricae.

Wir setzten uns in Bewegung. Telemachon führte uns im Sturmlauf durch den Rauch. Die Rubricae waren gezwungen, sich in ausholende, stampfende Schritte zu lehnen. Welch alchemistische Verbindung auch immer in den Granaten des Schwertkämpfers gewesen war, sie haftete mit der Hartnäckigkeit von Harz an unseren Ceramitrüstungen. Das aschefarbene Zeug überzog uns alle und färbte unsere Rüstungen zu einem dumpfen Grau. Nur die Klingen unserer Waffen waren noch sauber, deren Energiefelder wespenhaft summten, während sie den Schmutz verbrannten.

Telemachon warf mehr als einmal einen Blick zu mir zurück und ich spürte den emotionalen Tumult, der hinter seiner Maske brodelte. Ihn wieder zu seinem vorherigen Selbst werden zu lassen, hatte ihm auch wieder die Kapazität gegeben, seine gottverstärkten Emotionen zu empfinden, doch indem ich ihn befreit hatte, hatte ich in seiner Gegenwart auch jedes Vertrauen in ihn verloren.

Gyre hielt mit uns Schritt. Hätte ich jemals einer Erinnerung daran bedurft, dass sie keine echte Wölfin war, so zeigte es sich darin, dass die klebrige Asche sie nicht im Geringsten störte, obwohl sie ihr Fell verklebte und ihre starren Augen bedeckte. Sie erfasste ihre Umgebung auf andere Art.

Nefertari war so sehr mit Asche überzogen wie der Rest von uns, obwohl der verzierte, sich verjüngende Helm aus Xenos-Herstellung eine markantere Silhouette abgab. Ihr Helm hatte etwas Schnabelförmiges und Raubvogelhaftes an sich – aus Gründen, die ich nicht kannte, hatte sie eine Zier aus weißen Federn daraufgesetzt. Sie verdreckten sofort.

Meine Blutwächterin war mit Waffen behangen. Exotische Pistolen und verkürzte Xenos-Karabiner waren an den Platten ihrer Rüstung befestigt. In ihrer Hand hielt sie eine geschwungene Klinge, die beinahe so lang war, wie sie selbst – ein Klaivar, der selbst unter ihresgleichen selten war. Auf seinen schimmernden Seiten waren verzerrte Schriftzeiten eingeätzt. Trotz der Mattheit ihrer Commorragh-Aura fühlte ich ihre Aufregung darüber, endlich frei zu sein: jagen zu dürfen, Schmerz schmecken zu dürfen, ihren unendlichen Seelendurst stillen zu dürfen. Die Aufregung der Eldar besitzt eine seltsame psionische Resonanz. Ihre hatte eine ungesunde Süße an sich wie ein Nachgeschmack von Honig auf der Zunge.

»Meine Voxverbindung zum Schiff ist gestört«, sagte Telemachon über die Kurzreichweitenverbindung unserer Rüstungen.

»Meine ebenso.«

Ashur-Kai?

Khayon? Mein Lehrling?

Es ist lange her, dass du mich so genannt hast.

Vergib mir die Besorgnis eines ehemaligen Mentors. Nach deinem telekinetischen Kraftakt mit der Tlaloc *hatte ich befürchtet, dass du noch monatelang schwach sein würdest. Aber darüber sprechen wir später.*

Das werden wir. Informiere Abaddon, dass wir ... Moment. Moment.

Telemachon hob eine Hand und brachte uns zum Halt, als wir aus dem Bereich der Rauchgranaten kamen. Eine Kreatur pirschte vor uns über das Deck, halb Nimmergeborener, halb laborgeschmiedete Monstrosität. Sie kam in ungelenk gebeugter Haltung näher, da ihre drei Gliedmaßen für die Fortbewegung nicht gut geeignet waren, denn jede endete in einer gegliederten Chitinklinge. Das Erste, was mir auffiel, war, dass das Ding keine Augen hatte, sondern sich orientierte, indem es in der Luft schnüffelte. Das Zweite, was ich sah, war, dass sich seine Organe auf seiner Haut befanden.

Ashur-Kai hatte nicht ganz unrecht gehabt. Ich hasste die Schwäche, die immer noch in meinen Gliedern steckte. Nachdem ich mich monatelang kaum bewegt hatte, war die Kraftlosigkeit in meinen schmerzenden Muskeln zu erwarten gewesen, aber ein Mann hatte auch seinen Stolz. Ich war einen Großteil meines Lebens ein Krieger-Kommandant gewesen. Auf einer Mission, die ich alleine hätte erledigen können, von meinen Kameraden begleitet zu werden, beleidigte meine Würde.

Die Kreatur kam schlendernd näher und schnüffelte augenlos in der Luft. Saern lag ermüdend schwer in meinen Händen. Ohne bewussten Gedanken ließ ich den Warp durch mein geschwächtes Fleisch fließen und mich beleben.

In dem Augenblick, da ich die erleichternde Berührung neuer Kraft spürte, wandte die Kreatur ihren lang gestreckten Kopf in meine Richtung. Die Haut ihrer gesichtslosen Visage öffnete sich zu einem gespitzten Loch, durch welches sie in großen Zügen Luft einsog.

Wer wer wer wer wer

Nefertari war in Bewegung, bevor ich reagieren konnte. Sie warf sich nach vorne und ihr Klaivar sang vor elektrischer Ladung. Der Kopf der Kreatur schlug auf den Boden und zerfiel rapide zu breiigem Matsch. Der Körper folgte und zuckte, während er schmolz. Wir gingen weiter, die Waffen bereitgehalten.

Informiere Abaddon, dass wir fast bereit sind.

Er sieht ungeduldig aus, Khayon.

Dann gibt meine Nachricht weiter und beruhige ihn, alter Mann.

»Sie können dich riechen«, sagte Telemachon leise und ohne einen Blick zurück.

»Ich werde vorsichtiger sein.«

»Nicht dich, Khayon. Sie.«

Ich sah zu meiner Blutwächterin. Nefertaris äußerst breites Lächeln war der unmenschlichste Ausdruck, den sie je getragen hatte. Blut verdampfte entlang der tödlichen Schneide ihres Klaivars.

»Wir stehen den Kindern des Jüngsten Gottes entgegen«, fuhr Telemachon fort. »Sie riechen ihre Seele.«

Der Schwertkämpfer ging voraus. Wir kämpften wieder und wieder und töteten die Kreaturen, die sich uns entgegenstellten, bevor sie fliehen oder nach Hilfe kreischen konnten. Jene, die sich auf uns stürzten, wurden von Gyres Fangzähnen, Telemachons Klinge oder Nefertaris Klaivar niedergestreckt. Ich bewahrte mir meine Kraft widerstrebend für die noch vor mir liegende Anstrengung auf. Das alleine war schon eine Prüfung.

Die ganze Zeit über bebte der Rumpf um uns herum – zunächst unter Beschusstreffern von der *Geist der Rachsucht* und dann von den eigenen Geschützen der *Wohlgestalt*, die hilflos das Feuer erwiderten.

»Wer kommandiert dieses Schiff?«, fragte ich Telemachon.

»Primogenitor Fabius.« Die Abscheu in der Stimme des Schwertkämpfers war nicht zu überhören. »Wir nennen es nicht die *Wohlgestalt*. Wir nennen es die *Fleischmarkt*.«

»Entzückend.«

»Sei froh, dass wir es jetzt entern, während nach der Evakuierung Chaos herrscht. Dies ist eine Festung der Schrecken, Hexer. Wäre der Primogenitor auf uns vorbereitet gewesen, dann wären wir bereits tot.«

Dennoch herrschte alleine schon durch die verdorbenen Kreaturen, die in den Gängen des Schiffes umherwanderten und in ihnen verrotteten, kein Mangel an Widerstand. Nefertari befeuchtete ihr Klaivar in jedem Korridor mit Blut, schlachtete sich ihren Weg durch knochengearbeitete menschliche Knechte und monströse Nimmergeborene, die nach alchemistischer Modifikation rochen. In der Unterwelt zu leben nimmt einem die Fähigkeit, über die körperliche Erscheinung irgendeiner Kreatur schockiert zu sein, doch dies waren Übelkeit erregende Mischungen aus Menschen, Mutanten und Nimmergeborenen – sie verrotteten bei lebendigem Leib und stanken gleichermaßen nach natürlichen und unnatürlichen Absonderungen. Sekret, Eiter und warpgeschmiedete Chemikalien liefen wie Tränen über zusammengenähte und aufgeschwollene Gesichter.

Ich hielt den Kopf von etwas hoch, das menschlich gewesen war, bevor ihm an seinem Ober- und Unterkiefer drei Reihen spitzgefeilter Zähne ›geschenkt‹ worden waren. Es starrte mich immer noch mit seinem verbliebenen Auge an, während sein veränderter Mund nutzlos in meine Richtung biss.

Fressen fressen fressen fressen

Ich hielt den Kopf an seinen Haaren fest und zerschlug ihn an der nächsten Wand.

In mehreren Korridoren begegneten wir vollkommen menschlicher Besatzung, die zwar mit Eifer und Hingabe an ihre Herren bewaffnet war, jedoch nur mit wenig, das uns tatsächlich verletzen konnte. Sie hatten zwei Möglichkeiten, das Spiel des Krieges zu spielen: entweder als Horde schwitzenden, schreienden Fleisches vorzustürmen oder sich in verteilten Reihen aufzustellen und das Feuer mit Pistolen, Sturmgewehren und Schrotflinten zu eröffnen.

Ihr solltet dieses Verhalten nicht für Mut halten. Ein imperialer Soldat, der die Stellung hält, seine Seele dem Imperator überantwortet und uns trotzig entgegenschreit, während wir uns durch seine Gräben metzeln – das ist Mut. So vergeblich und fehlgeleitet es auch sein mag, es ist zweifellos Mut.

Was uns in diesen Gängen begegnete, war gequälter Wahnsinn in Lumpen. Der Fanatismus von Narren war ihnen in ihre verstümmelten Gesichter geschrieben. Sie schrien nach der Aufmerksamkeit ihrer Herren, nach dem Segen des jüngsten

Gottes, nach dem Glück, das nötig war, um den Tod zu überleben, der unter ihnen wandelte. Viele Kriegerscharen ziehen mit Herden dieses Bolterfutters um sich in die Schlacht. Sie sind für eine ganze Reihe taktischer Aufgaben nützlich, nicht zuletzt die, den Feind zu zwingen, während der Zerstörung dieser elenden Wichte Munition zu verschwenden und zu ermüden. Wir benutzen sie noch jetzt in der Black Legion, Horden von ihnen, die sich vor unseren Armeen auf dem Schlachtfeld verteilen, angetrieben von den furchterregenden Litaneien unserer Apostel und Kriegerpriester.

Versteht mich nicht falsch, es findet sich jede Menge Mut unter unseren menschlichen und mutierten Gefolgsleuten. Doch nicht dort, nicht an diesem Tag an Bord der *Wohlgestalt*. Dies war der Abschaum der Knechtschaft und fehlgeschlagener Experimente, der von seinen fliehenden Herren an Bord der Evakuierungsschiffe gezerrt worden war.

Telemachon und ich übernahmen die Vorhut und wateten in eine eiserne Wand aus kleinkalibrigem Beschuss. Er brach sich an meiner Rüstung wie Hagelkörner auf einem Panzer. Die weicheren Gelenke unserer Rüstungen waren verwundbarer – ein stechender Schmerz entflammte in meinem rechten Ellbogen, als eine Kugel das Gelenk traf. Eine weitere traf mich am Hals und wurde zu einem Puls stechenden Drucks gegen meine Wirbelsäule. Es waren Ärgernisse, die mich weiter ermüdeten. Nichts Ernstes. Nichts Tödliches.

Der Warp floss in einem opernhaften Crescendo durch mich hindurch. Ich leitete ihn kaum an. Kontrolle bedurfte Vorsicht und Konzentration, und ich war zu schwach, um auch nur eine dieser Tugenden aufzubringen. Als ich die Fluten ungesehener Macht entlang der dunklen Korridore entfesselte, durchfuhr sie das widerstandslose Fleisch der Sklaven der III. Legion in Form von Knochenauswüchsen und vom Körper fließender Hautlachen. Mutationen brachen unter ihnen aus, ungehemmt und keiner Emotion entspringend.

Wir blieben nicht stehen, um das Elend diese Dinger aus kochendem Fleisch und verzogenen Knochen zu beenden. Sie hatten in dem Augenblick ihr Schicksal besiegelt, da sie die Waffen gegen uns erhoben hatten.

Telemachon führte uns zielsicher weiter. Die homogene Bauweise imperialer Technik hätte uns eigentlich eine Hilfe sein sollen, da der Kreuzer der Lunar-Klasse genauso aufgebaut war wie jeder andere, doch ich verlor schon bald die Orientierung. Das Innere des Schiffs war ein Labyrinth, doch ich war mir nicht sicher, ob dies ein Resultat meiner Müdigkeit oder das Werk des Warp war. Es dauerte viel länger, als ich geplant hatte, einen Raum zu erreichen, der groß genug für die nächste Stufe von Abaddons Plan war. Ein Kreuzer der Lunar-Klasse beherbergt bei Sollstärke seiner Mannschaft über neunzigtausend Seelen. Ich fühlte mich, als hätten wir uns durch jede einzelne davon gemordet.

»Tu es«, sagte Telemachon.

Ich sträubte mich gegen seinen Tonfall. Müde oder nicht, tödliches Feuer schlängelte sich um meine Finger und zischte, als sie die Luft um meine Hände überhitzte.

»Tu es *bitte*«, korrigierte Telemachon sich mit zuckersüßer Nachsicht. Er kam dem Tod in diesem Augenblick sehr nahe.

Ich stieß meinen Zorn mit meinem Atem aus und hob Saern.

Ashur-Kai?

Ich bin bereit, Khayon. Ich führte einen Abwärtsschnitt und riss eine Wunde in die Luft. Anderswo im Orbit um die sterbende Welt tat Ashur-Kai das Gleiche.

Ich erwartete, dass Lheor und Ugrivian als erste durch den Übergang auftauchten, oder vielleicht auch Falkus, falls sich sein Zorn nicht kontrollieren ließ. Ich hatte nicht einen der Nimmergeborenen erwartet.

Das schwächliche Ding fiel aus dem Riss, als wäre es aus dem Portal geworfen worden. Seine Schuppenhaut brach unter der Wucht des Aufpralls auf dem Deck auf. Bevor irgendjemand von uns reagieren konnte, zertrat ein immenser schwarzer Stiefel den Kopf der Kreatur zu Matsch.

Abaddon trat durch den Übergang. Das Gelenkknurren seiner

Terminator-Kriegsrüstung war wie das Dröhnen eines überanstrengten Panzermotors. Schwarze Adern waren unter seiner bleichen Haut zu sehen. Sein Blick loderte in psionischem Gold. In einer Hand hielt er sein mitgenommenes Energieschwert. In der anderen ...

Ich fuhr zurück, als er vortrat. Den Sensenklingen der Klaue an seiner rechten Hand haftete immer noch der Nachhall der Ermordung des Imperators an. Er trug die Klaue. Er hatte das Schiff mit der Klaue des Horus betreten.

Ihre Wirkung war beinahe ebenso schlimm wie beim ersten Mal, als er sie offenbart hatte. Ihre Nähe überwältigte mich, füllte meinen Schädel mit dem kupferhaltigen Gestank von Sanguinius' übernatürlichem Blut und dem Geflüster von Tausenden und Abertausenden seiner Söhne überall in der Galaxis, die nach dem Tod ihres Primarchen unter genetischen Defekten litten. Ich konnte jeden einzelnen von ihnen hören – die Gebete in ihren Herzen, ihre geknurrten Andachten und die geflüsterten Mantras.

Doch ich stürzte nicht und ich kniete nicht. Ich blieb vor meinem Bruder auf den Beinen, der eine Waffe trug, die innerhalb einer Stunde einen Primarchen und den Imperator getötet hatte. In den folgenden Jahren, wenn ich ihn aufgrund seiner heimtückischen Dämonenklinge und des ewigen Gesangs der Chöre des Pantheons, die ihn lobpriesen, kaum anschauen konnte, erinnerte ich mich stets an diesen Augenblick als denjenigen, da er nicht nur zu meinem Bruder, sondern auch zu meinem Kriegsherrn wurde.

Hinter ihm tauchten die ungeschlachten Gestalten von Falkus und den Justaerin auf wie Schatten, die sich zu etwas Realem verdichteten, als sie den Übergang durchschritten.

»Warum habt Ihr sie mitgebracht?«, fragte ich, als ich ob des erdrückenden Schleiers der Klaue nach Atem rang. Ihr Geist war so mächtig, dass sie eine ähnliche Aura wie ein lebendes Wesen ausstrahlte.

Abaddon hob die große Klaue und öffnete und schloss die Sensenklingen mit mörderischer Theatralik.

»Der Poesie des Augenblicks wegen, Khayon. Mit meines Vaters eigener Waffe werde ich jegliche Hoffnung auf seine Wiedergeburt zerstören. Also ... wo ist dieser räudige Hund, der sich selbst ›Primogenitor‹ nennt?«

Ich werde keine Tinte mit den unnötigen Details dieses kurzen Kampfes verschwenden. Sagen wir einfach, dass wir mit dreißig Justaerin, sechs World Eaters und einhundert Rubricae jedes Lebewesen auf dem Schiff abschlachteten, das sich zwischen unserer Bresche und dem Primogenitor Fabius befand. Blut und Schmutz bedeckte die Gänge des Kriegsschiffs und sickerte in Rinnsalen in die unteren Decks, wo sie auf jene Sklaven herabregneten, die schlau genug waren, sich uns nicht entgegenzustellen.

Trupps der Emperor's Children nahmen an kritischen Punkten Position ein, um das Schiff ihres Herrn zu verteidigen, und schossen Bolterfeuer die Korridore hinab auf die Vorhut aus Justaerin. Boltgeschosse treffen mit dem widerhallenden Dröhnen eines Schmiedehammers auf eine Terminatorrüstung. Wenn Hunderte Geschosse gleichzeitig treffen, dann erzeugen sie einen Höllenlärm. Falkus und seine Männer rückten in diesen vernichtenden Feuersturm explosiver Geschosse vor. Stoßzähne und Hörner wurden abgerissen und hinterließen blutige Wunden. Rüstungsteile wurden weggesprengt und offenbarten darunter mutiertes Fleisch. Doch immer noch gingen sie weiter und stiegen unerbittlich über die Körper ihrer gefallenen Brüder. Jene, die sich ihnen entgegenstellten, fielen unter Klauen und Hämmern. Jeder Hieb beendete ein Leben, das dem Jüngsten Gott viel wert war. Jene, die flohen, erkauften sich ihr Leben zum Preis des Stolzes. Auf ewig würden wir uns an die Besatzung der *Fleischmarkt* erinnern, wie sie vor dem zermahlenden Sturmangriff der Justaerin davonlief.

Abaddon führte sie an, tötete mit seinem Schwert und dem doppelläufigen Bolter auf dem Handrücken der Klaue. Doch die Klingen der Klaue selbst, die immer noch mit dem Leben Sanguinius' und des Imperators befleckt waren, blieben unberührt.

Das Gelächter des Kriegsherrn hallte durch die Korridore. Er wollte unsere Feinde damit nicht verhöhnen, wenngleich sie es vermutlich so auffassten. Die Freude an der Schlacht und ein Gefühl der Bruderschaft flossen durch ihn, bereicherten seine Aura. Wie lange war es her, dass er mit seinen Brüdern in den Krieg gezogen war? Zu lange, viel zu lange.

Abaddon war in seinem Element, ein König der Schlacht, der vornewegmarschierte. Wir standen ihm bei, töteten, wie er tötete, und bewegten uns unter den Justaerin, als gehörten wir zu ihnen. Sie ermutigten uns. Sie hießen uns willkommen. Wir waren in jener Nacht eins, während wir durch Horden alchemistisch veränderten Abschaums wateten, der freiwillig zur Schlachtbank kam.

Bei den Göttern des Warp, ich brauchte Monate, um den Gestank dieses Schiffes aus meinen Sinnen zu tilgen.

Erst als wir das Apothecarium erreichten, geriet unser Marsch aus dem Tritt. Wir waren alle schon lange gegenüber jeglichem Schrecken abgehärtet, es war also nicht die Fülle der Fleischesvergehen, die in jenen Kammern stattfanden, die uns zum Halt brachte. An den Wänden reihten sich präserviertes Menschenfleisch, Organgefäße, Operationswerkzeuge – es war ein Labor, das in einem Schlachthaus eingerichtet worden war, und seine blutige, beschmutzte Erhabenheit überraschte keinen von uns. Wir erwarteten nicht weniger von den abtrünnigen Visionären und Genmagiern der III. Legion.

Was uns innehalten ließ, war die Tatsache, dass der Aufseher dieses Ortes erfolgreich gewesen war. Dies war nicht das Labor von jemandem, der sich vergeblich bemühte, eine der arkansten und fehlerbehaftetsten Wissenschaften zu manipulieren. Dies war die Zuflucht eines Wahnsinnigen, der bereits Erfolg gehabt hatte.

Ich erkannte es, als ich den ersten Schritt in die Kammer machte; es lag in meinem ersten Atemzug voller blutverschmutzter Luft. Wir hatten uns die ganze Zeit über geirrt. Die Emperor's

Children waren nicht unzählige Jahre von einer Klongenesis entfernt. Sie hatten dieses düstere Wissen bereits gemeistert. Wir waren nicht als Erlöser hier, bereit, diesen Ort zu säubern, bevor eine Abscheulichkeit begangen werden konnte. Dafür waren wir bereits zu spät.

Selbst Abaddon, der noch vor einem Augenblick so sehr von seiner Kampfeslust eingenommen gewesen war, blieb abrupt stehen. Er starrte auf die blutverschmierten Operationstische und die großen Tanks voller halb ausgeformter Perversionen des Lebens. Servitors und geistlose Knechte bewegten sich zwischen der Maschinerie hin und her und kümmerten sich mit einer Hingabe um sie, die in diesem verschmutzten Kreißsaal nichts verloren hatte.

Hier wurde das heilige Genprojekt des Imperators durch dämonisches Wissen und Gossengenie nachgeahmt. Reihe um Reihe von Nährkapseln enthielten mutierte Kinder und deformierte Jugendliche, von denen jeder ein oder zwei Merkmale besaß, die wir wiedererkannten. Eines der blassesten Kindwesen war mit dem Geschmier biologischer Substanz verwachsen, die eine Seite seines Tanks überzog. Es streckte die Hand aus dieser Verschmelzung mutierten Fleisches und winkte mich näher heran. Die Intelligenz in seinem Starren verursachte bei mir eine Gänsehaut wie bei einer eiskalten Berührung. Schlimmer noch war die Vertrautheit seiner Gesichtszüge und die Zuneigung in seinem Blick.

Khayon, sandte es und lächelte unter der trüben Fäkalflüssigkeit.

Ich wich zurück und schloss meine Fäuste fester um meine Waffen.

»Was ist das?«, fragte Nefertari. Sie war die Einzige, die nicht von Abscheu oder Schrecken erfasst wurde. Für sie war dies nur ein weiteres dummes Spiel der Blutmagier der Chem-pan-sey. »Was ist los?«

»Lorgar.« Ich zeigte mit Saern auf den halb verwachsenen Säugling in der schmutzigen Lebenserhaltungskapsel. »Das ist *Lorgar*.«

Meine Rubricae fühlten mein Unbehagen und kamen näher, wollten mich in einem schützenden Kreis umringen. Ich schickte sie mit einem abgelenkten Gedankenimpuls fort.

In einem weiteren verdreckten Tank, der anstatt mit amniotischer Flüssigkeit bis zum Rand mit einer sauerstoffreichen Jauche gefüllt war, trieb ein menschlicher Säugling mit weißem Haar und dunklem Blick, der jede unserer Bewegungen mit großen, wissenden Augen verfolgte. Er war eines der wenigen nicht ruinierten Experimente und schien äußerlich perfekt. Das half jedoch nicht, meine Abscheu zu lindern.

»Beim Gott des Krieges«, fluchte Lheor bei dem Anblick.

Telemachon ging langsam vor dem Kind auf die Knie. »Fulgrim«, flüsterte er. »Mein Vater.«

»Steh auf«, sagte ich zu ihm. »Halte Abstand.«

Der Kindprimarch warf sich gegen das Glas und stieß eine sich ausbreitende Giftwolke aus seinem Gaumen aus. Eine gegabelte Zunge schlug vergeblich um sich und leckte Schleim von der Innenseite seines lebenserhaltenden Gefängnisses. Telemachon taumelte zurück.

In der Kammer war genug Platz für Hunderte Tanks. Viele der Sockel waren jedoch leer und in den meisten saßen surrende Kapseln, in denen sich kaum sichtbare Gliedmaßen durch fauliges Wasser bewegten. Gab es noch mehr? War dies alles, was der Primogenitor von Harmonie hatte evakuieren können?

Bei dem Geräusch servogerüsteter Schritte wandten wir uns um. Der Apothecarius kam unbewaffnet auf uns zu. Er trug das Weiß und Violett der Emperor's Children, welches unter dem verkrusteten Blut und wachsenden Schimmel von Jahren beinahe vollständig verschwand. Die Robe, die er darüber trug, war ebenso von unbestimmbarem Schmutz befleckt. Dünner werdendes weißes Haar hing ihm bis auf die Schultern. Es war alles, was von einer einst majestätischen Mähne übrig geblieben war. Er war nicht viel älter als andere Legionäre, doch er sah von der Zeit schwer gezeichnet aus. Dennoch erkannte ich ihn, so wie wir alle.

Abbadon sprach für uns. »Die Jahre waren nicht gut zu dir, Oberster Apothecarius Fabius.«

Fabius atmete seufzend aus. Selbst sein Atem war faulig – ein warmer Wind infizierten Zahnfleischs und tumorbefallener Lungen. Offensichtlich forschte er an sich selbst ebenso oft, wie er an seinen Gefangenen experimentierte, und nicht alle seiner Versuche waren erfolgreich.

»Ezekyle.« Er sprach den Namen meines Bruders als Klage aus. »Ezekyle, du kannst dir gar nicht vorstellen, welche Schrecken du heute über mich gebracht hast.«

Seine Verkündung ließ uns verstummen, nicht aus Respekt, sondern aus Schock darüber, dass er uns überhaupt anzuflehen versuchte, Mitleid mit ihm zu haben.

»Der Schaden an meinem Werk ... Mir fehlen die Worte, um ihn auf eine Art zum Ausdruck zu bringen, die du je verstehen würdest. Mit mutwilliger und sinnloser Zerstörung habt ihr meinem Werk unbeschreiblichen Schaden zugefügt. Jahrhunderte der Studien, Ezekyle. Wissen, dass nicht kopiert werden konnte und jetzt auf ewig verloren ist. Und wofür, Sohn des Horus? Das frage ich dich: Wofür?«

Selbst Abaddon, der alles gesehen hatte, was die Hölle zu bieten hatte, wurde von dem, was er um uns sah, bis in sein Innerstes erschüttert. Er brauchte einen Augenblick, um die für eine Antwort nötigen Worte hervorzubringen.

»Wir schulden dir keine Rechenschaft, Fleischformer. Wenn hier irgendjemand seine Handlungen erklären sollte, dann ist es derjenige, der mit menschlichem Exkrement überzogen ist und seinen Krebsgeschwüratem ausstößt, voller Stolz auf seine Rolle in der Erschaffung dieser Monstrositäten.«

»Monstrositäten«, wiederholte Fabius und sah zum nächstgelegenen Tank. Verkümmerte und missgestalte kleine Götter starrten ihn mit der bedingungslosen Liebe von Kindern ihrem Vater gegenüber an. »Du warst noch nie besonders weitsichtig, Ezekyle.« Er schüttelte den Kopf, woraufhin das strähnige weiße Haar an seinem schmutzigen Gesicht kleben blieb. »Also töte mich, du cthonischer Barbar.«

Abaddon sprach leise, als stünden wir in einer heiligen Kathedrale und nicht in diesem Loch alchemistischer Sünden. Seine Worte waren eine Herausforderung, doch in ihnen lag keinerlei Angeberei oder Humor.

»Ich schulde dir nicht nur keine Rechenschaft, Fabius, du wirst ebenso feststellen, dass ich durchaus eigensinnig bin, wenn es darum geht, die Befehle von Wahnsinnigen zu befolgen.« Er gab zwei der Justaerin einen Wink. »Vylo. Kureval. Ergreift ihn.«

Die Terminatoren traten vor. Ihre Methode, den Primogenitor zu fesseln, war auf brutale Weise einfach – jeder von ihnen packte einen seiner Arme mit einer riesigen Energiefaust. Das leichteste Ziehen würde den Körper des Apothecarius zerreißen.

Abaddon wandte sich an mich und ich wusste, um was er mich bitten würde, bevor die Worte über seine Lippen kamen.

»Beende es, Khayon.«

Fabius schloss die Augen. Er mochte sein, wie er war, wenigstens besaß er die Würde, sich nicht zu wehren. Ich weigerte mich, einen letzten Blick auf den Raum zu werfen. Stattdessen salutierte ich vor Abaddon, während ich stumm zu meinen Rubricae sprach.

Lasst nichts am Leben.

Einhundert Bolter eröffneten in der gleichen Sekunde das Feuer und erfüllten das Labor mit einem Hagel aus explosivem Feuer. Eine Sekunde später schlossen sich die Justaerin und jeder andere anwesende Krieger an. Glas zersplitterte. Fleisch zerbarst. Metall detonierte. Dinge, die niemals hätten geboren werden sollen, heulten auf, als sie starben. Nachdem die Servitors von ihrem Waffenfeuer getötet und die Maschinerie zerschmettert worden war, richteten meine Rubricae ihre Bolter, Kanonen und Flammenwerfer auf das Deck und zerfetzten und verkohlten die sterbenden Mutanten mit ihrem Henkersfeuer.

Nach einer Ewigkeit verstummten die Waffen. Flüssigkeiten tropften, Dampf erhob sich und zerbrochene Maschinen spien Funken in die plötzliche Stille. Die ganze Welt roch nach dem verfaulenden Blut aus den Adern falscher Götter.

Fabius war derjenige, der die Stille durchbrach. »Du löst immer noch jedes Problem, das sich dir in den Weg stellt, mit gedankenloser Gewaltanwendung. Es hat sich nichts verändert, nicht wahr, Ezekyle?«

»Alles hat sich verändert, Verrückter.« Er lächelte unseren Gefangenen an und strich mit einer einzigen Sensenklaue über dessen Wange. Ich dachte, dass er dem Primogenitor mit einem einzigen Schnitt die Haut von seinem Gesicht ziehen würde. Ich hoffte, dass er das tun würde. »Alles hat sich verändert.«

Weitere Schritte hallten aus dem gleichen Nebenraum, aus dem auch Fabius aufgetaucht war. Schwerere Schritte. Bemessen, zuversichtlich.

Der wässrige Blick des Apothecarius richtete sich auf die Waffe. »Wie ich sehe, trägst du die Klaue. Die Ironie wird ihm gefallen.«

Abaddons Augen verengten sich. »Ihm?«

»Ihm«, bestätigte Fabius.

Und dann begannen wir zu sterben.

Der Streitkolben wurde Weltenschleifer genannt. Der Imperator hatte ihn Horus bei dessen Aufstieg zum Kriegsherrn geschenkt. Horus Lupercal war in der Lage, ihn einhändig zu führen, doch der gewaltige Streitkolben war für jeden Krieger der Legiones Astartes zu unhandlich, um ihn mit einem Mindestmaß an Anmut einzusetzen. Er war eine Keule aus dunklem Metall, dessen Stachelkopf alleine schon die Größe eines gerüsteten Kriegertorsos hatte.

Weltenschleifer krachte durch das erste Glied meiner Rubricae und ließ drei von ihnen gegen die geschosszernarbten Wände schlagen. Sie brachen nicht nur in einem knochenlosen Haufen zusammen; sie lösten sich an den Gelenken auf, ihre ganze Rüstung zerfiel und schepperte gegen die Wand. Der Seelensplitter, der noch an ihre Rüstung gebunden war, verschwand innerhalb eines Atemzugs.

Ashur-Kai fühlte ebenso, wie es geschah. Er hatte die Rubricae auf eine Art sterben gefühlt, die er nicht für möglich gehalten hätte.

Was im Namen der Götter ist das?, sandte er mir in gelehrter Schockiertheit.

Für den Bruchteil einer Sekunde ergab es keinen Sinn. All die anderen geklonten Kreaturen waren verdorben und falsch gewesen. Wie konnte dies ... Wie ...?

Ich griff nach meiner Verbindung mit Ashur-Kai. *Es ... Es ist Horus Lupercal.*

Kein Kind, das aus Gewebefetzen und Blutstropfen geklont worden war. Keine Monstrosität, die halb an Mutationen verloren und in einem Eindämmungstank gefangen war. Es war Horus Lupercal, der Erste Primarch, Lord der Space-Marine-Legionen. Vielleicht sah er ein wenig jünger aus als zu dem Zeitpunkt, da irgendeiner von uns ihn zum letzten Mal gesehen hatte, und es fehlte eindeutig die Berührung des Pantheons. Doch er war Horus Lupercal, geklont aus kaltem Fleisch, das direkt aus seiner in Stase präservierten Leiche entnommen worden war, und er trug die Rüstung, die man von seinem toten Körper entfernt hatte. Horus Lupercal, gehüllt in seine atemberaubende schwarze Kriegsrüstung, vollständig mit dem langen Sturz seines weißen Wolfsfellumhangs und dem blassen Schimmer des kinetischen Kraftfeldes, das ihn wie ein Nimbus beschützte.

Es war Horus Lupercal, der in unsere locker dastehenden Reihen stürmte und uns mit Weltenschleifer abschlachtete. Er kam aus einem der weiter entfernten Vorräume und war von Fabius in Vorbereitung auf diesen Augenblick erweckt worden.

Man muss es Lheor und den letzten Kriegern der Fünfzehn Fänge lassen – sie reagierten schneller als jeder andere von uns. Ihre schweren Bolter gaben ein löwenartiges Brüllen und ein kehliges Gerattter von sich und sie bockten und donnerten, als sie auf den Kriegsherrn des Imperiums feuerten, wobei ihn jedes Geschoss traf. Doch während ihre Bolts auf Horus' Rüstung und Fleisch einhämmerten, erreichte ihr Vorgehen nichts weiter, als sie vor uns anderen dem Tode zu weihen. Weltenschleifer wurde erneut geschwungen und schleuderte vier von ihnen mit einem einzigen Hieb beiseite. Sie schlugen verrenkt auf dem Deck auf.

Ich fühlte, wie Ugrivian starb, noch bevor er auf dem Boden aufkam.

Wir wichen zurück. Bei den Göttern des Schleiers, natürlich wichen wir zurück. Wir flohen nicht, aber wir ließen uns zurückfallen, verteilten uns auf die Ecken des Raumes, um dem Streitkolben dieses erzürnten Wiedergängers zu entkommen. Meine Rubricae, die sich viel langsamer bewegten als lebende Krieger, marschierten mit ihren getragenen Schritten rückwärts und leerten Magazin um Magazin warpveränderter Geschosse in den geklonten Primarchen. Und dennoch starben sie mit jedem Schwinger. Beschuss zerschmetterte das schwarze Ceramit des Primarchen und riss faustgroße Fleischsstücke von seinen Knochen. Schmerz verwob sich mit seiner Aura, doch Horus kämpfte weiter.

Ich warf Energie auf ihn. Ich warf Blitze. Ich warf Panik und Hass in einem siedenden Blitz aus mutagenem Warpfeuer. Er ließ das, was von seinem Kraftfeld noch übrig war, in einem Peitschenknall von Luftdruck zerplatzen und kochte ihm Haut und Haare vom Kopf. Nichts weiter. Ich war immer noch zu schwach und er war viel, viel zu stark.

Dann griff er mich an. Ich hob Saern, doch er schlug mir die Axt aus den Händen und sie schlitterte über den schmutzigen Boden. Sein Stiefel trat meine Brustplatte ein und stieß mich um. Ich fühlte, wie Ceramitsplitter in meine Lungen stachen, als sein Stiefel auf mich herabhämmerte und mich unter ihm festnagelte. Ich kam nicht an meine Karten, um meine gebundenen Dämonen herbeizurufen. Noch nie hatte ich den Verkommenen Ritter so sehr gebraucht, wie ich es jetzt tat.

Nefertari sprang in die Luft, schoss an ihm vorbei und schwang ihr Klaivar. Sie war ein seidener Schemen, der sich schneller bewegte, als ich es je von ihr gesehen hatte. Schnell genug, um sich zwischen den Boltgeschossen hindurchzuwinden, die um sie herum durch die Luft schnellten; schnell genug, um durch die Wange des Primarchen zu schneiden und die Hälfte der Muskeln in seinem Gesicht zu durchtrennen. Doch er war zur Seite ausgewichen. Sie hatte mit ihrem tödlichen Hieb verfehlt. Die Frau, die Anführer von Kriegerscharen der Legionen getötet hatte, ohne auch nur einen einzigen funkelnden Schweißtropfen zu vergießen, hatte mit ihrem tödlichen Hieb verfehlt. Horus war zu schnell, selbst für sie.

Ich schrie. Nicht aufgrund meiner eigenen Schmerzen, sondern aufgrund dessen, was ich als Nächstes sah. Die Hand des Primarchen schloss sich um Nefertaris Knöchel, während sie sich in der Luft zu einem weiteren Hieb drehte, und schlug sie aufs Deck. Ich spürte eher, wie die weichen Knochen ihrer Flügel wie Zweige auf dem Boden eines Waldes brachen, als dass ich es hörte. Jeglicher Eindruck von ihr verschwand aus meinem Bewusstsein. Sie war tot oder bewusstlos, ich wusste es nicht. Das alleine entsetzte mich schon. Sie könnte tot sein, ermordet von diesem Halbgott, und ich war zu schwach, um es festzustellen.

Er zerbrach Gyre als Nächstes. Meine Dämonenwölfin warf sich an seine Kehle. Ihre Klauen zogen Furchen durch seine Brustplatte, während ihre Kiefer in seiner Halsbeuge zuschnappten. Sie befand sich in der Schusslinie und konnte nichts dagegen tun. Boltgeschosse eines Dutzends verschiedener Ursprünge explodierten auf ihr und um sie herum, rissen ihr Fell und Fleisch auf. Doch sie hielt es aus. Sie hielt es aus, um Horus davon abzuhalten, mich zu töten. Mit jedem Zuschnappen ihrer Kiefer, jedem Ruck ihres Kopfes riss sie Muskelgewebe und Sehnen heraus.

Weltenschleifer zerbrach Gyres Griff und schlug ihr den Schädel ein, woraufhin sie wie ein Stück Schlachtfleisch aufs Deck klatschte. Die Hälfte ihres Kopfes war ganz einfach fort. Stattdessen klaffte dort ein hohles Loch, aus dem sich grau-rote Hirnmasse ergoss. Ihre sterbliche Form begann sich aufzulösen und damit versiegte auch ihre Präsenz in meinem Geist, ebenso wie Nefertaris es getan hatte.

Horus wandte sich wieder mir zu. Die Überreste seines Gesichts strahlten Schmerz, Zorn und wilden Hass aus. Ich versuchte aufzustehen, mich zu bewegen, irgendetwas zu tun, doch ich hatte keine Kraft mehr. Weltenschleifer hob sich und fiel herab.

Eine Gestalt krachte in Horus' Seite, brachte ihn aus dem Gleichgewicht und ließ ihn zur Seite taumeln, während eine neue Salve Boltergeschosse gegen ihn hämmerte. Die Klinge, die meinen herannahenden Tod in einem Funkenregen abwehrte, war meine eigene, meine Axt, Saern, festgehalten von einem meiner Rubricae.

Iskandar, sandte er und war damit deutlicher und präsenter in meinem Geist, als ich es seit der Nacht ihrer Verfluchung von den Aschetoten erlebt hatte. Ich erkannte die Stimme.

Mekhari ...

Iskandar, antwortete er. Nicht mit dem Zischen eines Rubrica-Marines, sondern der Stimme eines Mannes. Mekhari hatte mir einen Gedankenimpuls gesandt. Ich bedaure es zutiefst, dass ich zu überwältigt war, um ihm zu antworten.

Er richtete sich auf.

Mein Bruder. Mein Captain. Seine Stimme klang klarer, sicherer, entschlossener. Er wandte seinen ausdruckslosen Blick wieder auf Horus, dem es trotz der Boltgeschosse, die überall auf ihm und um ihn herum explodierten, gelungen war, sein Gleichgewicht wiederzufinden und erneut gegen uns vorzurücken.

Telemachons Zwillingsschwerter brachen in einem Sprühregen beinahe bis zur Vergiftung angereicherten Blutes durch die Vorderseite von Horus' ruinierter Brustplatte. Ohne innezuhalten und schneller, als selbst Telemachon sie wieder herausziehen konnte, packte Horus die Klingen mit einer gepanzerten Faust, zerbrach sie, wirbelte dann herum und schleuderte den Schwertkämpfer mit einem Rückhandschlag quer durch den Raum. Telemachon krachte mit dem typischen Scheppern von Ceramit gegen eine Wand.

Mekhari hob wieder meine Axt und trat dem rasenden Halbgott entgegen.

Lebewohl, sandte er in meine Gedanken.

Weltenschleifer schmetterte durch die Axt, die ich seit dem Tod meiner Heimatwelt getragen hatte. Saern zersplitterte in Mekharis Händen, seine Rüstung explodierte, als wäre sie aus Ton, und dann ... war er fort. Wirklich fort. Ebenso wie Ugrivian.

Meine Brüder hatten mir genug Zeit erkauft, dass ich mich zur Seite rollen konnte, jedoch nicht annähernd weit genug. Horus fuhr zu mir herum. Jegliche Anmut in seinem Auftreten war durch Verletzungen und Zorn verschwunden. So sehr er es auch versucht hatte, er hatte mich nicht getötet. Ich lebte, wenngleich es mich auch alles gekostet hatte.

Er ragte finster über mir auf und hob Weltenschleifer erneut, bereit, mir ein Ende zu bereiten, wie er es mit den anderen getan hatte. Eine Stimme hielt ihn auf. Ein einziges, gebieterisches Wort durchteilte die Kampfgeräusche, stoppte alles. Sogar der Beschuss verstummte.

»Genug.«

Abaddon stand hinter Horus. Er hatte das Wort nicht geschrien. Er hatte sogar kaum seine Stimme erhoben. Die absolute Autorität in Abaddons Tonfall war alles, was er benötigte. In seiner Rüstung war Abaddon dem Klon seines Vaters ebenbürtig, sowohl in seiner Statur als auch dem Zorn, den er ausstrahlte. Der Name des Kriegsherrn wird in diesem letzten, dunklen Jahrtausend auf vielen imperialen Welten wie ein Fluch geflüstert. Viele Untertanen des Imperiums – jene, die sich der Ereignisse, welche unser Reich formten, überhaupt bewusst sind – halten Abaddon für Horus' geklonten Sohn. Es würde diese abergläubischen Seelen nicht überraschen zu erfahren, dass in jenem Augenblick, da sie beide vor mir standen, nur ihre Wunden und ihre Bewaffnung sie unterschied. In allen anderen Belangen waren sie wie Zwillinge.

Horus fuhr wie ein Schemen herum. Weltenschleifer beschrieb schneller einen Bogen, als sich eine Waffe dieser Größe eigentlich bewegen sollte. Abaddon parierte den Streitkolben nicht nur, sondern fing ihn auf. Er hielt ihn fest. Er packte ihn mit der großen Klaue, auf der immer noch das Blut eines Gottes und Seines Engels klebte.

Vater und Sohn standen sich gegenüber, atmeten sich gegenseitig Trotz in die verzerrten Gesichter. Zum ersten Mal sprach der Primarch. Speichel zog zwischen seinen Zähnen Fäden. Sie waren sauber und rein; in sie waren keine cthonischen Schriftzeichen eingeritzt, wie es bei Abaddon der Fall war.

»*Das. Ist. Meine. Klaue.*«

Abaddon ballte seine Faust. Weltenschleifer zerbrach, wie Saern zerbrochen war. Metallsplitter regneten zwischen Abaddons Sensenfingern hindurch.

Ich habe Geschichten über diesen Augenblick gehört. Vielleicht habt sogar Ihr hier in den tiefsten Tiefen des Imperiums sie gehört. Jede Kriegerschar erzählt ihre eigene Version dieser Ereignisse.

Es gibt viele Geschichten über Horus' letzte Worte; sein Ersuchen an seine versammelten Söhne und Vettern; wie er eine glorreiche Ansprache über die Möglichkeiten eines neuen Zeitalters hielt; oder wie er um Gnade flehte, als er den Klingen der Justaerin gegenüberstand. Es gibt sogar Geschichten, die darauf beharren, dass Horus mit den Segnungen des Pantheons angeschwollen war wie in den letzten Tagen des Terranischen Krieges.

Doch ich war dort. Es gab keine rührenden letzten Worte oder mitreißenden Reden, und die Götter, wenn sie überhaupt zugegen waren, blieben stumm und distanziert. Das Leben gewährt uns nur selten die gleiche theatralische Bühne wie in der Legende. Als Schilderung von jemandem, der an diesem Tag dort war, versichere ich Euch also Folgendes: Es gab keinen Champion der Götter, dem eine heilige Wiedergeburt gewährt wurde. Es gab keinen leidenschaftlichen Urteilsspruch seitens Abaddons, als das Schicksal von einem Kriegsherrn in die Hände des nächsten überging.

Dort waren nur ein geklonter Vater und sein verlorener Sohn, die von den Toten und Verletzten umgeben waren und sich so sehr glichen, dass man sie nur anhand ihrer Waffen und Wunden unterscheiden konnte. Daran und an ihrem unterschiedlichen Lächeln.

Horus zeigte das Grinsen eines Eroberers auf den Überresten seines Gesichtes. Ein Wiedererkennen, wahres Wiedererkennen, loderte in dem Auge auf, das ihm noch geblieben war.

»Ezekyle.« Seine Stimme war ein Ausatmen der Erleichterung und Offenbarung. »Du bist es. Du bist es, mein Bruder.«

Die Zeit stand still. Trotz allem, was geschehen war, glaubte ich entgegen aller Vernunft, dass sie sich wie Verwandte umarmen würden.

»Mein Sohn«, sagte der Primarch. »Mein Sohn.«

Alle fünf von Abaddons Klauen rammten sich so tief in Horus' Brust, dass sie aus dem Rücken wieder austraten. Die Sensenklingen schoben die Überreste von Telemachons Schwertern heraus und ließen die zerbrochenen Klingen scheppernd zu Boden fallen.

Ein dunkles Rot verteilte sich auf den Überresten des weißen Fellumhangs, der immer noch in Fetzen um Horus' Schultern lag. Das Blut eines genetischen Gottes regnete auf mich herab. Mir war zum Lachen zumute, obwohl ich nicht wusste, warum. Vielleicht war es der Schock. Schock und bloße Erleichterung.

Der Zwillingsbolter auf dem Handrücken der Klaue bockte dreimal und vergrub sechs Boltgeschosse in Horus' entblößter Brust und seinem Hals. Sie zersprengten ihn von innen und fügten dem Blut, das über jene von uns am Boden spritzte, innere Organe hinzu.

Und so standen sie da, während die Augen des einen golden auflodderten und aus denen des anderen langsam das Leben schwand. Horus' Knie gaben nach, doch Abaddon ließ ihn nicht fallen. Horus' Mund formte Worte, doch kein Geräusch drang aus ihnen. Falls seine letzten Worte überhaupt hervorkamen, dann war Abaddon der Einzige, der sie hörte.

Ich hatte Glück an jenem Tag. Nicht nur, weil ich einen Kampf mit einem Halbgott überlebte, der eigentlich niemals hätte ausgetragen werden sollen, sondern weil ich Abaddons letzte Worte an seinen Vater vernahm. Mit einer langsamen, fließenden Bewegung zog er die Klaue aus dem Körper seines Vaters, und in dem Augenblick, bevor Horus fiel – dem Augenblick, bevor das Licht schließlich aus den Augen des Primarchen schwand – flüsterte Abaddon fünf leise Worte.

»Ich bin nicht dein Sohn.«

IN DIESEM LETZTEN UND DUNKELSTEN JAHRTAUSEND
999.M41

Und damit kommt der erste Teil unserer Geschichte zu seinem Ende. Thoths Schreibfeder darf sich für eine Weile ausruhen, während meine Gastgeber über diese Worte nachsinnen und zwischen den diktierten Zeilen nach Fehlern suchen. Ich bezweifle jedoch, dass sie lange ruhen wird. Sie werden mehr wollen. Ihnen wurde von der Genesis der Black Legion erzählt und nun werden sie von ihrer Geburt und ihren ersten Schlachten wissen wollen, ebenso wie von den Dreizehn Kreuzzügen, die folgten. Es gibt noch so viel zu berichten. So viele gewonnene und verlorene Kriege; so viele Brüder und Feinde, die dem Vergessen anheimgefallen sind.

Nach der Stadt des Lobgesangs kam die Erleuchtung, während derer wir gegen jene kämpften, die sich weigerten, dem Kriegsherrn die Gefolgschaft zu schwören, und unseren Aufstieg verhindern wollten. Während dieser Ära durchquerten wir das Reich des Auges, beendeten die Legionskriege durch unseren Aufstieg über die Neun und einer nach dem anderen beugten sich die Primarchen vor Abaddon. Manche freiwillig, andere nur widerwillig, und einer musste in die Knie gezwungen werden. Doch sie alle beugten sich schlussendlich: Lorgar, Perturabo, Fulgrim,

Angron, mein Vater Magnus ... sogar Mortarion, der unter ihnen allen derjenige war, der mit seinen heiligen Seuchen unserer Vernichtung am nächsten kam.

Und danach begann unser Erster Kreuzzug. Die imperialen Aufzeichnungen erinnern sich an dieses Ereignis als das erste Mal, dass die Neun Legionen aus dem Auge entkamen, gestärkt in die Galaxis zurückkehrten und einem unvorbereiteten Imperium gegenüberstanden. Die Neun Legionen erinnern sich aufgrund des Sieges bei Uralan daran, als der Kriegsherr seine Dämonenklinge *Drach'nyen* für sich beanspruchte.

Wir vom Ezekarion erinnern uns anders an diese Dinge – oder zumindest messen wir ihnen eine grundlegend andere Bedeutung bei. Vielleicht erwarteten die neuen Regenten des Imperiums unsere Rückkehr nicht und waren deshalb nicht darauf vorbereitet, uns entgegenzutreten, doch nicht alle Diener des Imperators hatten dessen abtrünnige Söhne vergessen.

Ich sehe ihn immer noch: diesen uralten Templerkönig, wie er auf einem Thron aus behauener Bronze sitzt, die gerüsteten Finger um den Griff seines langen Schwerts geschlossen. Ich erinnere mich, wie sein immenser Stolz und sein bedingungsloser Glaube an unseren Großvater seine Aura für meine geheime Sicht in einen wütenden, perlmutt- und goldfarbenen Nimbus verwandelte.

»Ihr seid also zurückgekehrt.« Seine Stimme war tief und so alt wie die Zeit selbst, doch sie brach nicht unter den Jahren, die sie trug. »Ich habe nie daran gezweifelt.«

Er erhob sich mit einer fließenden Bewegung von seinem Thron, sein Rücken gerade, das Schwert des Großmarschalls locker in einer Hand. Zu diesem Zeitpunkt war er ein Veteran mit mehr als eintausend Jahren Erfahrung. Das Alter hatte ihm zugesetzt, doch er brannte noch vor Leben.

Da trat Abaddon vor und bedeutete uns stumm, die Waffen zu senken. Er neigte den Kopf zu einem respektvollen Gruß.

»Wie ich sehe, hat die Zeit deine Rüstung ebenso geschwärzt wie unsere.«

Der uralte Templer stieg die drei Stufen von seinem Thron herab, seinen Blick fest auf das Gesicht des Kriegsherrn gerichtet.

»Ich habe nach dir gesucht. Als Terra im Feuer des Verrats deines Vaters brannte, habe ich dich gejagt, Tag und Nacht. Stets traten mir niedere Männer in den Weg. Stets starben sie, damit du überlebtest.«

Er blieb kaum mehr als zwei Meter vor Abaddon stehen.

»Ich habe nie aufgehört, nach dir zu suchen, Ezekyle. Während all der langen Jahre nicht.«

Da verbeugte sich Abaddon ohne auch nur einen Anflug von Spott, weder in seinen Augen, noch in seinem Herzen. Ezekyle hat heldenhafte Gegner immer zu schätzen gewusst, und keiner war heldenhafter als dieser Ritter.

»Ich fühle mich geehrt, Sigismund.«

Sie hoben ihre Schwerter ...

Und dann war da noch Commorragh. Diese endlose Nacht, in der wir die Dunkle Stadt belagerten, um eines ihrer Adelshäuser als Bestrafung dafür, dass sie mir Nefertari genommen hatten, auszulöschen. Abaddon unternahm nichts, um meine Trauer in Ketten zu legen und mich unter Kontrolle zu halten. Er ermutigte meinen Zorn. Er bewunderte ihn. Er befahl die Black Legion zur Unterstützung meiner fieberhaften Raserei ins Netz der Tausend Tore. Das ist Loyalität, meine Freunde. Das ist Bruderschaft.

Doch all das kommt erst noch.

»Khayon.« Eine meiner Häscherinnen spricht meinen Namen und ich lächle darüber, ihn aus einer menschlichen Kehle zu hören. Sie bleibt immer am längsten, nachdem die anderen bereits fort sind, und stellt mir die dringlichsten Fragen. Sie bringt mir die Anfragen, die mir wichtig sind, anstatt einfach nur nach einer weiteren Erzählung über Götter und Glauben und Schwächen und Krieg zu verlangen.

»Seid gegrüßt, Inquisitorin Siroca.«

»Geht es Euch gut, Ketzer?«

»Recht gut, Inquisitorin. Ihr kommt mit einer Frage zu mir?«

»Nur einer. Während Eurer bisherigen Erzählung habt Ihr bezüglich eines zentralen Aspekts geschwiegen – Ihr habt uns noch nicht erzählt, warum Ihr Euch in unsere Obhut begeben habt. Warum sollte ein Lord des Ezekarions so etwas tun? Warum seid Ihr alleine nach Terra gekommen, Khayon?«

»Die Antwort darauf ist einfach. Ich kam, weil ich ein Gesandter bin. Ich bringe eine Nachricht von meinem Bruder Abaddon, damit sie dem Imperator überbracht wird, bevor der Herr der Menschheit endlich stirbt.«

Ich höre, wie ihr der Atem stockt. Der Instinkt zwingt ihre Antwort heraus, bevor sie darüber nachdenken kann, was sie sagt.

»Der Gott-Imperator kann nicht sterben.«

»Alles stirbt, Siroca. Sogar Ideen. Sogar Götter und ganz besonders falsche Götter. Der Imperator ist die Erinnerung an einen Mann, die auf einer kaputten Maschine falscher Hoffnung thront. Der Goldene Thron versagt. Niemand weiß dies besser als wir, die wir im Auge leben. Wir können *sehen*, wie das Astronomican stirbt. Wir können *hören*, wie das Lied des Imperators schwindet. Ich bin nicht nach Terra gekommen und habe mich in Eure Hände begeben, um das Sterben Seines Lichts zu belachen. Aber ich werde die Wahrheit auch nicht in honigsüßen Worten verbergen, damit sie für Euch einfacher zu ertragen ist.

Es geht hier für mich nicht um Berichte auf einem Bildschirm, Inquisitorin, oder um Reihen von Verlustzahlen, die man leicht abtun kann. Das Licht des Imperators schwindet überall in der Galaxis. Wie viele Schiffsflotten gingen in den letzten Jahrzehnten aufgrund des Flackerns des Astronomicans verloren? Tausende? Zehntausende? Wie viele Welten haben sich alleine in den letzten zehn Jahren zu einer Rebellion erhoben oder schreien ihren psionischen Hilferuf hinaus? Wie viele sind hinter dem Schleier des Warp verstummt und jetzt nichts weiter als ein Ort wandelnder Dämonen? Hier auf Terra ... Könnt Ihr irgendeine der Tausenden Welten im Segmentum Pacificus hören? Ein Viertel der Galaxis ist verstummt. Wisst Ihr, warum? Wisst Ihr, welche Kriege sie austragen, während sie in Stille und Schatten gehüllt sind?«

Für eine Weile bleibt sie stumm.

»Wie lautet die Botschaft, die Ihr für den Imperator hergebracht habt?«

»Sie ist sehr simpel. Ezekyle bat mich, herzureisen und vor unserem Großvater zu stehen, ebenso wie wir es taten, als das Imperium noch jung war. Ich werde den leeren Augenhöhlen des sterbenden Imperators begegnen und ihm sagen, dass der Krieg fast vorbei ist. Nach zehntausend Jahren der Verbannung in der Unterwelt kommen seine gefallenen Engel endlich nach Hause.«

»Braucht der Kriegsherr Euch in diesem Krieg nicht an vorderster Front?«

»Ich bin genau dort, wo er mich am meisten braucht, Inquisitorin.«

Ich fühle, wie sie mich nach diesen mysteriösen Worten betrachtet. Sie beurteilt mich nach ihnen, beurteilt ihre möglichen Bedeutungen. Und schließlich nickt sie.

»Ihr werdet weiterhin Eure Geschichte erzählen?«

»Ja, Inquisitorin.«

»Warum? Warum gebt Ihr Euren Feinden alles, wonach sie fragen?«

Ach, was für eine Frage. Habe ich es dir nicht gesagt, Thoth? Habe ich dir nicht gesagt, dass sie die Fragen stellt, die von Bedeutung sind?

»Dies ist die Endzeit, Siroca. Keinem von Euch ist es bestimmt, das Kommen des Karminroten Pfades zu überleben. Das Imperium verliert den Langen Krieg bereits, seit er erklärt wurde, und jetzt beginnt das Endspiel. Ich werde Euch alles erzählen, Inquisitorin, weil es für Euch keinen Unterschied mehr machen wird.«

DANKSAGUNGEN

Vielen Dank an meine Frau Katie, die in einem Job, den sie liebt, zu einer Halbzeitstelle gewechselt ist, damit sie sich um unseren Sohn (und mich) kümmern konnte und mir damit genug Zeit zum Schreiben gab. Jeder, der verrückt genug ist, meine Arbeit zu mögen, schuldet ihr etwas für die Tatsache, dass meine Karriere noch existiert.

Wie immer vielen Dank an meine Testleser/ersten Opfer Nikki, Rachel, Greg, Marijan und Ead – sie sind das Ezekarion der realen Welt. Obwohl sie nicht ganz so böse sind.

Mein Dank geht ebenfalls an Alan Bligh, Laurie Goulding, Graham McNeill und Alan Merrett für die Weisheit, den Ratschlag und die Geduld, mit denen sie all meinen E-Mails begegneten, die mit »Aber was wäre, wenn ...« begannen. Ich schwöre, der Berg an Recherchematerial für diesen Roman würde selbst die Verderbten Mächte ersticken lassen.

Vielen Dank an Rik Cooper und Nick Kyme, nicht nur für ihre Lektoratsarbeit und jede Menge Nachsicht, sondern auch dafür, mich dieses Buch überhaupt schreiben zu lassen.

Mögen die Dunklen Götter Raymond Swanland für das absolut fantastische Titelbild, meine Gildenchefin Laura für *diesen einen*

Storypunkt und Amy Baker für ihre auf Kursivschrift basierende Lektoratsrettung in letzter Sekunde segnen.

Vielen Dank an die Band Puscifer für das Lied »The Humbling River«, welches mich ursprünglich zu den Charakteren Khayons und Nefertaris inspirierte.

Wie immer bin ich den Lesern auf Facebook und Twitter und jedem, der bei Events und Signierstunden auftaucht, für ihre Unterstützung und Ermutigungen dankbar.

Der größte Dank jedoch gebührt John French und Gav Thorpe. *Die Klaue des Horus* (und die Black-Legion-Reihe, die folgen wird) würde ohne ihre Einblicke, Motivation und die wahnsinnig langen E-Mails, die wir über die schmackhaftesten und ungewöhnlichsten Wissensfetzen von ›Warhammer 40.000‹ ausgetauscht haben, nicht existieren. Vielen Dank an euch beide für euer stetes Mahnen, den Roman ›mythischer, legendärer‹ zu machen.

Ein Teil des Erlöses dieses Buches geht an Cancer Research UK und die SOS-Kinderdörfer, um Waisen in Bangladesch zu helfen.

ÜBER DEN AUTOR

Aaron Dembski-Bowden ist ein britischer Autor, der seine Wurzeln in der Computerspiel- und RPG-Branche hat. Er hat inzwischen mehrere Romane für Black Library geschrieben, darunter die Night-Lords-Trilogie, ›Helsreach‹ für Space Marine Battles sowie ›The First Heretic‹ für die Horus-Heresy-Reihe, das die ›New York Times‹-Bestsellerliste erreichte. Er lebt mit seiner Frau Katie in Nordirland, wo er sich mitten im Nirgendwo vor der Welt versteckt. Seine Hobbys umfassen das Lesen von so ziemlich allem in Reichweite und Leuten dabei zu helfen, seinen Nachnamen richtig zu schreiben.

Space Marine Battles

ZORN
DES EISENS

CHRIS WRAIGHT

Ein Auszug aus
ZORN DES EISENS
von Chris Wraight

Aikino hakte sich in die Schiene ein, die an der Decke des Passagierabteils der Valkyrie entlanglief. Die Metallwände um ihn herum dröhnten durch die Vibrationen der hochfahrenden Triebwerke und sorgten für eine intensive Geräuschkulisse.

»Rein mit euch!«, brüllte er über Vox und sah zu, wie der Rest seines Trupps die Laderampe hinaufrannte und in Position ging. Sie drängten sich an ihm vorbei und weiter in das Abteil hinein, womit sie ihm die Position des ersten Springers ließen, genau wie er es am liebsten hatte. Sie waren alle auf den Absprung vorbereitet, hatten sich die Lasergewehre vor die Brust geschnallt und die Gravschirme auf den Rücken. »Los, los, los!«

Der Pilot des Valkyrie-Sturmtransporters TV-782, bei seiner Besatzung durch den hingeschmierten Schriftzug unter der Pilotenkanzel als *Königin Kelemak* bekannt, aktivierte eine Bestätigungsrune an der Decke des Abteils und fuhr die Senkrechtstartschubdüsen hoch. Die Valkyrie erhob sich auf einem tobenden Kissen heißer Abgase in die Luft. Der Krach im Inneren des Passagierabteils erreichte neue Höchstwerte und ließ die Nieten in den Wandpaneelen vibrieren.

Aikino blickte über die offene Heckklappe hinaus, während der Flieger langsam an Höhe gewann. Das Flugfeld schrumpfte unter ihnen zusammen. Andere Valkyries waren bereits in der Luft und wendeten auf dichten Rauchsäulen, bevor sie die Nase senkten und in den Angriffsflug übergingen. Er zählte zwölf von ihnen, dann begann sich die Rampe zu schließen und versperrte ihm die Sicht.

Aikino lehnte sich an die Wand und öffnete einen Kanal zum Piloten.

»Bring uns an die Spitze«, sagte er über das Rauschen hinweg. Er konnte sich kaum selbst verstehen. Sein Herz schlug schnell und er konnte das Adrenalin, das durch seinen Kreislauf strömte, förmlich spüren. »Ich will der *Erste* sein.«

»Ja, Sir«, kam die Bestätigung des Piloten, und ein lautes Donnern ertönte unterhalb der Valkyrie. Aikino spürte, wie der Wechsel von Schubdüsen auf Strahltriebwerke vonstatten ging und sein Flieger ebenfalls in den Angriffsmodus überging.

»Jetzt gilt es!«, brüllte er und wandte sich an die Soldaten, die dicht gedrängt im wackelnden Passagierabteil standen. Seine Stimme klang im Innern des Helms blechern. »Fünfzehn Minuten bis zum Ziel! Überprüft eure Waffe! Überprüft euren Schirm! Wenn ich es sage, folgt mir nach unten!«

Die Männer wiederholten die Kontrollen, die sie schon am Boden und davor ein Dutzend Mal im Hangar durchgeführt hatten. Sie kompensierten die Bewegungen der Valkyrie, als diese beschleunigte, ohne wirklich auf ihre Harnische angewiesen zu sein. Ihre Bewegungen waren angespannt, jedoch ohne Anzeichen von Panik – sie waren Kriegsfalken; sie fühlten sich in der Luft genauso heimisch wie am Boden.

Aikino sah auf seine eigene Waffe hinunter, ein kurzläufiges Lasergewehr, in dessen Gehäuse die Wörter *Retalla mire allek* geritzt waren.

»Töte oder werde getötet«, sprach er die Wörter leise auf Gotisch aus. »Es kann nicht schnell genug gehen.«

Trecic Makda schob den Steuerknüppel vor und spürte, wie die *Königin Kelemak* durch die Luft raste. Er schob den Sturmtransporter nach oben in den Abflugkorridor und behielt die Sichtschirme im Auge, während andere Valkyries über ihnen und um sie herum in Formation gingen.

Die Valkyries sahen in der Luft nicht gerade schön aus, eher wie ein Schwarm buckliger Aasvögel, die sich widerwillig von einem unterbrochenen Mahl erhoben. Als sie erst einmal in Formation waren, donnerten die Flieger im Tiefflug über die Helat und zogen gewaltige Schweife aus Abgasen und Rauch hinter sich her. Wie es der Colonel befohlen hatte, schob sich Makda weiter nach vorne, überholte das Führungsflugzeug und nahm die Spitzenposition ein.

»*Königin Kelemak*«, ertönte eine verzerrte Stimme aus dem Luftüberwachungszentrum über Vox. »Position halten. Ich wiederhole: Position halten.«

Makda lachte und gab noch mehr Schub. Die Valkyrie beschleunigte und setzte sich über eine Schiffslänge vor ihre Formationsmitglieder. Der Rest der Schwadron ging hinter ihr in Formation und bildete einen losen Keil, in dem sie schnell über die Landefelder der Helat raste.

»Haben wir schon eine Eskorte?«, fragte Makda und sah sich um.

»Ist unterwegs«, antwortete Fionash, seine Navigatorin, aus der Sekundärkanzel. »Sieh selbst.«

Makda warf einen Blick auf seine Kurzstreckensensoren. Er sah, wie die Wellen der Valkyries in unregelmäßigen Linien die Helat verließen; jede von ihnen trug eine tödliche Fracht aus Sprungtruppen. Mit jedem Augenblick hoben mehr von ihnen ab und erfüllten den Sensorschirm mit Haufen aus grellen Lichtpunkten.

Als er gerade wieder nach oben sehen wollte, sah er die Signale der Vulture-Eskorten, die in Reichweite kamen und Positionen neben den Valkyries einnahmen.

»Wurde auch Zeit«, murmelte er und beobachtete, wie die schwer bewaffneten Flieger sie flankierten.

Makda gab den Annäherungsvektor ein und die Landschaft schoss immer schneller unter ihnen vorbei. Als die *Königin Kelemak* über die äußere Mauer der Helat-Basis hinwegdonnerte, gaben die Verteidigungsbatterien der Ferik-Tactica ihnen einen pyrotechnischen Abschiedsgruß.

»Wie nett von ihnen«, sagte Makda und legte eine Reihe Schalter auf der Kontrollkonsole um, die den Kurs und die Lage des Sturmtransporters stabilisierten. Dann hob er den Blick und sah durch die verschmierte Frontscheibe in den düsteren Himmel.

Die Helat fiel schnell hinter ihnen zurück. Am Horizont erhob sich die Gorgas Maleon, die noch immer von brennenden Trümmern übersät war. Dahinter zeichneten sich die gewaltigen und finsteren künstlichen Türme von Shardenus Primus vor den Wolken ab.

Makda spürte, wie sich eine gewisse Nervosität in seinem Magen ausbreitete.

»Das ist ... groß«, hauchte er und überprüfte die Sensoren, um sicherzugehen, dass er sich auf dem richtigen Kurs befand.

Fionashs Lachen drang über das Vox.

»Pass auf«, sagte sie. »Abwehrfeuer.«

Mittlerweile hatten die Valkyries volle Angriffsgeschwindigkeit erreicht. In dichter Formation donnerten die Sturmtransporter über die vernarbte Landschaft der Gorgas, die sich in langen, zerklüfteten Linien unter ihnen erstreckte. Keine von ihnen hatte die Beleuchtung eingeschaltet und in der Düsternis von Shardenus' ewigem Zwielicht wirkten sie wie eine Meute schwarz geflügelter Geister, die sich ihrer Beute näherten.

Vor ihnen wurde das Terrain plötzlich von lautlosem Feuer überschüttet. Grelle Lichter zuckten aus den Verteidigungsmauern der Makropole und wurden einen Sekundenbruchteil später vom Krachen und Lärmen ihres Abschusses eingeholt. Laserstrahlen huschten an ihnen vorüber und stachen wie Speere aus Sternenlicht an den dahinrasenden Valkyries vorbei.

»Position halten ...«, murmelte Makda und ließ den Flieger tiefer sinken. Schon bald sauste die Valkyrie nur noch gerade so über die Trümmer der Gorgas hinweg und umging die größeren Ruinen, wenn sie zu nahe kamen. Die anderen Piloten taten das Gleiche und peitschten ihre Maschinen im Tiefflug über das Land.

Shardenus Primus ragte vor ihnen auf und wurde immer größer. Makda sah die Lichter der Makropoltürme wie Juwelen in der Nacht funkeln. Er sah rötliche Rauchwolken aus den Gießereien aufsteigen und sich an den gewaltigen Flanken der Makropole brechen.

»Die Wehrtürme sind aktiv«, sagte Fionash mit ausdrucksloser Stimme. »Sie sind alle aktiv.«

Makda lenkte den Transporter um die geborstene Hülle eines eingestürzten Turms herum. Das Abwehrfeuer der Makropole wurde heftiger.

»Wundervoll«, murmelte er, als der erste Flieger getroffen wurde.

Eine Salve Leuchtspurgeschosse fand ihr Ziel und traf eine Vulture am rechten Lufteinlass. Das Triebwerk explodierte sofort, zerfetzte die Panzerung von innen heraus und sandte den Rest des Rumpfes wirbelnd in die Tiefe. Die Trümmer krachten zu Boden und pflügten eine Schneise durch die zerstörten Gebäude unter ihnen.

»Flakfeuer nimmt zu«, sagte Fionash kühl.

»Ist es dir aufgefallen?«, knurrte Makda und kämpfte mit dem Steuerknüppel, während um ihn herum Explosionen den Himmel zerrissen. Eine Rakete schoss so nahe auf der linken Seite vorbei, dass ihr flammender Schweif die Tragfläche in Rauch hüllte. Eine weitere Valkyrie stürzte ab, als ihre Pilotenkanzel von einem direkten Treffer gesprengt wurde. Sie kam abrupt vom Kurs ab und stieß mit einer zweiten Maschine zusammen; der entstehende Feuerball verschlang sie beide.

Makda stand der Schweiß auf der Stirn. Die Verteidigungsmauer kam näher und wurde aus allen Richtungen von Flugabwehrfeuer erhellt. Laserstrahlen und Plasmakugeln schossen ihm in flackernden Lichtblitzen entgegen, die seine Augen tränen ließen. Irgendetwas explodierte nahe an seiner linken Flanke, ließ die Valkyrie bocken und trunken in Richtung der Gorgas abrollen, wo sie beinahe in einen alten Industriekomplex gestürzt wäre.

»Thron«, fluchte er und zwang den Flieger wieder unter Kontrolle. Aus dem Augenwinkel sah er, wie drei weitere Flieger getroffen und in der Luft zerrissen wurden. Die Salven von der Mauer wurden immer verheerender – sie würden ihnen nicht mehr lange entgehen können.

»Beim heiligen Thron auf der beschissenen Erde«, fluchte er und trieb die *Königin Kelemak* so hart an, wie er nur konnte. »Wie lange noch, bis wir das Ziel erreichen?«

Das Metallgewirr am Boden schoss unter ihnen vorbei. Trotz ihrer Geschwindigkeit sahen die riesigen Makropoltürme keinen Deut näher aus als noch vor einer Minute.

»Vergiss es«, blaffte Fionash. Die Anspannung in ihrer Stimme war nicht zu überhören. »Angriffsgeschwindigkeit beibehalten.«

Makda fluchte weiter. Die gesamte Valkyrie erbebte, als um sie herum mehrere Explosionen aufflammten und die brutalen Winde an ihr rissen.

Er packte den Steuerknüppel so fest, dass er Angst hatte, seine Fingerknochen würden brechen. Endlich erfassten die Raketenwerfer ein Ziel; er löste beide aus und sah zu, wie die Sprengköpfe auf die Mauer zurasten. dann eröffnete er mit dem Multilaser das Feuer. Als er ohne Unterlass feuernd knapp über eine trümmerübersäte Erhebung dahinschoss, kündete eine Druckwelle von einer weiteren abgeschossenen Valkyrie.

Wir werden sterben, dachte er verbittert, als Panzerungssplitter vom Rumpf seines Fliegers abprallten. *Wir werden hier alle sterben.*